JN317586

吸血鬼ドラキュラ

ブラム・ストーカー
田内志文＝訳

角川文庫
18568

DRACULA

1897 by Bram Stoker

主な登場人物

ドラキュラ伯爵　ドラキュラ城の主。吸血鬼。
ヴァン・ヘルシング　アムステルダムに住む教授。未知の病の権威で不死者にも詳しい。
ジョナサン・ハーカー　イギリスの弁護士。ドラキュラ城に招かれる。
ミーナ・ハーカー（ミーナ・マリー）　ジョナサンの婚約者。のちに妻となる。
ルーシー・ウェステンラ　ミーナの友人。
ゴダルミング卿（アーサー・ホルムウッド）　ルーシーの婚約者。
クインシー・P・モリス　アメリカ、テキサス出身。ルーシーへの求婚者。
ジョン・セワード　精神病院の院長。ルーシーへの求婚者。
レンフィールド　セワードの患者。

吸血鬼ドラキュラ

ここに記された文書の数々がどのように並べられているのかを、ここに記しておく。後世に矛盾とされかねないようなできごとの数々も純粋な事実として残すべく、余計な記述はすべて削除した。記憶違いということもあり得るので、記憶を元にした回想の類《たぐい》は収録されていない。収録されているのはすべて、記録者本人がそのつど自らの知識の及ぶ範囲内で、起こったままにできごとを記録したものである。

第一章

ジョナサン・ハーカーの日記（速記文字にて）

五月三日

ビストリッツ――五月一日の午後八時三十五分、翌朝にウィーン到着の予定でミュンヘンを発《た》つ。だが六時四十六分に到着するはずの汽車は、一時間の遅延。ブダペストは汽車からちらりと見たのと、わずかに散歩をしてみた程度だが、どうやら素晴らしい街のようだ。汽車の遅延により予定時刻を遅れており、できるだけ早く次の汽車を捕まえたかったので、駅のそばを離れないようにした。

西ヨーロッパから東ヨーロッパへと入るのだという実感を、僕は感じていた。この辺りではドナウ川が広く、深く、雄大に広がっているのだが、何本もかかった見事な橋の中でもいちばん西洋風の一本を渡りきると、その先に広がるトルコ支配の伝統の中へと足を踏み入れることになる。

ちょうどよい汽車を捕まえて、日が暮れてからクラウゼンブルクに到着した。ここでは、ホテル・ロワイヤルに宿泊。食事は夕食というよりも軽食といったほうがしっくりくるような鶏肉と赤唐辛子の料理で、非常に美味ではあったものの、やたらと喉《のど》が渇いた（メモ。ミーナにレシピを持ち帰ること）。ウェイターに訊《き》いてみるとパプリカ・ヘンドルという、カルパティア地方ではどこに行っても出てくる伝統料理だとのこと。僕の怪しいドイツ語もここでは非常に役に立ち、これがなかったらどうなったことかと、思わず胸を撫《な》で下ろさずにはいられなかった。

ロンドンではいくらか好きに使える時間があったので大英博物館を訪れ、トランシルヴァニアに関する本や地図をそこで漁《あさ》った。その国の貴族と付き合うには、前もって国のことを知っておくべきだとつくづく思っていたのである。調べてみると、彼の書いてよこした地方は国の最東端——トランシルヴァニア、モルダビア、ブコビナの三州の州境にあたる、カルパティア山脈のまっただ中に位置していた。ヨーロッパの中では最も野生に富み、最も人知れぬ地方なのである。

だが、ドラキュラ城の正確な位置を示している地図や書物は、ひとつたりとも見つけることができなかった。我が英国地図作成機関の作る地図のように精密なものが、この国には存在しないのである。だがドラキュラ伯爵から郵便本局があると聞き及んでいたビストリッツという街は見つかり、どうやら非常によく知られた街であるということが分かった。後にこの旅行のことをミーナと話し合うときのため、そこで取った覚え書きをいくつかここに差し挟んでおく。

トランシルヴァニアは、四つの違った民族によって成り立っている。南部にはサクソン人と、ダキア人の末裔《まつえい》であるワラキア人たちが住んでいる。西部にはマジャル人が、そして東部と北部とにはセーケイ人たちが住む。僕がこれから向かうのは、自らをアッティラ王とフン族の末裔であるとする、このセーケイ人たちの地域である。十一世紀にマジャル人たちが侵攻した際にこの地にフン族が住み着いたとのことであるから、あながち出鱈目《でたらめ》というわけでもあるまい。

ある書物で読んだところによると、世界のあらゆる迷信の類《たぐい》というものは、大本を辿《たど》れば、蹄鉄《ていてつ》型にそびえるカルパティア山脈に行き着くのだという。もしその通りにカルパティア地方がすべての空想世界の渦のようなものの中心なのだということであれば、これはとても興味深い旅になるに違いない（メモ。これらについては伯爵に訊《たず》ねてみること）。

ベッドの寝心地はよかったのだが、どうも夢見が悪く、あまりよく眠ることができなかった。窓の下で犬が夜通し吠《ほ》えていたのだが、そのせいかもしれない。もしくは、あのパプリカ料理のせいかもしれなかった。なにしろ水差しをすっかり空っぽにしても、まだ水を飲み足りないほどだったのである。ようやく朝がたになってうとうとしはじめたのだが、どうやらいつの間にか熟睡していたようで、ひっきりなしにドアを叩《たた》く音に起こされた。朝食はまたあのパプリカ料理と、トウモロコシ粉でこしらえた「ママリガ」という名前のポリッジ【訳注：かゆ】、そして味のついた挽肉《ひきにく》を詰めたナス料理である。これは「インプレタタ」という名前らしいが、絶品であった（メモ。これもレシピを確認すること)。汽車が八時すこし前とのことだったので朝食を急いだわけだが、七時半に駅へと駆け付けてみたところ、汽車が動き出すまで客車の中で一時間も待たされるはめになった。どうも、東へ行けば行くほど汽車の時刻がいい加減になってゆくような気がしてならない。この分では中国など、いったいどうなっていることやら。

のんびりと進んでゆく汽車から眺めるこの国は、どこまで行っても実に風光明媚《めいび》であるようだ。ときにはそびえ立つ丘の上に小さな町や城が見えることがあり、さながら古い祈禱《きとう》書に描かれた景色のようであった。またときには大河や小川のほとりを通ったりもしたが、両岸ともああも河原が石だらけでごつごつとしているのは、きっと大きな水害が頻繁に起こるのだろう。大量の水が岸辺を洗い流してゆくから植物が生えていないのである。どの駅にも人びとがおり、ときには混み合っていることもあったが、彼らの身に着けた衣服は実にさまざまだった。ほとんどは見事に着飾った人びとばかりだったが、中にはイギリスの農夫のような身なりをしている人びとや、フランスやドイツで道すがらすっかり見慣れた、丈の短いジャケットと丸い帽子、そして手作りのズボンを身に着けた農夫そっくりの人びとも何人か混ざっていた。女性たちはみなそばに寄らない限りはひとり残らず魅力的であったが、どうも腰のあたりがいかにも不格好である。みんな何か白いたもとをひらひらとさせ、バレエ衣装のように紐《ひも》のたくさんぶら下がった大きなベルトを巻き、当然のごとく、その下にペチコートを身に着けているのだ。もっとも妙ないでたちをしていたのは、他に比べて先史的だったスロバキア人たちだろう。

大きな牛追い帽に薄汚れた白いだぶだぶのズボンをはき、白いリネンのシャツを着て、真鍮《しんちゅう》の鋲《びょう》が所狭しと打たれた幅三十センチはあろうかという重そうなベルトを巻いている。そして長いブーツの中にズボンの裾《すそ》を押し込み、髪の毛は長く、もうもうと黒い口ひげを生やしているのだ。思わず目を奪われても、お近づきになりたいとは思えない。これがもし舞台であったなら、そのまま東洋の盗賊一味として舞台に上がれるほどのいでたちなのである。ともあれ聞いた話ではとても温厚で、もともと控えめな性格の人びとなのだということらしい。

ビストリッツに着いたのは、日が落ちて暗くなりはじめたころのことだったが、この古い町は実に興味深いところである。ブコビナへと続くボルゴ街道の起点となるこの街はほぼ国境に位置しており、昔から続いた波瀾《はらん》の歴史がいたるところに刻まれている。五十年前には続けざまに大火事に見舞われ、五回も焼き尽くされたということらしい。また十七世紀のはじめには三週間にわたる包囲攻撃の的となったのだが、飢餓や疫病も手伝い、一万三千人にもおよぶ死者を出してしまうことになった。

ゴールデン・クローネ・ホテルに泊まるようドラキュラ伯爵から言われていたのでそれに従ってみたところ、この国を知りつくしたいと切望する僕にとって、まさに願ったり叶《かな》ったりの歴史の染みついた宿であった。愛想のいい老婆が戸口で出迎えてくれたことから察するに、どうやら僕が来るのは分かっていたのだろう。老婆は白い肌着に色のついたエプロンを体の前後に垂らしていたが、どうもこれがぴっちりしすぎており、いささか品に欠けていた。僕が歩み寄ってゆくと老婆は頭を下げ「イギリスからおいでになったお方で？」と言った。

「ええ。ジョナサン・ハーカーです」僕は答えた。

彼女は微笑むと、後について玄関まで出てきたワイシャツ姿の老人に何やら小声で言いつけた。老人は姿を消すと、すぐに一通の手紙を手に戻ってきた。


前略。我がカルパティアへようこそいらして下さいました。このときを、首を長くしてお待ちしておりました。今宵《こよい》はよくお休みください。明日三時に出るブコビナ行きの乗合馬車に、貴殿の席をお取りしてあります。ボルゴ街道まで此方《こちら》の馬車を迎えに出しますので、それに乗ってお越し下さりますよう。ロンドンからの旅路を楽しまれたことを、そしてこの美しき国でのご逗留《とうりゅう》を存分に味わい尽くされることを、心から願っております。

ドラキュラ伯爵

五月四日
宿の主人も同様に伯爵から手紙を受け取り、馬車の特等席を押さえておくよう言いつけられていたとのこと。だがもっと話を聞こうとしてみても老人は語ってくれようとはせず、僕のドイツ語が理解できぬ振りをしてみせるのだった。僕が振りだというのは、それまでは僕のドイツ語がしっかりと通じていたし、少なくとも、僕が訊いたことにはちゃんと答えてくれていたからである。老人は僕を出迎えてくれた老婆と何やら恐ろしげに顔を見合わせると、手紙と一緒にお金が送られてきたのだけれど他のことはなんにも存じませんのですと、口ごもるようにして僕に伝えた。僕は、ドラキュラ伯爵や彼の住む城のことを何か知らないかと訊ねてみたのだが、ふたりは胸で十字を切ると、僕らはなんにも存じ上げませんとだけ言うばかりで、それ以上何も話してくれようとはしなかった。なんとも薄気味悪く釈然としなかったのだが、とにかく出発時刻が迫っていたのでそれ以上何を訊ねることもできなかった。

出かける直前、老婆が僕の部屋へとあがって来ると、蒼《あお》ざめた顔をして声を荒らげた。

「旦那《だんな》さま、本当に行かれるんで？　どうしても行かれるんで？」取り乱すあまりドイツ語で話すことも忘れてしまったのか、僕にはまったく分からない言葉もいくつか混ざっていた。何度も訊ね返してようやく意味が分かると、僕は大事な用件があるのでなんとしても行かなければならないと答えた。すると老婆がまたこう言った。

「今日が何日かご存じだか？」

だから今日は五月四日だと僕は答えたのだが、老婆はそれを聞くと首を横に振って

「そうではなくて、いったい今日がなんの日かご存じだかね？」と言った。

僕がまったく知らないと答えると、彼女は言葉を続けた。

「今日は聖ジョージの日の前夜ですがね。今夜時計が午前零時を打ったら、世界中の悪

魔や悪霊どもが飛び出して来るんでやす。旦那さまは、いったいこれからどちらに行きなさるのか、どんなところに行きなさるのか、ご存じでらっしゃらないのかいね？」

あまりに老婆がひたむきなので落ち着かせようとしてはみたが、老婆は耳を貸そうとはしなかった。ついには床にひざまずき、どうか行くのをやめるように、せめて一日二日待ってから出発するように、僕にすがりついてみせたのである。

思わず呆気《あっけ》に取られたが、いい気持ちなどしはしなかった。僕には大事な用事があり、なんとしても行かないわけにはいかないのだ。僕は老婆にそんなことはしないでくれと伝えると、できるだけ厳粛な顔を作って礼を伝え、とにかく重要な用件があるので行かなくてはならないのだと伝えた。それを聞くと老婆は立ち上がって涙を拭《ふ》き、胸につけた十字架のロザリオをはずして僕へと差し出した。これにはさすがに僕も困り果てた。英国国教会の信徒として育てられた僕はそうしたものを盲信的な偶像崇拝の象徴と言われ続けてきたのだが、いかんせん、必死な老婆の嘆願をはねのけるのも人道にもとるように思われたのである。おそらく老婆も僕の困惑を顔に見て取ったのだろう。ロザリオを僕の首に巻くと「そんなら、旦那さまのお母さまのためだ」と言い残し、部屋を出て行ったのだった。今は乗合馬車を待ちながらこれを書いているのだが、馬車は当然のごとく遅れている。ロザリオは、首につけたままにしてある。老婆の見せた恐怖のせいか、この地に脈々と生きる不気味な伝説のせいか、それともこのロザリオのせいかは分からない。だが、いつものように落ち着いた気分に戻ることがなかなかできそうにない。もしこの日記だけがミーナのもとへと先に帰るようなことがあれば、これを僕の別れの言葉としてほしい。やれやれ、やっと馬車が来たようだ！

五月五日　ドラキュラ城にて。

灰色に立ちこめていた朝靄《あさもや》が晴れ、太陽は遥《はる》か地平高くに昇っている。地平線はまるでのこぎりの歯のようにでこぼことして見えるが、あまりに遠くて大きなものも小さなものもまとめて見えるものだから、木々のせいなのか連なる丘のせいなのか僕には分からなかった。まだ眠くはない。明日の朝は好きなだけ寝坊できるので、睡魔がやって来るまではこれを書いているつもりだ。書いておきたくなるようなことは山ほどあるのだが、これを読む人が、ビストリッツを発《た》つ前に僕が盛大なご馳走《ちそう》にあやかったのではないかと勘ぐるといけないので、食事についてきちんと書き記しておきたい。僕がご馳走になったのはこの地方で「泥棒焼き」と呼ばれている、ベーコン、タマネギ、牛肉を串《くし》刺《ざ》しにして赤唐辛子をまぶして直火《じかび》焼きにしたもので、ロンドンで売られている馬肉の串焼きのような簡単なものである。ワインはゴールデン・メディアッシュという銘柄で、舌が妙にしびれるものの、意外にいけるものであった。これをグラスに二杯やった以外に、飲み物は無し。

馬車に乗り込んで見てみれば馭者《ぎょしゃ》はまだ席におらず、宿の老婆と何やら立ち話をしているところだった。こちらをちらちらと見ているものだから僕のことを話しているのは疑いようもなかったが、やがてドアの外に置かれたベンチ——彼らは「また聞き所」という意味の名前で呼んでいる——にいた数人までそちらに行って聞き耳を立てては、なんと可哀想な人だと言わんばかりの目で僕のほうを見つめるのだった。彼らが口々に何か言うのが聞こえたが、いかんせんあちこちの国からやって来た人びとがそれぞれの言葉であれこれ言うものだからさっぱり意味が分からず、気になった僕はそっと鞄《かばん》から多国語辞書を引っぱり出し、調べてみたのだった。正直、あまり歓迎できぬ言葉ばかりであった。「ordog（悪魔）」「pokol（地獄）」「stregoica（魔女）」そして、同じ意味を持つスロバキア語「vrolok」とセルビア語「vlkoslak」は、どちらも「人狼《じんろう》」か「吸血鬼」を指す言葉である（メモ。こうした迷信のことは伯爵にぜひとも訊《き》いてみること）。

やがて出発のときが訪れると、いつの間にかできていた黒山の人だかりがいっせいに十字を切り、宿の前から僕に向けて指を二本突き出してみせた。僕は乗り合わせた乗客から、あれはいったい何をしているのかと、なんとか聞き出した。男は最初返事を渋っているようだったが、僕がイギリス人だと分かると、あれは邪悪な目から守ってくれるまじないなのだと教えてくれた。これから見知らぬ土地で見知らぬ人物に会おうとしている僕にとっては、まったく縁起でもない話だ。だが誰もがあまりに優しげで、あまりに悲しげで、そしてあまりに同情的に見えたため、僕は思わず胸を打たれていた。宿の前庭で最後に見たあの人びとの姿を、僕はきっと生涯忘れることはないだろう。豊かに繁る夾竹桃《きょうちくとう》とオレンジの木々を背にして、宿の前庭から延びる広いアーチ道の前に人びとが集まりみんなで十字を切った、絵画のようなあの光景を。

やがて、馭者席の前を覆うほどの巨大なリンネルのズボン――こちらでは「gotza」と呼ぶらしい――をはいた馭者がやって来て鞭《むち》を鳴らすと、四頭の小さな馬が足並みを揃えて進み出し、僕たちの旅は始まった。

やがてあの光景も、ぼんやりとした恐怖も、沿道の景色の美しさの中へと消えて行った。もし乗り合わせた乗客たちの言葉が分かったならば、ああもやすやすと忘れてしまうことはできなかったろう。馬車の行く手は林や森の広がる豊かな緑に包まれ、そこかしこに急な丘がそびえていた。丘の上には雑木林や、沿道に防風壁を立てた農家が見えた。林檎《りんご》、スモモ、梨、桜。そこもかしこもさながら、花をつけた果樹の大海である。通りがかりに木陰に目をやれば、地面を覆う草むらの上には落ちてきた花びらが敷き詰められているのだった。このあたりの人びとが「ミッテル・ラント」《中央地帯》と呼ぶこの緑豊かな丘陵地帯を縫うように一本の道が、ときには深き草むらを迂回《うかい》し、ときには鬱蒼《うっそう》とした松林に行く手を阻まれるようにして、うねうねと曲がりくねりながら伸びる炎の舌のように丘肌を下ってゆくのであった。道はごつごつとして荒れていたが、馬車はまるで飛ぶように走っていった。いったいなぜそうも飛ばすのか僕には分からなかったが、馭者は一刻も早くボルゴ街道へ着いてしまおうとでも言わんばかりに、ひたむきに鞭をくれているのだった。聞くところではこの道は夏がいちばん素晴らしいのだが、今はまだ冬に雪をかぶった後始末が済んでいないのだという。カルパティア山脈あたりの街道事情が普通と違うところは、このように、古くからあまりきっちりとした整備がされないところである。昔の太守《ホスパダール》たちは一触即発の状態が続いていた戦争の勃発《ぼっぱつ》を憂慮し、外国から兵隊を集めるに違いないとトルコに勘ぐられるのを避けようとして、街道の整備をしなかったのだろう。

ミッテル・ラントに連なる山並みの向こうからカルパティア山脈へと向かい、見渡す限り鬱蒼と繁る森の斜面が登りながら続いてゆく。山脈は道を行く僕たちの両側にそびえ立ち、頭上から降りそそいできた午後の陽光が、美しきその眺望の持つ色々を荘厳に浮かび上がらせている。峰の陰は青と紫。草地と岩とが混ざり合う斜面は緑と茶色。ごつごつとした岩肌や険しい断崖《だんがい》は、雪をかぶってそびえる雄大な峰へと果てしなく続き、靄《もや》の中へと霞《かす》んでゆく。山肌のあちらこちらには巨大な裂け目が口を開けており、陽が傾き出すにつれ、そこに白く滝の落ちているのが見えるようになった。蛇のようにうねる道の上で丘のふもとをぐるりと回り込んでゆく馬車の前がとつぜん開け、右に左に揺られる僕たちの目の前に天を突くような銀嶺《ぎんれい》がぱっと現れると、ひとりの乗客が僕の腕をつついた。

「ほら、あれが『神の御座《みくら》』ですよ！」彼はそう言うと、うやうやしく十字を切った。

どこまで続くとも知れぬ道を揺られてゆく馬車の後ろで陽が地平へと落ちはじめると、夕闇が影を引き連れて僕たちを取り巻いた。見上げればまだ夕暮れの陽光を受け止め寒々とした茜色《あかねいろ》に輝く銀嶺の頂が、あたりの暗さをいっそう引き立てた。ところどころで、まるで絵画から抜け出して来たかのような服を着たチェコ人やスロバキア人と行き交ったが、見れば誰も彼も、甲状腺《こうじようせん》を痛々しく腫《は》らしていた。沿道にはそこかしこに十字架が立っており、馬車の乗客たちはそれを見つけるたびに胸に十字を切るのだった。道すがら、路傍の祠《ほこら》の前にひざまずく農夫らを見かけることもあったが、男も女も僕たちの馬車がたてる物音には振り返ろうともせず、目も耳も外界へと向けることなく熱心に祈りを捧《ささ》げ続けているのだった。僕には、初めて目にするものばかりだった。たとえば、木立の中に積み上げられた干し草の山もそうだし、あちらこちらに枝を垂らして生い茂る美しい白樺《しらかば》の林もそうだ。繊細な緑の葉々の隙間から白い幹肌がまるで銀のように輝いて見える様子などは、息を飲むほどである。ときには、荷馬車を追い越すこともあった。これは蛇のように長い木の棒を通し、でこぼことした路面を進むことができるように工夫された、ごくありきたりの荷馬車である。どの荷馬車も家路を辿《たど》る農夫たちを満載しており、チェコ人たちは白の羊革を、スロバキア人たちは別の色をした羊革をまとい、後者は先に斧《おの》を取り付けた長い竿《さお》を槍《やり》のように担いでいる。まばゆい夕暮れの光は生い茂る樫《かし》やブナ、松などの木々が生み出す陰鬱《いんうつ》な夕靄《ゆうもや》と溶け合い、夜闇に沈むやいなやひどく冷え込みはじめた。山間《やまあい》に広がる谷底に走る山道を駆け上ってゆく馬車からはただ、そこらに立つ黒々としたモミの木々だけが、白い根雪を背にしてくっきりと見えるばかりであった。ときおり、頭上を深々と覆い尽くすような松林の暗がりを馬車が通りかかると、そこかしこに群れ生える木々が灰色の塊となって妙に不気味で厳粛な雰囲気を漂わせる。すると、まだ夕刻も早いうちからカルパティア山脈を取り囲む渓谷にたえず湧き出し続ける雲に落日が刻みつけた亡霊たちが、その薄気味悪い妄想を引き連れて姿を現すのである。山肌はときにひどく切り立っており、どんなに馭者が鞭をくれようとも馬はゆっくりとしか登ることができなくなった。僕は国でよくそうするように馬車を降りて歩いて登ってはどうかと申し出たが、馭者は頑として聞く耳を持たなかった。

「そいつはいけねえや。歩くだなんてとんでもねえ。この辺りの野犬は獰猛《どうもう》なんでして」馭者はそう言うと、僕を怯《おび》えさせようと嫌らしい笑いを浮かべながら「夜に寝付かれるまで、何があったもんか分かりませんや」と言い、他の乗客たちの顔を窺《うかが》うように眺め回した。馭者は、ランプに火を灯《とも》すためにほんのすこし馬車を止めた以外は、とにかく走り続けた。

やがてますます暗くなってくると乗客たちは落ち着きを失いはじめ、ひとりずつ馭者に声をかけては、もっと馬車を飛ばすように急《せ》き立てた。馭者は容赦なく長い鞭を振るうと、馬を背中からどなりつけて駆け足を速めさせた。やがて丘と丘の間から空でも見えているのか、何か灰色めいた光の塊が、前方の暗闇の中にぼんやりと見えてきた。乗客たちはさらに色めき立ち、馬車はまるで嵐の海に投げ出された小舟のように、革のばねに揺られて飛び跳ね続けた。摑《つか》まっていなければ、振り落とされそうだった。道は徐々に平坦《へいたん》になり、馬車はまさに飛んでゆくようであった。山々は僕たちへと近づき、まるで馬車を見下ろすかのように両側にそびえていた。ボルゴ峠まであとひと息に迫っていた。何人かの乗客たちがひとりずつこちらを向いては、断ることもできないような真面目な顔をして、いろいろなものを僕へと押しつけてきた。どれもこれも奇妙なものばかりであったが彼らはとにかく信心深く、温かな言葉と祈りを添えて僕にそれを手渡すと、ビストリッツのホテルで出発間際に見たあの魔除けのまじないを、僕にかけてくれるのだった。やがて、鞭を振るい続けていた馭者が座席から身を乗り出したかと思うと、両側の席にかけていた乗客たちも立ち上がり、壁から体を突き出さんばかりにして暗闇の向こうへと目を凝らしはじめた。どうも何やらただごとではない雰囲気だったが、訊《たず》ねてみたところで、僕にちらりとでも答えてくれようとする乗客は、誰もいなかった。やがて冷めやらぬ興奮を背に乗せた馬車の東側に、ついに街道の入り口が姿を現しはじめた。辺りは暗く、頭上には分厚い黒雲が垂れ込め、重く猛々《たけだけ》しい雷の気配が山を包み込んでいた。まるで山脈にふたつの違った世界があり、雷鳴轟《とどろ》くほうへと足を踏み入れてゆくかのようだった。僕は、伯爵がよこした迎えの馬車が見えはしないかと、辺りを眺め回していた。どこか暗闇の向こうから馬車のランプがさしてくるのではないかと思ったが、辺りは深い闇の底に沈んでいた。唯一の灯《あか》りといえば、ひたむきに走り続ける馬の体から立ちのぼる湯気を照らす、僕たちの馬車に取り付けられたランプのみである。目の前には砂の路面が白く延びていたが、他の馬車がつけたような轍《わだち》は見あたらなかった。乗客たちはほっとしたようにため息をつくと、肩を落とす僕を冷やかすように馬車の中に体を引っ込めた。僕がいったいどうしたものかと頭を悩ませていると、駆者《ぎょしゃ》は時計に目をやってから、僕にはよく分からない言葉で乗客たちに声をかけた。声は小さく、低かったが、どうやら「予定より一時間ほど早い」と言ったように、僕には思えた。それからこちらへと顔を向けると、僕よりも下手なドイツで言った。

「馬車は来ておりませんなあ。手違いがあったんじゃないですかね。今夜はこのままブコビナまで行っちまって、明日か明後日に出直されちゃあどうです？　明後日のほうがよろしいでしょうが」

彼が話していると馬たちがいななき、鼻息を立てて暴れるように駆け始めた。駆者は必死に手綱を引き、馬たちを押しとどめた。乗客たちが口々に悲鳴をあげながら十字を切っていると、僕たちが乗る馬車の背後から猛スピードで四頭立ての小さな馬車が走って来て、僕たちの馬車にぴたりと並ぶようにして止まった。こちらのランプが投げかける灯りの中に、黒々とした見事な馬たちが姿を現した。長い茶色のひげをはやして大きな黒い帽子をかぶった背の高い駆者が、顔を隠すようにして腰掛けている。男がこちらへと顔を向けると、ランプの灯りの中にぎらりと両目が赤く光るのだけが見えた。男は、僕たちの駆者に声をかけた。

「おやおや、今夜はなんとまあお早いご到着じゃないか」

「そのう……イギリスからのお客さんがお急ぎのご様子だったもんでして」こちらの駆者は、しどろもどろになりながら答えた。

「いや、お主がその御仁をブコビナまでお連れしたくて急いだのであろう。ごまかそうとしてもそうは行かんぞ。この両目は節穴ではない。俺の馬は風のように速いぞ」

男がにやりと笑うとその冷酷そうな口元がランプに照らされ、まっ赤な唇と、象牙《ぞうげ》のように白い歯が浮き上がった。乗客のひとりが隣の乗客に向かい、ビュルガーの『レノーレ』を一節囁《ささや》くのが聞こえた。

「死者は速やかに旅をせん」

不気味な馭者はその言葉を耳で捕まえたようで、ぎらりとした笑顔をこちらへと向けた。乗客は慌てて顔を背けると急いで十字を切り、指を二本突き出した。

「客人のお荷物を預かろう」男がそう口にすると、僕の手荷物や旅行鞄《かばん》はまたたく間に彼の操る馬車へと移されていった。僕が乗合馬車の横腹から降り立つと男はこちらへと馬車を寄せ、鉄の万力のように僕の腕を摑んで車内へと引っぱり上げた。なんとも恐ろしいほどの力であった。ひとことも言わずに彼が手綱を振るうと馬はくるりと向きを変え、闇の奥へと続くボルゴ街道へと馬車が進み出した。振り向けば先ほどまで乗っていた乗合馬車のランプが照らす馬たちの湯気の中に、胸で十字を切る乗客たちのシルエットが浮かんでいるのが見えた。やがて馭者が馬に鞭《むち》を入れてひと声あげると、馬車はブコビナに向けて速度を上げていった。

乗合馬車の姿が闇の中に溶けると、妙な寒気と孤独感が僕を包み込んだ。馭者は僕の肩をマントでくるみ、膝《ひざ》に毛布をかけると、流暢《りゅうちょう》なドイツ語で言った。

「夜は冷えますが、主人からくれぐれも丁重にお世話をするよう申しつかって参りました。もしよろしければ、お席の下にスリボビッツ（この国で飲まれている、スモモのブランデーである）のボトルを用意してございます」

手を伸ばしはしなかったが、そこにボトルがあるのだと思うと心が休まるように感じた。どこか落ち着かず、体の奥がひどく怯えていた。もし他に選ぶことのできる道があれば、僕はこの未知の夜へと続く旅路を投げ出していたに違いない。馬車はまっすぐの道をひた走り、やがてぐるりと向きを変えたかと思うと、また別の直線路に入った。なんだか同じところを繰り返し走っているような気がした僕が目印を見つけて憶《おぼ》えてみると、果たして、僕の思ったとおりだった。いったいなぜそんなことをするのか馭者に訊ねたい気持ちに駆り立てられたが、もしわざとこうして遅れているのだとしたら、何を言っても無駄だろうと思うと、声をかけるのが恐ろしく感じられた。少しずつ時間が気になりはじめた僕がマッチを擦って時計を見てみると、深夜まであと数分というところだった。宿の老婆や乗客たちが恐れる様子を見たばかりのせいだろうか、真夜中の迷信への恐怖心が胸の中で膨れあがり、僕はたまらない気持ちのまま馬車が止まるのを待ち続けた。

やがてどこか道のずっと先にある農家あたりから、恐怖に絞り出すような長い犬の遠《とお》吠《ぼ》えが響いてきた。その遠吠えに他の犬が呼応し、それが今度はまた次の一頭へと移る。やがて付近一帯から響くかと思われるほどの遠吠えが街道を静かに吹く夜風に乗り、人びとがこの陰鬱な夜に抱く妄想を姿に表したかのような激しい咆哮《ほうこう》となった。四頭の馬たちは最初の遠吠えを聞くとびくりとおののき後ろ足で棒立ちになった。馭者がなだめすかすように声をかけると鎮まりこそしたものの、まるで突然の喧嘩《けんか》から逃げ出してきたばかりのように震え、汗まみれになっていた。すると今度ははるか遠く両側にそびえ立つ山々から、もっと大きく、もっと鋭い咆哮が――狼たちの咆哮が響き渡ってきた。僕は馬車を飛び降りて逃げ出したい衝動に駆られ、馬たちはまた後ろ足で立ち上がると猛烈な勢いで駆けだした。馭者は渾身《こんしん》の力を込めて、暴れ走る馬たちを必死に食い止めた。だが数分も経つと僕の耳は獣たちの鳴き声にも馴《な》れ、馭者はようやくすこし鎮まった馬たちのもとへと馬車を降りて行った。馭者は馬の体を撫《な》でながら、まるで馬の調教師のように耳元で何かを囁いた。すると馬たちはみるみる落ち着きを取り戻し、わずかに震えてこそいるものの、すっかり言うことを聞くようになった。馭者はまた座席へと戻ると手綱を握り、またもや馬車を飛ばしはじめた。そして街道の外れに差し掛かると先ほどまでとは違う、右へと鋭く折れる細い道へと入って行った。

すぐに馬車は鬱蒼《うっそう》とした森の中へと差し掛かり、あちらこちらで頭上がまるでトンネルのように生い茂る木々の枝で覆われた。そこを抜けると、またしても両側が切り立った岩山に囲まれた。馬車の中にいても、猛《たけ》り狂う風が岩肌をびゅうびゅうと吹いてゆく音や、通りかかった木々の枝が大きな音を立ててぶつかりあうのが聞こえた。辺りはますます凍えるように寒くなり、絹のような粉雪が舞い落ちはじめたかと思うと、瞬く間に周囲は白い毛布につつまれたかのような雪景色になった。ずいぶん走ったが、吹きさぶ風にはまだ犬たちの遠吠えが響いていた。狼たちの咆哮は、まるで僕たちを取り囲んでいるかのように近く迫っていた。僕も馬たちもひどく怯《おび》え続けていたが、馭者はまったく意に介していないようだった。左右をきょろきょろと眺めながら手綱を振っているのだが、僕が見る限り、どちらを見てもただ暗闇が広がっているばかりだった。

ふと馬車の左側に、ちらりと明滅する青い炎が見えた。馭者もそれに気づくとすぐさま馬を止め、地面に飛び降りると暗闇の中へと走り去っていった。近づいて来る狼たちの声を聞きながらどうすればいいのか頭を悩ませていると、馭者がぱっと戻って来て座席につき、また馬を走らせはじめた。何度も何度も同じことばかりが繰り返し起こっていたように思うのは、きっと僕が眠りこけてしまっていたからに違いない。それにしても今思えば、なんとも恐ろしい悪夢である。一度などはあの青い炎が、黒く塗り込めた闇の中で鞭を振るう馭者の姿を浮き上がらせるほど、馬車のすぐそばに現れた。かすかな炎だったようで周囲の景色までは見えなかったが、馭者はすぐさまそこらへと駆け付けると、小石をいくつか拾い集めて何かの形に地面に置き並べた。ふと、妙な現象が起こったこともあった。僕と炎との間に馭者が割って入っているというのに、青い炎が変わらず僕からも見えているのだ。僕は思わずぎょっとしたが、炎は一瞬で消えてしまったため、きっと闇の中で僕の目が見間違いをしたのだろうということにした。それからしばらくの間、青い炎はどこにも見えなくなり、僕たちの馬車は周囲を丸く取り囲みながらついて来るかのような狼たちの吠え声とともに、夜の底を駆け上って行ったのである。

一度などは駅者《ぎょしゃ》がすっかり遠くにまで馬車から離れてしまい、恐れた馬たちがいっそうひどく鼻息を鳴らし、いないて止まぬときもあった。気づけば狼たちの吠える声はぱたりと止んでいたが、いったいどういうわけなのか、僕には考えも及ばなかった。そのとき、松に覆われた切り立った岩山の向こうに、雲から月が姿を現した。その明かりが照らし出したのは、白い歯を剝《む》き出してまっ赤な舌をだらりと垂らし、逞《たくま》しい四肢で地面を摑《つか》むようにして僕たちをぐるりと取り囲んだ、毛むくじゃらの狼たちの姿であった。咆哮も恐ろしかったが、そうしてじっと黙り込んでいる狼たちの、なんと恐ろしいことか。僕は恐怖のあまり、心が麻痺《まひ》してゆくような気持ちになった。恐怖の持つ本当の意味とは、そのような恐ろしい状況に直面したとき初めて分かるものなのだ。

まるで月明かりの力に呼ばれたかのように、狼たちが一斉に吠えはじめた。馬たちは飛び上がって後ろ足で立ち上がり、すがりつくものを必死に探すように痛々しく目を剝いて、辺りを見回した。だがどこを探しても周囲はぐるりと恐ろしい狼たちに取り囲まれており、どうすることもできはしないのだった。僕は、駅者を大声で呼んでみた。とにかくこの危機を脱するには、駅者が戻って来られるよう狼の輪を分断しなければいけないように感じられたのである。少しでも狼が怯えて輪に裂け目ができはしないかと、僕は叫びながら馬車の胴体を叩《たた》き続けた。ふと、威圧するように怒鳴る彼の声が聞こえたので目を向けてみれば、道に立つ駅者の姿が見えた。姿無き障害物を振り払うように駅者が長い腕を振るうと、狼たちはじりじりと後ずさりをはじめた。黒雲がまた月を遮り、辺りはまた闇に飲み込まれた。

ようやく目が馴れてくると駅者は駅者台に着こうとしているところで、狼たちの姿はすっかり消え失《う》せていた。あまりに奇妙で恐ろしいこの出来事のせいで、僕は芯《しん》まで恐怖に震え上がり、喋《しゃべ》ることも、身動きをすることもできなくなってしまっていた。月の隠れた路上は鼻先しか見えぬほどの暗闇に包まれ、馬車は無限の時の中を進んでゆくかのようであった。道はずっと登り続け、ときおりかすかな下りに差し掛かることが何度かあったものの、それでも登り続けていた。ふと気づけば、駅者は、まるで廃墟《はいきょ》のような巨大な城の中庭へと馬車を乗り入れるところだった。黒々とした背の高い窓からは一条の光も漏れておらず、崩れかけの銃眼が不格好に月光に浮かんでいた。

第二章

ジョナサン・ハーカーの日記（続き）

五月五日

これほどまでに印象的な城へと近づくのに気づかなかったのだから、僕はきっと眠りこけていたに違いない。冷たい月光に照らされた中庭は広大だったが、ともすれば、そこから巨大なアーチ門へと続く何本もの暗い回廊のせいで、ことさらそう見えているのかもしれなかった。いずれ陽光のもとで見てみれば、全貌《ぜんぼう》が見て取れることだろう。

馭者は馬車を止めると馭者台から飛び降りてこちらへと手を伸ばし、僕が降りる手助けをしてくれた。やはり、並々ならぬ力である。万力のようなその力をもってすれば、僕の手を握り潰《つぶ》すこともできそうだ。馭者は僕の荷物を運ぶと、巨大な石を積み上げて作られた玄関の奥にある古びた飾り釘《くぎ》の打たれた大きなドアの前で、僕の横に降ろした。薄明かりの中で見てみれば、壁石の全面に彫り込まれた装飾が、長き時と風とに風化しているのが見て取れた。馭者はその場に立ち尽くす僕を残して馬車に飛び乗るとまた鞭を振るい、暗いアーチ門のひとつへと姿を消して行った。

僕は、どうしてよいか分からぬまま、静寂の中にひとり立ち尽くしていた。呼び鈴もノッカーも、どこにも見あたらないのだ。分厚く立ちふさがる壁や暗い窓の向こうまで、僕の声など届きはしまい。いつまでとも知れず立ち尽くしているうちに、疑念と恐怖とが僕にのしかかってきた。僕はいったいどんなところに、どんな人びとのところに来てしまったというのだろう？　なんと不気味な運命の中に身を委《ゆだ》ねてしまったのだろう？一介の弁護士秘書として、ロンドンの不動産購入について外国人顧客に説明をしに来ただけだったはずが、なぜこんな目に遭わなければならないのだろう？　弁護士秘書！　ミーナがそんなことを聞いたら怒り出すに違いない。ロンドンを発《た》つ直前に合格通知を受け取ったのだから、「弁護士」というべきだった。僕はもう、一人前の弁護士なのだ！　僕は自分が本当に起きているのか確かめようと、目をこすったり、体をつねったりしてみた。きっと僕は、働き過ぎた翌日にはいつもそうであるようにただ悪夢にうなされているだけで、目を覚ませば懐かしい我が家にいて、窓から朝日が射し込んで来ているのに違いない。だがつねれば体は痛く、目の前の景色が消えてくれることもありはしなかった。カルパティア山脈のただ中に立ち尽くす僕が見ているのは、夢でもなんでもありはしないのだ。今はただじっとそれを受け入れ、朝が来るのを待つしかないのである。

そう思い始めたそのとき、ドアの向こうから近づいて来る重たい足音が聞こえ、隙間からかすかな光が漏れ出して来た。続いて、鎖の鳴る音と、重い閂《かんぬき》が外される音が聞こえた。長らく使われていなかったような錆《さ》びた音を立てて鍵《かぎ》が回り、大扉が内側へと開いて行った。

姿を現したのは、白い口ひげを残して綺麗《きれい》に顔を剃《そ》った、背の高い老人であった。頭からつま先まで黒ずくめで、他の色はどこにも身に着けていない。片手には、銀の燭台《しょくだい》を掲げていた。ほやもかさもない剝き出しの炎が、扉の開いた風を受けて揺らめき、長くゆらゆらとした影を投じていた。老人は右手で優雅に僕を中へと誘いながら、一風変わった訛《なま》りではあるものの見事な英語でこう言った。

「ようこそ余の城へおいで下さった！　さあ、どうぞご自由に中へと入られたい！」

僕へと歩み寄ろうとはせず、じっとそうして立ち尽くす様子は、まるで僕を迎えたまま石に変えられてしまったかのようであった。しかし僕が扉をくぐると、老人はとつぜん僕へと歩み寄って手を伸ばし、思わずこちらがたじろぐような力でこちらの手を握りしめたのである。老人の手は氷のように冷たく、まるで死者の手のようであったが、その驚きを超えるほどの力であった。老人は、また口を開いた。

「余の城へようこそ。さあ、お入りなさい。足下に気をつけてな。お持ちの幸福を、いくばくかここへ残していかれんことを！」

その手に宿る力は、あの顔も知れぬ馭者のそれとよく似ており、もしや同じ人物なのではないかという思いがふと脳裏を過《よ》ぎった。そこで僕は、念のために訊《たず》ねてみることにした。

「ドラキュラ伯爵でいらっしゃいますか？」

老人は上品にお辞儀をすると答えた。

「いかにも余がドラキュラである。ハーカー殿、よくぞこの城へとおいでなすった。さあ、中へ。外はやたらと冷える。どうぞ食事を摂《と》り、おくつろぎなされ」

言いながら老人は燭台を壁に取り付けられた台座に置いて歩み出ると、僕が引き留める間もなく荷物を摑み上げて運びはじめた。僕が遠慮すると、伯爵が答えた。

「いやいや、貴殿は客人なのだから。今宵《こよい》はもう遅いし、城の者どもも寝静まっておる。どうか何もかも、余にお任せなさい」

伯爵は有無を言わさず僕の荷物を運んで廊下を突き進むと、大きな螺旋《らせん》階段を上り、また別の廊下へと進んで行った。石の敷き詰められた廊下に、僕たちの足音が響いた。廊下の突き当たりで彼が押し開けた扉の先に灯《あか》りがともっているのを見て、僕は胸を撫《な》で下ろした。室内のテーブルには夕食の準備が整えられており、暖炉にくべられた薪が赤々と燃えさかっていた。

伯爵は立ち止まると僕の荷物を降ろして扉を閉め、今度は部屋の向こう側にある別の扉を開けると、小さなランプがひとつだけついた八角形の小部屋がその向こうに見えた。どうやら、窓のようなものは無いようだ。彼はその部屋を抜けるとまた新たな扉を開け、僕にもついて来るよう手招きをした。姿を現した明るい寝室を見て、どっと安心した。暖炉に燃える炎の音が、大きな煙突に響いている。伯爵は荷物を部屋に降ろすと、僕に声をかけてから扉を閉め、立ち去った。

「長旅の後ゆえ、まずは身支度を整えられるのがよかろう。必要なものはひと通り揃っているはず。人心地つかれたならば、先ほど夕食の用意してあった部屋へとおいでなさい」

部屋の灯りと温《ぬく》もり、そして礼儀正しい伯爵の様子を見ているうちに、僕の疑念と恐怖はかき消えて行った。平静を取り戻すと自分がひどく空腹であることに気づき、僕は急いで身支度を整えると先ほどの部屋へと出て行った。

夕食の用意は、もうすっかり整っていた。伯爵は大きな暖炉のかたわらに立って石組みに寄りかかりながら、上品に手を揺り動かしてテーブルへと誘った。

「さあ、おかけになり、存分にお楽しみなされ。ご一緒できないのは、お許し願いたい。余はもう済ませており、夜食もやらぬ口でな」

僕はホーキンス氏から託された封書を伯爵に手渡した。彼はそれを開封するとしげしげと読みふけっていたが、やがて温かく微笑むと僕に手渡した。一瞥《いちべつ》しただけでも、思わず嬉《うれ》しくなるような書簡であった。

「持病の痛風のため、残念ながら、しばらくは旅行もできないような有様なのですが、じゅうぶん信頼に足る代理人を送りますので、ご信頼ください。若く、活力と才能とに恵まれた、忠実な男です。慎み深く寡黙であり、私のもとで成長をして参りました。滞在中、お望みとあらばいつでも閣下に仕え、なんなりとお役に立ってくれることと存じます」

伯爵自ら歩み出て料理にかけた覆いを取り去ってくれると、僕はすぐに絶品のロースト・チキンへとかぶりついた。他にはチーズがいくらかとサラダ、そして年代物のトカイワインが一本用意されており、これを二杯ほどやった。食べている僕に伯爵は旅のことをあれこれと訊ね、僕は道中の出来事をひとつずつ、すっかり話して聞かせたのだった。

食べ終わると伯爵の薦めで僕たちは暖炉へと椅子を寄せた。差し出されるままに葉巻を一本頂いたが、伯爵は、自分は吸わないのだと言った。ようやく彼の姿をじっくりと眺めることができたわけだが、伯爵は並々ならぬ人相をした人物であった。

顔はまるで、力強い鷲《わし》のようである。高くそびえる鼻と、独特な形をした鼻の穴。丸く張り出すような高い額。髪はふさふさと生えているが、こめかみの辺りだけは薄くなっていた。眉毛《まゆげ》は鼻の上で繋《つな》がりそうなほど濃く、ぐるぐると渦を巻くように生い茂っている。引き締まった口元は深い口ひげに見え隠れしていてよく見えはしなかったものの、歳とは不釣り合いなほどに赤々とした唇から突き出た白く鋭い歯のせいで、むしろ冷酷な印象を漂わせていた。他には、耳は白く先がひどく尖《とが》っており、顎《あご》は大きく頑丈そうで、頰は細いながらもがっしりとしていた。とても蒼白《あおじろ》い顔色をしているのが、実に印象的である。

膝《ひざ》の上に載せた手の甲は、暖炉の炎に照らされているのを見た限りでは白く、か弱く見えていたのだが、近づいてみると、ごつごつとして大きく、野太い指をしているのが分かった。妙なことに手のひらの中央に毛が生えていた。爪は長く艶《つや》やかで、鋭く尖るように切り揃えられていた。伯爵がこちらへと身を乗り出して僕の手に触れたとき、体の奥から震えが込み上げた。彼の息にひどい悪臭が漂っていたせいなのか、僕はひどい吐き気に襲われて思わず顔に出してしまった。伯爵はその様子に気づくと体を離して、あの歯をさらに剝き出すような残忍な笑みを浮かべ、また暖炉のそばに置かれた椅子に腰掛けた。ふたりともしばらく、黙ったまま座っていた。ふと窓の外に目をやれば、ほのかに夜明けの光が射してくるのが見えた。何もかも妙な静寂に包まれていたが、耳を澄ませば山の麓《ふもと》に広がる渓谷のほうから、何頭とも知れぬ狼たちの咆哮《ほうこう》が聞こえてきた。伯爵は目をぎらりと光らせると言った。

「ほら、お聞きなさい——夜の子らが騒いでおる。なんとも聞き惚《ほ》れるような音楽ではないか！」そして、僕が妙な顔をしているのに気づいたのか、「ああ、貴殿のような都会の人びとには、狩人《かりゅうど》の気持ちは分からんだろうね」と言葉を続けると、椅子から立ち上がった。

「さて、さぞやお疲れのことだろう。寝室はすっかり用意できているから、今日はもう心ゆくまで休みなさい。余は午後まで留守にしておるから、ゆっくり夢をご覧になるといい！」

伯爵はそう言うと丁重にお辞儀をしてみせ、あの八角形の部屋へと続く扉を開けて、僕を寝室へと通した。
いったい、何がどうなろうとしているのだろう。疑念と恐怖が胸に渦巻き、自分の魂にすら打ち明けられないような恐ろしいことばかりに思いを巡らせてしまう。神よ、せめて愛する人びとのために、どうかお護《まも》りください！

五月七日
また早朝になってしまったが、ここ二十四時間はゆっくり休み、十分にくつろいで過ごした。昨日は午後遅くまで、誰にも邪魔されずに眠ることができた。着替えを済ませて夕食をしたあの部屋に行ってみると、簡単な食事が用意され、あつあつのコーヒーが暖炉にかけてあった。テーブルの上には、次のように書かれたカードが添えてあった。
「しばらく留守にいたします。ご自由にお過ごしください――D」
僕はそれを読むとさっそくたらふく朝食を食べ、それを召使いに知らせようと呼び鈴を探してみたのだが、どこを探してもそれらしきものはまるで見あたらなかった。これほど何もかも行き届いた、豪奢《ごうしゃ》なものに包まれた城であることを思えば、なんとも妙な話である。テーブルに並んだ金の皿には見事な装飾が施されており、きっととんでもない値打ち物であるに違いない。カーテンも、椅子やソファに張られた生地も、そしてベッドの天蓋《てんがい》からたれ下がる布も、どれもこれも非常に高価で美しいものばかりだ。何世紀も昔に織られたに違いないことを思えば、当時は目の眩《くら》むような価値があったことだろうが、なんとも状態がいいのである。ハンプトン・コートにて同じようなものを目にしたことがあったが、すっかりよれてぼろぼろで、虫喰《むしく》いだらけだったものである。さらに妙なのは、どの部屋にも鏡が置かれていないことだ。寝室のテーブルにも化粧鏡ひとつ置かれておらず、髭《ひげ》を剃《そ》ったり髪をとかしたりするのに、旅行鞄《かばん》に入れた手鏡を引っぱり出さなくてはいけないようなざまなのである。召使いの姿もとんと見かけなければ、城の外から聞こえてくるのは狼の鳴き声だけだ。食事を終えたのが午後五時を過ぎてからのことだったので、朝食というべきか夕食というべきかは分からないが、とにかくそれを食べ終えた僕は伯爵の許可もないまま城内をうろつくのに気が引けて、何か本でもありはしないかと探してみた。だが室内には本も、新聞も、筆記用具すらも見つからなかった。そこで部屋にある別の扉を開けてみると、どうやら書斎のようだった。寝室の向かい側のドアを開けようとしてみたが、これには鍵《かぎ》がかかっていた。

書斎に行ってみると嬉しいことに、本棚にぎっしりと英語の本が並べられており、雑誌や新聞も大量に見つかった。中央に置かれたテーブル上には英語の雑誌や新聞が散乱していたが、どれもこれも、だいぶ以前に発行されたものばかりだった。歴史学、地理学、政治学、政治経済学、植物学、地質学など、蔵書は多岐にわたって揃えられていたが、すべてはイギリスや、イギリスの風俗習慣についてのものばかりだった。中にはロンドン商工人名録、青書に赤書、ホイッテイカー年鑑、陸軍人名録、海軍人名録、法律家人名録――これは妙に嬉しい気持ちになった――などまでもが揃えられていた。

本を見ていると扉が開き、伯爵がやって来た。伯爵は丁重に挨拶《あいさつ》をすると、僕がよく眠れたかを気にかけてくれ、こう言葉を続けた。

「ここを見つけられたとは、何より何より。どうかな、貴殿の気に入るものが山ほどあろう。この友人たちは――」伯爵はそう言うと、数冊の本の上に手を置いた。「実に深く余を慰めてくれた。ことに数年ほど前にロンドンへと思いを馳《は》せるようになってからというもの、どれほどの喜びを与えてくれたことか分からん。この本を通して余は、貴殿の国、偉大なる英国のことを学んだのだよ。知れば知るほど、愛さずにはいられなくなってしまった。そびえ立つロンドンの街並みを闊歩《かっぽ》する人波の中を歩き、その溢《あふ》れ返る人びとのただ中にまぎれ、共に生を、移ろいを、死を、そして彼らの感じるすべてのものを、余も分かち合いたい。だが悲しいかな！　余は本を通してしか貴殿らの話す言葉を知ることができん。どうだろう、貴殿から見て余の言葉はおかしくは聞こえないかね」

「とんでもない」僕は答えた。「伯爵の英語に非の打ち所などございません」

伯爵はそれを聞くと、粛々と頭を下げた。

「お世辞は有り難く受け取るが、それでもまだ先行きは遥《はる》かに感じておるのだよ。確かに文法も単語も理解してはおるが、いざそれをどう使えばよいのかとなると、実に怪しいものでな」

「お世辞だなんて」僕は首を横に振った。「実にお上手に話しておいでです」

「いや、分かっているのだよ」彼が答えた。「余がロンドンを歩き英語を話したならば、誰もが余のことを余所《よそ》者だと認めよう。それではたまらんのだ。ここにいれば余は貴族《ボイエール》であるし、下々の者どもは余が領主であると知っている。だが見知らぬ土地の見知らぬ人びとには、余のことなど誰も知ったことではない。知らぬということは、気にかけられぬということだ。だから、通りがかりに余の姿を見た者がふと足を止めたり、余が話すのを聞いた者から『おい、この御仁は余所者だぞ！』と言われたりすることが無くなって、ようやく余は満足なのだ。これまでずっと余は人の上に立ってきたものだからな――誰かの下になど思われるのは耐え難いのだよ。貴殿は、エクセターの親愛なるピーター・ホーキンス殿の代理として、ロンドンの新しい地所の説明をしに遥々《はるばる》来てくれたわけだが、それだけというわけにはいかん。しばらく余とともにここに暮らし、余の英語が流暢《りゅうちょう》になるよう、どんな些細《ささい》な間違いだろうと余が犯せば教えてくれるよう、努めてくれるものと思っておるよ。今日は長らく城を空けていて、済まなかったな。だがとにかく多忙の身であるのを、どうかご理解願いたい」

僕は、もちろんおっしゃる通りにするつもりだと答えると、好きなときに書斎にやって来てもいいかと訊《たず》ねた。伯爵は「もちろんだとも」とうなずくと、こう続けた。

「城内は好きなように歩き回って構わんよ。だが鍵のかかった部屋には近づかんようにな。いずれにせよ、貴殿の見たいものなどそこにはありはせん。ちゃんとわけがあってそうしているのだが、貴殿が余の目と知識とを持つことができれば、その理由もよく分かるだろう」

　僕が言いつけを守る旨を伝えると、伯爵は言葉を続けた。

「ここはトランシルヴァニアであり、トランシルヴァニアはイギリスとは違う。この国のしきたりと、貴殿のお国のしきたりとはずいぶん違うものだから、きっと貴殿にしてみれば妙なことがごろごろあることだろう。ともあれ、昨晩貴殿がしていた話から思うに、ここで起こる妙な出来事にも、いくつか心あたりはおありだろう」

　ここからは、僕たちの会話にも花が咲いた。伯爵がとにかく話をしたがっているのが見え見えだったため、道中で僕の身に起こったことや気づいたことなどを、片っ端から訊ねてみたのである。伯爵は、ときには話を逸《そ》らしたり、こちらが何を言っているのか分からない振りをしてみせたりすることもあったものの、だいたいどんな質問にも気さくに答えてくれた。やがてすっかり舌も滑らかになってきた僕は、一昨日の夜に起こった妙な出来事についても、いくつか訊ねてみた。たとえばあの馭者《ぎょしゃ》が、青い炎を見つけて飛び降りて行った話などだ。伯爵はあの炎の下に金塊が埋まっているというが、果たして本当だろうか？　いわく、一年のうちある夜になると――悪霊たちが自由に解き放たれる昨夜こそがその夜なのだということだが――財宝の埋まっている場所に青い炎が現れると人びとが信じているのだという。「君が昨夜通って来た辺りに財宝が埋められているというのは、おおむね確かなことだろうね」伯爵はそう言葉を続けた。「あの辺りは何世紀にもわたり、ワラキア人とサクソン人、それからトルコ人たちが争いを繰り広げて来た地なのだから。国を守る者と侵略者たちの血に染まっておらぬ場所など、この地域にはほとんど欠片《かけら》たりともありはしないのだよ。この辺りが戦乱に巻き込まれたのは、一度や二度ではない。オーストリア人やハンガリー人どもが攻め込んでくれば、老若男女、国を愛する者どもは残らず駆り出され、街道の上の岩場で待ち伏せをしてわざと土砂崩れを起こしたのだそうだよ。侵略者たちは勝利を収めても、ほんのわずかの財宝しか見つけることはできなかった。何もかも、故国の土中に埋め隠してあったのだからな」

「しかし、なぜこんなにも長く掘り出されずにきたのでしょう」僕は言った。「その気になれば、どこに埋めたかなどすぐに分かるでしょうに」

伯爵がにっと微笑むと歯茎が剝《む》き出しになり、異様に長く鋭い犬歯が突き出した。

「それは、大衆とは臆病《おくびょう》で頭が足りぬものだからだ！　あの炎はたった一日しか現れぬというのに、国の者どもと来たら扉を閉めきって、できるだけ表に出ないようにして過ごそうとする。だが、たとえ外に出たところでどうすればよいかなどは分からぬのだよ。君は馭者が炎の場所に印を付けていたというが、白日のもとではそれがどこだかも分かるまいよ。君にだって、もうそれがどこだったのか分かりやしないだろうよ」

「おっしゃるとおりです。どの辺りを探せばいいのかも、すっかり分からないくらいです」僕がそう答え、話題は他のものごとへと移っていった。

「さて」やがて伯爵が、改まった顔で言った。「ではそろそろロンドンの話や、君が斡《あっ》旋《せん》してくれる物件の話を聞こうではないかね」

僕は無駄話にかまけてしまったことを詫《わ》びようと一礼すると、鞄にしまってある書類の束を取りに寝室へと立った。書類を整えていると隣の部屋から陶器や銀の食器が音を立てるのが聞こえた。戻ってみるとテーブルはすっかり片づけられ、暗くなった部屋はランプの灯《あか》りに照らされているばかりだった。例の書斎にも灯りが灯《とも》されており、伯爵はソファに身を横たえ、よりにもよってイギリスの列車時刻表を読んでいるところだった。僕に気づくと彼はテーブルの上から本や紙の類《たぐい》を片づけ、ふたりで屋敷の図面や証書、購入にかかるさまざまな費用の記録などをあれこれと眺め回した。伯爵は身を乗り出すようにして夢中になりながら、屋敷の場所や周囲の環境のことなどについて、数限りなく質問をしてきた。どうやらその辺りのことについて、事前に調べられることはすべて調べあげていたのだろうが、話が終わるころにはすっかり僕よりも詳しくなっていたような有様であった。僕がそれを伝えると、伯爵は答えた。

「だが君は、そうでなくてはならんとは思わないかね？　そこに行ったなら余はひとりきりになってしまうのだ。それにハーカー・ジョナサン君……いや、すまない、ジョナサン・ハーカー君。ついこの国の習わしで名字を先にしてしまった。君だって余に付きっきりであれこれと教えてくれたり世話を焼いてくれたりはすまい。何マイルも離れたエクセターで、ピーター・ホーキンス殿とともに法律の書類仕事できっとご多忙だ」

僕たちはパーフリートの屋敷の購入について、本格的に話を進めて行った。事実関係を説明して必要書類に伯爵の署名を貰《もら》ってから、それに一筆添えてホーキンス氏に郵送する準備を整えると、伯爵は、いったいどうやってこんなに最高の物件を見つけることができたのかと僕に訊ねてきた。僕は、当時書き留めておいたメモを彼に読んで聞かせた。

「パーフリートの脇道にて、売家であることを示すぼろぼろの看板がかかった、まさに打ってつけの物件を見つける。家を囲っている大きな石造りの古い壁は長きにわたり手が入れられていないようだ。門は閉まっているががっしりとした樫《かし》と鉄の作りで、錆《さび》にやられている。

屋敷は『カーファックス《carfax》』という名で呼ばれているが、東西南北にきっちり面しているところから、元は『クオーター・フェイス《quatre face》』だったのが訛《なま》ったものに違いない。全部で二十エーカーにものぼるその敷地のほとんどは、先述のがっしりとした石壁に囲まれている。敷地内には木々が鬱蒼《うっそう》と生い茂り所々昼でも暗く、暗い水をたたえた池か小さな沼のようなものがあるが、よく澄んでいるうえにかなりの水が流れ出していることから、湧き水が溜《た》まったものであるのは明白だ。建物自体は非常に大きく古いもので、一部分だけ巨大な石作りになっており、地上高くに鉄格子のはまった小さな窓がいくつか並んでいるだけであることから、造営はきっと中世時代にまで遡《さかのぼ》るのではないかと思われる。城塞《じょうさい》の中心部であったもののようで、古い礼拝堂か教会が併設されている。邸内とそこを隔てている扉の鍵《かぎ》が無かったので内部を見ることはできなかったが、方々からの外観をコダックのカメラに収めて来た。邸宅は後から敷設されたものであるが作りがやたらと複雑になっており、外観から判断するしかないが、かなり大きなものであるようだ。近所には数軒しか家屋は建っておらず、そのうちでも際だって大きな一軒は最近増築され、私設の精神病院になっているようだ。ともあれ、この屋敷内からは見えない」

僕が読み上げ終えると、伯爵が言った。

「建物が古くて大きいとは大変結構だ。余も古い家の出のものでな、新しい家になど住むことなど、とても考えられはせん。家というものは一日にしてどうこうなるものなどではないし、世紀の歴史を持つ家に、建てたばかりの家など敵《かな》うものかね。それに、古い礼拝堂があるというのもよいではないか。余のようなトランシルヴァニアの貴族にとっては、下々の者どもと共に墓に入ることなど耐え難きものでな。若く溌剌《はつらつ》とした者どもであればきらめく陽光や水の流れに甘く美しく身を委《ゆだ》ねるのもよかろうが、余はもう希望も歓びも要りはせん。余はもう老いぼれだ。人の死を延々と嘆きながら過ごし続けたものだから、そんなものはただ居心地の悪いだけなのだよ。それにごらん、この城の城壁は崩れてそこかしこが影に覆われ、形を失った銃眼からは冷たい風が吹き込んで来るだろう。余はその影と暗闇が心地よくてたまらんのだ。心赴くままに、独りで物思いに耽《ふけ》っていたいのだよ」

僕には伯爵の言葉と表情とが、どこか噛《か》み合わないように思えた。もしかしたらその顔立ちのせいで、微笑みに悪意と陰鬱さが浮かぶように見えるからだろうか。

しばらくすると伯爵は、書類をまとめておくように僕に申しつけると、一礼をして席を離れた。なかなか戻って来る気配がないので、僕は周りの本を何冊か適当に手に取ってみた。一冊は地図で、まるで何度も使い古されたかのように、自然とイギリスのページがぱたりと開いた。見てみれば数箇所に丸く印がつけられており、ロンドン東部につけられた印はまぎれもなく新たな物件の場所を示していた。他のふたつはエクセターと、ヨークシャー沿岸にあるホイットビーにつけられていた。

一時間も過ぎようかというころになって、ようやく伯爵は戻って来た。「これはこれは！　まだ読書をしていたのかね？　大変結構だが、そう根を詰めてばかりではいけない。さあ、夕食の用意ができたそうだから、おいでなさい」伯爵に手を取られるままに隣の部屋へと移ると、テーブル上には見事な夕食が並べられていた。だが伯爵はまたしても、自分は外で済ませて来てしまったからいいと手をつけようとはせず、前夜のように腰掛け、食事をしている僕に話しかけて来たのだった。食事が終わるとまた僕は葉巻をやり、伯爵はといえば何時間でも、思いつくかぎりの質問を僕に投げてよこすのだった。もうすっかり深夜になっているはずだったが、僕は伯爵の希望に添いたい一心から、何も言わずにいた。昨日たっぷりと眠ったせいでまったく眠気は感じていなかったが、夜明けとともに、まるで潮が変わるかのようにやってくるあの冷気だけはどうしようもなかった。よく、死期の近づいた人は夜明けか潮の変わり目になって息を引き取るものであるというが、疲れ果て、動くこともできずにこの大気の移ろいを味わえば、誰もがそれは真実であるという気持ちになるだろう。ふと、澄み渡る朝の空気を貫くように、鋭い鶏の鳴き声が響き渡った。ドラキュラ伯爵は慌てて立ち上がると、僕に言った。

「なんと、もう朝になってしまったか！　こんな時間まで付き合わせてしまい、申し訳なかったな。これというのも、君が語る余の新たなる祖国、イギリスの姿があまりにも魅力的だからというものだよ。こんなことにならぬよう、次からは多少つまらなく話してもらわんといかんね」

伯爵はそう言うと深々と礼をして、部屋を立ち去った。

僕は自室へと引き返すとカーテンを開けてみたが、中庭に面した窓からはただぬるい灰色に明けてゆく空のほか、見えるものはほとんどありはしなかった。僕はカーテンを閉め直し、この日記を書いたというわけである。

五月八日
果たしてこうだらだら書き続けてもいいものかと感じていたのだが、今となってみれば、最初から事細かに書いて来て本当によかった。この城はどこか本当に普通ではなく、不安ばかり感じてしまう。なんとか無事に帰りたい。いや、来ずに済めばどんなによかったことか。もしかして、不気味な夜闇のせいでこんな気持ちになっているのかもしれないが、とにかく誰もいないのだ！　もし他に話し相手でもいればと思うが、僕ひとりきりなのだ。話し相手といえば伯爵だけ。しかしその伯爵は——！　考えるのも恐ろしいが、もしかしたらこの城にいる生者は僕だけなのではないか。できる限り、客観的にこれを書くことにしよう。そうすれば正気を保ち、おかしな妄想に駆り立てられずに済むかもしれない。妄想に任せてしまえば、気がおかしくなってしまいそうだ。ともあれ、不確かなことも多いが僕の今置かれている状況のことを、ここに書いておこう。

ベッドにもぐり込んだものの数時間ほどで目が覚め、すっかり目が冴《さ》えてしまったので起きることにした。そして窓辺に手鏡を吊《つる》して、ひげ剃《そ》りに取りかかった。そのとき突然僕の肩に手が置かれ、「お目覚めかね」という伯爵の声がした。僕は飛び上がりそうになってしまった。鏡には背後の部屋全体が映っているというのに、伯爵にまったく気がつかなかったのだ。どうやらそのときに頬をすこし切ってしまったようだが、それにも気づかないほどだった。伯爵に挨拶《あいさつ》を返しながら、僕は自分が見間違いでもしたのかと、もう一度鏡へと目をやった。今度はぴったりと僕の背後にいるのだから、見間違えたりするはずがない。だというのに、鏡の中に伯爵の姿は見あたらないのだ！　鏡の中には部屋の風景がただ映っているばかりで、僕以外に誰の姿も見えないのだ。僕は震え上がっていた。城で経験したうちでも最も不気味なこの一件で、伯爵の傍にいるとき絶えず感じ続けていた不安は膨れあがっていった。と、先ほどの切り傷からすこし血が流れ出し、顎《あご》のほうまで垂れて来ているのに気がついた。僕はカミソリを置くと、絆創《ばんそう》膏《こう》を取り出そうとして振り向きかけた。伯爵は僕の顔を見ると、悪魔のように顔を燃え上がらせながら、僕の喉元《のどもと》をぐいっと掴《つか》み上げた。思わず後ずさりすると、十字架をつけたロザリオに伯爵の手が触れた。すると伯爵の顔に浮かんでいた獰猛《どうもう》さが、跡形もなくさっと消えてしまったのだった。

「気をつけなさい。切り傷などつくらぬよう、十分にな。この国では、君が思うよりもよほど危険なことなのだよ」伯爵は手鏡を取り上げると言葉を続けた。「こやつのせいで、君はそんな目に遭ったのだな。こんなものがあるから、人は惑わされ、自惚《うぬぼ》れる。さっさと消え去れい！」そう言って、恐ろしい手で重い窓をひと息に開け放つと、伯爵は鏡をそこから放り出してしまった。鏡は中庭に敷かれた石の上に落ちると、粉々に砕け散った。彼はひとことも言わずに窓を閉め直した。これにはほとほと困り果てた。時計の蓋《ふた》か、金属製のひげ剃り用の水入れを代用しなければ、おちおち髭《ひげ》を剃ることもできなくなってしまった。

ダイニング・ルームに行ってみると朝食はすっかり用意されていたが、伯爵の姿はどこにも見あたらなかった。そこで僕はひとりで食べたのだが、今日にいたるまで伯爵が何かを食べたり飲んだりする姿を見かけていないというのは、なんとも妙な話である。かなりの変わり者に違いない！　朝食を終えると、しばらく城内を歩き回ってみた。階段を上ると、南向きの部屋に出た。僕のいる場所からだと、素晴らしい眺めを存分に見渡すことができた。城は、目も眩《くら》むような断崖《だんがい》絶壁の縁に立っていた。窓から石を投げれば、何にもぶつからずに数千フィートは落ちてゆくだろう。見下ろせば遥《はる》か眼下に木々が緑の海のように広がり、ところどころに深い谷間が亀裂《きれつ》となって走っていた。深い山峡を銀の糸で縫うように、川が何本も曲がりくねりながら流れてゆくのが見える。

だが、その美しさのことを書いているような気持ちにはとてもなれない。その後さらに城を歩き回ってみたのだが、どこへ行っても扉、扉、扉ばかり。しかもすべてに鍵がかけられ、閂《かんぬき》が降ろされているのだ。城壁の窓以外、ここから出る道はひとつとしてありはしない。

この城はまさしく牢獄《ろうごく》で、僕は囚人なのだ！

第三章

ジョナサン・ハーカーの日記（続き）

自分は囚《とら》われの身なのだと気づくと、僕は言いようのない焦りに襲われた。階段を駆け上がり、駆け下り、目に付いたドアに片っ端から手をかけ、窓から顔を突き出してみる。だが、すぐに僕はすっかり絶望に打ちひしがれてしまった。その何時間かを振り返ってみれば、僕はまるで罠《わな》にかかった鼠のようにかけずり回り、正気を失っていたように思えた。僕は絶望の淵《ふち》に沈みながらただじっと静かに――それまでの人生でもっともじっと静かに――腰掛け、いったいどうすればいいのかを考え始めた。まだ考え続けているが、これという結論は出ていない。ただひとつ分かっているのは、こちらの考えを伯爵に伝えたところで何の意味もありはしないということだけだ。彼は、僕が囚われの身であることをよく分かっている。伯爵は自ら、明らかに何らかの狙いで僕を閉じ込めているのだから、こちらが疑念を抱いていることは打ち明けずにいたほうがいいだろう。とりあえず今は、ここで目にしたことや恐怖感を押し隠し、気を抜かずにいることだ。まだ、自分が恐怖を抱くあまりに赤ん坊のようにこんな絶望的な状況を妄想しているのかも、実際に崖《がけ》っぷちに立たされているのかも分からない。もし後者なのだとしたら、なんとか頭を振り絞ってこの状況を打破しなくてはなるまい。そう心に決めるやいなや階下の大扉が閉まる音が聞こえ、伯爵が戻って来たことを僕に知らせた。だがなかなか書斎に姿を現さないので足音を忍ばせて寝室へと向かってみると、そこには僕のベッドを整えている伯爵の姿があった。妙な光景ではあったが、僕がずっと疑い続けてきたとおり、やはりこの城に召使いなどひとりもいはしないのだ。後に蝶番《ちょうつがい》の隙間からダイニング・ルームで食事の用意をしている伯爵の姿を覗《のぞ》き見て、僕は確信した。こうした雑務まで自分でやらなくてはならないということは、他にそれをする者が誰もいないという証拠である。ということは、僕を馬車に乗せてここまで連れてきたあの馭者《ぎょしゃ》も伯爵自身なのだと思い至り、僕はぎくりとした。恐ろしい話だ。もしそうなのだとしたら、黙って手を挙げただけで狼どもを言いなりにして見せたあの力の正体は何なのだろう？　ビストリッツや馬車で人びとが僕に見せた深い哀れみは、いったいどういうことなのだろうか？　彼らが手渡してくれたロザリオやニンニク、そして野薔薇《のばら》とナナカマドには、どんな意味があるというのだろう？　ああ、十字架を僕にかけてくれたあの老婆に幸あらんことを！　ロザリオに手を触れるたびに慰めを感じ、力が湧いてくるのだ。そんなものに意味はない、盲信的である、そう言われ続けてきたはずのものがこうして孤独と苦難とを和らげてくれるのだから、なんともおかしな気持ちである。十字架というものには本質的に、そんな力が宿っているのだろうか。それとも、こうした媒体に手を触れることで同情や慰めの記憶がもたらされるのだろうか。いずれ時を見て、このことはちゃんと納得ゆくまで追究してみることとしよう。とりあえず今はできる限りドラキュラ伯爵のことを調べあげ、何でも探り出しておかなくては。今夜は話をそちらに持って行き、彼自身の口からいろいろと聞き出すのだ。ともあれ、余計な疑念を抱かれたりすることがないよう、十分に気をつけなくてはなるまい。

深夜

伯爵とは、ずいぶん長く話し込んだ。トランシルヴァニアの歴史についていくつか訊《き》いてみたのだが伯爵はすっかりこれに気をよくしたのか、こちらが驚くほどたっぷりと語り聞かせてくれた。出来事の話、人びとの話、そして特に戦いの話をする伯爵は、まるで目の前でそれを見て来たかのようですらあるのだ。話し終えてから彼は、貴族《ボイエール》にとって一族と名の誇りは自分の誇りであり、一族の栄光は自分の栄光であり、一族の運命は自分の運命だからなのだと説明してくれた。一族のことを話すときにはいつでも「我ら」と複数形を使い、まるで国王のような話しぶりだった。伯爵の話はあまりに面白く、本当ならば一言一句ここに書き記しておきたいところだ。まるで、国の歴史がすべてそこに語られているようですらあった。話しながらすっかり熱を帯びてくると伯爵は白い髭をいじりながら部屋じゅうを歩き回り、何かの上に手を置いては、あの怪力で粉砕せんばかりにそれを握りしめた。ひとつ、彼が語った一族の歴史について、可能な限り言葉どおりここに書き記しておく。

「我らセーケイ人の誇りには理由がある。この血管には主君のために獅子《しし》のごとく闘った多くの種族の血が流れておるのだ。ヨーロッパの民族が作り上げたこの渦の中に、ウゴル人たちはトールやオーディンといった神々に授かった闘志を携えてやって来た。ウゴルの狂戦士《バーサーカー》たちはヨーロッパのみならずアジアやアフリカの沿岸にまでその力を轟《とどろ》かせ、人びとは彼らのことを人狼《ウエアウルフ》だと思い込みすっかり震え上がったほどなのだ。やがて彼らはこの血へとやってくるとフン族の始祖となり、生ける炎となって地上を舐《な》め尽くすに至ったのだよ。死にゆく者どもは、彼らにはスキタイから追放され砂漠で悪魔と契った魔女どもの血が流れているとおののいたそうだ。なんと愚かしい！　彼らの肉体を流れる血に生き続けるアッティラ大王の前では、どんな悪魔も魔女も取るに足らんというのに！」伯爵は、両腕を大きく掲げてみせた。「我らが征服者の――マジャル人やランゴバルド人、アバール人、ブルガール人、そしてトルコ人らが何千という大群で国境へと押し寄せてもこれを撃退してみせた誇り高き戦士たちの末裔《まつえい》であるというのは、素晴らしいことだと思わんかね？　ハンガリーの祖国を討ち滅ぼしたアールパード率いる軍隊《レギオン》が我が国境で我らと相まみえ、侵略を諦《あきら》めてハンガリーを建国《ホンフォグララス》したというのも当然であろう。それにハンガリーの大軍が東方へと侵攻した折には、勝利者であるマジャル人らが我らセーケイ人を同胞と見なし、何世紀にもわたってトルコとの国境守護を任せるに至ったのである。いや、トルコでは『水は眠れども敵は眠らず』と言うほどなのだから、これは果てのない任務だろう。四民族の中において我らほど喜んで『血塗られた剣』を握った者どももいなければ、戦を伝える王の呼び声に我らほどいち早くはせ参じた者どもも、他にはおるまいな。ワラキア人もマジャル人もトルコの新月旗の下に撃ち倒された、かのカソヴァの屈辱の折には、余の一族の者が軍を率いてドナウ川を渡り、トルコ領にて連中の軍を撃ち倒し、その怨《うら》みを晴らしたのだ。この、ドラキュラ一族の者がだよ！　残念でならぬのは、この勇士が戦死した後に卑しき弟が同胞たちをトルコへと売り渡し、隷従の屈辱を与えたということだ！　だがこのドラキュラがいたからこそ、後の世の子孫たちは幾度となく大河を越えてトルコへと攻め入る力を授かったのだ。彼は何度も、何度も、何度も撃ち倒されたというのに、軍が全滅してもなお、血に濡《ぬ》れた戦場をひとりで這《は》い戻って来た。自分さえおれば、最後には勝利できると確信していたのだよ。我が身のかわいさゆえにひとり逃げ延びたのだなどと言う者もおる。愚かしい！　将なくして、兵どもが役になど立つものかね？　頭脳と心とを兼ね備えた将がいなければ、戦などできるものではないわ。モハーチの戦いで再びハンガリーの支配を逃れた折にも、将らの中には我がドラキュラ家の者がおった。我らは、人に支配され自由を奪われるのが耐えられんのだよ。よくお聞き。セーケイ人——そして彼らの血であり、頭脳であり、剣であったこのドラキュラ一族の歴史の前では、成り上がりのハプスブルク家やロマノフ家など、足下にすら及ばん。だが、今やもう戦乱の世など遥《はる》か昔のこと。この誉れなき平和の時代に、誰が進んで血を流そうなどと思うものかね。偉大なる種族たちの栄光などは、話したとおり過去のものなのだ」
いつの間にか空が白みはじめており、僕たちは床につくことにした（メモ。いつも鶏の朝鳴きで終わるこの日記は、『アラビアンナイト』か、はたまたハムレットの父親の亡霊のようだ）。

五月十二日
まずは事実から始めよう——書物や数字で立証された、些細《ささい》だが疑いようのない、ありのままの事実から。僕の解釈や記憶にまみれた経験と、そうした事実を混同してしまってはいけない。昨夜、伯爵はこちらにやって来ると、まず法的な問題や必要な手続きなどについて質問してきた。昼間には、とにかくあの恐怖感を忘れるためにもぐったり疲れるまで読書をして過ごしながら、リンカーンズ・インで司法試験を受けたときの問題をいくつか調べ直していた。伯爵の質問にはある種の規則性のようなものがあった。いつかこの情報が役立つこともあるかもしれないので、ここに書き留めておく。
まず伯爵が訊いたのは、イギリス人はふたり以上の事務弁護士を雇うことがあるかということだった。僕は、お望みとあらば何人でも雇うことはできるが、一度に活動を行えるのはひとりと限られていること、そして弁護士を途中で変えるのは依頼主の不利益にしかならないことを説明し、一件の取引にふたり以上の弁護士を雇うのは得策ではないと答えた。伯爵はしっかりとこれを理解すると、次に、たとえばひとりの弁護士を銀行管理に、そしてそこから離れた場所に別の弁護士を置いて現地での輸送担当業務を行わせるとどのような問題が起こりえるのかと訊《たず》ねた。僕は、誤解や齟齬《そご》がないようちゃんと説明したいので、もうすこし詳細を教えて欲しいとお願いしてみた。

「よろしい、こういうことなのだ。君と余の友人であるピーター・ホーキンス殿は、ロンドンを遠く離れた美しきエクセター大聖堂のもとにて余の代理人となり、君を通してロンドンの屋敷を購入してくれた。まことに素晴らしい！　君がロンドン当地ではなく遠方の地におる弁護士に余が依頼したことを不審に思わぬよう、ありていに申すとしよう。そうしたのは、余の依頼のみに専心して欲しかったからなのだ。ロンドンに住む弁護士には彼の意図もあるだろうし、それに他の顧客も持っているであろう。そこで余の依頼のみに砕身してもらうため、彼方《かなた》の地に代理人を立てることにしたのだよ。余のように多忙の身であれば、例えばニューカッスルやダラム、ハリッジ、ドーバーのような港町に荷物を輸送するとなると、当地の弁護士に依頼をしたほうがずっと簡単だとは思わんかね？」

そこで僕は、もちろんそのほうがずいぶん楽だとは思うが、我々弁護士には互いの代理人となる制度があることを説明した。依頼主はひとりの弁護士に業務を委託すれば、その弁護士の指示により現地の代理弁護士が業務を代行してくれる。依頼主はひとりの弁護士に業務を任せてしまえば、あとは余計なことを考えなくとも業務はちゃんと遂行されるのである。

「だが、そうすれば余が自分で直接指示が出せるだろう」伯爵が言った。「そうは思わんかね？」

「もちろんです」僕は答えた。「決まったひとりの人物に業務全般を把握されることを嫌い、わざとそうする人もビジネス界にはおります」

「よろしい！」伯爵はそう言うと、業務委託や書類作成の手順や、予想されるトラブルやその事前対処などについての質問を始めた。僕はあらゆる知識を引っぱり出して隅から隅まで説明してみせたのだが、伯爵は実にありとあらゆる事態を余すことなく予想しており、きっとその気になれば優秀な弁護士になるだろうと感動させられずにはいられなかった。イギリスに行ったことも、ビジネス界に身を置いたこともないというのに、あれだけの知識と洞察力とを備えているというのは驚きである。僕が手元の文献などを引っぱり出しながらすべてを説明し終えると伯爵はようやくすっかり満足し、こう言った。

「最初にここからピーター・ホーキンス殿に手紙を書いて以来、彼や友人に手紙を出したかね？」

僕は、手紙を出す機会などなかったし、誰にも出していないと答えたが、そんなことは伯爵も分かりきっているくせになぜわざわざ訊くのかと、苦々しい気持ちになった。

「では、今書いておきなさい」彼はそう言うと、重い手のひらを僕の肩に置いた。「友人や他の者どもに、今後一ヶ月は余のところに滞在しているとしたためるがいい」

「そんなに時間がかかるのですか」僕はぞくりとすると、思わずそう訊ね返した。

「そうとも。嫌だとは言わさんよ。君の主人、雇い主、まあなんでもいいが、彼は余の要求を完全に満たすために自らの代理をよこしたのだ。余も気前よく代金を支払ったろう。そうではなかったかな？」

そう言われては、ただ頭を下げるしかなかった。僕は自分ではなくホーキンス氏の用事で来ているのだし、まずそのことを考えなくてはいけないのだ。それだけではない。話をする伯爵の瞳《ひとみ》や物腰を見ていると、自分が囚《とら》われの身であり道を選ぶことなどできないのだと思い知らされるのだ。伯爵は頭を下げた僕の姿と、この顔に浮かんだ敗北の表情から自らの勝利を確信すると、あの柔らかくも有無を言わさない口調で先を続けた。

「ただ、手紙には仕事以外のことは何も書かぬようにするのだよ。君が元気にしており、帰って再会するのを待ちわびていると知れば、皆間違いなく喜ぶだろう。そうだね？」

伯爵はそう言うと、僕に便せんと封筒を三枚ずつ手渡した。海外郵便用の、非常に薄っぺらいものである。手元から顔を上げれば、赤い唇の上に犬歯を突き出して鋭い笑みを静かに浮かべる伯爵の顔は、自分にも中身は見えるのだぞと言っているように思えた。十分に気をつけて書かなくてはいけない。そこで僕はごくごく形式的なことだけ書くことにしたが、ホーキンス氏と速記文字が読めるミーナには、内密にすべてを書き記すことにした。これなら伯爵に見られたところで、読まれることはないだろう。二通を書き終えると僕は何も言わずに黙って座りながら、本を何冊か見ながら手紙を書いている伯爵を眺めていた。やがて伯爵は僕の書いた二通を取って自分の手紙とともに筆記用具のそばに置いて部屋を出て行った。ドアが閉まると僕はすぐに身を乗り出して、裏返しに置かれた手紙をめくってみた。褒められた行いとは言えないが、こんな状況下では自分の身を守るためにはどんなことでもしてやろうという気持ちだった。

一通の手紙は、ホイットビーのクレセント七番街、サミュエル・F・ビリントン氏宛《あて》で、二通目はヴァルナのハー・ロイトナー氏宛、そして三通目はロンドンのクーツ商会宛で、最後の四通目はブダペストの銀行家、ヘレン・クロップストック氏とビルロイト氏宛であった。二通目と四通目は、まだ封がされていなかった。中身を見てみようとしたそのとき、ドアのノブが回るのが見えた。僕はすんでのところで手紙を元の場所に戻して元の椅子に身を沈めると、読みかけていた本を開いた。戻って来た伯爵はさらにもう一通の手紙を手に持っていた。伯爵はテーブルの上の手紙にひとつずつ丁寧に切手を貼ってゆくと、僕のほうを振り向いた。

「申し訳ないが、今宵《こよい》はやたらと私用が多いので、これにて失礼するよ。お好きに過ごされるがよい」伯爵はドアのところでまた振り向くと、やや間を置いて口を開いた。

「そうだ。ひとつ忠告しておこう――いや、むしろ心よりの警告と申しておこうか。城の中を歩き回るのは構わんが、他のところで眠ろうなどとはゆめゆめ考えぬようにな。この古びた城には太古の記憶が渦巻いておってな、うかうか眠りこけたりしようものなら、悪夢にうなされかねん。気をつけられよ！　もし眠気に襲われたりすることがあれば、すぐに自分の部屋に戻るのだ。そうすれば、何も案ずることなくゆっくり眠れるだろう。だが、もしそれを忘れてどこかで眠りに落ちたりすれば、そのときは……」伯爵は両手をこすり合わせるようにしながら、不気味に言葉を止めた。それで僕には、すべて伝わった。ただひとつ、今僕を取り巻き、迫りつつある影と謎。それ以上に恐ろしいものが他にあるのかどうかだけが、僕には分からなかった。

深夜

僕の気持ちは最後に書き留めたとおりだが、今やそれは、疑念などというものではない。伯爵のいないところであれば、どこで寝ることになっても僕は怖いなどと思わないだろう。ベッドの枕元には、あのロザリオを置いた――きっと悪夢から僕を守ってくれるはずだ。このまま、ずっと置いておくことにする。

伯爵が出てゆくと、僕は部屋に引っ込んだ。しばらく待っても物音が聞こえないので部屋を出ると石階段を上り、南側が見渡せる窓へと向かった。広大な眺めを見ていると、そこに行くことはできないまでも、暗い中庭とは比べものにならないほどの自由を胸に感じた。その眺めに自分は囚人なのだという気持ちが高まると、深夜であるにもかかわらず、新鮮な空気が吸い込みたくてたまらなくなった。僕は夜に蝕《むしば》まれ始めている。神経がずたずたになってしまいそうだ。自分の影を見てはぎょっとし、頭に思い浮かぶのは恐ろしい妄想ばかりなのである。こんな場所にいたのでは、どんな恐怖に苛《さいな》まれようとも当然だ！　僕は美しい眺望を見ながら柔らかな月明かりを浴びていた。月はまるで、昼間のように明るく照らしていた。穏やかなその光の中で彼方の山々は溶け合い、渓や谷間は絹のような影に包まれていた。景色の美しさに心が緩んでくると、吸い込むひと呼吸ひと呼吸に平穏と静寂とが感じられるようになった。窓から身を乗り出してみると、下階で何かがうごめいているのが見えた。窓からやや左のその辺りは、僕の推測では伯爵の自室がある箇所のように思えた。僕の立つ石組みの窓は高く奥まっており、まだしっかりとしているものの、据え付けられてからずいぶんと年月を経ていた。僕は石組みの陰へと身を潜めると、息を殺して窓の外を眺めた。

窓から伯爵が頭を突き出すのが見えた。顔まではっきり見えたわけではないが、あの首も、背中や腕の動きも間違いなく伯爵のものだ。あれほどじっくりと何度も何度も観察した手を、見間違えるはずはない。始めはただどきどきしただけだったが、やがてどこか、愉快な気持ちになってきた。妙なもので、囚われの身でいると、ほんの些細《ささい》なことがひどく面白く感じられるようになってくるのだ。だがその気持ちは、みるみる嫌悪と恐怖とに染まっていった。僕の目の前で奴はゆっくりと窓から抜け出すと、マントを巨大な翼のように広げ、頭を地面へと向けて、落ちればひとたまりもないような城壁を這《は》い降り始めたのである。僕は、目を疑わずにはいられなかった。月明かりか影のせいで、おかしな幻影でも見ているのではないかと思った。だがいくら見ても、決して僕の見間違いなどではなかったのである。風雨にさらされて塗装の剝《は》げ落ちた壁の石組みの端々を指や足のつま先で摑《つか》み、突起や凸凹を使ってかなりの速度で壁を這いずるようにしながら、まるでトカゲのように伯爵は降りてゆくのである。

いったいどんな人間に——いや、人の姿の化け物に、あんな芸当ができるというのだろう？　この強大な恐怖の城に、僕は押しつぶされてしまいそうだ。恐ろしい……心底恐ろしいが、どこにも逃げ場はないのだ。考えるのも恐ろしいような恐怖の城に、僕は閉じ込められているのである……。

五月十五日

トカゲのように城から出てゆく伯爵の姿を、また目撃した。伯爵は数百フィートほど斜めに下ってゆくと、かなり左手にある穴か窓のようなところへと這いずり込んで行った。彼が頭を引っ込めるのを確かめると、僕はもっとよく見ようとして身を乗り出してみたが、とにかく僕のいるところからでは距離がありすぎて、どうがんばっても見えそうになかった。ともあれ、今ならば伯爵は城にいない。僕はこの機会に、今までよりもあちこちまで城内を調べてやろうと思った。部屋に戻ってランプを持ち出し、ドアというドアをすべて試してみる。思った通りどのドアにも錠が取り付けられていたが、どれもこれも比較的新しいもののように思えた。石階段を降りて、初めて伯爵と出会ったあの玄関ホールへと降りてみる。試してみると閂《かんぬき》も鎖も簡単にはずれたが、ただ扉には錠がかけられ、鍵《かぎ》がどこにも見あたらないのだ！　きっと伯爵の自室にあるのに違いない。

逃げ出すには、伯爵がドアに鍵をかけ忘れたのを見逃さず、ここの鍵を盗み出さなくてはいけない。僕は引き続きあちこちの階段を上り、廊下を歩きながら、目に付いたドアを試してみた。玄関ホール近くにあるふたつの小部屋のドアだけは開いたが、中には古びて埃《ほこり》まみれになった年代物の家具がある以外、特に見るべきところなどありはしなかった。だがある階段をてっぺんまで上ったところで、ついに一枚のドアを見つけた。最初は鍵がかけてあると思ったのだが、力を入れてみるとわずかに動いたのだ。さらに力を込めてみると、確かに鍵こそかかっていないものの蝶番《ちょうつがい》がはずれ、重いドアが床を擦っているせいでこんなにも重たく感じられるのだということが分かった。だが、こんな千載一遇の機会を逃す手はないと思った僕は必死に力を振り絞り、なんとかくぐり抜けられるくらいまでドアを引っ張り開けた。そこは城の翼部のひとつで、僕の寝室がある階からはひとつ下の階、ずっと右手のほうにあたった。ずらりと窓が並んでいるところから見るに城の南側には部屋がいくつも連なっているようで、いちばん端の部屋には、南側と西側に窓が取り付けられていた。南側も、西側と同じような断崖《だんがい》絶壁になっていた。巨大な岩の上に建造された難攻不落のこの城は、三方からは弓矢も投石機も届かないため、大きな窓がいくつも設《しつら》えられており非常に明るく居心地がいい。守備の必要があっては、こうはいかないだろう。西側には深い谷が広がっており、その向こうには天然の城塞《じょうさい》のように険しい山々がいくつもそびえ立ち、ごつごつとした岩肌の裂け目やひび割れの間に根を下ろしたナナカマドやイバラに覆われているのだった。城内の他の箇所に比べて家具も優雅であるこの一角は、かつてきっと城の居住区であったのだろう。菱形《ひしがた》の窓にはカーテンがかかっておらず、射し込んでくる黄色い月明かりのおかげで室内の彩りまで見て取れたが、その淡い明かりの中では部屋を覆う埃もいくらか和らいで見え、年月と虫喰《むしく》いに荒れ果てた室内がすこしは生き返るように思えた。手にした燭台《しょくだい》は明るい月光の中ほとんど意味をなさなかったが、あまりにわびしくぞっとするほど不気味なその場所で、僕の胸を慰めてくれた。伯爵の影に怯《おび》えながらあの寝室あたりで独りで過ごしているのに比べればずいぶんよかったし、しばらく自分をなだめているうちに、心の緊張も解けて自分が落ち着いて来るのが分かった。かつては高貴なご婦人がこのテーブルに腰掛け、あれこれと考えを巡らせ、ときには頰を染めたりもしながら、たどたどしい恋文をしたためたのかもしれない。僕は今その同じテーブルの上で、前回の日記を書いてから起こったことをひとつひとつ書き留めている。時代は今や、十九世紀まっ盛り。だがここにこうしていると、時代などには殺すことのできない古き時代の力が今も渦巻いているような気がしてくるのだ。

その後。五月十六日朝

これほどまでに消耗しても、神はまだ僕の正気をお保ちくださるらしい。身の安全も、安全が当たり前だという気持ちも、もはや過去のものでしかない。ここで過ごす僕の胸にあるのはただひとつ、僕がまだ正気であるなら、どうかこのまま気が狂ったりしませんようにという願いだけだ。この忌まわしい城に渦巻く数多《あまた》の邪悪のなか伯爵がもっともまともであり、彼の意に従っている限りは身の安全を保つことができるのだと思うと、今にも頭がどうかしてしまいそうだ。偉大なる神よ！　慈悲深き神よ！　僕を取り巻く狂気から、どうか我が心をお護《まも》りください。これまで分からずにいた物事が、僕にも少しずつ分かり始めている。例えば、今までよく意味が理解できずにいた、シェイクスピアの『ハムレット』の一節だ。

手帳を！　早く私の手帳を！
この手帳こそ、書き記すにふさわしい

頭がどうかしてしまいそうな今、頭を壊されてしまいそうな衝撃に耐え続けている今、僕は心を落ち着けようとこの日記と向かい合っている。こうして正確に記録をつける習慣を守ることで、心がいくらか落ち着いてくれるのだ。

伯爵からの謎めいた警告にあのとき僕は震え上がったが、自分の未来が伯爵の不気味な手の内に握られているのだと思うと、今はなおさら恐ろしく感じられてくる。伯爵が何を言おうと、自分をしっかりと保たなくては！

無事に日記を書き終えて手帳とペンをポケットにしまいこむと、眠くなってきた。伯爵の警告がふと頭をよぎったが、そんなものは破ってやれという気持ちになっていた。

どうやら眠気は、そんな頑《かたく》なな気持ちを共に運んで来たようだった。柔らかい月明かりは僕の心を和ませ、窓の外に広がる自由な景色に胸が洗われるようだった。僕は、あの恐怖に取り憑《つ》かれた部屋に戻るのは取りやめ、かつて貴婦人たちが遠く戦地の恋人や夫たちを思って胸を痛めながら腰掛け、唄《うた》っていたに違いないこの部屋で眠りに就くことにした。南西に広がる美しい景色が見えるように大きなソファを角から引きずって来ると、表を覆う埃などお構いなしにその上に体を横たえ、眠りに落ちようと心をなだめたのだった。

たぶん、ぐっすり眠っていたはずだと思う。そう思いたいのだが、その後のできごとはあまりにも生々しく、夢であったなどとはとても思えない。今こうして部屋を包み込む朝日の中に座っていても、自分がずっと眠りこけていたとはどうしても思うことができないのだ。

部屋にいたのは、僕だけではなかった。部屋は僕が足を踏み入れたときのまま、まったく何も変わってはいなかった。月光に照らされた床に積もった埃は、僕の歩いたところにだけ、はっきりと足跡が残っていた。僕の向かい側には、美しく着飾った上品な若い女性が三人いた。月光を背にしているというのに床に影も落ちていないものだから、僕はきっと自分が夢を見ているのに違いないと考えた。三人は歩いて来ると僕をじっと見つめ、口々に何かを囁《ささや》き合った。ふたりは肌の色が暗く伯爵のように高い鼻を持っており、その瞳《ひとみ》は黄色の月光の中、まっ赤にすら見えた。あとのひとりは白く、本当に透きとおるほどに白く、豊かに波打つ長い金髪と、きらめくサファイアのような瞳の持ち主だった。その顔には、どこか見覚えがあるような気がした。だが、ぼんやりと恐怖の記憶を連れてくるあの顔は、いったいいつどこで見たのだったろう。三人とも、肉感的な唇の隙間から、まるでよく磨かれた真珠のようにくっきりと白い歯を覗《のぞ》かせていた。三人を見ていると、欲望を掻《か》き立てられるような、それでいて怖いような、なんとも落ち着かない気持ちが湧いてきた。あの唇でキスをしてはくれないだろうかと、淫《みだ》らな欲望が燃え上がるのを感じた。こんなことを書いてしまえば、いつかミーナの目に留まって彼女を悲しませてしまうに違いないが、僕は確かにそう感じたのだった。三人はひそひそと囁き合うと、今度は声を立てて笑った。その澄み渡った笑い声は音楽の調べのようですらあったが、人間の柔らかな唇とはそぐわぬような固さもまた、感じさせた。まるで巧みに奏でられたグラス・ハープの音色のように、あらがい難い、うずくような甘さを秘めた笑い声だった。白い肌の女性が僕を誘うように首を揺り動かすと、あとのふたりがそれをはやし立てた。

「ほら！　あなたが先におやりなさいよ。私たちは後でいいのだから。最初はあなたからになさいな」

するともうひとりが言った。

「まだこの人、若くて丈夫そうだもの。みんなとキスしてもへっちゃらよ」

僕はただ横たわり、燃え上がるような欲求に打ち震えながら、まつげの奥でじっと待ちわびていた。白い肌の彼女が僕に歩み寄って来ると、息がかかるのが感じられるほど近くまで顔を近づけてきた。その息はまるで蜂蜜《はちみつ》のように甘く、あの笑い声のように僕の体をうずかせたが、その奥に、まるで血の臭いのように不気味な香りも運んでいた。

僕はあまりの恐怖に目も開けられずにいたが、細く開いた瞼《まぶた》の間から、はっきりとその様子を眺めていた。彼女はひざまずいて僕に覆い被《かぶ》さるようにしながら、さも満足そうな表情をその顔に浮かべていた。ぞくぞくするような、それでいてはねのけてしまいたいような、なんとも言えない色気を滲《にじ》ませながら彼女は首を伸ばし、ぬるりと舌なめずりをした。月光の中、濡《ぬ》れた唇と白く鋭い歯を舐《な》める舌の赤が艶《つや》やかに見えた。彼女がさらに低く顔を寄せてくると、その唇は僕の口元を過ぎ、顎《あご》を過ぎ、やがて僕の喉元《のどもと》へと差し掛かった。彼女がそこで動きを止めると、歯と唇を舐める静かな音が聞こえ、熱い息が首筋にかかるのを感じた。誰かがくすぐろうとして首に手を這《は》わせているかのように、喉元の皮膚がぞわぞわとした。首の敏感な肌に柔らかく震える唇が触れ、鋭い二本の歯が押し当てられて、ぴたりと止まった。僕は心臓を高鳴らせながら瞼を閉じ、次に訪れる恍惚《こうこつ》の瞬間を待ちわびた。

だがその瞬間、別の感覚がまるで稲妻のように僕を貫いた。猛《たけ》り狂う竜巻を引き連れて来たかのような伯爵が、部屋の中に立っていたのである。思わず目を開けると伯爵は、色の白い女の細い首をあの腕力で摑《つか》み上げて引きはがしているところだった。その瞬間、彼女は青い両目に怒りを溜《た》めて睨《にら》みつけ、白い歯を憎悪に食いしばり、蒼白《そうはく》だった頰は上気して赤く染まっていた。だが、あの伯爵の前では！　あれほどの怒りなど、僕は想像すらしたことがない。地獄の悪魔ですら、あそこまで激昂《げっこう》するまい。伯爵の両目は、激しく燃え上がっていた。まるで瞳の奥に地獄の業火を宿しているかのように、赤く燃えさかっていたのだ。死者のように輪郭の蒼《あお》ざめた顔はこわばり、鼻の上でつながりそうなあの太い眉《まゆ》は、まるで白熱した金属棒のようにすら見えた。伯爵は腕を一振りすると掴み上げていた彼女の体を放り出し、他のふたりのことも、掴みかからんばかりの剣幕で退けた。あの山中で狼たちをたじろがせた、威圧的な態度である。ほとんど囁きに近い伯爵の小さな声が、部屋の空気を切り裂き、響き渡った。

「貴様ら、この男をどうするつもりだったのだ？　余が禁じておるというのに、よくもぬけぬけと！　三人とも、今すぐ下がれ！　この男は余のものだ！　この男に関わろうものなら、余がただでは済まさぬぞ」

色白の女性は淫らな笑い声を立てると、伯爵に向き直って答えた。

「あんたは愛されたことも、愛したことも一度だってないじゃないのさ！」あとのふたりもこれに加わると、まるで魂の抜けたような固い笑い声をたてた。部屋に響くその悪魔のような声に、僕は気が遠くなりかけた。伯爵はじっと僕の顔を見つめてから彼女たちに向き直ると、静かに囁いた。

「いや、余も愛するとも。お前らも自分の胸で知っているであろうに。違うかね？　さあ、余が済んだならば、その後はお前たちもこの男に好きに口づけるがよかろう。だが今はだめだ！　下がれ！　余は彼を起こして、済ませねばならぬ用事があるのだ」

「じゃあ今夜はあたしたち、何もなしってことかい？」ひとりの女が、床に伯爵が投げた鞄《かばん》を指差しながらそう言って、小さく笑った。鞄は何か生きものでもしまっているかのように、もぞもぞと蠢《うごめ》いている。伯爵は答える代わりにひとつうなずいてみせた。すると女がひとり、飛びつくようにして鞄の口を開けた。僕の聞き違いだろうか、半ば窒息しかけた子供の、喘《あえ》ぎとも泣き声ともつかないような声が聞こえた。鞄を取り囲む彼女たちの姿を、僕は恐怖に震えながら見ていた。やがて女性たちはバッグを手に、姿を消していた。近くにドアがあったわけでもなければ、僕の傍を通り過ぎて行ったわけでもない。ぱっと月明かりの中に溶け、窓を出て行ってしまったようなのだ。窓の外に彼女たちの影がかすかにちらつき、やがてすっかりと掻き消えた。

僕は何もかもが恐ろしくなり、意識を失っていった。

第四章

ジョナサン・ハーカーの日記（続き）

目が覚めると、自分のベッドの中だった。あれが夢でなかったのだとすれば、伯爵が僕を運んで来たということになる。なんとか思い出そうとしてみたが、いくら考えても、何が起こったのかは分からなかった。だが、いくつか小さな証拠は残っていた。僕とは違う方法で洋服が畳まれ、重ねられていたこと。そして、夜寝る前には必ず時計のネジを巻くことを習慣にしているのに、ネジが巻かれないままになっていたことだ。だが、もしかしたら僕がひどく取り乱していたせいでそうなっているだけのことかもしれず、昨夜の出来事の証明というには弱すぎる。証拠を探さなくては。ひとつだけ有り難かったのは、伯爵がよほど急いで僕を着替えさせたのか、ポケットの中身には手をつけていなかったことだ。もし見られたら、読むことができない伯爵はひどくいぶかるに違いない。そうなれば取り上げるか、焼き捨てられてしまうことになるだろう。部屋を見回してみる。確かにとても恐ろしいことには変わりないが、今はここがある種の聖域《サンクチユアリ》であるかのように思える。あの忌まわしい女たちほど恐ろしいものが、他にあるだろうか。

あの女たちは、僕の血を吸おうと待ちわびているのである。

五月十八日

真実を探り出してやろうと、昼間のうちにあの部屋に行ってみたところだ。階段を上ってみると、ドアは閉めてあった。よほど力を込めて閉めたようで、ドアの支柱の一部がえぐられたように傷ついていた。ドアに差し金などはかけられていなかったが、内側からしっかりと閉められていた。やはりあれは夢などではなかったのだ。今後は、そのつもりで行動しなくてはなるまい。

五月十九日

僕が囚《とら》われているのは間違いない。昨夜、伯爵がこれ以上ないくらいの猫なで声で、手紙を三通書くように言ってきた。一通目には、もうすぐここでの仕事が終わりそうだから、数日のうちに帰路に就けるだろうということを。二通目は、手紙に記された日付の翌日に出発するのだということを。そして三通目には、もう城を離れてビストリッツに到着したと書くように申しつけられた。思い通りになどなるものかと思ったが、こうも伯爵の言いなりになるしかない現状でおおっぴらに立ち向かったりするのは、伯爵の怒りを買うことにしかならない狂気の沙汰《さた》であると思い直した。伯爵は僕が知りすぎたのだということ、生かしてはおけぬのだということ、さもなければ危険な存在になり得るのだということをよく分かっている。僕にできることは、とにかく時間を稼ぐことしかないのだ。そうしているうちに何か、僕の逃げ出す隙が生まれるようなことが起こるかもしれない。伯爵の目には、あの女を突き飛ばしたときに見せた怒りに似た色が浮かんでいた。彼は、この辺りは郵便がごくたまに不定期にしか来ないのだと説明し、今まとめて書いておけば友人たちも安心してくれるのだからと僕に言った。そして、成り行き次第では滞在が長引くこともあるだろうから、一通目以外はひとまずビストリッツで差し止めておき、何かあったときには必ず取り消すと言葉を続けた。あまりに執拗《しつよう》なその態度を見ていると、口答えなどしてもまた新たに疑われるだけだと僕は感じた。そこで僕は彼の説明で納得した振りをして、手紙にはどの日付を入れればいいのか訊《たず》ねた。彼はしばらく考えてから、こう言った。

「一通目は六月十二日、二通目は六月十九日、そして三通目には六月二十九日と入れられよ」

これが僕の寿命ということなのだろうか。神よ、お救いください！

五月二十八日

逃げ出すチャンスが来た。少なくとも、手紙くらいは届けられるはずだ。ティガニー人の一団が城にやって来て、中庭でキャンプを張っているのだ。このティガニー人というのはいわゆるジプシーのことで、僕が読んだ本にもいろいろと記述があった。彼らは世界各地のジプシーたちと同族ではあるが、この地域特有の存在らしい。ハンガリーやトランシルヴァニアには何千というティガニー人がおり、法に縛られることなくほとんど自由に暮らしている。偉大なる貴族を自らの主人とあおぎ、自分たちもその名を名乗っている。恐れを知らず、迷信の他に宗教も持たず、彼ら独特のロマニー語を話すのだということだ。

イギリス宛に何通か手紙を書き、投函《とうかん》してくれるよう彼らに託してみるつもりだ。顔見知りになろうと、窓ごしにもう話しかけてみた。彼らは帽子を取ってお辞儀をしてみせたが、彼らが何かを伝えようとする身振り手振りの類《たぐい》は、彼らの話す言語同様、僕には理解のできぬものだった……。

手紙は、もう書いてある。ミーナには速記文字で、そしてホーキンス氏にはミーナと連絡を取り合うように書いた。ミーナには僕の現状を書き連ねたが、恐ろしい出来事の数々は、僕の思い込みかもしれないから書かずにおいた。もしすべてをありていに打ち明けてしまえば、彼女はきっと驚きと恐怖とで死んでしまうかもしれない。だから、もしこの手紙が届けられることがなかったとしても、僕がどこまで知っているのかを伯爵に知られることはない……。

僕はその手紙に金貨一枚をつけ、窓にはめられた鉄格子の隙間から投げ降ろし、投函してくれるように身振りで伝えた。ひとりの男がそれを拾い上げて胸に抱くと頭を下げ、手紙と金貨を帽子の中にしまった。僕には他にもう、できることはなかった。そっと書斎に引き返すと、読書をすることにした。伯爵がやって来ないうちに、日記をここまで書いた……。

　伯爵がやって来ると僕の隣に腰掛け、二通の手紙を開封しながらこの上なく優しい声で言った。

「ティガニー人どもが差出人の分からぬ手紙を持って来たのだが、受け取った以上、読まないわけにもいくまいね。おやおや！」もう中身を見ていたに違いない――。「これはこれは、一通は君から友人、ピーター・ホーキンス殿に宛てられたものではないか。さて、もう一通は……」伯爵は封筒から手紙を取り出すと、そこに並んだ奇妙な記号の列を見つけて表情を曇らせた。両目には憎悪が光っていた。「もう一通はなんとも卑劣な、友情ともてなしの心とを踏みにじるものだ！　署名はされておらん。なるほど、では我らには無関係のものということになろう！」伯爵はそう言うと燭台《しょくだい》の炎の上にその手紙をかざし、すっかり燃やし尽くしてから口を開いた。

「ホーキンス殿宛のものは、君の手紙だからもちろん出してやろう。君の手紙は、余にとっても大切なものだからな。知らずに封を切ってしまったことは、お詫《わ》びしておくよ。もう一度、封をするかね？」伯爵はそう言って僕に封筒を手渡すと、うやうやしくお辞儀をしてみせながら、新しい封筒を差し出した。新たに宛名《あてな》を書き直して彼にそれを戻す以外、僕には何もできはしなかった。伯爵が部屋を出ると、静かに鍵《かぎ》の回る音が聞こえた。すこし経ってから僕は立ち上がってドアに手をかけてみたが、ドアには鍵がかけられてしまっていた。

一時間後、いや二時間後だろうか、伯爵が静かに部屋に入って来た。ソファで眠りこけていた僕は、その物音で目を覚ました。伯爵はやけにうやうやしく上機嫌で、僕が寝ていたことに気づくとこう言った。

「おや、ご友人、お疲れかな？　ではベッドで寝るがよかろう。そのほうがぐっすり眠れるというものだ。今宵《こよい》は少々忙しくて、君と話しておられんのが残念だよ。どうか、よくお休みなさい」僕は自室に引っ込むとベッドに身を横たえ、不思議とまったく夢も見ずに眠った。絶望の内にもまた、それなりの安息があるということか。

五月三十一日
今朝目を覚ますと、僕はいざというときに手紙をいつでも書くことができるように便せんと封筒をポケットに忍ばせておこうと、鞄《かばん》を開けてみた。だが、またしても目を丸くして驚かされる羽目になった。
紙という紙が、一枚残らず無くなっていたのだ。走り書きの類も、鉄道や旅行についてのメモも、信用状の類も、城外に出たときに役立ちそうなものが、何から何まで消えてしまっていたのである。僕はしばらく座り込んで頭を悩ませると、ふと思い立って、服をしまっておいた大きなスーツケースと衣装棚を調べてみた。
旅行中に着ていたスーツも、コートも、膝掛《ひざか》けも、跡形もなく消え失《う》せてしまっており、どこへ行ってしまったのか皆目見当もつかなかった。新たな企《たくら》みが、この身に迫っているのだろうか……。

六月十七日

今朝、ベッドの縁に腰掛けてあれこれと頭を振り絞っていると、中庭の向こうから、鞭《むち》の音と岩だらけの道を蹴《け》る馬の蹄《ひづめ》の音とがはっきりと聞こえてきた。飛び起きて窓辺へと駆け寄ると、大きな荷馬車が二台城へとやって来るところだった。どちらの馬車も八頭の屈強な馬に引かれ、先頭の馬には大きな帽子と鋲《びょう》の打たれた太いベルト、薄汚れた羊の毛皮と長いブーツに身を包んだスロバキア人がまたがっていた。その手には、長い杖《つえ》も握られていた。あの玄関から迎え入れられるに違いないと踏むと、僕も玄関ホールに降りて行こうとしてドアへと駆け寄った。だがなんということか、ドアには外側から鍵がかけられてしまっていたのだった。

僕は窓に駆け寄ると、ふたりに向かって叫んだ。彼らが見下すような視線を向けて頭上の僕を指差しているとティガニー人のかしらが出て来て、ふたりが指差す僕の窓へと目を向け何かを言った。ふたりはそれを聞くと笑い転げてみせた。僕がどれほど声を限りに泣き叫ぼうとも、必死に懇願しようとも、彼らは僕のほうなど見向きもしてはくれなかった。文字通り、こちらを向こうとすらしないのである。荷馬車には、ロープで取っ手のつけられた大きな四角い箱がいくつも積まれていた。軽々と扱う様子や、乱暴にぶつかる音などからして、中身が空であることは確かだった。すべての箱を運び降ろして中庭の隅に積み上げてしまうと、スロバキア人たちはティガニー人から金を受け取って縁起かつぎの唾《つば》をそれに吐き、だらだらとまた、先頭の馬にまたがった。やがて、鞭の音は城から段々と遠ざかって行ってしまった。

六月二十四日　夜明け前

昨夜の伯爵は早々に僕をひとりにすると、自室へ入り鍵をかけた。僕は思い立つとすぐに螺旋《らせん》階段を駆け上がり、南向きの窓から外を眺めた。今何が起きているのかを探るため、伯爵を見張ろうと思ったのだ。ティガニー人たちは城のどこかにキャンプを張り、何らかの仕事に従事している。城外のどこからか、つるはしやシャベルを振るうくぐもった音が聞こえてくるから、それは分かっている。実際に何が起こっているのかは分からないが、きっと何か、よからぬ事が進められているのに違いないのだ。

三十分も経たないころだろうか、伯爵の部屋の窓から何かが出て来るのが見えた。僕が窓枠に身を引いてさらに注意深く見ていると、やがて窓から全身が現れた。それを見て、僕はまた声をあげそうになった。なんと、僕がここへやって来る旅で着ていたスーツを身に着け、あの夜に女たちが持ち去った鞄を肩にかついでいるではないか。なるほど、何をしに行くのかも、僕の身なりをしているのも、そういうわけか！　伯爵の新たな狙いは、こういうことである。人びとに僕の姿を目撃させ、街や村で手紙を投函したのが僕であるという証人にし、さらに、自ら働く悪事を僕のせいにしようというのだ。そんなことが許されるはずがないと思うと、怒りが込み上げてきた。というのに僕は、罪人にすら与えられる法的な権利も安息もないまま、正真正銘囚《とら》われているのだ。

僕は伯爵が帰って来るところも見届けてやろうと決意を固め、延々と窓辺に座り続けていた。ふと、月の投げかける薄明かりの中、妙な塵《ちり》のようなものが漂っているのに気がついた。とても小さなその塵はぐるぐると回るようにしながら、ぼんやりと数箇所に集まっていった。それを眺めていると妙に心が和み、気持ちが鎮まってきた。僕は体を楽にして窓ぎわの壁にもたれかけながら、目の前で繰り広げられる大気のいたずらにすっかり見とれたのだった。

突然、はっとして意識を引き戻された。僕のところからは見えないが、渓谷のどこか下のほうから犬たちの悲しげな吠《ほ》え声が響き渡ってきたのである。声は僕の耳に入り込むとさらに大きく響き渡り、月光の中を舞う埃《ほこり》は吠え声を受けて踊るように形を変えていった。心の底から声が聞こえて来はしないかと、自分がもがいているような気持ちだった。いや、もがいていたのは僕の魂そのもので、なかば失われかけていた僕の感覚が心の呼び声に答えようとして、必死にがんばっていたのだ。僕は、催眠術にかかりかけていたのだ！　塵はどんどん速く舞い、月光は震えるように僕のそばを通り過ぎて背後の暗がりへと吸い込まれてゆく。塵はどんどん集まりながら、ぼんやりと亡霊たちのような姿に変わってゆく。僕はぎょっとすると目を覚まして飛び起き、悲鳴をあげながらその場から走り去った。月光の中にゆっくりと姿を現しだした亡霊たちが、あの夜僕の運命を追い込んだ三人の女たちの姿へと変わりはじめたのである。僕はひた走ると、月明かりの届かない、ランプだけが煌々《こうこう》と照らしている自室に逃げ込んでいくらか安心した。

二時間ほどしたころ、伯爵の部屋でひと騒ぎ起きるのが聞こえた。何やら鋭い悲鳴が聞こえたかと思うとすぐに止んだのである。訪れた静寂、深くおどろおどろしい静寂に、僕の背筋がぞくぞくと震えた。早鐘のように打つ心臓を抑えながらドアを開けようとしてみたが、囚人の僕にはどうすることもできはしなかった。ただ座り込んで涙に暮れるしか、なかったのだった。

座っていると、中庭のほうから声が聞こえた——女性があげる、苦しみの悲鳴だ。僕は窓に駆け寄るとはね開け、鉄格子の隙間から顔を突き出して中庭を見回した。そこにいたのは、ひとりの女性だった。髪を振り乱し、走り続けたせいで暴れる心臓を抑えるように両手を胸に当てながら、玄関の隅にもたれかかっていた。彼女は僕の顔を見つけると戸口から飛び出し、恐怖に打ちひしがれた声で叫んだ。

「この化け物！　子供を返して！」

彼女は身を投げ出して地面にひざまずくと、両手を掲げて僕の胸をえぐるような声でそう繰り返した。そして髪を掻《か》きむしり胸を叩《たた》くと、荒れ狂う感情に身を任せるようにわめきちらした。やがてふらふらと歩み出て僕の視界から消えていったが、素手で扉を殴りつける音だけが聞こえ続けていた。どこか頭上、おそらくは塔からだと思うが、伯爵の耳障りな金属質の低い呼び声が聞こえた。その声に応じるように渓谷の遠くあちらこちらから狼の遠吠《とおぼ》えが響き渡った。それから数分もすると、まるで堰《せき》を切った川のように狼の一団が広い門を抜け、中庭へとなだれ込んで来た。

女性は悲鳴をあげる間もなく、聞こえたのは狼がたてた短い咆哮《ほうこう》だけであった。間もなく狼は一頭また一頭と、舌なめずりをしながら中庭を立ち去って行った。

子供の辿《たど》った運命を知っている僕は、彼女を哀れむ気持ちよりも、死んだ方が幸せだったに違いないという気持ちになっていた。

いったい僕はどうすればいいのだろう？　何ができるのだろう？　夜闇と恐怖とが渦巻く牢獄《ろうごく》から、いったいどう逃げ出せばいいのだろうか？

六月二十五日　朝

苦しみの夜を越えた者にしか、朝がいかに素晴らしく、いかに愛《いと》しいものなのかは分からない。高く昇った太陽が窓の向かいに立つ大きな門のてっぺんにかかっているのを見て、僕は、ノアの方舟《はこぶね》を飛び立った鳩がそこに舞い降りて来たのではないかとすら感じたほどだ。胸に渦巻いていた恐怖心は、温《ぬく》もりに溶けてゆく霧のとばりのように消え去ってしまった。昨夜、日付を入れた僕の手紙が一通、投函《とうかん》されたはずだ。僕の存在をこの地上から消し去るための、死の三通の一通めである。

だめだ、考えてはいけない。行動しなければ！

ぞっとするような出来事に見舞われたり、身の危険や恐怖にさらされたりするのは、いつも決まって夜中のことだ。日中に伯爵の姿を見かけることはない。あの人はもしかして、人が眠っているときに起き、起きているときに眠っているのだろうか？　ああ、部屋の中を覗《のぞ》くことさえできたなら！　だが、そんなことは不可能だ。ドアにはいつも鍵《かぎ》がかかっており、僕にはどうすることもできはしないのだから。

いや、行こうと思いさえすれば、道はあるものだ。あの人に通れて僕に通れないわけがない。彼が窓から這《は》い出して来るのを、僕は自分で目撃したではないか。それならばあれを真似て、伯爵の部屋に忍び込むことができるのではないだろうか？　なんとも危うい挑戦ではあるが、何もせずにいるほうがよほどこの身が危ういのだ。試してみるだけの価値はある。悪くてもせいぜい死ぬだけではないか。人の死は、畜生の死とは違う。それに僕には、明るい来世が待っているかもしれないのだ。神よ、どうか僕のゆく道をお護《まも》りください！　ミーナ、落ちてしまったら本当にすまない。親愛なる友人たちよ、そして第二の父よ、さようなら。みんなに、そして誰よりもミーナに、さようなら！

数日後

やったぞ、僕は成し遂げたのだ。そして神がお助けくださり、こうして自室へと帰って来ることができた。見て来たことを、順を追って書いていくとしよう。

まだ勇気の炎が燃えさかっているうちに、僕は急いで南向きのあの窓へと駆け付けるとひと息に窓をくぐり抜け、南側の城壁にぐるりと走っている狭い平段の上に降りた。足場になる石は大きく、粗く切り出されており、隙間を固めていたはずの石膏《せっこう》は年月を経てすっかり剝《は》がれ落ちてしまっていた。僕はブーツを脱ぐと、決死行への第一歩を踏み出した。何かの拍子で高さに目がくらんだりしないように一度眼下をしっかりと見下ろし、あとは地面から目をそむけた。伯爵の部屋の窓までどちらにどのくらい歩けばいいのかはよく分かっている。とにかく慎重に足場を選びながら、僕は着実にその窓を目指して進んで行った。興奮していたせいか目眩《めまい》を感じるようなこともなく、あっという間に窓へと辿り着くと僕は窓を押し開けていた。身をかがめて窓の中に足から入り込むと、言いようのない満足感が胸に湧き起こった。伯爵の姿を求めて部屋の中を見回してみると、驚いたものか喜んだものかはともかく、伯爵の姿は見あたらなかった。部屋は空っぽだったのだ！　室内には半端な家具がわずかに置かれているばかりで、使われている様子すら見受けられなかった。家具は南側の部屋に置いてあったのと同じ様式のもので、すっかり埃をかぶっていた。ドアの鍵を探してみたのだが鍵穴には見あたらず、部屋のどこを探しても見つかりそうになかった。だが、部屋の片隅に積まれた金貨の山を見つけた。ローマ、イギリス、オーストリア、ハンガリー、ギリシャ、そしてトルコ――あらゆる国の金貨が山となり、ずっとそこに積まれていたかのように埃にまみれている。見てみたところ、どれもこれも少なくとも三百年以上昔のものばかりだった。他に首飾りや装飾品もあり、中には宝飾の施されたものもあったが、すべて古びて薄汚れていた。

部屋の一角に、頑丈そうなドアがあった。本来の目的である伯爵の部屋の鍵と玄関の扉の鍵とが見つからない以上、何かを達成しなければすべての苦労は無駄になってしまうと思った僕は、そのドアに手をかけてみた。ドアがすんなり開くと、急な下りの螺旋階段へと続く石の廊下が現れた。灯《あか》りといえば分厚い石壁の隙間から漏れてくる光しかなく、僕は暗い階段の足下を慎重に確かめながら降りて行った。降りきってみるとそこは暗いトンネルのような通路になっており、古い地面が掘り返されたばかりの、胸の悪くなるような臭いがそこに漂っていた。廊下を進んでゆくにつれて、その臭いは徐々にきつく、濃く立ち込めてきた。ようやくわずかに開いた扉へと行き着きそれを開けると、中は古びて荒れ果てた礼拝堂になっていた。明らかに、霊廟《れいびょう》として使われていたものだ。屋根は崩れ、地下墓所へと続く階段が二箇所から伸びていたが、地面はつい最近掘り返されたようで、あのスロバキア人たちが運び込んできた大きな木箱の中に土が詰め込まれていた。辺りには誰の姿も見えず、僕はどこかに他の出口はないかと調べてみたのだが、何も見つかりはしなかった。だがこんな機会が二度とあるのかも怪しいと思い、僕は徹底的に地面を調べあげてみた。身の毛のよだつ思いすらしたが、薄明かりがようやく射し込む地下墓所にまで降りてみた。二箇所の地下墓所に行ってみたのだが、古い棺《ひつぎ》の破片や積もった埃の他に、特に見るべきものには出会わなかった。だが、三つめの墓所で僕は見つけたのである。

全部で五十個ほどある大きな木箱のひとつの中、掘り返された土の上に伯爵が身を横たえているではないか！　眠っているのか死んでいるのか、僕には分からなかった。目を見開いたままぴくりとも動かないというのに、死者のように冷えた感じもしなければ、蒼白《そうはく》な顔にも生気は漂っており、いつものとおり唇もまっ赤だったのである。だが動き出す気配もなく、脈も打っておらず、呼吸もしていなければ、心臓も動いていないのだ。僕は彼の上にかがみ込むと生の証《あかし》を探してみたが、これは徒労だった。むせかえるような香りは数時間ほど消えないだろうし、伯爵がそう長く寝ていてくれるとは思えなかった。箱の隣には、あちこちに穴の開けられた蓋《ふた》が置いてあった。きっと鍵を持っているに違いないと思った僕は探しにかかったのだが、ふと、彼の死者の眼差《まなざ》しを見つめてしまった。僕が部屋を抜け出してここまでやって来たということも知らないというのに、冷たく凍るようなその両目には、なおも強烈な憎悪が滲《にじ》んでいた。僕は背筋を凍らせてその場を逃げ出すとまた伯爵の部屋の窓から這い出し、城壁をよじ登った。そして自室へと辿り着くと呼吸も整えずにベッドに身を投げ出し、なんとか頭を働かせようと考えを振り絞ったのだった……。

六月二十九日

今日は、例の三通目の手紙に記した日付当日だ。伯爵はまた僕のスーツを着て城の同じ窓から出かけて行き、あの手紙が本物である証拠を着々と残そうとしている。トカゲのように城壁を降りてゆく伯爵の姿を見ながら、何か銃のように致命傷を与えることができる武器さえこの手にあればと考える。だが、たかだか人の作り出した武器などが、伯爵に役立つことがあるのだろうか。あの女たちに会うことを避けるため、伯爵が帰って来るところまでは敢《あ》えて見届けなかった。書斎に引き返して、眠くなるまで本を読みふけった。

僕を起こしたのは、このうえなく残念そうな顔をした伯爵だった。

「ハーカー君、いよいよ明日でお別れだ。君は美しき祖国イギリスへ、余は仕事へと戻り、もう会うことも二度となくなるだろう。イギリス宛の君の手紙は、もう投函してある。留守のため、余は明日の出発に立ち会うことはできないが、手配はすっかり済ませておこう。明日の朝、ここで働いているティガニー人と、スロバキア人どもが何人かやって来る。彼らが立ち去ってから、余の馬車が君を迎えに来てボルゴ峠へと連れてゆくから、君はそこで、ブコビナからビストリッツへと向かう乗合馬車に乗り換えるとよい。本音を言えば、もっと君にはこのドラキュラ城にいてほしいがね」

僕はすぐにこれを鵜呑《うの》みにできず、彼の誠意を試してみることにした。誠意！　この言葉をこんな化け物に使うことすら汚らわしい。僕は単刀直入に訊《たず》ねた。

「なぜ今夜ではないんです？」

「残念ながら今宵《こよい》は、馭者《ぎょしゃ》も馬も用事で出払っておるのだよ」

「ですが、喜んで歩きますよ。すぐにでも出発したいのです」

伯爵は柔らかな、優しい笑顔を浮かべてみせた。この笑顔の裏には何かが必ずある。

「歩いては、荷物が運べんよ」

「では置いていきます。後で取りに人をよこしますから」

伯爵は立ち上がると、僕に向けて上品に一礼してみせた。あまりに本気じみていたので、思わず目をこすったほどだ。

「イギリスには、我々貴族の精神と共通する、今の余の気持ちを実によく表していることわざがある。『来る者は拒まず、去る者は追わず』だよ。さあ、では余について来なさい。引き留めたいのは山々だし、こう出し抜けにお別れするのも寂しい限りだが、ここにはいたくないという君を、一時間たりとも引き留めることなどできまい。さあ！」

伯爵は燭台《しょくだい》を掲げると、風格と威厳とを漂わせながら階段を降り、廊下を抜けて行った。とつぜん、彼が立ち止まった。

「そらっ！」

すぐ近くで、何頭ともいえない狼たちが吠《ほ》えはじめた。まるで指揮者のタクトで演奏をはじめるオーケストラのように、伯爵が手を振り上げると一斉に吠えはじめたかのようだった。伯爵はしばらく立ち止まるとまた厳《いか》めしい足取りで玄関の扉へと歩き、重い閂《かんぬき》をはずし、ずっしりとした鎖を抜き取り、扉を開けだした。

鍵《かぎ》がかかっていないのを見て、僕は心の底から驚かずにはいられなかった。おかしいと思って見回してみても、鍵らしきものはひとつも見あたらないのだ。

扉が開くにつれ、外から聞こえてくる狼たちの咆哮《ほうこう》は大きくなっていった。鋭い牙《きば》の生えそろったまっ赤な口と、飛び上がるときに覗《のぞ》く鈍く尖《とが》った爪が、細く開いた扉の隙間から入り込んでくる。僕は、今伯爵に抗《あらが》ってみせたところで無駄なのだと悟った。この従順な手下どもの前で、僕などは無力なのだ。ドアはなおも開き続け、今やそれをふさいでいるのは伯爵の体だけだった。焦ったばかりに、自ら狼の餌にされてしまうのではないかと、僕は恐ろしくなった。ふと、これが自分の死の瞬間になるのではないかと。いかにも伯爵らしいこの邪悪なやり方に、僕はたまりかねて叫んでいた。

「扉を閉めてください、朝まで待ちますから！」そして、失意の涙を気取られないよう、両手で顔を覆い隠した。伯爵がその腕力でドアを叩《たた》き付けるように閉めて大きな閂を元に戻し、その音が玄関ホールじゅうに深々と響き渡った。

伯爵とふたり黙ったまま書斎へと引き返すと、僕はすぐに寝室へと引っ込んだ。最後に彼は、僕を見つめながら自分の手にキスをしてみせた。勝ち誇ったかのように両目を赤く輝かせ、地獄のユダさながらの微笑みを浮かべながら。

部屋でベッドに身を横たえようとすると、ドアのあたりで何やら囁《ささや》き声が聞こえたような気がした。足音を忍ばせてドアに近づいてみる。聞き間違いでなければ、あれは伯爵の声だ。

「帰れ、帰らんか！　まだ貴様らの番ではない。待て。我慢しろ。明日だ、明日の夜になれば、貴様らにくれてやる！」

続いて聞こえてきた押し殺したようなひそひそ笑いに腹が立ち、ひと思いにドアを開け放つと、そこにはあの三人の女たちが舌なめずりをしながら立っていた。女たちはだしぬけに現れた僕を見ると、けたたましい笑い声を立てながら走り去って行った。

部屋に戻り、がっくりと膝《ひざ》をつく。もう僕はおしまいなのだろうか？　明日！　明日なのか！　神よ、僕に、そして僕の愛する人びとにご加護を！

六月三十日　朝

この日記をつけるのも、これで最後になるかもしれない。夜明け直前まで眠り、目が覚めると、来るなら来いと死神に示すため、床にひざまずいた。

やがて朝が訪れ、辺りの空気が変わりはじめた。待ち焦がれた一番鶏《どり》の声が聞こえ、無事に朝を迎えたことに感謝した。喜びに打ち震えながら僕はドアを開けて、玄関ホールへと駆け下りていった。玄関扉には鍵がかかっていないのは分かっている。自由はもう目の前なのだ。焦りに震える手で僕は鎖をはずし、大きな閂を抜き取った。

だが、扉はびくともしなかった。焦燥感が全身を駆けめぐる。何度も何度も力任せに揺さぶると、扉はがたがたと音を立てた。鍵がかけられているのだ。昨夜僕と別れた後、伯爵がかけたのに違いなかった。

何としても鍵を手に入れなければという気持ちが湧き起こり、僕は、もう一度あの城壁を伝って伯爵の部屋へと忍び込んでやろうと心を決めた。もしかしたら殺されてしまうかもしれないが、だが、いいようにされ続けるくらいならば死んだほうがまだましにすら思えた。僕は立ち止まりもせず東の窓へと駆け上がると、前回と同じように壁を這《は》い降りて伯爵の部屋に入った。部屋はもぬけの殻で、これは予想通りだった。鍵はどこにも見あたらなかったが、例の金貨の山はそのまま残っていた。僕は部屋の隅にあるドアを抜けて螺旋《らせん》階段を抜け、礼拝堂へと続く暗い廊下を進んで行った。あの化け物の居場所なら、はっきりと分かっている。

あの大きな箱は、前に見たまま壁につけるようにして置かれていたが、今回は蓋がかぶせられていた。打ち付けられていたわけではないものの、蓋の上には釘《くぎ》がそれぞれの場所に置かれ、あとは金槌《かなづち》で叩くだけになっていた。鍵は伯爵が身に着けているはずだと思った僕は蓋をどかして壁に立てかけたのだが、目の前の光景に、思わず心の底から震え上がった。そこに横たわっていた伯爵はあの白髪も白いひげも深々とした濃い灰色へと変わり、まるで、若返りかけているようだったのだ。頰は以前よりもふっくらとし、白い肌の下にはルビーのような赤みが差しており、前にも増して赤々としたその唇にはまだ新しい血がこびりつき、唇の端から顎《あご》を伝わり首もとまで垂れていた。目の上下についた肉も盛り上がり、あのぎらぎらと燃えるような瞳《ひとみ》も以前より飛び出すように見えた。まるで、この化け物は全身に並々と血液を注ぎ込んだかのようだった。血を吸いすぎてすっかり満足しきった薄汚れたヒルのように、横たわっていたのだ。身をかがめて手を触れると全身に悪寒が走ったが、それでも僕は逃げ出すため、伯爵の体を探らねばならなかった。さもなければ今夜、僕の体はあのおぞましい三人の女たちの餌食《えじき》となってしまうに違いないのだ。だが、いくら探ってみても、鍵らしいものは何ひとつ見あたらなかった。手を止めて、伯爵を見つめる。むくんだその顔に浮かんだあざけるような笑みを見て、僕は頭に血をのぼらせた。僕はこいつがロンドンに移住するのに手を貸そうとしていたのだ。そんなことになれば、こいつはきっと何世紀にもわたり星の数ほどの人びとの血を吸って自分の渇きを癒《いや》しながら、まるで波紋のように悪魔たちの数を増やし、無力な人びとを喰《く》らい尽くしてゆくに違いない。そう思うと、怒りはもう押し留《とど》めようがなかった。こんな化け物を生かしておいてはならぬという恐ろしい気持ちが、胸に湧き起こってきた。致命傷を与えられるような武器こそ持っていなかったが、僕は作業員たちが箱に土を詰め込むのに使っていたシャベルを手に取るとそれを高々と振り上げ、忌々しい伯爵の顔面めがけて切っ先から振り下ろした。そのとき、伯爵の顔がくるりとこちらを向き、まるでバシリスクのように燃え上がる恐ろしい瞳で僕の顔を見たのだ。僕はそのまなざしにまるで麻痺《まひ》したかのように手元を狂わせ、顔をそれたシャベルは、伯爵の額のてっぺんに深い傷を負わせることしかできなかった。僕の手を滑り落ちたシャベルは箱の上に転がった。拾い上げようとしたシャベルの刃が箱の縁に引っかかって、その勢いで蓋《ふた》がまた閉じると、あの恐ろしい化け物は僕の視界から消えた。最後にちらりと見えた、むくんだあの顔。血の滴をしたたらせながら残忍な笑みを湛《たた》えたあの顔は、地獄の底にいたとしてもなお恐ろしいだろう。

僕はいったい次にどうすべきかを必死に考えたが脳はどうにも働いてくれそうになく、僕はただ膨れあがる焦燥感に苛《さいな》まれながら、ただ立ち尽くすばかりだった。立ち尽くす僕の耳に、楽しそうに唄《うた》うジプシーたちの歌声と、重々しい車輪の転がる音、そして鞭《むち》の音が近づいて来るのが聞こえた。伯爵が言っていたティガニー人とスロバキア人たちがやって来たのだ。あの忌まわしい肉体を閉じ込めた箱を最後に一瞥《いちべつ》すると、僕はひと息に走り出して伯爵の部屋へと駆け上がった。扉が開くその瞬間に、逃げ出すことができるはずだ。耳をそばだてていると、階下で重たい鍵の回る音と、大扉の開く音とが聞こえてきた。彼らは中に入る他の方法を知っているか、他の扉の鍵を持っているのに違いない。続いて廊下を踏み鳴らす足音がいくつも聞こえると、こだまを響かせながらどこかの通路へと消えていった。僕はきっと他の出入り口があるはずだと思ってあの地下墓所へと駆け戻ろうとしたが、いきなり突風が吹いてくると、もうもうと埃《ほこり》を立てて螺旋階段への扉を閉ざしてしまった。駆け寄って開けようとしてみたが、扉はびくともしなかった。また囚《とら》われの身に戻ってしまった。しかも運命の網は、前よりもずっと狭められてしまったのだ。

こうして書いている間にも、下のほうを歩くけたたましい足音や、何か重たいものを乱暴に地面に置く音——間違いなくあの箱に違いない——が響いてくる。金槌の音が聞こえるが、これは箱に釘を打ち付けているのだろう。今度は、どしどしという乱暴な足音に続いて、気怠《けだる》そうにそれに続く控えめな足音が玄関ホールに響くのが聞こえている。

扉が閉まり、音を立てて鎖がかけられ、大きな音を立てて鍵が回された。キーを引き抜く音がした。続いて他の扉が開き、閉まり、鍵と閂とをかける音が聞こえてきた。

それっ！　という声が中庭から聞こえ、重い車輪がごろごろと岩だらけの道を転がる音と、鞭の音、そしてティガニー人たちの歌声とが遠ざかっていった。

僕はまた、あの恐ろしい女どもとともに、この城に置き去りにされてしまった。なんということだろう！　ミーナも女性だが、あの三人とはまったく共通するところなどありはしない。あいつらは、地獄からやって来た悪魔どもなのだ！

あいつらと一緒に城に取り残されるなどごめんだ。こうなったら、今までよりも下まで城壁を降りられないか、試してみるしかない。後で必要になるかもしれないから、あの金貨をいくらか頂いて行くとしよう。この恐ろしい城から逃げ出すことができたときのために。

そしてイギリスへと帰るのだ！　いちばん近くの、いちばん速い汽車に乗って！　この呪われた城から、悪魔やその子らが徘徊《はいかい》する呪われた国から逃げ出さなくては！

もし失敗したとしても、神の御慈悲の前であの化け物どもが何ほどのものだというのか。断崖《だんがい》は険しく、そびえ立っている。その麓《ふもと》でならば、誰しも人間として眠りに就くことができるだろう。さようなら、みんな！　さようなら、ミーナ！

第五章

ミス・ミーナ・マリーより、ミス・ルーシー・ウェステンラへの手紙

五月九日

親愛なるルーシーへ

仕事に忙殺され、ずっとお返事を書けずにいてごめんなさい。助教師の仕事は、ときとして本当に大変なの。早くあなたと会って、どこかの海辺であれこれと自由に空想を語り合いたいと思っています。ジョナサンの勉強についていくためにここしばらくは必死に勉強しながら、速記のほうもがんばって学んでいます。結婚したらきっとジョナサンの役に立つことができるようになりたいの。彼の言うことを速記で書き取りタイプライターで書き出すことができるようになるため、今、タイプライターの練習にも打ち込んでいるところです。彼とは速記で手紙のやり取りもするし、今ごろジョナサンは海外で、旅の日記を速記でつけていることでしょう。私もそちらに伺ったら、速記で日記をつけるつもり。見開き二ページで一週間分、隅っこに小さく日曜日の欄があるような日記帳ではなくて、書きたいときにいつでも書けるような日記のことです。人が読んでも

面白くもなんともないでしょうけど、誰かに読ませるために書くわけでもありませんから。もし見せたくなったらジョナサンには見せようと思っているけれど、ともあれ、これは本当は練習帳なのです。女性ジャーナリストがしているように、人に話を聞き、見聞きしたものを書き留め、会話を憶《おぼ》えておくように、私もするつもり。聞いた話では、すこし訓練するだけで、一日のうちに見聞きしたことを憶えておくことができるようになるらしいのです。さて、どうなることやら。会ったときに、私の小さな計画のことをあらいざらいお話ししようと思っています。ちょうど、トランシルヴァニアのジョナサンから急ぎの短い手紙が来たところです。どうやら元気で、一週間後にこちらに帰って来るとのこと。早く彼のお土産話が聞きたくてたまりません。見知らぬ国を旅するのは、本当に素晴らしいことなのでしょうね。いつか私たち——私とジョナサンのことですが——も、一緒にそうできたらいいのだけれど。十時の鐘が鳴りました。それでは。

愛を込めて。

ミーナ

お手紙を書いてくれるならば、何もかも書いてくださいね。もうずっと長い間、あなたは何も話してくれないのだもの。でも、噂はあちこちから聞いています。特に、背が高くてハンサムな、巻き毛の男性の噂はね。

ルーシー・ウェステンラからミーナ・マリーへの手紙

チャタム通り十七番街
水曜
親愛なるミーナへ
　私が何も話してくれないだなんて、それは言い掛かりというものです。あなたとお別れしてからもう二回も手紙を書いたというのに、あなたと来たら、こないだの手紙でようやく二通目なんだもの。それに、本当に何もないのです。ロンドンは今本当に楽しい季節で、あなたが読んで楽しいようなことは、今は特に書くことがありません。あなたが読んで楽しいようなことは、今は特に書くことがありません。私たちはあちらこちら美術館に足を運んだり、公園で散歩や乗馬を楽しんでいます。背が高い巻き毛の男性というのは、きっと先日行ったポップスのコンサートでご一緒した方だと思います。きっと誰かが噂を言いふらしているのだと思いますが、ホルムウッドさんという方です。よくうちに遊びにいらっしゃるのですが母さんと本当に気が合うようで、ふたりでいると、話の種が尽きないみたいです。ちょっと前、ジョナサンとの婚約さえなければあなたにぴったりの男性と知り合いました。ハンサムで、お金持ちで、家柄もよく、完璧《かんぺき》な結婚相手《パルティ》です。お医者様で、とても頭のよい方なの。本当に魅力的な人！　まだ二十九歳なのに、大きな精神病院を自分で経営していらっしゃるのよ。最初はホルムウッドさんのご紹介でうちに見えて、それからたびたび遊びに来られます。今まで私が会った中で、いちばん意思が固く、いちばん落ち着いた方です。彼が取り乱すところなど、想像すらできません。きっと患者さんたちにとっては、とても頼りになる先生なのでしょう。ときどき、まるでこちらの考えを読み取ろうとでもいうように、じっと顔を見つめるような癖が、彼にはあります。私のこともよくそうやって見つめるのだけれど、まあ、私はそんなに簡単な人間ではないと自負しています。だって、鏡を見れば分かります。あなたは、鏡に映った自分の顔を読んでみようとしたことがあるでしょうか？　私はあります。もしまだやってみたことがないなら、きっと思ったよりもずっと難しいと思いますが、いい勉強になるので、ぜひどうぞ。彼は私のことを、興味深い心理学的な研究材料だと言いますが、私も素直にそう思います。ご存じのとおり私は、最新のファッションなどには大した興味もなく、よく分かりません。ドレスなんて、あほくさくて。また下品な言葉を使ってしまったけれど、ごめんなさい。アーサーが毎日使うんだもの。ああ、すっかり本音を言ってしまったわ。ミーナ、私たちは子供のころから何でも打ち明け合ってきました。一緒に寝て、一緒にご飯を食べて、笑うときも泣くときもふたり一緒でした。今こうしてお話ししていても、もっとお話ししたくなってしまいます。ああ、ミーナ、分かる？　私、あの方のことを愛しているの。書きながら、顔がまっ赤になってしまっているの。あの方も私のことを愛して下さっていると思うのだけど、ひとこともそう言っては下さらないのです。でもミーナ、大好きなの。大好きなの。大好きでたまらないの！　ああ、すこしすっきりした。今あなたが傍にいて、昔のように一緒に部屋着で暖炉の前に座りながら、あなたに胸の内を打ち明けられたらいいのに。あなた宛の手紙でも、この気持ちをどう書いていいのか分からないのです。もう書くのをやめたほうがいいのかもしれないし、手紙を破り捨ててしまったほうがいいのかもしれないけれど、何もかもあなたに話してしまいたくて、書く手を止めることができません。どうかすぐにお返事を書いて、あなたがどう思うかを聞かせてください。

ミーナ、もう書くのをやめなくちゃいけません。おやすみなさい。どうか私のために祈ってください。私の幸せのために。

ルーシー

追伸――念のために、このことはふたりの秘密です。改めて、おやすみなさい。

L

ルーシー・ウェステンラからミーナ・マリーへの手紙

親愛なるミーナへ

素敵な手紙をありがとう！　ありがとう、本当にありがとう！　あなたに話して、分かってもらうことができて、本当に嬉《うれ》しいです。

ミーナ、こちらはまさに「降れば土砂降りとくる」という有様。古いことわざというものは、本当に凄《すご》いと感じます。さて、私は九月に二十歳を迎えるわけですが、今日の今日までプロポーズなんて、本当のプロポーズなんて、一度も受けたことがありませんでした。なのに今日、三つのプロポーズを受けたのです。すごいでしょう！　一日に三つよ！　こんなことがあるなんて！　可哀想だけど、そのうちふたりの男性には、本当に心からごめんなさい。ああ、ミーナ。私、もう幸せすぎてどうしたらいいのか分からないの。三人からプロポーズされるだなんて！　でも、どうかこのことは女生徒たちには秘密にしておいてください。じゃないと、きっと彼女たちはとんでもない思い違いをして、実家に帰ったその日のうちに最低でも六人からはプロポーズされないのは、傷つけられ、辱められたのと同じことなのだなどと思い込んでしまいかねないのだから。少女というのは往々にして、とてもうぬぼれの強いもの。私やあなたのように結婚の約束をし、これから貞淑に家庭に入る女たちからすれば、うぬぼれなどは忌むべきものです。そうそう、三人の男性のことを書かなくちゃいけないけれど、どうか誰にも秘密にしておいてください。ただし、ジョナサンだけはもちろん別です。逆の立場なら私はきっとアーサーに話すでしょうし、あなたもきっと、彼には話すでしょう。女である以上夫にはすべて話すべきですし――あなたもそう思うでしょう？――私は、正直でいたいのです。男性というものは女性、特に自分の妻に対しては、できる限り正直でいて欲しいと思うものです。ですが女性というものは私が思うに、常にそれほど正直だというわけではありません。さて、最初のプロポーズが来たのは、そろそろお昼を食べようとしていたときのこと。前にも書いた、精神病院の院長、ジョン・セワード先生。がっしりとした顎《あご》と、見事な額の持ち主です。一見いつもどおりとても冷静に見えたあの方ですが、内心はひどく緊張していたようです。あんなにもいろんなことを細かく細かく学び、それをすっかり憶えておいでのあの方だというのに、あわやご自分のシルクハットの上に座ってしまわれそうになったのです。こんなこと、冷静な男性ならふつうなさらないでしょう。さらに冷静を装おうとして手術用のメスで手遊びを始めたものだから、私はもうすこしで悲鳴をあげそうになってしまいました。そして、包み隠さず私に話してくれました。会って間もないけれど私のことをどれだけ愛してくださっているのか、私が傍にいて励ましたならば彼の人生がどれほど素晴らしいものになるのかを。それから、私のいない人生がどんなに不幸なものかを話してくださりかけたところで、私が泣き出してしまったのをご覧になると、自分は本当に無礼だった、これ以上あなたを苦しめるようなことは口にしないとおっしゃってくださったの。そしてしばらく口をつぐんでから、いつか自分のことを愛してくれるだろうかと私に訊《たず》ねられました。そして私が首を横に振るとあの方は両手を震わせながら、ためらいがちに、もしかしてもう私の中に誰かいるのかと言葉を続けられました。本当に、優しい言葉のかけかたでした。無理に私の秘密を聞き出したいわけではなく、ただ、もし心が自由ならば自分にも希望はあるのだから、それだけが知りたいとおっしゃったのです。そしてミーナ、私は自分には意中の人がいるのだとお伝えしなくてはいけないと感じたの。だからそれを彼に告げると、彼はすっくと立ち上がって力強いまなざしでしっかりと私を見すえ、私の両手を取ると、私の幸せを願ってくれること、そして友人の手が必要なときには自分がまずまっ先に駆け付けることを、私に伝えてくださいました。ああ、ミーナ、涙が止まらないわ。手紙の字がところどころ滲《にじ》んでいても、どうか許してね。プロポーズされるというのは本当に素敵なことだけれど、自分のことを心から愛してくれていると知っている方が胸を痛めて立ち去ってゆくのを見るのは、とても悲しい気持ちになるものです。だって、そのとき彼が何を言おうとも、それっきり他人のようになってしまうのは分かっているのだもの。ここで一度、書くのはやめにします。今はとても幸せだけれど、とても悲しい気分です。

夕刻

たった今アーサーが帰ったところだけれど、さっきよりずいぶん元気になったので、続きを書くことにします。さて、ふたつ目のプロポーズはお昼を食べたすぐ後のことでした。アメリカのテキサス州出身のとてもいい人で、いろんな国を旅してさまざまな冒険をしてきたなんて、とても信じられないくらいに若くて無垢《むく》な人に見えました。たとえ黒人からとはいえ、危険な冒険談を聞かされた哀れなデズデモーナ【訳注：シェイクスピアの悲劇『オセロ』の登場人物。軍の指揮官である黒人オセロと結婚した】は、きっとあんな気持ちだったのでしょう。思うに女というものは本当に臆病《おくびょう》で、自分たちを恐怖から救ってくれると思い、男性と結婚するのです。もし自分が男性だったなら、どのように愛する女性の愛を勝ち取ればいいのか、今ならばよく分かります。いや、分からないわ。なぜなら、モリスさんはああしてご自分のお話をして下さったけれど、アーサーからはまだ何も聞いたことがないのだもの。どうやら、すこし話を急ぎすぎてしまったようです。クインシー・P・モリスさんがいらしたのは、私がひとりきりでいたときのことです。男性とはどうも、女性がひとりでいるときにやって来るもののようです。いえ、それは違うわね。だってアーサーは二度も私とふたりきりになろうとして、今だから恥ずかしげもなく言うけれど、私もなんとかしてそうしようとあの方に協力したのだから。前もって書いておくけれど、モリスさんはいつも俗語を使うわけではありません。よい教育を受けてマナーもしっかり身に付けていらっしゃるので、他の人のいる前でそういう言葉を使われることがないのです。ですが、私がアメリカの俗語を聞くと喜ぶことに気づかれてからというもの、他の人たちが周りにおらず私とふたりきりのときには、本当におかしな言葉を使って話してくださるのです。お話の内容とぴったりの言葉ばかりのものだから、その場で作り出しているのではないかと疑ってしまうほど。でも、俗語とはそういうものなんでしょうね。もしかしたら、私も俗語を使うようになるのかしら。アーサーがそんな言葉を使っているのはまだ聞いたことがないけれど、私が使っていたら彼はどう思うかしら。ともあれ、モリスさんはめいっぱい幸せそうな、楽しそうな顔をして私の隣に腰掛けたのだけれど、とても緊張しているのが私には分かりました。

そして私の手を取ると、それはもう甘い声で私に言ったのです。

「ミス・ルーシー、確かにおいらはあんたのかわいい靴の修理を任せて貰《もら》えるような男じゃない。でも運命の人なんていつまでも待っていたんじゃあ、いつかランプを持った七人の女たち【訳注：新約聖書の『マタイによる福音書』二十五章一節に登場する、十人の処女の話になぞらえている】に、あんたも加わることになっちまうよ。それよりおいらの隣に馬を並べて、二頭立てで長い道をゆくってのはどうですかね？」

とても浮かれて陽気なご様子だったので、セワード先生のときに比べれば、お断りするのが半分も苦になりませんでした。ですからできるだけ明るい声で、馬の繋《つな》ぎかたも知らないし、馬具を付けられるほど馴《な》れてはおりませんと答えました。するとあの人は、こんなに重要で大切なことなのに伝えかたを間違ってしまったのだとしたらどうか許してほしいとおっしゃいました。あまりに深刻なお顔でおっしゃるものですから、私まで深刻な気持ちになってきてしまいました。ミーナ、こんなことを言ったらあなたは私のことをひどい浮気女だと思うでしょうけれど、一日でふたりもプロポーズをして下さるだなんて、心のどこかが嬉しくてしかたないような気持ちでした。すると、私が言葉を返す前にあの人は私の足下にひざまずき、心からの愛の言葉を止めどなく語り出してくれました。そのあまりにひたむきな顔を見て、男性というものはときに浮かれて見えたからといって決していつも不真面目なわけではないのだと、私はすっかり考えを改めされました。そして、たぶん私の顔を見て何か思うところがあったのでしょう、とつぜん言葉を止めるととても男らしいご様子で、もし私の心に誰もいなかったなら自分を愛することができるかとおっしゃいました。

「ルーシーさん、あなたはとても誠実な女性だ。あなたが心の底まで清らかな女性であると思うからこそ、僕はこうしてお話しするのです。どうかお気軽にお教えいただきたいのですが、あなたには今、想われている男性がいらっしゃるのでしょうか？　もしそうならばもう髪の毛一本ほどもお気を煩わせることなく、心からの友人になるつもりです」

ああ、ミーナ。なぜ男性というものは、女のようにつまらない相手にああも気高くなれるのでしょう？　私はあわや、彼のような本物の紳士のことを物笑いの種にしてしまうところでした。思わず、泣き出してしまいました――もしかしたらあなたはこの手紙を見て、あちこちふやけているのに気づくかもしれません――本当に、自分が嫌でたまらなくなってしまったのです。もし女性が三人の結婚相手と結ばれることが、いや、むしろ何人とでも結婚することができたなら、こんな悲劇は起こらないのに。ですがこんなことを言っては神罰を受けてしまうでしょう。泣き濡《ぬ》れてこそいましたが、決意に満ちたモリスさんの目を見つめながらはっきり伝えることができたことを、私はよかったと思っています。

「ええ、私の心にはもう殿方がいらっしゃいます。そのお方が私のことを愛して下さっているかは存じませんけれど」素直にそう告げて、本当によかった。彼はにっこりと微笑むと、両手を差し出して私の手をお取りになりました――たぶん私も握り返したと思います――そして、温かくこうおっしゃったのです。

「それでこそ、僕の立派な方だ。世界じゅうのどんな女性を勝ち取ることよりも、あなたを失うことのほうを僕は選ぶでしょう。どうか泣かないでください。もし僕のために泣いてくださるのなら、僕は頑丈な男です。しっかり受け止めましょう。もしあなたの意中の男性がまだ身の幸せを知らぬのならば、すぐにでもあなたに気づかれるべきだ。さもないと、僕は許しません。ルーシーさん、あなたの正直さと勇気とに僕は友情を感じます。友人とは、恋人よりも得難いもの。そこにはどんな私欲もないからです。僕は今後、天国までの道のりをひとりで歩んで行きましょう。あなたさえよろしければ、どうか僕にキスをくれませんか？　そうすれば僕は、その道のりの暗闇からも救われるでしょうから。あなたに愛されるくらいなのだから、きっとその男性は素晴らしい人物なのでしょう。ですが、まだ告白をされていないのだから、僕にキスをしても許されるはずです」

ミーナ、この言葉に私は心を動かされました。なんとも勇気と温《ぬく》もりを感じさせるお言葉ですし、それに相手の方のことも深くお考えになった言葉だとは思いませんか？　それに、とても悲しそうだったのです。だから私は彼に顔を寄せ、キスをしました。彼は私の両手を取ると立ち上がって私の顔を見下ろし――私はすっかりまっ赤になってしまいました――こうおっしゃったのです。

「ルーシーさん、僕はあなたの手を握り、あなたはキスをしてくれた。これ以上の友情の証《あかし》が他にあるでしょうか。優しい心を見せてくれてありがとう。さようなら」

彼は私の手をぎゅっと握りしめてから帽子を手に取り、振り向きもせず、涙も震えも見せず、立ち止まりすらせず、部屋を出て行かれました。私は、まるで赤ちゃんみたいに泣いています。ああ、どうして彼のような方が不幸にならなくてはいけないのでしょう。彼が歩いた地面すらも愛したいという女性も星の数ほどいますでしょうに。もし私の胸に誰もいなければ、きっと私がそうしたでしょう——ですが私の胸には、もうあの人が住んでいるのです。ああ、ミーナ。このできごとのおかげで私はすごく取り乱しているし、こんなことを書いたあとで幸せなことなど書く気になれないの。本当の幸せを手にするまでは、三つめのプロポーズの話はやめにしたいのです。

いつも変わらぬ愛を。

ルーシー

追伸　今思ったのだけれど、三人目の方のことをお話しする必要はないわよね？　本当に、わけも分からぬうちのできごとだったんです。彼が部屋に来てから私を両腕で抱いてキスするまで、ほんの一瞬だったのですから。本当に本当に幸せで、こんな幸せを自分が受けてしまっていいのかすら分からないほどです。これからは、これほど素晴らしい恋人を、夫を、そして友人を授かったことへの感謝を示してゆくことだけが、生きる道と思っています。
さようなら。

セワード医師の日記（蓄管録音機により記録）

四月二十五日
本日は食欲が減退している。食べることも眠ることもできないので、代わりに日記を記録することにした。昨夜プロポーズを断られてからというもの気持ちは虚《うつ》ろになるばかりで、世の中にはすべきほどの価値を持つ大事なことなど何もないかのような気持ちになっている。こうした虚無を癒《いや》すには仕事をするほかはないと分かっていたので、今日は患者たちを診て過ごすことにした。選んだのは、非常に面白い研究対象になってくれた、ある患者である。非常に風変わりなことばかりを思いつくこの男性は、通常の心神喪失者とは異なっており、私は彼のことをできる限り理解したいと心に決めているのだ。今日は彼の心が抱える謎に、これまで以上に近づくことができたと思う。
彼が抱える幻覚症状の真実を知りつくそうと、とにかく子細にわたり質問をさせてもらった。今にして思えば、あのやりかたは多少残酷だったかもしれない。あれではまるで、彼の狂気を保とうとでもしているかのようだった——だが患者の狂気というものは、地獄の淵《ふち》と同じように避けなくてはいけないものだ（メモ、あえて地獄の淵を避けない状況など考えつくだろうか？）ローマではすべての物が金で買える《オムニ・ロマエ・ヴェナリア・スント》。そう、地獄の沙汰《さた》も金次第ということだ！　ともあれ「賢者はひと言で足る《ヴェルヴ・サップ》」という言葉もある。もし私が彼にあんなことをしてしまった裏に何か理由があるのだとしたら、それを正確に追究してみねばなるまいと思うので、ここで考えてみよう――

R・M・レンフィールド氏、五十九歳。多血糖。体力旺盛《おうせい》。病的に興奮しやすく、頻繁に鬱《うつ》状態に陥り私には理解のできない固定観念を抱く。私の考えでは、多血糖およびそれにより引き起こされる混乱により、そうした彼の精神状態が引き起こされているのではないだろうか。潜在的な危険人物であり、自我が希薄なときには要注意である。自己中心的人物の場合、その警戒心が周囲の人びとに対しても、自らに対しても、鎧《よろい》のような働きをするからである。この点についての私の見解は、自我が固定点であるときには、求心力と遠心力とが均衡するということである。だが責任や信念などが中心点であるときには遠心力が優越し、単独、もしくは連続した偶然的事象のみがそれと均衡する。

クインシー・P・モリスからアーサー・ホルムウッドへの手紙

五月二十五日

親愛なるアート

僕たちは大草原のキャンプファイアーの傍らで語り合い、マルケサス上陸後には互いの傷に包帯を巻き合い、そしてチチカカ湖のほとりでは互いの健康を祝して乾杯を交わした。だがまだ、話し合うことも、治すべき傷も、そして祝うべき健康も、今の僕たちにはある。明日の夜、僕の開くキャンプファイアーで、君と語り合い、癒し合い、祝い合うというのはどうだろう？　かの女性はとある夕食会に出席することになっており君に予定がないのは分かっているから、遠慮せず誘わせてもらうよ。僕たちのほかにはあとひとりだけ、朝鮮での旧友、ジャック・セワードが来ることになっている。僕たちはワイングラスに涙を注ぎ全身全霊をかたむけて、神の創りたもうたもっとも清き心と無上の価値とを勝ち取った世界一幸せな男を祝福しようというわけだ。心よりの歓待と温かな抱擁、そして君の右手と違《たが》わぬ真実を持った乾杯とを約束しよう。もし君が誰かさんが見かねるほどに泥酔してしまったあかつきには、僕らふたりで君を自宅まで送り届けることを誓おう。ぜひ来たまえ！

　常に変わらぬ友情を。

クインシー・P・モリス

アーサー・ホルムウッドからクインシー・P・モリスへの電報

五月二十六日

イツデモカケツケル　ヨウイアリ。キミタチニ　ミミガイタイ　ハナシアリ。

第六章

ミーナ・マリーの日記

六月二十四日　ホイットビーにて

駅で私を出迎えてくれたルーシーは、今までにも増して可愛らしく、愛らしい姿でした。私たちは馬車に乗り、ルーシーたち一家が過ごすクレセントのお屋敷へと向かいました。本当に可愛らしいお屋敷です。エスク川という小川が、港に向けてすこしずつ川幅を広げながら、谷底を流れていました。高い橋桁《はしげた》を取り付けられた大きな高架橋がかかっており、そこから見下ろすと、景色は実際よりも遥《はる》か遠くに見えるのでした。美しい緑に覆われた谷は険しく切り立っており、どちらかの断崖《だんがい》に寄って見下ろしてでもみないかぎり、まるで地続きにでもなっているかのように見えます。お屋敷の横手をずっと行ったところに立ち並ぶ古びた町の家々は、どれも赤い屋根をしており、まるでニュルンベルクの風景画のように、積みかさなっているような錯覚を覚えさせました。町の山の手には、かつてデーン人たちに破壊され、『マーミオン』【訳注：ウォルター・スコットの叙事詩。ヘンリー八世の寵臣、マーミオンが主人公】の舞台にもなったホイットビー寺院の廃墟《はいきょ》があります。あの少女が壁の中に閉じ込められた寺院です。いちばん荘厳な廃墟ともいえるこの巨大な寺院には、美しい逸話や、ロマンチックな逸話がたくさん。窓辺に白き乙女が姿を見せるという言い伝えもあるのです。寺院と町との間にはもうひとつ、たくさんの墓標の並んだ墓地にぐるりと囲まれた、教区の教会が立っています。町から登ってすぐのところに立つこの教会からは港も、入江も、そして入江から海へと伸びてゆくケトルネス岬も一望できるので、私はここがいちばんのお気に入りです。教会から港までは急な下りになっているため、敷地の一部が崩れており、壊れてしまっている墓標もいくつかあります。隅のほうには、ずっと下の砂地に倒れ込んでしまっている墓標まであるのです。敷地にはベンチの置かれた小道が通っており、人びとは日がな一日そこに腰掛けては美しい景色と気持ちのよい風とを楽しんでいます。私もここに足繁く通い、ベンチに腰掛けて勉強をしようと思っています。今これを書いている間にも本を膝《ひざ》の上に広げ、隣に腰掛ける三人のお年寄りたちの話に耳を傾けています。このご老人がたは、どうやらここに一日じゅう座ってお話をするよりほかに、何もすることがないようです。

眼下に広がる港を見下ろせば、花崗岩《かこうがん》で造られた長い埠頭《ふとう》が海へと延びており、外側へとカーブしてゆくその突端には灯台が立っています。周囲には、ぐるりと取り囲む頑丈そうな防波堤。手前側の埠頭は逆向きにカーブするよう造られており、その突端には同じく灯台が立っています。その二本の埠頭の間の狭い水路を抜けると、とつぜん目の前に広々とした港が広がるのです。

満ち潮のときには、本当に見事な眺めです。しかし潮が引いてしまうとただ砂の広がるばかり。見えるものといえば砂地を流れるエスク川くらいのもので、あとはあちこちに岩が転がっているだけなのです。港の外のこちら側は半マイルほどにもわたる大きな岩礁になっており、南側の灯台から鋭く尖《とが》った岩がまっすぐに続いています。岩礁の突端には鐘の取り付けられたブイがあり、天気の悪い日には、そのもの悲しい音色が風に乗って運ばれて来ます。この辺りには、船が遭難すると外海にまで鐘の音が響き渡るのだという言い伝えがあります。先ほどのお年寄りに、訊《たず》ねてみなくては。ちょうどこちらにやって来るところです……。

お年寄りは、とても愉快な方でした。まるで木の皮のように節だらけ皺《しわ》だらけの顔からするにかなりのご高齢のはず。いわく、ワーテルローの戦いのころにはグリーンランドの漁業団で船乗りをしていたのだということです。たぶん、非常に疑り深い方なのだと思います。というのは、私が岩礁のベルと寺院の白き乙女のことを訊ねると、ひどくぶっきらぼうにこう言ったのです。

「わしにゃあ分からんなあ、お嬢さん。そういうのはもうずっと昔のことだからねえ。なかったとは言い切れないだろうけども、わしの頃にゃあ、もうなかったね。だが余所《よそ》者や旅の連中ならばともかく、あんたみたいなお嬢さんがそんなこと気になさるのは意外だわい。ヨークやリーズから来た連中は、まずニシンの燻製《くんせい》を食ったり茶を飲んだり、安物の黒玉を買ってたりするけどな。いったいどこの誰があんなでたらめばかり言っとるのか見当もつかんが、とにかく新聞だって嘘ばかり書いてるくらいだからねえ」

　私はこのお年寄りからは面白い話が聞けそうだと思うと、昔の捕鯨の話をしてはもらえないかと訊ねてみました。ですが、彼が話してくれようとしたときちょうど時計が六時の鐘を打ち、お年寄りはベンチを立ってしまったのです。

「さあて、そろそろ帰んなくちゃだな、お嬢さん。階段降りてくだけでもひと苦労なもんだから、茶の用意をしたまますっかり待たせて孫娘を怒らせちまうんだよ。それに時計の鐘を聞いたら、腹ぁ減ってきちまった」

　えっちらおっちらと階段を踏みしめながら降りてゆく彼の後ろ姿は、できるだけ急いでいるのだと私にも分かりました。この石段は、町の名所のひとつです。町から教会まで何百段と――実際何段あるのか分かりませんが――ゆっくり曲がりくねりながら続いているのです。傾斜は緩やかなので、馬でも悠々と上り下りができるでしょう。たぶんずっと昔には、寺院まで続いていたのではないでしょうか。さて、私も帰らなくては。ルーシーはお母さまと一緒にどなたかを訊ねているようですが、形だけの訪問だったようなので、私は行きませんでした。きっと、そろそろ帰って来ているころでしょう。

八月一日

　ルーシーと一時間ほど前にここに来て、あのご老人と、いつも一緒のおふたりと、とても楽しくお話をしました。どうもあの方は仕切り屋のようで、きっと昔はさぞ威張っていたのではないかと思います。とにかく誰の言葉にも耳を貸さず、自分の言うことを聞かせようとするのです。もし誰かが口答えでもしようものなら、無理やりにでも黙らせて言いなりにさせてしまいます。白い薄手のフロックを着たルーシーはとても魅力的で、どうやらここに来てから顔色もずいぶんよくなったようです。お年寄りたちはやって来ると、すぐに彼女のそばに腰を下ろそうとします。彼らにとても優しくするものだから、きっとすっかり愛されてしまったのでしょう。あのわがままなお年寄りすら彼女の前では大人しくしており、その代わり、私に二倍厳しくするような有様なのです。私が言い伝えのことを教えてほしいとお願いすると、彼はまるでお説教のように話し始めました。なんとか思い出すことができるかぎり、ここにそのまま書いておきます。

「そんなことはまったくのでたらめ、嘘八百ってもんさ。呪いだの幽霊だのお化けだのなんてもんは、せいぜい女子供をおどかすくらいのもんにしかならんわい。根も葉もありゃあせんよ！　お化けだの奇跡だの予言だの、そんなもんは牧師やどっかの馬鹿もんか、じゃなきゃ鉄道屋が、人に言うこと聞かせようってんで考えたに決まっておる。まったく、考えるだけで頭に来るわい。連中ときたら説教団で嘘八百並べるだけじゃあ飽きたらず、墓石にまで刻んじまおうっていうんだからな。ほら、お嬢さんもぐるりと見てみるといい。どの墓石も偉そうにふんぞり返っていやがって、自分に刻まれた嘘の重みでそのまま倒れちまいそうなほどさ。『ここに眠る』だの『神聖なる記憶とともに』

だの彫られちゃいるが、半分くらいの墓は空っぽさ。それに死者の記憶なんざ、神聖なるどころか、嗅《か》ぎ煙草のひとつまみほども気にもされちゃおらん。どれもこれも、まったくのでたらめばかりさ！　いやはや、最後の審判の日は、きっとこの辺じゃ大騒ぎになるだろうな。自分たちがどんなに善良だったかって証明しようって、死に装束の連中が自分の墓石を取りにぞろぞろやって来るわけだからな。中にゃあ、海の底に沈んじまってたせいでがたがた震えながら、ぬめった手でどうしても墓石が摑《つか》めない連中だっているだろうな」

さも満足げに、同意を求めるかのようにみんなの顔を見回す老人を見て、さらに続けてもらおうと、私は声をかけました。

「いやだわ、スウェイルズさんたら、おふざけになって。このお墓がぜんぶでたらめだなんて」

「かもしれん！　あまり褒めずに正直に書いた墓石だって、ほんのちょっとくらいはあるだろうさ。だが世の中にゃあ、おまるを海だと勘違いするような輩《やから》がごまんとおる。何から何まで嘘ばっかりだ。お嬢さんはここのもんじゃあないが、この墓地をすっかりご覧になったかね」

ご老人の方言がぜんぶ理解できたわけではありませんが、私は、そうしたほうがいいと思い、うなずきました。教会のことを何か言っているのだということは、分かりました。ご老人は言葉を続けました。

「じゃあこの墓の下の連中は、誰もが誰も心安らかに眠ってると思われるかね？」私はまたうなずきました。「そんなふうに思っておるから、騙《だま》されるんだ。ここにゃあ、金曜夜のダン爺《じい》の煙草入れみたいに、空っぽの墓がごろごろしとる」そう言って仲間のひとりをつつくと、お年寄りたちは声を揃えて笑いました。「しかしまあ、他にどうしようもないわな！　ほれ、道の向こう側に立ってるあの墓を見てごらん。読めるかね？」

私は歩み寄って見てみました。

「エドワード・スペンスラー。船長。一八五四年四月、アンドレス海岸沖合にて海賊により殺害される。享年三十歳」私が戻ってゆくと、スウェイルズさんが言いました。

「ここに葬るため、わざわざ連れ帰ってくる御仁なんかいるもんかね。殺されたのはアンドレス海岸の沖だってのにさ！　まさかこの下に死体が埋められていたりはするまいよ！　ずっと遠くのグリーンランドの海で眠ってる連中なら、わしにゃぞろぞろ名前が言えるぞ」そう言ってご老人は北を指差しました。「もしかしたら、潮でどっかに運ばれちまったかもしらんがね。ほれ、周りに墓が見えるだろ。お嬢さんはまだ若いから、ここからでもあの小さな字が読めなさるんじゃないのかね。あのブレイスウェイト・ロウリーってのは父親を知ってるんだが、一八二〇年、ライヴリー号に乗ったままグリーンランドで死んだ。あっちのアンドリュー・ウッドハウスってのは一七七七年、同じ海で溺《おぼ》れ死んじまった男さ。ジョン・パクストンはその一年後、フェアウェル岬の沖で溺れ死んだ。ジョン・ロウリングスは一八五〇年、フィンランド湾で溺れ死んだ。この子の爺さんとわしは、一緒の船に乗ってたこともあるんだがね。審判のラッパが鳴り響いたら、こいつら全員がまっしぐらにホイットビー目指して戻って来ると思うかね？　わしゃ思わんね！　こぞって押し寄せて来たりしようもんなら、この辺りはもう連中でごった返しちまうよ。昔、氷の上で朝から晩まで闘ってたときみたいにな。夜にはオーロラの光を頼りに、互いの傷に包帯を巻き合ったもんだ」ご老人が笑いながらそう言うのを聞いて、他のふたりも笑ったところを見ると、きっとこの辺でよく言う冗談なのでしょう。

「でも、どうやらお爺さんの言うことがぜんぶ正しいというわけではないですわ。だって、今おっしゃった亡くなられた方々がすべて、審判の日には必ず自分の墓標を取りに来なくてはいけないわけではないでしょう。違うかしら？」

「なるほど。じゃあ墓石ってのは何のためのものなのかね？　教えて欲しいもんだ！」

「ご遺族を慰めるためのものだと思いますわ」

「ご遺族を慰めるもの、ね！」ご老人は、いかにも鼻で笑うかのように言いました。「刻まれているのが嘘で、それをこの辺りじゃ誰もが知ってるっていうのに、誰が慰められたりするもんかね」彼はそう言うと、崖《がけ》のそばで地面に転がり、ベンチがたつかないよう足下に噛《か》ませてある墓石を指差しました。「ほれ、そこに何と書いてあるか見てごらん」私のところからは逆さまだったのですが、もっと見やすい場所にいたルーシーは身を乗り出してそちらを見つめました。

「ジョージ・キャノンの神聖なる思い出に。一八七三年、聖なる復活を願いつつ、ケトルネスの岩場から転落して死亡。最愛の息子のため、悲しめる母この墓標を建てん。『息子はひとり子で、母は未亡人なり』――。スウェイルズさん、いったいどこがおかしいのか私にはさっぱりですわ！」ルーシーは真面目な顔をして、すこしきつい口調で言いました。

「どこがおかしいのかお分かりにならんか！　ははは！　だが、この母親ときたらとんだ鬼婆《おにばばあ》で、息子の体が生まれつき利かんからといってひどく毛嫌いしておったんだ。息子は息子で母親を憎むあまり、自分にかけられた保険が下りんように自殺しちまったのよ。年代物のマスケット銃で自分の頭吹っ飛ばしてな。ほんとはカラスを脅かすはずの銃だったんだが、逆にカラスやハエどもがわんさか群がって来ちまうことになったってわけさ。崖から落ちたってのはそういうことだ。そんでこっちの聖なる復活っていうのも嘘さ。わしゃこの子から何度も自分は地獄に行きたいんだって聞いたもんだよ。信心深い鬼婆はきっと天国に行くに違いないから、自分はそんなところに行くのは御免だってね。さあ、この墓をどう思うかね？」ご老人はそう言いながら、杖《つえ》で墓石を叩《たた》いてみせました。「何もかも嘘だらけだと思わんかね？　もしジョージがこの墓石ぶら下げてったりしたら、大天使ガブリエル様も吹き出しちまうだろうさ！」

私には言葉が何も見つかりませんでしたが、ルーシーは立ち上がるとこう言いました。

「まあ、そんなお話なら聞くんじゃなかったわ。このベンチは私のお気に入りなんですもの。自殺者のお墓の上に座るだなんて、とてもできませんわ」

「なあに、お嬢さん。座ったからってどうということもありゃせんよ。それに若い娘さんに座られりゃあ、ジョージもすこしは浮かばれるってもんだ。お気にしなさんな。わしなんかもうかれこれ二十年以上もずっとここに来ちゃあ座ってるのに平気なんだ。足下なんて気にせんで、好きにしたらいいよ！　ここから墓石がぜんぶ無くなって野原みたいになっちまっても、生きてりゃそのうちお嬢さんにも悪いことなんて起こる。おや、鐘が鳴った。もう行かんとだな。ではお元気でな！」そう言うと、彼は足を引きずりながら歩いて行ってしまいました。

それからしばらく、私とルーシーは手を取り合って座りながら、美しい景色を眺めていました。そして、いずれアーサーと結婚するのだということを打ち明けられたのです。ジョナサンからの連絡をもう一ヶ月も待ち続けていた私には、すこし胸が締め付けられるような報《しら》せでした。

同日

今日はとても悲しい気持ちだったので、ひとりでここに来ました。手紙は届きません。ジョナサンに何かあったのでなければいいのですが。時計はちょうど九時を打ったところです。町のあちらこちらに灯《あか》りがともり、道路の通っているところにはずらりと光が並んでいるのが見えます。ぽつりとひとつだけともる灯りもあります。灯りはエスク川を遡《さかのぼ》り、渓谷の向こうへと曲がりながら消えてゆくのです。今いる左手あたりは、寺院と隣り合った古い家々の影に黒々と遮られ、何も見えません。後ろのほうに広がる牧草地から羊や山羊《やぎ》の鳴き声が聞こえ、舗道を上るロバの足音が響いてきます。埠頭《ピア》では下手くそな楽団がワルツを楽しげに演奏しており、向こうの波止場あたりの裏路地では救世軍の集会が開かれています。どちらの楽団にも互いの演奏は聞こえないのですが、ここにいると、ふたつとも聞こえてくるのです。ジョナサンはどこにいるのでしょう。ジョナサンは私のことを考えてくれているのでしょうか！　今、隣にいられたらどんなにいいことか。

セワード医師の日記

六月五日

理解が深まれば深まるほど、レンフィールドのケースは非常に興味い。彼には、特に発達した要素がいくつかある。まず利己的であること、秘密主義的であること、そして目的意識である。だが、いったい何を秘密にし、何を目的としているのかは分からない。彼自身はれっきとしたそれを持っているようなのだが、私にはまったく分からないのだ。動物愛を持っているのは好ましいことのように思えるが、そのあまりの特殊性に、私はときおり彼が異常な残酷性を備えた人物なのではないかと感じることもある。彼のペットたちは、どれもこれも奇妙なものばかりだ。現在は、ハエを捕まえることにご執心らしい。その数があまりに膨大になったので、私がやめるよう横槍《よこやり》を入れざるを得なくなった。驚いたのは、私が想像していたように彼が怒り出すことはなく、むしろ真面目な顔で聞き入れてくれたことだ。しばらく考え込んだ後、こう言ったのである。

「三日下さいませんか？　すっかり逃がしますので」

無論、待つと答えた。経過を観察する。

六月十八日

どうやら今度は蜘蛛《くも》に鞍替《くらが》えをしたようで、箱の中に大きな蜘蛛を何匹も入れている。餌にはハエを与えているせいで、ハエの数は目に見えて減少している。自分の食事を使って、外のハエをも部屋の中へとおびき寄せているのに、である。

七月一日

以前のハエと同様に蜘蛛の数がおびただしく増えたので、また彼に警告をしなくてはならなくなった。あまりに悲しそうな顔をしたので、どんなことがあろうとも、せめていくらかは処分しなくてはならないと伝えた。これを聞くと彼は喜んでうなずき、私はまた、同じだけの時間を彼に与えることにした。それにしても、彼を見ていると非常に気分が悪くなる。腐った肉でも食って丸々と肥った気持ちの悪いクロバエが部屋に飛びこんでくるとそれを捕まえ、喜色満面でしばらく摘み上げて眺め回し、いったい何をするのか見守る私の前で、口に放り込んで食べてしまったのである。私は彼を咎《とが》めたが、彼は静かな声で、クロバエはとても健康にいいのだなどとのたまった。クロバエを食べるからこそ自分は健康で、強靭《きょうじん》で、活力に溢《あふ》れているのだと。そこで私はふと、ある考えを思いついた。彼がどのように蜘蛛を処分するのか、観察すべきである。小さなノートを肌身離さず持っており、いつでも何かを書き付けているところから見るに、彼の精神には明らかに根深い問題がある。ノートにはびっしりと小さな数字が書き込まれており、いくつかのまとまりに分けてその合計が計算されている。そして、さらにそれらの合計がまた計算されている。まるで会計監査人のように、彼は何か、勘定書でも集計しているかのような感じなのである。

七月八日

レンフィールドの狂気にはある規則性があり、私にも徐々に正体が摑《つか》めかけてきた。いずれすべてが明らかになるだろう。そして、ああ、無意識の脳作用よ！　君は自らの意識の兄弟へと、その道をゆずりたまえ。彼とはここ数日ほど会わずにいるため、何らかの変化が起こっていればまず気づくことはできたはずだ。だが、彼の変化といえば、ペットをいくつか手放し、新たにいくつか入手していたことくらいのものだった。彼は一羽のスズメを手に入れており、もういくらか飼い慣らしていた。何匹か蜘蛛が減っているのを見れば、どう飼い慣らしたのかは想像に難くない。だが、相変わらず自分の食糧を使ってハエを部屋におびき寄せているのだろう、残っている蜘蛛たちは相変わらずでっぷりと太っている。

七月十九日

明るい兆しが見えてきた。レンフィールドのスズメたちはもはや群れと呼んだほうが相応《ふさわ》しく、ハエや蜘蛛はほとんどいなくなっている。私が部屋に入ってゆくと彼は駆け寄って来て、私に大切なことを頼みたいのだといった。とても大切なことなのだと言いながら、犬のようにへつらうのだ。

「子猫が欲しいんだ、ちっちゃくて、かわいくて、一緒に遊べる人なつっこい子猫が。しつけをして、ご飯をあげて――そしてご飯をあげて――そしてご飯をあげたいんです！」

このような申し出は、予想をしていなかったわけではなかった。彼がペットに選ぶ動物たちは、だんだん大きなものに、活《い》き活きとしたものに変化していたからである。だがスズメの一群をハエや蜘蛛と同じように追い出してしまうことには、いささかの抵抗がないわけでもなかった。そこで私は少し時間をくれるように言うと、子猫ではなく成猫にしてはどうかと訊《たず》ねてみた。すると彼はすぐさま手のひらを返し、これに食いついてきた。

「ああ、そうですね。大人の猫のほうがいい！　そう言ったら断られるんじゃないかと思って子猫って言っただけなんです。子猫って言えば、みんないいって言うに決まってるでしょう？」

私は首を横に振ると、今すぐ許可するわけにはいかないが考えておくと伝えた。表情を曇らせた彼に、私は危機感を覚えずにはいられなかった。横目で私を睨《にら》みつけるその目には、殺意を秘めた獰猛《どうもう》さが光っていたのである。この男は、眠れる殺人鬼だ。今彼の抱えている熱望を子細に調べあげ、その結果を見届けなくてはなるまい。そうすれば、さらに理解を深めることができるはずである。

午前十時

ふたたび訪れてみると、彼は部屋の隅でがっくりと座り込んでいるところだった。入って来た私に気づくと彼は私の足下にひざまずき、どうか猫を飼わせて欲しい、そうすればきっと元気になるのだからとすがりついた。私が断固として今それを許すわけには行かないとはね付けると、彼はひとことも口をきかずに元いた部屋の隅へと戻って座り込み、指をかじりはじめた。明日の早朝、また様子を見にゆく。

七月二十日

早朝、看護師たちの巡回が始まる前にレンフィールドを訪ねてみた。彼はもう起きて、鼻歌を唄っているところだった。蓄えておいた砂糖を窓辺にざらざらと広げており、これは明らかにまたハエをおびき寄せようとしているものと思えた。実に楽しげで、満ち足りた顔であった。見回せばスズメが一羽も見あたらなかったので、彼にいったいどこへやったのかと訊ねてみた。彼は振り向こうとすらせず、飛んで行ってしまいましたと答えた。部屋には羽根が舞い散っており、枕には血痕《けっこん》が残されていた。私は何も言わなかった。看護師に、日中彼に何か異変があるようならば必ず伝えるよう申しつけた。

午前十一時

看護師が私のところへ駆け込んでくると、レンフィールドの具合がとても悪く、大量の羽根を嘔吐《おうと》したと言った。「先生、きっと鳥を食べてしまったに違いないです」彼が言った。「捕まえて、生のまま食べてしまったんですよ！」

午後十一時

彼にでも効くようにたっぷりと鎮静剤を与え、調査のために彼のノートを持って来た。このところ頭に渦巻いていた疑問は解消し、私の思い込みなどではなかったことがはっきりと分かった。あの殺人狂は、実に特殊なのである。彼を類別するには新たに分類を設け、これを生体食性狂人《ゾアファガス・マニアック》と呼ばねばなるまい。彼はできるだけ多くの生命を自らに取り込むべく、これまで段階を踏みながらその達成を目指してきたのである。たくさんのハエを一匹の蜘蛛に与え、次にたくさんの蜘蛛を一羽の鳥に与え、今度はその鳥たちを一匹の猫に与えようとしていたのである。それを成し遂げたなら、次の段階はいったいどのようなものになっていたのだろうか？　この実験は、成り行きを見守るだけの価値がある実験であるようにも思える。盤石の動機さえあるならば、完遂させてもいいのではないか。かつて生体解剖を冷視していた人びとも、今やその重要性を認めているではないか！　もっとも難解かつ重要である脳理論というこの科学的分野を、発展させせない手などありはしないではないか。こうした精神の秘密を解き明かすことができるならば——ただひとりの狂人とはいえ、解明への鍵《かぎ》をこの手にしているのだとするならば——私はこの科学的分野を発展させ、バードン・サンダースンの生理学に匹敵し、フェリアの脳理論などかすんでしまうほどの高みへと到達することができるかもしれないのだ。ああ、その盤石の動機さえあれば！　このことはできるだけ考えないようにしないと、うっかり魔が差してしまいそうだ。その理由が見つかれば、今度は私が狂気に走ってしまうかもしれない。この私の脳だって、先天的に異常を抱えていたとしても何の不思議もないのだから。

それにしてもこの男の存在は、実に理路整然としている。狂人というものはすべて、自らの尺度の中では理路整然としているものなのだ。いったい彼はひとりの人間を、いくつの生命と同等に見なしているのだろう。ひとつということがあるだろうか。彼はきっちりとその計算をやり終え、本日また新たな記録をつけ始めた。日々こうして自らの生命の記録を新たにつけ始める人間が、いったいどれほど存在するだろう？

　新たな希望へと向かっていた私の人生が完全なる終わりを迎え、新たな記録をつけ始めたことなど、つい昨日のことのようである。こうして日々は続いてゆくのだろう。いずれ偉大なる記録者である死が私の損益利益を弾《はじ》き出して、台帳を閉じてしまうそのときまで。ああ、ルーシー、ルーシー。君にも、君を勝ち取った御仁にも腹を立てることなどありはしない。だが私はこうしてただ絶望と仕事のうちに、そのときを待たねばならんのだ。仕事！　そう仕事だ！

　もし私に、哀れなレンフィールド氏と同じように強固な動機——正しく、利他的な動機さえあったならば、仕事をすることもまた幸福であったろうに。

ミーナ・マリーの日記

七月二十六日
　募るばかりの不安を言葉にして自分を慰めるために、ここへやって来ました。誰かに話をしているような、そして同時にそれを聞いているような、そんな気持ちになるのです。それに、速記記号で書くのは、普通に書くのとはすこし感じが違うのです。ルーシーのこと、そしてジョナサンのことで、私は暗い気持ちで過ごしています。ジョナサンからの連絡がなくなりずいぶん経つので、本当に心配です。ですが昨日、いつも親切にしてくださるホーキンスさんが、ジョナサンから届いた手紙を送ってくれたのです。彼から何か連絡がないかと訊ねていた私のために、転送して下さったのだそうです。ドラキュラ城から出された短いその手紙には、そろそろ帰路に就く旨が記されていました。それに、ジョナサンらしくないこの手紙を私は受け入れられず、不安な気持ちになりました。そジョナサンらしくないこの手紙を私は受け入れられず、不安な気持ちになりました。それに、ルーシーも気がかりです。ぴんぴんしてはいるのですが、ずっと治まっていた夢遊病が、このところ再発しているのです。彼女のお母さんからそのことを相談されたので、今私たちは、自室のドアに毎晩鍵をかけるようにしています。ウェステンラ夫人はどうも、夢遊病になると屋根に登ったり崖《がけ》っぷちを歩いたりするようになり、ふと目を覚まして悲鳴とともに落ちてしまうものなのだと考えているようです。可哀想に、心の底からルーシーのことが心配でたまらないのです。何でも、ルーシーの父親である夫も夢遊病を抱えていたのだとか。夜中に目を覚ましてちゃんと着替えまでし、引き留めない限り勝手に出て行ってしまったものなのだそうです。ルーシーは秋に結婚する予定で、もうドレスや新居をどうするか計画を立てはじめています。私も同じ状況におりますから、ルーシーの気持ちがよく分かります。ただジョナサンと私はとても質素に新生活を始める気でいますし、お互い納得がいくまで話をしなくてはなりません。ホルムウッドさん——コダルミング卿《きょう》のひとり息子です——はお父様の具合が悪くすぐには町を離れられないのですが、準備ができ次第すぐに駆け付けてくれることになっています。きっとルーシーはそのときを指折り数えて待つような気持ちでしょう。彼をあの断崖《だんがい》にある教会墓地のベンチへと連れて行き、ホイットビーの美しい景観を紹介したいのだと言っています。きっとそのときを待ちわびるからこそ具合を悪くしているのだと思います。ホルムウッドさんが到着されたら、元気を取り戻してくれることでしょう。

七月二十七日

ジョナサンからの便りはまだありません。なぜだか分かりませんが、ひどい胸騒ぎがしています。たった一行でもいいから、手紙を書いてくれるといいのだけれど。ルーシーの夢遊病は治まることなく、毎晩彼女が部屋を歩き回る音で、こちらの目が覚めてしまうほどです。幸い毎日暑いものだから、彼女も風邪をひかずに済んでいます。ですが胸騒ぎと頻繁に起こされるせいとで、私のほうがぴりぴりとして、不眠症のようになってきています。ルーシーが健康でいるのは、救いだといえます。ホルムウッドさんはといえば、お父様の具合がひどく悪いのだとかで、リングにあるお屋敷へと呼び出されてしまいました。ルーシーは彼と会う日が延びてしまったせいでいらいらしていますが、ともあれ見た目には相変わらず元気そうです。すこしふっくらとして頬にはピンク色の薔薇《ばら》のように血色がさしています。もう、貧血患者の面影はありません。ずっとこのままだといいのだけれど。

八月三日

あれから一週間が経ちましたが、まだジョナサンからの報《しら》せもなく、ホーキンスさんもあれ以来何も音沙汰《おとさた》がありません。ジョナサンが手紙も書かないなんて、妙な話です。病気か何かでなければいいのですが。最後の手紙を読み返しても、どうも何かが腑《ふ》に落ちません。明らかに彼の筆跡だというのに、何とも彼らしくないのです。私が彼の字を見間違えるはずがありません。この一週間、ルーシーが夢遊病で歩き回ることは減っています。ですが、私には分からない、何か思い詰めた顔をしています。眠っているときでさえも、まるで私をじっと見つめているかのようなのです。ドアを開けようとして鍵がかかっているのに気づくと、鍵を探して歩き回っています。

八月六日

また三日経ちましたが、相変わらず音沙汰はなし。もう不安でどうにかなってしまいそうです。せめて手紙の宛先《あてさき》や、どこに行けば会えるのかが分かっていたならば、もうすこし気は楽なのでしょうけれど、あの最後の手紙以来、誰も彼から連絡を受けていないのです。私にできるのは、ただ神に祈り、待つことだけです。ルーシーは前よりも興奮しやすくなっていますが、それでも元気にしています。昨日の夜は天気が大荒れだったのですが、漁師いわく、嵐が来るのだとか。私も、天気の移ろいに気をつけていなくてはいけません。これを書いている今、太陽はケトルネス岬の上に垂れ込めた灰色の雲の上に隠れています。この灰色の景色に包まれていると、緑の芝生はまるでエメラルドのよう。灰色の岩。灰色の雲。海の上空を覆う雲の端は陽光に赤く染まり、砂浜が灰色の指のように海の中へと伸びています。荒い波が浅瀬や砂州に押し寄せ、そのうなり声が海霧にくぐもって響いています。水平線は灰色の霧の中に掻《か》き消えており、見えません。風景はあまりに広大で、雲は岩山のようにそびえ立ち、海にはまるで不吉な運命を予兆するかのように、うねるような轟音《ごうおん》が響いているのです。砂浜のあちらこちらに人影が見えます。人影はときおり霧にぼやけ、まるで「木々のように歩む人びと【訳注：新約聖書『マルコによる福音書』八章二十三―二十四節】」のようです。寄港しようと先を急ぐ釣り船たちは高く低く荒波に弄《もてあそ》ばれています。スウェイルズさんがやって来るのが見えます。私のほうへ向かってまっすぐ歩きながら、今帽子を持ち上げてみせました。どうやら、お話がしたいのでしょう……。

この孤独な老人が見せた変化に、私は感嘆せずにはいられませんでした。隣に腰をかけると、とても優しくこう言ったのです。

「お嬢さん、あんたに話したいことがあるんだ」

どうやら落ち着かない様子だったので、私は皺《しわ》の刻まれた彼の手を握りしめ、どうか何もかもお話になってくださいと言いました。彼は、私に手を握られたまま、話しはじめました。

「お嬢さん、死んだもんのことをあんなふうに言ったもんだから、きっとびっくりさせちまったろうね。ここ何週間かのことだってそうさ。だけど、嫌がらせしようっていうんじゃなかったんだ。そのことは、わしが死んでも憶《おぼ》えておいてほしいのさ。こうして頭もぼけて来て墓に片足突っ込んだようになると、死んじまうことが怖くなったり、忘れたくなっちまったりして、つい軽口叩《たた》いて自分を元気づけようとするもんさ。でも神が愛して下さるから、死ぬのが嫌だってわけじゃない。ただ、できることなら死にたくないってだけなのさ。わしはもう老いぼれだし、百歳まで生きるやつがそうおらんことを考えても、この寿命はあと僅《わず》かだろう。きっともう死神めも鎌を研いでおるころだろうよ。ご覧の通り、四の五のぼやくこの癖ときたら、そうそう抜けやせん。口が先に出ちまうもんだからな。そのうち死の天使がわしのためにラッパを吹き鳴らすときも来るだろう。でも、お嬢さんは泣いたり、悲しんだりしちゃあいけないよ!」私が涙をこぼしているのを見て、ご老人は言いました。「もし今夜死神がやって来ても、わしは歯向かったりしやせんよ。何のかんの言ったって、知らんことが起こるからこそ人生なのさ。そう考えりゃあ、死んじまっても何ほどのものかね。いつお迎えが来ようと、明日来ようと、わしは大丈夫だ。今こうしている間にも、来るかも知れんけどな。もしかしたら今海から虚《むな》しさと瓦礫《がれき》や、悲しみや苦しみを運んでくるこの風に紛れているのかも分からん。ごらん! ほらごらん!」ご老人は、とつぜん叫びました。「あの風の中に、あの海鳴りの中に何かがやって来る。見てくれも、味も、匂いも、死そのものだ。こっちに飛んでくるのがわしには分かる。神よ、お迎えが来ても、わしはちゃんと受け止めますぞ!」ご老人はうやうやしく両手を挙げると、帽子を掲げました。まるで祈るように、唇が動いていました。それから数分ほど黙り込んでから立ち上がるとこの手を取り、私の祝福を祈ってからさよならを告げ、立ち去って行ったのでした。私は深く胸を打たれながら、どうすればよいのか分からないような気持ちになりました。

やがて、小さな望遠鏡を抱えた沿岸警備員がやって来るのが見え、私はほっとしました。彼は立ち止まっていつものように私とお話をしていたのですが、その目はずっと一艘《そう》の、奇妙な船を見つめ続けていました。

「あれはどこの船だろうな」と、彼が言いました。「見たところロシアの船のようだが、動きがどうにも妙だ。どうも決めかねているんじゃないかな。嵐が来るのは分かっていても、北に向かって海原に出るべきか、こちらへ入って来るべきか、決めることができないでいるようだ。ほら、まただ！　舵取《かじと》りがまったくなっていないし、あれじゃあまるで風任せじゃないか。明日のこの時間までに、あの船のことをもっと調べなくちゃいかんな」

第七章

八月八日、デイリーグラフより切り抜き
（ミーナ・マリーの日記に貼り付けられている）

ホイットビー特派員よりの報告

観測記録史上もっとも大きく、もっとも急激な嵐は、このホイットビーに奇妙かつ前例のない結果をもたらした。やや蒸し暑い気候が続いていたが、八月であればこの程度は普通だろう。土曜の夕刻にはいつになく天気がよく、昨日の観光客たちはマルグレイブの森やロビン・フッド・ベイ、リグ・ミル、ランズウィック・ステイズを訪れたり、ホイットビー郊外まで足を伸ばしたりして過ごした。エマ号、スカボロー号などの蒸気船は、通常を遥《はる》かに上回る乗客たちを乗せて沿岸を往来し、ホイットビーを出入りしていた。だが、異例ともいえるほどのこの好天候は午後までのこと。海の北部から東部を見渡すことのできる東側断崖《だんがい》の教会墓地に日々集まる人びとが、北西上空に突如出現した馬尾雲を見つけたのである。間もなく、気象用語で言う風力二の微風が、南西より吹きはじめた。沿岸警備隊はすぐにこれを報告。東側断崖で五十年にわたり天候を見守り続けてきた老漁師は、これは急な嵐の予兆であると力説した。雲が夕焼けの赤に染め上げられる景色は実に美しく雄大であるため、教会墓地を抜ける断崖沿いの散歩道には、これをひと目見ようと人びとが詰めかけていた。太陽は黒々としたケトルネス岬の向こうへと、雲を夕焼けの色に——赤、紫、ピンク、緑、薄紫、そして黄金に染め上げながら沈んでいった。雲のところどころには、様々な形をした深い闇がくっきりと口を開けていた。この光景に目を奪われた画家たちは多いに違いない。きっと翌五月には『大嵐の予兆』と題された何枚もの絵画が王立美術院や王立美術教会の壁に飾られることになるだろう。多くの船長たちは自分のコブルやミュール（船舶の等級により呼び名は違うが）を、嵐が過ぎ去るまで港内に停泊させるようすぐに決断を下した。夜になると風はぱたりと収まり、深夜に完全な無風となってかすかに湿気が立ち込めはじめると、その湿気が広がってゆくにつれ、敏感な人びとは雷が近づきつつあるのを感じた。海には、わずかに灯《あか》りが揺れているだけであった。いつもならば岸にぴたりと寄せている蒸気船も沖へと離れて行ってしまったため、視界には何艘かの漁船が残る程度になっていたのである。唯一航行していたのは帆をすべて広げた外国のスクーナー船で、これは西へと向かってゆくようであった。船が視界からすっかり消えてしまうまで、人びとは口々にその愚かさと無知さとを言いながら、すぐに帆を畳むよう合図を送り続けていた。夜闇にすっかり紛れてしまうまでその船は帆をはためかせながら、

まるで絵画の海原を渡る船のようにゆったりと
【訳注：サミュエル・テイラー・コールリッジ『老水夫行』研究社出版　斎藤勇解説注釈より】

波に揺られていたのであった。

十時になろうというころには大気は息の詰まるような静寂に包まれ、山間《やまあい》で羊の鳴く声や、町で犬の吠《ほ》える声などが、遠くから届くほどになった。桟橋で楽団の奏でる陽気なシャンソンも嵐の音にまぎれ、さながら不協和音のように鳴り響いていた。深夜をすこし回ると海から恐ろしい音が聞こえはじめ、遥か頭上では奇妙な唸《うな》るような音がかすかに響きだした。

そして、何の前触れもなく嵐が吹き荒れはじめた。あまりに急激だったため、当時はおろか今になってさえ、何が起こったのか分からないほどである。波は次々と折り重なるように高くうねり、まるでガラスのように穏やかだった海はものの数分で荒れ狂う怪物と化してしまったのである。白く泡立つ波は平らな砂浜を襲い、岩壁高くに叩き付けた。さらに波は桟橋へと襲いかかり、ホイットビー港の埠頭《ふとう》に立つ二本の灯台のランタンにまで届かんばかりに打ち寄せた。風は雷鳴のような轟音を響かせながらもの凄《すご》い強さで吹き付け、屈強な男ですら立っていることはおろか、鉄柱にしがみついていることすらやっとの有様であった。いち早く桟橋の見物人たちを避難させなければ、いったいどれほどの被害が出てしまうか、もはや分からなかった。それほどの惨状にくわえ、さらに濃い海霧が内陸へと押し寄せてきた。まるで亡霊のようにもくもくと漂う白く湿ったその雲はじっとりと冷たく、まるで海で死んだ人びとの亡霊がその冷たい死の手のひらで生者たちに触れに来たかのようであった。人びとは海霧に触れると、ぞくりと身を震わせた。ときおり霧が晴れると、稲光が遠くの海原を明るく照らし出した。稲光は今や太く、速く、続けて耳を引き裂かんばかりの雷鳴が鋭く轟《とどろ》き渡る。空はまるで、嵐の荒い足音とその衝撃とに揺れているかのようだ。折に触れ、圧倒的に壮大な光景や、思わず息を飲むような光景が目の前に浮き上がった。海は大きな山のように盛り上がって白い波しぶきを舞い上げ、暴風がそれをつかみ取るように空へと吹き上げてゆく。あちらこちらで帆を引き裂かれた漁船が、必死に港へと急いでいるのが見えた。嵐に翻弄《ほんろう》される海鳥の翼が、ときおり白くきらめいた。東側の断崖の頂上には新型のサーチライトが取り付けられ試験運用を待つばかりになっていたが、まだ実際に点灯されたことはなかった。担当の職員たちはすぐさま準備を整えると、押し寄せる海霧が息をついたのを見計らい、海上を照らし出した。その甲斐《かい》あって何艘かの船は船縁を波に飲まれるようにしながらもライトに導かれ、桟橋への激突を無事に避けながら、港内まで辿《たど》り着くことができた。船が無事に戻ってくると浜辺の人びとからは大歓声が上がった。歓声は暴風を貫くように湧き起こり、そしてまた、風の中へとさらわれてゆくのだった。サーチライトはすぐ、すこし沖に帆を張ったまま浮かんでいる一艘のスクーナー船を捉《とら》えた。

どうやら夕刻に目撃された、あの船のようだ。風向きは東へと変わっており、断崖の上に立つ人びとは、スクーナー船の運命が風前の灯火《ともしび》であることに気づいて背筋を凍らせた。船と港の間には、かつて多くの船舶が事故を起こしてきた平たい岩礁が横たわっており、さらに逆風であったため、船が港へと辿り着くのはほぼ不可能であるように思われた。ほぼ満潮に近くなっていたが荒波の合間合間に砂州が顔を覗《のぞ》かせ、帆をすべて張ったままのスクーナー船はものすごい速度で走っていた。ある年老いた船乗りは「地獄でもいいから、とにかくどこかへ乗りつけなくてはならん」と口にした。そして、これまで以上に深く大きな海霧が押し寄せてきた。じめじめとした霧はまるで灰色の覆いのようにすべてを包んで景色を奪い去り、人びとにはただ猛《たけ》り狂う嵐と響き渡る雷鳴、そしてさらに大きく打ち寄せる巨大な波音が聞こえるばかりであった。サーチライトの光は東側の桟橋越しに港の入り口を照らし出しており、いつ船が衝突しても動けるように、男たちが息を飲んで待機していた。とつぜん風向きが北東へと変わり、漂っていた海霧を吹き流していった。そして奇跡が起こった。波間を漂っていたあの船が、帆を張ったまま波頭から波頭へと猛スピードで跳ねるようにしながら、無傷のまま入港を果たしたのである。サーチライトがその後を追いかけてきて船体を照らし出すと、取り巻いていた人びとは戦慄《せんりつ》して震え上がった。なぜなら操舵《そうだ》輪にがっくりと頭をうなだれた死体が縛り付けられており、船体とともにゆらゆらと大きく揺れていたからである。船には他に人影は見当たらなかった。まるで奇跡のように入港してきたこの船の舵《かじ》を取っていたのは死体だったのだ！　人びとはそれを知ると恐れおののいた。こうして書き留める間もないほどに、一瞬のできごとであった。スクーナー船はそのまま港内を猛スピードで突き進み、地元ではテイト・ヒル埠頭と呼ばれる埠頭から南東に行った隅に、数多《あまた》の波風によって押し流されて積もった砂と土砂に乗り上げた。

船は、大きく船体を揺さぶられながら止まった。円材とロープ、そして金具とが音を立てて軋《きし》み、何本かの帆柱が折れ崩れた。だがとにかく人びとの度肝を抜いたのは、まるで揺れる船体に突き上げられるかのように甲板の下から巨大な犬が一頭飛び出して来て、猛烈な勢いで走ったかと思うと、砂浜へと飛び降りたことだ。犬は立ち止まろうともせずに、険しい断崖へと向かって走って行った。そびえ立つ断崖の上に広がる墓地は、すぐ下を埠頭へと向かう小道の上にまでせり出しており、その急な傾斜のせいで平らな墓石――ホイットビーあたりの言葉では「スラッフ・スティーン」や「スルー・ストーン」などと呼ばれる――がいくつか今にも落下しそうになっている。犬はその小道をひた走り、サーチライトのせいで余計に深まって見える暗闇の向こうへと姿を消していったのである。

状況が状況だったために、近隣に住む人びとは自宅でベッドに潜っているか高台に避難するかしていたので、テイト・ヒル埠頭には誰の姿も見当たらなかった。埠頭から駆け付けてスクーナー船に最初に足を踏み込んだのは、港の東側を任されている沿岸警備員であった。サーチライトを操作していた職員は、もう一度港口を照らして何ごともないのを確認すると、ぴたりと船にライトを当ててそこで固定した。甲板に上った沿岸警備員は船尾に取り付けられた操舵輪に駆け寄るとかがみ込んで調べ、ふと何かに驚いたかのような様子で飛び起きた。この光景に興味を引かれた人びとが、こぞって船へと詰めかけた。西側断崖から跳ね橋を渡ってテイト・ヒル埠頭まで行くのには結構な距離があるのだが、私は自慢の健脚で群衆を置き去りにして現場を目指した。だがようやく辿り着いたときにはすっかり人垣ができてしまっており、沿岸警備員と警察とが、甲板に上がろうとする人びとを制しているところだった。だが上級船員の親切な取り計らいにより私は甲板に上がることを許され、操舵輪に縛りつけられた死体の目撃者のひとりとなることができたのである。

非日常的な目の前の光景に、沿岸警備員が面食らい、恐怖に震えていたのも理解できる。死体は両手を束ねるようにして、操舵輪に縛り付けられていたのだった。内側の手と操舵輪の間に十字架が見えた。ロザリオが手首と操舵輪とにぐるぐるとかけられ、その上を紐《ひも》でしっかりと縛られていたのである。この哀れな男は当初座らされていたものと思われたが、暴風に船体が揺さぶられるにつれ操舵輪に衝撃が伝わったのか、縛り付けられた手首が骨の見えるほど深くえぐられてしまっていた。状況が子細に記録され、医師――J・M・カフィン（三二）、イースト・エリオット通り――が私の直後に到着。検死を行い、死後おそらく二日ほど経っているはずだと結論を出した。男のポケットには念入りにコルクで蓋《ふた》をされたガラス瓶が一本入っており、そこには航海日誌の添付書類がしまわれていた。沿岸警備員いわく、男は自ら手を縛り上げ、歯を使ってきつく縛ったのではないかということだった。初めに甲板に登ったのが沿岸警備員という事実により、今後行われる海事裁判所での手続きはいくらか簡略化されることになるだろう。沿岸警備員は民間人と違い、最初に甲板に登っても海難救助償金を請求する権利を持たないからである。だが、すでに法的議論は紛糾しはじめている。ある若き法学生は「操舵輪は船の所有権を示す法的根拠とはいえないまでも象徴ではあると考えられ、これが文字通り死者の手に握られていたのであるから、所有者の権利を認めるのは死手譲渡条例に反することになり一切無効である」と声高に主張した。もちろんこの操舵手の男は、死を迎えた名誉の見張り席から丁重に運び出され、若きカサビアンカのように気高いその硬直した体を、検死解剖まで死体安置所に横たえられることになった。

あの急な嵐はすでに去り、暴力的な力も余韻を残すばかりであった。群衆はぱらぱらと帰路につきはじめ、ヨークシャー高原の彼方《かなた》では朝日が空を赤々と染めていた。次号の発行に間に合わすべく、奇跡的な入港を果たしたこの遺棄船についての詳細な続報を送る。

八月九日
ホイットビー

嵐を超えて漂着した遺棄船は確かに不可解だったが、むしろ驚きだったのはその後日談のほうである。調査により、スクーナー船はヴェルナを出港したデメテル号というロシア船籍の船であることが判明した。わずかに積載されている船底の積荷はほとんどが白砂であった――大きな木箱がたくさん積まれていたが、中にはどれも肥土が詰め込まれていただけであった。積荷はホイットビーのクレセント七番街に事務所を構える事務弁護士、S・F・ビリントン氏に委託されたものである。同氏は本日朝に船に乗り込み、委託された荷物を受け取った。またロシア領事により用船契約書に基づきデメテル号の正式な所有者となり、港湾使用料などを支払った。今日はどこも、この不気味な一件のうわさ話でもちきりである。商務省の役人たちは現行規定の手順をきっちりと遵守している。例のごとく「噂も九日間だけ」と考え、その後いかなる苦情も出ることがないよう原因をしらみつぶしにしようというのだろう。船が座礁した際に姿を見せたあの犬に目下大きな関心が集まっており、ホイットビーで大きな力を持つ動物愛護協会《SPCA》の職員たちが、手なずけようと乗り出したところだ。ただ残念なことに肝心の犬が見つからず、どうやら町を離れてしまったのではないかと思われる。おそらくは恐怖のあまり荒野へと逃げ出し、怖くて出て来られずにいるのではないだろうか。明らかに凶暴性を持つ犬であると思われるため、今後地域の脅威となることを危惧《きぐ》している人びともいる。今朝早く、テイト・ヒル近辺に住む商人が飼う、マスティフ犬の交配種である大きな犬が、家の向かいの道端で死んでいるのが発見された。喉元《のどもと》が引き裂かれ、鋭い爪でやられたかのように腹部もぱっくりと口を開けていた。明らかに獰猛《どうもう》な相手と闘って死んだと思われる。

続報

商務省からきた調査官の厚意により、最大三日間の条件付きでデメテル号の航海日誌の閲覧許可をもらうことができたが、行方不明になっている船員たちについての記述以外、これといった発見はなかった。それよりも興味を引くのは、本日検視審問に提出された、あの瓶の中に入れられていた書類である。この書類と航海日誌とが浮き彫りにする物語ほど奇妙なできごとを、私はこれまで耳にしたことがない。特に秘密とする理由もないためこれを発表する許可を与えられたので、船舶操縦術と積荷監督に関する記述だけを省いた全文をお送りすることにした。私の見たところ、船長は出航前から躁病《そうびょう》のようなものを抱えており、それがこの航海を通して進行し続けていたように思われる。無論、私の記載する報告のすべてに誤りがないとは限らない。ロシア領事館の書記官が親切にも翻訳してくれたものを口述筆記したのだが、いかんせん時間が限られていたからである。

デメテル号の航海日誌
ヴァルナからホイットビーまで

七月十八日
　奇妙なできごとばかりが続くので、上陸までの間、正確な記録をつけておくことにする。

七月十一日
　夜明けにボスポラス海峡に入る。トルコの税関検査官が乗船。賄賂《わいろ》を渡す。すべて問題無し。午後四時に出帆。

七月十二日
　ダーダネルス海峡を通過。また税関検査官と、警備艦隊の旗艦とまみえる。管理官は手早く、徹底的に積荷を検査した。早く出帆させたいのだろう。夜になり、エーゲ海に入る。

七月十三日
　マタパン岬を通過。乗務員たちは、浮かない顔である。何かを恐れているようだが、誰も話そうとはせず。

七月十四日

乗組員たちのことが妙に心配である。彼らはすべて、以前にも航海を共にしたことのある頼もしい船乗りばかりだ。航海士も、いったい何が彼らをそうさせているのか分からなかった。船員たちはただ何かがいるのだと言って、胸で十字を切るばかりなのである。航海士は腹を立てるとひとりの船乗りを殴りつけた。大騒ぎが起こるかと思ったが、全員押し黙ったままだった。

七月十六日

航海士の報告によると、乗組員のペトロフスキーが行方不明であるとのこと。非常に不可解である。昨夜八点鐘（午前零時か午前四時）に左舷《さげん》の当直につき、その後アブラモフと交代したが、寝室に戻って来なかったのだ。船員たちは、見たことがないほど暗い顔をしている。全員、こういう事態を予測していたようだが、船内に何かがいるのだとしか言おうとしない。航海士はその態度に苛立《いらだ》ちを募らせている。いったい何が起ころうとしているのだろう。

七月十七日

船員のオルガレンが私の船室にやって来ると、びくびくした様子で、船内に不気味な男が乗っているようだと報告してきた。当直の夜、風雨が強まったので甲板室の陰に避難したのだが、船員の誰とも違う背の高い男が船底から上がって来て甲板前部へと向かうと、そこで姿を消したというのだ。オルガレンは気づかれないように船首へと近づいてみたのだがそこには誰の姿もなく、ハッチの類《たぐい》はすべて閉まっていたという。彼は亡霊を見たのに違いないと、恐怖におののいた。この手の恐怖は、他の船員たちにも伝染するものだ。安心させるために、今日は隅から隅まで船内を徹底的に調べあげなくてはなるまい。

その後私はすべての乗組員を集めると、本船に誰かが乗り込んでいると思い込んでいるようだから、全員で船内をくまなく調査することにしたと告げた。一等航海士はこれを聞くと憤慨し、そんな馬鹿げたことを考えてくれては困る、自分が棍棒《こんぼう》ひとつで乗組員たちを守ってみせると声を荒らげた。私は彼に舵《かじ》を取らせることにし、残った乗組員たちとランタンをかざしながら横一列になり、調査を開始した。塵《ちり》ひとつ見逃さない、徹底的な調査である。積荷といえば大きな木箱がいくつもあるだけで、人間が隠れられる場所などひとつもありはしない。調査が終わると乗組員たちは安堵《あんど》の表情を見せ、足取りも軽くそれぞれの持ち場へと戻って行った。一等航海士は不満ありげな顔を見せたが、何も言わなかった。

七月二十二日

この三日間は天気が荒れているせいで乗組員たちは帆を操るので手一杯になっており、怖がっているような暇がない。あの幽霊事件のことは、誰もがもう忘れてしまったようである。航海士の機嫌も、すっかり元どおりになった。悪天候と格闘してくれた乗組員たちには感謝している。ジブラルタル海峡を通過し、エーゲ海を後にした。すべて順調である。

七月二十四日

この船には、凶運でも憑《つ》いているのだろうか。すでにひとりが行方不明となっているのに、昨夜ビスケー湾に入ると大荒れの天気に遭遇し、昨夜またひとりの行方が分からなくなった――消えてしまったのだ。最初のひとりと同じように、当直を終えたまま忽《こつ》然《ぜん》と姿が見えなくなったのである。乗組員たちは恐怖のあまりパニックに陥ると、ひとりでは心細いのでふたり組で当直をさせてくれと言い始めた。航海士は怒り狂っていた。彼か乗組員たちが暴動を起こすのではないかと、非常に不安である。

七月二十八日

この四日間は強烈な暴風雨にさらされて、まさに地獄であった。誰も、一睡もしていない。全員、くたくたに疲れ果てている。全員消耗しきっているため、誰を当直にあてるべきかも分からない。二等航海士が当直を申し出てくれて、乗組員たちを数時間ほど休ませることができた。風は収まりつつある。海はまだ荒れているが、船体が安定しているため、それほどには感じず。

七月二十九日

またしても事件が起こる。昨夜はみんな疲れ切っていたため当直にはひとりだけあたらせた。朝の当直が甲板に出てみると、操舵手《そうだしゅ》がいるだけで、他には誰も見当たらなかった。悲鳴を聞きつけて、全員が甲板に駆け付けた。捜索をしてみたが、誰の姿も見つからなかった。行方不明になったのは二等航海士である。乗組員たちはパニックに陥った。一等航海士と私は次に何か起こったときのため、武装することにした。

七月三十日

昨夜。イングランドに近づき、船は安堵の空気に包まれた。順風満帆である。くたびれ果てて寝台にもぐり込み泥のように眠っていたところ、航海士に起こされ、当直と操舵手がふたりとも姿を消したことを知らされた。船に残っているのは私と航海士の他に、あとふたりだけである。

八月一日

この二日間は、帆すら見えないほどの濃い霧が続いている。イギリス海峡に入れば救難信号を送るか、どこかに入港できるのではないかと希望を持っていたのだが。帆の操作をする手も足りず、風任せに船を進めてゆくしかない。帆を下げてしまえば二度と上げることができないので、仕方がないのである。何か恐ろしい運命へと引き寄せられているように思えてならない。航海士は、他のふたりよりも元気を無くしている。持ち前の強さに、自分の心を痛めつけられてでもいるかのようだ。ふたりの乗組員たちは恐怖を乗り越えて運命を受け入れる覚悟を固め、黙々と、そして確実に仕事をこなしてくれている。ふたりはロシア人であり、航海士はルーマニア人である。

八月二日深夜

数分ほど眠ったところで、左舷外側からと思われる叫び声に起こされた。霧のせいで何も見えない。甲板へと駆け上り、航海士と出くわした。悲鳴を聞きつけて走って来たのだが、当直の姿が見当たらないのだという。またひとり消えてしまった。神よ、救いたまえ！　航海士は、外から悲鳴が聞こえたときに霧の合間にノース・フォアランドがちらりと見えたので、ドーバー海峡を過ぎたはずだと言う。それが事実だとすれば船は北海に出てしまったことになり、まるで霧とともに航行しているようなこの有様では、船の行く先は神の手に委《ゆだ》ねるしかない。だというのに、神は我々を見放されたかのような状況なのだ。

八月三日

深夜になり操舵手を交代しようと思い操舵室に行ってみると、誰もいなかった。いい風が吹いており、船体も安定していた。だが舵を放っておく気にはならず、大声で航海士を呼んだ。航海士はすぐに、寝間着のまま甲板に走って来た。目を血走らせてやつれ果てたその姿を見て、彼が正気を失ってしまっているのではないかと強い恐怖を感じた。彼は近づいてくると私の耳に口を寄せると、辺りに声が漏れるのを恐れでもするかのように、しゃがれた声で囁《ささや》いた。「何がいるのか、俺には正体が分かりましたぜ。昨夜の当直で人間のようなものを見たんです。背が高くてがりがりに瘦《や》せてて、不気味なほど蒼白《あおじろ》くて。船首から海を見てたんですよ。俺は後ろから忍び寄ってナイフで刺してやったんですが、まるで空気でも刺したみたいにナイフは通りぬけちまいました」航海士はそう言うとナイフを取り出し、乱暴に宙を刺してみせてから言葉を続けた。「でも、いるのは確かなんだ。見つけ出してやりますとも。たぶん船倉の、あの箱のどれかに入ってやがるんだ。ひとつひとつ蓋《ふた》のネジを外して覗《のぞ》いてやりますとも。舵のほうは頼みますぜ」そして警戒するよう目配せをし、指を唇に押し当てながら下に降りて行った。急な風が吹いて来たので、私は操舵輪から手が離せなかった。やがて航海士は工具箱とランタンを手にふたたび姿を見せると、船倉へと降り始めた。正気ではない。完全に我を忘れている。私にはもう、彼を止めることなどできはしなかった。あの箱を開けたところで、仕方がない。伝票には「土」と記載されており、開けてみたところで何がどうなるものでもないのだ。だから私は操舵室に留《とど》まり、船の針路に気をつけながらこの日誌を開いた。神を信じ、霧が晴れるのを待つばかりである。もし船をどこかの港へ向けるのが絶望的になったなら帆を切り落とし、動かずに救難信号を出すとしよう……。

もう私たちの運命は、風前の灯火《ともしび》だ。航海士が正気を取り戻して戻って来てくれればいいのだが——彼が船倉で何かを叩《たた》いているのが聞こえるが、ああして作業をしていたほうが彼のためだろう。船倉へと続くハッチからとつぜん恐怖に満ちた悲鳴が響いてきて、私は背筋を凍らせた。航海士は目を剝《む》き、顔を恐怖に歪《ゆが》めながら、狂人さながらの様子で弾丸のようにそこから飛び出して来た。「助けてくれ！　助けてくれ！」そう叫びながら、周囲を取り巻く霧の中を見回している。その顔に浮かぶ表情は恐怖から絶望へと変わり、彼はじっと声を落として私に言った。「船長、あなたも来るべきですぜ、手遅れになっちまう前にね。いるんです。ついに見つけたんです。海が守ってくれる。もうその手しかありゃあしません！」私が彼を引き留めようと動き出すよりも早く、彼は船べりに飛び乗ると自ら海へと飛び込んでしまった。私にも、ことの真相が分かってきた。乗組員たちをひとり、またひとりと消し去ったのは、この狂人だったのだ。そしてたった今、自らその後を追ったのに違いない。神よ、助けたまえ！　どこかに入港したあと、いったいこれをどう説明すればいいというのだろう？　そしてそもそも、どこかに入港できるときが来るのだろうか？

八月四日

相変わらず霧は深く、太陽の光すら漏れてこないほどである。私は船乗りだから太陽が出ているのが分かるが、そうでなければ時間の見当などつかなかっただろう。自室には降りず、敢《あ》えて操舵室にいることにした。そしてひと晩を過ごした私は、薄明かりの中に見たのだ——奴を！　神よ許したまえ。海に飛び込んだ航海士は正しかったのだ。人間らしい死を選ぶほうがよかったのだ。船乗りが海で命を落としても、誰に咎《とが》められるだろう。だが私はこの船の船長として、船を見捨てるわけにはいかない。悪魔だか怪物だか分からないが、決して負けたりはするものか。力尽きればこの両手を、奴が——あれが——触れることのできないものとともに操舵輪にくくりつけるのだ。そうすればどんな運命を辿《たど》ることになろうとも、私の魂と、船長としての誇りは救われよう。私の体力は弱まりつつあり、夜はすぐそこに迫っている。また奴と顔を合わせるようなことになっても、私には何をする時間も残されてはいない……。この船が難破することになっても、きっとこの瓶を誰かが見つけ、ことの顚末《てんまつ》を分かってくれるに違いない。難破せずに済んだなら……私が信念に忠実な船長であったことを誰もが理解してくれることだろう。神よ、聖母よ、そして聖者たちよ。ただ使命を果たさんとするこの哀れな魂を、どうか救いたまえ……。

無論、これを読んだからといって船長の死因は断定できなかった。裏付けとなる証拠が何もないのだ。それに、殺人を犯したのがこの男本人だったとしても、誰にも証言することはできないのである。ともあれこの界隈《かいわい》では船長はすっかり英雄視されており、公葬を執り行うべきだという声がもっぱらだ。すでに段取りも決められ、船長の遺体は船隊によりエスク川をすこし上り、ふたたびテイト・ヒル埠頭《ふとう》へと戻ってから寺院の石段を運び上げられ、断崖《だんがい》の墓地に葬られることになっている。墓地までの葬列に加わろうと、すでに百艘《そう》にものぼる船の持ち主らが名乗り出ている。

例の大きな犬の足取りは、未《いま》だ何も摑《つか》めてはいない。町は現在、船長への哀悼で覆い尽くされており、犬については町が保護すべきだと誰もが思っているのだろう。明日は、船長の葬儀が執り行われる。こうして、もうひとつの「海のミステリー」が終焉《しゅうえん》を迎えるわけである。

ミーナ・マリーの日記

八月八日

ルーシーはひと晩じゅう落ち着きがなく、私もろくに眠れませんでした。本当に恐ろしいような嵐で、煙突の通風管がびゅうびゅう鳴るたびに、震えが込み上げてきました。激しい突風が吹くと、まるで遠くで銃声が響いたかのようなのです。ルーシーはどういうわけかそれでも目を覚まさないのですが、途中で二度ほど起き上がると、自分で着替えまでしました。幸いどちらのときも私が目を覚まし、起こさないように服を脱がせ、ベッドに寝かせることができました。それにしても、この夢遊病というものは本当に不思議です。彼女の行動に意図があるのかどうかは分かりませんが、もしあったとするならば、行動を妨げられると同時にその意図が消え去り、何ごともなかったかのように元どおりに戻ってゆくのです。

ふたりとも早朝に目を覚まし、夜の間に何ごともなかったか確かめようと、港へと降りてみました。辺りには、数えるほどしか人の姿は見えませんでした。太陽がさんさんと照り、空気も澄み渡っているというのに、恐ろしいような波が打ち寄せていました。黒々とした波がてっぺんを雪のように白く泡立たせて、まるで人波を押しのけながら進む荒くれ者のように、狭い港口へと押し寄せてきていたのです。なぜだかは分かりませんが、ジョナサンが昨夜海ではなく陸にいたような気持ちになり、安堵《あんど》しました。ですが、本当のところは分かりません。あの人は今、いったいどこでどうしているのでしょう？　考えるだけで不安で胸が締め付けられるかのようです。私に何かできることや、すべきことさえあったなら！

八月十日

非業の死を遂げた船長の葬儀は、とても感動的なものでした。港にはほとんどすべての船が集まり、その船長たちが棺《ひつぎ》を掲げながら、テイト・ヒル埠頭から教会墓地へと練り歩いたのです。ルーシーと私はいつものベンチに腰を下ろし、船の葬列が川をのぼって高架橋へと行き、また戻って来るのを眺めていました。ベンチはとても見晴らしがよく、私たちには葬儀の一部始終がよく見えました。船長の遺体はこのベンチのすぐそばに埋葬されたので、私たちは席を立ち、その様子を最後まで見届けました。可哀想に、ルーシーはひどく取り乱していました。日中でもずっと落ち着きを失いおろおろしてばかりなのですが、これは夜中の悪夢が体にこたえているのに違いありません。彼女にはひとつ、おかしなところがあります。自分がなぜそんなにも落ち着きを失っているのか、私に話してくれようとしないのです。もしかしたら、自分でも原因が理解できていないのかもしれません。ただ、原因は他にもあるのです。というのは今朝、あのスウェイルズさんが首の骨を折って、このベンチで亡くなっているのが発見されたのです。医者の話では驚いたか何かでベンチから落ちたのに違いないとのこと。恐怖にひきつったスウェイルズさんの顔は、ぞっとするほどだったのだそうです。ああ、なんと可哀想に！　きっとあの年老いた瞳《ひとみ》で、死神の姿をご覧になったのに違いありません！　愛情深く繊細なルーシーは、他の人びとよりもずっと深く、このできごとに衝撃を受けてしまったのです。つい今しがたも、動物好きな私ですら気にしないような些細《ささい》なことで、彼女がひどく動揺していたところです。いつもここに船を観に来るご老人たちのひとりが、今日は犬を連れてやって来ました。いつも連れている犬です。ご老人も犬も大人しく、彼が怒っているのも、犬が吠《ほ》えているのも、私は聞いたことがありません。ですが葬儀の間じゅう、犬はベンチにいる私たちとご老人からすこし離れたところで、ずっと大声で吠え続けていたのです。ご老人は最初こそ優しく声をかけたものの段々と声を荒らげ、最後には怒鳴りつけすらしたのですが、それでも犬はまったく黙ろうとはしてくれませんでした。犬はまるで怒っているかのように目を血走らせ、喧嘩《けんか》をしている猫さながらに全身の毛を逆立てているのです。ついにはご老人のほうまで怒り出してベンチを飛び降りると犬を蹴飛《けと》ばし、首輪を摑み上げると引きずり倒し、ベンチの脚が載っている墓石の上に叩《たた》き付けてしまったのです。犬は可哀想に吠えるのをやめ、今度はぶるぶると震えはじめました。逃げようとはしなかったものの体を小さく丸めて怯《おび》えたように震え、私がいくらなだめようとしても、どうにもなりませんでした。ルーシーも胸を痛めていましたが、私のように手を触れようとはせず、じっと苦しむような顔をして犬を見つめていました。ルーシーは生まれつきとにかく繊細すぎるので、無事に人生を歩んで行くことができるのか、とても心配になります。死んだ船長を乗せて船が入港してきたこと。舵《かじ》に縛り付けられた両手に、十字架のロザリオが巻き付けられていたこと。感動的な葬儀。そして、たった今目にした犬の一件。こうしたことがすべて、彼女の夢の中に現れてしまうのです。

きっと肉体的にくたくたになっていたほうがよく眠れるでしょうから、崖《がけ》沿いの道を抜けてロビン・フッド・ベイへと行き、また戻ってくる長い散歩に誘ってみようと思います。そうすれば、彼女の夢遊病もすこしは治まってくれるのではないかと期待しつつ。

第八章

ミーナ・マリーの日記

同日　午後十一時

むしろ、疲れてしまったのは私のほうでした！　日記をつけることを決まりごとにさえしていなかったなら、今夜はきっと日記帳を開くこともなかったでしょう。散歩は、とても楽しいものでした。しばらくすると、ルーシーは元気を取り戻しました。もしかしたら灯台あたりの草原で鼻を鳴らしながら近づいてきた、あの牛たちのおかげかもしれません。あそこで恐怖のあまり他のことをすっかり忘れてしまったおかげで、新しいスタートを切ることができたのだと思っています。ロビン・フッド・ベイでは、出窓から海草に覆われた岩礁を見渡すことのできる古風な宿屋《イン》で、大盛りの昼食を頂きました。きっと私たちの食欲を見たら、ニュー・ウーマン【訳注：ビクトリア時代の女性像を刷新すべく、一八九〇年代から唱えられ始めた、新時代の女性像】でも愕然《がくぜん》とすることでしょう。寛大な男性諸氏には、神の祝福のあらんことを！　昼食を終えると私たちはいつ牛が現れるかとびくびくしながら、何度か――というより何度も――休憩をするために立ち止まりながら、歩いて戻って来ました。ルーシーはすっかりくたくたに疲れ果ててお り、ふたりともすぐにでもベッドに入りたくてたまりませんでした。ですが、ふとやってきた牧師補の若者をウェステンラ夫人が夕食に引き留めてしまったのです。ルーシーも私も、必死に眠気と闘わなくてはいけませんでした。私はそう心が逞《たくま》しいほうではないので、闘うだけでも本当に必死でした。いつか司教たちは集まって牧師補たちの教育を行い、どんなに引き留められようとも夕食をご馳走《ちそう》にならないよう、そして若い女性が疲れているならちゃんと気を遣うよう、しっかりしつけるべきです。ルーシーは、静かに寝息を立てながら眠っています。いつもよりも頬には赤みがさし、とても可愛らしい寝顔です。ホルムウッドさんが居間で過ごすルーシーを見て恋に落ちたのだとしたら、今のこの子の顔を見て、いったいどんなことをお感じになるでしょう？　いつかニュー・ウーマンの作家たちが、「男女は互いの寝顔を見てからプロポーズするかどうか、受けるかどうかを決める自由を持つべきだ」などと書きはじめる日が来るかもしれません。でも私の考えでは、ニュー・ウーマンたちはプロポーズを受けるのではなく、自分からするようになってゆくような気がします。そして当たり前にそれが成功する時代が来るのでしょう！　そう思うと、未来はすこし明るいような気持ちになります。今夜は、夢遊病も、もう大丈夫でしょう。あとは、ジョナサンのことだけが……。神よ、あの人をお護《まも》りください。ルーシーの具合が良さそうなので私も幸せです。大きな峠を越したようですし、彼女の

八月十一日　午前三時

また日記を開いてしまいました。眠れないので、せっかくだから書くことにしましょう。どきどきしっぱなしで、眠れそうにないのです。あんなにたくさん歩いて、あんなにへとへとになるようなことがあったので、先ほどは日記を閉じるやいなや、すぐに眠りに落ちてしまいました……。だというのにとつぜんぱっと目が覚めて起き上がってみれば、言いようのない恐怖に胸が押しつぶされ、辺りには人の気配も感じられませんでした。部屋は暗く、ルーシーのベッドも見えなかったので、静かに近づいて彼女のベッドを手探りしてみました。彼女はいませんでした。マッチを擦ってみても、ベッドはもぬけの殻だったのです。ドアは閉まっていましたが、確かにかけたはずの鍵《かぎ》は開いていました。ルーシーのお母さまは近ごろずっと具合が悪そうにしており起こしたくなかったので、私は何枚か上着を羽織るとルーシーを探しに行くことにしました。部屋を出かけたところで、彼女の洋服が何か行き先を示すヒントになるのではないかと思いました。ガウンを着ているのなら家の中でしょうし、ちゃんと着替えているのなら、外に出かけているということになります。ドレスもガウンも、ちゃんと元の場所にかかっていました。「よかった」思わずつぶやきました。「寝間着のままなのだから、まだその辺りにいるはずだわ」階段を駆け下りてリビングに行ってみましたが、彼女の姿はありませんでした。恐怖に胸を締め付けられながら、他の部屋もひとつひとつ覗《のぞ》いてみました。そし

いたのです。開け放たれていたのではありませんが、鍵がはずれてしまっていたのです。この家の人びとはいつでもちゃんと鍵をかけるので、ルーシーはきっと着の身着のままで外に出てしまったのだと、私はぞっとしました。何が起きたのかなど、考えている余裕はありませんでした。ぼんやりとした不安に押しつぶされてしまいそうで、そこまで頭は回りませんでした。私は分厚いショールを羽織ると、外に走り出ました。クレセント街に出たところで、一時を告げる時計の鐘が聞こえましたが、辺りには人っ子ひとり見当たりません。白い人影を求めてノース・テラスを走ってみても、誰の姿も見つかりませんでした。西側断崖《だんがい》の端にある桟橋に立ち、港から東側断崖まで眺め回してみました。もしかしたらルーシーがいつものベンチにいるのではないかという、希望とも不安ともつかぬ気持ちがあったのです。空には明るい満月が出ており、重く立ち込めた黒い雲が夜空を流れてゆくと、辺りの景色はめまぐるしく光と影のうつろいを見せるのでした。聖マリア教会のあたりを影が包み込み、すこしの間、何も見えなくなりました。やがて雲が通り過ぎると、寺院の遺跡が見えました。そして、剣のように細く鋭い月光が景色を横切り、教会墓地の景色がゆっくりと浮かび上がってきました。そこに見えるいつものベンチに寄りかかるように座る雪のように白い人影を目にして、私の不安は吹き飛びました。雲の流れは速く、私がよく見ようとする前にまた景色を影で包み込んでしまいました。ですが私には、白い人影が座るベンチの後ろに暗い影が立ち、彼女のほうに身をかがめているように見えたように思えました。影の正体が人なのか獣なのか、私には分かりませんでした。ですが、次の月明かりなど待ってはいられません。私は埠頭《ふとう》への急階段を駆け下りると魚市場を抜け、魚市場から橋へと向かう道を急ぎました。それしか、東側断崖へと辿《たど》り着く道がないのです。町は死んだように静まり返り、誰の姿も見えはしませんでした。ルーシーのあんな姿は誰にも見せられないので、これは私にとって好都合でした。寺院へと向かう階段を駆け上りながら、膝《ひざ》が笑い、息は止まりそうなほど荒くなり、私は、どんなに走っても辿り着けないような気持ちになってきました。必死に走ったのですが、まるで足に鉛でもつけられているかのようで、一歩を踏み出すたびに体じゅうの関節が悲鳴をあげました。頂上に近づくとベンチに腰掛ける白い影が見えてきました。ここまで近づけば、もう影が落ちていても関係ありません。そして、確かに見えたのです。すこし前屈《まえかが》みになった白い人影のほうへと身をかがめている、ひょろりとした黒いものが、はっきりと。「ルーシー！　ルーシー！」私が驚いてそう叫ぶと、その何かが頭をもたげました。蒼白《あおじろ》い顔と、赤くぎらぎらと光る瞳《ひとみ》。ルーシーが反応しないのを見て、私は教会の入り口へと走りました。墓地に行くには教会を回り込まなくてはならず、一分少々こちらからは墓地が見えなくなりました。ふたたびベンチが見えてくると、雲がどいて月光が降りそそぐベンチに、背もたれに頭を横たえるように体を預けているルーシーの姿が見えました。先ほどの人影は消え、辺りにはルーシー以外、生きものの気配は感じられませんでした。

身を乗り出すようにして見てみると、彼女はまだ眠っているようでした。唇が開き、呼吸をしていました——ですがいつものような静かな呼吸ではなく、まるで肺から絞り出すかのような荒く重い呼吸なのです。私が近づいてゆくと、彼女は眠ったまま手を差し伸べて、首を圧迫している寝間着の襟元を緩めました。まるで寒気に襲われでもしたかのように、彼女が体を震わせます。私は彼女の体を温かいショールでくるむと、夜の寒さで凍えてしまうことがないよう、首もとにきつく巻きました。起こしてしまうのはためらわれたので、世話ができるよう首に巻いたショールを大きな安全ピンで止めて、両手を自由にしました。ですが、動揺していたせいで手元が狂い、うっかりピンで刺してしまったのかもしれません。彼女は少しずつ呼吸を弱めると、また喉元《のどもと》を手で押さえてうめき声をもらしたのです。慎重に彼女の体をくるんでしまうと今度は自分の靴を彼女の足にはかせ、そっと彼女を起こそうとしてみました。ですが彼女は眠ったままどんどんひどくうなされていくようで、口からはうめき声やため息が漏れてくるようになりました。ずいぶん時間が経っていましたし他にもいろいろと理由はあったのですが、私はすぐにでも彼女を家に連れ戻したくなり、力を込めて体を揺さぶりました。すると、彼女が瞼《まぶた》を開け、目を覚ましたのです。自分がどこにいるのかも分からないのですから無理はありませんが、彼女は私を見ても驚きませんでした。寝起きの彼女はいつでも魅力的です。こうして体が寒さにかじかみながら、着の身着のままで墓地で戸惑いながら目を覚ましたというのに、彼女はいつもと変わらず美しいのでした。ルーシーは小さく身震いすると、私にしがみつきました。私が、すぐに家に帰りましょうというと、彼女は何も言わず、まるで子供のように素直にベンチから立ち上がりました。小道を歩くと裸足《はだし》の足の裏に刺さる小石が痛く、たじろぎがちな私にルーシーが気づきました。彼女は立ち止まって靴をはくよう懇願しましたが、私はそれを断りました。墓地を出ると小道には嵐でできた水たまりがあったので、私は片足ずつそこに浸しました。そうしておけば、帰り道の途中で誰かと行き交うことがあっても、私が裸足であることは気づかれないでしょう。

幸運が味方をしてくれたのか、私たちは誰とも顔を合わせることなく家に辿り着くことができました。ひとりだけ、お酒を召したと思われる男性が通りをゆく私たちの前に見えたのですが、こちらが戸口に身を隠している間に、スコットランドで「ワインド」と呼ばれる狭く急な上り道へと姿を消していきました。私の心臓はずっと高鳴りっぱなしで、何度か気を失ってしまうのではないかと思ったほどです。ルーシーのことが気がかりでなりませんでした。体のことも心配でしたが、こんなところを誰かに見られたりしようものなら、彼女の評判に傷がついてしまうことになるでしょう。ようやく家の玄関をくぐって足を洗うと、ふたりで感謝の祈りを捧《ささ》げてから、彼女を温かいベッドに寝かせました。眠りにおちる間際に、彼女は今夜の夢遊病のことは誰にも、母親にも言わないようにと私に頼みました。むしろ、懇願するような口調でした。私はどうするべきか迷ったのですが、お母さまの具合がよろしくないこと、こんな話を聞いたらお体に障るだろうことを思い、黙っていることにしました。それに、こういう話が噂になれば、どんないい加減な尾ひれがつかないともかぎりません。私の判断が正しければいいのですが。ドアに鍵をかけ、鍵を手首に巻き付けておくことにしました。こうすれば、もう先ほどのようなことは起こらないでしょう。ルーシーは寝息を立てて眠っています。海は朝日を空高々と反射しています……。

同日午後

すべて順調。私が起こすまでぐっすり眠ったルーシーは、どうやら寝返りひとつ打った様子がありません。夜中の冒険も、どうやら彼女には関係なかったようです。むしろ逆に、ここ数週間に比べて彼女はずっと具合がよさそうなほどです。ですが、首もとについた安全ピンの傷は、申し訳ないことをしてしまいました。喉元の肌に傷がついてしまっているのを見ると、一歩間違えたら大変なことになっていたかもしれません。きっとショールと一緒に肌を摘み上げて突き刺してしまったのでしょう。まるで針で縫ったかのようにふたつ、赤い点がついており、寝間着の帯には血の垂れた跡が残っています。私がそのことを謝ると、彼女は笑いながら私の体に触れ、自分は痛みすら何も感じなかったのだと言ってくれました。幸い傷痕《きずあと》は小さなものですから、残るようなことはないでしょう。

同日夜

今日はとても幸せな一日でした。澄み渡った空気と、明るい太陽と、涼しい風とに恵まれました。マルグレイブの森へと昼食を摂《と》りに出かけました。ウェステンラ夫人は街道馬車で、ルーシーと私は断崖の道を徒歩で向かい、門のところで落ち合ったのです。もしジョナサンが一緒だったなら本当に幸せだったのにと、すこし悲しい気持ちになりました。でも、しっかりしなくては！　今はじっと我慢のときです。夕刻、私たちはカジノ・テラスに出かけてゆき、そこでシュポーアやマッケンジーの素晴らしい音楽に酔いしれてから、早めにベッドに入りました。ルーシーはここしばらくよりもずっとくつろいでいるようで、すぐに眠りに落ちました。何ごとも起こらないとは思いますが、念のため今夜も鍵《かぎ》をしっかりとかけておくことにしましょう。

八月十二日

私の予想は間違っていました。というのは、夜中に二度も、部屋を出ようとするルーシーに起こされてしまったからです。ルーシーは眠ってこそいたもののドアに鍵がかかっているのに気づくと苛立《いらだ》ったみたいで、抗議でもするかのようにベッドへと引き返して行きました。夜明けに私が目覚めると、窓の外から小鳥たちのさえずりが聞こえていました。ルーシーも起きたのですが、昨日の朝より元気そうな様子を見て、私は胸を撫《な》で下ろしました。すっかりかつての陽気な彼女に戻ったように、私に身をすり寄せるように近づいて来ては、アーサーのことを話して聞かせてくれます。私がジョナサンのことが心配でたまらないというと、慰めてもくれました。おかげで、胸がすこし軽くなりました。慰めてもらっても彼が帰って来てくれるわけではありませんが、心強く感じたのです。

八月十三日

今日も何ごともなく、いつものように鍵を手首に巻いてベッドに入りました。そして夜中に目を覚ますと、ルーシーはベッドの上に座り、眠ったまま窓のほうを指差しているところでした。私は物音を立てないようにベッドを抜け出すとブラインドを開け、外を覗《のぞ》いてみました。見事な月が出て海原を照らし出しており、空と区別がつかないほどに溶け合っている様は、言葉を失うほどの美しさでした。私と月の間に大きなコウモリが一匹、大きな円を描くように飛んでいました。何度か私のそばまで近づいてきたのですが、おそらく私に気づいて驚いたのでしょう、寺院のほうへ向かい、港を越えて飛んで行ってしまいました。窓辺を離れると、ルーシーはもう元のように身を横たえ、すやすやと眠っていました。朝まで、目を覚ますことのないままに。

八月十四日

今日は一日、西側断崖《だんがい》の上で本を読んだり、ものを書いたりして過ごしました。ルーシーもすっかり私のようにここが気に入ったようで、ランチやお茶や夕飯の時刻に帰らなければいけなくなると、引き離すのに苦労させられるほどです。午後、彼女が妙なことを言いました。私たちは夕食のために家に戻っているところで、西埠頭《ふとう》から階段を上り、いつものように足を止めて景色を眺めているところでした。太陽は沈みはじめ、ちょうどケトルネス岬の陰に姿を消したところでした。赤い夕陽が東側断崖と寺院とを照らし、その美しい薔薇色《ばらいろ》ですべてを染め上げようとしているかのようでした。ふたりともしばらく黙っていたのですが、ふと、まるでひとりごとのようにルーシーが言いました。

「またあの人の赤い眼が！　あのときと同じように」とつぜんの奇妙な言葉に、私は驚いて立ちすくみました。私は彼女に気づかれないように表情を盗み見ようと、ぐるりと辺りを眺め回しました。すると彼女は半ば夢でも見ているかのような、私の知らない表情をその顔に浮かべていたのです。私は何も言わず、彼女の視線の先を追いかけてみました。彼女が見つめていたのは、私たちのお気に入りのあのベンチでした。黒い人影がひとりで座っているのが見えます。誰とも知れぬその人影が炎のように瞳《ひとみ》を燃え上がらせたような気がして、私の体を震えが駆け抜けました。ですがもう一度見直してみると、それは私の幻だったようでした。ベンチの先にある聖マリア教会の窓は赤い夕陽にきらめき、日が沈んでゆくにつれて反射したり屈折したりする様子は、さながら光が動いているかのように目に映りました。この不思議な光景を見るようルーシーにも声をかけると、彼女は我に返り、驚いたような、悲しんでいるような、そんな表情を浮かべました。きっとあの夜にベンチで起きた恐ろしいできごとを思い出していたのに違いありません。ふたりともあのことはもう口にしていなかったので、私もあえて言わず、家に帰り夕食にしました。ルーシーは頭痛がすると言って、早めにベッドにもぐり込みました。私は彼女が眠っているのを確かめてから、すこし散歩に出ました。崖《がけ》沿いの道を西へと歩き、ジョナサンのことを考えながら悲しみに浸っていました。家に戻るころには、月が明るく空を照らしていました。クレセント街に面した家の正面などは、影がかかっているのにはっきりと見えたほどです。私が見上げると、窓からルーシーが顔を覗かせているのが見えました。きっと私のことを探しているのに違いないと思い、私はハンカチを広げて振ってみせました。ですが彼女は気づいた様子もなければ、微動だにしません。そのとき、月の光が建物の向こうから射し込み、窓を照らしました。瞳を閉じ、窓辺に頭を預けているルーシーの姿が、はっきりと見えました。彼女はぐっすり眠っており、すぐ横の窓枠に、なにか大きな鳥のようなものがとまっていました。風邪をひいてはいけないと思い私は階段を駆け上がったのですが、部屋に入ってみると彼女は深い寝息を立てながら、ベッドで眠っていました。まるで冷気から自分を守ろうとでもするかのように、片手で喉《のど》を押さえながら。

起こさないように気をつけながら暖かい毛布をかけると、ドアに鍵をかけ、窓もしっかりと閉めました。

ルーシーはいつもどおり愛らしい寝顔でしたが、いつもより顔色が蒼白《あおじろ》く、目の下にはやつれたような隈《くま》ができており、心配でなりません。もしかしたら、何か頭を悩ませているのかもしれません。何に思い悩んでいるのか、私にも分かるといいのですが。

八月十五日

いつもよりゆっくりと目を覚ましました。ルーシーはぐったりと疲れた様子で、呼ばれてもまだ眠り続けていました。朝食の席で、嬉《うれ》しいことがありました。アーサーのお父さまが回復され、すぐ結婚式を執り行いたいというのです。ルーシーは態度にはあまり出さないものの喜びいっぱいで、お母さまは幸せなのと申し訳ないのとで、複雑そうな顔をしていました。その日遅く、彼女はその理由を説明してくれました。どうやらルーシーが自分のもとを離れるのは悲しいのだけれど、誰かに守ってもらえるようになるのはこのうえない喜びなのだということです。なんと可哀想で、なんと優しいのでしょう！　そして、余命を告知されていることも、打ち明けてくれました。まだルーシーには話していないので、秘密にしておくようにとのこと。お医者さまから、心臓が弱っているのでどんなに長くてもあと数ヶ月だろうと言われたのだそうです。例えば今この瞬間にでも、突然のショックが命取りになりかねないのだと、彼女は言いました。ああ、あの夜、夢遊病のルーシーの身に起こった恐ろしいできごとを秘密にしていたのは正解でした。

八月十七日

丸二日間、日記を離れていました。どうしても、書くような気持ちになれなかったのです。不吉な影が、私たちの幸せに忍び寄っているように思えてなりません。ジョナサンからの報《しら》せは一向に届きませんし、ルーシーは日に日に弱り、お母さまの命も刻一刻と終わりに近づきつつあるのです。それにしても、なぜルーシーがこのように衰弱していくのか、私には分かりません。よく食べますし、よく眠りますし、新鮮な空気を楽しみもします。ですが頬にさす薔薇色は日増しに薄らぎ、毎日すこしずつ弱まり、やつれてゆくのです。夜中には、苦しそうに喘《あえ》いでいるのが聞こえます。部屋の鍵《かぎ》は毎晩かけて手首に巻いているのですが、彼女は起き上がって部屋を歩き回り、開け放った窓辺に腰掛けて過ごしています。昨晩、目を覚ましてみると彼女が窓から身を乗り出していました。起こそうとしたのですが、どうやら気を失っているらしく無駄でした。何とか目を覚まさせると彼女は水のように弱々しく、長く荒く呼吸をしながら、その合間に泣いているのでした。どうして窓辺へ行ったのかと訊《たず》ねてみても、ただ首を振り、顔を背けてしまうばかりです。眠りについた彼女の首もとを見てみると、あの小さな傷はまだ癒《い》えていません。それどころか前より大きくなったようで、傷の縁がうっすらと白く変色し、白く縁取られた赤い丸のようになっているのです。もし明日か明後日まで治らないようならば、お医者さまに相談してみなくてはなりません。

サミュエル・F・ビリントン法律事務所（ホイットビー）より、カーター&パターソン運送（ロンドン）への書簡

拝啓

グレート・ノーザン鉄道により配送された貨物に関する伝票をお送りいたしますので、ご査収ください。貨物はキングス・クロス駅の貨物駅にて受け取り、パーフリート近隣のカーファックスへとご配送ください。配達先は今のところ空き家になっておりますが、すべてラベルをつけた鍵を同封しておきます。

委任いたします貨物、全五十個の木箱の搬入先ですが、同封の略図に「A」と記された朽ちかけの建物になりますので、よろしくお願いいたします。同建物は古い礼拝堂になっておりますので、御社の配達担当の方もすぐお分かりになると思います。貨物は今夜九時半に電車にて発送され、明日午後四時半にキングス・クロス駅に到着予定です。依頼主が可能な限り迅速なる配達を希望されているため、指定時刻に同駅に運搬係を待機させ、速やかに目的地へと配送して頂くよう、くれぐれもよろしくお願いいたします。なお、必要経費に関する支払による遅延を回避すべく十ポンド分の小切手を同封いたしますので、どうかご受領ください。諸経費がこの金額に満たなかった場合、残金はご返還願います。もしさらなる経費が必要となった場合、お知らせいただければすぐにその

分を追加にてお送りいたします。お渡しいたします鍵は、依頼主が合鍵にて同住居に入り回収いたしますので、屋敷の玄関ホールに残してお帰りください。
大変急がせてしまい申し訳ありませんが、ご理解いただけるならば幸甚と存じます。
敬具
サミュエル・F・ビリントン法律事務所

カーター&パターソン運送（ロンドン）より、サミュエル・F・ビリントン法律事務所（ホイットビー）への書簡
八月二十一日
ご担当者様
十ポンドを確かに受領し、同封いたしました領収書にありますとおり、一ポンド一七シリング九セントの小切手を返送いたします。貨物は頂いたご指示どおりに配送を済ませ、鍵も包みに入れ、玄関ホールに残してあります。
失礼いたします。
カーター&パターソン運送

ミーナ・マリーの日記

八月十八日

今日は気持ちも明るく、教会墓地のいつものベンチにてこれを書いています。ルーシーはとても具合がよさそうです。昨夜はよく眠り、私を起こすようなことは一度もありませんでした。相変わらず顔色は蒼白く、弱々しく見えますが、それでも頰にはまた薔薇色《ばらいろ》の赤みが戻りはじめました。ルーシーが貧血症だというのならば筋が通るのですが、彼女は違います。とても活《い》き活きとしており、陽気で明るい子なのです。あの病的に押し黙っていた彼女はすっかり影を潜め、まるで私に思い出させなくてはいけないとでもいうかのように自分から、あの夜私にこのベンチで発見されたことを話してくれたのです。話をする彼女は楽しそうに、地面に横たわる墓標にかかとを打ち鳴らすのでした。

「あのときは、こんなに大きな音がしなかったのに！　きっとスウェイルズさんが生きていらしたら、そりゃジョージを起こすのが嫌だったからさ、なんておっしゃったでしょうね」

すっかりお喋《しゃべ》りな彼女にほっとして、私はあの夜ずっと夢を見ていたのか訊ねてみました。彼女は答えようとして、額にあの可愛らしい皺《しわ》を寄せました。アーサーは――私もルーシーにつられてアーサーと呼んでいます――その皺がとても好きだと言います。彼女はなかば夢でも見ているような表情を浮かべ、思い出すように話してくれました。

「夢なのかどうか分からないの。でも、何もかもすごく現実的だったわ。思い出せないけれどとにかく何かが怖くて、ここに来ることしか考えられなかったの。眠ってはいたけれど、通りを抜けて橋を渡って来たのは憶《おぼ》えてるわ。魚が飛び跳ねていたから、それを見ようと身を乗り出したわ。そして、階段に差し掛かったところで、犬たちが吠《ほ》えているのが聞こえたの――まるで町じゅうの犬がいっせいに吠えだしたみたいだった。次に憶えているのは、まるで夕陽のように赤い瞳《ひとみ》をした、背が高い黒々とした影。甘いような苦しいような、そんな空気に包まれたわ。それから緑色の水の中に沈んで、溺《おぼ》れる人に聞こえるという歌声が耳に響いてきたの。そうしたら、何もかも自分の中から抜け出して行くような気持ちになったわ。まるで魂が体から抜け出して、ふわふわと浮いているみたいな。西灯台の灯《あか》りが自分のすぐ下に見えて、まるで地震に揺さぶられているような恐ろしい気持ちになったと思ったら、私を揺さぶっているあなたの顔が見えたの。感じるよりも先に、あなたの姿が見えたのよ」

言い終えるとルーシーは笑い出しました。何とも不思議なこの話を、私は息をするのも忘れて聞いていました。あまり気持ちのよい話ではなかったものですから話題を移したほうがいいと思いそうすると、彼女はまた、いつもの彼女に戻ったようでした。家に辿《たど》り着くころにはさわやかな空気のおかげでルーシーの蒼白い頬にはさっきよりも赤みが戻ったようでした。それを見たお母さまはとても喜ばれて、幸せな気分でみんなで夕食を囲んだのです。

八月十九日
嬉《うれ》しい、嬉しい、嬉しい！　ついにジョナサンがどうしているか分かったのです。あの人は今病気で、だから手紙が書けなかったのだとか。こうして分かってしまえば、あの人が病気だと口にするのも怖くはありません。ご親切にも、ホーキンスさんが手ずからお手紙を書き、そう知らせてくれたのです。私は朝のうちに発《た》って彼のもとへ向かい、必要があれば看病し、それからうちに連れ帰って来るつもりです。ホーキンスさんは、どうせなら向こうで結婚してしまえばいいのにとおっしゃいます。親切なシスターからの手紙を読んでずっと泣きどおしだったものですから、胸にしまった手紙がすっかり濡《ぬ》れているのが感じられるほどです。私の胸の中にはジョナサンがいるのですが、ジョナサンのことを書いた手紙は胸にしまっておかなくてはいけません。旅の計画を立て、荷物もしっかり用意しました。着替えは一着だけ。ルーシーがトランクをロンドンまで運び、私が人をよこすまで預かってくれることになっています。というのはたぶん……。いいえ、もう書かないでおきましょう。夫であるジョナサンに、話すそのときまでは。ジョナサンと会うそのときまで、彼が目を通し、手を触れたこの手紙が、私を支えてくれることでしょう。

ブダペスト、聖ヨゼフ・聖マリア病院のシスター・アガサより、ミス・ウィルヘルミーナ・マリーへの手紙

八月十二日

ジョナサン・ハーカー氏に代わり、ペンを取らせて頂きます。彼は神と聖ヨゼフ・聖マリア病院との力により回復されつつありますが、まだ自らペンを取れるほどに回復してはおられないのです。重度の脳炎を患った彼が当院で治療を受けられはじめて、ほとんど六週間になります。貴女《あなた》によろしく伝えてほしいとのことです。またエクセターのピーター・ホーキンス氏に手紙を送り、連絡が遅れたこと、業務は完了したことを伝えて欲しいとも頼まれました。まだこの山中のサナトリウムで数週間は養生し、それから退院という運びになります。彼は手持ちのお金がないとのことなのですが、そのために必要な治療を受けられない人びとが出てしまうと困るので、自分の入院費は支払いたいと希望しておられます。

それでは、失礼いたします。

シスター・アガサ

追伸——ハーカー氏は今眠っておられますが、お耳に入れておきたいことがあります。彼からのお話で、近々貴女とご結婚されることを聞きました。神の祝福を！　医師が申

しますには、彼は極度の恐怖を受けたのだということで、錯乱状態になると意味不明なことを口走ります。狼や毒や血や、そして幽霊や悪魔など、口にするのも恐ろしくなるようなことばかりなのです。今後当分の間は、こうしたことで彼を刺激しないよう、十分にお気をつけてください。こうした病は、そう易々と癒《い》えてくれるものではないのです。もっと早くにお便りを差し上げるべきだったのですが、彼のご友人は誰も存じ上げませんでしたし、それが私たちにも分かるようなものを、彼は何ひとつ持ち合わせておいでではなかったのです。彼は、クラウゼンベルクからの汽車で来られたようなのですが、車掌が駅長から聞いた話では、ハーカー氏はイギリスまでの切符をくれと叫びながら駅に駆け込んで来たのだということです。取り乱して叫ぶ彼の言葉からイギリス人であることを察すると、彼らはその方面のいちばん遠くまで向かう汽車のチケットを売ったのだそうです。

　こちらでは手厚い看護をいたしておりますので、どうかご心配なさいませんよう。彼はとても優しく紳士的で、誰からも好かれております。着実に回復しておりますし、数週間のうちには間違いなく全快されるでしょう。ですが、どうか入念な看護をお続けください。おふたりの幸福が永久に続きますことを、神に、聖ヨゼフに、そして聖マリアにお祈りいたします。

セワード医師の日記

八月十九日

昨夜、レンフィールドにとつぜん妙な変化が起こった。八時ごろにいきなり興奮しはじめたかと思うと、まるで獲物の場所を教えようとする猟犬のように、そこかしこと鼻を鳴らし嗅《か》ぎ回りだしたのだ。看護師はこれを見て呆気《あっけ》に取られたが、私が彼に興味津々なのは知っているため、何とか彼に話をさせようとした。レンフィールドは看護師に対して、ときどき卑屈な態度を見せるもののいつもは敬意を払っている。だが看護師いわく、今夜の彼は何とも高慢で口をきいてくれようとせず、こう繰り返すばかりだったのだという。

「話す気はないね。お前となど話しもしたくない。主《あるじ》はすぐそこにいらっしゃるのだ」

看護師は、突発的な宗教狂にかかったのではないかと考えている。もしその通りだとすれば、ひと騒ぎあることを覚悟しなくてはなるまい。殺人狂と宗教狂とを併せ持つ屈強な男は、すぐさま脅威となりえるからである。この組み合わせは非常に危険だ。午後九時、私は自ら彼を訪ねてみた。レンフィールドの態度は、私に対しても看護師へのそれと変わらなかった。崇高な自分からすれば、私も看護師も同然だったのだろう。なるほど宗教狂といった様子である。いずれ自分のことを神だとでも言い出すに違いない。人間同士の些細《ささい》な違いなど、全知全能の存在の前では取るに足らないというわけである。

まったく、この手の狂人というものは、何と見え透いているのだろう！　真の神であれば、雀が落ちるのすら気にかけなさることだろうに。だというのに人の虚栄心が生み出せし神様ときたら、鷲《わし》も雀も変わらぬと仰《おお》せなのだ。まったく、人間様の賢いこととときたら！

三十分ほどにわたり、レンフィールドはますます興奮を募らせ続けた。私は監視するような素振りは見せず、ただじっくりと観察をした。とつぜん、何かの考えに取り憑《つ》かれた狂人特有の、ぎょろぎょろとした眼球運動が現れた。同時に、頭と首もぞもぞと動き出した。これも、精神病院の看護師たちにとってはすっかり見慣れたものである。レンフィールドはすっかり口をつぐむと諦《あきら》めたかのような顔をしてベッドまで歩いて腰掛け、死んだ魚のような目で宙を見つめた。この無関心さが本物なのか、それとも取り繕ったものかを確かめようと、私はペットの話を持ち出して彼の気を引こうと試みた。これまでの彼ならば、必ず食い付いてきた話題である。最初のうち彼は黙り込んでいたが、しばらくすると苛立《いらだ》ったようにこう怒鳴った。

「そんなこと知るか！　まったく興味もない！」

「おいおい」私は答えた。「蜘蛛《くも》のことも興味がないって言うんじゃないだろうな？」

(目下のところ彼の趣味は蜘蛛のことであり、手帳には何列にもわたり細かい数字がびっしりと書き込まれている）これを聞くと、彼は謎を漂わせるようにこう言った。

「花嫁が来るまでの間、人はブライドメイドを眺めて目を潤すだろう。だが花嫁が来ちまえば、もう誰もブライドメイドなんぞには見向きもせんということさ」

彼は言葉の意味を説明しようとはせず、私を放ったまま、むっつりと黙り込んでベッドに座り続けた。

今夜はどうも、気分が沈んでいる。ルーシーのことばかり考えてしまう。もし一緒になれたなら、世界はどんな色に見えたことだろう。もし眠れそうにないならば、現代のモルフェウス【訳注：ギリシャ神話に登場する神。夢を司る】、クロラールの力を借りなくては。C_2HCl_3O そして H_2O！　だが、これを使うならば習慣化しないよう十分に気をつけなくては。いや、今夜は飲まずにおこう！　そんなものに頼れば、ずっと想い続けてきたルーシーを汚してしまうことにもなる。そんなものに頼るくらいなら、今夜は眠らないほうがましというものだ……。

その後
飲むまいと心に決めることができて嬉しい。その決意をこうして守り続けていられるのは、さらに嬉しいことだ。寝付けずに寝返りを打ちながら、時を告げる時計が二度鐘を鳴らすのを聞いた。そこへ病棟から使いによこされた夜警がやって来て、レンフィールドが脱走したと言った。あの男がうろうろしていることなど、危険きわまりない。私は慌てて着替えると病棟へと駆け下りて行った。あの男の精神状態を見る限り、目に付いた人びとに危害を及ぼしかねない。看護師が、私の到着を待っていた。そして、せいぜい十分ほど前にドアの覗《のぞ》き穴から様子を見たときには、レンフィールドはベッドで眠っているように見えたと話してくれた。だが、通り過ぎてから窓がもぎ取られるような音が聞こえて駆け戻ってみると、レンフィールドの足が窓から消えてゆくところだったので、慌てて私のところに使いをよこしたのだという。寝間着のままだし、まだそう遠くまでは行けないだろう。看護師は、病院の出口に回って追いかけるよりも、どちらへ逃げてゆくのかを確認するほうが先決だと考えた。太っているので、窓から出て追いかけることができないのだ。私は痩《や》せているので彼の手を借り、足を先にして窓から外に出た。地面までは数フィート程度だったので、怪我をすることもなくすぐに届いた。看護師は、レンフィールドが左に向けてまっすぐ走って行ったというので、私は全速力でそちらへと駆けだした。並木の間を走り抜けていると、病院と隣の空き家とを隔てている高い壁をよじ登ってゆく白い影が見えた。

私はひとたび駆け戻ると警備員に、レンフィールドが暴れ出したときに備えて三、四人ほど引き連れ一緒にカーファックス屋敷の敷地まで付いて来るよう指示をした。そして梯子《はしご》を持ち出すと壁を越え反対側へと降りると、レンフィールドが屋敷の陰に姿を消してゆくのが見えたので、急いでその後を追いかけた。敷地の奥に立つ礼拝堂の、鉄張りのついた古い樫《かし》の扉に体を押しつけているレンフィールドの姿が見えた。どうやら誰かに話しかけているようだったが、私に気づいて逃げ出してしまってはいけないので近づくことができず、話の内容までは聞き取ることができなかった。脱走衝動に駆られた裸の狂人を追いかけるのに比べれば、迷走する蜂の群れを追いかけることのほうが、どれほどたやすいことか！　数分ほど見守っていると、どうやら彼が周囲のことなどまったく気にしていないのが分かってきたので、私は敢《あ》えてもっと近づいてみた——それに、病院の職員たちも壁を越えてやって来ているのだ。レンフィールドの声が聞こえた。

「主よ、何なりとお役に立とうとやって参りました。この忠実なるしもべに、どうかご褒美をお与えくださいさい。ずっと遠くに離れている間にも、いつでも崇《あが》めておりました。こうしておそばにおいでなのですから、どうかご命令をください。まさか、この私にはご褒美をお与え下さらんおつもりではないでしょう？」

やれやれ、結局は我が儘《まま》な物乞《ものご》いなのである。神の御前ですら、自分が得をすることしか考えることができないのである。なんとご立派な偏執狂様ではないか。私たちが近づいてゆくと、彼は猛虎のように立ち向かってきた。とてつもないその力は、人というよりもはや野獣のようであった。あんなにも怒り狂った狂人を見たのは初めてである。もう二度とお目にかかりたいとは思わないが。彼の体力と凶暴さを先に知っていたのは、まさに幸甚だった。この体力と意思とがあるならば、病院に収容される以前に何かしでかしていたとしても不思議ではない。ともあれ、今はもう手も足も出るまい。かのジャック・シェパード【訳注：十八世紀の犯罪者。ニューゲート監獄から三度脱走した】ですら身動きの取れないほどの拘束服にくるまれ、特別室に鎖で繋《つな》がれているのだ。ときおり身の毛のよだつような叫び声をあげているが、むしろ恐ろしいのはそれに続く静寂だ。

そこにはひとつひとつの動作に、殺意が込められているからである。

つい今しがた、レンフィールドが初めて理解できる言葉を口にした。

「主よ、辛抱いたします。あれがやって来る——やって来る——やって来る！」

その言葉に思うところがあったので、自室へと戻った。あまりに興奮していて眠れそうになかったが、日記を書いているうちに心が鎮まってきたので、どうやら今夜は眠ることができそうだ。

第九章

ミーナ・ハーカーからルーシー・ウェステンラへの手紙

八月二十四日　ブダペスト

最愛のルーシーへ

きっと、ホイットビーの鉄道駅で別れてからのことを知りたくてたまらなくなっているでしょうね。私は無事にハルに到着してハンブルクへと向かう船にのり、そこからここまで汽車に乗ってきました。ジョナサンのことで頭がいっぱいで、看病をすることになるからできるだけ眠っておかなくては、ということばかり考えてしまい、道のりのことはほとんど思い出せすらしないほどです。ようやく会うことのできた大切な人は、とても痩せ細り、蒼白く、衰弱しきっていました。瞳《ひとみ》に宿る力も失い、あなたにも話したことがある静かな威厳も、すっかり消えてしまっていたのです。すっかり抜け殻のようになってしまった彼は、過去にどんなことが起こったのかすら、何も憶《おぼ》えていないような有様でした。本当のところは分かりませんが、私にはそう思っていて欲しい様子でしたので、私から訊《き》こうとは思いません。何かとても恐ろしいショックを受けたようですから、何かを思い出そうとすると脳に負担がかかってしまう恐れもあります。シスター・アガサは心優しく、生まれついての看護師といってもいいような方です。彼女いわく、ジョナサンは意識が混濁すると、身の毛のよだつようなことを口走るのだそうです。どんなことを言うのか教えてほしいと訊《たず》ねたのですが、彼女はただ胸で十字を切るだけで、教えてくれようとはしないのでした。病床で口にする妄言とは神の秘密であるから、看護師は誓いに則《のっと》りそれを守らなくてはならないのだとのことです。本当に心の温かく思いやりのある方で、翌日に私が頭を悩ませているのに気づくと、妄言の内容を教えることはできないのですがと念を押したうえで、このように言ってくれたのです。

「ただ、これだけはお伝えしたいのです。ハーカーさんは、何か間違いを犯されたわけではありません。どうか未来の奥様として、ご心配なさらないでくださいね。あなたのことも、あなたへのお気持ちも、何ひとつこの方はお忘れになっていません。ハーカーさんが恐れておられるのは、人智の及ばない、何か大きな、恐ろしいもののようなのです」

シスターはきっと、ジョナサンの心の中に誰か他の女性がいるのだと思い込んだ私が嫉妬《しっと》しているのではと感じたのでしょう。ジョナサンのことで、私が嫉妬するだなんて！　でもここだけの話、彼が浮気していたんじゃないと知ったときには、嬉《うれ》しくて飛び上がってしまいそうなほどだったのです。私は今、彼の寝顔を見ていられるようベッドサイドに腰掛けています。今、彼が目を覚ましそうです！……目を覚ますとジョナサンは、ポケットの中に大事なものがあるからと、コートを持って来てほしがりました。シスター・アガサに頼むと、シスターは彼の荷物をすべて持って来てくれました。荷物の中に彼の手帳があるのに気づくと、中を開いてもいいかと訊ねてみました。そうすれば、ジョナサンの抱えている問題の正体が何か分かるかもしれないと思ったのです。ですがきっとジョナサンは、私の目を見て何を考えているのか分かったのだと思います。ひとりになりたいから窓のほうへ行っていてくれないか、と私に言ったのです。やがて彼が私を呼びました。私が戻ってゆくと、ジョナサンは私に手帳を差し出し、じっと目を見つめながらこう言いました。

「ウィルヘルミーナ」彼の声を聞いて、彼がとても本気で何かを言おうとしているのだと分かりました。プロポーズのとき以来、この名前で呼ばれたことなど無かったのです。

「僕は、夫婦の間にはどんな隠しごとも、どんな秘めごとも、あってはいけないと思ってる。本当に恐ろしいことがあったのだけど、そのことを思い出そうとすると頭がぐらぐらしてしまって、あれが現実だったのか、狂った夢だったのか分からなくなってしまうんだ。僕が脳炎を患ったのは知っていると思うが、あれは人の気を狂わす病気だ。秘密はこの手帳の中にあるが、僕は知りたくない。ここで君と結婚をして、新しい人生を始めたいんだよ」私たちは、必要な書類がそろい次第、すぐに結婚することに決めていました。「ウィルヘルミーナ、どうかこの秘密を僕と共有してほしい。ほら、この手帳だよ。君に持っていてほしいんだ。そうしたいなら読んでくれてもいいが、何が書いてあったのかは僕に知らせないで欲しい。どうしても逆らうことのできない事情ができて、あの日々を振り返らなくてはいけないようなときが来ない限りはね。夢であれ現実であれ、正気であれ狂気であれ、僕の見たものはすべてここに書いてある」ジョナサンはそう言うと疲れ果てたように身を横たえ、私はその枕の下に手帳を入れました。そして、午後に結婚するから修道院長に伝えて欲しいとシスター・アガサに頼み、今こうして返事を待っているのです……。

シスターから、イギリス伝道教会の司祭がこちらに向かっていると、知らせが届きました。今日の午後にはもう、いえ、ジョナサンが目を覚ませばすぐにでも、私たちは夫婦になるのです……。

ルーシー、時が流れ、去ってゆきました。厳かな気持ちですが、とてもとても幸せです。時間が来るとジョナサンはすぐに目を覚まし、枕を支えにしてベッドの上で体を起こしました。「誓います」と答える、彼の力強い声。私のほうは、口を利くのもやっとでした。こんな短いひとことだというのに、息が詰まってしまいそうなほどだったのです。シスターたちは、とても優しくしてくれました。神よ、私は彼女たちのことも、私の立てた生涯の甘い誓いのことも、決して忘れないでしょう。私のウェディング・プレゼントのことを、あなたに話さなくてはいけません。司祭とシスターたちが立ち去って私の夫とふたりきりになると――ああ、ルーシー。今初めて私は「私の夫」という言葉を紙に書いたのです――私は夫に寄り添いながらあの手帳を枕の下から取り出し、白い紙で包んで、首に巻いていた薄いブルーのリボンをはずしてそれに巻き付けて縛りました。そして結び目を封蠟《ふうろう》で封印すると、結婚指輪で封をしたのです。手帳にキスをして夫に見せながら、ずっとそのまま持っていると伝えました。この手帳こそ、私たちが命尽きるまで交わし合う信頼の、確かな印になるのだと。そして、あなたのためにか、それとも他の大事な理由のためにか、どうしても封印を解かざるを得なくなるその日が来るまで、私は決して解いたりはしませんと。すると彼は私の手を取りました。ああ、ルーシー。あの人が自分の妻の手を取ったのは、あれが初めてなのです。そして、この手こそ世界で最も素晴らしいものであり、必要とあらば何度でも同じ過去をすべて繰り返してこれを勝ち取ってみせようと言ってくれたのです。可哀想にジョナサンは、本当は「過去の一部」ということを言いたかったのですが、まだ時間の感覚が戻ってくれないのです。今が何月なのか、いえ、今が何年なのかを間違ったとしても、不思議ではないくらいなのですから。

　私に何が言えたというのでしょう？　私が彼に伝えることができたのは、自分が世界でいちばん幸せな女だということ。私に差し上げられるのは自分自身と、この命と、この信頼しかないのだということ。そして、私はそれを忘れることなく愛と責任とを胸に、生きとし生ける限り過ごしてゆくのだということだけです。私は二度と忘れないでしょう、彼が私にキスをして弱々しい両手でこの体を引き寄せたときに感じた、あの厳かな誓いのようなものを……。

ルーシー、なぜあなたにこんなに何もかも書いているのか分かりますか？　それは、私にとって甘い思い出だからというだけではなく、あなたが本当に大切な友達だとずっと思っているからです。学校を出たばかりで世の中に出る準備をしていたあなたの友達になり、導いてゆくことは、私にとってとても大きなことでした。今は私の運命の先行きを、あなたの、幸せに満ちた妻の瞳で見守ってほしい。きっとあなたが、私と同じくらい幸せになることができるように。どうかあなたの人生が麗《うら》らかな陽の光に溢《あふ》れ、強い風が吹くことも、義務を忘れること、そして信頼を失うこともありませんように。あなたが決して痛みなど感じることなく、今の私と同じくらいずっと幸せであり続けられますように。ルーシー、さようなら。この手紙はすぐにポストに投函《とうかん》しますが、また次の一通をすぐ書きます。今はジョナサンが目を覚ましかけているので、切り上げなくてはいけません――私の夫のそばにいなくては！

愛を込めて。

ミーナ・ハーカー

ルーシー・ウェステンラからミーナ・ハーカーへの手紙

八月三十日　ホイットビーにて

最愛のミーナへ

愛の海と百万のキスであなたを包み、あなたとご主人様が、一刻も早く自宅に戻ることができるよう祈ります。早く帰ってきて、私たちと共に過ごすことができたらいいのに。私を治してくれたここの空気が、きっとジョナサンのことも癒《いや》してくれるはずです。私はすっかり食欲も旺盛《おうせい》で元気いっぱい、夜もぐっすり眠れます。そうそう、もう夢遊病で歩き回ることだって無くなったんですよ。この一週間は、眠ってしまえば一度もベッドから出ていないと思います。アーサーは、私が太ってきたようだと言います。おっと、こちらにアーサーが来ているのは言っていませんでしたね。今はふたりで散歩に行ったり、馬車に乗ったり、乗馬をしたり、ボートに乗ったり、テニスや釣りをしたりして、過ごしています。これまで以上に、彼のことが大好きでたまらない気持ちです。アーサーも今までより私を愛していると言ってくれますけど、前に、これ以上愛することができないなんて言っていましたし、私はあんまり信じていません。でも、そんなことは関係ないのです。ああ、彼が呼んでいます。今回のお手紙は、ここまで。

それでは。

ルーシー

追伸——母がよろしくと言っています。前よりも元気になってきていると思います。

さらに追伸——私たちの結婚式は、九月二十八日に決まりました。

セワード医師の日記

八月二十日

レンフィールドの症状は、さらに面白い展開を見せはじめている。今のところじっと大人しくしているところを見ると、あの激しい情動もずっと続くわけではないようだ。あの発作が起きてからの一週間、彼の凶暴性は休むことなく顔を見せ続けていた。だがある夜、まるで月が昇るように彼はすっと鎮まり、ぶつぶつとひとりごとを言い始めたのである。

「待ちますとも。待ちますとも」それを聞きつけた看護師が呼びに来たので、私もすぐに様子を見に行ってみた。彼は相変わらず拘束服姿で特別室に入れられていたが、その目に浮かんでいた凶暴さは影を潜め、またあの哀願するような――いや、媚《こ》びるような と言ったほうがいいだろうか――大人しさが戻っていた。私はそれを見て満足すると、拘束服を脱がせてやるように指示を出した。看護師たちは最初渋ったが、やがて大人しく指示に従ってくれた。面白いことにレンフィールドは看護師たちの疑念を察するほどの鋭さを見せ、私に歩み寄ってくると看護師たちの顔色を窺《うかが》いながら、こう囁《ささや》いてみせた。

「俺が先生に危害を加えると思ってるんだ！　そうするに決まってるってね！　馬鹿ど

もめ！」

相手は狂人であるが、こうして看護師たちと比べて特別視をされるというのは、悪い気がしないものだ。だがやはり、彼の考えていることは私には分からない。私と彼には何か共通するものがあり、だからこそこうして味方のように思われているのだろうか？　それとも私を元気なまま泳がせておけば、彼に大きな利益となるからそうしているのだろうか？　これは、あとで追究してみなくてはなるまい。今夜、彼は話をする気がないようだ。子猫でも成猫でも連れて来てやるといっても、我関せずといった顔である。そしてただ「猫なんてどうでもいいわ。そんなこと考えてる暇はねえんです。待ちますとも。待ちますとも」と口にするだけなのである。

しばらくしてから、私は彼の部屋を立ち去った。看護師からの報告で、大人しくしていたレンフィールドが夜明けごろに不安定になり、興奮状態に陥ると暴れだしたことを聞かされた。その後発作を起こして疲れ果て、現在は昏睡《こんすい》状態であるという。

……三日三晩、その繰り返しである――日中は暴れどおしで、月が出てから翌朝までは静かになるのだ。原因は今のところ、さっぱり分からない。日や月の動きとともに、彼に影響を及ぼす何かが現れ、消えてゆくとでも言うのだろうか。そうだ、いいことを思いついた。今夜は正気と狂気の勝負をしてみようではないか。先日のレンフィールドは私たちの手をすり抜けて脱走したわけだが、今度は私たちの手で逃がしてやるのだ。念のために追手だけは準備して、彼がどうするかを見守ってやろうではないか……。

八月二十三日

「予想のつかないことは、いつでも起こりえる」

　さすが、ディズレーリ【訳注：イギリスの政治家。首相を二期務めた】はよく人生というものをご存じだ。私たちの鳥は、カゴが開いているというのに飛び出してくれようとはせず、せっかくの下ごしらえも無駄に終わってしまったのである。何はともあれ、ひとつはっきりしたことがある。それは、彼が沈静化している時間はそれなりに長いのだということだ。将来的には、一日に数時間ほど彼の拘束を解いてやるようにしてもいいだろう。私は夜勤の看護師に、一旦《いったん》彼が大人しくなったら特別室に入れ、夜明けまでドアを閉めておくだけでいいと指示した。精神的にはどうあれ、そのほうが肉体的にはずいぶん楽になるに違いない。おや、また不測の事態が起こったようだ！　レンフィールドがまた逃げ出したらしく、お呼びがかかっている。

その後

　またしても、夜の大捕物であった。レンフィールドは策を弄《ろう》し、様子を見に看護師が部屋に入ってくるのを待ち構えていた。そして看護師の横をすり抜け、一気に廊下を駆け抜けて逃げ出したというわけである。看護師に指示を出し、後を追わせる。またしてもレンフィールドはカーファックス屋敷の敷地へと向かい、同じ場所で古びた礼拝堂の扉に体をつけているところを発見された。私の姿を見ると彼は猛《たけ》り狂った。看護師たちが押さえつけていなければ、私はきっと殺されかけていたに違いない。彼を組み伏せていると、妙なことが起こった。とつぜんさらに激しく看護師たちを振りほどこうとした後、出し抜けに大人しくなってしまったのである。慌てて辺りを見回したが、特に何が見つかるわけでもなかった。レンフィールドの視線の先を追ってみても、月明かりのともる夜空に、西へと向けて音もなく飛んでゆく不気味な大コウモリの姿が見えただけであった。コウモリというのは普通、ぐるぐると円を描いて飛ぶものだが、この大コウモリは目的地を知っているのか、それとも何らかの他の意図があるのか、まっすぐに飛んでいた。レンフィールドはさらに大人しくなり、やがてこう口にした。

「縛らんでもいいよ。大人しく行くから！」

そして実際、何ごともなくまた病院へと帰り着いた。彼の落ち着きには、何か不気味なものを感じる。今夜のことは、忘れないようにせねばなるまい……。

ルーシー・ウェステンラの日記

八月二十四日、ヒリンガムにて

ミーナのまねをして、いろいろと書き留めておくことにします。そうすれば、あの子と再会したときに、尽きない話の種になってくれるでしょうから。でも、いつになったら会えるのでしょう。こんなに寂しい気持ちではたまらないので、一日でも早く帰って来てほしい。昨日の夜は、ホイットビーのころと同じように、夢にうなされてしまったようです。空気が変わったからかもしれませんし、ロンドンに帰って来たからかもしれません。暗くて怖くて恐ろしい夢で、何も憶《おぼ》えてはいないのですが、何だかものすごく恐ろしくて、くたくたに疲れ果ててしまったような気持ちなのです。ランチにやって来たアーサーは私を見て悲しげな顔をしましたが、私には、元気を装うことすらできませんでした。今夜は、母さんの部屋で眠ってみるのはどうでしょう。何か理由を考えて、頼んでみないと。

八月二十五日

昨夜もうなされました。私の頼みごとを聞いた母さんは、あまり気乗りがしないようでした。母さん自身あまり具合がよくないものだから、私に心配をかけまいとしたのかもしれません。だから私は眠らずに夜を明かそうと心に決め、しばらくはちゃんと起きていることができたのですが、十二時を打つ時計の鐘にうたた寝から叩《たた》き起こされてしまいました。きっと眠りこけてしまっていたのでしょう。何か、窓を引っ掻《か》くような、羽音のような物音がしていましたが、大して気にも留めませんでした。きっと眠ってしまったのだと思いますが、それ以上のことは何も憶えていません。また悪夢を見ました。内容を憶えていないのが悔しくてなりません。朝に目が覚めてみると、疲れ果ててしまっていました。顔色はひどく蒼白《あおじろ》く、喉《のど》が痛むのです。十分に空気を吸い込むこともできず、きっと肺がどうかしてしまったのに違いありません。アーサーが来るときには元気そうにしていないと、ひどく心配をかけてしまうというのに。

アーサー・ホルムウッドからセワード医師への手紙

ジャックへ

君に聞いてほしいお願いがある。ルーシーの具合が悪いんだ。特にこれといった病気もないのだが本当に体調が悪そうで、しかも日に日に悪くなっていくみたいだ。原因に何か心当たりがないか訊《き》いてみた。ルーシーの母上には何も訊《たず》ねなかった。病状が深刻で、そんなことをすれば命に関わってもおかしくはないからだ。ルーシーにはまだ打ち明けていないが、母上いわく、心臓病により余命宣告を受けているのだという。何かがルーシーの心を蝕《むしば》んでいるのは間違いない。あの娘のことを思うと、心配で心配でどうしようもなくなる。様子を見ているだけで、胸が締め付けられるようだ。君に診てもらうように勧めると、はじめのうちは首を縦に振ろうとしなかったのだが——理由ならば、僕にも分かってるよ——最後には同意してくれた。事情が事情だけに君もつらいところかもしれないが、とにもかくにもあの娘のためなんだ。僕も君も、諸事情は棚に上げることにしようじゃないか。彼女の母上に勘ぐられることがないよう、君は明日の午後二時、昼食のためにヒリンガムへと出向く手はずになっている。昼食後に、君とルーシーふたりで診察の時間を設けようというわけだ。僕はお茶の時間に立ち寄るから、そうしたらふたりで帰るとしよう。とにかくルーシーのことが心配で心配でたまらない。診察が終わったら、すぐにでも君の見解を聞かせてほしいんだ。必ず来てくれ！
アーサー

アーサー・ホルムウッドからセワード医師への電報
九月一日
チチノグアイガワルク　ヨビダサレタ。テガミ　カク。ショウサイヲテガミニ　カキリングノジュウショアテニ　ダサレタシ。イソギナラ　デンポウデ　タノム。

セワード医師からアーサー・ホルムウッドへの手紙
九月二日
拝啓
　ミス・ウェステンラの健康状態についてだが、僕の見たところ、機能不全や疾病などの兆候は見受けられない。だが、どう見ても体調が優れているとは言い難い。最後に会ったときを思えば、今の彼女はまったくの別人で可哀想なくらいだ。だが伝えておきたいのは、隅々までくまなく彼女を診察できたわけではないということだ。医療科学やこの業界の慣習がどうあれ、僕たちの間に友情という壁がある以上、踏み込めない領域というものが少なからず存在しているからね。なのでとにかく正確に君に報告をし、あとは君の判断に委《ゆだ》ねたいと考えている。では、今日の診察についての詳細と、今後君にしてほしいことを書き出していこう。

一見したところ、ミス・ウェステンラは元気そうだった。彼女の母上が同席されていたところから察するに、きっと母親に余計な心配をかけたりすまいと思って必死にそう繕っているのだろうと感じた。意識的にか無意識的にかはともあれ、彼女は自分がどんなことに気をつけるべきか、よく察していたのに違いない。昼食の席には、他に誰もいなかった。とにかく明るく振る舞おうという我々の努力が報われたのか、本当に明るい雰囲気での昼食となった。食事が終わると母上は自室で横になるからと姿を消し、僕とルーシーだけが取り残された。僕たちは彼女の部屋に向かったのだが、使用人たちが出入りしているので、彼女は部屋に入るまで元気な振りを続けていた。だがドアを閉めるや否やその仮面が剝《は》がれ落ち、彼女はため息を吐き出しながら椅子に崩れ落ちると、両手の中に顔を埋《うず》めてしまった。彼女がぐったりするとすぐに、私はそれを口実に彼女を診察することにした。彼女は、可愛らしい声で言った。

「申し訳ないのですが、私のことは話したくないんです」

僕は、医者は神に誓って秘密を他言したりはしないのだと改めて告げ、君が心の底から彼女を心配していることを伝えた。彼女は僕の言葉の意味をすぐに理解すると、こう言ってみせた。

「アーサーにはすべてをお伝えになってください。私のことならば構いません、アーサーのことだけが気がかりなのですから！」

というわけなので、君には洗いざらい打ち明けても問題なかろう。

ひと目見て彼女に血が足りていないのは明らかだったが、貧血患者に見られる一般的な兆候は何も見受けられなかった。そして、偶然彼女の血液を実際に検査する機会に恵まれた。なかなか窓が開かずに窓紐《まどひも》が切れ、割れたガラスで彼女が手に小さな傷を作ってしまったのだ。傷そのものは大したものではないが、これはまたとない機会だったので、数滴ほど血液を採取して調べてみた。だが血液検査の結果は極めて正常で、これはつまり、彼女がちゃんと健康であることを示していた。身体にも問題は見受けられず、心配するようなことは何もないと断言してもいい。だがこの不調に何の問題もないことは考えられないので、僕としては、精神的な問題があるのではないかという結論に至った。彼女が言うには、ときおり十分に呼吸ができなくなったり、記憶にこそ残ってはいないものの恐ろしい悪夢を伴う昏睡《こんすい》状態に陥ったりすることがあるらしい。話を聞いているうちに、少女時代に夢遊病癖があったこと、ホイットビーでそれがまた発現してしまったこと、そして夜中に西側断崖《だんがい》まで行ってしまいミス・マリーに発見されたのだということが分かった。だが、このところその問題が起きていないことは確かであるようだ。僕には判断が付きかねるので、とにかく最善の手を打っておいた。僕の旧友であり師でもある、アムステルダムのヴァン・ヘルシング教授に手紙を書いたのだ。教授はこうした未知の病については世界的な権威だ。教授にはぜひとも来訪頂きたい旨を書いたが、支払はすべて君に任せてよいとのことなので、君のことと、君とミス・ウェステンラとの関係についても手紙の中に書き記しておいた。なに、彼女のために何かできるのであれば、それが僕の誇りであり幸せなのだから、なんなりと君の希望に従おう。ちょっと個人的な理由があり、ヴァン・ヘルシング教授は僕のためには労を惜しまず何でもしてくれるはずだ。だから彼がどのような意図を持ってやって来ようとも、僕たちは彼の希望に応《こた》えなくてはいけない。恐らく教授は気まぐれな人物に君の目には映るだろうが、これは、彼が本当に独特な人物だからだ。哲学者であり形而上学者《けいじじょう》であり、現在もっとも進歩的な科学者のひとりでもある。そして、実に開いた心の持ち主でもあると、僕は信じている。鋼鉄の神経と、冷たき川で鍛えられたかのごとき気質、強靭《きょうじん》な意思、美徳というよりむしろ奇跡の域にまで高まった克己心と寛容さ、そして最高に温かく誠実な心――。こうしたものが組み合わさり、教授が人類のために仕事を成し遂げようという力となり、理論においても実践においても力を発揮しているんだ。教授の視野は、そのすべてを包み込む温かさと同じくらいに広大なものだからね。こういうことを書くのは、君にも教授の人柄を知って安心してほしいからだ。教授には、すぐ来てくれるように書いておいた。明日、またミス・ウェステンラのところに行って来るつもりだ。立て続けに訊ねては母上を驚かせてしまうだろうから、彼女とはハロッズで落ち合うことにした。

敬具

ジョン・セワード

医学博士・哲学博士、文学博士等
エイブラハム・ヴァン・ヘルシングからセワード医師への手紙

九月二日
前略
　手紙を受け取ったときには、もう君のところへと向かおうとしているところだった。幸いなことに、私を頼ってくれる誰にも迷惑をかけずに出発することができた。もしひとつ間違えば、こうは上手《うま》く行かなかったろう。私は君から呼ばれたならば、万難を排して駆け付けるのだからね。君の友人には、あの話をしてあげなさい。私たちの友人が臆病風《おくびょうかぜ》に吹かれてメスを取り落として私の腕につけた傷から、君が壊疽《えそ》の毒を吸い出してくれたときの話を。おかげさまで私は、君の友人が求める以上にこの腕を大いに振るうことができるというものなのだからね。ともあれ、彼の役に立てるのは喜ばしいことだが、それより君に会えるのが嬉《うれ》しくてたまらんね。近いほうが何かと便利だろうから、グレート・イースタン・ホテルに部屋を取っておいてもらいたい。そして明日の夜にはこちらに戻って来なければならないようだから、件《くだん》の若きご婦人には、明日の午後早くに面会できるよう手はずを整えてほしい。もし必要とあればその三日後には、もっと長く逗留《とうりゅう》できるよう計らって戻ってくるつもりだ。ではそのときまで、ごきげんよう。

ヴァン・ヘルシング

セワード医師からアーサー・ホルムウッドへの手紙

九月三日

親愛なるアート

ヴァン・ヘルシング教授の来訪が終わったところだ。僕とふたりでヒリンガムに行ったのだが、ルーシーの計らいにより母上は外での昼食に出かけており、僕たち三人のほかは誰もいなかった。教授は、実に入念に彼女を診察してくれた。今後彼から入る連絡を、僕が君に伝えることになっている。もちろん僕は診察に立ち会って眺めたりしていたわけではないので、安心したまえ。どういうわけか彼はひどく考え込んだ顔をして、こいつは不可解だと言った。そこで僕らの友情について話し、この件については一切任されているのだと説明すると、教授はこんなことを言った。

「君の思っていることを、彼にすべて伝えなさい。もし私が考えていることが想像できるなら、それも話してあげなさい。いや、冗談でこんなことを言っているわけじゃない。冗談どころか、生死に関わる問題だ。それだけでは済まないかもしれん」

あまりに深刻な顔をしていたので、いったいどういう意味なのかと訊《たず》ねてみた。診察を終えて町に戻り、アムステルダムへと発《た》つ前にお茶を飲んでいたときのことだった。だが教授は、それ以上は何も話してくれようとしなかった。どうか腹を立てたりしないでほしい。彼が黙り込んでいるのは、ミス・ウェステンラのために頭を働かせているからなのだからね。考えがまとまったら、必ずちゃんと説明をしてくれる。だから僕は、今日のことはいつもデイリー・テレグラフに寄稿するときのように、ただ報告するだけに留《とど》めておきますと伝えておいた。教授は聞こえているのかいないのか、学生時代に住んでいたころに比べてロンドンのスモッグもだいぶましになったものだと口にしただけだった。教授次第だが、明日には報告を受け取る手はずになっている。ともあれ、この手紙を書いておくとしよう。

さて、では訪問したときの話をしよう。最初に会ったときよりもルーシーはだいぶ元気そうで、体調も良く見えた。君を不安にさせたあの弱り切った彼女は影を潜め、呼吸もすっかり安定していた。いつもの彼女らしく教授にも物腰柔らかく接し、彼がくつろぐことができるよう心を尽くしていた。無論、かなり無理をしてそうしていたのが僕には分かったけれどね。教授も気づいたのだろう。僕が知っているかつての教授のように、濃い眉毛《まゆげ》の下からその目で素速く探りを入れていた。次に教授は僕らのことや病気のことには触れぬまま、いろんなおしゃべりをしはじめた。快活な彼の様子を見ているうちに、ルーシーが取り繕っていた元気が本物になってゆくのが分かった。やがて教授はごく自然に自分の訪問のほうへと話題を移してゆくと、丁寧にこう言った。

「お嬢さん、あなたがあまりに愛らしいものだから、すっかり嬉しくなってしまった。私はあなたのすべてを知っているわけではないが、それでもあまりに愛らしい。聞いていた話では、あなたはすっかりお気を落とされ、弱り衰えてしまっているということだった。まったくまあ、なんというでたらめだ！」教授は私に向けて指をぱちんと鳴らすと、先を続けた。「さあ、ふたりで彼らがとんだ間抜けだったと見せつけてやろうじゃないか。まったく、若い女性のことなど何も知るまいになあ」そう言うと彼は顔をこちらに向け、僕を指差した。教授がいつも語りぐさにするあの出来事があったときに――いや、むしろその後で――見せた、あのまなざしと仕草で。「この男は、狂人たちと戯れて、彼らを幸せへと、愛する人びとのもとへと返している男です。これは大仕事だが、そうして幸せを与えられるという見返りがある。だが、若い女性についてはからきしだ！　彼には妻も娘もおらんのだからね。若者というものは、若者相手に胸の内など打ち明けたりはしない。私のように酸いも甘いも知る年寄りにこそ、素直に話せるものだ。さあ、この男には庭で煙草でも吸っていてもらうとして、私どもは少々お話でもするとしよう」

僕は教授の狙いを察すると表に出て散歩をしていたのだが、しばらくすると教授が窓辺に現れて僕のことを呼んだ。深刻な顔で、教授が言った。

「じっくりと検査をさせてもらったが、身体機能におかしなところは見受けられん。血液がだいぶ足りていないことについては、君と同意見だ。だが、症状は明らかに、貧血症のそれとは違う。聞き漏らしたことがないようメイドにも話が聞きたいので、彼女に呼んでおくようにお願いしておいた。まあ、メイドが何と言うかは見当がつくがね。しかし、必ず何か原因があるはずだ。物事には必ず原因があるのだから。まずは帰宅して考えてみなくては。君は私に毎日電報を送ってくれ。もし原因を解明したら、また戻ってくるとしよう。彼女の病気——具合が悪いのだから病気といっていいだろう——も興味深いし、あの愛らしいお嬢さん自身もまた、興味深い。すっかり気に入ってしまったから、君や病気のためでなくとも、またロンドンまで足を伸ばすとしよう」

前にも書いたとおり、僕とふたりきりになっても教授はそれ以上なにも話してくれようとはしなかった。だから、僕の知っていることはすべて君に話してしまった。とにかく、注意して彼女の様子を見守ることにする。君のお父上も、無事に回復されるといいのだが。大切な人がふたりも具合を悪くしているのだから、君の胸中を察すると余りあるものがある。君は本当にお父上に対する義務感の強い男だし、それに従いたいという気持ちも分かるからね。だが、もし君が必要になれば、すぐルーシーのところに駆け付けるよう連絡をする。だから、便りの無い間は心配しないでいてくれたまえ。

セワード医師の日記

九月四日

あの生体食性狂人《ゾアファガス》の患者は、相変わらず興味深い。昨日、あれから初めての発作を彼が起こした。いつもとは違う時間のことだ。彼がそわそわしはじめたのは、時計の針が正午を指す直前のことだ。すっかりお馴染《なじ》みのこの兆候を見て取ると、看護師はすぐに助けを呼び集めた。幸い彼らは手が空いており、駆け付けて来てくれたので間に合った。ちょうど十二時にレンフィールドが暴れだし、総掛かりでようやく押さえつけることができたのだ。だが五分もすると彼は徐々に大人しくなっていき、最後にはすっかりしゅんとしてしまったまま、今のところ次の変化が現れる様子はない。看護師は、発作を起こしたレンフィールドの叫び声に震え上がったという。病棟の他の患者たちもすっかり怯《おび》えきっており、彼らに対処するだけで私は手一杯になってしまった。私は離れたところにいてすら背筋がぞくりとしてしまったほどだったので、患者たちがそうなってしまったのは無理のない話だった。今は病院の夕食時間が終わったところだが、レンフィールドはまだ部屋の隅に悶々《もんもん》として、不機嫌そうな物憂い表情を浮かべて座り込んでいる。何かを訴えようとしているというよりも、何かを暗示しているかのような表情だ。だが私にはそれが何なのか、理解ができそうにない。

その後

レンフィールドに新たな変化あり。五時に部屋を覗《のぞ》いてみると、かつての彼のようになんとも幸せで満ち足りた様子だった。ハエを捕まえてはそれを食べ、保護用に壁に取り付けられたクッション材の隙間から覗くドアの端に爪《つめ》で印をつけ、食べた数を記録していた。私に気づくと彼は近づいて来て、すがるような、媚びるような態度で、どうか元の部屋に戻してまたノートをつけさせてくれと懇願してきた。受け入れてやったほうがいいだろうと判断すると、私は窓の開いた彼の部屋へと戻してやった。彼は窓枠に砂糖をざらりと広げると、寄ってきたハエを捕まえだした。だが食べようとはせず、昔のように箱にしまい込むと、今度は部屋の隅に貼り付いて蜘蛛《くも》がいないか探しはじめた。ここ数日何を考えていたのか分かればとても役立つので話しかけてみたが、彼は立ち上がろうとすらしてはくれなかった。そしてしばらく悲しげな顔をみせたかと思うと、ひとりごとのように、虚《うつ》ろな声で言った。

「おしまいだ！　おしまいだ！　俺は見捨てられてしまった。自分でやらんことには、もう何の希望もない！」そして何かを決意したかのように私のほうに向きなおると、こう言った。「先生、どうか私にもうちょっとだけ砂糖をくれませんでしょうか？　どうしても欲しいんです」

「ハエも喜ぶってわけかね？」私が言った。

「ええ！　ハエは喜ぶでしょうし、私はハエが好きです。だから砂糖が好きなんです」

狂人とは非論理的なものだと思っている馬鹿者は、反省すべきである。私は二倍の砂糖を持って来てやった。そうして彼はおそらく、世界でもっとも幸せな男になった。彼の心の深淵《しんえん》を覗くことができたなら。

深夜

レンフィールドに、また新たな変化。ミス・ウェステンラのところへ行きだいぶ回復しているのを確認してから戻って来て、門のところで夕陽を眺めていたところへ、彼の叫ぶのが聞こえてきた。彼の部屋は建物の同じ側なので、朝のときよりもよく聞こえた。夕陽の赤と黒い影とに彩られた、もやのかかった美しいロンドンの夕暮れは、雲や、さらには汚水までもを美しく染め上げていた。その夕焼けの景色に背を向けた私は、冷たい石作りの病院の建物が醸し出すぞっとするような無表情さとそこに息づく悲しみ、そして、そこに生きている私の荒れ果てた心とを感じ、思わずぎょっとせずにはいられなかった。彼の部屋へと駆け込むと、ちょうど地平線に消えてゆく赤い夕陽が窓から見えた。日が沈むにつれてレンフィールドは徐々に落ち着きを取り戻し、やがてすっかり日が落ちてしまうと、看護師たちの手からぐったりと滑り落ちるようにして床に倒れ込んだ。だが、ものの数分もすると彼は落ち着いた顔をして立ち上がり、ぐるりと周囲を見回した。まったく、狂人たちが正気を取り戻す様子には、目を見張るものがある。彼がどうするのかを見守りたかったので、私は看護師たちに取り押さえないよう合図を送った。レンフィールドは窓辺へと歩み寄ると、散らばった砂糖を窓の外へと払い落とした。そしてハエの入った箱を開けてぜんぶ外に逃がすと窓を閉め、ベッドまで歩いて行ってどさりと座り込んだ。この意外な行動に、私は思わず訊《たず》ねていた。

「もうハエは要らなくなったのか？」

「ええ。あんなものはもう見たくもない」彼が答えた。

この男は、実に何とも興味深い観察対象だ。彼の心の中か、せめて突然激情の湧き起こるその理由だけでも覗くことができればいいのだが。いや、もしもなぜ今日は日の高いうちに発作を起こし、日没とともに治まったのかを考えたなら、そこに何かのヒントが見つかるかもしれない。太陽には何か悪い影響力があり、それが月と同じように人の持つ何らかの資質に影響を及ぼすようなことは考えられないだろうか？　まあ、いずれ分かるだろう。

ロンドンのセワード医師から、アムステルダムのヴァン・ヘルシングへの電報

九月四日

カンジャ　カイフクシツツアリ。

ロンドンのセワード医師から、アムステルダムのヴァン・ヘルシングへの電報

九月五日

オオキナ　カイフクヲミセル。ショクヨクオウセイ、ヨクネムル。ゲンキデ　カオイロモヨシ。

ロンドンのセワード医師から、アムステルダムのヴァン・ヘルシングへの電報

九月六日

キュウゲキニ　アッカ。イッコクモハヤク　コラレタシ。トウチャクマデ　ホルムウッドヘノ　デンポウハ　ヒカエル。

第十章

セワード医師からアーサー・ホルムウッドへの手紙

九月六日
親愛なるアート
　今日は、あまりよくない知らせがある。ルーシーの容態がまたすこし悪化してしまったのだ。とはいえひとつ、これに関してはいいことがある。ルーシーのことを心配したウェステンラ夫人が、僕にプロとしての意見を求めてきたのだ。僕はこれを逃す手はないと考え、恩師であり権威の中の権威、ヴァン・ヘルシング教授が僕のところにやって来ることになっているので、ふたりでルーシーを診ることにしたいと申し出てみた。そういうわけで、今後は母上を驚かせて突然死に追い込むようなことなく、彼女のところに出入りできることになった。ルーシーがあんな状態のこともあり、心臓に負担をかけてしまっては命取りになりかねない。僕たちは――僕たち全員は――困難に瀕《ひん》しているが、神のご加護があれば、きっと乗り越えていけるとも。何かあればすぐに手紙を書く。もし手紙がないときは、僕が新たに情報を待っているのだと思ってほしい。取り急ぎ、これにて失礼する。

ジョン・セワード

セワード医師の日記

九月七日

リバプール・ストリートで落ち合ったヴァン・ヘルシング教授は、開口いちばんこう言った。

「君は、彼女の恋人に何か伝えたかね?」

「いいえ」私は答えた。「電報でお伝えしたとおり、教授が来るまでは何もと決めておりましたので。彼にはただ、ルーシーの具合が悪いので教授がおいでになることを伝え、何かあったら連絡すると書いただけです」

「よしよし」教授がうなずいた。「それならよろしい! 彼は知らんほうがいい。もしかしたら永遠にね。そう願いたいが、何かあったら知らさんわけにもいくまい。いいかね、ジョン。ひとつ言っておこう。君は狂人を相手にしている。だが人間というものは誰しも、どこかしら狂っているものだ。だから患者の狂人たちと丁寧に向き合うのと同じように、誰とでも丁寧に向き合いなさい。君は病院にいる狂人たちに、自分が何故、何をしているのか伝えたりはせんだろう。何を考えているかも話さんだろうな。だから情報を本来あるべき場所に留《とど》めておくことができるのだ――周辺情報が集まり、育ってゆくような場所にな。君と私は今分かっていることを、ここと、ここに留めておくとしよう」教授は私の胸と額とを指で突くと、自分の胸と額にも同じように触れた。「私にも私なりに考えていることがある。後で君にも教えるとしよう」

「なぜ今じゃないんです？」私は訊ねた。「聞けば役立つかもしれませんし、何か答えが見つかるかもしれません」

教授は動きを止めると私を見つめて言った。

「いいかね、ジョン。まだ成熟してはいないが、麦が育ったとしよう――母なる大地の乳を含んでいこそすれ、まだ太陽に金色に焦がされてはおらん。しかし農夫はその穂《イヤー》を引き抜くと荒れた両手で揉《も》み、籾殻《もみがら》を吹き飛ばしながら『ごらん！　いい小麦じゃないか。いずれ収穫期には最高の小麦になるだろう』と叫ぶのだ」

何が言いたいのか分からなかったので、私は訊ねた。教授は答える代わりに、かつての講義中にそうしたように私の耳《イヤー》に手を伸ばして摘み上げてみせた。

「よき農夫というものは機を熟知し、そのときまでは黙っているものさ。試しに引き抜いてみたりするよき農夫など、どこにいるものかね。そんなことをするのは百姓ごっこをする子供か、趣味の園芸をしてる連中ぐらいのものさ。さあ、これで分かったろう？　私は種を蒔《ま》いた。あとは自然がそれを育ててあげてくれる。芽さえ出たなら、収穫の日も来るだろう。あとは穂が膨らみだすのを待つだけだよ」

彼は私が理解したのを見て取ると、そこで言葉を止めた。そして、真剣な顔でこう言った。

「学生のころの君はいつでも慎重で、作ってくる症例集も実に詳細で抜きん出ていた。君は当時一介の学生に過ぎなかったが、自ら先生となった今でも、あの几帳面《きちょうめん》さは忘れておらんだろうね。いいかね、知識とは記憶に勝るものであり、我々は強きものを信じるべきなのだ。もし君が当時の几帳面さを忘れてしまっていたとしても、あのご令嬢の症状は我々すべてにとって非常に興味深いものであるかもしれん――そう、かもしれん、のだ。君の国の言い方を借りるなら、数多《あまた》の他の症状と比べても引けを取らない《キック・ザ・ビーム》ほどにね。それを肝に銘じておきなさい。どんなことも見落としてはいかん。疑問も推量、すべてを書き留めておくのだ。後々君の推量の正誤を知るのも、またいい勉強というものだ。我々は成功からではなく、失敗から学ぶものなのだからね！」

ルーシーの症状は以前と同じだが、よりはっきりと表れている。私がそれを説明すると、教授は深刻な顔をして、何も言わずに黙りこくってしまった。教授が手にしている鞄《かばん》の中には、医療用具や薬品類など、治療術の専門用具がずらりと入っていた。かつての講義の中で彼が「おぞましき仁術用具」と呼んでいた道具類である。案内されて玄関をくぐると、ウェステンラ夫人が出迎えてくれた。驚いたような顔をしていたが、思っていたほどではなかった。彼女の持つ慈悲深さが抱く本質的な何かが、死にすら作用してその恐怖を打ち消してしまったのである。どんなショックも命取りになりかねないこのような健康状態になると、たとえば溺愛《できあい》する娘の身に起きた異変などであろうとも、自分とは無関係のあらゆる外的なものごとを人は感じなくなる。これは有害なものに触れることがないよう、母なる自然が無感覚の幕を張り巡らせ、守ってくれているのにも似ている。もしこれを利己的だと感じるのであれば、責める前にまず立ち止まり、エゴイズムの害悪について我々は考えてみるべきだ。そこには何か、私たちには計り知れぬ深い原因があるのかもしれないのだから。

私は最新の精神病理学の知識にもとづきウェステンラ夫人に、ルーシーに付き添ってはいけないこと、必要以上に自分の病気のことを考えないこと、というルールを設けた。彼女はそれを、あっさり受け入れた。あまりにあっさり受け入れたのは、これもまた、自身の生命を守ろうとする自然の仕組みゆえのことだろう。私はヴァン・ヘルシング教授とともに、ルーシーの部屋に通された。昨日の彼女の姿には衝撃を受けたが、今日の彼女の姿は恐怖すら感じるほどだった。蒼白《あおじろ》いその顔色は、さながら亡霊のようである。唇や歯茎からも赤い血の気は消え失《う》せて見え、顔にはごつごつと骨が浮き出ているのだ。息づかいは、聴いているだけでこちらまでつらくなるかのようだった。教授は大理石のように表情を強《こわ》ばらせ、鼻につきそうなほど眉《まゆ》をぎゅっとひそめた。ルーシーは身を横たえたまま言葉を口にする元気もなく、私たちはしばらくじっと黙りこくっていた。やがて教授は私に手招きをし、部屋の外へと連れ出した。ドアが閉まるやいなや教授は、ドアが開けっ放しになっている隣の部屋へと足早に歩いて行った。私のことも、その中へと引っ張り込む。「大変なことになったぞ！」教授が言った。「もはや一刻の猶予もならん。心臓を動かす十分な血液も不足して、このままでは死んでしまうぞ。とにかく、今すぐにでも輸血をしなくてはならん。君か私か、どちらかね？」

「私のほうが若く体力もあります。私にしましょう」

「ではすぐに準備をしたまえ。私は鞄を取ってきて準備に取りかかろう」

教授とともに階下へと降りると、玄関のドアをノックする音が響き渡った。玄関口に差し掛かったところでメイドがドアを開けると、アーサーがさっと中へ入ってきた。そして大急ぎで私のところへ来ると、詰め寄るように小声で言った。

「ジャック、不安でならないんだ。君の手紙を読んであれこれ考えてしまい、いてもってもいられなくなってしまった。父が回復してきたものだから、こうして自分の目で確かめようと駆け付けたんだよ。この方がヴァン・ヘルシング教授かい？　教授、いらしていただいて心から感謝いたします」教授はその言葉に邪魔をされたことに苛立《いらだ》ったような視線を彼に向けた。しかし、がっしりとした体つきと若いたくましさとを見て取ると、教授はきらりと目を光らせた。教授はすぐに手を差し出すと、熱心な声でアーサーに話しかけた。

「これはこれは、ちょうどいいときにおいでになった。あなたはミス・ウェステンラの恋人でいらっしゃる。彼女の病状は今や、非常に深刻だといわざるをえん。ああ、いえいえ、そう絶望されるな」教授は、いきなり蒼ざめて倒れるように座り込んでしまったアーサーにあわてて声をかけた。「君なら助けることができる。君のその勇気があれば、誰よりも頼もしい力になってくれるのだ」

「いったい僕に何が？」アーサーは弱々しく言った。「お役にたてるのであれば、おっしゃってください。僕の命は彼女の命です。最後の一滴までこの血を差し出しても、惜しくなどありません」

教授はこれを聞くと、私にとってはすっかり昔からお馴染《なじ》みのユーモアを覗《のぞ》かせた。

「おお、それはとんでもない。最後の一滴までなどと贅沢《ぜいたく》は言わんよ！」

「僕は何をすればいいでしょう？」アーサーは燃えるような瞳《ひとみ》で、鼻の穴を震わせながら言った。その肩を教授が力強く叩《たた》いた。「おいでなさい！」彼が言う。「君は漢《おとこ》だ。私たちには漢の助けがいるのだ。私よりも、ジョンよりも、君のほうが相応《ふさわ》しい」アーサーが訳も分からず顔を曇らせたのを見て、教授は彼にも分かるように説明を始めた。

「あのご婦人は、非常に深刻な状態にある。血液が足りないので、輸血しなければ命を落としてしまうのだ。私とジョンは相談して、今ちょうど輸血を行おうとしていたところなんだよ――ジョンのほうが私よりも若いから、彼の血液を彼女に移そうとしていたんだ」教授の言葉を聞くとアーサーは私の手を取り、何も言わずにぎゅっと力を込めて握りしめた。「だが、そこへ君が来たというわけさ。老いているか若いかは関係なく、我々のように思考の底にどっぷり埋もれているような輩《やから》よりも、君のほうが適任なんだ。我々は穏やかな神経の持ち主ではないし、血液だって君のように澄み切ってはいないのだからね!」

アーサーは教授のほうを向くと答えた。

「そんなご説明は不要ですよ。彼女のためなら喜んで命すら差し出し——」彼はそこまで言うと、言葉を詰まらせた。

「それでこそだ!」教授が言った。「愛する女性のためにすべてを捧《ささ》げれば、君はすぐそれがどれほどの幸福かを胸で知るだろう。さあ、もう黙って私についてきたまえ。輸血の前に一度キスをしてもいいが、それが終わったら出て行ってもらうことになる。私が合図を出すからね。夫人には何も言ってはいかん。彼女が聞いたらどうなるかは、君にも想像がつくだろう! とにかくショックを与えてはいかん。どんなショックもだ。さあ、おいで!」

私たちは揃ってルーシーの部屋へと階段を上った。アーサーは、部屋の外で待つように指示された。ルーシーは首を動かし私たちを見たが、言葉は何も口にしなかった。眠っていたわけではないが、口すらきけないほどに衰弱しきっていたのである。彼女ができたのは、目で私たちに訴えかけることだけだ。教授は鞄から道具をいくつか取り出すと、物陰にある小さなテーブルの上に置いた。そして麻酔薬を調合するとベッドに歩み寄り、明るい声で話しかけた。

「さあお嬢さん、これはお薬だよ。いい子だから、飲んでしまいなさい。よし、楽に飲めるよう体を起こしてあげよう。ほら」

ルーシーはがんばって、薬を飲み干した。

　薬がなかなか効いてくれないのを見て、私は目を見はった。それほどまでに、彼女は衰弱してしまっていたのだ。彼女の瞼《まぶた》が閉じ始めるまで、永遠とも思えるほどの時間がかかった。ともあれ、ようやく麻酔薬が効き目を現し、彼女は深い眠りへと落ちていった。教授はそれを確認するとアーサーを呼んで部屋に招き入れ、コートを脱ぐように言った。「テーブルを運んで来るから、その間にキスをしておやりなさい。さあジョン、手伝ってくれ！」私たちは、彼とルーシーとをふたりきりにしてやった。

　教授が私のほうを向いた。

「彼は若くて体力もあり、血液も新鮮だ。凝固除去処置をする必要はあるまい」

　準備が整うと、教授は手順を追いながら迅速に処置を施していった。輸血が進むにつれ、ルーシーの頬には生命力のようなものが戻ってきたように見受けられた。一方のアーサーは徐々に蒼ざめていったが、それでもその顔は喜びに輝いていた。すこしして、私は不安になってきた。頑丈なアーサーですら、血を抜かれて具合を悪くしはじめたからである。彼がそうなってしまうほど輸血をしてもルーシーが十分に回復しないのを見て、彼女がどれほどひどい状態にあったのかを考えずにはいられなかった。だが教授は表情ひとつ変えず懐中時計を手にしながら、ルーシーとアーサーとを交互に見つめていた。自分の心臓の鼓動すらも聞こえるような静寂だった。やがて教授が静かな声で言った。

「動いてはいけないよ。輸血はもう十分だ。ジョン、彼に手を貸してやりなさい。私は彼女のほうを見よう」

輸血を終えたアーサーは、すっかり弱り切ってしまっていた。私はアーサーの輸血跡に包帯を巻き、部屋から連れだそうと腕を取った。ふと、教授がこちらに背中を向けたまま、まるでこちらの様子が見えてでもいるかのように声をかけてきた。

「君はその勇気で、どうやらまた彼女のキスを勝ち取ることができたようだよ。今すぐにというわけにはいかないがね」教授はそう言うと処置をすべて終え、ルーシーの枕の位置を直してやった。すると、ルーシーがいつも首に巻いている、ダイヤのバックルがついた黒いベルベットの首飾りがずり上がった。アーサーが彼女に贈ったものだ。首飾りがずれた拍子にその下から、喉元《のどもと》についた小さな赤い傷痕《きずあと》が姿を現した。アーサーは気づかなかったが、教授がひゅっと息を吸い込むのが聞こえた。感情を隠すときに、いつもやる癖だ。教授は傷痕のことには触れようとせず、私のほうを向くと言った。

「さあ、彼を下に連れて行ってポートワインでも飲ませ、しばらく横にして休ませてやりなさい。あとは家に帰ってたっぷり眠り、たっぷり食事をすれば、彼女にやった血液もすっかり戻るだろう。とにかく、ここにいてはいかん。おっと！　言い忘れるところだった。きっと君は、結果が気になって仕方がないだろうね。輸血は完全に成功したから、どうぞ安心なさい。彼女の命の危険は君のおかげで去ったのだから、安心して自宅に戻ってのんびり休まれるといい。彼女が目を覚ましたらなにもかも私が話しておこう。

この話を聞いたら、きっと君が愛《いと》おしくてたまらなくなるだろうとも。それでは、さようなら」

アーサーを見送ると、私は部屋へと戻った。ルーシーは静かに眠っていたが、呼吸は先ほどよりも力強くなっていた。息を吸い込むたびに、ベッドカバーが隆起している。ベッドサイドに腰掛けた教授は、熱心に彼女を見つめていた。あの傷痕には、またベルベットの首飾りがかぶさっていた。私は小声で教授に訊《たず》ねてみた。

「あの喉《のど》についていた傷痕は、いったい何です？」

「何だと思うかね？」

「じっくり見ていないので何とも」私はそう答えると手を伸ばし、彼女の首飾りを緩めた。外頸動脈《がいけいどうみゃく》のすぐ上に、点のような傷痕がふたつ現れた。大きくはないが、見過ごせるような傷ではない。病気などの兆候は見受けられないが、傷の縁はぐるりと、まるですり切れたように白くなっている。この傷痕のようなものが何であれ、これこそが失血の原因なのではないかという考えがすぐに浮かんだ。だが、そんなことはあり得ないと、すぐに私はそれを打ち消した。もしそこから血が流れ出したのであれば、あんなにも蒼白くなるまで血を失った彼女のベッドは、真っ赤に染め上げられていたはずである。

「どうかね？」ヴァン・ヘルシング教授が言った。

「どうかね、とおっしゃられても、私にはさっぱり分かりません」私は答えた。教授が立ち上がった。

「私は今夜、アムステルダムに戻らなくてはいかん」教授が言った。「ちょっと目を通さねばならん本があるのだ。君は今夜はここに留《とど》まり、彼女をずっと見張っていなさい」

「看護婦を呼びましょうか?」私は訊ねた。

「私と君こそが、打《と》ってつけの看護師だよ。とにかくひと晩じゅう、目を離さないように。ちゃんと食事を摂らせ、誰も近づけてはいかんよ。今夜は眠ってはだめだ。後で、交代で睡眠を取るようにしよう。できるだけ早く戻ってくる。すべてはそれからだ」

「すべてはそれから?」私は訊ねた。「いったいどうなさるおつもりなんです?」

「なに、今に分かるさ!」教授はそう答えると、すぐに部屋を出て行った。そして引き返してくるとドアから首を突っ込み、指を立てながら、警告するようにこう言った。

「いいかね、彼女の責任者は君だと肝に銘じておきなさい。もし彼女を離れたりして何か起こってみなさい。一生ゆっくりと眠ったりはできなくなるぞ!」

セワード医師の日記(続き)

九月八日
ルーシーに付き添ったまま夜を明かした。朝方になって睡眠薬が切れると、彼女は自然に目を覚ました。輸血を受ける前とは、まるで別人のように見えた。元気すら取り戻し、幸福に輝いているかのようだったが、それでもまだ、死に瀕《ひん》していた昨日の名残はありありと見て取れた。ウェステンラ夫人は、私が教授の言いつけで彼女にずっとついていないといけないのだと聞いても、まるで取り合おうとはしてくれなかった。娘はすっかり元気を取り戻し、もう大丈夫ではないかというのだ。だが私も一歩も引かず、これから始まる長い寝ずの番の準備をした。メイドが彼女の寝る準備を整えている間に夕食を摂り、それからベッドサイドの椅子に腰掛けた。ルーシーは不満のひとつも口にせず、目が合うたびにその瞳《ひとみ》に感謝の気持ちを浮かべて私を見つめた。しばらくすると睡魔が彼女に訪れたようだったが、彼女は首を振りながら、なんとかそれを追い払おうとしていた。何度かそれを繰り返したのだ、その度に段々ときつそうになり、間隔も短くなっていった。どう見ても眠りたいわけではなさそうだったので、私はすぐに訊ねてみた。

「眠る気になりませんか？」

「ええ。怖くって」

「眠るのが怖いと！　いったいどうして？　人は皆、眠りたがるものではないですか」

「私と同じことを味わえば分かりますわ——眠りは私にとって、恐怖の前触れのようなものなんですもの！」

「恐怖の前触れですか！　いったいなぜそんなことを？」

「分かりません、ええ、分かりませんとも。だからこそ、恐ろしくてたまらないのです。眠ればこうして、体が衰弱してしまうのです。考えるだけでも、私もう恐ろしくて……」

「ですが、どうぞ今夜は安心してお休みなさい。私がずっとそばについておりますから、何も起きやしません」

「ああ、ありがとう！」

私はこれを機に何とか休ませようと、畳みかけた。「もし悪夢にうなされているようならば、すぐに起こしますので」

「本当に？　本当に起こしてくださいね？　何とご親切なんでしょう。それなら安心して眠れますわ！」言うやいなや彼女は深いため息をつき、眠りの中へと吸い込まれて行った。

私は夜を徹して彼女のそばに付いていた。彼女はうなされたりすることなく、深く静かな、命と健康とを取り戻す眠りに就いていた。唇はわずかに開き、胸は振り子のように規則正しく上下していた。うっすらと浮かんだ笑みを見れば、悪夢など見ていないことは考えるまでもなく明らかだった。

朝早くにメイドがやって来ると私はルーシーを彼女に任せ、自宅へと帰った。いろいろと、不安なことがあったのである。ヴァン・ヘルシング教授とアーサーに、輸血後はめざましく回復していると短い電報を打った。とにかくあらゆる仕事が遅れてしまっており、取り戻すのには丸一日をかけなくてはならなかった。レンフィールドの現状を訊ねることができたのは、ようやく日が落ちて暗くなってからのことである。報告を聞き、私は胸を撫《な》で下ろした。昨日は昼も夜も、彼は大人しくしていてくれたらしい。夕食にありついているところへヴァン・ヘルシング教授から電報が舞い込んだ。今夜も何かあったときのため、ヒリンガムにいるようにとのこと。教授は夜の郵便列車で出発し、早朝にはこちらに到着するようだ。

九月九日

ヒリンガムに到着するころには、もうすっかりくたびれ果ててしまっていた。なにせ二日間ほぼ一睡もしていないのだ。麻痺《まひ》してでもいるかのような感覚は、脳が疲れ切ってしまっている兆候だ。ルーシーは、元気そうに体を起こしていた。私と握手を交わすと、鋭い眼差《まなざ》しを私に向け、こう言った。

「今夜はどうか、休んでください。ひどいお顔ですもの。今日は本当に、すっかり元気を取り戻したようなんです。むしろ私のほうが寝ずに、あなたのお世話をしてあげたいくらいですわ」

私はあれこれ言うことはせず、階下で夕食を摂ることにした。ルーシーも、私と一緒に降りた。その元気を調味料に私は素晴らしい夕食を食べ、これまた最高のポートワインをグラスで二杯ほど飲んだ。夕食が済むとルーシーは私と共に二階へと上がり、心地よく暖炉が燃える隣の部屋へと案内してくれた。

「ほら、ここでお休みになって。ここの部屋も、私の部屋も、ドアを開けておきますから。ソファで休まれるといいですわ。お医者さまというものは、患者がいる限り決してベッドでなど休んだりしないものだと聞いたことがありますもの。もし何かあったらお呼びしますから、そのときはすぐいらしてくださいね」
私は鉛のような疲労に身を任せ、その申し出を受け入れた。起きていようにも、眠気がそれを許してはくれなかったろう。私は、何かあったら必ず呼ぶようにと念を押すとソファに横になり、すべてを頭から追い出すことにした。

ルーシー・ウェステンラの日記

九月九日
今夜は、本当に幸せな気分。ずっと体に力も入らないほど疲れ切っていたものだから、こうして考えたり動いたりできるというのは、雲の立ち込める空から吹いて来た東風がやんで、太陽が顔を覗《のぞ》かせたかのような気持ちです。何だか、アーサーのことがとても、とても、身近に感じられます。彼がすぐそこで、私を温めてくれているみたいに感じるのです。たぶんこれは、病気になったり体が弱ったりしていると自分のことしか考えられなくなってしまうからでしょう。こうして健康で力あふれているときには、考えたり感じたりすることの中に、いつでも愛が現れてくれるのです。私の考えることはただひとつ。アーサーがそれを知ってくれてさえいたなら！　ああ、愛《いと》しい人。きっと今ごろあなたは眠りながら、耳をぞくぞくさせているのでしょうね。今私の耳がそうであるのと同じように。昨日は本当に、素晴らしくよく眠ることができました。ずっと見守り続けてくれた、セワード先生のおかげです。今夜もすぐそばにいて、呼べば来てくれるのだから、眠るのも怖くはありません。こんなによくして頂いて、私は幸せでいっぱいです！　神に感謝を！　アーサー、おやすみなさい。

セワード医師の日記

九月十日

教授の手が頭に触れたのを感じて、私はすぐに飛び起きた。精神病院にいると、こういうことが身につくものなのだ。

「患者はどうかね？」

「良好でしたよ。少なくとも、最後に見たときにはそうでした」

「様子を見に行ってみよう」教授がそう言って、私たちはふたりで彼女の部屋へと向かった。

ブラインドが降りていたので私はそれを開けに行き、教授は猫のように静かにベッドへと歩み寄った。

ブラインドを開けると朝日が部屋の中に射し込み、教授がひゅっと小さく息を吸い込む音が聞こえた。非常に珍しいことだ。私の心臓は思わず縮み上がった。ベッドへ近づようとすると教授が後ずさり、「何ということだ！」と叫び声をあげた。その顔を見までもなく、教授が恐怖におののいているのが分かった。手を伸ばしてベッドを指差す。鉄のように固まったその顔は、蒼白《あおじろ》く血の気が引いている。私は、自分の膝《ひざ》が笑い出すのを感じた。

ベッドに横たわっていたのは、可哀想に、かつてないほど白い顔をした弱々しいルーシーだった。見たところ、意識はないようだった。まるで長い闘病を経た重病人の亡骸《なきがら》のように、歯茎すらも蒼白く変色して縮み上がって後退し、歯が根元まで剝《む》き出しになっていた。教授は込み上げる怒りに任せて床を踏み鳴らそうと足を上げたが、持ち前の冷静さと長年の習慣とに支えられるように、そっとそれを下ろした。

「急げ！」彼が言った。「ブランデーを頼む」

私はダイニング・ルームへと走ると、デキャンタを摑《つか》んで駆け戻ってきた。教授がそれを彼女のまっ白い唇に塗ると、次にふたりがかりで手のひらや手首、そして胸をさすり始めた。教授はしばらく鼓動を探ってから、悲痛な声で言った。

「まだ息がある。微弱ではあるが、脈が打っている。今度はアーサー君の手は借りられん。ジョン、君に頼むぞ」そう言いながら教授は鞄《かばん》に手を突っ込み、輸血用の道具を引っぱり出していった。私はコートを脱ぎ捨て、シャツの袖《そで》をまくりあげた。麻酔をしているような時間はなかったが、したところで意味はないだろうと思えた。私たちは一刻も無駄にはできぬとばかりに、輸血へと取りかかった。いくら進んで血を提供するとはいえ、血を抜かれている時間はとても短く感じられるものではない。ようやくそれが終わると、教授は人差し指を立てて、念を押すように言った。

「動いてはいかんぞ。だが、もしかしたら輸血で体調を取り戻した彼女が目を覚ましてしまうかもしれん。これは、ものすごく危険なことだ。そんなことにならんよう先手を打って、モルヒネを注射しておくとしよう」教授はてきぱきと手際よく注射を打ち、輸血を開始した。これが功を奏し、彼女の眠りは気絶から麻酔の眠りへと徐々に移り変わっていった。蒼白い頬にうっすらと血色が戻ってゆくのを見て、私はささやかな誇りを感じていた。愛する女性の中へ自分の血液が流れ込んでゆくあの気持ちは、経験した者でなければきっと分かるまい。

教授は、私をじっと観察しながら「これでよし」と言った。

「もうですか？」私は不意を突かれて答えた。「アートからは、もっと採ったはずですが」教授は悲しげな笑みを浮かべながら言葉を続けた。

「彼は彼女の恋人だ、フィアンセだ。だが君には仕事が山積みだ。彼女のためにも、他の人々のためにも、せねばならんことがたくさんある。とにかく今は、これで十分だろう」

輸血処置が終わり、教授が彼女の手当てをしている間、私は自分の傷口を指で押さえていた。頭がくらくらとして気分が悪くなってきたので横になり、教授が私の手当てをしに来てくれるのを待った。教授はやがて私の腕に包帯を巻くと、下に降りてワインを一杯飲んでくるように言った。私が部屋を出ると、教授は後について来て、囁《ささや》くようにこう言った。

「いいか、このことは他言無用だぞ。もし先日のようにアーサー君がいきなりやって来ても、ひとことも漏らしてはいかん。驚かせてしまうし、君に嫉妬《しっと》をさせてしまうことになるからな。誰も得はせん。よし、行ってきなさい!」

私が部屋に戻ると、教授は入念に私を眺め回した。

「君の具合のほうは大丈夫なようだな。隣の部屋にいってしばらくソファで横になり、それから朝食をたっぷりと食べなさい。そうしたら、ここに戻って来るんだ」

まさしく教授の言うとおりだと思い、私はその指示に従った。自分の役目をきっちりと果たした今、次の役目は体力を取り戻すことなのだ。頭がふらふらしているせいで、ルーシーの回復を見ても大した感動すら湧いてこなかった。ソファに身を横たえて眠りの淵《ふち》へと吸い込まれながら、私は考えを巡らせた。いったいなぜルーシーは再び体調を悪化させてしまったのだろう。そして、また大量の血液を失ったというのに、なぜベッドにはその痕跡《こんせき》がまったく残されていないのだろう。おそらく私は、眠っている間もずっとそのことを考えていたのに違いない。寝ても覚めても、彼女の喉元《のどもと》に刻まれたあの傷痕《きずあと》と、何かに蝕《むしば》まれたかのようなあの縁とが頭を離れない。あんなに小さな傷なのに、どうしても引っかかるのだ。

昼になるまでルーシーはぐっすりとよく眠った。目を覚ました彼女は、昨日までとはいかないまでも元気で、しっかりしているように思えた。ヴァン・ヘルシング教授は彼女をひととおり診察すると、私に決して目を離さないよう申しつけて、ひとり散歩へと出て行った。廊下から、最寄りの電報局までの道を訊《たず》ねる教授の声が聞こえた。

ルーシーはよく喋《しゃべ》り、意識を失っている間のできごとも、何も憶《おぼ》えていないようである。私はとにかく彼女を笑わせ、楽しませるよう努めた。やがて母親が上がって来たが彼女の変化にはまったく気づかない様子で、私にただ感謝を述べた。

「セワード先生、本当に何とお礼を言っていいのか。どうかもう、ご無理をなさらないでくださいまし。そんなに蒼白いお顔をなさって。奥さんを貰《もら》って、看病をしてもらうべきですわ。本当に！」

ルーシーはそれを聞くとほんの一瞬、頬をさっと赤く染めた。可哀想にぼろぼろになった彼女の血管は、そうして頭部に血液が流れ込むのに長く堪えられないのである。すがるような目で私を見つめる彼女の顔は、反動で蒼白《そうはく》になってしまっていた。私は微笑んでうなずくと、自分の唇に人差し指を当てた。彼女はため息をつくと、枕に頭を載せてベッドに身を沈めた。

ヴァン・ヘルシング教授は二時間ほどで戻ってくると、私に声をかけた。「さあ、君は家に戻ってたっぷり食べ、たっぷり飲みなさい。体力を取り戻すんだ。今夜は私がここに泊まり込み、お嬢さんを見張っていることにしよう。とにかく誰にも漏らすことなく、私と君とで見張るんだ。これは深いわけがある。だが何も訊《き》かず、想像するに留《とど》めしておいてくれたまえ。どれほどありえんような可能性に思い至っても、決して恐れたりしてはいかんよ。では、おやすみ」
廊下に出るとメイドがふたり私のところに来て、自分たちが寝ずにルーシーの番をしたいとすがりついた。そこで、私たちのどちらかが付き添うのが教授の考えなのだと伝えると、ふたりはその外国の殿方に取り次いでほしいと、今にも泣き出しそうな顔で訴えた。思わずふたりの優しさに、深く胸を打たれた。それは私がまだ具合が悪かったからかもしれないし、ふたりの献身的な態度が他ならぬルーシーへと向けられていたからかもしれない。そのような女性の愛情というものを、私はこれまでに何度も何度も目にしたことがある。ともあれ私はこうして帰って来て遅い夕食にありつき、回診もなにごともなく無事に終え、今、こうしてことの顚末《てんまつ》を録音しているわけである。さて、そろそろ眠くなってきたようだ。

九月十一日
午後、ヒリンガムへと出かけた。ヴァン・ヘルシング教授はとても上機嫌で、ルーシーもかなり回復していた。到着して間もなく、大きな教授宛《あて》の荷物が海外から届いた。教授はわざともったいぶった振りをしながらそれを開けると、白い花の大きな束を取り出した。
「お嬢さん、これはあなたにだよ」彼が言った。

「私に？　まあ、ヘルシングさんたら！」

「そうですとも。ですが、観賞用というわけではありませんぞ。これは薬なのです」ルーシーはそれを聞くと顔をしかめた。「いやいや、薬といっても煎《せん》じたりだとか、気持ちの悪いことをする必要はないのだから、そう可愛らしい鼻に皺《しわ》を寄せなさるな。君の綺麗《きれい》な顔をそんなにしてしまえば、君を愛するアーサーに申し訳が立たんよ。おお、そうだそうだ、顔を元にお戻しなさい。なに、薬だからといって、飲んだり貼ったりするばかりではないのだよ。まずは窓辺に飾り、それからよく眠れるように可愛らしい花飾りを作って首にかけてあげよう。そう！　この花は蓮《はす》の花のように、悩みや苦しみを忘れさせてくれるのさ。この香りたるや、まるでレテ川【訳注：ハデスの治める冥界《めいかい》を流れる川。その水を飲めば忘却が促される】か、征服者《コンキスタドール》たちがフロリダに追い求めるも発見できなかった、若さの泉のようにかぐわしい」

教授の話を聞きながら、ルーシーは花を見つめ、その香りを嗅《か》いでいた。それから、半ばあきれ顔で花を放り出すと、教授の顔を見つめた。

「もう、ご冗談ばかりお言いになって。この花、ただのニンニクの花のようですわよ」

教授はそれを聞くとすっくと立ち上がって鋼のような顎《あご》に力を込め、眉《まゆ》がくっつかんばかりにぎゅっと寄せながら言い放った。

「ふざけてなどいるものか！　冗談など私は言いはせん！　私のすることにはなにもかも、ちゃんとはっきりした目的があるのだ。ちゃんと言うことを聞いて頂きたいものだね。自分だけではなく人のためと思いなさい」そして、可哀想にルーシーが震え上がってしまったのを見て取ると、声を和らげて先を続けた。「ああ、お嬢さん、そんなに怖がらないでくれたまえ。私は君を治そうとしているだけなのだからね。確かにありきたりなこの花には、実はお嬢さんにとって大きな効能があるのだ。ほら、こうして窓辺に飾り、首飾りもこしらえるから、身に着けておきなさい。だが、いいかね。人に何を訊かれても、教えてはいけないよ。身を任せていなさい。静寂を保つことは、身を任せることにもつながる。そして身を任せていれば君は力を取り戻し、君を待つ愛する人の腕の中へと帰ってゆくこともできる。さあ、しばらく座って待っていなさい。よし、ジョン。私と一緒に部屋に来て、ニンニクの花を飾るのを手伝ってくれ。この花は我が友人のヴァンデルポールがわざわざ届けてくれたものなんだよ。一年中、温室で薬草を育てている男でね。昨日電報を打ったのだが、やれやれ、今日に間に合ってくれて本当によかった」

私たちは花を抱えて部屋へと向かった。教授の行動は本当に理解しがたく、私の知るどんな医療術とも違っていた。まず彼は窓を閉め、がっちりと鍵《かぎ》をかけた。次に片手で摑《つか》めるだけの花を摑み上げると、それを窓枠にこすりつけはじめた。隙間から漏れ込んでくる風に、逃さずニンニクの香りを染みこませようとでもいうかのようである。それからドアの枠にもぐるりとその香りをこすりつけると、暖炉の周囲にも同じように香りをつけて回った。何だか気味が悪くなった私は、恐る恐る訊ねてみた。

「教授、あなたが理由もなく何かをなさることなどないのはよく知っていますが、こればかりはまったく意味が分かりません。懐疑論者がここにいたら、魔除《まよ》けのまじないでもしているのかと言われてしまうところですよ」

「実際、魔除けかもしれん！」教授は、ルーシーの首につける首飾り作りに取りかかりながら、静かにそう言った。

それから私たちはルーシーがすっかり寝支度を整えるのを待った。やがて彼女がベッドに入ると、教授は自らその首に首飾りをつけ、こう声をかけた。

「これは決して外してはいけないよ。あと今夜はどんなに寝苦しくても、窓やドアを開けないように気をつけなさい」

「約束しますわ」ルーシーが答えた。「こんなに親切にしてくださって、本当にありがとうございます！　私、こんなに皆さんによくして頂けるような人間ではありませんのに」

待たせておいた私の一頭立《フ》て馬車《ライ》で彼女の家を立ち去ると、教授が言った。

「やれやれ、これで今夜はゆっくり眠れそうだ。とにかく旅から旅だったし、日中は調べ物ばかりだったし、翌日には心配でたまらなかった、とどめに瞬きひとつ許されぬ寝ずの番ときた。眠くてかなわんよ。明日《あした》は早くに迎えに来てくれ。私がかけた呪文《じゅもん》のおかげですっかり回復した彼女に、そろって会いに行くとしようではないか！」

あまりに自信に満ちあふれた彼の姿を見ていると、二日前の夜の自分と重なり、不安を覚えずにはいられなかった。私の自信は、あんなにも恐ろしい結末を招くことになってしまったのである。それを伝えることを躊躇《ちゅうちょ》してしまったのは、きっと私がまだ弱っていたせいだろう。だがその気持ちは、泣けない涙のように私をますますうずかせ続けていた。

第十一章

ルーシー・ウェステンラの日記

九月十二日

なんて親切な方々なのでしょう。ヴァン・ヘルシング教授は本当にいい人です。なぜあの花にあんなに執着するのかは分かりません。とても怒っておいでのようで、本当に驚きました。ですが今感じている心地よさを思えば、教授のおっしゃる通りなのかもしれません。とにもかくにも、こうして心も落ち着き、ひとりで寝るのも今夜は恐ろしく感じていないのですから。窓の外で何かが羽ばたくような音がしていますが、気にもなりません。ここしばらくというもの、ただ眠るだけだというのにどれほど苦しい思いをしてきたことか！　眠れない苦しみと、眠りに感じる恐怖の苦しみ。そんな得体の知れない恐ろしさばかり感じていたのですから！　恐怖も不安もなく生きてゆくことのできる人々は、本当に恵まれています。毎晩毎晩心地よく眠りにつき、楽しい夢に身を任せていればいいのですから。今夜の私は劇中の「花冠で飾られ、花に埋め尽くされて眠れし」オフィーリア【訳注：シェイクスピアの悲劇『ハムレット』の登場人物。ハムレットの恋人】のように、こうして眠りの訪れを待ち望んでいます。これまではニンニクなんてと毛嫌いしてばかりでしたが、今夜はなんと素敵な花に思えるのでしょう！　この香りに心が安らぐのです。そろそろ眠くなってきました。皆さん、おやすみなさい。

セワード医師の日記

九月十三日

バークリー・ホテルへ到着すると、ヴァン・ヘルシング教授はいつもどおり時間ぴったりに姿を現した。ホテルが呼んでいた馬車は、もう着いていた。教授は、ここのところずっと肌身離さず持っている鞄《かばん》を、今日も手にしていた。

さて、逐一正確に話しておくとしよう。ヴァン・ヘルシング教授と私がヒリンガムに着いたのは、朝八時のことである。実に気持ちのいい朝だった。降りそそぐ陽光とすがすがしい早秋の空気を感じていると、季節が移ったのだという実感が湧いてきた。木々の葉は色とりどりに紅葉していたが、まだ舞い散ってはいなかった。玄関をくぐると、ウェステンラ夫人がモーニング・ルーム【訳注：ビクトリア朝時代から主に女性が使用していた、娯楽やお茶のための部屋】から出てきた。夫人はいつでも早起きなのだ。彼女は私たちを、温かく出迎えてくれた。

「ルーシーは、すっかり具合がよさそうなんですよ。まだ眠っているみたいです。ドアを開けたのですが、起こしてはいけないので様子だけ見て戻って来ましたの」教授はさも嬉《うれ》しそうに微笑むと、両手を擦《こす》り合わせながら言った。

「ほらごらん！　やはり私の診断通りだ。治療が効果を発揮してくれたのだ」

「でも、ご自分だけの力だとお思いになってはいけませんわ」彼女が答えた。「今朝あの子が元気なのは、私のおかげでもあるんですから」

「おや、それはどのような意味ですか？」

「ええ、夜中にあの子のことが心配になって、部屋に行ってみたんです。すると、本当にぐっすり眠っていて、私が入って行ってもまったく気づかない様子でした。ですが、あの子の部屋ときたらどうでしょう。どこもかしこもひどい匂いのあの花だらけで、首にまで巻きつけているほどだったんですよ。体が悪いというのに、あんな強烈な匂いを吸わせるわけにはいかないでしょう？　だから私、花をぜんぶ片づけてから窓をすこし開け、新鮮な空気を入れてあげたんです。さあさあ、元気になったあの子をご覧になってくださいな」

　彼女は、いつも早くに朝食を摂《と》る部屋へと消えていった。話を聞きながら教授の顔を見ていると、彼はどんどん灰のように顔色を失っていった。ともあれ、話が続いている間、教授はぐっと気持ちを押し留《とど》めていた。夫人の健康状態を考え、衝撃を与えないように計らっていたのだ。夫人のためにドアを手で押さえてやりながら、微笑んで見せすらしたほどなのである。だが彼女が姿を消すやいなや教授は私を力強くダイニング・ルームに引っ張り込み、ドアを閉めた。

ヴァン・ヘルシング教授が我を忘れたことなど、それまで私は見たことがなかった。絶望したかのように両手を頭上に掲げると、無力感を示すように手を打ち鳴らしたのである。次に彼は椅子の上に崩れ落ちると両手で顔を覆い、心から沁《し》みだしてくるかのような、渇いたむせび泣きをはじめた。それからまた、まるで全宇宙に語りかけようとでもいうかのように、両手を高々と挙げてみせた。「神よ！　神よ！　神よ！　いったい何を罰しようと、我々にこのような苦しみをお与えになるのですか？　あの子がいったい何をしたというのですか？　こんなひどい目に遭わねばならぬとは、太古の邪教の呪いが未《いま》だに息づいているとでもおっしゃるのですか？　可哀想にあの母親は何も知らず、娘のためを想うがあまり、娘の肉体も、魂も、失ってしまうようなことをする。だがすべてを話してしまえば、あの母親は死んでしまうだろう。娘も一緒に死んでしまうだろう。ああ、いったいどうすればいいんだ！　悪魔め、何と強い力を持っているというのだ！」教授はとつぜん、ぱっと立ち上がった。「来るんだ。とにかく確認して、行動せねばならん。悪魔だろうとなかろうと、すべての悪魔が一度にやって来ようと、そんなことはどうでもいい。いずれにせよ、我々は戦わねばならんのだからな」教授が廊下で鞄を掴み上げると、私たちはそろってルーシーの部屋へと階段を上がっていった。

今日も私がブラインドを開け、教授がベッドへと歩み寄った。昨日と同じく蠟《ろう》のように蒼白《あおじろ》い顔を見ても、彼はもう驚いたりはしなかった。じっと深い悲しみと哀れみとを、その顔に浮かべ続けていた。

「思ったとおりだ」ことの重大さを示すように、教授はひゅっと息を吸い込んだ。そして何も言わずにドアへ向かうとがっちりと鍵をかけ、また輸血を行うためにあの小さなテーブルを運び、必要な道具をそこに並べはじめた。そうなると思っていたのでコートを脱ごうとする私を、教授は手を出して遮った。「いかん！　今日は君が処置を施したまえ。私が血液を提供する。君はまだ回復しておらんからな」言い終えないうちに教授はコートを脱ぎ、シャツをまくり上げはじめていた。

また輸血が始まり、また麻酔を施し、また蒼白い頬に血色が戻り、彼女は体調を取り戻して規則正しい呼吸を始めた。今度はヴァン・ヘルシング教授がぐったりと休んでいる間、私がルーシーについていた。やがて彼は夫人を呼び出し、自分の許可無くいかなるものもルーシーの室内から動かしたりしないようにと伝えた。あの花には薬効があり、香りを吸い込むことも治療法の一環なのだと。そしてルーシーの番を私と交代すると、今日と明日の晩は自分が見ているから、呼び出したら来るようにと私に言った。

一時間後になってルーシーは目を覚ました。元気そうで顔色もよく、あんなことがあったばかりとは思えないほど元どおりになっていた。

いったいこれは、どういうことだろうか？　あまりにも長く狂人たちに囲まれて生活してきたせいで、私の脳にもその狂気が伝染しはじめたとでもいうのだろうか。

ルーシー・ウェステンラの日記

九月十七日

四日間、昼も夜も何ごともなく過ぎていきました。私は、これが自分かと驚くほど、すっかり元気を取り戻しています。まるで長い悪夢を通り過ぎて目を覚まし、降りそそぐ太陽と朝の澄み渡る空気に囲まれているような気分です。かつてはずっと長い間、自分ではどうすることもできない恐怖に怯《おび》え、延々と不安を抱き続けていたのを憶《おぼ》えています。希望の痛みすら感じないほどの、あの暗闇。やがて記憶にすら残らないような無の底へと長いこと沈み込んでゆき、ふと、重い水圧に耐えながら浮かび上がってくる潜水夫のように、現実へと帰るのです。ですが、ヴァン・ヘルシング教授がついていて下さるようになってから、そんな悪夢も見ないようになりました。どうかしてしまいそうなほどに怖かったあの音――窓の外から聞こえてくる羽音も、どこか遠くから聞こえてくるような、それでいて耳元で聞こえているかのような、私には分からないことを命令するあの恐ろしい声も、もう何でもありません。眠るのは、もう何も怖くはありません。起きていなければとがんばらなくてもいいのです。毎日ハールレムから箱いっぱいに届くニンニクも、今ではすっかり大好きになりました。ヴァン・ヘルシング教授はアムステルダムで用事があるため、今日は帰らなくてはいけないそうです。ですがもう、ひとりでも大丈夫。すっかり元気なのですから。お母さまも、アーサーも、心配してくれた友人たちも、本当にありがとう！　昨夜なんて教授はずっと椅子の上で眠りこけていたくらいなのですから、ひとりでいたのと大して変わりません。夜中に二度ほど目が覚めたのですが、教授はずっと眠っておいででした。木の枝かコウモリかは分かりませんが、何かが狂ったように窓にぶつかっていましたが、それでも怖がらずに眠れるほど、私は元気なのです。

九月十八日『ペルメル・ガゼット』紙
「逃げた狼。本紙記者、決死に追跡す」

ロンドン動物園飼育係へのインタビュー

何度も問い合わせをし、その度に断られつつも『ペルメル・ガゼット』の名を呪文《じゅもん》のように何度も繰り返してようやく、動物園の狼部門を含む部門担当者への面会に成功した。象舎の裏手に並ぶ住居のひとつに住むトマス・ビルダーに会いにゆくと、彼はお茶の最中だった。年老いたビルダー夫妻には子供がいないが、実に親切な夫婦である。私が受けたもてなしが彼らにとってごく普通のものであるならば、ふたりの暮らしはさぞ温かいものであることだろう。ビルダー氏は、夕食が終わって全員がひと息つくまで、決して彼の言う「仕事の話」には入ろうとしなかった。テーブルの片づけが終わり、パイプに火をつけると彼が口を開いた。

「さてさて、それじゃあお話を伺いましょうかね。食事が終わるまで待っていただいたことは、どうかお許しを。わしもうちの狼やジャッカルやハイエナに何か訊《き》きたいことがありゃあ、その前にちゃんと餌をやるようにしてるんでして」

「何か訊くというのは、どういう意味ですか？」彼の口を滑らかにしようと、私は訊《たず》ねてみた。

「まずは、棒っきれで頭をぶん殴ってみることだね。腹いっぱいになって、ちょいと雌どもにかっこつけようって思ってるところをだよ。まあ、そうはいっても、餌もやらずに頭を引っぱたくなんて真似は、わしは嫌いだよ。だから、連中の耳を引っ掻《か》くならば、言ってみりゃあシェリーやコーヒーを連中がやり終わってからに限るってことさ。いいかね」彼はそう言うと、哲学的な面持ちで先を続けた。「わしらも動物どもも、同じ本質を持ってるのさ。あんたが来てだしぬけに仕事の話をしようとするもんだから、わしはついかっとなっちまった。半ギニー貰《もら》わなかったら、ぶん殴っちまうところだったよ。旦那《だんな》は皮肉をこめて、じゃあ園長のところに行ってわしと話がしたいと相談してくるなんておっしゃったけど、あれもいかん。わしにゃあ、相手にもされなかったろう？」

「そうでした」

「そこであんたは、わしに口汚く罵《ののし》られたことを新聞に書いてやるなんて言ったけれど、『棒っきれで頭をぶん殴る』ってのは、まあそういうことさ。わしは喧嘩《けんか》なんぞする気はなかったから、狼やライオンや虎どもと同じように餌を貰えるのを待って、それからにしようって思ったわけさ。でもまあ、うちの婆さんがケーキを喰《く》わせ、お茶でそいつを飲み込ませてくれたし、こうしてパイプにも火がついたってわけだ。さあ、今なら耳を引っ搔いても、わしは唸《うな》ったり吠《ほ》えたりせんよ。何なりとお訊ねなさいまし。あの逃げ出した狼のことでいらしたんでしょう？」

「まさに。そのことで、話を聞かせてもらいたいのです。まずはことの顚末《てんまつ》を聞かせてくださいますか。事実関係が分かったら、原因や収束への展望について、ご意見をうかがいたいと思っています」

「分かりました。じゃあお話ししましょうかね。問題の狼はバーシッカーって名前でな。ノルウェーから動物商のジャムラックんとこに四年前に来た黒い三頭のうち、一頭をわしらが買ったもんだ。本当に行儀のいい狼でな、面倒ごとなんてまったく起こしゃせんかったものだよ。だから、他の動物ならともかく、あいつが外に逃げ出しちまったというんだから、わしは信じられなかったよ。まあ、狼と女は信用しちゃいかんってことだろうさ」

「真面目にとりあっちゃいけませんよ、旦那さん！」ビルダー夫人が笑い声をたてながら割って入った。「ずっと動物の相手ばかりしてきたもんだから、この人すっかり自分まで狼みたいになってしまったんですよ！　でも嚙《か》みついたりはしやせんので、ご安心を」

「初めに騒ぎを聞きつけたのは、餌やりから二時間くらい経ってからだったな。ピューマの子供が病気になっちまったもんだから、わしは猿小屋の片づけをしてたんだ。そこへ動物が騒ぎ出すのが聞こえてきたもんだから、すっとんで行ったってわけさ。そしたらバーシッカーのやつが、ここから出せと言わんばかりに檻《おり》にしがみついていましてね。その日は辺りにもほとんど人がいませんでした。ひとりだけ、背が高くてやせっぽちの男がいただけです。かぎ鼻で、あごひげを尖《とが》らすみたいに生やしていて、すこし白髪交じりだったね。こう、きつくて赤い目をした男だったんだが、そいつのせいで動物どもが苛立《いらだ》っているような気がして、嫌な感じだったよ。白い手袋をはめた手で動物どもを指差して、男は『係員、どうやらこの狼たちは何かに苛立っているようだ』とのたまいおった。

だからわしは『そりゃあ旦那さんにでしょう』って言ってやった。どうも鼻持ちならんところが気に入らなかったもんでね。でもその男ときたらかちんと来た様子もないどころか、にっこりと冷えた笑いを浮かべながら、尖ったまっ白い歯を剝《む》き出して『おやまあ、確かに好かれんだろうさ』なんて言いやがったんです。

だからわしはその言い方を真似して『おやまあ、好かれることもあるだろうさ』と言ってやったよ。『こいつらは、お茶の後にゃあ尖った骨で歯の掃除をするもんだが、旦那にもぴったりな骨があるでしょうからね』ってね。

すると、こいつが妙な話なんですが、わしらの話すのを見ていた動物どもが大人しく座り込んじまった。バーシッカーだって、いつものように近づいて耳を撫《な》でてもされるがままになっているんです。そこに例の男がやって来ると、なんと檻の中に手を突っ込んで、自分もバーシッカーの耳を撫でおったから驚いた！

わしは『気をつけなされよ。飛びかかられるぞ』と注意した。

すると男は『大丈夫、狼には慣れているからな！』と言った。

だから『動物を扱う仕事をなさってるんで？』と訊ねて、わしは帽子を脱いだんだ。狼やら動物やらを扱ってるんだとしたら、そりゃ同業者ってことだからね。

すると男は『いや、そういうわけではないが、何頭か飼っていたことがあってな』と言った。そして、貴族みたいにもったいぶって帽子を持ち上げると、立ち去ってしまったんだ。バーシッカーは男の姿が見えなくなるまでずっと見送ると部屋の隅に行ってじっとうずくまり、それっきり昼の間じゅう、うんともすんとも言おうとせんかった。昨日の晩は、月が出るとすぐに狼どもがやかましく吠えだしおった。吠えるようなことなんて、何もありゃしないのにだよ。パークの植物園のずっと向こうで誰かが犬を呼ぶ声が聞こえたくらいのもんでね。何度か様子を見に行ってみたんだがこれといったこともなく、やがて狼どもも鳴きやんだ。十二時になるちょっと前に、最後の見回りに出てみたんだが、バーシッカーの檻の前まで行ってみると、なんと檻がねじ曲げられて、空っぽになってるじゃないか。わしが知ってるのは、そのくらいだね」

「誰も、目撃者はいなかったんですか？」

「ひとりの庭師がちょうど合唱クラブから帰る途中だったんだが、でかい灰色の犬が植物園の垣根を跳び越えるのを見たって話だよ。だが、ほんとはどうかなあ。何せ家に帰ってもかみさんにはそんなこと話してないんだし、奴がそんなことを言い出したのは狼が脱走したって報《しら》せが広まって、わしらが徹夜でパークの中を探し回り始めてからだったからね。まあ、合唱しすぎて頭がどうかしちまったんだろうってわしは思ってるよ」

「ではビルダーさん、この脱走劇について、何かお考えはお持ちですか？」

「ええまあ」彼は、わざとらしく言いあぐねてみせた。「あるっちゃありますが、ご満足いただけるようなもんか、分かりませんのでして……」

「何でもいいのです。こういうことを訊ねるのには、動物と過ごしたご経験を豊富にお持ちの、ビルダーさんのような方に尽きますからね」

「そういうことならば、お話ししましょう。思うに狼が逃げ出したのは――単に逃げ出したかったからでしょうなあ」

ビルダー夫妻はふたり揃って、腹を抱えて笑い出した。たぶんこの冗談は、前にもウケたことがあったのだろう。そして、ビルダー氏の話はすべて、手の込んだ前振りになっていたのに違いない。氏と冗談を言い合っていたところでらちがあかないので、私はさらに強く心を摑《つか》む切り札を持ち出すことにした。

「どうやら例の半ギニーの魔力が消えてしまったようですが、もしちゃんと今後についてのお考えを聞かせていただけるのならと、弟のほうもうずうずと待ちわびているようなんですがね」

「それはそれは」老人は目を輝かせた。「つまらん冗談など言ってすいませんね。どうもかみさんに目配せされると、ああして逆らえないたちでして」

「私のせいにしないでくれませんかね！」夫人が声を荒らげた。

「わしの考えでは、あの狼はどこかに隠れておる。庭師の奴は、馬よりも速く北の方へ駆けてったなんて言っておるが、なに、奴の言うことなんか怪しいもんさ。狼ってのは犬とおんなじで、早駆けなんてしやしないんだ。そういう動物じゃあないんだよ。確かに物語の中なんかじゃあ勇猛に描かれちゃいるけどね。でも、派手に音を立てて獲物を噛み砕いたりするのなんざ、群れをなして弱い動物を追っかけるときくらいのもんさ。でもほんとの狼ってのは、賢い犬の半分も頭ができてねえし、八分の一も獰猛《どうもう》じゃないんだ。それにあの狼は喧嘩にも狩りにも馴《な》れちゃいないんだから、せいぜいパークのどこかに隠れて震えながら、明日の朝飯のことでも考えていることだろうよ。じゃなきゃ、どっかで地下の石灰倉庫の中でうずくまってでもいるんだろうさ。あの緑の目で睨《にら》まれたりしようもんなら、料理女なんぞは飛び上がって驚くこったろうなあ！　いざどうにも腹を空《す》かせたならば、ひょっとして肉屋あたりにふらっと現れるかもしれん。もしかしたら、どこにも姿など見せんかもしれん。子守り女が乳母車の赤ん坊をほったらかして兵隊あたりといちゃいちゃ散歩でもしていようもんなら、国税調査で人口がひとり減ったりしても、まあわしは驚かんね。そんなところだよ」

彼に半ギニー硬貨を手渡すと、窓の外を何かがひょいと動いてゆくのが見えた。ビルダー氏は驚きのあまり、口をあんぐり開けると言った。

「こいつはたまげた！　バーシッカーの奴、自分から帰って来おったぞ！」

彼は玄関へと走ってゆくと、ドアを開けた。私には、なぜそんなことをするのか理解ができなかった。かねてからの持論なのだが、野生動物というものは、私たちの間に堅牢《けんろう》な障害物があってこそ、初めて本来の美しさを見せてくれるのである。どんなことがあれ、この気持ちが強まることはあっても、弱まることなどありはしない。

だが、日々の習慣に勝るものはない。ビルダー夫妻にとって狼とは、私にとっての犬のように、何でもない動物なのである。また狼も狼で、あらゆる人が心に抱く狼像の元祖ともいえる赤ずきんのあの狼が彼女を騙《だま》そうと大人しくしているかのように、行儀良くじっとしていたのである。

まるで、滑稽《こっけい》さと哀愁とが入り交じったかのような眺めであった。半日にわたってロンドンを麻痺《まひ》させ、子供たちを震え上がらせ続けた狼は、すっかり改心したかのように従順になり、出来の悪い放蕩《ほうとう》息子のような態度で老人に頭を撫でられていた。ビルダー老人は狼の体を隅から隅までじっくりと眺め回すと、こう言った。

「思ったとおり、可哀想に何か面倒ごとに巻き込まれたらしい。最初から言っておったでしょう？　ほら、頭は傷だらけで、割れたガラスがささっておる。きっと塀か何かを乗り越えようとしたんだろうさ。まったく、塀の上に割れたガラス瓶を捨てていったりする連中は、どうかしておる。おかげでこのざまさ。さあバーシッカー、こっちにおいで」

老人はそう言うと狼を檻に入れると、ねぎらうかのように巨大な肉片を一緒に入れて鍵《かぎ》をかけ、報告を済ませるためにその場を後にした。

そして私もまた、動物園における奇妙な脱走劇についての報告を終えるべく、動物園を立ち去ったのである。

セワード医師の日記

九月十七日

夕食を済ませてからというもの、書斎にて帳簿の整理にかかりっきりになっていた。ここしばらく他の仕事とルーシーの一件とに追われ、すっかり支払を後回しにしてしまっていたのである。とつぜんドアが開き、激情に顔を歪《ゆが》ませたレンフィールドが書斎へと駆け込んできた。院長の書斎に患者が押し入るという前代未聞の出来事に、私は度肝を抜かれた。レンフィールドは立ち止まろうともせず、ずかずかと私めがけて進んできた。その手に夕食用のナイフが握られているのに気づいた私は身を守ろうと、とっさにテーブルの反対側へと回り込もうとした。だが、彼の素早さと力とには敵《かな》わない。彼は私が体勢を整えるよりも先に私へと斬りつけ、左手首に深手を負わせたのである。もう一撃を加えようとしているのを見て右手で殴りつけると、レンフィールドは背中から床に倒れてもんどりうった。私の手首からはどくどくと血が流れ、カーペットの上に血溜《ちだ》まりを作りはじめていた。どうやらレンフィールドが戦意を喪失したようだと見て取ると、私は目を離さないよう十分に注意しながら、手首に包帯を巻き付けた。看護師たちがやって来てから改めてレンフィールドを見たのだが、その有様には思わず吐き気すら催した。なんと床に這《は》いつくばり、私の手首からしたたり落ちた血を、まるで犬のように舐《な》めていたのである。看護師たちに易々と羽交い締めにされると、驚いたことに抵抗ひとつしようとせず、ただ「血は命なり！　血は命なり！」と繰り返しながら、部屋から引きずり出されて行った。

今、これ以上血を失うわけにはいかない。ここのところ、体調を崩すほど大量の血液を失っているし、長引くルーシーの病気から来る緊迫感と病状とで、こちらまでどうにかなってしまいそうなのだ。とにかく気持ちが昂ぶりくたくたで、休みがほしくてたまらない。休み、休み、休みだ。幸いにも今夜はヴァン・ヘルシング教授からの呼び出しもないため、思うまま眠ることができそうだ。そうでなくては、とても体がもちそうにない。

アントワープのヴァン・ヘルシング教授からカーファックスのセワード医師に宛てた電報

九月十七日

コンヤ　カナラズ　ヒリンガムニイクコト。ツキッキリデ　イルコトハナイガ　ナンドモオトズレ　ハナガチャントオカレテイルカ　カクニンセヨ。ジュウヨウナノデ　マチガイノナイヨウニ。トウチャクシタラ　スグソチラヘムカウ。

セワード医師の日記

九月十八日

急いでロンドン行きの汽車を捕まえなくては。ヴァン・ヘルシング教授の電報のおかげで、すっかり狼狽《ろうばい》している。このひと晩に何が起こったか――苦い記憶が蘇《よみがえ》る。もちろん何ごともないかもしれないが、不測の事態はいつでも起こりえるのだ。私たちの頭上を恐ろしい運命の黒雲が覆っており、私たちの行く道をことごとく塞《ふさ》いでしまうかのような気持ちだ。ルーシーの蓄音機を使って続きを記録できるよう、この蠟管《シリンダー》を持ってゆく。

ルーシー・ウェステンラが残した手記

九月十七日夜

私のせいで面倒に巻き込まれる人がいないよう、これを書いて、人目につくよう残しておきます。今晩の出来事を、すべて書き留めてしまわなくては。体に力が入らずペンを握る力もほとんどありませんが、途中で死んでしまったとしても、書いておかなくてはいけません。

今夜も、ヴァン・ヘルシング教授の指示どおりに花が置かれているのをしっかり確認してからベッドに入り、間もなく眠りにつきました。

ですが、窓辺から聞こえてくる羽音に目を覚まされました。夢遊病で歩き回り、ホイットビーの崖《がけ》の上でミーナに見つけてもらったあの夜から、すっかりお馴染《なじ》みになってしまったあの羽音です。怖いとは感じませんでしたが、教授の言いつけどおり、セワード先生が隣の部屋にいてくれたらと思いました。そうすれば、いつでも助けてもらえるのですから。眠ろうと思いましたが、どうしても眠れませんでした。やがて以前のように眠るのが怖くなってきてしまい、起きていることに決めました。ですが意地の悪いことに、眠気というものは、眠るまいとしているときに襲ってくるものです。ひとりでいるのが怖かったので、ドアを開けて「誰かいないの？」と叫んでみました。答えはありませんでした。母さんを起こしたくなかったので、またドアを閉めました。そのとき、外の植え込みで動物の吠《ほ》え声が聞こえたのです。犬の声のようでしたが、もっと獰猛《どうもう》で、もっと低い声でした。窓辺から外を覗《のぞ》いてみましたが、何も見えません。窓に向けて羽ばたく大きなコウモリが一匹いるだけなのです。だからまたベッドに戻ったのですが、ずっと起きていようと胸に誓いました。しばらくするとドアが開いて、母さんが部屋を覗き込みました。そして私がもぞもぞ動いているのを見て起きているのを知ると、やって来てベッドに腰掛けました。そして、いつもよりずっと優しく、そっと話しかけたのです。

「本当に心配でたまらなくて、どうしているかと思って様子を見に来たのよ」

座ったままでは風邪をひくといけないので、私の隣に入って一緒に寝てはどうかと言いました。母さんは隣に来てくれましたが、すぐに部屋に戻って自分のベッドで寝るからと、ガウンを脱ごうとはしませんでした。母さんと抱き合うようにしてベッドに潜ると、また窓から羽音が聞こえてきました。母さんはすこし怯《おび》えたようにびくりとして「いったい何の音?」と言いましたが、私がなだめると、何とか落ち着いてくれました。ですが、心臓が激しく打っているのが、私にまで伝わってきていました。やがてまた茂みから低い吠え声が聞こえると、そのすぐ後に窓に何かがぶつかってきました。窓ガラスが粉々に砕け、床に散らばりました。窓を覆っていたブラインドが風に煽《あお》られ、割れた窓の間から灰色をした、大きく恐ろしい狼の顔がぬっと現れたのです。母さんは驚いて悲鳴をあげると体を起こし、何か身を守る物を探して必死にあたりを手探りしました。そしてよりによって、ヴァン・ヘルシング教授が私の首に巻いてくれた花飾りに手をかけ、それをむしり取ってしまったのです。母さんは狼を指差したまましばらく凍りついていました。喉《のど》から、ごぼごぼという恐ろしい音が聞こえていました。そして、やがて雷に打たれたように倒れ込んだのですが、その頭が私の額にぶつかったせいで、私もほんの一瞬気を失いかけてしまいました。部屋も、周りもすべて、ぐるぐる回っているようでした。必死に窓に向けて目を凝らしていると狼が首を引っ込め、割れた窓から数え切れないほどの粒子が部屋へと舞い込んで来ました。粒子は、砂漠の旅人が見るという砂嵐のようにぐるぐると宙を舞いはじめました。動こうとするのですが、金縛りに遭ったかのように、身動きひとつできません。それに、もう冷たくなりはじめた母さんの体が——きっともう心臓が止まってしまっていたせいでしょう——重く私にのしかかっていたのです。それからしばらくのことは、何も憶《おぼ》えていません。

たぶんすぐに目を覚ましたのだと思いますが、とにかく、とても恐ろしくてたまりませんでした。どこか近くで弔鐘が鳴り響き、辺りの犬たちが一斉に吠えだしました。窓の外の植え込みで、ナイチンゲールが唄《うた》うのが聞こえました。私は意識がもうろうとしており、痛みと恐怖、そして体調の悪いせいで、ろくにものも考えられないような有様でした。ですがナイチンゲールの歌声を聞き、死んだ母さんが私を慰めに戻って来てくれたように感じました。物音に目を覚ましたのか、メイドたちが私の部屋へと駆け付けてくる裸足《はだし》の足音が聞こえました。私の声に気づいた彼女たちは、部屋に駆け込んでくると、部屋の有様とベッドに横たわる母さんの体を見て、悲鳴をあげました。窓から風が吹き込んで来て、ドアが音を立てて乱暴に閉まりました。彼女たちは母さんの遺体を抱えあげると、私がそこから降りるのを待ってベッドに横たえ、シーツをかぶせました。みんなひどく取り乱していたので、私はダイニング・ルームに行って一杯ずつワインを飲んでくるように言いました。またドアが勢いよく開き、音を立てて閉まると、メイドたちは悲鳴をあげて、一目散にダイニングへと駆け下りていきました。私は自分が手にしていた花を、母さんの胸元に飾ってあげました。ヴァン・ヘルシング教授の言いつけは憶えていましたが、どうしても飾ってあげたい気持ちでしたし、ともあれ今は、メイドたちがそばに付いていてくれるのです。ですが、彼女たちは戻って来ませんでした。名前を呼んでも返事がないのです。私は、ダイニングまで彼女たちを探しに降りて行くことにしました。

目の前の光景を見て、私は愕然《がくぜん》としました。彼女たちは四人とも、荒く息をしながらぐったりと床に転がっていたのです。テーブルの上には半分ほどシェリーの入ったデキャンタが置かれていましたが、妙な刺激臭が辺りに漂っていました。妙に思ってデキャンタを調べてみると、それはアヘンチンキの匂いでした。そして戸棚に置かれているアヘンチンキの瓶に気づいたのです。母さんの主治医が持って来たものなのですが、空っぽになっているのです！　どうしたらいいんだろう？　どうしたらいいんだろう？　今は部屋で、母さんと一緒にいます。放っておくことなどできません。誰かが薬で眠らせてしまったメイドたちを除けば、ひとりきりなのです。母さんの亡骸《なきがら》と、私だけなのです！　窓の外から狼の低い声が聞こえ続けているので、外に出ようとは思いません。部屋じゅうに舞い上がった粒子が、窓から舞い込む風にくるくると舞い踊り、ほの暗い青い光が燃えているようです。いったいどうすればいいのでしょう？　神様、どうか災いからお守りください！　私を葬る用意をしながら誰かに見つけてもらえるよう、この紙は胸元に隠しておくことにします。母さんが死んでしまい、今度は私の番が来るのです。さようならアーサー。私はきっと、朝まで生きてはいられないでしょう。あなたに神のご加護を。そして神よ、私をお守りください！

第十二章

セワード医師の日記

九月十八日

すぐにヒリンガムへと馬車を飛ばし、いつもより早く到着した。門の前に馬車を待たせ、ひとりで玄関へと走った。ルーシーと母親の気を患わせたりしないよう、ノックも呼び鈴も控えめにして、メイドだけを呼び出せないかと試してみた。しばらくしても誰も出て来ないので、またノックをし、呼び鈴を押したのだが、それでも誰も姿を見せなかった。時計を見れば、もう十時である。こんな時間なのにまだ寝ているのかとメイドたちの怠慢に腹が立ち、いらいらしながらまたノックと呼び鈴を繰り返したが、やはり、どちらも空しく響き渡るだけだった。メイドたちを責める気持ちの向こうから、戦慄《せんりつ》するような恐怖が襲ってきた。誰も出てこないのは、我々を取り巻くあの不気味な運命の鎖のせいではないのだろうか？　到着が間に合わず、すでにこの屋敷は死の家になってしまったのだろうか？　謎の貧血が再発しようものなら、一分一秒が、一時間と同じくらいに命に関わることになる。私はどこか入れるところがないかと探しながら、家の周りを歩き回ってみた。

だが、どこにも入れそうな箇所は見当たらなかった。窓もドアもすべてしっかり鍵《かぎ》をかけられており、玄関に戻るしかなかったのだ。歩いていると、駆けてくる馬の蹄《ひづめ》の音が聞こえた。それが門のところで止まると、すぐにこちらへと走ってくるヴァン・ヘルシング教授の姿が見えた。教授はこちらを見つけると、息を切らしながら言った。

「あの馬車は君か。今着いたばかりか。彼女はどうだ？　間に合わなかったのかね？　私の電報を見ていないのかね？」

私はできるだけ手短に分かりやすく、今朝早くに電報を受け取ったこと、すぐさまここに駆け付けて来たこと、そして呼んでも誰も出てこないことを話して聞かせた。教授は険しい顔つきでじっと黙りながら、帽子を持ち上げた。

「では、手遅れだったのだ。神よ！」彼はいつもの気力を取り戻し、先を続けた。「行こう。どこも開いていないのなら、押し入るしかない。一刻の猶予もならんぞ」

私たちは、キッチンの窓がある屋敷の裏手へと回り込んだ。教授は鞄《かばん》から外科手術用の小さなノコギリを取り出すと私に手渡し、窓にはめられた鉄格子を指差した。私はすぐにノコギリを握りしめると、あっという間に三本の鉄格子を切ってしまった。そして長い薄刃のナイフを取り出して留め金をねじ曲げると、窓を開けた。私はまず教授を窓から押し込むと、自分も後を追った。キッチンにも、すぐ横手のメイド部屋にも、人の姿は見当たらなかった。ひとつひとつドアを開けながら家の中を歩いてゆくと、鎧戸《よろいど》から漏れ込む薄明かりに照らされたダイニング・ルームの床の上に、メイドたちが四人横たわっているのが見えた。生死の確認は必要なかった。寝息がはっきりと聞こえていたし、部屋に漂うアヘンチンキの刺激臭を嗅《か》げば、彼女たちの状態など確かめるまでもなかったからだ。ヴァン・ヘルシング教授は私に目配せをすると、立ち去り際に「彼女たちは後で診ることにしよう」と言った。それから、ルーシーの部屋へと上がって行った。蒼《あお》ざめ、手ドアの前で足を止めてみたが、中からは物音ひとつ聞こえてはこなかった。蒼ざめ、手を震わせるようにしながら私たちはそっとドアを開け、部屋に足を踏み入れた。

筆舌に尽くしがたいとは、まさにあの光景のことである。ベッドの上には女性がふたり、横たわっていた。ルーシーと、彼女の母親だ。母親は奥のほうでシーツをかけられており、割れた窓から吹き込む風でシーツの端がめくれ、蒼ざめてやつれ、恐怖に歪《ゆが》んだその顔が覗《のぞ》いていた。その傍らに横たわるルーシーの顔はまっ白で、母親よりもさらにやつれ果ててしまっていた。ルーシーの首に巻かれていたはずの花飾りは、母親の胸元にあった。ルーシーの剝《む》き出しの喉元《のどもと》には、前にも見たあのふたつの傷痕《きずあと》が、白く、粗く、刻まれていた。教授は何も言わずにベッドの上に身をかがめると、ルーシーの胸につくほど耳を寄せた。そして跳ね起き、叫んだ。

「まだ生きておる！　急げ！　急げ！　ブランデーを持って来い！」

私は階段を駆け下りてブランデーのボトルを摑《つか》み上げると、テーブルに置かれていたシェリーのデキャンタのように毒物が混入されていないか、匂いと味とを確かめながら駆けだした。メイドたちはまだ寝息を立てていたが、先ほどよりも具合がよくなっていそうなのを見て、胸が軽くなった。足は止めず、二階で待つ教授のもとへと駆け上った。教授は以前と同じようにルーシーの唇と歯茎、手首、そして手のひらにブランデーを擦り込むと、私に言った。

「とりあえず、今は君の手を借りなくても大丈夫だ。君はメイドたちを起こしてくれ。濡《ぬ》れたタオルを使って、顔を強く叩《たた》くのだ。火を起こさせ、風呂《ふろ》を入れさせなさい。可哀想に、ルーシーをこのまま放っておけば、隣の母親のようになってしまうぞ。あれこれ処置をする前に、まずは温めてやらねばいかん」

私はすぐに指示に従うと、多少手こずりつつも、まず最初の三人を起こした。四人目はまだ比較的若く、薬物にすっかりやられてしまっていたようなので、ソファまで運ぶとそこに寝かせておくことにした。起きた三人はしばらくぼんやりとしていたが、やがて意識がはっきりしてくると、取り乱したように泣き叫びだした。私は、ルーシーの命がもはや風前の灯火《ともしび》で、ぐずぐずしていると死んでしまうことになると、大声で三人をいさめた。それを聞いた三人は泣き止みこそしないものの服をはだけさせたまま、風呂の用意へと取りかかった。幸いなことにキッチンとボイラーの火は生きており、湯はすぐに出始めた。風呂に湯が溜《た》まるとすぐにルーシーを運び出し、湯船に体を浸《つ》からせた。慌ただしくルーシーの手脚をさすっていると、玄関のドアをノックする音が聞こえた。メイドがひとり服を羽織りながら駆けて行き、ドアを開けた。そして戻ってくると、ホルムウッドさんからの伝言を預かっているという紳士が来ていると私に告げた。私は、今は手を離すことができないから待たせておくようにと彼女に言った。彼女が玄関へと戻ってゆくと、私は紳士のことなどすっかり忘れてルーシーの手当てに没頭した。

脇目もふらず、あんなに熱心に仕事をする教授の姿を見たのは初めてだった。教授と同様、私にもそれが死との真っ向勝負なのは分かっていた。私はすこし間を置くと、教授にそれを伝えた。だが、いつになく険しい顔をした教授が口にした言葉を聞いても、私にはよく意味が分からなかった。

「もしそれだけのことならば、この子の地平線にはもう命の光など見えはせん。このまま手を止めて、安らかに逝かせてやるさ」教授はひと息つくと、気持ちを新たにしてまたルーシーの手脚をさすりだした。

まもなく、温め続けたことが功を奏しはじめたのが、私にも教授にも分かった。聴診器から聞こえてくるルーシーの鼓動が先ほどまでよりもはっきりとし、肺の動きもしっかりとしてきたのである。ヴァン・ヘルシング教授は、思わず顔を輝かせた。ふたりで彼女をバスタブから出して温かいシーツでくるんでやると、教授が言った。

「よし、最初の勝利は我らにあり！　これで王手《チェック》だ！」

準備をしておいた部屋へとルーシーを運び込んでベッドに横たえると、喉《のど》の奥に数滴ほどブランデーを無理やり流し込んだ。教授が柔らかな絹のハンカチを彼女の首にしばっていたのに、私は気がついた。ルーシーは前ほど悪い様子ではなかったが、相変わらず意識不明のまま、危険な状態が続いていた。

教授はメイドのひとりを呼ぶと、戻ってくるまで決して目を離さないようにと指示をして、私を部屋から連れ出した。

「今後どうすべきか、話し合わねばならん」階段を降りながら教授が言った。玄関ホールに出ると彼はダイニング・ルームへと続くドアを開けて中に入り、そっと閉めた。鎧戸は開いていたがブラインドはもう閉めてあった。イギリスの下層階級に属する女たちは、死者を悼むために厳格にこうするのである。そのため部屋の中は薄暗かったが、私たちにとっては用が足りた。当惑した彼の顔からは、先ほどのいかめしさが和らいで見えた。何かに思い悩んでいるのに違いないと感じた私が待っていると、彼がこう言った。

「いったいどうすればいいのだ？　誰に助けを求めればいいのだ？　すぐにでもまた輸血をしなければ、可哀想に、あの子は一時間ともつまい。だが君も私も、疲れ切ってしまっている。メイドたちは名乗り出てくれるかもしれんが、私はどうも信用しきれん。どうすれば、血液の提供者を見つけ出すことができるだろう？」

「僕では駄目かな？」

部屋の奥に置かれたソファから聞こえて来た声に、私は安堵《あんど》して、喜びに震えた。クインシー・モリスだ。教授は瞬間、その声に苛立《いらだ》ったような表情を見せたが、私が腕を拡げて「クインシー・モリスじゃないか！」と言って駆け寄るのを見て、表情を和らげた。

「いったいどうしてここへ？」私は、彼と握手を交わしながら言った。

「まあ、アーサーのおかげだろうね」

彼はそう言うと、一通の電報を差し出した。

「セワードカラ　ミッカモ　レンラクナシ。トテモシンパイ　ダガ　ハナレラレナイ。チチノ　ヨウダイ　カワラズ。ルーシーノ　ヨウスヲ　ミテキテホシイ。イソイデクレ。ホルムウッド」

ヴァン・ヘルシングは歩み出ると彼の手を取り、じっと彼の目を見つめた。

「か弱き女性を助けるのに、勇敢な男の血ほど相応《ふさわ》しいものはない。君の血液ならば、申し分なしだ。どんなに悪魔が我々の前に立ちふさがろうとも、神は必要なときに、相応しい人物をお送りなさる」

私たちはまた、あの血なまぐさい処置に取りかかった。詳細は思い出したくないので、割愛させてもらう。ルーシーはかなり衰弱しており、大量の輸血をしても、これまでのような回復は見せてくれなかった。命を繫《つな》ぎ止めようと彼女が闘う様子とうめき声は、こちらが恐ろしくなってしまうほどだった。ともあれ心臓と肺とが元気を取り戻しはじめると、ヴァン・ヘルシング教授が以前のようにモルヒネを皮下注射した。効き目はすぐに現れ、失神していたルーシーは、すやすやと寝息を立てはじめた。教授がそばについている間に私とクインシー・モリスは階下に降り、メイドを使いに出して表で待っていた馭者《ぎょしゃ》に金を渡し、帰らせた。それからクインシーにワインを飲ませてベッドに寝かせると、たっぷり朝食を用意するようコックに指示をした。そしてふと思い立ち、ルーシーが寝ている部屋へと引き返した。音を立てないように入ってゆくと、教授は何枚かの紙切れを手にして座っていた。どうやらもう読んだのだろう、眉《まゆ》に手を当ててじっと考え込んでいる。ようやく疑問が解けたとでも言いたげな満足感が、その顔にはっきりと表れていた。教授が私に紙切れを差し出した。「風呂に運んでゆくとき、ルーシーの胸元から落ちたものだよ」

そこに書いてあることを読み終えると、私はしばし呆然《ぼうぜん》と立ち尽くしてからようやく訊《たず》ねた。「これはいったいどういうことです？ 彼女は頭がどうかしていた……いえ、どうかしているのでしょうか？ なぜこんな恐ろしいことを……？」何が何だか分からず、それ以上言葉が続かなかった。教授は手を伸ばして私から紙切れを受け取ると言った。

「今はあまり気にせず、忘れておきなさい。いずれ時が来れば、君にもちゃんと分かるさ。それよりも、何か話があるんじゃないのかね？」教授のその言葉に、私は我に返った。

「死亡証明書のことを申し上げたくて来たんです。適切かつ懸命な処置を行わないと検死が行われることになるでしょうし、そうなると、そのメモも提出しなくてはならなくなるでしょう。もしそうなれば、こんな状態のルーシーにとっては命取りになりかねません し、検死などなければないで済ませたいものです。私も教授も、そしてウェステンラ夫人のかかりつけの医師も、彼女が心臓病を患っていたのは承知しておりますし、彼女の死因は心臓病であると証明書を書いてもよいと思います。今すぐ証明書を作れば、私はそれを役所に届け出て、その足で葬儀屋にも行って来ようと思うのですが」

「ジョン、素晴らしい！　よくぞ思いついてくれた！　確かにルーシーはこんな目に遭わされて不幸かもしれないが、それでもこれほど友人に愛されて幸せものだ。この老いぼれ以外にも、三人も自らの血を差し出してくれたのだ。そうだとも、私の目は節穴ではないぞ。だからこそ私は、君が好きなのだ！　さあ、行って来なさい」

一階の廊下で、電報を手にしたクインシー・モリスと出くわした。電報には、ウェステンラ夫人が亡くなったこと、ルーシーは具合が悪いが快方に向かっていること、そしてヴァン・ヘルシング教授と私がそばに付き添っていることが書かれていた。私が行き先を告げると彼は急《せ》かしたが、出かける前にこう声をかけてきた。

「ジャック、戻ってきたらふたりだけで話がしたいんだが、いいかな？」

私はうなずくと、外へ出た。役所への届け出を滞りなく済ませると地元の葬儀屋へ行き、夕方に来てくれるよう約束を取り付けた。棺桶《かんおけ》を作るため寸法を測らなくてはならないし、その後の予定も決めてしまわねばならない。

屋敷に戻ると、クインシーが待っていた。私はルーシーの容態を確かめたらすぐに戻ってくると言い残し、二階へ上がった。彼女はまだ眠っており、教授はベッドサイドの椅子にずっと腰掛けていたようだった。唇に指を当てた様子から見るに、間もなく彼女が目を覚ましそうだと考えているのが分かった。自然な目覚めを妨げたくないのだ。私は階段を降りると、クインシーを朝食用の部屋へと連れ込んだ。あそこならばブラインドが降りておらず、他の部屋よりも少しは明るい――というか明るくなくもない――からだ。ドアを閉めると、クインシーが言った。

「ジャック・セワード。専門外のことに首を突っ込むのもどうかと思うが、これはただごとではないぞ。君は、僕がルーシーを愛していて、結婚すら望んでいたことを知っているね。そんなのはもう過去のことだが、それでも僕は彼女が心配でたまらないのだ。いったいあの子はどうしてしまったんだ？　あのオランダのご老人は――いい方なのは僕にも分かるが――君とふたりで部屋に来たとき、また輸血をすると言っていたね。君も彼も疲れ切ってしまっていると。そりゃあ僕にだって医者というものは内密な話をするものだし、その話が僕らになど漏れてこないのは分かっているさ。だがこんなことは普通とはいえないし、何はともあれ、僕だってひと役買ったんだ。そうだろう？」

「まあな」僕がそう答えると、彼は言葉を続けた。

「僕と同じように、君もあの教授も、血を提供したのだろう？」

「まあな」

「あと、これは推測だが、アーサーもだろう。四日前に彼の自宅で会ったときに、様子がおかしかったからな。あんなにあっという間に具合を悪くしたやつを見たのなんて、大事にしていた雌馬をパンパスの大平原でたったひと晩のうちに死なせてしまった時以来だよ。あの辺にはヴァンパイアと呼ばれるでかい吸血コウモリがいるんだが、夜中に馬がそいつに襲われたんだ。噛《か》みつかれて血管が破れてしまったものだから立っていられないほど出血してね。地面に転がる馬を、銃で楽にしてやらなきゃならなかった。ジャック、どうか嘘偽りなく教えて欲しいんだが、ルーシーに輸血したのはアーサーが最初だったんだね？」話しながら彼は、ひどく不安そうな表情へと変わっていった。愛する女性を想う不安と、彼女を取り巻く謎の正体がまったく分からない苦しみとが、拷問のように彼にのしかかっていたのだ。心はまさに血を流さんばかりとなり、彼がいくら男の中の男といえど、立っているだけでやっとだったのである。答えようとしたが、教授に口止めされていることを思うと言葉に詰まった。だがクインシーはもう知りすぎているし、あれこれと想像を巡らせてもいる。答えないわけにもいかないと感じた私は、先ほどと同じように「まあな」とだけ答えた。

「いったいいつからなんだい？」

「十日ほどになるね」

「十日だって！　それじゃあジャック・セワード、僕たちみんなが愛するあのか弱い人は、たった十日の間に四人もの男の血を輸血されたというのか。それなのに、血が無くなってしまうというのか」彼はそう言うと私に顔を近づけ、詰め寄るように小声で言った。「なぜ血がなくなってしまうんだ？」

私は首を横に振った。「そこが肝心なところなんだが、教授はただ頭を悩ませているばかりで、僕はさっぱり分からない。想像もつかないんだ。ルーシーをちゃんと見張っていようとしたんだが、ちょっとあれこれとつまらないことが起こってね。なに、もう二度とあんな間違いは犯さないよ。彼女が良くなろうとなるまいと、最後まで目を離しはしないさ」

クインシーは手を差し出した。「僕にも何かさせてくれ。君とあの教授が指示をくれさえすれば、何だってする」

午後遅くになって目を覚ましたルーシーが、まず初めに自分の胸元を手探りし、教授が私に読ませたあのメモ書きを取り出したのには驚いた。目を覚ました彼女が驚いたりしないよう、教授がそっと元の場所に戻しておいたのだ。ルーシーは教授を、そして次に私を見つめると、嬉《うれ》しそうに目を輝かせた。だが部屋を見回して自分の置かれた状況を知ると、瘦《や》せ細った両手で蒼白《あおじろ》い顔を覆い、大声で泣き崩れた。私たちにも、深く伝わった。彼女は、母親が死んでしまったことをまざまざと思い出してしまったのである。私たちは、彼女を慰めようと手を尽くした。それでいくらか落ち着いてくれたのは確かだったが、彼女はすっかり意気消沈してしまい、しばらくは押し黙ったまま肩を落としていた。私たちが、どちらかひとりが必ずそばについているからと伝えると、彼女はすこし落ち着いたようだった。夕暮れが訪れると、彼女は眠りに落ちた。そこで、実に妙なことが起きた。眠っている彼女が胸元からあのメモ書きを取り出し、ふたつに破り割いてしまったのである。ヴァン・ヘルシング教授が立ち上がり、破れた紙を取り上げた。そしだが彼女は、両手が空になってもなお、破り続けるような手つきをやめなかった。そして、ばらばらに破ってしまったメモ書きを投げ捨てるように、両手を振り上げたのである。教授は驚いた顔でじっと何かを考えているように眉を寄せたが、何も言わなかった。

九月十九日

昨夜の彼女は眠ることにひどく怯《おび》えながら、眠りに落ちたり、目を覚ましたりを繰り返し続けた。目を覚ますたびに、少しずつ衰弱していた。私と教授は決して彼女をひとりきりにしないよう、交代でそばに付き添い続けた。クインシー・モリスは自分の気持ちを口にしようとはしなかったが、夜通し屋敷の周りを歩き回って警戒しているのは分かっていた。

夜が明けると、すっかりぼろぼろになってしまったルーシーの姿が明るい陽射しの元に浮かび上がってきた。自分で首を動かすこともほとんどできず、わずかに食べ物を口に運んだところで、何の回復も見られなかった。ときおり彼女は眠りに落ちるのだが、眠っているときと起きているときとでは彼女の様子が違うことに、私と教授は気がついた。眠っているときの彼女はより衰弱して見えたのだが、それでも力強く、呼吸も落ち着いていたのだ。開いた口元に覗《のぞ》く歯茎は蒼白く血の気が失《う》せており、そのせいで、彼女の歯は長く、鋭く見えた。目覚めれば、ひどく衰弱していることには変わりないものの、柔らかなその眼差《まなざ》しのおかげで顔つきも変わって感じられた。午後になり、彼女がアーサーに会いたいというので、彼に電報を打った。駅までは、クインシーが迎えに行った。

彼が到着したのは午後六時になろうかという頃のことで、部屋には沈み行く赤い夕陽が窓から射し込み、蒼白い彼女の頬を染め上げていた。彼女の姿に胸を詰まらせるアーサーを見て、私たちは何も言えずにいた。何時間かが過ぎるうちに、彼女が突発的な睡眠状態、つまり昏睡《こんすい》状態に陥る感覚が短くなっていき、段々と会話ができる時間も短くなっていった。アーサーがそばにいることで彼女はすこし活力を取り戻しているようで、その話し声は、私たちへのそれよりも力強く響いていた。アーサーもまた、元気を振り絞り、精一杯明るく話しかけ続けた。誰もが、目の前の瞬間と全身で向き合っていたのである。

今は午後九時になろうかというところで、彼と教授は彼女のそばに腰掛けている。あと十五分ほどで私と交代するのだが、その前に、ルーシーの蓄音機でこれを記録している。ふたりは朝六時まで休む予定だ。明日で、この看病も終わりを迎えてしまうことになるのだろうか。ルーシーの病状はあまりにも悪く、回復することはできないと思われる。神よ、我々を救いたまえ。

ミーナ・ハーカーからルーシー・ウェステンラへの手紙
（本人には開封されず）

九月十七日
最愛のルーシーへ
　あなたの最後の手紙を受け取り、そして私が最後の手紙を書いてから、もうずいぶん経ってしまいました。だけど、この手紙で私の事情を知れば、きっと許してくれることでしょう。無事に、夫をイギリスへと連れ帰って来ることができました。エクセターに到着すると一台の馬車が待っていてくれました。なんと、痛風を押してホーキンスさんが出迎えに来て下さっていたのです。彼は、私たちのためにすっかり部屋の用意されたご自宅へと招き、夕食をご馳走《ちそう》してくれました。夕食が終わると、ホーキンスさんが言いました。
「君たちの健康と将来とに乾杯したい。ふたりが、常に祝福とともにあらんことを。君たちふたりのことを子供のころから知っているし、ずっと愛と誇りを注いで、成長を見届けてきたつもりだよ。君たちにはここで、私のことを家族だと思って暮らしてほしい。私には妻も子供もいない。みんな死んでしまったからね。だから遺言で、ふたりにすべてを遺《のこ》すことにしたよ」ジョナサンと彼が固い握手を交わすのを見て、私は涙がこらえられませんでした。あんなに幸せな夜が、他にあるでしょうか。
　そうして私たちは、この美しく古き屋敷へと移り住みました。寝室からも居間からも、大聖堂の黄色い石壁にくっきりとその黒い幹を際立たせている大きな楡《にれ》の木が見えます。空では一日じゅう烏たちが鳴いており、まるで人間のようにお喋《しゃべ》りをしたり、うわさ話

に花を咲かせたりしているのが聞こえます。私といえばもちろん、整理や掃除に追われ

て大忙し。ジョナサンとホーキンスさんも、朝から晩まで忙しそうにしています。今や

ふたりは共同経営者なのですから、ホーキンスさんは、顧客のことをすべてジョナサン

に教えてくれているところなのです。

お母さまのお体は、その後どうですか？　本当ならば一日でも二日でもそちらに行き

たいところなのですが、とにかく今はやることが山積みで、そうも言っていられません。

それに、ジョナサンもまだすっかり元気というわけではありません。このところようや

くいくらか肉付きもよくなって来ましたが、長い闘病生活のせいで、まだひどく体力が

落ちてしまっているのです。今でも突然夜中に目を覚ましてがたがたと震えだすことが

あり、時間をかけて落ち着かせてあげなくてはいけません。ともあれ神様の思《おぼ》し召しか、

そんなことも少しずつ減ってきており、この分ならいつかすっかり元どおり元気になっ

てくれるはずだと信じています。私のほうはそんなところですが、あなたのほうはどう

ですか？　結婚式はいつごろになる予定ですか？　どこで、どなたが結婚式を執り行う

のでしょう？　どんなドレスを着るのでしょう？　結婚式にはみんなを招待するのでし

ょうか？　それとも内々に行うのでしょうか？　あなたにとって大事なことは、私にと

っても大事なこと。なにもかも、私に話してください。ジョナサンは心よりのお祝いを

伝えてほしいと言っていますが、今やホーキンス＆ハーカー法律事務所の共同経営者な

のですから、私にとってはそれだけではとても足りません。あらゆる意味においてあな

たは私を愛してくれ、彼は私を愛してくれ、そして私はふたりを愛しているわけですから、私は彼の愛情を、あなたに贈りたいと思います。それではルーシー、すべての祝福があなたと共にありますように。

　さようなら。

ミーナ・ハーカー

医学博士パトリック・ヘネシー（王《M》立外科《R》医学《C》会会員《S》、アイル《L》ランド・キ《K》ングズ&ク《Q》イーン《C》ズ医学《P》会開業資格《I》保持者等）からジョン・セワード医学博士への報告書

九月二十日
　貴方《あなた》のご要望どおり、私に一任されましたすべてに関する報告書をお送りいたします。
……患者であるレンフィールド氏については、さらに報告があります。氏が、またしてもひと暴れしたのです。大変なことになってもおかしくないほどだったのですが、幸いなことに、不幸な結果を招かずには済みました。本日午後、ふたりの運搬人を乗せた馬車が、当院に隣接した空き家を訪れました。ご記憶とは思いますが、レンフィールド氏が二度ほど脱走を図った、あの屋敷のことです。ふたりはどうやら地元の者ではないようで、屋敷への道を訊《たず》ねようと当院の前に馬車を止め、守衛に道を訊ねました。私は昼食後の一服をしていたところで、運搬人のひとりが馬車を降りて来るのを窓から眺めて

おりました。彼がレンフィールド氏の部屋の窓の前を通りかかったときです。室内で氏が怒鳴りだし、男に悪口雑言の限りを浴びせかけました。男はどうやら分別のある人物らしく、「うるさい、黙っていろ!」と言い返しただけでした。するとレンフィールド氏は、今度は泥棒だの殺してやるだのと怒鳴りだし、たとえ絞首刑になろうとも思い通りにはさせるものかと言いはじめました。私が窓を開けて相手にしないよう男に合図をすると、彼は辺りを見回してここがどんな場所かを理解したのか、「まったく、精神病院でなにを言われようが気にもなりませんが、あんなけだものみたいなのと一緒にいなくちゃならないんじゃ、旦那《だんな》も院長先生も気の毒なことですなあ」と言いました。それから丁寧に道を訊ねられたので、空き家の門がどこにあるのかを教えました。そちらへと立ち去ってゆく彼の背中に、レンフィールド氏が呪いの言葉と罵声《ばせい》を浴びせかけるのが聞こえました。普段大人しくしている彼がなぜそんなにもいきり立っているのかを見極めようと、私は階下へと降りて行きました。激しい発作を起こしたときは別として、彼があんなにも激昂《げっこう》することはこれまでに無かったのです。ですがなんと、部屋に行ってみればレンフィールド氏はこの上なく落ち着き、大人しくしているではありませんか。さっきのできごとは何だったのかを聞き出そうとしても、いったい何のことを言っているのかと訊《き》き返してくるばかりで、どうもすっかり忘れてしまったのではないかとしか思えなかったのです。ですが、すっかり彼に騙《だま》されたのだとすぐに分かりました。三十分後、またしてもレンフィールド氏が厄介を起こしたのです。報告によると、今度は自室の窓を壊し、表通りへと逃げ出したのだということでした。私は何か悪だくみをしているのではないかと不安になり、看護師たちを呼び集めて彼を追いかけました。先ほどの運搬人たちが馬車に大きな木箱をいくつか積んで戻って来るのが見えると、私の不安がただの思い過ごしなどではなかったのが分かりました。運搬人たちはよほどの重労働を終えたばかりといった風体で、額の汗を拭《ぬぐ》いながら、顔を真っ赤にしていました。追いかける私たちの目の前で、レンフィールド氏はふたりに飛びかかるとひとりを馬車から引きずり降ろし、頭から地面に叩《たた》き付けました。私が羽交い締めにするのがもうひと足遅ければ、きっとあのまま殺してしまっていたに違いありません。もう片方の運搬人が飛び降りてくると、持っていた鞭《むち》の柄でレンフィールド氏の頭を殴りつけました。思わず目を背けたくなるような、強烈な一撃です。しかしレンフィールド氏はまったく動じず彼を摑《つか》み上げると、我々三人をまるで子猫のように振り回して暴れはじめたのです。ご存じのように私は決して軽い男ではありませんし、運搬人たちも屈強な男たちです。初めレンフィールド氏は口もきかずに暴れていましたが、やがて我々に組み敷かれ、看護師たちに拘束服を着せられそうになると、怒鳴り散らしました。「思い通りになどなるものか！　奪わせはせんぞ！　このままじわじわ殺されたりはせんぞ！　俺はご主人様のために闘うのだ！」ずっとそんな調子でわめき続けたのです。何とか彼を病院へと引きずり戻して保護室に閉じ込めたのですが、これはひと仕事でした。ハーディという看護師は指を折られたほどです。ともあれ、私が治療を済ませたので、問題はありませんが。

運搬人たちはあんな目に遭い、必ず訴えて痛い目を見せてやるぞとこちらを脅していました。ですが、たったひとりのやわな狂人にまとめて負かされてしまったことへの、何か言い訳めいた響きがその声にはあるように感じました。彼らは、重い木箱を運んで疲れ切ってさえいなければ、あんな奴はひとひねりだったんだなどと言い出しました。そしてさらに、ひどく埃《ほこり》っぽいところで作業をしてきたものだから喉《のど》が渇いてたまらず、それも理由だと言いました。仕事場が歓楽街から遠いのだというのです。なるほど、そういうことが言いたいのかと思うと、私はふたりに強いラム《グロッグ》の水割りを二杯ほど飲ませてやると、一枚ずつソブリン金貨を渡してやりました。するとふたりはずっと口調を和らげ、こんなにできた旦那と会えるのならば、もっとひどい狂人と遭遇してもいとわないなどと言いました。私は万が一の事態にそなえ、ふたりの名前と住所を下記のとおり書き留めておきました。ジャック・スモレット（グレイト・ウォルワース、キングジョージ通り、ダディング荘）、トーマス・スネリング（ベスナル・グリーン、ガイド・コート、ピーター・パーリー通り）。ふたりとも、ソーホーのオレンジ・マスターズ・ヤードにある、ハリス＆サンズ運送に雇われているのだとのことです。

またこちらで何かありましたら、連絡いたします。また、重要なことが起こったときは、電報でお知らせいたします。

それでは失礼いたします。

パトリック・ヘネシー

ミーナ・ハーカーからルーシー・ウェステンラへの手紙
（本人には開封されず）

九月十八日
最愛のルーシーへ
とてもひどいことになってしまいました。ホーキンスさんが、突然亡くなられてしまったのです。なぜ私たちがそんなに悲しむのかと思う人もいるでしょうが、私たちにとってホーキンスさんはとても大切な人でしたから、まるで父親を亡くしたかのような気持ちなのです。私は本当の両親を知りませんから、あの方が亡くなられたのが辛《つら》くて仕方ありません。ジョナサンは、すっかり肩を落としてしまっています。確かに、ホーキンスさんは彼を本当に大切にし、最後には実の息子のように愛して下さっただけではなく、私どものような質素な育ちの者にはどんなに願っても届かないような財産を残してくれました。ですが、ジョナサンが深い悲しみに沈んでいるのには、他にも理由があるのです。いわく、自分ひとりの肩にかかる責任の重さに参ってしまいそうだとのこと。自信を失いかけてしまっているのです。きっと私が彼を信じる気持ちが彼の自信を後押ししてくれるはずと思い、何とか彼を元気づけようとしています。ですが、彼が受けたショックは本当に強烈なのです。優しく純粋、そして気高く力強いジョナサンは、おかげで素晴らしい恩人の導きに恵まれ、わずか数年のうちに秘書から経営者へと昇進することができました。その彼が、源から力をくじかれてしまうほどのショックを受けてしまうだなどとは、本当にむごい話ではありませんか。幸せいっぱいのあなたにこんなことを伝えて、暗い気持ちにさせてしまったらごめんなさい。でもルーシー、ジョナサンの前では努めて明るくしていなくてはならないので、もうくたくたなのです。私も誰かに話してしまわずにはいられないのですが、ここにはそんな相手が誰ひとりいないのです。ホーキンスさんはお父様と一緒のお墓に埋葬されることを望んでおいででしたから、私たちも明日の午後にロンドンに発《た》たなくてはいけないのですが、不安でなりません。あの方にはご親戚《しんせき》もおらず、ジョナサンが喪主を務めなくてはいけません。もし少しでも時間があれば、あなたに会いに駆け付けようと思っています。心配をかけて、本当にごめんなさい。

それでは。

ミーナ・ハーカー

セワード医師の日記

九月二十日

意志の力と習慣とがなければ、今夜は記録がつけられないところだ。惨めな気分で意気消沈し、人生も含め世の中のあらゆることが嫌でたまらない。今この瞬間に死の天使の羽音が聞こえてきたとしても、どうでもいいような気分だ。このところ死の天使はどういうつもりか、その不気味な羽音を響かせている——ルーシーの母親、アーサーの父親、そして今度は……。さて、記録に取りかかるとしよう。

定刻どおりに、ヴァン・ヘルシング教授とルーシーの看護を交代した。アーサーにも休んで欲しかったのだが、彼は起きていると言い張った。そこで、全員が疲れ果てて倒れてしまえば元も子もないから、ルーシーのためにも君には昼の間に手を貸して欲しいのだと告げると、彼はようやく納得してくれた。教授は、優しく彼に声をかけた。「さあ、私と一緒においで。君はまだ具合がよくないし、あんなことがあって胸も痛むだろうし、君は他にも大変なことを抱えているじゃないか。ひとりになれば、きっと余計なことばかり考えて不安になってしまうだろうから、誰かといたほうがいい。さあ、居間に行こうじゃないか。あそこなら温かい暖炉もあるし、ソファもふたつある。ふたりでいれば、話をしなくとも、眠っていようとも、互いに心が安まるというものさ」

アーサーは気がかりそうに、頭を置いた枕の生地よりも白いルーシーの顔を振り返りながら、教授と消えていった。ルーシーは静かに眠っていた。私は手抜かりがないよう、部屋を眺め回して確認した。ルーシーの部屋にそうしていたように、教授はこの部屋にもニンニクを飾っていた。すべての窓枠にはしっかりとニンニクの絞り汁が塗られ、ルーシーの首に巻かれたシルクのハンカチは、急造の花飾りに仕立てあげられていた。ルーシーは喘《あえ》ぐような寝息を立てており、顔色はいつもに増して悪く、開いた口からは蒼《あお》白《じろ》い歯茎が見えていた。薄暗い中で見ると、彼女の歯は朝に見たときよりも長く、鋭く尖《とが》っているように見えた。光のせいなのか、特に犬歯が他の歯よりも鋭く突き出ているように見える。私が隣に腰掛けると、彼女は身悶《みもだ》えするようにもぞもぞと動いた。ふと、窓の外からばさばさと羽音か、何かが窓にぶつかるような音が聞こえた。私は音を立てないように窓辺に近づくと、そっとブラインドの隙間から外を覗《のぞ》いてみた。満月の明かりに照らされて、巨大なコウモリが一匹飛んでいるのが見えた。部屋から漏れる薄明かりに吸い寄せられたのに違いない。ぐるぐると円を描くように飛び回っては、ときおり窓にその羽根をぶつけていたのだ。椅子に戻ると、ルーシーがすこし動いているのに気づいた。首に巻いていたニンニクの花も、引きちぎってしまっていた。私はできる限り元どおりに直すと、椅子に腰掛け彼女の見張りを続けた。

しばらくして彼女が目を覚ますと、私は教授の指示通りの食事を与えた。だが彼女はほんの少しだけ、ぼそぼそと食べただけだった。病床で彼女がずっと見せていた、生命と体力とを取り戻そうとする無意識の闘いは、すっかり影を潜めてしまっているように思えた。妙に気になったのは、意識を取り戻した彼女がまずニンニクの花を自分のほうへと引き寄せたことだ。意識を失うたびに遠ざけようとするのに、目を覚ますたびにそうして引き寄せようとするのは、明らかにどこかおかしかった。思い違いなどではない。

その後何時間も彼女は、眠ったり目を覚ましたりを繰り返すたびに、必ずこれを何度も繰り返したのだ。

六時になると、ヴァン・ヘルシング教授がやって来て交代した。アーサーは眠り込んでしまっていたので、起こさずに休ませておくことにした。教授はルーシーの顔を見るとひゅっと息を吸い込み、急《せ》かすように私に囁《ささや》いた。「ブラインドを開けろ。光を入れるのだ！」それから教授は、顔と顔がくっつくほど近づきながら、彼女をまじまじと観察した。花をどかし、首に巻いていたシルクのハンカチを抜き取る。すると教授は狼狽《うろた》えたように後ずさりし、息を詰まらせるようにしながら「これはどうしたことだ！」と叫んだ。何ごとかと覗き込んでみて、私は背筋が凍るような思いがした。

首に刻まれていた傷痕《きずあと》が、綺麗《きれい》さっぱり消えてしまっているのである。

たっぷり五分ほど、教授は表情ひとつ変えず、立ち尽くしたまま彼女を見つめていた。それから私のほうを向くと、静かに言った。

「この子は助からん。もう時間の問題だろう。いいかね、最期に目が覚めているかいないかは大きな違いだ。可哀想なあの青年を起こして、看取《みと》らせてやりたまえ。彼は我々を信頼しているし、約束は守らねばならん」

私はダイニング・ルームへ行くと彼を起こした。彼はすこしの間ぼんやりとしていたが、鎧戸《よろいど》の隙間から日光が漏れ込んできているのに気づくと、もしや寝過ごしたのではないかと恐怖の表情を浮かべた。私は彼にルーシーはまだ眠っていることを教えると、できるだけ静かに、教授も私ももう長くないと思っていると告げた。彼は顔を両手に埋めるとソファのそばの床にひざまずき、恐らく一分ほどの間だったろうか、顔を上げずに祈りを捧《ささ》げながら、深い悲しみに肩を震わせ続けた。私は彼の手を取り立ち上がらせた。「さあ、行こう。君のその勇気が、彼女にとって何よりの慰めになるのだから」

彼を連れてルーシーの部屋へと戻ると、教授はいつものように気を回して部屋を整え、できるだけ明るく見えるようにしてくれていた。髪にはブラシまでかけており、髪は枕の上に、いつものように金色の波のごとく広がっていた。部屋に入ってゆくと彼女が目を開け、アーサーの姿を見ると静かな声で言った。

「アーサー！　ああ、あなたが来てくれただなんて！」彼がキスをしようと身をかがめるのを見て、教授が押し留《とど》めながら囁いた。

「いかん！　まだいかん！　手を握ってやりなさい。そのほうが彼女は落ち着くのだから」

アーサーは言われたとおりに彼女の手を取るとベッドサイドにひざまずいた。柔らかな輪郭と天使のように美しい瞳《ひとみ》とで、ルーシーはこのうえなく美しく見えた。やがてすこしずつ瞼《まぶた》を下ろし、彼女は眠りに落ちていった。しばらくの間彼女の胸はゆったりと上下し、やがて疲れた子供のような寝息を立てはじめた。

すると、わずかにではあるが、私が夜中に気づいたあの変化が彼女に現れた。彼女が口を開け、後退してしまった蒼白い歯茎と、そのせいでかつてないほど長く尖って見える歯とを剝《む》き出しにしながら、喘ぐように息をしはじめたのだ。彼女が瞼を開け、虚《うつ》ろさと鋭さの同居したような、夢でも見ているかのように焦点の定まらない視線を宙に向け、今までの彼女とは思えないような柔らかく、官能的な声で言った。

「アーサー！　来てくれて本当に嬉《うれ》しいわ！　キスしてちょうだい！」アーサーは急いでかがもうとした。だがその瞬間、私と同じく彼女の声に驚いたヴァン・ヘルシング教授がアーサーに飛びかかって、両腕で襟首を摑《つか》んだのである。そして、呆気《あっけ》に取られるほどの力で思いきり、文字通りアーサーを部屋の向こうへと投げ飛ばしてしまったのだった。

「だめだ！　何があってもそんなことをしてはいかん！」教授はそう怒鳴ると、追い込まれたライオンのように、ふたりの間に立ちはだかった。

アーサーは、どうしていいのか分からずしばらく、ぽかんとしていた。だが怒りに我を忘れる前に自分の置かれた状況を思い出すと、その場にたたずみ様子を見守った。

私と教授がじっと見つめていると、ルーシーはその顔に怒りの影をよぎらせながら、鋭い歯をぎりぎりと嚙《か》み合わせた。そしてまた目を閉じると、荒々しく息をしはじめた。

ほどなくして彼女は深く柔らかな目を開けると、蒼白い手を伸ばし、教授の茶色く大きな手を取って引き寄せ、キスをした。そして消え入りそうな声に言い得ぬ情熱を込めて「教授、ああ教授！　どうかアーサーを護《まも》ってください！　そうでなければ私はとても安心できません！」と言った。

「誓って護るとも!」教授はルーシーの隣に膝をつくと、誓いの印のように片手をかかげて言った。そしてくるりと振り返ると、今度はアーサーに言った。「こっちに来て、手を取ってあげなさい。そして一回だけ、額にキスをしておやり」

唇の代わりにふたりは目を合わせ、離れた。

ルーシーが瞼を閉じた。そばで見つめていた教授はアーサーの腕を取ると、そっと引き離した。

やがてルーシーはまた荒く息をしはじめたかと思うと、ぱたりと動かなくなった。

「終わりだ」教授が言った。「たった今、亡くなった！」

腕を取ってアーサーを居間に連れてゆくと、彼は座り込み、両手で顔を覆ってむせび泣きを始めた。私まで、涙がこぼれてしまいそうだった。

部屋に戻ってみると、教授はこれ以上なく険しい顔をして哀れなルーシーを見つめていた。彼女の亡骸《なきがら》は、先ほどとは変わって見えた。死の訪れにより彼女の額と頬に刻まれた苦悶《くもん》の皺《しわ》が消え失せ、冷たく蒼白《そうはく》だった唇にもわずかに色が戻っているように思えた。まるで心臓を動かす役目を果たし終えた血液が、すこしでも死の無情さを和らげようと唇に集まってきたかのようだった。

彼女が眠っていれば死んでしまったのかと思い、
死んでしまえば眠っているのかと思う。

私は教授のそばへ行き、声をかけた。

「彼女もようやくゆっくり休むことができます。終わったんですね！」

教授はこちらを振り向くと、険しい声で言った。

「いや、終わってなどおらん！　これが始まりなのだ！」

どういうことかと訊《たず》ねると、教授は首を横に振り、こう言った。

「今はまだ、何もできはせん。ただじっと待つのみだよ」

第十三章

セワード医師の日記（続き）

ルーシーを母親と一緒に埋葬すべく、葬儀は翌々日に手配した。面倒な手続きのあれこれは、私が済ませた。葬儀業者と従業員たちは丁寧ながらも、やけに下手に出て媚《こ》びへつらうような態度の男たちであった。死者のために最後の祈禱《きとう》を捧げてくれた女性までもが、遺体の横たわる部屋から出てくると、馴《な》れ馴れしくもこんなことを私に耳打ちしたのである。

「本当に美しいご遺体です。あのようなお方を任せて頂けるのは、心からの喜びというものです。弊社にとって無上の名誉だと申し上げても、大げさではありませんわ！」

教授は、ルーシーから離れようとしなかった。とにかく状況が状況だ。近くには親戚《しんせき》もおらず、アーサーは翌日には父親の葬儀があるので帰ってしまっていたし、私たちは彼女の関係者に通知を出すこともできずにいたのである。そんな有様だったので、必要書類を見たりするのは私と教授の役目になった。教授は、ルーシーに関する書類は自分で目を通すと言って聞かなかった。英語に明るくない教授がもしかしたら法的なものを見落とし、何かトラブルを招いてしまうのではないかと心配になり、私はなぜかと訊ねてみた。

「まあそう言うな」教授が言った。「君は、私が医師であり法律家であることを忘れていないかね？　ともあれこれは、法律どうこうという話ではないよ。ほら、君も検死を免れようと手を尽くしたが、似たようなことだ。私には、検死よりも避けたいものがあるのだよ。もっと出てくるはずなのだ——こんな書類がね」

そう言って教授が取り出したのは、ルーシーが胸元にしまい、そして引き裂いてしまったあのメモであった。

「ウェステンラ夫人の顧問弁護士について何か分かったら、書類にすべて封をして今夜送っておいてくれ。私は今夜ひと晩かけて、何か出てこないかこの部屋を調べてみることにしたい。あのメモのようなものがあったら、それが見知らぬ人の手に渡るのは彼女も嫌だろうからね」

作業に取りかかって三十分ほどで私はウェステンラ夫人の顧問弁護士の住所を見つけ、手紙をしたためた。夫人の書類はすべて整い、埋葬される場所もそこに明記されていた。そろそろ封をしようと思っていると、ヴァン・ヘルシング教授が部屋へとやって来た。

「ジョン、何か手を貸すことはないか？　やることがないから、手を焼いているなら力になろうと思ってな」

「お探しものはもういいんですか？」私は訊ねた。

「特に何かを探していたわけじゃないんだ。何か見つかりはしないかくらいに思っていたのだが、こんなものがあったよ。手紙が何通かと、メモが数枚、あとは書き始めたばかりの日記帳だ。ここに持って来ているが、今はひもとかずにおくとしよう。明日の夜にあの青年と会うのだが、彼の許しが得られたら、いくらか目を通してみるつもりだよ」

手元の仕事をすべて済ませてしまうと、教授が私に声をかけた。

「さて、それでは我々もひと眠りするとしよう。君も私も、すっかりくたくただからね。明日は忙しくなるが、とりあえず今夜はもうやることもない。残念だがね！」

寝る前に、ふたりでまたルーシーのところへと行った。葬儀屋は確かにいい仕事をしており、部屋は小さな遺体安置室《シャペラルダン》に飾り上げられていた。痛ましい死の香りを消し去ろうというように、美しく白い花々が部屋を埋め尽くしていた。教授は身をかがめると、ルーシーの顔を覆う白い布の端をめくった。背の高いろうそくに浮き上がる美しい彼女の亡骸に、ふたりともはっとせずにはいられなかった。死後数時間が経っていたが、ルーシーの体に刻まれていた破滅の爪痕《つめあと》は消え去り、これが本当に遺体なのかと目を疑わずにはいられないほど、彼女の顔は生気を取り戻して見えた。

教授はじっと、厳《いか》めしい顔つきで彼女を見つめていた。私のように彼女を愛していたわけではない教授は、涙を浮かべてはいなかった。「私が戻って来るまでここにいてくれ」彼はそう言うと部屋を出て行った。そして、廊下に置きっぱなしになっていた未開封の荷物を開けてニンニクの花を両手にいっぱい持って来ると、ベッドの周囲に飾られた白い花の中に挿していった。それから首に下げていた金の十字架をはずし、彼女の唇の上に置いた。彼がまたルーシーの顔を布で覆い、私たちは部屋を後にした。

部屋で着替えていると教授のノックが聞こえ、すこししてドアが開いた。

「明日になったら夜になる前に、死体解剖用のメスを私のところへ持って来てくれんかね」

「検死解剖をなさるんですか？」

「そうとも言えるし、そうでないとも言えるね。解剖をしたいとは思っているが、君の想像しているものとは違うはずだ。君には説明してあげるが、これは他言無用だぞ。私は彼女の頭を切り離し、心臓を取り出すつもりなのだ。おお、外科医の君をそんなに驚かせてしまうとは！　君は生者だろうと死者だろうと、他の連中が震えている中、指先ひとつ震えさせず冷静沈着に手術をしていたではないかね。そうか、ジョン。君は彼女のことを愛していたのだったな。だが忘れていたわけではないのだよ。君が助手をしてくれれば、あとは私がやろう。本当は今夜のうちにやってしまいたいのだが、アーサー君のことを思うと、そういうわけにもいかん。明日にお父上の葬儀が終われば、彼女にひと目会いにこちらにやってくるだろう――あれを見にね。だがそれが済めば彼女の亡骸は翌日の葬儀のため、棺《ひつぎ》に安置されることになる。そうしたら、皆が寝静まっている間に私と君とで忍び込むとしよう。棺の蓋《ふた》を止めるネジをはずし、解剖をするためにね。あとは蓋を元どおりに閉じ直してしまえば、他の者には誰ひとり知られずに済むというわけさ」

「ですが、いったいなぜそんなことを？　もうルーシーは亡くなっているのです。なぜ必要もないというのに、今さら解剖などなさるんです？　解剖をしたところでルーシーにも、私たちにも、科学にも、何のためにもなりはしません。理由を教えてくださいませんか？　理由もないのに解剖を行うというのは冒瀆《ぼうとく》です」

教授は私の肩に手を置くと、深い愛情を込めて言った。

「ジョン、嘆き悲しむ君の胸の内はよく分かる。その優しさがあるからこそ、君のことが好きなのだ。できることなら、私が代わりにその苦しみを背負ってあげたいくらいだ。だが、世の中には君が知らんことがあるのだよ。気持ちのいいことではないだろうが、君もいずれ知ることになり、そうなればきっと私に感謝するだろう。ジョン、君と私はもうずいぶん古い付き合いになるが、私が何の理由もなくこんなことをする人物だと君は思うかね？　そりゃあ、私だって生身の人間なのだから、過ちを犯すこともあるさ。だが、私は自分のすることに信念を持っている。だからこそ、君は追い詰められてどうしようもなくなり、私を呼び寄せようと思ったのではないかな？　そうだろう！　君は、ルーシーにキスしようとしたアーサーを私が全力で引きはがしたのを見て目を丸くしていたな。むしろ呆然《ぼうぜん》としていたな。そうだろう！　だが彼女は死に向かう瞳《ひとみ》で私を見つめ、弱々しい声を振り絞り、私に感謝して手のひらにキスをしたではないか。そうだろう！　彼女が私に感謝しながら瞳を閉じたのを、君は見ていたはずではないか。そうだろう！

いいかね、私だって何の理由もなくこんなことを考えたりはせんよ。君は何年も私のことを信頼してきてくれた。ここ何週間かも、君にとっては奇妙に思えて疑いたくなるようなことがあったろうが、それでも信じていてくれた。だからジョン、もうすこし私を信頼してはくれんか。もし信じてもらえぬのならば私の考えを話して聞かせなくてはなるまいが、それが良いことだとは思えないのだ。君の信頼を得られようが得られまいが私はやるつもりだが、もし友人の協力が得られないとするならば、私は気が重いままメスを握らねばならん。誰かの手と勇気とを借りたくても、孤独のうちに解剖を行わねばならなくなるのだ！」教授はここでしばらく言葉を止めると、真面目な顔で言葉を続けた。「ジョン、今後は奇妙かつ恐ろしき日々が我々を待ち受けている。私たちが別々ではなく、力を合わせなければならんのだ。どうかね、私を信じてはくれないか？」

私は教授の手を取ると、信頼を約束した。教授が部屋を出てゆくと、私は彼が自分の部屋に入ってドアを閉めるまで、戸口からその背中を見送った。ひとりのメイドが足音もなく廊下を行き、ルーシーの眠っている部屋に消えてゆくのが見えた。私には背中を向けていたので、こちらに気づきはしなかったろう。その様子に、私は胸が締め付けられる思いだった。人はそうそう誰かに対して献身的になれるものではない。だから自ら進んで大切な人に献身している者を見ると、畏怖《いふ》の念を抱かずにはいられないのだ。彼女は今、死というものに対して自然に胸に湧き起こる恐怖を退けながら、かつて愛した主人が埋葬されるまでひとりにすまいと付き添おうとしているのだ……。

教授が部屋に入って来る気配に目を覚ました私は、部屋がすっかり明るくなっているのを見て、いつの間にか眠りこけていたのに違いないと感じた。教授はベッドサイドにやって来ると言った。

「メスのことは忘れてくれ。あれはしないことになったからね」

「なぜです？」私は訊《たず》ねた。昨夜教授が見せたあの真面目な表情を思うと、拍子抜けであった。

「遅すぎたのだ。いや、早すぎたのかもしれん。これをごらん！」教授は厳粛な顔をすると、あの小さな金の十字架をかかげてみせた。「こいつが夜のうちに盗まれてしまったのだ」

「盗まれた？　どうして？」私はわけが分からず訊ね返した。「だって、今そこにお持ちではないですか」

「それは、生者であり死者である彼女のもとからこれを盗んだ娘より取り返して来たからだよ。私はとやかく言わんが、あの娘は罰を受けることになるだろう。自分が何をしでかしたのか分かっておらんのだ。分からんから盗んだりできたのだ。こうなったら、ただ待つしかない」

それだけ言うと教授は部屋を出て行ってしまった。私を悩ませる新たなミステリーを部屋に残して。

陰鬱《いんうつ》な午前が過ぎ、午後になると弁護士が訊ねて来た。ホールマン・サンズ・マーカンド＆リダーデイル法律事務所のマーカンド氏である。非常に気さくな好人物であり、私たちが済ませた処置に感謝を述べ、細々とした処理を私たちから引き継いでくれた。昼食を摂《と》りながら彼は、ウェステンラ夫人が自分はいつ死ぬか分からないからと、死後に備えた準備をきっちり整えていたことを話してくれた。いわく、父親からの相続分については直接の嫡子がいないため遠縁の親戚《しんせき》へと相続されるが、それ以外のすべての財産は、動産も不動産もすべてアーサー・ホルムウッドが相続人になっているのだという。マーカンド氏は長々とした説明を終えると、さらにこう続けた。

「正直に申しますと、私どもはこの遺言状を作るのを思いとどまって頂こうと、言葉を尽くして説得したのです。何か不慮の事態が起こり、お嬢様が無一文になってしまったり、結婚相手を選ぶのにも支障が出るかもしれないと、さんざんお話ししたのです。あまりにも強く申し上げすぎたものですから危うく破談になりかけ、奥様は私どもに、自分の意向通りにするつもりがないのかとまでおっしゃられたほどなのです。そう言われてしまえば、私たちは納得せざるを得ませんでした。基本的には私どものほうが正しいわけですし、百件のうち九十九件を調べてみれば、こちらの判断こそ正確なのだと証明することもできるでしょう。ですが正直、奥様の件につきましては、他の遺言状ではご要望を満たすことができなかったろうと認めざるをえません。確かに、奥様が先立たれればお嬢様が財産の相続人ということになります。たとえお嬢様が亡くなられたのがその五分後であろうとも相続権は変わらないわけですが、今回のようにお嬢様が遺言状を作ることが事実上不可能な件においては、財産のすべては無遺言相続財産として扱われることになってしまうのです。そうなってしまえば、いかに近しい間柄であろうとも、ゴダルミング卿《きょう》、つまりホルムウッド氏には相続権が何もなくなってしまうことになります。いくらそこに不幸な事情があろうとも、遠縁の相続人たちは権利を手放したりは絶対にしませんからね。ですから私は今回の結果に非常に満足しております。これ以上は望めませんでしょうな」

彼はいい人物だったが、この壮大なる悲劇のほんの一部だけ——つまり職業上関心を持った部分だけ、ということだが——からそれほどまでに喜んでいる彼を見ていると、同情だけではとても物事は理解できないのだということが実によく分かった。

弁護士は長居せず、夜にまたゴダルミング卿に会いに来るからと言い残して帰って行った。彼が来てくれたことで私たちはほっとしていた。私たちがしたことが手厳しい批判の対象になるようなことはないと、はっきりと分かったからだ。アーサーが夕方五時に来ることになっていたので、私たちはそのすこし前に遺体の安置されている部屋に行くことにした。ルーシーと母親とが並んで横たわっている様子は、まさに遺体安置所であった。葬儀屋があれこれ道具と技術とを駆使してすっかり部屋を安置所らしく仕立てあげていたので、入るやいなや、私たちは暗い気持ちになった。ヴァン・ヘルシング教授は、ゴダルミング卿がもうすぐやって来るが、婚約者にしてみれば元のままになっていたほうが悲しみも少ないだろうから、元どおりに戻すよう葬儀屋に言い渡した。葬儀屋は、それは馬鹿なことをしたとばかりに、大慌てで昨夜のとおりの部屋へと戻す作業に取りかかった。おかげで到着したアーサーも、ひどく胸を痛めずに済んだというわけである。

しかし、何と可哀想に！　彼はすっかり打ちひしがれ、憔悴《しょうすい》してしまっている様子だった。この試練から受けた胸の痛みのせいで、彼ならではの逞《たくま》しい男らしさまでもがしぼんでしまったように感じられた。彼が心から父親を敬愛しているのは知っていたし、よりによってこんなときにその父親を失うことは、アーサーにとって堪え難い苦痛だったことだろう。彼は私に対しては普段どおり穏やかで、教授には心からの尊敬をもって接していたが、私には、彼が何か無理をしているように思えてならなかった。教授もそれに気づくと、彼を連れて二階に上がるよう私に合図を送った。だから私は言われた通りにすると、きっとふたりきりになりたいだろうと思い、彼をドアの前に残そうとした。だが彼は私の腕を摑《つか》み、こう言った。

「彼女を愛していたのは君も同じだろう。ルーシーからそう聞いていたし、彼女にとっては、君ほどの友人は他にいなかったんだ。ルーシーのために手を尽くしてくれて、本当にありがとう。僕はまだとても受け入れられそうに……」

彼はとつぜん感情を抑え切れなくなると両腕を私の肩に回し、胸に顔をうずめて泣き出した。

「ジャック！　ジャック！　僕はいったいどうすればいいんだ？　何もかも一瞬にして失ってしまい、こんな世界にはもう生きる価値がないように思えてならないんだよ」

私は心から彼を慰めた。男同士、こういうときには多くを語らずとも伝わるものだ。手を握り、肩を抱き寄せ、共に涙するだけで、この哀れみがしっかりと彼の胸にも響くのだ。私はじっと黙ったまま彼が泣き止むのを待つと、静かに声をかけた。

「さあ、ルーシーに会ってやってくれ」

ふたりでベッドへと歩み寄り、私が彼女の顔にかかった布をめくった。ああ、彼女の美しさときたら！　時間が経てば経つほど、美しさに磨きがかかっていくかのようだ。私は驚かずにはいられなかった。アーサーはがっくりと膝《ひざ》をつくと、目の前の光景が信じられずに肩を震わせた。長い沈黙の後、消え入りそうな声で彼が言った。

「ルーシーは本当に死んでいるのかい？」

私は悲しい表情で彼に本当に死んでいるのだと伝えた。そのような疑いは、すぐにでも忘れさせてやったほうが、彼のためである。そして、死者というものはときとして若々しい美しさを取り戻したように見えるものなのだと教えた。特に死に至るまでの病状が深刻で、長引いたりすると顕著にその傾向が見て取れるのだと。アーサーは私の言葉ですっかり納得したのか、しばらくの間ベッドのかたわらにひざまずき、愛情を込めたまなざしでルーシーをじっと見つめてから立ち上がった。棺《ひつぎ》の準備をするのでそろそろお別れをしなくてはいけないと伝えると、彼は彼女の手を取りキスをし、体をかがめて彼女の額にキスをした。そして、何度も名残惜しそうに彼女を振り返りながら、部屋を後にしていった。

私は彼をリビングにひとり残すと教授のところに行き、アーサーが別れを済ませたことを告げた。教授はキッチンに行くと、葬儀の準備をして棺の蓋《ふた》をネジで止めるよう、葬儀屋に言った。部屋に戻って来た教授にアーサーの質問のことを話すと、教授が答えた。

「驚くには値せんよ。私だってつい今しがた、同じ疑問を感じたくらいなのだからね！」

三人で夕食を摂っているときも、アーサーは努めて元気に振る舞おうとがんばっていた。ヴァン・ヘルシング教授は終始黙りこくっていたが、食事を終えて三人分の葉巻に火をつけると口を開いた。

「ゴダルミング――」だが、アーサーがそれを遮った。

「どうか、どうかそんな呼び方はおやめください！　とにかく、まだいけません。いえ、責めようとしているのではないのです。ただ、まだ父が死んで間もないものですから」

教授は、静かに答えた。

「すまない、どうお呼びしたものか分からなかったものだから、ああ呼んだだけだよ。『ミスター』と呼ぶわけにもいかんし、それに私は君のことをアーサーとしてすっかり気に入ってしまっているからね」

アーサーは手を差し伸べると、力を込めて教授の手を握った。

「何とでもお呼びください。いつでも友人として接して頂けるなら、それがいちばんです。それにルーシーのことであれほどまでに手を尽くしていただき、お礼の言葉も見つからないほどです」彼はすこし言葉を止めると、先を続けた。「たぶん、彼女のほうが僕なんかよりも深く感謝していることでしょう。憶《おぼ》えておいでとは思いますが、ルーシーの部屋で僕にあのようなことをなさったとき」そう聞くと、教授はうなずいた。「何か無礼があったのであれば、お許しください」

教授は温かく微笑みながら答えた。

「あのような乱暴を理解しろというほうが無理なのだから、さぞかし私のことが信用できなかったことだと思うよ。むしろ今でも君にはよく意味が分からず、私のことも信用できていない、いや、信用できないだろう。これからも、私がいくら信頼してほしくとも、君が信じられないときや、信じようとしないときや、信じたいと思えないときがあるだろう。だがやがて、陽の光に照らされたかのように私のことをすっかり信頼できるときがくるよ。そうすればきっと、私が君のために、他のみんなのために、そして私が必ず護《まも》ると誓ったあの子のために何をしていたのか、君にも分かるはずだよ」

「どうか、どうか、そんなふうにおっしゃらないでください！」アーサーが熱を込めて言った。「私はいつでも教授を信頼しておりますとも。とても高潔なお心を持ってらっしゃることも分かりますし、ジャックの、そしてルーシーの友人ではありませんか。どうか僕のことをそんなに気になさらないでください」

教授は何度か咳払《せきばら》いをすると言った。

「では、ひとつ頼みごとをしてもいいかね？」

「なんなりと」

「ウェステンラ夫人がすべての財産を君に遺《のこ》されたのはご存じかな？」

「なんと、そうだったのですか。考えてもみませんでした」

「すべて君のものになったのだから、君には自分の好きなようにする権利があることになる。そこで、ルーシーの遺した書類や手紙を読むことを、私に許可してほしいのだ。いや、何も野次馬根性で言うのではないよ。理由を聞けば、ルーシーもきっと納得してくれることだろう。書類や手紙は、ここにすべて揃っている。すべて君のものになったのを知る前に、赤の他人の手に触れたり、彼女の胸の内が誰かの目に触れたりすることがないよう集めてきたものだよ。まだ君すらも中を見てはいないが、もしできるならば、私がしっかりと保管しておきたいと思っている。絶対に一通たりとも無くしたりせず、そのときがきたら君にお返ししよう。簡単な決断ではないと思うが、どうか、ルーシーのためだと思い承諾してはくれないだろうか？」

アーサーはまるで元気だったころのような声で答えた。

「ヴァン・ヘルシング教授、どうかお気の済むようになさってください。こう言うと、まるでルーシーが喜ぶことをしているような気持ちになれるのです。そのときが来るまで、決してこちらから口出しをしてお気を煩わせたりはしません」

教授は立ち上がると、静かな声で言った。

「君の言うとおりだよ。我々の行く手には困難が立ちはだかっている。だが、それを乗り越えればすべて終わるというわけではない。我々が、そして特にアーサー、君がすべてに決着をつけるには、まず苦汁も飲まなくてはならんのだよ。しかし、とにもかくにも勇気を持ち、利己的にならず、ちゃんと責任を果たさねば。そうすれば、万事うまくいくのだからな！」

その夜、私はアーサーの部屋のソファで眠った。教授は、一睡たりともせずに夜を明かした。ニンニクの花に覆われ、百合《ゆり》や薔薇《ばら》の芳香を覆うような香りが立ちこめるルーシーの眠る部屋から片時も目を離さず、まるでパトロールでもするかのように屋敷の中を巡回し続けていたのである。

ミーナ・ハーカーの日記

九月二十二日

エクセター行きの汽車にて。ジョナサンは眠っています。最後に日記をつけたのはつい昨日のことのようなのに、あれから本当にいろいろなことがありました。あのころはまだホイットビーで当たり前の生活をしており、遠く離れたジョナサンからは何の連絡もなかったものです。あれからジョナサンと私は結婚し、彼は弁護士になり、共同経営者になり、裕福になり、ついに経営者としてひとり立ちしました。そしてホーキンスさんが亡くなって埋葬され、ジョナサンは、また大変な発作を起こしてしまいました。いつか彼から訊《たず》ねられたときのために、すべてをありのままに書き残しておかなくては。思いがけなく裕福になってしまったせいで私の速記の腕も鈍ってしまったので、また練習し直して上達しなくてはいけません。

葬儀はとても質素に、そして厳粛に執り行われました。私たちの他に参列したのは、ロンドンでの使用人、エクセターからのご友人が数人、ロンドンでの代理人、弁護士協会の会長ジョン・パクストン卿《きょう》の代理の方だけです。ジョナサンと私は手を取り合い、最愛の友人を失ったことに胸を痛めていました……。

葬儀が終わると私たちはハイドパーク・コーナー行きの乗合馬車に乗り、口数もすくなくロンドン市街へと戻って来ました。ジョナサンが、ロトン・ロウの乗馬場で馬でも見ようと私を気遣ってくれたので、私たちはしばらく腰を下ろしていました。ですが辺りには人影もまばらで、ずらりと並んだ空のベンチを眺めていると、空っぽになってしまった自宅のことが思い出されて寂しく、わびしい気持ちになり、私たちはベンチを立つとピカデリーを歩きました。ジョナサンは、まだ学校に行く前よくそうしたように、私の腕を取って歩きました。何年も女子たちにエチケットやマナーを教えてきた私は、どうも頭が固くなってしまっているのか、そんなことをするのはとても不作法なことだという気がしてしまいました。でも相手はジョナサンですし、私たちは夫婦ですし、それに行き交うのは見知らぬ人々ばかりなのです。それに、もし知人に見られても気になどなりませんでしたし、そのまま散歩を続けました。私がギリアーノの店の前に停まった四輪馬車に乗る、大きな広縁帽の美しい女性に目を奪われていると、突然ジョナサンが痛いほど私の腕を握りしめ、声を殺すようにして「そんなまさか！」と言いました。下手に神経が昂ぶればまたジョナサンに発作が起きてしまうと気が気でない私は、ぱっと彼の顔を見て、いったいどうしたのかと訊ねました。

ジョナサンはひどく蒼ざめ、飛び出さんばかりに目を剝《む》きながら、恐怖とも驚きともつかない表情を浮かべていました。彼の視線が釘付《くぎづ》けになっている先には、背が高く瘦《や》せ、黒く尖《とが》ったようなあごひげを生やした鷲鼻《わしばな》の男性が立っていました。馬車の女性をじっと見つめており、私たちには気づいていなかったので、よく観察することができました。何だか不気味な顔だと思いました。厳《いか》めしく残忍そうで、そして淫《みだ》らな顔。真っ赤な唇のせいで白く際立って見える歯は、まるで獣のように鋭く尖っています。ジョナサンがじっといつまでも凝視しているので、男に気づかれてしまうのではないかと私は冷や冷やせずにはいられませんでした。その凶暴な、血走った顔を見ていると、まるで別人になってしまったようで恐ろしいほどでした。いったい何にそんなに驚いているのかと訊ねると、彼は、私にも分かって当然だとでも言わんばかりの顔をこちらに向け「あれが誰だか分からないのか？」と言いました。

「分からないわ。知らない人よ。どなたなの？」私は言いました。相手が私であることすら忘れたように答えるジョナサンの声を聞き、私は背筋を凍らせずにはいられませんでした。

「あの男に間違いない！」

ジョナサンは可哀想に、何かとても恐ろしいものに怯《おび》えてでもいるかのようでした。もし私がそばで支えてあげなければ、地面に倒れ込んでしまっていたかもしれません。見つめ続けるジョナサンの前で、ギリアーノの店から小さな包みを持った男性が出て来て女性にそれを手渡すと、馬車が走り出しました。黒い服を着たあの男はずっと馬車を見送っていましたが、馬車がピカデリーを遠ざかってゆくと彼も同じ方向へと歩き出し、一台の辻《つじ》馬車を呼び止めました。ジョナサンはそれを目で追いかけながら、まるでひとりごとのように言いました。

「絶対に伯爵に違いないが、若返っているじゃないか。何ということだ。信じられん！まさか！　まさか！」

あまりに必死なジョナサンの様子を見て、あれこれ質問をしてこの問題に引き留めるべきではないと思った私は、何も言わず黙っていました。摑《つか》まれている腕を私がそっと引くと、ジョナサンは素直に立ち上がりました。そのまま私たちはすこし歩き、グリーン・パークのベンチにしばらく腰掛けました。秋の割に暑い日でしたが、木陰に居心地のよいベンチがあったのです。ジョナサンはしばらく虚《うつ》ろな目をしていましたが、やがて目を閉じると頭を私の肩に預け、静かに眠りに落ちました。そうしているのがいちばん彼のためにいいと思い、私は起こさないようにしました。彼は二十分ほどで目を覚ますと、明るく言いました。

「いやはや、すっかり眠ってしまったみたいだよ。せっかくなのに悪かった。さあ、どこかでお茶でも飲むとしよう」

どうやらジョナサンは、あの黒服の男のことなど綺麗《きれい》に忘れてしまっているようでした。あの男を見て思い出した何かを、入院中はまったく忘れていたのと同じなのでしょう。こうした記憶の明滅が続くと脳がさらに損傷を受けたり、損傷を長引かせてしまったりするのではないかと思い、気がかりでなりません。悪影響があるかもしれないと思うと、恐ろしくてこちらから何かを訊ねたりもできません。ですが海外に行っている間にジョナサンの身に何があったのか、探り当てなくてはいけません。どうやら、縛りあげた彼の日記帳をひもとかねばならないときが来たように感じます。ジョナサン、どうか許してください。私が過ちを犯すとしても、それはすべてあなたのためなのですから。

その後
何もかも、悲しいことだらけの帰宅でした――。あれほど親切にして下さったあの方はもう家におらず、すこし病気がぶり返してしまったジョナサンは顔面蒼白《そうはく》でふらついています。そして今、ヴァン・ヘルシングという方から電報が舞い込んできたのです。

「カナシイシラセ。ウェステンラ・フジン　イツカマエニナクナリ　ルーシーモ　オトトイナクナリマシタ。オフタリトモ　ホンジツ　マイソウサレマシタ」

　こんなにも短いのに、なんと心を締め付ける報《しら》せなのでしょう！　ウェステンラ夫人もルーシーも、可哀想に！　逝《い》ってしまって、もう二度と会えないだなんて！　そして生涯の伴侶《はんりょ》を失ってしまったとは、アーサーもどれだけ可哀想なのでしょう！　神よ、災いから私たちをお護《まも》りください。

セワード医師の日記

九月二十二日

　すべて終わった。アーサーはクインシー・モリスと一緒にリングへと帰って行った。クインシーは、なんと素晴らしい人物なのだろう！　彼も私たちみなと同じくらい、ルーシーの死に胸を痛めていたのに違いない。だが彼は高潔なバイキングのように、それを堪えてみせたのだ。もしアメリカが彼のような男を生み出し続けることができるなら、いつか必ず世界の強国に名を連ねることになるだろう。ヴァン・ヘルシング教授は横になり、旅路のために体を休めているところだ。今夜アムステルダムに向けて発《た》つのだが、どうしても自分でないと手配できないことがあるため、明日の晩には戻って来るらしい。

ロンドンで時間のかかる用事を済ませなくてはならないため、できれば私のところに泊まりたいらしい。本当に頭が下がる！　ここ一週間の張り詰めた空気で、彼の鋼の体力も尽き果ててしまったのではないかと心配だ。葬儀の間じゅうずっと彼が何かを押し殺しているのが、私の目にも見て取れた。埋葬が済むと、私たちの隣に立っていたアーサーは、うなだれながら、ルーシーに彼の血液を輸血したときのことを話していた。ヴァン・ヘルシング教授は顔を蒼ざめさせたり、紫に染めたりしながらそれを聞いていた。アーサーはあの輸血以来、彼女と本当に結婚し、神の御前でルーシーと契りを交わしたような気がするのだと言った。他の輸血について口にする者は誰もおらず、今後も永遠に私たちの胸にしまわれることになるだろう。アーサーとクインシーはふたりで駅へと向かい、私と教授は連れ立ってここへ戻って来た。馬車に乗ってふたりきりになると、教授はいつものヒステリーを起こした。昔は、これはヒステリーではなく、何かひどい状況に直面したときに、胸の底の気質が自《おの》ずと発露してしまうだけなのだと言っていたものだ。教授が笑い転げて泣き出してしまったので、私は人に見られて誤解されたりすることがないようブラインドを下ろさなくてはならなかった。彼は次に、今度は笑いが込み上げてくるまで泣き続け、最後にはまるで女たちのように、泣き笑いをしはじめた。私は、女性にそうするよう彼をきつくたしなめてみたのだが、これは徒労であった。強さや弱さを発露させる男女の神経構造が、これほどまでに違うものだとは！　やがて彼の表情がいつもの厳めしさを取り戻すと、私はいったいなぜこんなときに笑い転げたりするのかと訊《たず》ねてみた。彼は論理的かつ謎めいた、いかにも彼らしい返事を私によこした。

「ああ、君には分からないのだね。あの子の死が悲しくないから私が笑っているのだなどとは、思ってくれるなよ。私は、息が詰まるほど笑い転げていようとも、それでも泣いているのだ。だが、泣いているからといっても悲しいのだとは限らん。同じように笑いが込み上げてくるものなのだからね。いいかね、ドアをノックして『入ってもよろしいでしょうか』などという笑いは、笑いのうちに入らんことを憶《おぼ》えておきなさい。そう！　笑いは王であり、好き勝手に、ずかずかとやって来るものなのだ。人の許しも乞《こ》わなければ、時と場合を選んだりもせん。ただ『余はここにおるぞ』と言うばかりでね。ごらん、私はあの可哀想な娘のために心から悲しんでおる。老いぼれたこの体から血を与え、技術も睡眠時間も惜しげもなく与え、彼女にすべてを捧《ささ》げるべく他の患者たちに苦しみを押しつけてしまった。だがそれでも私は彼女の墓前で笑うことができた――墓守のシャベルから棺《ひつぎ》の上にどさりどさりと土が落ちる音が胸に響き、私の頰から血の気を奪ってしまっていようともね。あの哀れな青年のためには、胸に血が滲《にじ》むほど苦しんだ――息子が生きていたならちょうど同い年ぐらいで、髪も瞳《ひとみ》も同じ色をしていたことだろうに。これで、なぜ私が彼のことをこんなにも大事に思うのか、君にも分かったろう。そして、彼の言葉が私の父性をくすぐり、誰に感じるものとも違う同情を感じるとき――ジョン、君に感じる気持ちとも違うのだ。我々は父子《おやこ》というよりもむしろ同輩なのだからね——それでも笑いの王はやって来て、耳元で『余はここにおるぞ！　ここにおるぞ！』と叫びおる。すると血液がわずかの陽光を引き連れ私の頬へと駆け戻り、私は笑い出してしまうのだ。おお、ジョン。この世界はなんとも奇妙で、悲しく、謎と、不幸と苦しみとに満ちあふれている。だが笑いの王はやって来ると音楽を奏で、ぜんぶまとめて踊り出させてしまうのだ。血を流す心も、墓地に眠る干涸《ひか》らびた骨も、流れる熱き涙も、その唇が奏でる音楽に、一緒になって踊り出してしまうのだよ。だがジョン、それはとても有り難く、慈悲深いことなのだ。そう、我々は男も女も、方々からぴんと引っ張られ、張り詰めた糸のようなものなのだ。そこへ涙がこぼれ落ちれば糸はまるで雨に濡《ぬ》れたのと同じように、さらに張り詰め、ついにはぷつりと切れてしまう。だが笑いの王が太陽のごとく現れると、張り詰めたその糸を緩めてくれる。そして我々は何であれ、自らの役目を果たそうと力を尽くすことができるのだよ」

何を言っているのか分からないような顔をして傷つけたくはなかったが、私には、彼がなぜ笑ったのかが理解できなかったので訊ねてみた。教授はしかめ面になると、声のトーンを落として言った。

「あれはまったく、悪趣味な皮肉というものだよ——ルーシーは花に囲まれ、我々が本当に死んでいるのかと疑いたくなるほど、美しく、活《い》き活きとして見えた。そして、他の血族や、互いに愛し合った母親とともに大理石の墓所に葬られ、ゆっくりと別れの鐘の音が悲しげに鳴り響いた……。だが、天使のような白い衣をまとった聖職者たちは祈《き》禱《とう》書を読んでいるふりをしているだけだった。ページを見つめてすらいなかった。私たちは皆、頭を垂れていた。いったいぜんたい、これは何かね？　彼女は死んだのだ。違うか？」

「教授、今のご説明のどこがそんなに可笑《おか》しいのか、私には見当も付きません。むしろ、さっきよりも分からなくなってしまったくらいです。埋葬の儀式がいくら滑稽《こっけい》だったとしても、アートと彼の苦しみはどうなるんです？　あいつは本当に苦しみに苛《さいな》まれているんです」

「そのとおり。だが彼は、輸血をしたことでルーシーと本当の夫婦になったような気がすると言っていたではないか」

「そうです。そう思うことが、あいつにとって慰めになったのです」

「まあ、そういうことだろう。だがジョン、そこにはひとつ難題があったのだよ。アーサーはそれでいいとして、他の連中はどうかな？　はは！　だとしたらこの愛らしいお嬢さんは重婚ということになってしまう。そして、私も重婚だ。というのは、かみさんは死んでしまっても奇天烈《きてれつ》な教会法とやらではまだ生きていることになっており、私は彼女の忠実な夫とされているわけだからね」

「その冗談が、いったい何の関係があるというんです？」教授が話すのを聞いているうちに、私はだんだん不愉快になってきた。教授は私の腕に手をかけ、言った。

「ジョン、もし傷つけたのなら謝ろう。普通ならばこんな気持ちを人にわざわざ伝えたりはしないのだが、信頼する友人である君になら別だよ。もし君が、笑いが止まらなくなってしまった私の心を覗《のぞ》いてくれていたなら。笑い出したときに、そうしてくれていたなら。そして、もし今そうしてくれることができるのならば、笑いの王がその冠までもしまい込んで長旅の荷物をまとめ、私のもとから遥々《はるばる》と長旅に出てしまおうとしているのを知り、君はきっと私のことを誰よりも哀れんでくれることだと思うよ」

訴えるようなその声に心を揺さぶられ、私はなぜそんなことを言うのか訊ねてみた。

「それは、私が知ってしまったからだ！」

そして今、私たちはばらばらになっている。これから何日もの間、孤独が屋根の上でその翼を広げていることだろう。ルーシーは騒がしいロンドンを離れ、寂しい墓地にある一族の墓に、威厳の漂う死の家に眠っている。空気は澄み渡り、墓所のあるハムステッド・ヒルに日が昇り、野生の花が咲き乱れている。

さて、そろそろこの記録も終わりにするときが来たようだ。また新たな記録をつけることになるかは、神のみぞ知るといったところだ。もしまたつけることがあるとすれば、別の人々が抱えた、別の出来事についての記録になるだろう。今はただ生涯の愛を語り終えて自分の人生へと戻ってゆくとしよう。悲しみを胸に、そして希望もなく。

終了《フィニス》。

九月二十五日
『ウエストミンスター・ガゼット』
ハムステッドの怪事件

ハムステッドの近隣住民が、近ごろ不安の渦に巻き込まれている。新聞記事の見出しを書くのが仕事の者であれば「ケンジントンの恐怖」、「美しき刺殺魔」、「黒の女」といった過去の事件のことをまず知っているだろうが、それに匹敵する出来事が、立て続けに起こっているのだ。ここ数日で数件、児童が自宅から姿を消したり、ハムステッド・ヒースに遊びに出かけたまま帰って来なかったりといった事件が発生しているのだ。失《しっ》踪《そう》した児童たちは誰もがまだ幼く、はっきりとした説明も得られないのだが、共通するのは児童らがきれいなお姉ちゃんと一緒にいたと話している点である。失踪するのは決まって夜遅くであり、そのうち二度は、発見が翌朝まで遅れた。最初に行方不明となった児童がこのきれいなお姉ちゃんから「一緒にお散歩しましょう」と誘われたと証言したのを知り、残りの児童もそれを真似しているのではないかというのが、近隣住民たちの考えである。近ごろ児童らの間では友達を引っかけ巧みに誘い出す遊びが流行しているため、この考えを支持する声が強いのだ。派遣記者からの報告によると、きれいなお姉ちゃんの真似をしてみせる児童らの様子は大変滑稽であるとのこと。「風刺画家は児童らから、グロテスクとはいかに風刺すべきかを学ぶべきである」と述べている。

外での遊び《アルフレスコ》においてきれいなお姉ちゃんが人気の役であるのは、人間の基本的性質を考慮すれば何も不思議はない。同記者は泥だらけの顔で魅力的に演じようとする、そしてときには自分に惚《ほ》れ惚《ぼ》れしている児童らを見て、愚かしくも、かのエレン・テリーもその魅力には遠く及ばないとまで述べている。

ともあれ、この一件には見過ごすことのできない面がある。行方不明となった児童らがひとり残らず、喉《のど》に小さな傷を負って帰って来るのである。傷はどれもネズミか小型犬に噛《か》まれた程度のもので、どれもそれほど深刻なものではないが、噛んだのがどのような動物であれ、どの傷もまったく同じようにつけられたものであった。地元警察ではハムステッド・ヒースとその周辺地域において、特に幼い児童らの迷子と野犬に対する警戒を強めている。

九月二十五日
『ウエストミンスター・ガゼット』号外

ハムステッドの怪
児童、新たに負傷
「きれいなお姉ちゃん」

先ほどの情報で、昨夜から行方不明となっていた児童が正午近く、ハムステッド・ヒースのシューターズ・ヒル側に広がるハリエニシダの茂みにて発見されたことが分かった。他の場所に比べ、人通りの少ない場所である。他の件と同様、児童の首には小さな傷痕《きずあと》が見受けられた。児童はひどく衰弱し、かなり消耗している様子であった。だが児童は回復すると他の行方不明事件の児童らと同じく、きれいなお姉ちゃんに誘われたのだと証言した。

第十四章

ミーナ・ハーカーの日記

九月二十三日

ひと晩明けて、ジョナサンはずいぶんよくなりました。忙しくしていれば怖いことも忘れられますから、仕事が山積みなのを見てほっとしています。そして何より嬉《うれ》しいのは、彼が新たな役職の責任に押しつぶされずにいてくれることです。彼ならば必ずやりとげられると信じていましたし、こうして最高の昇進を果たして次々回ってくる責任を果たしてゆくのを見守っていると、本当に誇らしい気持ちになるのです。今日は家で昼食を摂《と》ることができないとのことなので、きっと帰りは夜遅くになるでしょう。これからジョナサンがつけた海外での日記をひもとき、ひとり部屋に籠《こ》もって読んでみるつもりです……。

九月二十四日

昨夜はジョナサンの日記を読んですっかり取り乱してしまい、とても日記をつけるような気分になれませんでした。可哀想なジョナサン！　真実か空想かはともあれ、本当にひどく苦しんだのに違いありません。あの日記には少しでも、真実が書かれているのでしょうか。脳炎に冒されてあんなことを書いたのでしょうか。それとも他に何か理由があるのでしょうか。彼の前でこの話をするつもりはありませんし、きっと私にそれが分かる日は来ないのでしょう……。それにしても、昨日見掛けたあの男！　ジョナサンは、間違いなくあの男を知っている様子でした……。可哀想に！　きっと葬儀のせいで動揺して、心が逆戻りしてしまったのかもしれません……。ジョナサンにとっては、日記に書かれていることが真実なのです。結婚式の日に彼が言った「重要な責任が私の身に降りて来ない限りは、眠りのうちにあろうと目覚めていようと、狂気のうちにいようと正気であろうと」という言葉。あの言葉が、意味しているような気がしてならないのです……恐ろしい伯爵のロンドン来訪を……。この人で溢《あふ》れ返るロンドンの街に伯爵がやって来たとするなら……。それは重要な責任となり、私たちは逃げ出すわけにいかなくなるでしょう。準備をしておかなくては。今すぐタイプライターを用意し、彼の日記を書き写しておくことにします。必要なときに、人の目に触れさせることができるように。もしそうなったときに私に準備さえできていれば、彼の心を掻《か》き乱さずに済むこともあるでしょう。私が代わりに話せたならば、ジョナサンがそのことで思い煩わされ、不安になることもないのですから。もしいつかジョナサンがこの苦しみを乗り越えることができたなら、私にすべてを話してくれることでしょう。そうすれば私も質問して全《ぜん》貌《ぼう》を理解し、彼をどう慰めればいいのか分かるでしょう。

ヴァン・ヘルシングから
ハーカー夫人への手紙（親展）

九月二十四日

以前ルーシー・ウェステンラ嬢の悲報をお知らせしましたが、ただそれだけの間柄である私がまた手紙を差し上げる非礼をお許しください。ゴダルミング卿《きょう》のご厚意により彼女の手紙や書類に目を通すことをお許しいただきました。それというのも私はある重要な事柄において、非常に強い懸念を抱いているのです。その中に、貴女《あなた》からのお手紙を見つけました。おふたりの友情がどれほど深いものか、貴女がいかに彼女を愛しておられたかがよく分かるお手紙でした。ああ、マダム・ミーナ、その愛にかけてどうかこの私に力をお貸しいただけないでしょうか。こんなお願いをいたしますのも、他の人々のためなのです――貴女には想像もつかぬほどの大きな悪を正し、災厄を振り払わんがためなのです。どうか一度、お目にかからせていただけないでしょうか？　心配はありません。私はジョン・セワード医師とゴダルミング卿（ルーシー嬢のご婚約者であったアーサー殿のことですが）の友人です。ただし現在のところ、この件はご内密に願います。もしお許しいただき、場所と日時とをご指定頂けるのならば、すぐにでもエクセターへと参ります。どうぞ、ご一考ください。可哀想なルーシーに貴女が送られたお手紙を拝見し、貴女がどれほど優しく、ご主人がどれほど苦しまれたかを知りました。だからこそ、ご主人を苦しめることになるかも知れぬこの一件については、ご内密に願いたいのです。どうかお願いを聞き入れられ、そして、お許し下さらんことを。

ヴァン・ヘルシング

ハーカー夫人よりヴァン・ヘルシングへの電報

九月二十五日

モシ　マニアエバ、十ジ十五フンノキシャニテ　オイデクダサイ。イツデモ　オアイイタシマス。

ウィルヘルミーナ・ハーカー

ミーナ・ハーカーの日記

九月二十五日

もしかしたらヴァン・ヘルシング先生の来訪がジョナサンの苦しみに光を射してくれるかもしれないと思うと、ときが近づくにつれて胸の高鳴りを抑え切れなくなってきてしまいました。それにヴァン・ヘルシング先生はルーシーを看取《みと》られたのですから、私に一部始終を話して聞かせてくれるに違いありません。そう、先生はそのために訪ねていらっしゃるのです。ルーシーと夢遊病のことをお話しにいらっしゃるのであって、ジョナサンのためではないのです。真実が分かることなどありはしないというのに！　何て浅はかだったのでしょう。あの恐ろしい日記のことで頭の中がいっぱいになっていて、何でもかんでも結びつけて考えてしまうのです。そう、先生がいらっしゃるのはルーシーのことでなのです。きっと彼女はあのときまた夢遊病が再発し、そして、あの断崖《だんがい》での出来事で病気になってしまったのに違いありません。自分のことで手一杯だった私は、あの夜の後、彼女がどんなに体を悪くしたかほとんど忘れてしまうところでした。たぶんルーシーはあの夜のことを先生に話しており、私がすべて知っていると伝えたのでしょう。だから先生はことの真相を探るべく、私に話を聞きに来ようとなさっているのです。あの子のお母さまに何も話さずにいたのは、正しい判断だったのでしょうか。たとえ直接ではないにせよ私の行いがルーシーを傷つけてしまったのだとしたら、私は自分を許すことができません。どうか、ヴァン・ヘルシング教授に責められたりすることがありませんように。今は心配事や悩み事ばかりで、これ以上はとても堪えられそうにないのです。

ときに涙は、雨が空気を洗ってくれるように、心を洗い流してくれたりするものです。こんなに取り乱しているのは恐らく昨日あの日記を読んだせいと、結婚して以来初めて、今朝から丸一昼夜、ジョナサンと離ればなれになっているからでしょう。ジョナサンがゆっくり休み、どうか気持ちを乱されたりすることがありませんように。今は午後二時で、もうすぐ先生がいらっしゃる時間です。訊《たず》ねられない限り、ジョナサンの日記のことを話す気はありません。自分の日記もタイプライターで書き写しておいて、よかった。これならルーシーのことを訊ねられても、これを差し出せばあれこれ質問の手間が省けるというものです。

その後

先生がいらっしゃり、先ほど帰られたところです。何とも奇妙なお話だったものですから、今でも頭がくらくらしているほどです！　まるで夢のよう。あのお話の一部たりとも、果たして真実だなどということがあり得るのでしょうか？　もし先にジョナサンの日記を読んでいなければ、私には信じることができなかったでしょう。ああ、なんて可哀想なジョナサン！　あんな目に遭ってしまっただなんて。神様、どうかジョナサンが二度と苦しむことがないようにしてください。私もそうならないよう、がんばらなくてはいけません。この話はとても恐ろしくて身の毛のよだつようなものですが、すべて真実なのです。彼も、自分の頭も目も耳も確かにそれを受け止めていただけなのだと分かれば、それが彼の慰めとなり、力を与えてくれるかもしれません。ジョナサンはもしかしたら、それが信じられずに苦しんでいるかもしれないのです。だから、夢であれ現実であれ、もしその疑念が取り払われて真実が分かったならば、彼は前を向き、苦しみに耐えることができるようになるかもしれません。ヴァン・ヘルシング先生はアーサーの友人であり、ルーシーを診ていただくためオランダからお呼びしたのだそうですから、きっととても善良で、聡明《そうめい》な方なのに違いありません。私の目には、善良で親切なだけでなく、とても高貴な人間性をお持ちの方のように見受けられました。明日また先生がいらしたら、ジョナサンのことを訊ねてみるつもりです。そうしたら神様、きっとこの悲しみと不安とに、明るい光が射し込んできてくれますように。昔は、インタビューの仕事をしてみたいと思っていたこともありました。エクセター・ニュースに勤めるジョナサンの友人いわく、そうした仕事では記憶力がすべてなのだそうです。後で手直しを加えるにしても、まずは相手の言葉を一言一句正確に書き留めることができなくてはいけないというのです。今日は滅多にないインタビューの機会だったわけですから、一語たがわず書き留めてみようと思います。

ノックの音が聞こえたのは、午後二時半のことでした。私は、両手を握りしめ、勇気を奮い起こしました。数分ほどでメアリーがドアを開け、「ヴァン・ヘルシング先生です」と私に伝えました。

立ち上がって頭を下げると、先生がこちらに歩み寄ってきました。中背でがっしりとしており、広い肩幅と厚い胸板をしており、その体格に相応《ふさわ》しく太い首の上に、どっしりとした頭が載っておりました。その頭が動くだけで、思慮深さと力強さとがこちらにも伝わってくるようでした。耳の裏側あたりから丸々と目立つ、見事な頭なのです。綺《き》麗《れい》に剃《そ》られた顔、いかめしい角張った顎《あご》と、固く結ばれた唇、鼻はほどよい大きさですっと筋が通っており、どんな匂いでも嗅《か》ぎ取りそうなその鼻腔《びこう》は、眉《まゆ》が動き唇が引き締まると、わずかに膨らんで見えるのでした。額は広々として滑らかで、ほぼ垂直に切り立つようにしながら、なだらかに頭頂部へと向かっています。たいそう立派な額なものですから、赤みのある髪の毛は額ではなく、自然と後ろへと流れて頭の両側へと垂れておりました。深い青をした大きな瞳《ひとみ》は広く離れ、優しさも厳しさも、繊細に映し出してみせるのでした。

「ハーカー夫人でいらっしゃいますか？」先生に言われ、うなずきました。

「ミーナ・マリーさんというお名前でいらした」また、私はうなずきました。

「本日は、ルーシー・ウェステンラのご友人である、ミーナ・マリーさんに会いに来たのです。ミーナさん、今は亡き彼女のために、今日は参りました」

「先生、ルーシー・ウェステンラの友人であり恩人でいらっしゃる貴方《あなた》にお会いできて、心から嬉《うれ》しいですわ」私はそう言って手を差し伸べました。先生は私の手を取ると、優しくこう言いました。

「ああ、ミーナさん。あの百合《ゆり》の花のようなお嬢さんのご友人ならば、きっと素晴らしい方に違いないとは分かっていましたが、まだ私には知らねばならんことがあるのです

――」

彼はそう言うと、うやうやしく頭を下げました。私がいったい何をご存じになりたいのか訊ねると、先生はひと息に話しだしました。

「貴女からルーシーさんへのお手紙を拝読いたしました。大変失礼とは思いましたが、誰かに訊ねようとも、誰も訊ねられる相手がいなかったのです。ホイットビーに彼女と一緒にいらしたことは存じております。彼女もちょくちょく日記をつけておりました――なに、驚かれることはありません。貴女が発《た》たれてから、貴女の真似をして書き始めたようでしたからな――その日記の中で彼女はあることの原因を探ろうと思いを巡らせているのですが、行き着いたのが日記にも書いてある、貴女に助けられた夢遊病の一件だったのです。そこで私はすっかり困り果ててしまい、こうして不躾《ぶしつけ》にもお願いし、憶《おぼ》えていることをすべて伺おうと訊ねて来たというわけです」

「ヴァン・ヘルシング先生、何でもお話しいたしますわ」

「おお、それでは子細にわたり、そのときのことをよく記憶しておいでというわけですな？　若い女性には珍しいことです」

「私も記憶がよいというわけではないんです、先生。ただあのとき書き留めていたのです。もしよければ、お見せいたしますが」

「おお、ミーナさん、それはありがたい。願ってもないことです」私はふと、どうしても先生を困らせてみたい衝動に駆られました――きっと太古の林檎《りんご》の味がまだ私たちの口の中に残っているからかもしれません――そして、速記でつけた日記のほうを先生に渡してみたのです。先生は深々と頭を下げながら、それを受け取りました。

「読んでもよろしいですかな？」

「どうぞ」私は、できるだけ控えめにそう答えました。そして立ち上がると、私に頭を下げたのです。すこしの間、落胆したような顔をしていました。先生は日記を開くと、すこしの
「あなたは賢い女性だ！　ジョナサン殿が感謝の気持ちを忘れぬ男であることはよく存じていますが、奥方のほうはあらゆる美徳を備えていらっしゃる。そこでもうひとつお頼みしたいのですが、どうかこれを読んで聞かせてはくれませんか？　悲しいかな、私は速記が読めないのです」

先生がそうおっしゃるのを聞いて、私は何であんなことをしたのか自分が恥ずかしくなってきました。そこで、裁縫かごの中からタイプライターで作った写しを取り出し、それを先生に渡したのです。

「お許しください」私は言いました。「つい魔が差しました。先生がいらっしゃるのはルーシーの件でだとばかり思っていたものですから、お待たせしたりして先生の貴重なお時間を無駄にしてしまうことがないよう、タイプライターで打ち直しておいたのです」

先生は受け取ると、目を輝かせました。「何とありがたいお心遣い。今拝読しても構いませんか？　読んでから、いくつか訊ねたいことがあるのです」

「どうぞ、昼食の用意をさせている間にお読みになっていてください。ご質問は、昼食を摂《と》りながら伺いましょう」先生は頭を下げると光を背にして椅子に腰掛け、手にした

写しに没頭しはじめました。私は邪魔にならないようにと思い、席を外して昼食の準備に出て行きました。やがて部屋に戻ってみると、先生は興奮に顔を輝かせながら、忙《せわ》しなく部屋の中を歩き回っているところでしたが、私に気づくと急ぎ足で近づいて来て、私の両手を取りました。

「ああ、ミーナさん。何とお礼を言っていいものか！　この写しは、太陽です。おかげで門が開きましたぞ。あまりに眩《まぶ》しく、目がくらんで恍惚《こうこつ》とせんばかりです。だが、黒雲は絶えずその陰に立ち込めている。貴女には私が何を言っているのかお分かりにならんでしょうがね。だが、貴女の懸命さに私はすっかり胸を打たれました」先生は、とても真剣にそう言いました。「もしこのエイブラハム・ヴァン・ヘルシングが貴女やご主人のために何かお役に立てることがあれば、必ずおっしゃってください。ひとりの友人として、私は喜んで力をお貸ししましょう。私の知識も、私の力も、必ずやご夫婦のお役に立てるはずです。人生には暗闇があり、そして光があるものです。貴女は光です。きっと貴女は幸福な人生を送られる。ご主人は恵まれたお方だ」

「先生、どうか私のことをお知りでないのに、そんなに持ち上げないでくださいませ」

「貴女を知らんですと――こうして老いぼれるまで人生をかけて人を知ろうとしてきたこの私がですか！　脳と、脳に属する、そして脳から繋《つな》がる諸機能の研究を専門としてきたこの私がですか！　それに私は、親切にも貴女が私のために写して下さった、すべての行から真実の息吹《いぶき》あふれるあの写しを読んだばかりなのですよ。ルーシー宛に結婚と友情との綴《つづ》られたあの素晴らしい手紙を読んだばかりのこの私が、貴女を知らないとおっしゃるのですか！　ああ、ミーナさん。優れた女性というものは人生を通し、毎日、毎時間、そして毎分、天使にしか分からぬようなことを語っているものなのです。そして、それを知りたいと思う私たち男の中には、天使の目のようなものが宿っているのです。ご主人は高潔なお方ですし、あなたも高潔なお方だ。というのは、おふたりが信頼しあっており、信頼とは卑しい人間の間には存在しえないからです。そうだ、ご主人の——ご主人のことを伺いたい。もうお元気なのでしょうか？　脳炎は完治し、すっかり回復されたのでしょうか？」

私は、今こそジョナサンのことを話すチャンスだと思い、言いました。

「もうほとんど回復していたのですが、ホーキンスさんが亡くなられてひどく取り乱している様子なんです」

先生が、私を遮りました。

「ああ、そうでした、そうでした。貴女がお送りになった最後の二通も読んだのです」

私は、先を続けました。

「先日の木曜日、彼が街でひどいショックを受けた出来事があったのですが、それで動揺してしまったのだと思うんです」

「脳炎をわずらった直後にショックを受けられたと！　それはよろしくない。どんなショックだったのです？」

「どうも、恐ろしい何かを、脳炎の原因になった何かを思い出させる人を目にしたらしいのです」そこまで言うと、胸の中にあるものが止めどなく込み上げてきました。ジョナサンを可哀想に思う気持ち、彼が味わった苦しみ、あの日記に書かれていた恐ろしく奇怪な出来事、そしてあれからずっと私を苛《さいな》んでいる不安。そうしたことがすべて絡み合うようにして、私に襲いかかって来たのです。私は自分でもどうしようもなくなってしまい、ひざまずき両腕を先生へと差し出し、どうか夫を治してやってくださいと懇願していました。先生は私の手を取り立ち上がらせるとソファへと座らせ、隣に腰掛けました。そして私の手を握りしめ、深く優しい声でこう言いました。

「私の人生は虚《むな》しく孤独で、仕事に追われ続けて友情を育《はぐく》む暇すらありません。ですが友人のジョン・セワード君にこちらへ呼ばれてからというものたくさんのよき人々と知り合い、これまで知らずにきたほど人の気高さというものに触れました。おかげで私は、年を追うごとに強まるこの孤独感を、ひときわ大きく感じすらしたものです。どうか信じて頂きたいのは、私が貴女への尊敬を胸にここへやって来たのだということです。貴女は私に希望を与えてくださる。いや、ご相談に参った件について言っているのではなく、人生に幸福を与えてくれる素晴らしい女性がまだこの世界にいるのだという希望です。そうした女性たちの人生と嘘偽り無き姿とが、後の子供たちの手本となるのです。ここで貴女のお役に立てるとは、私には心からの喜びというもの。実はご主人の苦しみは、私の研究と経験との範疇《はんちゅう》にあるものなのです。私にできる限りのことを喜んですると――彼の命を力強く輝かせ、あなたの人生を幸せにするのだとお約束しましょう。さあ、まずは食事にしましょう。貴女は疲れ果てているし、あまりにも気に病んでおられる。ご主人はきっと、顔面蒼白《そうはく》な貴女を見ても喜ばれますまい。それに愛する貴女がそんなご様子では、彼の健康にも障ろうというものです。どうか、彼のためにも食事を召し上がり、笑顔でおいでなさい。ルーシーのことはすべて伺いましたし、悲しくなるばかりですからもうその話はよすとしましょう。私は今夜エクセターに泊まり、先ほど伺った話をよく反芻《はんすう》してみるつもりです。そしてよろしければ、何か疑問が浮かんだときには訊《たず》ねさせてください。ジョナサン君の抱えている問題についてもお聞かせ願いたいが、それはまだ結構。まずはお食べなさい。それからすべて伺いますので」

昼食を終えて居間に引き返すと、教授が言いました。

「さて、ご主人のことをお聞かせください」

いざこの博識な先生の前で彼の話をするとなると、私は鼻で笑い飛ばされるのではないか、ジョナサンが狂人だと思われてしまうのではないかと、怖くなってきてしまいました。あの日記は、とにかく奇妙すぎるのです。私は言葉が出て来ませんでした。ですが先生は優しく、必ず力になるからどうか信じてほしいと声をかけてくれたので、私は話しはじめました。

「ヴァン・ヘルシング先生。これからお話しすることは本当に奇妙なことなので、どうか私のことも主人のことも笑わずにお聞き下さい。昨夜から、私もすっかり信じたものか迷ってしまっているのです。どうか、半分信じてしまっているからといって、私のことを笑ったりしないでください」先生は、優しくこう言って私を安心させてくれました。「ミーナさん、今日私がどんなに奇妙な用事でここに参ったかを知れば、きっとむしろ貴女のほうが笑い出してしまいますとも。どんなに奇妙な話だろうと、本気で語る人を疑ったり、私はいたしません。この心を開き続けていようと、私は努めてきました。ありきたりのことでは、人の心も閉じたりはしません。人の心を閉ざしてしまうのは、奇妙なことや、異常なことや、人が自分の正気を疑ってしまうようなことなのです」

「本当に、本当にありがとうございます！　おかげですっかり胸が軽くなりました。ご迷惑でなければ、どうぞこれをお読み頂きたいのです。ずいぶん長いのですが、タイプライターで打ち直しておきました。これをお読みになれば、私とジョナサンに何が起きたのか、お分かりになるでしょう。これは、ジョナサンが海外でつけていた日記で、起きた出来事がすべて記されています。敢《あ》えて今は、内容について何も申し上げませんので、どうかお読みになり、先生がご判断ください。そして次にまたお会いしたとき、どうかご意見をお聞かせ願えればと思うのです」

「必ずや」先生はそう言うと、私から紙の束を受け取りました。「よろしければ明日の朝できるだけ早くにでも、貴女とご主人に会いに参ります」

「夫は明日の十一時半に戻ってくることになっているので、それではぜひとも昼食をご一緒しましょう。そうすれば三時三十四分の急行に間に合いますし、八時前にはパディントンに着けますわ」

先生は時刻表を暗記している私に驚いたようでした。いざというときにジョナサンの力になることができるよう、エクセターに発着する汽車を表にまとめ、憶えておいたのです。

先生が写しの束を持って帰ってゆくと、私はここに腰掛け、思いを巡らせ始めました——自分にも何だか分からないものに。


ヴァン・ヘルシングからハーカー夫人への手紙（肉筆にて）

九月二十五日六時
親愛なるミーナ殿
ご主人の書かれた日記を驚きながら拝読いたしました。真実か迷うことなく、ゆっくりお休みになってください。何とも奇妙かつ恐ろしい話ですが、これは真実なのです！この命に誓ってもよろしい。日記の内容が真実であることは、人々にとっては恐ろしいことかもしれません。ですが貴女《あなた》とご主人は、何も恐れる必要などありはしません。ご主人が立派な方であるのは、星の数ほど男性を見てきた私の目にも明らかです。彼のように壁を伝って伯爵の部屋へと、それも二度も向かってゆけるような男性は、どんなショックを受けても負けたりはしません。まだお会いしたことはないが、脳も心も大丈夫だと断言しても構いません。ですので、ゆっくりお休みください。私は、ご主人に訊ねたいことがいくつもあります。今日そちらでお会いできたのは、まさしく幸甚でした。あまりに多くを知ったため、かつて味わったことがないほど呆然《ぼうぜん》としているほどです。さて、考えなくてはいけません。

それでは。

エイブラハム・ヴァン・ヘルシング

ハーカー夫人よりヴァン・ヘルシングへの手紙

九月二十五日　午後六時半

何とお礼を申し上げてよいのか分かりません。ご親切なお手紙で、心の重荷がすっかり取り除かれたような気分です。世界には何と恐ろしいことがあるのでしょう。そしてあの男が、あの怪物が今このロンドンにいるのだとしたらと思うと、背筋も凍るばかりの思いです！　考えるのも恐ろしいほど。今、これを書いている間にジョナサンからの電報が届き、今夜六時二十五分にローセストンを発ち、十時十八分にこちらに到着予定とのこと。今夜はひとりきりにならずに済みそうです。そのような訳ですので、もしご迷惑でなければ明日は昼食ではなく、八時にいらしていただいて朝食をご一緒するというのはどうでしょう？　お急ぎならば十時半の汽車に乗れば、午後二時三十五分にはパディントンに着くこともできます。もし朝食にいらしていただけるのならば、お返事は不要です。無言の返答をもって、承諾と受け取らせていただきます。

　失礼いたします。

ミーナ・ハーカー

ジョナサン・ハーカーの日記

九月二十六日
　またこの日記をつけることになるとは思っていなかったが、どうやらそのときが来たらしい。昨夜帰宅するとミーナは夕食の用意を整えてくれており、食後に、ヴァン・ヘルシング氏の来訪を知らせてくれた。そして、僕と彼女の日記の写しを彼に渡したことと、ずっと不安でたまらなかった胸の内とを打ち明けてくれた。彼女が見せてくれた彼からの手紙には、僕の日記の内容がすべて真実であることが書かれていた。読み終えて、まるで生まれ変わったような気持ちになった。僕を参らせていたのは、あれがすべて僕の空想だったのではないかという疑念だったのだ。まるで自分が無力のうちに暗闇に包まれ、何も信じられずにいるような気持ちだった。だがすべて確信した今、僕はもうあの伯爵すらも恐れたりはしない。僕があいつの姿を見つけたのは、あいつが思惑通りにこのロンドンへと乗り込んでくることに成功したからだ。だが、いったいどうやって若返ったのだろう？　もしミーナの言うとおりだとすれば、ヴァン・ヘルシングなる人物こそ、あの怪物の仮面を剝《は》ぎ取りここから追い出すことのできる男なのに違いない。僕たちはふたりで夜遅くまでこのことについて話し合った。ミーナは今着替えているところだ。僕も数分のうちにホテルへ出かけ、彼を我が家へと案内しなくては……。

僕を見て、彼は驚いたような表情を見せた。部屋に入って行き自己紹介をすると、彼は僕の肩を摑《つか》んで顔を明かりのほうへ向け、じっくりと調べ回した。

「何とまあ。マダム・ミーナは君が病気で、深いショックを受けたのだとおっしゃっていたというのに」優しさと堅牢《けんろう》な意志とを持ち合わせて見えるこの老人が、目の前で妻のことを「マダム・ミーナ」と呼ぶのは、僕をどこか不思議な心持ちにさせた。

「病気でしたし、ショックも受けていました。ですが、あなたのおかげでもう完治いたしました」

「私は何もしておらんよ」

「昨夜のミーナへの手紙です。疑念に取り憑《つ》かれた僕は目の前のものごとすら信じられなくなってしまい、何を信じればいいのかも分からなくなってしまったのです。自分が見聞きするものまで信じられなくなってしまったのです。何も信じられないのですから、何をすればいいのかも分かりません。ですから、とにかく今までどおり自分に与えられた仕事をひたすらにこなそうとしてきたのです。ですが、いくら頑張ってみたところで何にもならず、自分を信じることも叶《かな》いませんでした。先生、何もかも、自分自身すらも信じられないのがどんな気持ちか、きっとお分かりにならないでしょう。先生のような眉《まゆ》の持ち主ならば、決してそんなことにはならないでしょうからね」

ヴァン・ヘルシング氏は愉快そうに笑うと言った。

「ほほう！　君は人相学者かね。ここにいると、新しいことばかり起こるな。ぜひとも、朝食には伺わせて頂きたい。こんな老いぼれに言われても喜べんだろうが、君は実に素晴らしい奥方をお持ちだ」

僕はただ黙ってそれを聞きながらうなずいていた。彼がミーナのことを褒めているのならば、きっと一日じゅうでも聞いていることができたろう。

「奥方はきっと、神の娘なのだ。神自らが『人のための楽園はあり、その光は地上にも見つかるものなのだ』とお示しになろうと、自らの御手で創られたのだ。あまりに誠実で、愛らしく、高貴で、我が身より人を思いやることができる――いいかね、こういう疑念と我欲とにまみれた時代では、本当に大切なことだ。そして君だ。奥方がルーシーに書かれた手紙はすべて読んだが、そのうちいくつかには君のことも書かれていた。他の人々を通して、数日前から君のことを知っていたのだよ。だが、本当の君と出会ったのはつい昨夜のことだ。さあ、握手をしてはもらえないだろうか？　生涯の友人として迎えていただけたらありがたい」

僕たちは固い握手を交わし合った。熱意と優しさとに溢《あふ》れる彼の言動に、僕の胸に熱いものが込み上げてきた。

「さて、君にはさらに力添えをお願いしたいのだが、いいかな？　私には重要な仕事が待ち受けているのだが、まずは知ることから始めねばならんのだ。そこで、君の助けが欲しい。トランシルヴァニアに行くことになった事情を、話して聞かせてはくれんかね？　後々また違ったことで君の手を借りることも出てくるのだが、まずはそこが肝心なのだ」

「懸念されているのは、あの伯爵のことですか？」

「そうとも」彼は真剣な顔で言った。

「ならば僕は、何もかもお話ししましょう。十時半の汽車でお発《た》ちならば今は読む時間もないでしょうが、そのことについて書き留めた書類をお渡しします。お持ち帰りになり、汽車の中でお読みください」

朝食を終えると、僕は彼を駅まで送り届けた。別れ際に、彼が言った。

「知らせを送るから、よかったらマダム・ミーナを連れてロンドンに来たまえ」

「いつでも伺いますとも」僕は答えた。

彼のために今日の朝刊と、昨日のロンドンの夕刊とを買って渡して置いたのだが、列車の出発を待って車窓ごしに話をしながら、教授がそれをぱらぱらとめくった。ふと、彼はそのうちのひとつ、ウエストミンスター・ガゼットに――新聞の色で分かったのだが――目を留めたかと思うと、顔面蒼白《そうはく》になった。夢中で読み漁《あさ》りながらひとりごとのように「まさか！　まさか！　早すぎる！　早すぎる！」とつぶやいていた。あの瞬間、きっと僕のことも忘れてしまっていたのに違いない。そのとき、笛の音が鳴り響き、汽車が動き出した。教授ははっと新聞から顔を上げると窓から身を乗り出し、手を振りながら叫んだ。

「マダム・ミーナによろしく！　できるだけ早く手紙を書く！」

セワード医師の日記

九月二十六日

まったく、物事とは完全に終わったりなどしないものだ。「終了《フィニス》」と言ってからものの一週間も経っていないというのに、私はまたこうして新たな記録をつけ始めている。いや、新たなというよりも、同じ記録と言うべきだろうか。今日の午後まで、私にはこの顚末《てんまつ》を振り返るような理由もなかった。レンフィールドはあらゆる点において、かつてなかったほどに正常である。よくハエを捕り続け、今日からは蜘蛛《くも》にも手を出し、今日まで何の問題も起こしてはいない。日曜に書かれた手紙がアーサーから届いたが、それを読む限り、彼は健気《けなげ》に堪え忍んでいるようだ。クインシー・モリスと過ごしているらしいが、こんなときには、彼のように元気を出させてくれる男が大きな救いになることだろう。クインシーからも手紙が届いたのだが、いわくアーサーは以前の元気を取り戻しつつあるのだということだから、このふたりについては何の心配もあるまい。私はといえば、以前のように仕事に打ち込んでおり、ルーシーの一件で受けた傷痕《きずあと》にも瘢《はん》痕《こん》が形成され始めたと言っていいはずだった。だが、それがまた開いてしまったのである。いったい今後どうなってしまうのか、それは神のみぞ知るということだ。ヴァン・ヘルシング教授はそれについて何か思うところがあるようだが、訊《き》いたところで、こちらの好奇心をくすぐる程度にしか話してはくれない。昨夜、教授はエクセターを訪れひと晩を過ごして来た。そして今日の五時半ごろになって戻ってくると私の部屋に転がり込み、昨夜のウエストミンスター・ガゼットをこの手に押しつけたのだ。

「こいつをどう思う？」すこし離れたところで腕組みをしながら立ち尽くし、教授が言った。

私は何のことか分からず、とりあえず新聞に目を走らせた。すると彼は新聞を私から取り上げ、ハムステッドで起きている児童の行方不明事件の記事を指し示したのである。それでも釈然としなかったのだが、児童らの喉元《のどもと》についた小さな傷痕についての説明に差し掛かったところで、思わずはっとして顔を上げた。「どうだね？」彼が言った。

「ルーシーの傷と似ていますね」

「それをどう思うかね？」

「同じものに傷を負わされた、ということにしか思えません。それが何なのかまでは分かりませんがね」すると教授は、不思議なことを口にした。

「間接的にはそう言えるが、直接的には違う」

「教授、それはどういう意味です？」私は訊《たず》ねた。教授の真剣さに付き合うような気持ちではなかったので、空気を和らげたかった――四日ほど休みを取り、身も心も苛《さいな》む強い不安から解放されてすっかり元気を取り戻せば、話は別だが――しかし教授の顔を見て、そんな気分も吹き飛んだ。死の床に就くルーシーを診ていたときでさえ、あんなに必死の形相ではなかったろう。

「いったいどうしたんです！　僕には訳が分かりません。何かを推量しようにも、情報も何もないのですから」

「ジョン、君はまさか、ルーシーの死因について何も疑問を抱いていないというのではなかろうね。あれだけ私から手がかりを与えられたというのにだ」

「死因は、大量の失血か消耗かに起因する神経衰弱でしょう」

「では、なぜ血液は失われたか、消耗したかしたのだね？」私は首を横に振った。教授は僕の隣にやって来て腰掛けると、言葉を続けた。

「ジョン、君は賢い男だ。非常に論理的だし、機知にも富んでおる。だが、いかんせん偏見を持ちすぎていかん。自分の目で見て、自分の耳で聞こうとしないものだから、身のまわりの日常のことすら実際には自分で判断しておらん。君は、理解できなくとも確かに存在しているものがあるのだとは思わんのかね？　誰かには見えなくとも誰かには見えているものがあるのだとは思わんのかね？　新しかろうが古かろうが、人が目を向けておらんものは存在している。人聞きで知っているか、知ったような気になってしまうのだ。ああ、何もかも説明し尽くそうなどというのは、科学の過ちだ。説明がつかんものは、そもそも説明ができんものなのだなどと言い出す始末。だが、それでも日々新たな信念――自らを新しいと思い込んでいる信念というものは育ってゆく。だがそれは、若作りをしていこそすれ、実は古いものなのだ。オペラ座を訪れるご婦人がたのようにね。君は物体移動《テレキネシス》など信じてはおらんだろう。違うか？　心霊の存在なども信じてはおらんだろう。違うか？　アストラル体も信じてはおらんだろうな。違うか？　読心術はどうだ。違うか？　それに催眠術だって――」

「いいえ。催眠術の存在はシャルコーがはっきりと実証してみせたではありませんか」

教授はにっこり微笑むと言葉を続けた。「では、君は催眠術については納得済みというわけだな。つまり君は催眠術がいかなる働きをするのか理解しているし、シャルコーの精神に則《のっと》り――残念ながらもう死んでしまったが――彼の催眠術を受けた患者の魂の深淵《しんえん》を覗《のぞ》くことができるというわけだ。違うかね？　そういうことならば、ジョン。君は単純に目の前の事実を受け入れるだけで、前提と結論との間は空白にしておいてもいいのだと考えているように私には思えるぞ。違うかね？　脳の専門家として訊きたいのだが、君は催眠術を受け入れるのに、なぜ読心術は否定するのかね？　ジョン、よく聞きたまえ。もしかつて電気を発見した人物が、今の電磁気学が何をもたらしたのかを目にしたならば、きっと何と罪深く不敬であることかと思うことだろう。だがその本人でさえ、ほんのわずかの昔であれば、魔術師扱いされて火あぶりにされていたはずだ。人生には、常にミステリーが付きものだ。メトセラは九百歳まで生き、トーマス・パーは百六十九歳まで生きたというのに、なぜルーシーは可哀想に、四人もの男どもから輸血をうけながら、たった一日しか生き延びられなかったというのかね？　あとたった一日でも生き長らえていたならば、私たちは彼女を救うことができたかもしれないんだぞ。君は、人の生死のミステリーを知りつくしているのかね？　比較解剖学の粋を極め、ある人間には獣性が備わり、ある人間には備わっていないその理由を、説明できるとでも君は言うのかね？　なぜ小さくしか育たぬ短命な蜘蛛がいる一方、スペインの教会の古塔には巨大な蜘蛛が棲《す》み着きぐんぐんと育ち、やがて塔から教会へと降りて来てはランプの油を舐《な》めるほどになったのか、君は説明ができるのかね？　パンパスはじめ各地に、牛馬の生き血をすする大コウモリが存在するのはなぜだか、君は説明できるのかね？　暑さに参った船員たちが甲板で眠りこけようものなら舞い降りて来るのだというじゃないか。朝にはあのルーシーのように、蒼《あお》ざめた死体だけが転がっているというのだ」

「ちょっと待ってください、教授！」私は思わず立ち上がった。「ルーシーがそんなコウモリに嚙《か》まれたとでも言うのですか。まさかこの十九世紀のロンドンで、そんなことが……」

教授は黙ったまま手をぱたぱたと振ってみせた。

「なぜ亀は人間より何百年も長生きをするのか、なぜ象が何代も生き続けることができるのか、なぜオウムは猫や犬らに噛まれたくらいで死んだりはしないのか、君には説明ができるかね？　なぜ時や場所を選ばず人々は、条件さえ合えば生き続ける人間がいるのだ、不死の人間は確かに存在するのだと信じてきたのかね？　科学的な裏付けがあるものだから、私たちは誰でも、地球の黎明《れいめい》より何千年にもわたってヒキガエルが岩穴に閉じこもっていたことを知っている。それにインドのバラモン僧などは死ねば土中に埋められるらしいが、墓穴をふさいだところに穀物を蒔《ま》き、そして刈っては蒔き刈っては蒔きと繰り返して何百年も経ってから掘り返しみると、死んだはずのバラモン僧が生きたまま横たわっていて、それが起きて歩き出すのだという話だ」

私は頭がどうかしそうになり、教授を遮った。自然界のミステリーや現に起こりえる奇跡の話を矢継ぎ早に並べ立てられているうちに、頭がおかしくなってしまいそうになったのだ。かつてアムステルダムで受けた授業と同じように、教授が私に何かを教えようとしているのではないかと、ぼんやり感じた。だがあのときは明確に説明をしてくれていたので、こちらもちゃんと何を考えればいいのかが分かったのだ。今は何も手がかりなど与えてもらえないが、それでも私は、彼の真意が知りたかった。

「教授、また私を生徒にしてください。命題さえ教えて頂ければ、教授のお考えを理解しながら話についていけます。今はまるで狂人なのか正気なのか、訳も分からずお話に振り回されているような状態なのです。霧に包まれ方向も分からないまま沼地を駆け回り、藪《やぶ》から藪へとあてもなく進んでゆく間抜けのような気分です」

「なるほど、それは分かりやすい」教授が言った。「ならば言うとしよう。私の命題とはつまり、君に信じて欲しいということなのだ」

「信じるというのは、何をですか？」

「君が信じられんようなことをだよ。説明させてくれ。かつてとあるアメリカ人が信仰について『真実ではないと知っているものを、我々に信じさせてくれるものだ』と定義するのを耳にしたことがある。私もこれに同意だね。彼はつまり、心を開けと言っているのだよ。線路をふさぐ小さな岩と同じように、小さき真実のために大いなる真実の流れを妨げられてはいかん、とね。なるほど、我々には科学という小さき真実がある。よかろう！　それはそれとして、大事にしようじゃないか。しかし、だからといって、その真実こそが宇宙をひもとくものなのだと考えたりするのは、大きな思い違いというものだ」

「つまり、既成概念に囚《とら》われて、不可思議な出来事を否定するような狭量な人間になってはいけない、というわけですね。間違っていますか？」

「さすが、私のもっともお気に入りの生徒だ。それでこそ教え甲斐《がい》がある。理解しようという気持ちを持つことが、理解への第一歩だ。そこで訊くが、子供たちの喉《のど》に開いた小さな穴は、ルーシーの傷と同じものによってつけられたと思うかね？」

「はい、そう思います」

教授は笑顔を消して立ち上がった。

「残念ながら間違いだ。ああ、そうだったならどんなにいいか！　だが違うのだ。事実はそれよりもずっと深刻なのだ」

「ヴァン・ヘルシング教授、いったい何をおっしゃりたいのです？」私は叫んだ。

彼は絶望したように椅子に崩れ落ちてテーブルに肘《ひじ》をつくと、両手で顔を覆ってこう言った。

「子供たちの傷は、ルーシーがつけたものだ」

第十五章

セワード医師の日記（続き）

私は、言いようのない怒りに襲われた。まるで生前のルーシーの顔を平手打ちにするかのような侮辱的な言葉だ。私はテーブルを殴りつけると立ち上がった。

「ヴァン・ヘルシング教授、頭がどうかされたのではないですか？」教授が顔を上げ、私を見つめた。その顔に浮かぶ優しさに、不思議と怒りの波がさっと引いてゆくのを感じた。

「だったらどれほどいいか！」教授が言った。「これに比べれば、狂気のほうがどれだけ気が楽か分からん。ジョン、私がなぜこんなに持って回った言い方をしているのか、考えてみたまえ。なぜ私は、これほど単純なことを話すのに、これほどまでに時間をかけているのかね。君を嫌い、憎悪しているからだと思うか？　苦しめようとしているからだと思うか？　それとも、今ごろになって、あのとき恐ろしい死から私を引き戻した君に復讐《ふくしゅう》をしようとしているのだとでも思うかね？」

「すいません」私が言うと、教授は言葉を続けた。

「ジョン、私は君がルーシーを愛していたのを知っているから、できるだけ優しく打ち明けたかっただけなのだよ。だが、これだけ言ったからといって、信じてもらえるとは思っておらんよ。説明がつかんからとずっと否定し続けてきたものは、そう易々と受け入れたりなどできないからな。そして、ルーシーのことのように、もう動かしがたい悲痛な事実を受け入れるとなると、なおさら難しい。今夜、私はその事実を証明しにゆくつもりだ。君にはついてくる勇気があるかね？」

私は動揺した。そんな事実であれば証明などしたくないと思うのが人間である。バイロンはその範疇《はんちゅう》から嫉妬《しっと》心を除外している。

〝そして、もっとも忌まわしき真実を証明する〟

教授は、私がためらっているのを見ると言った。

「今度の理論はシンプルだから、霧の中を藪から藪へと飛び回るような気持ちにさせる、狂人の理論ではないよ。もし真実が私の想像と違ったなら、まずはひと安心というところだろうし、どうということもないだろう。だが、もし現実だったなら、それは大変な恐怖だ！　しかしどんなに不可解だろうと信じぬわけにはいかなくなるのだから、その恐怖が私の論拠を裏付けてくれることになる。さて、では私の計画を君にも教えておこう。まず病院に出かけ、被害者の子供たちに面会する。新聞によるとノース病院に子供たちは入院中らしいが、そこのヴィンセント医師は私の友人だ。アムステルダムで同じ授業を取っていたのだから、君の友人でもあるだろう。まあ友人として頼めば断れるかもしれないが、科学者として患者たちに会ってみたいと言えば断らんだろう。彼には、ただの研究上の都合で見に来たとだけ言って、他は隠しておく。それから——」

「それから？」首をひねる私の前で教授はポケットから一本の鍵《かぎ》を取り出し、目の前にぶら下げてみせた。「それから君と私はルーシーの眠る教会墓地で、ひと晩を過ごすことになる。これは墓所の墓でな。アーサーに渡すからと言って、墓守に借りてきたのだ」

何か恐ろしいことでも起こりそうな予感に、私の心が縮み上がった。だが他に思いつくこともなく、とにかく勇気を奮い起こすと、もう午後も遅いから急いだほうがいいと教授に伝えたのだった……。

子供たちは目を覚ましていた。睡眠と食事も済ませ、順調に回復へと向かっていた。ヴィンセント医師は子供の首に巻いた包帯をはずし、傷痕《きずあと》を見せてくれた。間違いなく、ルーシーの傷痕と非常によく似ている。違いといえば、ルーシーのそれよりもいくらか小さいのと、傷の縁もまだ新しく見える程度だった。ヴィンセントの所見を訊《き》いてみると、ネズミか何かの動物に噛《か》まれたのではないかという答えが返ってきた。だが彼個人としては、ロンドン北部の高台に群棲《ぐんせい》しているコウモリによる噛み傷なのではないかという考えに傾いてきているらしい。

「ほとんどは無害なコウモリですが、その中に南国産の凶暴なやつが混ざっていても不思議じゃないでしょう。船乗りが持ち帰って来たのが、逃げ出してしまったりしてね。もしくは、動物園で飼育されている吸血コウモリの変種が逃げ出したのではないかとも考えられます。そうしたことは、珍しくないんです。ほんの十日前にも狼が一頭逃げ出しましたが、私はこっちのほうに逃げて来たはずだと踏んでいます。あれから一週間、ハムステッド・ヒースやそこらの小道では、子供たちの間で赤ずきんごっこが大流行だったんですから。ですが、そこにきれいなお姉ちゃんの噂が立って、子供たちはもうすっかりそっちに夢中です。この子も今朝目を覚ますなり、外へ遊びに行きたいなんて看護婦に言うような有様なんです。何で外に行きたいのかと訊《たず》ねたら、きれいなお姉ちゃんがいるからと答えたらしいですよ」

「その子を自宅に退院させるときは、絶対に目を離さぬように両親に念を押さねばならん」ヴァン・ヘルシング教授が言った。「ひとり歩きをさせるなどとは危険極まりないし、またひと晩同じように行方をくらましたなら、今度は命に関わる。だが、何はともあれあと数日は退院させんのだろう？」

「もちろんです、最低でも一週間はかかります。傷の治りによっては、もっとかかるでしょうね」

病院への訪問は予想していたより時間がかかり、帰るころには日が暮れてしまっていた。すっかり暗くなっているのを見て、教授が言った。

「急ぐことはない。思っていたより遅くなってしまった。さて、まずはどこかで腹ごしらえをして、それから出かけるとしようじゃないか」

私たちは、自転車乗りをはじめたくさんの客でざわつくジャック・ストローズ・キャッスルで食事を済ませた。店を出たのは、午後十時ごろのことだった。外は漆黒の闇に包まれており、やがて立ち並ぶ街灯も無くなると、闇はさらに深まっていった。躊躇《ちゅうちょ》せず歩いてゆく様子からして教授は道を熟知しているようだったが、一方の私はといえば、すっかり狼狽《うろた》えてしまい自分の足下も分からぬほどだった。進んでゆくにつれて人通りはどんどん少なくなっていき、やがて、巡回中の騎馬警察官の姿すら、ほとんど見かけなくなった。やっとのことで墓地に到着し、壁を乗り越えて忍び込んだのだが、夜闇の中では辺りの様子も一変して見えたので、ウェステンラ家の墓所を見つけ出すのもひと苦労であった。教授は鍵を取り出して、鍵を回した。扉が軋《きし》む音を立てて開くと、教授は恭しく一歩後に下がり、先に入るよう私に合図をした。こんなときには先を譲ってくれるのだと思うと、どこか皮肉が利いているように思えて愉快であった。教授は私に続いて入ってくると、錠がバネ式ではなく上下式であることを念入りに確認してから扉を閉めた。もしバネ式であれば、私たちは閉じ込められてしまうことになる。教授は鞄《かばん》の中を手探りしてマッチとろうそくを取り出すと、火を点《とも》した。墓所の中は、昼間に新しい花で飾られていたときですら不気味で恐ろしげであったが、葬儀から数日が過ぎて花もしおれ、白かった花びらは茶色くしなび、緑の葉も茶色く枯れ果ててしまっていた。蜘蛛《くも》や昆虫の類《たぐい》が這《は》い出してきてはもぞもぞと動き回り、壁は色あせ、石膏《せっこう》は黒ずみ、金具はさび付き、真鍮《しんちゅう》はくすみ、すっかり曇った銀盤が鈍くろうそくの火を跳ね返していた。あんなに恐ろしく、あんなにおぞましい場所など、私は初めてである。死するのは命を持つ者ばかりではないのだという思いが、どこからか私の胸の中に込み上げてきた。

教授はてきぱきと手はずを整えていった。棺《ひつぎ》の名前を読み取ろうとろうそくをかざすと、溶け落ちた鯨蠟《げいろう》が、名前の刻まれた金属板の上に落ちて白く固まった。教授はルーシーの棺を見つけ出すとまた鞄の中に手を突っ込み、ドライバーを取り出した。

「いったい何を？」私は訊ねた。

「棺を開けるのさ。君にも分かってもらわねばならんからな」教授はさっさとネジを外してしまうと、棺の蓋《ふた》に手をかけて持ち上げた。中から、鉛でできた内棺が現れた。何と言うことをするのだ。死者を暴くとは、まるで寝息を立てて眠る生きた女性から服を剝《は》ぎ取るのと同じくらいの下劣な行為である。私は教授の手を摑《つか》むと、やめるように声をかけた。だが教授は「まあ見てなさい」とだけ答え、今度は鞄から糸鋸《いとのこ》を取り出した。狼狽える私をよそに教授はドライバーを振り下ろすと内棺に小さな穴を開け、糸鋸の細い切っ先をそこに押し込んだ。死後一週間の死体であれば、きっとガスが噴き出してくるはずだ。こうした危険を察知する医師としての経験から、私はさっと後ずさった。だが教授は、決して手を止めようとはしなかった。内棺の片側を二フィートほど切るとそこから直角に刃を進め、今度は逆側を切っていった。そしてコの字形に切った部分に手をかけると棺の下のほうへと向かってそれを引っ張り開け、ろうそくの炎をかざしながら、私に見てみるよう合図をした。

私は近づき、覗《のぞ》き込んでみた。棺は空っぽであった。

あまりのことに私は呆然《ぼうぜん》と立ち尽くしたが、教授はまったく動じていないようだった。むしろ、やはり自分は正しかったのだ、この墓暴きは間違っていなかったのだと、すっかり自信に満ちあふれていた。「さあジョン、これで納得したかな？」教授が言った。

私の胸の奥で、議論好きの血が騒いだ。

「ルーシーの亡骸《なきがら》が棺の中に入っていないのは確かですが、それはひとつのことを証明しているに過ぎません」

「ひとつのこととは？」

「ここに遺体がない、ということです」

「ご高説いたみいる」教授は言った。「だが、ここに遺体がないことに、君はどんな説明をつけるつもりかね？　説明できるのかね？」

「死体盗人《ぬすっと》かもしれません。葬儀屋の周囲にいる誰かが盗んでしまったのではないでしょうか」自分でも馬鹿馬鹿しいことを言っているのは分かっていたが、とにかく、私が口にできたのはその程度のものだった。教授はため息をついた。「やれやれ！　何と強情な男だ。一緒に来なさい」

教授は棺の蓋を元に戻すと道具類をまた鞄に入れ、ろうそくの炎を吹き消すと、それも鞄にしまいこんだ。扉をくぐり、また外に戻った。教授は墓所の扉を閉めると鍵をかけ、私に鍵を手渡しながら言った。「鍵を持っていてくれんか？　君には納得してもらわねばならんからね」

笑うような気分ではなかったが、私は笑ってみせながら「鍵なんて何でもないでしょうに」と、それを教授に突き返した。「合鍵だってどこかにあるかもしれませんし、いずれにしても、このくらいの鍵を開けるのなど造作のないことです」

教授は何も言わず、鍵をポケットの中に入れた。そして自分が教会墓地の片側から見張るから、君はもう片側から見張っていなさいと私に言った。私はイチイの木の陰に身を隠すと、墓石と木々の陰に消えてゆく教授の姿を見送った。

誰の姿も見えなかった。持ち場につくとすぐ遠くから零時を打つ鐘の音が聞こえ、やがて一時になり、二時になった。寒さと不気味さに震えながら、こんなことに自分を駆り出した教授にも、のこのこついて来てしまった自分にも腹が立ってしかたがなかった。寒さと眠気とがひどく集中力が切れかけていたが、とにかく気力を奮い立たせて見張り続けた。なんともわびしく、なんとも惨めなひとときであった。

ふと体の向きを変えたとき、墓地の向こう側に立つ二本のイチイの木の間に、何か白いものがゆらりと動いたように感じた。すると教授のいる辺りにも黒い影が現れて、そちらへと急いで行くのが見えた。私もそちらに向かうことにしたのだが、いかんせん墓標や柵《さく》を回り込まなくてはならなかったし、墓石のせいでとにかく歩きづらかった。空は雲で覆われ、遠くで一番鶏《どり》の鳴き声が聞こえた。少し先から延びる、教会へと続くセイヨウネズの並木道の向こうに、ウェステンラ家の墓所のほうへ消えてゆく白くぼんやりとした人影が見えた。私のいたところからでは墓所は木々に隠れてしまっており、どこに消えたのかまでは分からなかった。初めに白い人影を見たあたりでがさがさと誰かが動いたので行ってみると、そこには小さな子供を抱えた教授の姿があった。教授は私に気づくと子供を差し出した。

「これで分かったかね？」

「いいえ」私は挑むような口調でそう答えた。

「この子が見えないとでも言うつもりか？」

「その子は確かに見えますが、連れてきたのは誰なんです？　傷痕《きずあと》はあるんですか？」

私は訊ねた。

「今に分かる」教授はそう言うと、眠っている子供を抱えたまま私を墓地から連れ出した。一刻も早く、傷痕を確かめたい気持ちだった。

墓地からある程度離れると、私たちは植え込みの陰に身を隠してマッチを擦り、子供の喉元《のどもと》を確認した。だが、かすり傷ひとつ、そこには見当たらなかった。

「ほら、思ったとおりだ」私は勝ち誇ったように言った。

「よかった、間に合ったのだ」教授は嬉《うれ》しそうに言った。

さて、子供をどうするかが問題だった。警察署に連れて行けば、その夜の自分たちの行動を説明しなくてはいけなくなる。少なくとも、子供を発見するに至った経緯は、話さなくてはなるまい。そこで私たちは子供をハムステッド・ヒースへと運び、警察官が近づいてくる足音が聞こえたならば、発見されるようにして立ち去ろうということに決めた。それから、とにかく急いで帰るのだ。これはすべて上手《うま》く行った。ハムステッド・ヒースのはずれで警察官の重い足音が聞こえると子供を道端に寝かせて身を隠し、警察官が子供をよく見ようとランタンを揺らすのを確かめた。警察官が驚いて叫び声をあげるのを聞き、私たちはそっとその場を離れた。運良くスパニアーズの近くで馬車を拾うことができ、それで街に戻って来たというわけだ。

今夜は眠れそうにないので、この記録をつけている。だが明日は午後にヴァン・ヘルシング教授からお呼びがかかる予定なので、眠っておかなくては。どうやら、もう一度墓地に出向いてみるつもりらしい。

九月二十七日

午後二時過ぎになって、ようやく私たちは仕事に取りかかることができた。午後の葬儀がすべて終わり、参列者たちが別れを惜しみながらとぼとぼ帰路につき、墓守が門を閉めて鍵《かぎ》をかけるのを、私たちは榛《はしばみ》の木の陰からじっと見守った。これで、その気さえあれば朝まででも邪魔されずに仕事ができるというものだ。だが教授は、せいぜい一時間程度で立ち去るべきだと言った。またしても、人の想像力など超越したあの恐ろしい現実と向かい合わなくてはいけないのだ。あの罰当たりな行いによって生じる法律的な危険についても、よく分かっている。それに、私にはそんなことをしても意味などないという気持ちがあった。死後かれこれ一週間も経つというのに、彼女の死を確認すべく鉛作りの棺を開けるなど、まったく常軌を逸している。しかも一度棺が空であるのを確認しているというのに、わざわざまた確かめるなどとは、私には愚の骨頂に思えたのである。だが教授は誰の言葉にも耳を貸す気などないらしく、私はただ肩をすくめて見ているしかなかった。教授は鍵を取り出すと扉を開け、またしてもご丁寧に、私を先に中へと入らせた。墓所の内部は昨夜ほど不気味な感じはせず、陽光の中ではむしろとてもみすぼらしく感じられた。教授がルーシーの棺へと歩み寄り、私もそれに続いた。かがみ込んだ教授がまた切れ目を入れた鉛の蓋を開いたのを見て、私の体を戦慄《せんりつ》と驚愕《きょうがく》が衝撃となって貫いた。

そこに横たわっていたのは、ルーシーであった。彼女が、埋葬の前夜と変わらぬままの姿で眠っていたのである。ともすれば、かつてないほどに美しくすら思え、死んでいるとは信じられぬような気持ちだった。唇は病床にいたころよりも遥《はる》かに赤々と艶《つや》を増し、頬もほのかな薔薇色《ばらいろ》に染まっていた。

「どんな手品を使ったんです？」私は訊《たず》ねた。

「これで分かったかね？」教授はそう答えると彼は棺の中へと手を伸ばして唇をめくり上げ、まっ白い歯を私に見せた。背筋に冷たいものが走った。

「ごらん」教授が言葉を続けた。「前よりもさらに鋭く尖《とが》っている。この歯と、この歯で……」教授は上下の犬歯に触れながら言った。「子供らは嚙《か》まれたのかもしれん。ジョン、信じる気になったかね？」またしても、私の議論の血が騒ぎだした。教授の言うような突拍子もない話を、受け入れられるわけがない。そこで私は、我ながら情けない気持ちになりつつも、こう言い返した。

「誰かが昨夜のうちにここに戻したのかもしれません」

「ほほう？　いったい誰が戻したのかね？」

「それはちょっと。とにかく誰かです」

「だが、彼女は死後一週間も経っているんだぞ。この状態を見て、一般的な死体であるなどと君は思うかね？」

　私は何も答えられず、ただ黙っていた。教授はそんな私にも、議論の勝敗にも、お構いなしといった様子だった。じっとルーシーの顔を覗き込み、瞼《まぶた》を開けて瞳《ひとみ》を覗き込み、また唇をめくって歯を調べると、私のほうを見た。

「この一件には、他の事例とは異なる点がひとつだけある。他とは違い、彼女にはふたつの生命があるのだ。夢遊病で意識なくうろついている間に、彼女は吸血鬼に襲われたのだよ。ほほう、驚いた顔をしているね。まあ分からないのも無理はないが、いずれ君にも分かるだろう——吸血鬼とは、相手の意識が無いときにこそ、より多くの血液を吸うことができるのだ。彼女は無意識のうちに死に、無意識のうちにアンデッド《不死者》となったのだ。そこが、彼女だけが他のアンデッドと違うところなのだ。通常、アンデッドとは住処《すみか》で眠っているときには」――教授はそう言うと腕をさっと振って、吸血鬼の住処を私に示してみせた――「ひと目で吸血鬼と分かる顔をしているものだ。だがこの子ときたらまるで生前のごとく美しく、いわゆるアンデッドとはまったく違い、何とも清らかな顔立ちではないか。まったく、この寝顔を見ていると、殺す気も失《う》せてしまいそうになる」

この言葉に、私の血が凍りついた。私は、ヴァン・ヘルシング教授の言葉を受け入れはじめていた。だがもしルーシーが本当に死んでいるのだとしたら、なぜ殺してしまうことを恐れることがあるのだろう？　教授は、私の変化に気づいたようにこちらを見ると、嬉しそうな声で言った。

「ほら、分かって来たろう？」

私は答えた。「そう急《せ》かさないでください。受け入れようとはしています。しかし、殺すといってもいったいどうやって……？」

「首を切り落として、口の中にニンニクを詰め、それから心臓に杭《くい》を打ち込むのだ」

かつて愛した女性の肉体にそんなことをするのだと思うと、私は気分が悪くなった。だが、自分でも予想外にすんなりと受け入れてもいた。胸の内では、ヴァン・ヘルシング教授のいうこのアンデッドを胸の中で恐れ、忌み嫌い始めていたのである。愛とは、完全に主観的であったり、完全に客観的であったりしえるものなのだろうか？

私は、いつ始めるのかとじりじりしながら待っていたが、教授はじっと何かを考え込んでいるかのように、立ち尽くしていた。だがやがて、鞄《かばん》の掛け金をぱちりと止めると口を開いた。

「ずっと考えていたんだが、どうすべきか決まったよ。自分の気持ちだけに従うならば、今この場ですべきことをしてしまいたい。だが他に考慮すべきことがあると思うと、そう簡単にやってしまうわけにもいかん。話は単純なのだ。彼女はまだ誰も殺しておらんが、まあ時間の問題というところだろう。今やってしまっておけば、誰も彼女に襲われずに済むということになる。永遠にな。そこで、アーサーのことを考えなくてはならん。この一部始終を、彼にいったいどう伝えたらいいと思うかね？　君はルーシーの喉《のど》についた傷痕も、入院中の子供たちについた似たような傷痕もその目にしている。昨日は空だった棺の中に、生前よりも活き活《い》きと美しい死体が戻って来たのも、君は目にしている。さらには、白い人影が子供を連れ帰って来たのまで目撃しているというのに、それでも君は信じようとはしなかった。君でもそのざまなのだから、何も知らんアーサーなどは、信じてくれるはずもなかろう。死にゆく彼女にキスしようとした彼を引きはがしたとき、彼は私に疑念を抱いた。彼が許してくれたのは、私があしたのは何かを勘違いしたからだと思い込んだからだろう。ならば、さらなる勘違いを私がして、彼女を生きたまま葬ってしまったのではないかと、彼は思うかもしれん。さらには、我々が勘違いから彼女を殺したのではないかともね。そう思い込んだなら、きっと我々に彼女を殺したと言い掛かりをつけてくるだろう。そんなにことになったら、彼の人生は不幸にまみれてしまうことになる。もしかしたら愛する女性が生き埋めにされたのかもしれないという思いに駆られ、苦しむ彼女の悪夢にうなされ続ける人生など——その答えのない人生など、最悪の人生ではないか。逆に、我々の言うとおり自分の最愛の女性がアンデッドになってしまったのだと思うこともあるだろう。それでは駄目なのだ！　一度じっくり話したから、ずいぶん彼のことは分かっている。だから、こうして真実が分かった今となっては、彼が幸せになるにはどれほど辛《つら》い思いをしなくてはいかんか、よく分かるのだ。可哀想だが、アーサーには天国も黒雲に包まれるようなひとときを味わってもらわねばならん。それが済めばいろいろと手を尽くし、彼に平穏をもたらしてやることもできるだろう。もう私の心は決まった。さあ、行こう。今夜は帰って、精神病院の様子を見て来るといい。私はやっておきたいことがあるから、この墓地でひと晩過ごすことにするよ。明日の朝、バークリー・ホテルの私の部屋で、十時に待ち合わせをしよう。アーサーと、輸血をしてくれたあのアメリカ人の青年も、呼び寄せておくことにするよ。全員そろったなら、そこでしておくべきことがある。さて、とりあえずピカデリーに行って食事をするとしようか。日没までにはここに戻って来なくてはならんからな」

私たちは墓所に鍵をかけて墓地の壁を乗り越えると、馬車でピカデリーへと戻った。

バークリー・ホテルの鞄に残された、ジョン・セワード医師宛《あて》のヴァン・ヘルシングの手紙（未配達）

九月二十七日
ジョンへ

万が一の場合に備えて、この手紙を君に残しておくことにする。私はひとりで墓地に見張りにゆく。ルーシーが今夜出歩かず、明日の夜まで欲求を募らせていてくれれば、まさに好都合だ。そうなったら私はニンニクや十字架など、彼女が忌み嫌うものを用意して、墓所の扉を封印してしまうことにしよう。まだアンデッドとして未熟な彼女には、さぞかし効果があることだろう。ニンニクや十字架は外に出ようとするのを抑えはしても、中へ帰ろうとする彼女を押し留《とど》めるほどではない。アンデッドは必死になり、どんな小さな隙間だろうとしゃにむに探さなくてはならなくなる。私は日没から日が昇るまでそこにいて、得られる限りの情報を得ておくことにしよう。ルーシーのことならば、私は何も恐れてはいない。だが彼女をアンデッドにした人物は、彼女の墓所を探し出し、そこを隠れ家にしようとするだろう。ジョナサン君の話からも、ルーシーの命を賭《か》けた戦いで我々をやり込めた様子からも、その人物は非常に狡猾《こうかつ》らしい。そしてアンデッドというものは、非常に強い力を持っており、その力は常人の二十人分にもなるという。ルーシーを助けようとした我々四人が束になってかかっても、そんなのはものの数ではないのだ。そのうえ、奴は狼らを呼び寄せることもできる。だから、もし奴が今夜墓地に現れようものなら私などすぐに見つかり、朝にはすっかり手遅れになっていることだろう。まあ、今夜のところは現れたりするまいよ。理由がないのだからな。眠れる不死の女を老いぼれが見張っている墓地などより、獲物に溢《あふ》れた狩場が奴にはあるのだからな。

だから、この手紙は万が一のためのものだ……。一緒に置いてあるハーカー夫妻の日記の写しを、ゆっくり読んでおいてくれたまえ。そしてアンデッドの親玉を見つけ出してその頭を切り落とし、心臓を燃やすか、杭で串刺《くしざ》しにしてくれ。そうすれば、この世界にも平穏がもたらされるというものだ。

一応、さらば。

ヴァン・ヘルシング

セワード医師の日記

九月二十八日

ひと晩ゆっくり眠ることができるというのは、何と素晴らしいことだろう。昨夜は、ヴァン・ヘルシング教授の口にした恐ろしい話を真に受けかけてしまったが、こうして常識が目覚めてみれば、なんとも馬鹿げた話ではないか。教授はきっと、あの考えに取り憑《つ》かれてしまっているのだ。もしかしたら教授は、頭のネジが外れてしまっているのではないだろうか。一連の不可思議な出来事には、必ず何らかの論理的説明がつくはずである。もしかしたら、すべてを仕組んだのは教授自身なのではないだろうか？　正気を失ったとしても、教授の卓越した頭脳をもってすれば、その妄想を完璧《かんぺき》に形にしてしまうことなど造作もないであろう。こんなことを考えるのは嫌だが、ヴァン・ヘルシングが発狂したとなれば、吸血鬼の発見と同様の驚異となるだろう。ともあれ、今は教授の動向をよく見ているとしよう。そうすれば、何かの糸口が見つかるかもしれない。

九月二十九日朝

昨夜、十時すこし前に、アーサーとクインシーが教授の部屋へとやって来た。教授は全員にそれぞれ指示を出したが、特にアーサーには、君が私たち三人の中心なのだとでも言わんばかりに入念に説明をした。教授は私たち三人に一緒に来て欲しいと切り出すと「成し遂げねばならない重大な義務があるのだ。私の手紙を読んで、さぞ驚いたことだろうね」と、まっすぐにゴダルミング卿《きょう》の顔を見ながら言った。

「それはもう。しばらく取り乱してしまったほどです。ここのところ我が家は、もう手に負えないほどの不幸続きでしたからね。教授が何をおっしゃろうとしているのか、それが気になります。クインシーとも話し合ってみたのですが、話せば話すほどますます訳が分からなくなって、今はもうすっかりお手上げといったところです」

「僕もですよ」クインシー・モリスがひとことそう言った。

「なるほど、では君たちふたりはここにいるジョンよりもスタート地点に近いということになる。彼はずっと後戻りをしなければ、スタートラインにも立てないのだからね」

私は何も言っていなかったが、私の疑念がまた首をもたげたことに教授が気づいているのは明白だった。教授はまたふたりのほうに向き直ると、重く険しい声で言った。

「今夜正義を成し遂げるため、君たちの許しが欲しいのだ。無論、簡単な決断ではない。私が何をしようとしているのかを聞けば、きっと君も大いに困り果ててしまうことになるだろう。だから、できれば理由を訊《き》かずに許可して欲しい。後になって私に腹を立てることもあるかもしれんし、それは仕方のないことだが、少なくとも、すべての責任は私のものということになる」

「なるほど」クインシーが割って入った。「僕は構わないよ。真意は分からないが、教授が本心から言ってらっしゃることは分かる。それだけで僕は十分だ」

「ありがとう」ヴァン・ヘルシング教授は胸を張った。「君を友人として信頼したことを誇りに思おう。賛同してもらえて、とても光栄だ」教授は手を差し伸べ、クインシーと握手を交わした。

次に、アーサーが口を開いた。

「教授、スコットランドに『袋に入った豚を買う』ということわざがありますが、私は中身も知らずに約束をするのは好きではありません。もし教授のおっしゃっていることが、私の紳士としての誇りとキリスト教徒としての信仰とに関わるようなものならば、私には許可できません。そうでないのであれば、何も言わずに許可しましょう。何をなさろうとしているのかは、まったく分かりませんが」

「その条件なら大丈夫」教授が言った。「私からお願いしておきたいのは、私の行動が非難の的となり得るようなものに思えたとしても、まず、これはその条件を破るようなことではないのだということを熟慮して頂くことだけだ」

「分かりました!」アーサーが言った。「それなら申し分ありません。さて、この話はここまでとして、私たちが何をするのか教えて下さいませんか?」

「君たちには人目につかぬよう、私と一緒にキングステッドの教会墓地に行ってもらいたい」

アーサーは表情を曇らせ、驚きを声に浮かべた。

「ルーシーの眠っている墓地へですか?」教授がうなずくと、アーサーが続けた。「行ってどうするのです?」

「墓所へ入るのだ」教授の言葉に、アーサーが立ち上がった。

「教授、正気ですか。それともふざけておられるのですか? 失礼、本気でおられるようだ」彼はまた腰掛けた。その威厳を示すかのように、堂々とした態度だった。しばしの沈黙の後、アーサーがまた口を開いた。

「墓所に入ってどうするのです?」

「道理に適《かな》ったことならば我慢しますが、墓を暴くなどとは、それも彼女の――」アーサーは、怒りに言葉を詰まらせた。教授は、申し訳なさそうに彼の顔を見つめた。

「できることなら、胸の痛みを私が代わってあげたい。これは本心だよ。だが、今宵《こよい》我々は茨《いばら》の道を行かねばならんのだ。そうしなければ君の最愛の人は今後永遠に、地獄の業火に包まれた道を行かねばならなくなってしまうのだ！」

アーサーは血の気が失《う》せた顔を強《こわ》ばらせた。

「教授、私にも我慢の限界がありますぞ！」

「どうか私の話を聞いてはもらえないだろうか」教授が言った。「そうすれば、何はともあれ私の考えていることが理解できるだろう。どうかね？」

「教授の言うとおりだ」モリスが横から言った。

ヴァン・ヘルシング教授は私たちの顔を眺め回すと、言葉を選ぶように切り出した。

「ルーシーさんは死んだ。そうだね？　そう、死んだのだ！　そうであれば、彼女には何の過ちも犯しえない。だが、もし死んでいないとしたら――」

アーサーはそれをさえぎると教授に詰め寄った。

「何ですと！　それはどういう意味です？　誤診があって、彼女が生きたまま葬られたとでも言うのですか？」唸《うな》るように言うその声。もしかして生きているのかもしれない

「棺《ひつぎ》を開けるのだ」

という希望も、その怒りを鎮めることはできなかったのだ。

「聞きなさい。彼女が生きているとは言っておらん。そんなことは考えてもおらんよ。私が言っているのは、彼女は死んではいない、ということだ」

「死んでいない！　生きていない！　いったいそれはどういう意味です？　悪い夢でも私は見ているのですか！」

「世の中には、何年かかろうともわずかしかひもとくことのできない、解明できない謎というものがあるのだよ。我々は、今そのひとつを目の当たりにしているのだ。だが、私はまだ何もしておらん。亡くなったルーシーさんの首を、切り落とさせては貰《もら》えないだろうか？」

「何ということを！　いいはずがありません！」アーサーは、込み上げる感情にまかせて叫んだ。「彼女の死体を切り刻もうなど、どんなことがあっても許すわけにはいきません！ヴァン・ヘルシング教授、いったいなぜ私がこんな苦しみを負わなくてはならないのです？　それともあの哀れなルーシーが、墓を暴かれねばならぬような過ちを何か犯したとでも言うのですか？　あなたは気が触れておられるのか？　それとも私のほうが狂ってしまっているのですか？　墓暴きのことなど、もう二度とお考えにならないでください。そんな冒瀆《ぼうとく》を許すわけには、絶対に参りません。私には、ルーシーの墓を冒瀆から護《まも》る義務があります。神の名にかけて、それを守り通しますよ！」

ヴァン・ヘルシング教授は、ずっと腰掛けていた椅子から立ち上がると、重い威厳の漂う声で言った。

「ゴダルミング卿、おそれながら私にも義務がある。人々への義務、君への義務、そしてルーシーへの義務だ。神に誓って、これは果たさねばならん！　君にお願いしよう、共に来て、その目で見て、その耳で聞くことを。また後ほど私が同じお願いをすることになるが、君がどんなに乗り気ではなくとも、私は自分の義務を果たすつもりだ。それでどうなろうともね。その後、君の望むまま、望む時に望む場所で、気の済むまですべて話して聞かせよう」教授はすこし口をつぐむと、哀れみに満ちた声で先を続けた。

「どうか、私への怒りはひとまず収めてもらえんか。長生きしていればつらいことも、胸を掻《か》きむしるようなこともあるものだが、こんなに気の重くなる役目は初めてなのだ。どうか理解して欲しい。いつか私への君の怒りが冷めたならば、それだけで私のこの苦しみなど消し飛んでしまうだろう。私の願いどおり、君の悲しみを取り払うことができるのだからな。考えてもごらん。私が進んでこんな重い役割と苦しみとを背負わんとしているのは、いったいなぜかね？　私は、善をなすため自らの国を発《た》ってここへやって来たのだよ。まずは我が友人のジョンの願いを叶《かな》えるために。そして、私にとっても大切な人となったルーシーを助けるためにね。こんなことを口にするのは恥ずかしいことだが、私とて、自分の血を彼女に分けたのだ。君とは違い彼女の恋人などではないが、医師として、友人として、自分の血を分け与えたのだよ。生前も、死後も、昼夜を厭《いと》わず彼女に身を捧《ささ》げた。そして彼女がデッド・アンデッド《死せる不死者》となった今、この老いぼれの命で彼女を救うことができるなら、喜んで差し出そう」熱を込めて語る教授の様子に、アーサーはすっかり心を打たれたようだった。彼は教授の手を取ると、涙にむせびながら言った。

「教授のおっしゃることは私には考えも及ばず、理解もできません。ですが、あなたと共に行って、見守らせてください」

第十六章

セワード医師の日記（続き）

低い壁を乗り越えて教会墓地に入ったのは、午前零時十五分前のことだった。ゆっくりと漂う分厚い雲の切れ間からときおりほのかな月光が漏れてくる以外は、まっ暗な夜だった。すこし前をゆくヴァン・ヘルシング教授の後を、私たちは身を寄せ合うようにしながらついて行った。墓所が近づいてくると、悲しい思い出に襲われて彼が取り乱してしまうのではないかと不安になり、私はアーサーのほうを見つめた。だが、彼は落ち着いていた。恐らく、目の前に迫る大きな謎が、彼の悲しみを掻き消してしまっていたのだろう。教授は扉を開けると、私たち三人がおのずとためらっているのを見て、まずは自分が中へと入って行った。私たちがそれに倣うと教授は扉を閉め、薄暗いランタンをかざしながら棺を指差した。アーサーがおずおずと前に歩み出た。教授が私に言った。

「君は昨日も私と一緒にここに来たが、ルーシーの亡骸《なきがら》は棺の中にあったかね？」

「ありました」教授はそれを聞くと、他のふたりのほうを向いた。

「聞こえたかね。だがここには、私を信じてくれない者がおる」教授はそう言うとドライバーを取り出し、また棺の蓋《ふた》を開け始めた。アーサーは蒼ざめた顔で何も言わずにそれを見守っていたが、蓋が開くと棺に歩み寄った。どうやら、棺の中にさらに鉛の内棺があることなど、考えたこともないといった様子だった。内棺についた裂け目を見ると彼は顔を紅潮させたが、またすぐに蒼ざめた顔に戻り、じっと黙り込んだ。教授が裂け目を押し込み、開くと、私たちは全員で身を乗り出した。

だが、棺は空だったのだ！

数分ほど、誰もひとことも口を利かなかった。静寂を破ったのは、クインシー・モリスだった。

「教授、聞かせてください。普段ならばあなたを疑うような無礼はせず、こんなことを訊《たず》ねたりもしませんが、これはご説明頂かなくては。無礼だの何だのと言っていられるようなことではありません。これはあなたの仕業ですか？」

「神の名に誓ってもいいが、私は彼女を動かしてもいなければ、手を触れてもおらんよ。ことの顚末《てんまつ》はこうだ。二日前の晩、私とジョンはここにやって来た。悪だくみのためではないよ。棺はしっかりと閉じられていたが、いざ今日のように開けてみると、中身は空っぽだった。そして外で見張っていると、木々の合間に白い人影が現れた。翌日、昼間になってまた来てみると、今度は彼女が棺に入っていた。ジョン、それで間違いないな？」

「はい」

「その夜は、我々がすんでのところで事件を防ぐことができた。またひとり子供が行方不明になっていたのだが、神の思《おぼ》し召しか、墓地でその子を無事に見つけることができたのだよ。昨日、私は日没前にここに来た。日没を過ぎると、アンデッドが動き出してしまうからね。だが、ひと晩じゅう、日が出るまで見張りを続けても、何も起こらなかった。これはまず間違いなく、アンデッドが忌み嫌うニンニクなどを、扉の留め金の上に置いて来たからだ。昨晩アンデッドが現れなかったのを見て、今日は日没前にニンニクなどを取り除いておいた。だから今、こうして棺がもぬけの殻になっているのだよ。だが、慌てるのはまだ早い。まだまだここで驚いていてはいかんよ。私と一緒に外に出て、見つからないよう隠れて見張っていてほしい。さらに奇妙な出来事が起こるのだからね」教授はそう言うとランタンの遮光板を降ろし「さあ、外に出よう」と私たちに声をかけた。扉を開いて外に出ると、教授が最後に鍵《かぎ》をかけた。

それにしても、墓所で恐怖に震えた後で吸い込む夜の空気とは、何と格別なものだろう。流れてゆく雲を見て、その雲間から人生の悲喜のように漏れ落ちてくる月光を眺めているのは、何と心地よいものだろう。死や破滅の染みついていない新鮮な空気とは、何と清々《すがすが》しいものなのだろう。丘の向こうの空に映る赤い光を眺め、彼方《かなた》から聞こえる街の喧噪《けんそう》に耳を傾けていると、何と人間らしい気持ちになるのだろう。誰もが表情ひとつ変えず、頭の中で何とか整理をつけようとしていた。アーサーは何も言わず、ただじっとこのミステリーに秘められた意味を理解しようとしているようだった。私も静かに頭を巡らせながら、教授の考えを受け入れてもいいのではないかという気持ちに、またなり始めていた。クインシーはすっかりすべてを受け入れたように、冷静沈着な顔をしていた。あらゆる危険を顧みず、勇気をもってすべてを飲んだ男の顔である。煙草に火を点《つ》けるわけにもいかないので、彼は嚙《か》み煙草をほどよい大きさに切って、それを嚙みはじめた。教授はというと、てきぱきと仕事を続けていた。まず鞄《かばん》から白いナプキンに念入りに包まれた、ビスケットのような薄い何かのかたまりを取り出した。そして次に、拳《こぶし》ふたつ分ほどの大きさをした、パン生地かパテのような白いものを鞄から出した。そしてビスケットのようなものを粉々に砕くと、それをパテのようなものに混ぜ、今度は両手でそれを捏《こ》ねはじめた。それが終わると次に教授はそれを細く紐《ひも》のように伸ばし、墓所の扉の隙間へと詰め込んでいった。私には意味が分からなかったので、教授に歩み寄ると、いったい何をしているのか訊ねてみた。アーサーとクインシーも、やはり妙に思ったようで、私について来た。

「アンデッドが入ることができんよう、墓所を封印しているんだよ」

「その白いものが、封印の役目をするわけですか？」クインシーが訊ねた。「まったく驚きだ！　まるでゲームじゃないか」

「そのとおりだとも」

「いったいそれは、何でできているんです？」アーサーが訊ねた。ヴァン・ヘルシング教授は恭しく帽子を持ち上げ、答えた。

「これは聖餅《ホスチア》だよ。アムステルダムから持って来たものだ。贖宥状《しょくゆうじょう》も用意してある」

それを聞いて、私たち三人の心に渦巻く疑念は強く揺さぶられた。そのような神聖なものを持ち出す以上、教授は疑いようもなく本気なのだということが骨の髄まで響いたのである。そんな気持ちを胸に、私たちは無言のうちに墓地を出ると、誰か来ても見つからないようそっと身を隠した。他のふたり、特にアーサーのことは気の毒だった。すでにこの見張り番の苦行を受け、つい一時間前まだ教授の言うことなど信じてもいなかったこの私ですら、今にも心が折れてしまいそうだったのだ。立ち並ぶ墓石があんなに蒼白《あおじろ》く浮かんで見えたことも、イトスギやイチイ、そしてセイヨウネズの木々があれほど死の陰鬱《いんうつ》さを運んで来たことも、そして草木があれほど不気味に揺れているのを見たことも、私はありはしなかった。あんなにも枝の立てる音にびくびくと震え、夜闇を貫く犬の遠吠《とおぼ》えに不安を苛《さいな》まれたことなどありはしなかった。

永久とも思えるほどの沈黙が続いてしばらくすると、教授が「シー！」と私たちに合図をし、イトスギの並木のほうを指差した。そこには、白くぼんやりとした人影が立っていた。胸元に何か、黒いものを抱きかかえているのが見えた。人影が立ち止まったその瞬間、頭上をうごめく雲間から月光が漏れ落ち、死に装束を身に纏《まと》った黒髪の女の姿を闇に浮かび上がらせた。金髪の子供らしきものを胸に抱きうつむいていたので、顔まででは見えなかった。少し間を置いて、眠っている子供か暖炉でうたた寝をしている犬が立てるような、短い奇声が聞こえた。私たちはあわや飛び出しかけたが、イチイの木陰から教授が手を突き出し、それを押し留《とど》めた。白い人影が、また動き出した。月光に照らされた人影は、私たちにもよく見えるほど近づいてきた。心臓が縮み上がった。アーサーが息を飲むのが聞こえた。目の前にいたのは、あのルーシー・ウェステンラだったのである。だが、私たちの知るルーシー・ウェステンラとは、すっかり見違えてしまっていた。可憐《かれん》な美貌《びぼう》の代わりに狡猾《こうかつ》さと冷酷さをその顔に浮かべ、清廉さなどすっかり失って淫《みだ》らに変わり果てていたのである。ヴァン・ヘルシング教授が歩み出て、自分についてくるよう手招きをした。私たちは、墓所の扉の前に一列に立ちはだかった。教授がランタンを掲げ、遮光板を上げた。その明かりに、ルーシーの顔が浮かび上がる。唇は鮮血に濡《ぬ》れて赤く光り、首筋をしたたり落ちる血が純白の死に装束を染めていた。

私たちは、あまりの恐ろしい光景に震え上がった。鉄の神経を持つ教授ですら、おののいているのが私には分かった。アーサーはすぐ私の隣に立っていたが、腕を摑《つか》んでいないと今にも崩れ落ちてしまいそうだった。

ルーシーは――今は違っていても、ルーシーの姿をしているからそう呼ぶことにするが――こちらに気づくと後ずさり、威嚇する猫のようにうなり声をあげ、私たちひとりひとりの顔を眺め回した。その目は確かにルーシーの目と同じ形、同じ色をしていたが、あの純粋で優しい輝きは消え失《う》せて濁り、地獄の炎を湛《たた》えていた。私の胸にかすかに残っていた愛情は、瞬く間に憎悪へと変わっていった。彼女をその場で殺さなくてはならなかったとしても、私は残忍な喜びを感じながらそうしたことだろう。私たちを見つめる彼女の瞳《ひとみ》に邪《よこしま》な光が揺らぎ、その唇に官能的な笑みが浮かんだ。その顔の、何とおぞましく、何と恐ろしかったことか！　彼女は胸に抱えていた子供を無造作に地面へと放り出すと、骨を目の前にした犬のようにうなり声をたてた。子供は鋭い悲鳴をあげると、その場にうずくまってしまった。あまりの冷徹さに、アーサーが声をもらすのが聞こえた。ルーシーが両腕を広げ、淫らな笑みを浮かべながら近づいてゆくと、アーサーは後ずさって両手で顔を覆った。

ルーシーはさらに進みながら、甘ったるい艶《つや》を帯びた声で彼に話しかけた。

「さあ来て、アーサー。そんな人たちほっといてさ。抱きしめたくてたまらないのよ。さあ、一緒になりましょう。ほら、私の夫でしょう、ほら！」

その声には、どこか悪魔的に甘美な響きがあった。まるでグラスがぶつかり合う音色のように、そばにいる私たちの脳の奥にまで、甘く鳴り響くのだ。アーサーはまるで魔法にでもかかったかのように顔を覆っていた両手を離すと、彼女に向けて腕を広げてみせた。彼女はそれを見て飛びかかって行ったが、そのときヴァン・ヘルシング教授がふたりの間に割って入り、小さな金の十字架を彼女に向けて掲げてみせたのだった。ルーシーはそれを見るや怒りに顔を歪《ゆが》めて飛びのくと、墓所へ逃げ込もうとでもするかのように、教授の横を駆け抜けた。

だが墓所の扉まであとわずかのところで、彼女はまるで何か見えない力に捕まったかのように足を止めた。ぱっと振り向いた彼女の顔が、月光と、鉄の神経を持つ教授が微動だにせず構えるランタンの灯《あか》りとに、くっきりと浮き上がった。あんなにも邪悪に歪む表情を見ることなど、後にも先にもありはしない。薔薇色《ばらいろ》を帯びていた顔は蒼白く変わり果て、両目には地獄の炎が宿り、額にはまるでとぐろを巻くメデューサの蛇のような深い皺《しわ》が刻まれ、鮮血したたる口元は、ギリシャか日本にある怒りの面のように険しく歪み、開いていた。見た者に死をもたらす顔というものがあるならば、まさにあの顔のことに違いない。

ルーシーはそのまままたっぷり三十秒ほどにもわたり、教授の掲げる十字架と封印された扉との間に立ちすくんでいた。教授が沈黙を破り、アーサーに向けて言った。

「さあアーサー、聞かせてくれ！　このまま続けても構わんかね？」

アーサーはがっくりと地面に膝《ひざ》をつくと、両手に顔を埋《うず》めて答えた。

「どうぞ、なさりたいようになさってください。私はこんな恐怖にはもう耐えられません！」アーサーはそう言うと、絶望の嘆きを漏らした。クインシーと私が駆け寄り、彼の腕を取った。教授が掲げていたランタンを降ろすと、遮光板が降りる金属音が響いた。そのまま墓所に近づき、扉の隙間にはめ込んであるホスチアを剝《は》がし始める。固唾《かたず》を呑《の》んで見守る私たちの前で教授がその場を離れると、それまで私たちと同じように肉体を持っていたはずの女は、ナイフの刃がようやく入るくらいの隙間から、墓所の中へとすうっと消えて行ってしまった。目を疑わんばかりの光景である。教授が元どおり扉の隙間をホスチアで埋めたのを見て、私たちはようやくほっと胸を撫《な》で下ろした。

教授は、地面から子供を抱き上げると言った。

「さて、諸君。今日のところはもう何もすることはない。明日の正午から葬儀があるようだから、そのすぐ後あたりにここに来るとしよう。参列者は二時にはみな帰り、その後、墓守が門に鍵をかける。さて、それが済んだら我々の出番だ。今夜の仕事とはまた別の仕事だがね。この子の怪我は大したものじゃないし、明日の夜にはすっかり元気になるだろう。先日の夜と同じく警察の目につくところに置いて、我々は帰るとしよう」

教授はアーサーに近づくと声をかけた。

「苦しい目に遭わせてしまったが、後で振り返れば、必要だったのだと分かってもらえると思う。今は苦しくてたまらんだろうが、明日の晩の今ごろになれば、それを乗り越えて心の平穏を得ることができているだろう。だから、あまり思い悩んではいかん。そのときまでは、君に恨まれたとしても文句は言わんよ」

私はアーサーとクインシーと連れ立って、互いを元気づけあいながら家路を辿《たど》った。もうすっかりくたくたになっていた私たちは、子供を安全なところに残すと、それぞれぐっすりと眠ったのである。

九月二十九日夜

正午すこし前に、私とアーサー、そしてクインシー・モリスの三人は教授を訪ねた。示し合わせたわけでもないのに三人とも黒い服を選んでおり、妙な気持ちがした。喪に服しているアーサーが黒を選ぶのは自然なことだが、残りの私たちも本能的に選んでいたのである。一時半ごろに墓地について、人目につかないよう気をつけながら辺りをぶらつき、すっかり人が帰ったと勘違いした墓守が門に鍵《かぎ》をかけるのを待った。ヴァン・ヘルシング教授は昨夜の小さな鞄《かばん》ではなく、クリケット用のバッグのような、見るからに重そうな長細いものを持っていた。

やがてすっかり人の足音が途絶えて誰もいなくなると、私たちは暗黙の了解でもあるかのように、黙ったまま教授の後に続いてウェステンラ家の墓所へと向かった。教授が扉を開けて中へと足を踏み入れ、また閉める。教授はランタンを取り出すと灯りを点《とも》し、さらに二本のろうそくにも火をつけると根元を溶かし、しっかりと明かりが確保できるよう、それぞれ他の棺桶《かんおけ》の上にそれを立てた。教授がまた棺の蓋《ふた》を開けた。アスペンの葉のように震えるアーサーとともに私たちが覗《のぞ》き込むと、ルーシーの肉体はそこに横たわっていた。だが私の中にあったのはルーシーへの愛情ではなく、魂なき彼女の体の中に棲《す》む何かへの憎悪だけだった。アーサーさえも、険しい顔をして棺を覗き込んでいた。ややあって、彼が教授に声をかけた。

「これは本当にルーシーの体なのでしょうか？　それとも、彼女の姿をした悪魔なのでしょうか？」

「これはルーシーの体であり、そうではない。もうすこし待ちなさい、今の彼女の姿をありのまま見せてあげよう」

　思わずぞっとするような、鋭く尖《とが》った歯と、血に濡れた淫らな口元。ルーシーの純粋さを微塵《みじん》も感じさせないその姿は、さながらルーシーという名の悪魔のようだった。教授はいつもどおりてきぱきと鞄の中からいろいろな道具を取り出し、いつでも使えるようそれを並べていった。まずはハンダごてと配管用のハンダを用意し、次に石油ランプを取り出して墓所の隅で火を点《つ》けた。高温の青い炎が灯《とも》った。次にメスを何本か取り出して手近なところに並べ、最後に直径およそ二インチ半から三インチ、長さ三フィートほどはあろうかという丸い木の杭《くい》を一本取り出した。片端を焦がして固め、鋭く尖らせてある。さらに、石炭置き場などで石炭を砕くのに使うような頑丈そうなハンマーを、教授は取り出した。出てくる道具類がどんなものであれ、医師が準備する様子を眺めていると私にまで力が湧き出してくるように感じた。だが、アーサーとクインシーは教授の様子を見て、すっかり動揺しているようだった。だが、ふたりとも勇気を奮い起こし、必死にじっと押し黙っているのだった。

　すべてが整うと、教授が言った。

「取りかかる前に、言っておくことがある。アンデッドの力を研究してきた、古代人たちが残した経験と智恵に基づくことだ。アンデッドになると、人は不死の呪いにかかる。死ぬことができなくなり、新たな犠牲者を世界に増やし、道連れを増やしながら時代を経ていかねばならなくなるのだ。アンデッドの犠牲となった人々は自らもアンデッドとなり、また新たな犠牲者を手にかけてゆくしかなくなるのだよ。そうして、まるで水に投げ込んだ石が立てる波紋のように、犠牲者の輪が広がってゆくことになる。アーサー、もし君が死にゆくルーシーにキスをしたり、昨夜腕を広げて近寄って来た彼女の抱擁を受け入れていたりしようものなら、君は死後、東欧で言う不死のノスフェラトゥ《吸血鬼》となって、我々の驚異となっていたのだよ。ルーシーはまだまだ不死者となったばかりだ。血を吸われた子供たちは、今はそれほど深刻な状態というわけではない。だが彼女がアンデッドとして生き長らえるにつれ、彼女に呼び寄せられ、あのおぞましい口でまた血を吸われ続けることになるのだよ。だが彼女に真実の死が訪れれば、すべては終わる。子供たちは喉《のど》についた傷痕《きずあと》も消え、何が起こったかも知らないままいつもの遊び場へと戻ってゆくだろう。だが、真実の死のもっとも素晴らしきところは、アンデッドとなったルーシーの魂が、再び自由になれるということだ。闇夜にのさばり人の血を吸い、昼にそれを吸収しながらものの怪として落ちてゆくのではなく、天使たちのもとへゆくことができるのだ。だからこそ、ルーシーを自由にするためにも、心を決めて一撃を刻まねばならん。無論この私がそうしてもいいが、しかし我々の中には、もっと相応《ふさわ》しい人物がいるのではないかな？　『彼女を星々のもとへと旅立たせたのはこの手なのだ。彼女を最も愛した男の手なのだ。彼女はきっと、この手にそうして欲しいと思ったに違いないのだ』と、眠れぬ夜の静寂に包まれて考え、それを幸せに思う人物だよ。さあ、誰かいないかね？」

　私たちの視線がアーサーへと集まった。アーサーもまた、私たちからの思いやりを理解していた。ルーシーを不浄者としてではなく、神聖なる思い出として私たちのもとへと取り戻すのは彼の手に委《ゆだ》ねようという気持ちを。アーサーは一歩前に進み出ると、手を震わせ、顔を雪のように蒼ざめさせながらも、気丈にこう言った。

「教授、心からのお礼を言わせてください。恐れたりはしませんから、どうすればいいのか私に教えてください！」教授はそれを聞くとアーサーの肩に手を置いた。

「よく言ってくれた！　ほんの少しの勇気さえあれば、すぐに終わる。この杭を彼女の体に打ち込まなくてはならんのだ。君にとっては本当につらいことだろうが、くじけてはならん。ほんの一瞬の勇気さえ出せば、君はその苦しみよりも遥《はる》かに大きな喜びを得られるのだからね。その胸に光を湛《たた》え、この陰鬱《いんうつ》な墓所から出てゆくことができるのだからね。この杭を手にしたならば、もう後戻りはできん。私たちが心の友として君を囲み、君のために祈っているのだということをきっと忘れてはいけないよ」

「大丈夫ですとも」アーサーが声をかすれさせた。「さあ、僕はどうすればいいのですか？」

「この杭を左手に持って彼女の心臓あたりにぴったりあてがい、右手にハンマーを持ちなさい。私は、持ってきた祈禱《きとう》書を読み、後のふたりが続けて唱和する。そうしたら、神の名のもとに杭を打ち込みなさい。そうすればルーシーの不死の呪いも解け、彼女はアンデッドではなくなるはずだ」

アーサーが杭とハンマーとを手に持った。心が決まったのだろう、両手はもうぴくりとも震えてはいなかった。教授が祈禱書を開き声に出して読みはじめると、私とクインシーは必死にそれに続いた。アーサーは心臓の場所を探り当てると、杭の重みで白い肌がわずかに窪《くぼ》んだ。そして彼が全力を込めて、ハンマーを振り下ろした。

棺《ひつぎ》に横たわるもののけは身悶《みもだ》えし、唇を開くと血の凍るような悲鳴をあげた。その肉体が激しく震え、ねじれ、痙攣《けいれん》する。食いしばった鋭い歯が唇を切り裂き、真っ赤な鮮血の泡が口元にあふれ出した。だが、アーサーは動じなかった。さながら戦いの神、トールのように落ち着き払って腕を振り上げると、慈悲の杭を深く、さらに深く打ち込んでいった。突き破られた心臓からあふれ出した血が、そこかしこに飛び散り、血溜《ちだ》まりを作った。アーサーはぎゅっと唇を結び、その顔には高貴な使命感すら浮かんでいた。それに鼓舞され、私たちの詠唱の声は狭い墓所内に大きく響き渡った。

やがて怪物の身悶えが小さくなり、歯を食いしばる顎《あご》が緩み、引きつった顔が弛緩《しかん》しはじめた。そして、すっかり動かなくなった。恐ろしい試練が終わりを迎えたのだ。

アーサーは大きくよろめくと、ハンマーを地面に落とした。私たちが支えなければ、そのまま倒れてしまっていただろう。アーサーは額に大粒の汗を浮かべ、激しく息を荒らげていた。心の底から緊張していたのだろう。人智を超越したことへの恐怖が無ければ、決してやり遂げることなどできなかったに違いない。しばらくアーサーのことを心配して棺のことなど忘れていたが、私たちは中を覗き込んで思わず驚きの声を漏らした。床にへたり込んでいたアーサーもそれを聞くと立ち上がり、棺を覗いた。アーサーの顔に喜びの光が広がり、それまで立ち込めていた陰鬱と恐怖とを消し去っていった。

棺の中に横たわっていたのは、私たちが恐れ、憎悪したあの怪物の姿ではなく、可愛らしく純粋さをたたえた顔をして眠る、在りし日のルーシーの姿だった。確かにその顔には、死の床で刻まれた苦悶《くもん》と苦痛、そして焦燥とがまだ残っていた。だが、それこそが私たちの知る真実の彼女である証《あかし》なのだと、私たちは深い愛情を覚えずにはいられなかった。そのやつれきった顔や姿に陽光のように射す神聖さこそが、彼女に永遠に宿る平穏の証なのだと、私たちの誰もが感じていたのである。

ヴァン・ヘルシング教授はアーサーに歩み寄ると、その肩にずしりと手を載せた。

「さて、アーサー。私のことを許してくれるかね？」

アーサーが教授の手を取ってその手の甲に唇をつけると、彼の中で張り詰めていた緊張が一気に解け、堰《せき》を切ったように彼の感情がほとばしった。

「許すだなんて！　ルーシーの魂と僕の心の安らぎとを取り戻すことができたのは、何もかも教授のおかげではないですか」彼は両手で教授の肩を摑《つか》むと、額を彼の胸元に押し当てたまま、しばらく声もたてずにむせび泣いた。そして、やがて頭をもたげると、教授が声をかけた。

「さあ、今ならルーシーにキスをしてもいいのだよ。ルーシーもきっと、それを望んでいるはずだ。彼女はもうアンデッドでも、永遠の怪物の類《たぐい》でもないのだ。神の御許《みもと》に召された、真の神の子なのだからね」

アーサーがかがみ込んでキスをしてから私と教授は彼とクインシーを墓所の外に出し、杭をルーシーの体内に残したまま、突き出た部分だけを切り落とした。それから首を切り落として口の中にニンニクを詰め込んだ。内棺をハンダづけし、蓋を閉めてネジで止めると、道具をまとめて墓所の外へと出た。教授は扉に鍵《かぎ》をかけると、それをアーサーに手渡した。

外の空気は澄み渡り、陽光が降りそそぎ、鳥たちが唄《うた》っていた。まるで、世界が生まれ変わってしまったかのようだった。大きな山を乗り越えてすっかり安堵《あんど》した私たちには、至るところが歓喜と平穏とに満たされているかのように感じられた。これですべてが済んだというわけではなかったが、それでも私たちは満ち足りた気持ちだった。

墓地を出ようとすると、教授が口を開いた。

「さて、これで計画の最初の段階が終わったことになる。我々にとってはもっともつらい第一段階がね。だが私たちにはさらに大きな使命がある。この悲劇の張本人を見つけ出し、この世から葬り去るという使命がね。手がかりはこの手の中にあるが、この使命は長く困難で、危険と苦しみとに満ちているだろう。私に力を貸してはくれんかね？　私たちは、互いへの信頼をここで勝ち取ったはずだ。そうだろう？　ならば、我々の使命というものも明白なはずだ。どうだね？　最後まで戦い抜くことを、ここに誓ってはくれんだろうか？」

私たちはひとりひとり教授の手を握りしめ、彼に誓った。やがて歩き出すと、教授が言葉を続けた。

「明後日の夜七時、ジョンのところで落ち合って食事をするとしよう。君たちにはまだふたつ、伝えなくてはならんことがある。そこで何をすべきかを話し、計画の全貌《ぜんぼう》を説明させてもらうとしよう。ジョン、君には相談したいことがあるから、ホテルについて来て私を手伝ってくれ。私は今夜のうちにアムステルダムへと発つが、明日の晩には戻って来る。そこから、すべての物語が始まるのだよ。だがその前に、私は君らが何をすべきか、敵は誰なのかを話さねばならん。それから改めて、誓い合うとしようではないか。行く手には過酷な試練が待ち受けており、二度と引き返すことはできなくなるのだからね」

第十七章

セワード医師の日記（続き）

教授とともにバークリー・ホテルへと戻ると、一通の電報が届いていた。

「デンシャニテ　ウカガイマス。ジョナサン　ハ　ホイットビー。ジュウヨウナ　シラセアリ。ミーナ・ハーカー」

教授は顔を輝かせた。「何と、ミーナさんがいらっしゃるのか！　彼女は本当に素晴らしい女性だよ！　せっかくなのに、私は会えないというのか。ジョン、彼女を君の家に連れて行きたまえ。駅に迎えに行き、そこで落ち合うといい。手違いがないよう、汽車に電報を打っとしよう」

電報を打ち終わると教授はお茶を飲みながら、ジョナサン・ハーカーが海外でつけた日記の写しを私に手渡し、それについて話して聞かせてくれた。ミーナ・ハーカーがホイットビーでつけていた日記の写しも見せてくれた。

「君に預けるからよく読んでおきなさい。そうすれば私が戻って来る頃には君も全貌をよく把握できているだろうし、計画に着手するにはそのほうが申し分ないというものだ。

宝の山のようなものだから、決して無くしたりしないようにな。今日あんな経験をした君でも、なかなか信じられんだろう」教授はさも大事そうに、書類の包みに手を載せた。「ここに書かれていることは、私や君や、あらゆる人々の破滅の始まりを示しているのかもしれない。もしくは、地上を跋扈《ばっこ》するアンデッドどもを葬らんとするものかもしれん。先入観を持たずに、頭から最後までじっくり読んでおきなさい。そして、君から付け加えることがあるなら、忘れずにそうしてほしい。この事件についての記録を、君はずっとつけているだろう？　よろしい！　では次に会ったときに、すべてまとめて整理をつけてみるとしようじゃないか」教授はそう言うとさっさと準備を始め、風のようにリバプール・ストリート駅へと馬車で立ち去って行った。私はパディントン駅へと向かい、汽車より十五分早く到着した。

乗客たちは駅に降り立つと、それぞれ人混みの中へと姿を消していった。私が、もしかしたらハーカー夫人を見失ってしまうのではないかと心配になりはじめたころ、美しい顔立ちをした清楚《せいそ》な女性が、私のほうへと歩み寄って来た。彼女は私を見つけると「セワード先生でいらっしゃいますね」と声をかけてきた。

「ハーカーさんですね！」私がすぐに答えると、彼女は手を差し出してきた。

「ルーシーからお話を聞いておりましたので、すぐに分かりましたわ。でも――」彼女はそこで口ごもると、さっと頬を赤らめた。

それを見た私も赤面してしまい、何だか暗黙のうちに何かが伝わり合ったような気がして、互いに気まずくなってしまった。私はタイプライターも含めて彼女の荷物を持つと、居間とハーカー夫人用の寝室を整えておくようメイドに電報を打ってから、地下鉄でフェンチャーチ・ストリート駅へと向かった。

私たちは定刻通りに到着した。彼女もそこが精神病院であるのは知っているはずだったが、玄関口で小さく身震いしたのを私は見逃さなかった。

彼女は、話したいことがあるから後で私の書斎を訪ねたいと言った。そこで、彼女が来るまでの間に、蓄音機に向かってこの記録をつけているわけだ。教授から預かった書類は、まだ時間がなくて読んでいない。彼女の興味を他のことへ向けないと、読む時間は作れないだろう。彼女は、我々には時間がないことも、我々が何をなすべきかも、何も知らないのだ。驚かさないように、くれぐれも気をつけなければ。彼女が来たようだ！

ミーナ・ハーカーの日記

九月二十九日
荷物を開けて整理を終えると、私はセワード先生の書斎へと行きました。ですが、どなたかとお話になっているような声が聞こえたので、ドアの前で少し立ち止まりました。ですが急ぐように言われていたので思い切ってノックをすると、中から「どうぞ」とい

う お返事が聞こえました。

ドアを開けてみて意外だったのは、先生がひとりだったことです。そして先生のテーブルの向かい側には、シリンダー型の蓄音機が置かれていました。以前読んだことがあるので分かったのですが、実物は初めてだったので、とても興味を引かれました。

「お待たせしませんでしたか？」私は言いました。「ですがドアの前で話し声が聞こえたので、どなたかいらしているのではと思ったんです」

「ああ」先生はそれを聞くと笑いました。「ちょっと日記を記録していたんですよ」

「日記ですか？」私は、びっくりして訊《たず》ねました。

「ええ、ずっとつけてるんです」先生はそう言いながら、蓄音機に手を触れました。私はすっかり興奮してしまい、つい大きな声を出してしまいました。

「まあ、じゃあ速記よりもずっと簡単ですわね！　何か聞かせて頂きたいわ」

「もちろんですとも」先生はすぐにそう言うと立ち上がり、再生しようとしかけたのですが、ふと手を止めて何やら難しい顔をしました。

「困ったことに、自分の日記しか録音していないんです」先生は、気まずそうに言いました。「それに吹き込んであるのは、そのう、ちょっと妙な話なんですが、なんと言うか……」先生が言葉に詰まったので、私は少しでも気楽になればと口を挟みました。

「そういえば先生は、ルーシーの最期を看取《みと》られたのでしたね。どうかそのお話を聞かせてください。あの子のことですから、私もすべて知っておきたいのです。本当に、本当に、大切な友達でしたから」

すると先生は、恐怖に襲われたような顔になりました。

「彼女の最期についてですか？　それは絶対にいけません！」

「なぜです？」何だか、とても不吉で嫌な予感がしました。先生はまた口ごもり、何か言い訳を考えているような顔をしました。そしてしばらくしてから、言葉につまりながらこう答えたのです。

「ええとですね、日記の一部分だけを再生する方法を知らないのです」話しながら思いつきでもしたかのように、先生はすっかり声の調子まで変わってしまい、まるで子供のように必死な様子でした。「これは本当です、本当ですとも。嘘じゃありません！」

私が我慢できずに噴き出すと、先生はばつの悪そうな顔をしました。「これはお恥ずかしいところを……。ですが、日記をこうしてつけ始めて何ヶ月も経つというのに、どうやって聞きたいところだけを再生すればいいのか、一度も考えたことがなかったのです」

私はこれを聞いているうちに、どうやらルーシーを診てきたこの先生の日記には、あの怪物と何か関係があることが記録されているのではないかという気持ちになり、勇気を出してこう訊ねてみました。

「ではセワード先生、私にタイプライターで写しを作らせるというのはどうでしょう？」

先生はそれを聞くと、まるで死んだように蒼《あお》ざめた顔になり言いました。

「いえ、いえ、いえ！　とんでもない。あんな話をあなたに聞かせるだなんて！」

やはり私の思ったとおり、恐ろしい話なのです！　私は何か助けになるものはないかと無意識のうちに室内を目で探り、ふと、タイプライターで打たれた書類の束がテーブルに置かれているのに気づきました。先生は私が何かを見ているのに気づくと、視線の先を見て書類に気づきました。そして、私が言わんとしていることを察したのです。

「先生は、私をご存じありません。ですが、私がタイプした私と夫の日記をご覧になれば、もっとよくお分かりになるでしょう。ならば私は、胸の中をすべてさらけ出してしまうことも厭《いと》いません。何はともあれまだ先生は私をご存じないのですから、信用して頂くこともできないでしょうから」

ルーシーの言うとおり、先生は本当に立派な方でした。立ち上がると、黒い蠟《ろう》の塗られた金属製のシリンダーが何本も入っている大きな引き出しを開け、こう言いました。

「おっしゃる通り。存じ上げなければ、信用もできません。ですが今は分かっています。いえ、もうずっと前からあなたを知っていたのです。あなたがルーシーから私の話を聞いていたのは知っていますし、私もあなたの話を聞いていたのです。どうかひとつだけ、無礼の埋め合わせをさせてください。このシリンダーをお持ちになり、聞いて頂きたいのです。最初の六本に吹き込まれているのは私の個人的なものですし、恐ろしいものでも何でもありません。お聞きになれば、私のことがよくお分かりになるでしょう。聞き終わるころには、夕食の準備ができているはずです。その間に私は、事態をもっとよく把握できるよう、この書類に目を通しておくことにしましょう」
先生はご自分でシリンダーを私の部屋へと運んでくると、すぐに聞けるように準備をしてくれました。どんな物語が聞けるのか、楽しみでなりません。私がまだ知らない、残りの半分を知ることができるのですから……。

セワード医師の日記

九月二十九日
ジョナサン・ハーカーとご夫人の日記があまりに素晴らしく、つい時間を忘れて読みふけってしまった。メイドが夕食の準備ができたことを告げに来てもハーカー夫人が降りてくる様子がなかったので、私は「きっとお疲れなのだろうから、一時間ほど延ばしてくれ」と伝え、また日記を読み進んだ。そして、ちょうど読み終えたところへハーカー夫人がやって来た。美しい顔に深い悲しみを浮かべ、両目には、赤く泣きはらしたなごりが残っていた。それを見て、強く心を揺さぶられた。私だって最近、心の底から涙を流したばかりなのだ！　だが、涸《か》れ果てるほど涙を流しても、それでも流し足りないのだ。だから、泣きはらした赤い両目に、心を鷲摑《わしづか》みにされてしまったのだ。私は、そっと彼女に声をかけた。
「つらい思いをさせてしまい、すみません」

「つらい思いだなんて、とんでもないです」彼女が答えた。「言葉になどできないほど、あなたの悲しみを胸で感じたのです。あの機械は確かに素晴らしいものですが、本当に正確すぎます。あなたの声の様子で、胸の苦しみがつぶさに伝わってくるのです。まるで、全能の神に訴えかけてらっしゃるかのような苦しみが。二度と、人になどお聞かせになってはいけません！　タイプライターで打ち直して来ましたので、どうか、これをお役立てください。これならば、誰も私のようにあなたの苦しみに胸を痛めることはないでしょう」

「誰も知る必要はないですし、誰かに知らせる気もありませんよ」私は、そっと言った。彼女は私の手にそっと触れると、強い声で言った。

「でも、そういうわけにも参りませんわ！」

「そういうわけにもいかないとは、いったいなぜです？」

「だって、あなたの日記はルーシーの死や、それに関連した恐ろしいできごとに関係があるからです。これから始まる戦いであの化け物を葬り去るためには、どんな知識でも、どんな力でも必要だからです。お借りしたシリンダーの中には、きっと先生が私に知られたくないことも録音されていたことでしょう。ですが、あの中にはこの怪奇を解くための鍵《かぎ》がたくさんあるんだと思います。どうか、私にもお手伝いをさせてはくださいませんか？　私にも、ある程度のことは分かっています。先生の日記は九月七日で終わっていますが、ルーシーがどんなに苦しみ、どのように悲しい運命を辿《たど》ってゆくことになったのかは、もう分かりました。ヴァン・ヘルシング教授とお会いしてからずっと、私もジョナサンも昼夜を問わずにずっとそのために動いているところです。ジョナサンは今、ホイットビーに行って情報を集めており、明日には私たちに合流してくれるでしょう。誰も、何も秘密にしたりせずに信頼し合い、団結すれば、別々でいるよりもきっと大きな力を持つことができるはずです」彼女のひたむきさ、そして勇気と決意とに、私はあっという間に打ちのめされた。「分かりました。お望みどおりにしましょう。まだまだ私たちが知らない恐ろしいこともあるはずです。しかし、そこまでルーシーの死についてお知りになっているのですから、残りを知らずにはきっとご満足されないでしょう。すべてが……何もかもが終われば、きっと安らぎの光が得られるはずです。さあ、今は夕食といきましょう。今後に待ち受ける過酷で恐ろしい任務のためにも、力をつけておかねばなりません。食事が済んだら、残りの日記もお聞かせしましょう。我々はその場にいたからすべて分かっていますが、何かお知りになりたいことがあれば、何もかもお答えしますよ」

ミーナ・ハーカーの日記

九月二十九日

夕食を終えると、ふたりでセワード先生の書斎へと向かいました。一度私の部屋に立ち寄り、先生は蓄音機を、私はタイプライターを持って行きました。先生は座り心地のいい椅子を私に勧めると、いつでも止めたいときに止められるよう、手が届くところに蓄音機を置いて操作を教えてくれました。それから私の邪魔にならないようこちらに背を向けて座って日記を読みはじめたので、私は二股《ふたまた》に分かれた金属製のイヤホンをつけて、日記を聴きはじめました。

ルーシーの死の様子を物語る恐ろしいような話と、そして——そして、続いて起こった出来事をすべて聞き終えると、私はぐったりと椅子の中に身を沈めました。気を失うような体質ではないのが幸いでした。セワード先生は私の様子に気づくと飛び上がり、大急ぎで戸棚から携帯用の角瓶を取り出して来て、私にブランデーを飲ませてくれました。そのおかげで、数分もするうちにはだいぶ楽になってきました。頭がふらふらしていました。恐怖の黒雲の隙間から射した聖なる光にルーシーが包まれ、平穏を手に入れたのだと知らなければ、きっと私は耐えられず、あのままどうかしてしまっていたかもしれません。ジョナサンがトランシルヴァニアで味わった恐怖の体験を知らなければ、あの恐ろしい謎に満ちた奇妙な日記の内容は、とても信じられなかったことでしょう。ですが、何をどう信じていいのかも分からないような有様だったので、他のことをして気を紛らわしたくなりました。そこでタイプライターのカバーを外すと、セワード先生に言いました。

「今のうちに、これをすべてタイプさせてください。ヴァン・ヘルシング教授が来るまでには、すっかり準備を整えておきたいんです。ジョナサンには、ホイットビーからロンドンに到着したらこちらに来るよう、電報を打っておきました。こうしたことでは日付をはっきりさせておくことが大事です。すべて準備して時系列も整理しておけば、きっと役に立つことでしょう。ゴダルミング卿《きょう》とモリスさんも、いらっしゃるとのことでしたね？　ならば、おふたりのご到着前には、準備を終えておいたほうがいいと思います」

先生はうなずくとスピードを落として蓄音機を再生してくれたので、私は七本目のシリンダーの頭から、タイプライターで書き写しを始めました。複写用紙を使い、六本目までと同様に三部ずつ写しを作りました。すべて打ち終えるころにはすっかり夜中になっていたのですが、患者の見回りを終えたセワード先生が書斎に戻ってそばで日記を読んでいてくれたので、寂しく感じるようなことはありませんでした。先生は、本当に優しく思慮深い人です。世の中にはあんな怪物たちも紛れ込んでいますが、それでもいい人ばかりなのです。書斎を立ち去りかけたところで、ジョナサンの日記の一節を思い出しました。エクセターの駅で、夕刊の記事を見た教授がひどくうろたえたと書かれてあったことです。そこで、セワード先生が保管していたウエストミンスター・ガゼットとペルメル・ガゼットのファイルを借りて、部屋へと持ち帰ってきました。ドラキュラ伯爵が上陸した日の恐怖の事件を理解するのに、切り抜いて保管してあるデイリーグラフとホイットビー・ガゼットがどれほど役にたったことか。今回も、そのときからの夕刊を調べ尽くせば、きっと新たな光明が見えてくるかもしれません。まだ眠くはありませんし、こうして打ち込んでいたほうが、心も安まるというものです。

セワード医師の日記

九月三十日

ハーカー氏が九時に到着。出発直前に、ご夫人からの電報を受け取ったのだとのこと。顔つきから判断するに並外れて聡明《そうめい》で、活力に溢《あふ》れた人物のようであった。それに、彼の日記の内容が真実だとするならば――私の体験からも真実に違いないが――強い勇気の持ち主でもある。なにせ二度も霊廟《れいびょう》へと降りて行ったというのだから、並々ならぬ勇気だといえるだろう。それを読んでいたものだから、いかにも男らしい人物が来るものとばかり思っていたのだが、今日やって来たのは物静かで、いかにも実務家といった風体の紳士であった。

その後

昼食後、ハーカー夫妻は自室へと戻って行ったが、先ほど前を通りかかってみると、室内からはタイプライターの音が聞こえてきていた。どうやら、脇目もふらずに作業をしていたようだ。ハーカー夫人いわく、手元の証拠をすべて時系列に並べて整理しているのだとか。ハーカーは、ホイットビーに届いた木箱の受領人と、ロンドンでその木箱を受け取った運送業者とが交わした書簡を手に入れてきていた。彼は現在、ハーカー夫人がタイプした私の日記の写しを読んでいるところだ。あのふたりは、日記から果たして何を摑《つか》むのだろう？　おや、ハーカーが来たようだ……。

いったいなぜ私は、隣の屋敷こそドラキュラ伯爵の隠れ家なのかもしれないと、これまでちらりとも考えすらしなかったのだろう！　レンフィールドの行動から見ても、手がかりはいくらでもあったというのに！　屋敷の購入に関する書類の数々は、タイプされた写しとともに用意されていた。これをもっと早く見ることさえできていたなら、ルーシーを助けられたかもしれない！　いや、今さらそんなことを考えるのはよそう。ハーカーはまた部屋に戻り、資料の整理に取りかかってくれている。いわく、夕食の時間までにはすべて時系列に並べ変えて、一連の顚末《てんまつ》が分かるようにしてくれるのだそうだ。ハーカーは、その間にレンフィールドの様子を見て来たほうがいいと私に言う。伯爵の出没と彼の行動とには、どうも関係があると睨《にら》んでいるようだ。私にはまだそれが把握できないのだが、いずれ時系列が整理されれば、はっきりすることだろう。ハーカー夫人が私の日記をタイプしてくれたことには、感謝の言葉もない！　そうしなければ、きっと日付のことにまでは頭が回らなかったに違いない……。

レンフィールドの部屋を訪れてみると、彼は腕を組んで温かい微笑みを浮かべながら腰掛けていた。その姿を見ていると、とても彼が狂人であるなどとは思えなかった。私も腰掛けると、彼の普段のことについていろいろと話を交わした。やがて彼は、退院して自宅へ帰る話をしはじめた。私の記憶するかぎり、彼がここで過ごし始めて以来、初めてのことである。今すぐにでも退院できるからそうしてくれという彼の口調は、自信たっぷりであった。もし事前にハーカーと話をしていなければ、私は少しだけ調査をして、彼を退院させてしまっていたことだろう。私は胸の中で、強い疑いを抱いていた。レンフィールドのあの爆発的な発作は、伯爵が近くにやって来たことと何らかの関係があるはずだ。だとすれば、この完全な一致には、いったいどんな意味があるのだろうか？　あの吸血鬼が勝利したことで、レンフィールドの欲望もすっかり満たされたということなのだろうか？　いや、待て。そもそもこの男自身が生体食性狂人であるし、あの荒れ果てた屋敷のそばに立つ礼拝堂のドアにしがみつきながら、彼は繰り返し繰り返し「ご主人様」と口にしていたのだ。それを考えると、私たちの考えとすべて辻褄《つじつま》が合う。しかし、しばらくして私は部屋を出て来てしまった。今の彼はとにかく落ち着いているので、根掘り葉掘り質問をするのにはいいと思えなかったのだ。きっとあれこれ勘ぐられてしまうに違いない。彼が静かにしているときは、信用できない。だから目を離さずしっかり見張るように言いつけ、万が一に備えて拘束服を用意させておいたのである。

ジョナサン・ハーカーの日記

九月二十九日　ロンドンへの汽車にて

　ビリントン氏より、自分の権利においていかなる情報でも提供するとの丁寧な手紙を受け取った僕は、とにかくホイットビーに行って気の済むように調査をしてみるのがいちばんだと考えた。とにかく、伯爵の木箱がロンドンまで辿《たど》った道筋を調べあげなくてはいけない。そうすれば、木箱の処分方法が見つかるかもしれないからだ。ビリントン氏の息子（好人物である）と駅で落ち合い自宅へと案内してもらい、ふたりの説得でその日は彼らの厄介になることにした。いかにもヨークシャー人らしい親切な方々で、あれこれと世話を焼いてくれた上に、心のままに好きなようにくつろがせてくれた。ビリントン氏は僕が多忙のためあまり時間がないことを分かっており、木箱の受領に関連する書類をすべて事務所に用意してくれていた。その中に、見覚えのある書類があるのを見つけたときには、やはり愕然《がくぜん》とした。まだこんな計画のことなど何も知らないころ、伯爵のテーブルの上で目にしたものだった。すべては周到に計画され、念入りに実行へと移されていたのだった。計画の途中でどんなトラブルに見舞われてもいいよう、ありとあらゆる手が尽くされているように思えた。アメリカ的な言い回しをするならば、伯爵は「行き当たりばったり《テイク・ア・チャンス》」というタイプではないのだ。すべての手順がきっちり伯爵の指示どおりに行われたのは、すべて伯爵が綿密に計画を立てたゆえのことだったのである。送り状を読み、「土を五十箱。実験用」と内容を書き留めた。また、カーター・パターソン氏への手紙とその返事も、すべて写しておいた。ビリントン氏のところで分かるのはそのくらいだったので、僕は港まで足を伸ばし、沿岸警備員、税関職員、そして港湾管理人に話を聞くことにした。誰もが、奇妙な船の入港について話を聞かせてくれた。この地域には、もうすっかりその話が広まっているようだ。だが「土を五十箱。実験用」という以上のことは、誰ひとりとして詳しく知らなかった。そこで今度は駅長に会いに行くと、駅長は親切なことに、実際に木箱を受け取った係員たちに紹介してくれた。彼らが扱った木箱の数は伝票のとおりだったが、その木箱が「死ぬほど重たい」ことと、積み替えるのにとことん骨が折れたこと以外には、何も分からなかった。そのうちのひとりいわく、とにかく喉《のど》が渇いたのだが「旦那《だんな》のようなお方」が誰もおらず、何も飲み物をもらえなかったのは本当にひどい話なのだそうだ。そこへ横から他のひとりが割って入り、あれからずいぶん経ったが今でも喉が渇いているほどだと言って加勢してきた。そんなわけで、その場を離れる前に彼らの酒代を出してやり、不満の元凶を根絶やしにしてきてやったのだった。

九月三十日

駅長が、古くからの友人であるキングス・クロス駅の駅長に一筆書いてくれたおかげで、朝に到着してすぐ木箱について話を聞くことができた。彼もすぐ担当の係員へとつないでくれ、そこで、受け取った木箱の数がぴったり伝票どおりであったという確認が取れた。ここの係員たちはホイットビーの連中ほど喉が渇いているようではなかったが、それでもごく控えめに訴えられたので、仕方なくここでも彼らに酒代を渡すはめになった。

次にカーター・パターソン運送の本部へと出かけ、そこで手厚いもてなしを受けた。彼らは日誌や信書控えを開いて取引記録を調べ、すぐにキングス・クロス駅の事務所に電話をかけると、手元では分からない詳細を調べてくれた。運良くこの件に関わった運搬人が仕事待ちをしていたので、駅側はすぐに彼らをこちらによこす手はずを整えると、貨物運送状とカーファックス屋敷への木箱の配達に関連する書類をすべて彼に持たせてくれた。ここでもすべてが伝票どおりにぴたりと一致したが、運搬人は書類だけでは分からない詳細をいくつか話してくれた。話を聞いているうちに、この仕事はやたら埃《ほこり》まみれになり、それゆえやたらと喉が渇く仕事らしいということが分かってきた。それなら後でこれを使って喉を潤してくれと我が王国の通貨をいくらか与えると、ひとりの運搬人が口を開いてくれた。

「あんなおかしな屋敷に入ったことは、他にありゃしません。やれやれ、きっと百年は空き家になってたに違いありませんや。埃がわんさか積もってて、ベッドがなくても眠れそうなほどだし、ずっとほっとかれたもんだから、エルサレムみたいな臭いが立ち込めてましてね。それにあの古い礼拝堂ときたら、もうたまらんところでした！　俺も連れも、とっとと帰っちまいたくてしかたなかったですよ。暗くなるまでいたりしたら、怖くてどうかなっちまいそうでした」

あの屋敷には僕も行ったことがあったので、彼の気持ちはよく分かった。だが、もしあの運搬人が僕と同じ秘密を知っていたならば、きっともっと高い手間賃をこちらに要求してきたことだろう。

ひとつ、はっきりと分かったことがある。それは、ヴァルナからホイットビーへとデメテル号によって運び込まれた木箱はすべて、カーファックス屋敷の古い礼拝堂へと無事に運び込まれたということだ。それ以来ひとつも運び出されていないのならば、全部で五十個が今もあるはずだ。セワード医師の日記から判断するに、その恐れが高いだろう。

次に話を聞きたいのは、カーファックス屋敷から木箱を運び出した際にレンフィールドに襲われたという馭者《ぎょしゃ》の話だ。この手がかりから、きっと多くのことが明らかになるはずだ。

その後
ミーナと僕は一日じゅう作業をし、すべての書類を時系列に整理することに成功した。

ミーナ・ハーカーの日記

九月三十日

あまりに嬉《うれ》しくて、自分でもどうしていいのか分からないほどです。この恐ろしい事件を引き金にまたジョナサンがおかしくなってしまったらと心配してばかりだったので、きっとその反動なのでしょう。ジョナサンがホイットビーへと発《た》つときにはできるだけ元気な顔で見送りましたが、内心では心配でたまりませんでした。ですが、そんな心配は無用のものだった様子。こんなにも決然として力に溢《あふ》れ、活《い》き活きとしているジョナサンの姿は、もうずいぶん久しぶりになります。ヴァン・ヘルシング教授はジョナサンのことを、常人ならば心の折れてしまうような逆境でも前を向くことのできる気骨の持ち主だと言っていましたが、まさにそのとおりなのでしょう。今の彼は生命力と希望、そして決意に満ちています。今夜のためにふたりで、すべての準備を整えました。私も、とても気持ちがはやっています。あの伯爵のような化け物だろうと、追い詰められるのを見れば哀れに感じるものなのです。ですが、憐《あわ》れみなどは無用のもの。あれは人間でもなければ、動物ですらないのです。ルーシーの死とその後に起こった悲劇について書かれたセワード先生の日記を見れば、胸の中の憐れみの泉などすっかり涸《か》れ果ててしまうのです。

その後

ゴダルミング卿《きょう》とモリスさんは、思っていたよりも早く到着しました。セワード先生とジョナサンは所用で留守にしていたので、私が出迎えることになりました。たった二、三ヶ月前にはルーシーの人生が希望に満ちていたのだと思うと、ふたりの顔を見るのはつらいことでした。もちろんふたりともルーシーから私の話は聞いていましたし、ヴァン・ヘルシング教授も、モリスさんいわく「まるでラッパを吹くように」私のことを褒めちぎって下さったそうです。ですがふたりとも、ルーシーにプロポーズをしたことを私が知っているとは、思ってもいないようでした。私が何をどこまで知っているのか知らなかったので、話題はとにかく当たり障りのないものばかりでした。ですが、ふたりにはこの一件について最新情報を伝えておくのがいちばんいいのではないかと、私は思いました。セワード先生の日記から、ふたりが墓地でルーシーの死――真の死――に立ち会ったことは知っていましたし、話をしても、秘密の誓いを破ることにはならないはず。そこで私は言葉を選びながら、すべての文書と日記に目を通し、夫とふたりでタイプライターで写しを作り、時系列に整理しておいたことを話して聞かせました。そして、書斎で読んでおいてほしいと、ふたりにそれぞれ一部ずつ、写しを手渡したのです。ゴダルミング卿はかなり厚みのある写しを受け取るとぱらぱらとめくり、こう言いました。

「ハーカーさん、これはすべてあなたが？」

私がうなずくのを見ると、卿は言葉を続けました。

「まだ目を通す前に言うのも恐縮ですが、あなたがたの優しさ、誠実さ、そして熱心さには心を打たれました。私にも何かできることがあれば、ご遠慮なくおっしゃってください。あの一件で私は、事実を受け入れることへの謙虚さというものを胸で知りました。それにあなたは、ルーシーのことを深く愛しておいでだったことでしょう――」そこまで言うと、卿はこちらに背中を向けて両手で顔を覆いました。涙にむせぶのが、私にも聞こえました。モリスさんは持ち前の優しさでそっと卿の肩を叩《たた》くと、何も言わずに部屋の外へと出て行きました。もしかしたら女性とは、男性を傷つけることなく涙を流させ、愛情や悲しみの感情を吐露させることができるものなのかもしれません。ゴダルミング卿は私とふたりきりになるとソファに座り込み、声を殺そうともせずに泣き始めたのです。私はその隣に腰掛けると、卿の手を取りました。出しゃばったことだとは思いませんでした。卿は本物の紳士です。そんなふうに思われてしまうのではないかと考えるのは、失礼なことです。私は卿の深い傷の痛みを少しでも和らげようと、声をかけました。

「ルーシーは、本当に大事な人でした。ルーシーとあなたが互いにどんな存在だったのかも、私は存じております。私とルーシーは、姉妹のようなものです。どうかお困りのときには、死んでしまったあの子の代わりに、私を姉と思ってお頼りください。悲しみの深さまでは分かりませんが、あなたが胸を痛めておいでなのは私にも分かります。こうしておそばにいることでその痛みが少しでも軽くなるのなら、ぜひお力になりたいのです。ルーシーのために」

私が言い終えるやいなや、卿は込み上げてくる深い悲しみを堪《こら》えきれなくなりました。ずっと胸の中に押し留《とど》めていたものが、堰《せき》を切って一度に流れ出てしまったのかもしれません。ひどく感情的になって両手を振り上げると、悲しみのやり場を探すように激しく何度も打ち鳴らしました。立ち上がり、また座り、涙が頬を流れるに任せていました。私はあまりにも卿に深い同情を覚え、知らず知らずのうちに両腕を広げていました。卿は泣きながら私の肩に頭を預けると体を震わせながら、まるで子供のように泣きじゃくりました。

女性ならば誰しも母親のような性質を持っているものですが、その母性が呼び起こされると、小さなことはどうでもよくなってしまうものです。私は卿の頭の重みを感じながら、いつかこの腕に抱く我が子を感じ、まるで自分の子にそうするように、卿の頭を撫《な》でていました。そのときは、そうするのがごく自然に感じられたのです。

しばらくそうしているうちに涙が引くと、卿は悲しみの表情を浮かべたまま顔を上げ、私に謝りました。そして、何日も何日も苦しみのうちに眠れぬ夜を過ごしながら、誰にも気持ちを打ち明けられずにいたのだと言いました。あんなに奇怪な事件が生み出した悲しみを打ち明け、分かち合うことのできるような女性は、今日までひとりとしていなかったのでしょう。

「今、自分がどれほど苦しんでいるかは理解しています」卿は、涙を拭《ぬぐ》いながら言いました。「ですが今日あなたが見せてくれた優しさがどれほどのものなのか、私にはまだ分かりませんし、これは他の誰にも分からないことです。ですが、いずれ私にはそれが胸で分かるときが来るでしょう。分かるにつれて、ちゃんとあなたの優しさに深く感謝できるようになるでしょう。どうか生涯、私の姉代わりをしてはいただけませんか——ルーシーのために」

「ルーシーのために」私は卿の手を握りしめ、そう答えました。「そしてあなたのためにも」

卿が言葉を続けました。「私の尊敬と感謝の気持ちを、あなたに捧《ささ》げたいのです。この私がいるかぎり、あなたにいつか男の助けが必要になったとしても、誰も駆け付けないなどということはありません。もちろん、あなたに何の不幸も訪れることがないのがいちばんだ。ですが何かあれば、どうか必ず私に知らせてください」彼の真剣な眼差《まなざ》しと、癒《いや》されぬ深い悲しみとに胸を打たれ、私はこう答えました。

「約束します」

廊下に出ると、モリスさんが窓の外を眺めているところでした。モリスさんは、足音に気づいて私のほうを振り向き「アートはどうですか？」と訊《たず》ねると、泣きはらした私の目に気づいてこう言いました。「ああ、慰めてくださっていたのですね。本当にありがとう。男では、あいつの苦しみを癒すことなどできないのです。なのに、手を差し伸べてくれる女性があいつにはひとりもいなかったのです」

自分の苦しみをじっとこらえるモリスさんの姿に、私は深く胸を打たれました。手に持っている写しを読めば、私がどれだけ事情を知っているのかモリスさんも理解するのだと思い、こう言いました。

「心を痛めるすべての人の慰めになりたいのです。どうか私を友人と思い、必要なときには頼ってくださりませんか。その写しをご覧になれば、きっと私がなぜこんなことを言うのかもお分かりになるでしょう」

彼は私が真剣であるのを確かめるとひざまずき、私の手を取って甲にキスをしました。その様子に、なんと強い心と思いやりとを持った方なのだろうと思うと、私は思わず自分もひざまずき、彼にキスをしていました。するとモリスさんは目に涙を浮かべ、喉《のど》をつまらせるようにしてこう言いました。

「お嬢さんの真心からの優しさを、確かに受け取りましたよ！」そして、ゴダルミング卿の待つ書斎へと立ち去って行ったのです。

「お嬢さん！」ルーシーと同じその呼び方をしてもらえるのは、彼が私のことを友人と認めてくれた証《あかし》です！

第十八章

セワード医師の日記

九月三十日

五時に帰宅してみると、ゴダルミングとモリスはもう到着していたばかりか、ハーカーと彼の妻が準備してくれた書類にもすべて目を通し終えていた。ハーカーはヘネシー先生からの手紙に書かれていた運搬人たちのところへ行き、まだ戻って来ていなかった。ハーカー夫人がお茶を淹《い》れてくれたのだが、それを口にしてようやく、この古い屋敷でのんびりくつろいだような気持ちになった。ハーカー夫人が言った。

「セワード先生にお願いがあるのですが。患者のレンフィールドさんにお会いしたいのです。どうかお願いします。先生の日記をお聞きしていたら、とても興味を持ってしまったのです」そのひたむきで可愛らしい様子を見ていると断りづらかったし、考えてみれば、断るような理由も見当たらなかったので、一緒に連れて行ってみることにした。

部屋に行って彼女が会いたがっている旨を伝えると、レンフィールドはただひとこと「何でだ？」と言った。

「病院を見て回りながら、全員に面会したいとのことなんだ」私は答えた。

「そういうことなら、分かったから連れて来てくれ」彼が言った。「だけど、ちょいと片づけるから、その間だけ待ってくれ」

彼のいう片づけとは、非常に独特なものだった。私が止めるよりも早く箱を次々と開けて、中身のハエや蜘蛛《くも》を丸飲みしていったのだ。明らかに、誰かに横取りされたり、とやかく言われたりするのが嫌だったのだろう。この胸の悪くなるような作業を終えると、彼は嬉《うれ》しそうに「じゃあ、その女を連れてきな」と言って、ベッドに腰掛けた。顔をうつむけてはいたが、入ってくる彼女の姿が見えるよう、目だけはぎょろりとドアのほうへと向けていた。書斎で彼に襲われたときの記憶が頭をよぎり、もしかして彼が殺意のようなものを抱いているのではないかと不安になった私は、万が一彼が彼女に飛びかかったときに備え、いつでも押さえつけられるような場所についた。ハーカー夫人は、どんな狂人でも大人しくさせてしまうかのような寛大さと優雅さとを漂わせながら部屋に入って来た。そして、にこやかな笑みを浮かべながらレンフィールドに歩み寄ると、手を差し伸べた。

「レンフィールドさん、こんばんは」彼女が言った。「セワード先生から、お話をうかがっていますわ」レンフィールドはしばらく黙ったまま、しかめっつらで彼女をじろじろと眺め回した。そして、徐々にその顔に、驚きと疑いの表情を浮かべていった。彼が口に出した言葉に、私は呆気《あっけ》に取られずにはいられなかった。

「先生が結婚しようと思っていた女じゃないな？　そんなはずはない、あの女は死んだんだからな」

ハーカー夫人は優しく微笑むと答えた。

「違いますとも！　セワード先生と知り合うよりも先に、私は結婚しているんです。夫のハーカーと」

「じゃあ、何でこんなところに来るんだい？」

「夫と一緒に、セワード先生を訪ねて来たんです」

「じゃあ、とっとと帰ったほうがいい」

「あら、どうして？」私は、ハーカー夫人は不愉快なだけだろうと思うと、自分までたまらなくなって会話に割って入った。

「私が誰かと結婚したいだなんて、どうして君に分かるんだ？」レンフィールドは私のほうに一瞥《いちべつ》をくれると「馬鹿げたことを訊《き》くな」と見下したように言い、すぐにまたハーカー夫人へと向き直った。

「レンフィールドさん、私にも分かりませんわ」ハーカー夫人が、すぐに私に同調してみせた。レンフィールドはまるで手のひらを返したかのように、丁寧に、うやうやしく、彼女に言葉を返した。

「ハーカーさん、あなたなら分かると思うが、こちらの先生のように愛され、尊敬されている御仁ならば、この小さな病院の中じゃあ注目の的になるのはお分かりだね？　セワード先生ときたら、家族や友達連中だけじゃなく、ここの患者どもにも大事にされてるほどなんだ。中には頭がどうかしてるのや、因果律すらあやふやなのもいる有様なのだがね。ここでずっと過ごしていれば、誤謬《ごびゅう》を犯したり理論のすりかえをしたりと、屁《へ》理屈ばかりこねるような輩《やから》は嫌でも目につくものだ」

彼の見せる新しい一面に、私は思わず目を見張った。我が愛する狂人殿――それも、この型の狂人の中で私が目にした中ではもっとも強烈な御仁である――が、まるで洗練された紳士のような顔をして、哲学の基本を語っているのである。もしかしたら、ハーカー夫人の存在が彼の記憶を蘇《よみがえ》らせたのだろうか。これが自発的なものなのか、それとも彼女の無意識の影響によるものなのかは分からない。だが、レンフィールドの新しい姿は、彼女が持つ類《たぐ》い希《まれ》なる才能や力の存在を私に感じさせた。

私たちは、しばらくの間、そのまま話を続けた。ハーカー夫人はどうやら彼が十分に理性的だと感じると私の顔をちらりと窺《うかが》ってから、思い切って彼のお気に入りの話題へと話を持っていった。ここでまた私は、すっかり驚かされることになった。レンフィールドが、非常にきちんと客観的な姿勢を保ちながら、この話題を展開してみせたからである。自分を例に持ち出して、あれこれ説明してみせすらしたのだからすごいことだ。

「なに、私自身、過去に妙な信念に囚《とら》われていた人間の見本みたいなものでね。周囲の友人たちが警戒し、私を何らかの施設に入れようとしたのも無理のない話だとも。かつて私は、生命とは絶対的かつ永久的なものであると捉《とら》えており、神の創られたどんなに下等な生物であろうとも、それを大量に食べることで永遠の命を生きることができるのだと考えていたものだよ。この信念があまりに強く、ときとして人間の命を奪わんとすらしたこともあった。ここにいるセワード先生も、私に殺されかけたことがあるんだよ。聖書にある『血は生命なり』の言葉に従って、彼の命を、つまりその血を奪って自分に同化させることで自分の生命力を強めようとしたのだよ。もっとも、ある偽善業者がつまらん広告か何かに使ったせいで、この真理もすっかり俗っぽくなってしまったがね。そうだね、先生?」

私は、いったい目の前の光景をどう捉えてどう返せばいいのかも分からず、ただうなずいた。ほんの数分前に蜘蛛やハエをぺろりと平らげていた男だとは、信じられなかった。腕時計に目をやると、ヴァン・ヘルシング教授を駅まで迎えに行かなくてはならない時間だったので、ハーカー夫人に、そろそろ時間だと告げた。彼女は、微笑みながらレンフィールドに声をかけ、立ち上がった。「またお加減のいいときに、ぜひお目にかかりたいですわ。さようなら」

「さようなら。もうその美しい顔を目にするようなことがないよう、神に祈るとしよう。どうか、神の祝福とご加護を!」

レンフィールドが答えるのを聞いて、私はまたすっかり驚かされてしまった。

私は皆を残し、ひとりで教授を迎えに行くことにした。あんなに快活なアートを見るのはルーシーが病気になって以来初めてのことだったし、あんなにクインシーらしいクインシーの姿を目にするのも、ずいぶんと久しぶりのことだった。

教授は少年のように軽々とした足取りで汽車を降りてくると、私を見つけるやいなや、まっすぐにこちらへとやって来た。

「やあ、ジョン。何ごともなかったかね？　そうかそうか！　こちらに長期滞在できるよう、向こうでは大忙しだったのだよ。とにかくこちらはすっかり準備できたし、君にも話さねばならんことがごまんとある。ミーナさんは君のところにいるんだろう？　ジョナサンもかね？　あと、アーサーとクインシーも一緒なのかな？　そうか、それは結構！」

馬車で家へと向かう道すがら、私は教授の不在中のできごとや、ハーカー夫人が自らの提案で私の日記をすっかり整理してくれたことなどを話して聞かせた。教授は私の言葉を遮ると言った。

「さすがミーナさんだ！　男の頭脳、それも天に恵まれた男の頭脳と女の心とを兼ね備えている。神は、最高傑作を生まんとして、彼女を造られたのに違いないよ。ジョン、今日まで彼女の手を借りられたのはこの上なく素晴らしいことだが、今夜からは、こんな恐ろしいことに関わらせたりしてはいけないよ。彼女に背負わせるには、あまりにも危険だ。我々男たちはあの化け物を葬りさると心に決めたろう――いや、誓ったろう？　だが、女性をここに巻き込んではだめだ。体に傷を負うことはなくとも、あまりの恐怖に心を八つ裂きにされてしまうだろう。そうなれば、起きればノイローゼに、眠れば悪夢に苦しめられることになってしまうのだ。それに彼女はまだ若く、結婚して日も浅い。今すぐとは言わんまでも、考えたいことはあれこれあるだろう。君の話では彼女が書類を整えてくれたようだから今夜の話し合いには参加してもらわねばならんが、明日からは、きっぱりとはずれてもらうことにしなくてはな」

私は教授に同意すると、留守中に分かったことを話した。つまり、ドラキュラの購入した屋敷が私のすぐ隣だったことを伝えたのである。教授はそれを聞くと驚いたが、やがて深い後悔をその表情に浮かべた。

「もっと早くにそれが分かっていれば！　そうすればルーシーが死んでしまう前に何とかできたかもしれんのに！　ともあれ『こぼれたミルクを嘆くなかれ』と言う。過去を嘆いたりせず、ただ進むのみだ」教授はそう言うと、我が家の門へと到着するまでじっと黙りこくった。夕食の準備を整える前に、教授がハーカー夫人に言った。

「ミーナさん、聞いたところでは、ご主人とともに、今このときまでのことをすべて時系列に整理してくれたそうだね」

「今このときではなく、今朝までのことですわ」彼女は慌てて答えた。

「なぜこの瞬間まででではないのかね？　これまで、小さなことが集まり大きな光となるのを見てきたではないか。それぞれが自分の秘密を打ち明けても、誰にも害など及ばなかったはずだよ」

ハーカー夫人は頬を染めると、ポケットから一枚の紙を取り出した。

「ヴァン・ヘルシング教授、これをお読みになって、加えるべきかどうかお考えをお聞かせください。今日の私の記録です。私も、どんな小さなことだろうとすべて書き留めておくべきだと思っています。ですがこの中には、少し個人的なことも含まれていますので。どうでしょうか？」

教授は眉《まゆ》を寄せて紙に目を通すと、それをハーカー夫人に返した。

「もし望まれないのならば、加える必要はないよ。だが、私は加えるべきだと思う。それを読めばご主人はより深くあなたを愛するだろうし、我々友人も、よりあなたを敬い、愛するようになるだろう」

彼女は、また頬を赤らめ、微笑みながら紙を受け取った。

そういうわけで、私たちがつけてきた記録はすべて時系列に並べられ、非の打ち所なく整った。夕食を終えると教授は、九時からの打ち合わせの前に目を通すべく、すべての資料を持って書斎に閉じこもった。残された私たちは、もうすべてを読み終えていた。九時の打ち合わせのころには、全員がすべての情報を把握し、恐ろしい謎の敵と戦うための作戦を練ることができるようになっているだろう。

ミーナ・ハーカーの日記

九月三十日

六時からの夕食を終えて二時間後にセワード先生の書斎に集まると、いつの間にか私たちは委員会のようなものを造っていました。ヴァン・ヘルシング教授は部屋に入ってくると、セワード先生に促されるままにテーブルの上座に着きました。そして私を右隣に座らせ、書記を担当するように言いました。ジョナサンが、私の隣に座りました。向かいには、教授の隣から順に、ゴダルミング卿《きょう》、セワード先生、モリスさんが着席しました。最初に、教授が口を開きました。

「まず皆さん、この書類に書かれている事実は理解してくれているね？」私たちがうなずくと、教授は先を続けました。

「よろしい、ではこれから対峙《たいじ》することになる敵について、話をさせてもらいたいと思う。まずは、私がこれまでの調査で調べあげた、この敵の歴史について知っておいてもらいたい。そのうえで我々が取るべき行動を話し合い、対策を講じるべきとしよう。

まず、吸血鬼という存在を憶《おぼ》えてもらいたい。我々の中にも何名か目撃した者がいるだろう。だが、あのつらい記憶を抜きにしても、先人たちが残してくれた教えや記録は、人々を説得するに十分な証拠になってくれるだろう。私も、当初は半信半疑だった。もし私が長きにわたり自らの心を開くべく心がけてこなかったなら、どんなに動かぬ事実が目の前に転がってこようとも、きっと信じることなどできなかったろうと思うよ。悔やまれてならんのは、今我々が理解していることを最初から知っていたならば――いや、せめて奴の存在を想定でもしていたならば――我々の愛したあの女性のかけがえなき命を失わずに済んだだろうということだ。だが、今さら仕方がない。我々にできるのは、もうこれ以上哀れな犠牲者をひとりも増やさないことだ。不死のノスフェラトゥ《吸血鬼》は、ひと刺しすれば死んでしまうようなものではない。むしろ、ひと刺しごとに力を蓄え、より大きな悪を働くものだ。我々の敵となる吸血鬼は二十人に匹敵する腕力を持ち、気の遠くなる年月をかけて鍛え上げてきた、我々を遥《はる》かにしのぐ狡猾《こうかつ》さの持ち主である。また、ネクロマンシー《降霊術》の使い手でもある。これはその語源からも分かるとおり、死者の魂を呼び出し先行きを占うことであり、また、身近な死者を意のままに操る力のことでもある。奴は凶悪だ……いや、そんな言葉ではとても足りん。心など持ち合わせぬ、冷徹な悪魔なのだ。ある範囲内であれば好きなとき、好きな場所に、思いのままの姿で現れることができるし、嵐や霧、そして雷といった、自然の力を操る術も持っている。それに、ネズミやフクロウ、コウモリ、蛾、狐、狼など、下等な動物どもを意のままに操ることも可能だ。体の大きさも自由に変えられるし、ときにはその身を消し去り、忽然《こつぜん》と姿をくらますことまでできるのだ。さて、そんな相手との戦いの火蓋《ひぶた》を、いったいどう切ればいいと思うかね？　どうやって探し出せばよいだろう？　探し出しても、どう滅ぼせばよいのだろう？　諸君、これはとてつもない戦いなのだ。どんな勇者でも身を震わせ兼ねん、恐ろしい戦いなのだ。我々の敗北は、すなわち奴の勝利である。我々は、どんな最期を迎えるのだろう？　いや、命など惜しくはない。それで勝てるのならば、喜んで私は投げ出そう。だが、この敗北は単純に生死の問題ではないのだ。敗北すれば我々は奴と同じく、夜を跋扈《ばっこ》する忌まわしき怪物になる——心も良心も持つことなく、愛する人々の肉体と魂とを蝕《むしば》む怪物にな。アンデッドになれば、天国の門は永遠に閉ざされてしまうことになるだろう。永遠に忌み嫌われる存在になってしまうのだ。神の御顔の汚点となり、人のため犠牲となったキリストの脇腹に刺さりし矢となるのだ。だが、こうして果たすべき使命を目の前にしている今、我々は怖《お》じ気づいてなどいられようか？　いいや、そんなことは許されん。私はすっかり老いぼれ、大地に降りそそぐ美しき陽光や、鳥たちの奏でる麗しき音楽や、愛に溢《あふ》れた人生はもう何もかも遠く過去のものだ。だが、君らはまだ若い。今は悲しみに胸を痛めてはいても、行く手には遥かなる未来が待ち受けているのだ。さあ諸君、道を選んでくれたまえ！」

教授の話すのを聞きながら、ジョナサンがぎゅっと私の手を握りしめました。私は、あまりの恐ろしさにまた彼が精神的に追い込まれてしまっているのではないかと思い、不安になりました。ですが彼の手の感触は力強さと、自信と、決意とに満ちあふれており、むしろ私のほうが力を与えられるような気持ちになったのです。勇気ある人の手は、言葉などなくても語るものです。女の愛などなくとも、音楽を奏でるものなのです。

教授が話し終わると、ジョナサンが私の目をじっと見つめました。私は彼の目を見つめ返しました。言葉など、何も必要ありませんでした。

「僕とミーナは戦います」彼が言いました。

「教授、僕もだ」クインシー・モリスさんが、彼らしく手短に答えました。

「私も戦おう」ゴダルミング卿も言いました。「何よりも、ルーシーのために」

セワード先生は、ただうなずきました。教授は立ち上がるとテーブルの上に金の十字架を置き、両手を左右へと差し出しました。私がその右手を、ゴダルミング卿が左手を取ると、ジョナサンが左手で私の右手を取り、ゴダルミング卿がジョナサンの左手を取りました。そしてテーブル越しに差し出した卿の右手をモリスさんが取り、私たちは全員で手を取り合い、厳粛な誓いをそこに立てたのです。私は血も凍るほど恐ろしかったのですが、だからといって引き下がりたいとは思いませんでした。再び全員が着席すると、ヴァン・ヘルシング教授はてきぱきと、快活に言葉を続けました。いよいよ、引き返すことのできない戦いが始まったのです。

「さて、立ち向かうべき敵のことは分かってもらえたと思うが、だからといって、我々が無力というわけではない。吸血鬼どもが持たないこの団結の力は、頼もしき風となろう。そして科学の力もあれば、自由に行動し、考える力もある。さらに我々は、昼も夜も等しく時間を使うことができる。目下力の制約となるものもなく、どう使おうとも我々の自由である。我々はこの身を捧《ささ》げ、人々のためにこの戦いを成し遂げんとしている。こうした力こそ、大いなる力となってくれるのだよ。

さて、それでは一般的な吸血鬼の力にどのような制約があり、個体がどれほど無力であるのかを論じてみよう。つまり、一般的な吸血鬼の限界と、我々が相対する個体の限界の話だ。

我々が頼るべきは、伝説と迷信である。そう言うと諸君らはもしかしたら、生きるか死ぬかの、いやそれ以上の問題を目の前にして何と頼りないと思うかもしれん。だが、まずはそれでよしとせねばならん。その理由は、まず第一に、他に頼るべきものもないため他に道がないから。そして第二に、結局はこの伝説と迷信こそがすべてだといえるからだ。悲しいかな我々にとって吸血鬼は現実の恐怖となってしまったわけだが、他の人々にとっての吸血鬼とは、それこそ伝説と迷信の産物である。この唯物的な十九世紀において、これがほんの一年前であったなら、私たちのいったい誰が、吸血鬼などを信じたと思うかね？　我々は、すぐ目の前にぶら下がっている答えを、必死に探し回っていたのだよ。だから同じように、吸血鬼という怪物の存在も、その限界および対処法も、今のところはこの伝説と迷信とを基準にして考えてもらいたい。私に言えるのは、人あるところに吸血鬼あり、ということだ。古代ギリシャ、古代ローマ、ドイツ全土、フランス、インド、さらにはケルソネソス半島や、あらゆる意味で遥か遠くの中国にさえも吸血鬼ははびこり、人々に恐れられている。そして吸血鬼は、狂戦士《バーサーカー》アイスランド人、悪魔の申し子フン族、スラブ人、ザクセン族、マジャル人らを追うように各地を移動しておる。つまり、我々が頼るべき伝承の類《たぐい》はあらゆる形で出そろっているのだよ。そして、私たちの身に降りかかったあの悲劇が、そうした伝説や迷信の裏付けになっているのだと言っていい。吸血鬼は生き続け、時を経るだけでは死に至ることなく、生者の血をすすって太り、さらなる力をたくわえる。さらに、君らの中には奴の若返りを目撃した者もおる。吸血鬼は、この特殊な食糧さえあれば若返ったごとく新たな身体的能力を身に付けることができる。だが、その食糧が摂取できなければ、それも叶《かな》わん。人のように食事をするわけではないのだよ。奴と一緒に二週間を過ごしたジョナサンですら、一度も奴の食事風景を目撃してはおらんのだ。一度もだよ！　奴には影もなければ鏡にも映りはしないのだが、これもジョナサンが目撃しておる。そして、腕力は何人分にも匹敵するほどで、ジョナサンの日記に書かれていた、群れなす狼どもを前にドアを閉めた様子や、乗合馬車から彼を降ろしたときの様子などからも明白だ。また奴は狼に変身できるようだが、これはホイットビーに船が漂着し、犬が食い殺されたという話からも、事実だと捉《とら》えてよいだろうな。また、ミーナさんがホイットビーの窓辺でコウモリを目撃しているが、ジョンは隣の屋敷から飛び立つコウモリを、クインシー君はルーシーの部屋の窓辺を飛び回るコウモリを、同じように目撃している。これは、奴がコウモリにも変身できると考えるべきだ。そして、漂着船の勇気ある船長の示してくれた通り、自ら生み出した霧に紛れて行動するらしいが、これまでの情報から判断するに、どうやら自分の身のまわりにしか霧を発生させることはできんようだな。さらに、ドラキュラ城にてジョナサンが吸血鬼の姉妹を目撃しているように、月光の中に埃《ほこり》のような粒子となって現れることもできるようだ。それにルーシーが髪の毛ほどの隙間から墓所に入り込んだのを我々が確認しているように、吸血鬼は小さくなることができる。どんなにしっかり戸締まりをし、ハンダのようなもので溶接したとしても、わずかな隙間さえそこにあれば、そこから出入りすることができるのだろう。それに夜目が利くのも特徴だが、これは世界が半分は夜であることを思えば、軽んじることのできん力だといえるな。だが聞きたまえ、吸血鬼にはそれだけの力が備わっているが、それでも自由ではないのだ。ガレー船の奴隷や独房の狂人などよりも、よほど不自由な囚《とら》われの身なのだよ。望むところへ好きなように行くことができるというわけではないのだ。これだけ自然からかけ離れているというのに、どういうわけかは分からないが、何らかの自然の法則の前には無力なのだ。例えば、吸血鬼は招かれない限り人の家には入ることができん。ひとたびそこの住人に招き入れられれば、後は好きに出入りできるのだがね。それに、あらゆる悪しき存在と同じく、日の出とともにその力を失ってしまう。限られた時間の中の、限られた自由しか持たないのだ。あとは、自らに縁のある土地におらん限り、正午、もしくは正確に日の出と日の入りの時刻にしか姿を変えることができん。これは言い伝えにも残っているが、我々の手元にある資料から見ても、確かだと見ていいだろう。奴は、土や棺《ひつぎ》、そして地獄などといった自分の住処《すみか》や不浄の場所であれば、自由に動き回ることができる。ホイットビーでは自殺者の墓に入り込んだこともあったな。だがそれ以外のときには、せいぜい許された時間に姿を変える程度のことしかできんのだよ。また、言い伝えによると水の流れを変えることができるのは、凪《な》ぎや満潮時に限られているらしい。それに、ご存じのとおりニンニクのように、無力化してしまうほど苦手なものがある。例えばつい先ほど誓いを立てるときに使ったこの十字架だが、こうした神聖なものの前ではまったくの無力なのだ。こうしたものをただ畏《おそ》れ、遠ざからんとするばかりなのだ。苦手なものは他にもあるのだが、我々の探求に必要になることもあるだろうから、そのことを話しておくとしよう。まず、棺の上に野薔薇《のばら》の小枝を置かれると、そこから出ることができなくなってしまう。聖なる弾丸を棺に撃ち込めば、息の根を止めることができる。それに、これはもう我々の手によって行われたことでもあるが、体を杭《くい》で貫いたり、首を切り離したりすることができれば、永遠の眠りを与えることもできる。我々が証人なのだから、これは確かだね。

　つまり、こうした知識に従えば、奴の住処を見つけ出して棺に封じ込め、息の根を止めることができるというわけだ。だが、狡猾《こうかつ》な男だ、易々とはいかん。ブダペスト大学のアルミニウス君という友人に、奴の記録を調べてくれるよう頼んでおいたのだが、彼が手を尽くして調べあげてくれた。奴は、トルコ国境を流れる大河における戦いで名を成した、あのドラキュラ将軍その人に違いない。もしそうならば、並々ならぬ人物だったはずだ。当時はおろか何世紀が過ぎても、トランシルヴァニア《森の彼方の地》で最も勇敢で、聡明《そうめい》で、抜け目のない人物とされてきたほどなのだからな。その卓越した頭脳と鉄の意志とが彼とともに墓に入り、そして今、我々の前に立ちはだかっているのだ。アルミニウス君いわく、ドラキュラ一族は偉大で高貴な血族であったようだ。折に触れ、悪魔と取引をしたのに違いないと人々に囁《ささや》かれることもあったようだがね。彼らが秘術を学んだのは、ヘルマンシュタット湖を望む山中にあるスコロマンスらしい。スコロマンスというのは、悪魔が十番目の学生を生贄《いけにえ》とするとルーマニア伝承にある悪魔学校だ。そうした記録の中には、『stregoica』つまり魔女や、『ordog』や『pokol』といった悪魔、地獄を意味する単語も散見される。そしてある記録の中ではまさにこのドラキュラのことが『wampyr』と書かれているのだが、これはもう諸君もお察しのとおり、吸血鬼のことだ。偉大なる男たちと優しき女たちとを生み出してきたこの一族の墓によってかの地は神聖なものとなり、あの悪魔が生き延びられる唯一の地となっているのだよ。ただし、奴が善良なる一族に根ざしているというのが、何とも恐ろしい。神聖なる霊の乏しい地には、生きられない化け物なのだ」

話が続く間、モリスさんはじっと窓のほうを見ていたのですが、やがて静かに立ち上がると部屋を出て行ってしまいました。私たちはそれを見送るように少し言葉を止めましたが、教授が口を開きました。

「さて、では我々がすべきことを決めるとしよう。ここにある膨大な資料をもとに、作戦を立てるのだ。ジョナサンの調査から、土の入った木箱五十個がドラキュラ城からホイットビーへと届き、すべてカーファックス屋敷へと運び込まれたことが判明している。さらに、その数箱は運び出されているようだ。そこでまずは、残りの木箱があそこに見える塀の向こうにまだ残されているのか、それとも、その後に運び出されているのかを確認することから始めたいと思う。もし運び出され続けているのだとすれば、その行く先を――」

とつぜん窓の外から響いてきた銃声に、教授の言葉は遮られました。銃弾が窓を割って飛び込んでくると窓枠のてっぺんで跳ね返り、部屋の奥の壁まで飛んで行ったのです。臆病《おくびょう》な私は、思わず悲鳴をあげてしまいました。皆さんは椅子を蹴《け》って立ち上がり、ゴダルミング卿《きょう》が窓辺に駆け寄ると窓を開け放ちました。すると、外からモリスさんの声が聞こえてきました。

「すまん！　驚かせてしまった。今そっちに行って説明する」

モリスさんは、一分ほどで戻ってくると、言いました。

「悪い悪い、まったく間の抜けた話なんだ。特に、ハーカー夫人にはすまないことをした。ひどく驚かれたことだろう。だが、教授が話しているときに大きなコウモリが飛んできて窓辺に止まっているのが見えたのだ。このところあんなことがあったせいでどうもコウモリを見るとびくびくしてしまってね、そこで外に出て銃を撃ったというわけだ。最近、夜にコウモリを見掛けると、ついついそうしてしまうのさ。そんな僕を見て、アートは笑い飛ばしていたけれどね」

「仕留めたのかね？」ヴァン・ヘルシング教授が訊《たず》ねました。

「さあ、どうでしょう。森へと逃げ込んでいくのが見えたので、はずしたんだと思います」モリスさんはそう言うとまた椅子に座り、教授が先ほどの続きを話しはじめました。

「箱の行き先をひとつひとつ突き止めねばならん。手はずが整ったら隠れ家にいる奴を捕えるか殺すか、それとも二度と安穏と隠れていることなどできぬよう、土をいわば消毒するのだ。そうすればつまり、正午から日没までの間に奴を見つけ出し、もっとも力の弱まっている時間帯に戦いを持ち込むことができるだろう。

さて、そしてミーナさん、あなたの話なのだが、今夜を最後に、すべてが解決するまで身を引いて頂きたい。あなたをそんな危険な目に遭わせるわけにはいかないからね。この会議が終わったら、もう何も質問してはいけないよ。ときがきたら、すべてを話してあげるから。我々は男だから耐え抜いてみせるが、あなたは我々の星であり、希望であってほしい。あなたが我々を離れて安全なところにいてくれたなら、こちらもより自由に動き回れるというものだ」

これを聞くと皆さんは、ジョナサンまでもがほっとした顔をしました。ですが、私を気遣うあまりに身の安全を――力こそが最大の身の安全です――投げ出し危険に晒《さら》されるのだとすれば、それはいいことではありません。教授の申し出を請けるのは苦しいものですが、皆さんの決意は固く、私には、その騎士道的な思いやりを受け入れますと答える以外に道はありませんでした。

モリスさんが、話し合いを再開させました。

「とにかく時間がない、今すぐ奴の屋敷を偵察しに行ってはどうだろう。相手があの男ならば、一刻の猶予もない。もたもたしていては、新たな犠牲者が出てしまうかもしれんしな」

いよいよ始まるのだと思うと怖くてたまらないような気持ちになりましたが、私には何も言い出せませんでした。足手まといのように思われてしまえば、今後なにも教えてもらえなくなってしまう気がしたのです。皆さんは侵入に必要な道具を揃え、カーファックス屋敷へと行ってしまいました。
男らしく私を気遣い、ベッドで休んでいるように言ってくれたのですが、愛する人が危険に晒されているというのにのんびり寝ていることができる女など、どこにいるでしょう！　帰ってきたジョナサンが安心してくれるよう、せめて眠っている振りをしようと思います。

セワード医師の日記

十月一日　午前四時
出かけようとしたところで緊急の報《しら》せを受け取った。どうも何か重要な用件があるらしく、レンフィールドが今すぐ会いたがっているということらしい。私はメッセンジャーに、今は大事な用件があるから翌朝に面会すると伝えてほしいと言った。すると、彼がこう言った。
「それが、本当にしつこく言いすがるんです。あんなに必死なレンフィールドは初めてですよ。もしすぐに会いに行かれなければ、ひどい発作を起こしても不思議じゃないほどなんです」

何の確証もなくそんなことをいう男ではなかったので、私は「分かった、じゃあ今行こう」と答えると、教授たちには、今から患者に面会しなくてはいけなくなったから数分ほど待っていて欲しい、と伝えた。

「私も同行させてくれんか」教授が言った。「君の日記を読んだところ彼は非常に興味深い人物だし、それに、我々が追っている事件にも折に触れ関与していたようだ。精神に乱調をきたしている今のようなときならば、なおさら会ってみたい」

「私もいいだろうか？」ゴダルミング卿が言った。

「僕も行きたいね」クインシー・モリスが言った。僕はうなずくと、全員でレンフィールドの病室へと向かった。

レンフィールドはひどく興奮していたが、その言動は、私が見たこともないほど理性的であった。私が見てきたような狂人たちと違い、自分の理性は常人よりも遥《はる》かに優れているとでも言わんばかりで、並外れた自己認識を感じさせた。四人で病室に入ったが、私以外は誰も口を開こうとはしなかった。レンフィールドの要求とは、今すぐ精神病院を退院させ、自宅へと帰らせることだった。理由の裏付けとして、彼は自分がもうすっかり回復していることを説明し、自分が健全な精神状態にある証拠をこれでもかと並べ立ててみせた。「先生のご友人諸兄にも説明させてもらうとしよう。そうすれば、もしかしたら判断を下してもらえるかもしれんからね。ところで、諸兄へのご紹介がまだのようだが」私はすっかり呆気《あっけ》に取られていたので、精神病院で狂人を人に紹介することなど思いも寄らなかった。それに、すっかり私と同じ目線で話をするレンフィールドの、得体の知れぬ威厳である。私は、すぐに彼らを紹介し始めてしまった。

「こちらから、ゴダルミング卿、ヴァン・ヘルシング教授、そしてテキサスのクインシー・モリス氏だ。こちらは、レンフィールド氏です」

彼はひとりずつ握手を交わすと言った。

「ゴダルミング卿、ウィンダム倶楽部《クラブ》でお父上にご助力できたことは私の誇りだよ。貴殿が称号を継いでおられるということは、お父上はご他界されたのだね。心よりのお悔やみを申し上げよう。お父上は、誰からも愛され、敬われておいでだった。若かりし折りには、ダービーの夜会で人気のホット・ラムパンチを考案されたのだと伺ったよ。モリスさん、偉大なる州よりようこそお越しになった。テキサス州の合衆国への併合の影響は、遠く未来にまで響き渡る前例となるはず。極地も熱帯地方も、それに倣って星条旗へと忠誠を誓うことになることだろうね。いずれ併合条約は領土拡大の大いなる推力となり、モンロー主義など政治上のおとぎ話であったのだと世に知らしめよう。そしてヴァン・ヘルシング、貴殿にお目にかかれるとは誠に無上の喜びというもの。陳腐な称号をお付けせずに呼んだことを、お詫《わ》びする気はないよ。脳の連続的進化の発見にともない革命的治療法の先駆となったお方を、そんなつまらん称号でお呼びしては、偉大なるヴァン・ヘルシングをひとつの肩書きの中に閉じ込めてしまうことになるからね。とんでもないことだ。皆さん、国籍により、遺伝により、そして天性の才覚によりこの激動の世界において確固たる地位を築かれている皆さんにお願いしたい。ぜひとも今この場で、この私があらゆる自由を享受する多くの人々と同じように正気であるということの証人となって頂きたい。それに、科学者であり法医学者であり、さらに人道主義者でもおられるセワード先生であれば、倫理的義務からも、私のことを例外的状況にあるものとしてお考えくださるのが当然であると信じている」確信に満ちた彼の慇懃《いんぎん》なその態度に、私は思わず引き込まれていた。

たぶん、私たちの全員が呆気に取られた顔をしていたと思う。私はといえば、レンフィールドの人となりも来歴も知りつくしているというのに、彼がすっかり正気を取り戻したと確信すらしていたのだ。彼に「正気であると十分に確信したので、明日の朝までに退院に必要な書類を整えておく」と、思わず口に出して言いそうになったほどだ。だが、この男が急変してみせるのは、今に始まったことではない。そう性急に重大な判断を下すことなどできはしない。そこで「君は急速な回復を見せているようだし、明日の朝にじっくり話し合い、そのときに、何か君の希望に添う方法がないか考えてみよう」と、当たり障り無く伝えることにした。レンフィールドは明らかに不満を顔に浮かべると、すぐにこう言い返した。

「セワード先生、どうも先生は、私が何を望んでいるかいまいち理解されていないようだ。私は、今この瞬間、できるならば即刻ここを退院したいと言っているんだよ。時間は人を待ってはくれん。我々が死神と交わした暗黙の契約の、時間は最も重要なものだからです。セワード先生のように抜きん出た医師であるならば、それだけ言えば私の望みを叶《かな》えるべきだとご理解いただけるのではないかと思うがね」レンフィールドはそう言って私の目をじっと覗《のぞ》き込むと、私に拒絶の表情が浮かんでいるのを見て、今度は他の三人の顔を眺め回した。だが誰からも返事はなく、レンフィールドが言葉を続けた。

「何か私の推論に誤りがあるとでも？」

「あり得るね」私は手短に答えた。自分の声に浮かぶ冷淡さに気づきながら。長い沈黙が訪れ、やがて彼が口を開いた。

「では仕方ない、訴えの根本から変えなくてはならんな。解放の恩恵でも特権でも何でもいいのだが、今すぐにそれを頂きたい。こんな折だからそれを嘆願するのもやぶさかではないが、間違えないで頂きたいのは、これは私のためではなく、あらゆる人々のためにそうするのだよ。理由を打ち明けるわけにはいかんが、これは我欲に任せてそうするのではなく、人々のことを想う高潔な使命感から申し上げているのだ。もし私の胸の中を覗くことさえできたなら、きっと先生も私を突き動かすこの気持ちをご理解くださることだろう。いや、それどころか私を信頼すべき無二の友人として、頼りにしてくださることと思うよ」彼はそう言うと、また私たちの顔を熱心に見渡した。

私は、彼のいきなりの変貌《へんぼう》は新たな狂気の現れに過ぎないのだという気持ちを強めていた。それならば、もう少し話を続けさせてみれば、他の狂人たちと同じように、いずれぼろを出すのではないかと考えた。ヴァン・ヘルシング教授は生い茂る眉毛《まゆげ》の下から、じろじろとレンフィールドを凝視していた。そして、まるで対等の人物に話しかけるように、レンフィールドに声をかけたのである。そのときには何も気づかなかったが、これは実に意外なことであった。

「今夜ここを出ていきたい本当の理由とは何か、教えてはもらえないかね？　もし、先入観を持たずに心を開いているのが主義であるこの私を、第三者であるこの私を満足させることができるなら、セワード先生も君の言うとおりに認めてくれるはずだと、私が約束しよう」

レンフィールドは、痛恨の極みだといった顔で、首を横に振った。教授が言葉を続けた。

「さあ、ご自分の言い分についてよく考えてごらん。君は最高の知性に訴えて許可を出してもらおうと思っていたからこそ、そうして我々にいかに自分が正気であるかを印象づけようとしていたわけだろう。だが、こうして施設に収容されている君のことを、我々もそう易々と正気だなどと信じるわけにはいかんのだよ。君が我々が判断を下すことのできるよう助け船を出してくれんというのであれば、なぜ君の望むままに許可を与えたりできるかね？　さあ、よく考えて理由を教えてはくれないか。それを聞いた上でならば、君の希望を叶えてやれるかどうかを検討しよう」

だがレンフィールドはまた首を横に振った。

「ヴァン・ヘルシング博士、私には何も言うことはないよ。博士の話は大変ごもっともだし、もし私が自由に話してもいいのだとすれば、ためらいなくそうするとも。だがこのことについては、私が勝手にお話しするわけにはいかんのだよ。私には、ただ信じてくれとしか言えん。もしそれでも拒否されるのであれば、私はどうなろうと知らんよ」

場の空気が妙に深刻めいてきたのを感じて私はそろそろ切り上げ時だと思うと、ドアへと向かいながらひとことこう言った。

「さあ、そろそろ仕事に取りかかるとしましょう。おやすみ」

だが、ドアに近づいたところでレンフィールドに新たな変化が起こった。レンフィールドが、咄嗟《とっさ》に私へと近づいて来たのだ。私は、また殺されかけるのではないかと思い、うろたえた。だがそんな不安をよそに、レンフィールドは両手を上げ、こちらの感情に訴えかけるように懇願してきた。感情を露《あら》わにすれば、今までどおり医者と患者の関係になって退院が遠ざかってしまうので、なおさら彼は必死だった。教授の顔をちらりと見ると、その目には私と同じ確信が浮かんでいた。それを見て自信を深めると私はなおさらきっぱりと両手を突き出し、そんなことをしても無駄だと彼に伝えた。彼がこうして感情を昂《たか》ぶらせるのは以前にもあったことで、たとえば猫が欲しいと頼み込んできたときなどにも憶《おぼ》えがあった。だから、きっと今回もいきなり黙り込んで大人しくなるはずだと、私は考えていた。だが、自分の望みは通らないのだと思うと、レンフィールドはひどい興奮状態へと突入した。床にひざまずくと、握りしめた両拳《りょうこぶし》を必死に振り上げ、感情的になって身をよじるようにしながら、涙まじりに訴えてきたのである。

「お願いだ、セワード先生。頼むから、今すぐこの病院から外に出してくれよ。どこへ、どんな形でもいいから。鎖で縛られ、鞭《むち》を持った監視をつけられても構わない。拘束服と、手かせ足かせつきでもいいんだ。俺をここに置いておくというのがどういうことなのか、先生は分かっていないんだ。心からの、魂からのお願いだ。この口で説明するわけにはいかないが、先生は、ご自分が何をなさっているのか分からないんだ。ああもう！　説明さえできれば！　神聖なるすべてのものにかけて、あなたが大切なものすべてにかけて、失われた愛にかけて、今手の中にある希望にかけて、どうか俺をここからだし、この罪深き魂を救って欲しいんだ！　先生、聞いてるのか？　分かっているのか？　そんなことは知らんというのか？　事実を受け入れられんというのか？　俺はもう正気だし、しっかりしている。狂人などではなく、必死に自分の魂を救おうとしている常人なんだ。聞いてくれ！　聞いてくれ！　出してくれ！　出してくれ！　出してくれ！」

このまま続ければ激昂《げっこう》させるだけだと思った私は、彼を立ち上がらせようと手を取った。

「さあ、もうやめにしよう」私は静かに言った。「もう十分だ。ベッドに行って、大人しくしているんだ」

レンフィールドはとつぜん大人しくなると、力を込めた瞳《ひとみ》でしばらく私を見つめた。そして言葉もなく立ち上がってベッドへと歩いてゆき、そこに腰掛けた。以前に何度かあったように、彼はがっくりとふさぎ込んだ。思った通りである。

部屋を立ち去り際に、部屋の中から彼が静かな落ち着いた声で言った。

「セワード先生。私が今夜あなたを説得したのだということは、今後のためにもしっかりと心に留めておいてくれたまえよ」

第十九章

ジョナサン・ハーカーの日記

十月一日　午前五時

昨夜、他の四人と一緒に探索に出たのだが、ミーナが本当に気丈でしっかりとしていたので、僕も安心してそうすることができた。ああして自分は残り、男手に仕事を任せてもらえるというのは本当に嬉《うれ》しいことだ。この恐ろしい仕事に彼女が携わっていると思うと、嫌な予感がしてたまらなかったのだ。ともあれ、彼女は自分の全身全霊をかけて、すべての意味が分かるように一連の展開をまとめ上げる作業を成し遂げてくれた。だから彼女はもう自分の役目は果たしたと思い、あとは僕たちに任せてくれてもいいのだ。レンフィールド氏の一件のせいで、僕たちはまだ、少し動揺していた。あの部屋を出て書斎に戻るまで、誰ひとり口を開こうとはしなかった。やがて、モリス氏がセワード先生に声をかけた。

「ジャック、あの男がもし正常な振りをしていたんじゃないんだとしたら、あんなにまともな狂人は見たことがないぜ。僕にはよく分からないが、あいつには何かちゃんと目的があったような気がする。そうだとしたら、聞き届けてやらないというのはひどい話なんじゃないかな」

ゴダルミング卿《きょう》と僕は黙っていた。ヴァン・ヘルシング教授が横から入ってきた。

「ジョン、君は私よりもよく狂人を理解しているし、それで助かった。私ならばきっと、あの最後のヒステリーが起こる前に、彼を退院させてしまっていたことだろう。だが、人は生き、そして学ぶもの。クインシー君の言葉を借りるならば、我々の使命は行き当たりばったりで成し遂げられるようなものではない。君の判断が正しかったのだと思う」

セワード先生はこれを聞くと、何やら考え込んでいるような顔でふたりに返事をした。

「分かりませんが、たぶん僕でもそうしたでしょう。あの男がもしただの狂人だったなら、すっかり信じ込んでしまっていたかもしれません。ですが、伯爵の出現と密接な関わりがあると思えるあの男の言いなりになり、取り返しのつかないことになってしまうのを避けたかったのです。以前、猫を一匹くれと同じように嘆願しながら、あとで私の喉笛《のどぶえ》を嚙《か》み切ろうとしたのは忘れられません。それにあの男は、伯爵のことを『ご主人様』などと呼んでいたのです。ここを出たがっているのは、伯爵の手助けをしようという悪だくみゆえのことかもしれません。狼やネズミや他のアンデッドを手下にするような奴ですから、使えそうな狂人ならば使うかもしれません。それにしても、レンフィールドはいかにも本気といった様子でした。あれで間違っていなかったのならいいのですが。こんなことがあったのでは、手中の仕事に取りかかる気力もそがれるというものですけどね」

教授は歩み出ると彼の肩に手を置き、深く優しく語りかけた。

「ジョン、心配はいらん。我々は、非常に悲しく、そしてつらい事件に立ち向かおうとしている。とにかく最善を尽くすことしかできん。神の慈悲のほかに、何も恃《たの》むものなどないではないか」

数分ほど姿を消していたゴダルミング卿が戻って来ると、小さな銀の笛を差し出して言った。

「あの古屋敷にはネズミがわんさかいるかもしれないから、そんな場合に役立てばと思ってね」

屋敷へと向かって塀を越えると、僕たちは月明かりを避けて木陰を選びながら芝生を進んで行った。玄関ポーチまで辿《たど》り着くと教授は鞄《かばん》の口を開け、さまざまな道具を取り出して四つの山に分けていった。僕たち四人それぞれの分だ。

「諸君、これから危険な敵地へと乗り込むために、いろいろと武器を準備してきた。敵は、単なる幽霊のような存在ではない。忘れてならんのは、奴が二十人力にもなる怪力の持ち主であること、そして我々とは違い、力のみに頼っていては、首を折ることも気管を潰《つぶ》すこともできんということだ。我々よりも強靭《きょうじん》な男の手を借りたり、人海戦術でかかったりすれば、ともすれば取り押さえるくらいはできるかもしれん。だが、こちらがやられることはあっても、奴に傷を負わせることは不可能なのだ。だから、奴に手を触れられたりせぬようこちらも防御をしなくてはならん。これを心臓の近くにつけておきなさい」教授はそう言うと小さな銀の十字架を取り出して、いちばん傍にいる僕に手渡した。そして「この花を首に巻いておくように」そう言って、ニンニクのドライフラワーを僕に差し出した。「この拳銃《けんじゅう》とナイフは、他の敵用だ。そしてあらゆる場合に備えて、この小さな電気ライトを胸元につけておくこと。そして、何はともあれ重要なのがこれだ。ただし、絶対に必要もなく取り出したりしてはいかんよ」教授はそう言って聖餅を何枚かまとめて取り出すと、封筒に入れて僕に差し出した。他の三人も、僕と同じように装備品を受け取った。

「さて」教授が言った。「合鍵《あいかぎ》は持っているか？　玄関を開けられるのであれば、以前ルーシーさんのところでやったように窓を割って入らなくても済むというものだ」

セワード先生はいかにも外科医らしい器用な手つきで、何本か合鍵を試してみた。やがてようやく鍵穴に合うものを一本見つけ出すと、がたがたとやっているうちに、錆《さ》び付いた音を立てながら鍵が開いた。ドアを押すと、ぎいぎいと蝶番《ちょうつがい》を軋《きし》ませながらゆっくりと開いた。その様子は、セワード先生の日記を読んだ僕が想像していたルーシーの墓所の様子とそっくりだった。一斉にみんなが後ずさったところを見ると、きっと全員が同じように感じていたのだろう。教授が最初に足を踏み出すと、開け放たれた扉の奥めがけて進んで行った。

「主《イン》よ、汝《マヌス・トゥアス・ドミネ》の御手に委ねん！」教授はそう言って十字を切りながら、玄関をくぐった。僕たちもそれに続くと、ライトを点《つ》けても表通りから見えないよう、扉を閉めた。万一、急いで退避しなくてはいけなくなったときのため、教授が念入りに鍵を確認した。それが済むと僕たちは胸のライトをつけ、探索へと乗り出したのだった。

それぞれが胸につけた小さなライトの明かりが互いに交錯し合い、僕たちの影が大きく床に落ち、室内には幻想的な影がゆらめいた。僕たちのほかに誰かがそこにいるような気がして、どうしようもなかった。屋敷の持つ不気味な雰囲気のせいで、トランシルヴァニアでの恐ろしい記憶が蘇《よみがえ》ったのだろう。見回してみれば他の四人も同じような気分なのか、音がしたり影がちらついたりするたびに、きょろきょろと辺りを見回しているのだった。

屋敷はどこもかしこも、分厚く埃《ほこり》に覆われていた。床などには何インチも積もっているのではないかと思えるほどだったが、ところどころにまだ新しい足跡がいくつも残っていた。ランプで照らしてみると、踏まれて固まった埃の上に、靴底に打たれた鋲《びょう》の跡までがくっきりと残っていた。壁もふわふわと埃に包まれ、角に差し掛かるとそこかしこに張り付いた蜘蛛《くも》の巣に埃が積もり、ずっしりと、まるでぼろきれのように垂れ下がっているのだった。玄関ホールに置かれたテーブルの上には何本もの鍵束が置かれており、その一本一本に、古びて黄色く変色したラベルがつけてあった。教授が手に取るとテーブル上の埃に跡が残ったが、他にもいくつか同じような跡があるのを見ると、最近になって何度か使われているようだ。教授は僕の顔を見ると言った。

「ジョナサン、君はここの図面を写してくれたのだから、私たちの中でいちばん詳しいはずだ。礼拝堂に行くのには、どっちに行けばいいのか分かるかな？」

前に来たときは礼拝堂には行けなかったのだが、ともあれ、どちらに行けばいいのかは知っていた。そこで僕が先頭に立ち、何度か道を間違いながらも、ようやく鉄の縁取り装飾が施されたアーチ型の樫材《かしざい》のドアへと辿り着いたのだった。

「ここだ……」教授は、屋敷の購入時の原本から写してきた図面にライトを当てながら言った。鍵束から鍵を選び出すのに多少手間取ったが、ドアはすんなりと開いた。鍵を選んでいるときから、ドアの隙間を通してほのかな悪臭が漂っていたので僕たちは覚悟を決めていたのだが、そこに漂う悪臭は僕たちの想像を遥《はる》かに超えていた。僕以外に、伯爵を間近で見たことのある人は誰もいない。その僕にしても会ったのは、伯爵が自室で血を飲まずに過ごしていたときか、血は飲んでいたとしても開けた廃墟《はいきょ》でのことだったのである。しかしこの礼拝堂は狭く壁に囲まれており、長きにわたって使われていなかったせいで、空気はすっかり淀《よど》み、悪臭を染みつかせていたのだった。その悪臭の下から、まるで干涸《ひか》らびた沼に漂う臭気のようなものが湧き起こってきた。あの臭いを言葉で表現することなど、果たして可能なのだろうか？　人を死に追いやる数多《あまた》の病魔と、つんとむせかえるような血の悪臭とが合わさった臭いだけではない。まるで腐ったものがさらに腐りきったような臭いなのだ。まったく！　思い出しただけでも気分が悪くなりそうだ。まるであの怪物が吐き出した息が礼拝堂に染みついてでもいるかのようで、ひどく忌まわしい気持ちにさせられた。

普段ならば、あんな悪臭を嗅《か》がされてまで何かを遂行しようなどとは思わない。だがこれは、普段とは掛け離れたできごとなのだ。目的を達成するのだという理想と恐怖との前に、そんな肉体の苦痛はすぐに吹き飛んだ。最初こそ悪臭にひるんでうろたえていた僕たちは、すぐに慣れてしまい、まるで薔薇《ばら》園にでもいるかのような気持ちで作業に取りかかった。

礼拝堂の細かい調査に取りかかると、教授が僕たちに声をかけた。

「まず把握したいのは、木箱がいくつ残されているかだ。そうしたら部屋の隅々まで、穴だろうが壁のひび割れだろうが調べあげ、残りの木箱がどうなったかを示す手がかりを探すんだ」

土の入った木箱は大きいので、ぱっと見ただけでも数を間違えようはなかった。

残されていたのは、五十の木箱のうち、たった二十九個だけだ！　ゴダルミング卿《きょう》が廊下の向こうに広がる暗がりへ視線を凝らしているのを見て、僕もそちらに目を向けたのだが、その瞬間、驚きのあまり心臓が止まるような思いがした。辺りを覆い尽くす暗闇の中からこちらを睨《にら》みつける伯爵のおぞましい顔が――その高い鼻と赤い瞳《ひとみ》、真紅の唇と蒼白《あおじろ》い肌とがちらりと見えたような気がしたのだ。ゴダルミング卿は「顔のようなものが見えた気がしたが、どうやら影を見誤ったみたいだな」と言うと、また室内を調べ始めた。僕はライトの向きを変えると、廊下へと出てみた。誰がいる気配もない。石作りの廊下に挟まれた廊下には曲がり角も、ドアも、隙間らしい隙間も見当たらなく、たとえ奴だろうと身を隠すような場所などありはしなかった。おそらく顔が見えた気がしたのは、恐怖心ゆえの幻だと思い込み、僕はもうそれ以上何も言わなかった。

何分か過ぎたころ、片隅を調べていたモリスが、とつぜんぱっと飛びのいた。だんだんと不安を募らせていた僕たちの視線が、一斉に彼に集まった。するとまるで星々のようにちらつく小さな光の集まりが見えた。僕たちは、思わず後ずさった。いつの間にか僕たちの周囲に、ネズミたちの群れが蠢《うごめ》きだしていたのである。

僕たちはしばし呆然《ぼうぜん》と立ち尽くしていたが、この事態を予測していたゴダルミング卿だけは別だった。セワード先生の日記にも書かれており、僕も目にしたことのある、あの鉄縁で飾られた樫の大扉へと駆け寄ると鍵を開け、閂《かんぬき》を引き抜き、ひと息に開け放ったのである。そしてあの銀の小笛をポケットから取り出し、鋭く吹き鳴らしたのだった。それに答えるようにセワード先生の家の裏手あたりから犬の咆哮《ほうこう》が聞こえると、間もなくネズミ獲《と》りの名手、テリヤ犬が三頭、弾丸のように角を曲がって現れた。僕たちは知らず知らず扉のほうへと動いていたのだが、ふと、床に積もった埃が踏み荒らされているのに気がついた。なるほど、消えた木箱はここから運び出されたのに違いない。その間にも、ネズミの数はどんどん膨れあがっていった。みるみるうちに礼拝堂の床を隙間なく埋め尽くさんばかりに増殖したネズミたちは、ライトの明かりを受けると黒い毛並みを蠢かせ、瞳を獰猛《どうもう》に輝かせた。辺りはまるで、ホタルの舞い飛ぶ土手のようにすら見えるほどだ。駆け付けたはずの犬たちは扉のあたりで急に立ちすくんで吠《ほ》え立てると、やがて鼻先を突き上げるようにして、悲しげな遠吠えを響かせだした。ネズミの数はやがて数え切れないほどにまで膨れあがり、僕たちは礼拝堂の外へと逃げ出した。

ゴダルミング卿は犬を一頭抱え上げると礼拝堂の中へと運び込み、そこに降ろした。犬は床に足が付くと、また勇気が湧いてきたかのように、ネズミの群れへと向かい突進をはじめた。それを見て他の二頭も同じように礼拝堂へと運び込んだのだが、ネズミたちはすばしこく逃げ回るので、手も足も出ない。他の二頭も同じように中へと運ばれて来たのだが、わずかに捕らえることができたばかりで、ほとんど逃げられてしまったのだった。

ネズミたちとともにその場にいた悪霊も逃げ去ってしまったのか、犬たちは楽しげに吠え声をたてはじめると、床に転がるネズミを嬉《うれ》しそうに何度もひっくり返したり、投げ上げたりして遊びはじめた。扉を開けて汚れた空気を追い出してしまったからなのか、それとも屋外に出て安心したからなのかは分からないが、僕たちの意気もふたたび上がっていた。だが、確かに先ほどまでの恐怖の影は跡形もなく消え去っていた。揺らがない決意はそのままに、自分たちをびくつかせていたあの恐れを、もう感じなくなっていたのである。僕たちは扉を閉めて閂と鍵とをかけると、犬を引き連れて屋敷の探索を再開した。だが積もりに積もった埃の山と、最後に僕が来たときに残して行った足跡以外には、目新しいものは何も見つからなかった。犬たちも不安そうな様子などまったく見せず、また礼拝堂に戻って来てからでさえ、まるで夏の森にウサギ狩りにでも出かけたかのように、楽しげに駆け回っていたのだった。

正面玄関から出ると、もう東の空が明るくなりかけていた。ヴァン・ヘルシング教授は鍵束から抜き出しておいた鍵でしっかりと鍵をかけると、それをポケットにしっかりとしまい込んだ。

「さて、今夜のところは成果は上々だと言っていいだろう」教授が言った。「心配していたような怪我人も出ることなく、消えた木箱の数を特定できたのだ。何より有り難いのは、ミーナさんを巻き込んだりせずに無事やり遂げることができたことだ。寝ても覚めても、忘れられぬ恐怖の記憶に付きまとわれるような人生を、彼女に歩ませるわけにはいかんからね。今夜のことのみから判断するのは性急というものかもしれんが、それでも言えるのは、獣どもは確かに伯爵の命令で呼び出されてくるが、必ずしもずっと従っているわけではないということだ。あのネズミどもを考えてごらん。あれは、城から逃げ出そうとする君の前や、哀れな母親の前に現れた狼と同じように、伯爵が城のてっぺんから呼び寄せたものに違いない。だがネズミどもときたら、たった三頭の犬を前に、てんでんばらばらに逃げ出したではないか。だが、そうと決めつけて安心するのは愚の骨頂だ。というのは、奴が獣を自在に操ろうとしなかったのは今夜が最初で最後かもしれん可能性があるからだ。つまり、屋敷を離れてどこかへ出かけていたりしてね。だが、それはそれでいい！　おかげさまで、人の魂を救うためのこのチェス盤上で、王手《チェック》をかけることができたのだからな。さあ、今夜のところは帰るとしよう。もう夜明けはすぐそこだし、作戦第一夜としては、十分な成果をあげることができたのだからね。我々の行く手には、危険な日々が延々と待ち受けているさだめなのかもしれない。だが、どんな危険があろうとも、怖《お》じ気づかずに進まねばならん」

　セワード先生の自宅兼病院へと戻ると、辺りはほぼ静まりかえっていた。ただ、離れた病棟で叫んでいる患者の声と、レンフィールドの部屋から漏れてくる低いうなり声だけが聞こえていた。やはり狂人なのだ。必要もなくあれこれとつらいことに思いを巡らせ、自分を苦しめているのに違いない。

　足音を立てないようにしながら部屋へ入ると、ミーナは、耳を寄せないと分からないほど静かな寝息を立てて眠っていた。いつもより、顔色が蒼《あお》ざめているように思えた。今夜の探索のせいで、気苦労をかけていたのでなければいいのだが。ミーナが今後、活動や話し合いに加わらずに済むというのは、僕にとって本当にありがたいことだ。女性には、いささか荷が重すぎる。最初は分からなかったが、今はそうはっきり分かるのだ。だから、彼女が関わらずにいてくれるのが本当に嬉しいのだ。彼女にとっては、耳にするだけでも恐ろしいようなできごとが起こるかもしれない。だが、何か隠しごとをしているのではないかと疑わせてしまえば、そのほうがよほど心労を募らせてしまうことにもなるかもしれない。だから、すべてが終わり、この地上から怪物を追い払うことができるその日まで、彼女にはすべて隠しておくようにしなくては。あれだけ信頼を誓い合ったうえで隠しとおすというのは、確かに一筋縄ではいかないことだろう。だがとにかく心を決めて、明日の朝になっても今夜の探索のことも、あそこで起こった出来事も、すべて話さずに胸にしまっておくとしよう。今夜は彼女を起こさないよう、ソファで眠ることにする。

十月一日　その後

昨日は慌ただしい一日を送り、夜どおし探索をしていたのだから、僕たちが寝坊をするのもまあ無理はないだろう。ミーナも相当疲れていたらしく日が高くなっても目を覚まさず、むしろ僕のほうが先に起きて、何度か声をかけて起こさなくてはならないほどだった。彼女はよほどぐっすり眠っていたのか僕の顔を見ても一瞬誰だか分からなかったようで、まるで悪夢から目を覚ましたばかりといったふうに、ぼんやりとした恐怖をその顔に浮かべていた。まだ疲れが抜けないと言うので、もう少し遅くまで寝かせておくことにした。現在、二十一箱が運び去られているのを把握しているわけだが、もし何箱か一緒に持ち出されたのであれば、行き先を突き止められるはずだ。そういうことならば手間もかからないし、追跡も楽になることだろう。今日は、トーマス・スネリング氏に面会にゆく。

セワード医師の日記

十月一日

正午少し前に、部屋に教授が入ってくる足音で目を覚ました。いつもより明るく楽しそうな様子からすると、昨夜の探索のおかげでずいぶん胸のつかえが取れたのだろう。昨夜の出来事を振り返ってから、とつぜん教授がこんなことを言った。

「君の患者に興味を引かれてたまらんのだが、朝のうちに面会に行くことはできんかね？ もし忙しいのならば、ひとりで行っても構わんよ。狂人があのように理路整然と哲学を語るなどとは、とても見過ごすことのできん新体験だよ」

私は手が離せない仕事があったので、待たせるわけにも行かないからひとりで行くのならばそれも構わないと教授に伝えた。そして看護師をひとり呼ぶと、必要な注意事項を彼に言い渡した。部屋を立ち去ろうとする教授に、どんなに興味を引かれようとレンフィールドは狂人なのだから、それを忘れないようにと念を押した。

「だが彼には、自分自身の話や、生体食の妄想などについて、ぜひ話を聞きたいのだよ」教授が答えた。「君の昨日の日記によれば、彼はミーナさんに、自分にそのような妄想があったことを話したそうじゃないか。おや、ジョン、なぜ笑っているのかね？」

「これはすみません。でも、その答えはここにあるんです」私は、タイプされた写しの上に手を置いた。「かの正気かつ博学な狂人殿は、ミーナさんが部屋に入ってくる直前にハエや蜘蛛《くも》を平らげたその口で、かつてどんな感じで生物を食べていたのかを説明していたんですよ」

　それを聞くと、ヴァン・ヘルシング教授は笑い出した。

「確かに君の言うとおりだ！　君の記憶はまったく正しい。うっかり忘れていたよ。だが、思考や記憶というものがこうも曖昧《あいまい》なものだからこそ、精神病の研究とはこんなにも魅力的なものなのだよ。ともすればレンフィールドからは、賢者からよりも多くのものを教わることができるかもしれん。そうは思わんか？」

　私はそのまま仕事を続け、まもなく片づけてしまった。あまり時間は経っていないように思っていたのだが、気づくと教授はもう私の書斎へと戻って来ていた。

「邪魔をしてしまったかな？」ドアのところから、教授が言った。

「いえ、気がつきもしませんでした。どうぞ。ちょうど終わって、手が空いたところです。よかったら、私もご一緒しますよ」

「いや、それは結構。ひとりで会って来たところだよ」

「どうでしたか？」

「どうやら、私はあまり相手にされておらんらしいな。少ししか会うことができなかったよ。部屋に行ってみると中央に置かれたスツールに、膝《ひざ》の上に肘《ひじ》をついて座っていたんだが、それはもう虫の居所が悪そうな顔をしていた。そこで、できるだけ明るい声で、丁寧に挨拶《あいさつ》してみたんだが、返事はなかった。今度は『憶《おぼ》えておられないかな？』と訊《たず》ねてみた。すると、なんとまあご挨拶なことに、彼は『よく知ってるとも、老害ヴァン・ヘルシング。馬鹿げた脳理論ともども、とっとと出て行ってくれ。使えないオランダ人め』とぬかしおった。それっきり、私などその場にいないかのような顔をして、うんともすんとも言わず、こちらに見向きもしなくなってしまったので、そんなわけでかの聡明《そうめい》なる狂人殿から学ぶことも叶《かな》わなくなってしまったのだ。麗しきマダム・ミーナと楽しいおしゃべりでもして元気を出そうと思っていたところだよ。しかしまあ、彼女をこれ以上の危険に晒《さら》して苦しめることもないのだと思うと、なんと胸の軽いことか。力を借りることができなくとも、このほうがいい」

「私も、まったく同じ気持ちです」私は、とにかく真剣な顔をしてそう答えた。教授の自信をぐらつかせたりしたら、私たちの先行きは怪しくなってしまう。「ミーナさんを巻き込むのは得策ではありません。私たちのような、いろんな修羅場をくぐり抜けてきた男たちですら、苦しいような状況なのです。女性の手を借りるだなんてとんでもありませんし、ミーナさんも関わり続けたりしたならば、きっとすぐどうにかなってしまうでしょう」

　ヴァン・ヘルシング教授は、ハーカー夫妻と話をするために部屋を出て行った。クインシーとアートは、消えた木箱の手がかりを探すために、歩き回ってくれている。私もそろそろ回診に出かけ、今夜の会議に備えることにしよう。

ミーナ・ハーカーの日記

十月一日

今日のように何もかも秘密にされてしまうと、どうも妙な気持ちになってしまいます。何年もずっと隠しごとひとつなく接してきてくれたジョナサンが、何かを……それもこんなに重要なことを私に話してくれないだなんて。昨日の疲れのせいで今日は遅くまで寝てしまったのですが、同じように寝過ごしたはずのジョナサンのほうが、私よりも早起きでした。出がけに、今までいちばん優しく声をかけてくれたのですが、昨夜伯爵の屋敷で何があったのかは、ひとつも話してくれようとはしませんでした。でも、私がどれだけ不安な気持ちでいたのかは、あの人も知っているはず。可哀想に。私よりも、何も話せないジョナサンのほうがきっとつらいのに違いありません。確かに私は皆さんの言うとおり、この一件から離れていることを承知しました。でも、ジョナサンすら私に何も話してくれないだなんて！　そう思うと自分でも情けないのですが、すべてジョナサンと皆さんの優しさゆえのことだと分かっているというのに、涙があふれて止まらないのです……。

ともあれ、泣いたら少し落ち着きました。きっといつか、ジョナサンも話をしてくれることでしょう。今はただこの不安を隠していることをジョナサンに悟られないよう、日記をつけ続けなくては。ジョナサンが私の信頼を疑うようなことがあれば、胸の内を何もかも書き記したこの日記を見せることができるように。今日はとても悲しく、気持ちも沈んでいます。もしかしたら、あんなに気持ちが昂《たか》ぶった反動が来ているのかもしれません。

昨夜は皆さんが出かけると、私は言われたとおりにベッドに入りました。眠くはなく、胸の中は不安でいっぱいでした。ジョナサンがロンドンで私のところに来てからのことがどうしても頭から離れてくれず、まるで破滅という終わりしかない恐ろしい悲劇に巻き込まれてでもいるかのような気持ちになりました。どんなに正しい道を選んでいるつもりでも、後には悲しい結末が待っているだけなのかもしれません。私がホイットビーに行きさえしなければ、ルーシーは今でもきっと元気だったのです。私に連れて行かれなければあの子が教会墓地を訪れることなどなかったのですし、昼間に訪れていなければ、眠りながらあそこに行ってしまうこともなかったでしょう。そして、夜中にあのベンチに腰掛けさえしなければ、化け物に襲われるようなことにはならなかったのです。ああ、なぜ私はホイットビーなんかに行ってしまったのだろう？　また涙が溢《あふ》れてきてしまいました。今日はいったいどうしてしまったというのでしょう。ジョナサンには、決してばれないようにしなくては。もし気づかれでもしたら、きっとひどい心配をかけてしまうに違いありません。これまで自分のことで涙を流したことも、彼に泣かされたことも、私はないのですから。だからどんなに泣きたい気持ちでも元気な顔をして、絶対に彼に気づかれてはいけません。私は、その姿こそ女のあるべき姿なのだと思っています……。

昨夜は、いつの間に眠りに落ちてしまったのかも思い出せません。憶えているのは、とつぜん犬の吠《ほ》える声が聞こえてきたことと、この部屋の下あたりにあるレンフィールドさんの部屋から、何か祈りでも捧《ささ》げるような奇妙な声が聞こえてきたことくらいです。その後、まるで水を打ったように静かになったので、おそるおそる起き上がって窓から外を見てみました。表は暗く静まり返っており、月明かりが作る影が、まるで吸い込まれるように謎めいて地面に落ちているばかりでした。まるで、何もかもが死に絶えたかのようで動くものなど何ひとつなく、まるで意志を持った生きもののようにゆっくりと芝生をこちらへ流れてくる、白い筋のような霧が見えました。もしかしたら、他のことをあれこれ考えていたのが奏功したのかもしれませんが、ベッドに戻ると眠気がやって来てくれました。ですが、しばらくしてもまだ眠れなかったので、私はまた窓から外を覗《のぞ》いてみました。すると先ほどの霧が辺りに広がって家にまでやって来ており、まるで窓から忍び込もうとでもしているかのように、壁際に濃く立ち込めていました。下の階では、レンフィールドさんがいっそう声を張りあげるようにしており、何を言っているのかまでは分かりませんでしたが、声の調子から察するに、何かをひどく懇願しているようでした。その後、派手な物音が聞こえて来たので、たぶん看護師さんたちが彼を取り押さえようとしていたのでしょう。私は恐ろしくなってベッドにもぐり込むと頭まで毛布をかぶり、耳を塞《ふさ》ぎました。目は、すっかり冴《さ》えてしまっていました。ですが、朝になってジョナサンに起こされるまで夢の記憶しかないことを考えると、あのまま眠りに落ちてしまったのでしょう。自分がどこにいて、自分を覗き込んでいるのが誰なのかも、最初は分からないほどでした。よく、眠る前に考えていたことがそのまま夢に現れたりするものですが、まさにそんな感じの、奇妙な夢だったのです。

夢の中の私は、眠りながらジョナサンの帰りを待っていました。あの人のことがとても心配だというのに動くことができず、足にも、手にも、頭の中にもまるで重りが付けられてしまったかのように、体がまったく思い通りになってくれないのです。眠っているのに息苦しく、考えごとが頭から離れてくれませんでした。やがて空気がやたら重く、じめじめとして冷たくなってきました。私が顔にかけていた毛布をどかしてみると、部屋中がぼんやりとしていたので、思わず悲鳴をあげかけました。ジョナサンのためにつけておいたガス灯は霧の向こうに赤く小さく灯《とも》っているばかり。きっと外に立ち込めていた霧がどんどん濃くなり、室内にまで入り込んできたのでしょう。ですが、寝る前に窓は確かに閉めたはずです。ですが、起き上がって確かめなくてはと思っても、睡魔にのしかかられて体は動いてくれません。私はただ横たわったままじっと耐え続けるしかないのでした。瞼《まぶた》を閉じていましたが、それでも向こうの景色が見えていました（夢というものは、何と不思議な魔法を見せてくれるのでしょう。人の想像力とは、ものすごいものです）。どんどん濃く立ち込めてゆく霧を見ているうちに、ようやくどこから入って来るのかが分かりました。窓からではありません。煙か、沸騰した蒸気のように、ドアの隙間から部屋の中へと入り込んで来ているのです。霧はどんどん濃くなっていき、やがて雲の柱のようにそびえ立って見えるほどになりました。ガス灯の赤い火が、赤い目のようにちらちらと輝いて見えました。雲の柱がぐるぐると部屋の中を回り始めると、私の頭の中もそれにつられたかのように回りだし、「昼は雲の柱となりて、そして夜は炎の柱となりて」【訳注：旧約聖書「出エジプト記」第十三章二一節】という聖書の一節が浮かんできました。夢の中に、神の導きが現れたとでもいうのでしょうか？　ですが、赤い炎の揺らめきを思うと、あの柱は聖書のいう、昼の導きと夜の導きとでできた柱のはず。私はそう気づくと、目の前の光景に目を見張りました。赤い炎がふたつに分かれ、濃く立ち込める霧の向こうで、まるでふたつの瞳《ひとみ》のように燃えています。それを見ていると、聖マリア教会の窓を照らしながら沈んでゆく夕陽の中、意識をもうろうとさせながらルーシーが話してくれたふたつの目のことが思い出されました。ふと、ジョナサンが月光の中で見たという三人の女たちのことが頭をよぎり、私は震え上がりました。ぐるぐる回る靄《もや》の中から現れたというのは、ちょうどこんな感じだったのではないかと思ったのです。それから夢の中で私は気を失ってしまったようで、辺りは深い暗闇の中へと沈んでいきました。何とか意識を繋《つな》ぎ止めようとしながら最後に見たのは、霧の向こうで私のほうへと身をかがめている、誰かのまっ白い顔でした。こんな夢ばかりが続いたら、きっと私の心はどうにかなってしまうでしょう。ヴァン・ヘルシング教授かセワード先生に、何かよく眠れるような薬を処方してもらわなくては。ですが、あまり驚かせないように気をつけなくてはいけません。今こんな夢を見たことを話せば、皆さんに余計な心配をかけてしまうでしょうから。とりあえず今晩は様子を見ながら眠る努力をしてみようと思います。もし眠れなければ、明日の夜にクロラールをもらうことにします。一度だけならば体にも悪くはないでしょうし、それでよく眠れるはずです。昨夜は、徹夜するよりもすっかり疲れてしまいました。

十月二日　午前十時

昨晩は眠れましたが、夢を見ませんでした。ジョナサンがベッドに入ってきても目が覚めなかったのですから、よほどよく眠っていたのでしょう。ですがそんなに寝たはずなのに今日はどうも元気がなく、ぼんやりとしているのです。昨日は一日じゅう本を読んだり、横になってまどろんだりしながら過ごすように心がけました。昼頃になって、レンフィールドさんが私に会いたがっていると聞きました。とても紳士的な方で、私の帰り際には手の甲にキスをし、私のために神に祈ってくれました。その姿が心に触れたのか、彼のことを思うと涙が溢れてきてしまいます。こんなに涙もろくなることなど今まではありませんでしたし、気をつけなくてはいけません。私が泣き暮らしていることをジョナサンが知れば、きっととても悲しい気持ちにさせてしまうでしょう。皆さんは夕食のころになって、疲れ果てて帰って来ました。私は皆さんを元気づけようと頑張ったのですが、その甲斐《かい》あってか、自分の疲れがいつの間にか吹き飛んでしまったようでした。食事が終わると皆さんは私には休むように言い、煙草を吸うからと部屋を出て行ったのですが、私には、その日のできごとを話し合いに行ったのが分かりました。ジョナサンの態度を見れば、何か重要な話があるのは一目瞭然《いちもくりょうぜん》なのです。私は言われたとおりに休もうにもまったく眠くなかったので、部屋を出て行こうとしているセワード先生に、前の晩も眠れなかったので何かお薬をくださいと言いました。セワード先生はとてもご親切に睡眠薬を調合し、弱い薬だから体に害はありませんよと教えてくれました……。さっそくその薬を飲んで眠気の訪れを待っているところなのですが、まだ眠れそうにありません。私は、何か間違ったことをしているのでしょうか。眠くなってくるにつれて、怖くなってきてしまうのです。起きている力を自ら取り上げようだなんて、私はもしかしたらとても馬鹿なことをしているのかもしれません。その力は、私に必要なものかもしれないのです。ですが、もう目を開けていられそうにありません。おやすみなさい。

第二十章

ジョナサン・ハーカーの日記

十月一日夜

トーマス・スネリング氏とはベスナル・グリーンの自宅にて会うことができたが、残念ながら彼からはとても何かを聞き出せるような状態ではなかった。僕が来るのだと聞いてビールにありつけるものだと思い込んだ彼は、ひと足早く飲み始め、すっかり出来上がってしまっていたのだ。だが彼とは裏腹にしっかりものの夫人のほうから、スネリング氏はただの助手で、責任者はスモレット氏のほうなのだということを聞き出すことができた。そこでウォルワースへと馬車を飛ばし、ワイシャツ姿で遅めのお茶を飲んでいるジョセフ・スモレットと面会した。彼は話しぶりも理性的なしっかりとした人物で、労働者としても信頼できる、判断力と思考力とを持ち合わせた人物だった。木箱の件については何から何まで記憶しており、ズボンの尻《しり》ポケットから端の曲がった魔法のノートを取り出して開くと、みっちりと象形文字のようにそこに並んだ太い鉛筆書きの文字を追いながら、木箱の届け先を教えてくれたのだった。いわく、六箱を一台の荷馬車に積み込み、カーファックス屋敷からマイルエンド・ニュータウンのチックサンド街一九七番へと運び、別の六箱をバーモンジーのジャマイカ・レーンへと運んだとのこと。もし伯爵がロンドンのあちらこちらにこうして隠れ家を分散させようとしているのであれば、これらの目的地はその第一弾で、今後新たに分散していくということなのだろう。伯爵がこれまでに見せてきた系統立った動きから見て、ロンドンの二方面のみで満足するとはどうしても僕には考えられない。現在のところ、テムズ川北岸の東端部と、南岸の東部および南部に拠点を確保しているということになる。だが、奴の謀略から北部と西部とが外れることなどあり得ないだろうし、ロンドン市街そのものや、社交界の中心である南西部と西部となればなおさらだろう。そこで、カーファックス屋敷から他に運び込まれた木箱がないかどうか、スモレットに訊《たず》ねてみた。

「いや、ここまでしてもらったら、洗いざらい話してしまわんといけないでしょうな」彼は、僕から受け取った半ソブリン金貨を握りしめた。「四日前に『野兎と猟犬亭』で一杯やってて耳にしたんですが、ブロクサムって男が仲間とふたりで、パーフリートにある古屋敷ででかい仕事をしてたってことですよ。あの辺じゃあでかい仕事なんてそうあるもんじゃないし、サム・ブロクサムに話を聞けば、何か分かるんじゃないでしょうかね」

僕は、どこに行けば彼に会えるのか訊ねてみた。住所を教えてくれたら、あと半ソブリンやるとも申し出てみた。すると彼は残っていたお茶をひと息に飲み干し、ちょっと探してみると言って立ち上がると、ドアから出て行きかけて立ち止まった。

「旦那《だんな》さんをここでお待たせしていても、まあ意味はないでしょう。サムのやつがすぐ見つかるかどうか分からんが、見つかったところで何かお話しできるとは思わんのです。いかんせん、飲み始めたら止まらない男ですからな。もし切手を貼った封筒を置いてって下さるんだったら、サムの居場所を探し出して、今夜のうちに投函《とうかん》しておきますよ。だけど、奴を捕まえるんだったら朝早くに限りますよ。夜にどれだけ飲もうと、翌朝はけろっとしてとっとと出かけるような男なもんですから」

なるほど、と思った僕は、釣り銭を小遣い代わりにやる約束をし、彼の娘に封筒と切手とを買いに行かせた。そして彼女が持ち帰ってきた封筒に切手を貼り、スモレットにちゃんと届けてくれるよう念を押してから、帰宅の途についたのだった。何はともあれ、手がかりはつかんだ。今夜はくたくたで、眠くてたまらない。ミーナは顔色も悪く、泣きはらしたような目をしてすぐに眠ってしまった。可哀想に、何もかも秘密にされて、僕やみんなのことが必要以上に心配になってしまっているのだろう。だが、恐怖で心が壊れてしまうよりも、今のようにただ落ち込み、心配しているだけのほうがましというものだろう。この恐ろしい使命から彼女を遠ざけるべきだという教授や先生の言葉は、間違いなく正しいのだ。間にいる僕がしっかりしなくてどうする。どんなことがあろうとも、探求の話を彼女の前では持ち出さないようにしなくては。難しいことじゃない。外れると決まって以来、彼女自身、伯爵や彼の動向のことを話そうとはしていないのだから。

十月二日夜

長く、きつく、そして興奮に満ちた一日だった。本日最初の便で僕宛《あて》の封書が届いたのだが、開けてみると大工用の鉛筆で汚い字の書かれた、汚れた紙切れが一枚入っていた。

「サム・ブロクサム。ウォルワース、バーテルがいポーターズ・コート四ばんち、コークランズ。かりんにんにきいてください」

この手紙を受け取ると、彼女の目を覚まさないようにベッドを抜け出した。彼女はぐったりと寝たきりで、顔色も蒼白《あおじろ》くひどく具合が悪そうだ。とりあえず今は起こさず、今日の捜索から戻ったら彼女をエクセターに帰す手はずを整えたほうがよさそうだ。何も知らされないままここで過ごし続けるよりも、僕たちの自宅に帰って慣れ親しんだ日常に囲まれていたほうが、彼女も幸せなはずだ。出がけにセワード先生と出くわしたが、時間がなかったので行き先だけを伝え、後は何か見つかり次第帰って来るからそのときに話すと約束をした。馬車に乗ってウォルワースへと向かうと、少し手間取ったがポッターズ・コートを見つけた。スモレット氏の手紙に「ポーターズ」と間違えて書いてあったため、最初どうしても見つからなかったのだ。だが、そこまで辿《たど》り着くと、すぐにコーコランという下宿が見つかった。ちょうど正面玄関から人が出て来るところだったので、それを捕まえて「カリンニン氏はどこか」と訊ねてみたのだが、男からは「さあねえ、聞いたことがない名前だねえ、生まれて一回も。この辺りにゃ、そんな奴はいねえよ」という答えが返ってきた。そこでスモレットの手紙を取り出してみたのだが、ふと、もしかしたらさっきの住所の件と同じなのではないかと思い「ところで、あなたはどなた様かな?」と訊ねてみた。

「俺はここの管理人だよ」彼が答えた。やはり大正解だ。スモレット氏が書き間違っていたのだ。半クラウンを差し出すと、管理人は何でも気持ちよく答えてくれた。いわく、ブロクサム氏はここに泊まって昨晩のビールをさますと、朝五時にはもうポプラの仕事場へと出かけて行ってしまったということらしい。その仕事場が具体的にどこなのかまでは管理人も知らなかったが、どうやら「新式の倉庫」か何かだということだけは分かった。この頼りない手がかりひとつだけを頼りに、僕はポプラへと向かった。そして正午を回ったころ、労働者たちが昼食を摂《と》りに集まってくるコーヒー店にて、この倉庫についての確かな手がかりを摑《つか》んだのだった。労働者のひとりが、クロス・エンジェル街に建設中の新しい冷蔵用の倉庫の話をしていたのだが、話を聞く限り、管理人の言う新式の倉庫と条件がぴったり同じだったのである。さっそく、僕はそこへ向けて馬車を走らせた。態度の悪い門番と、さらに輪をかけて態度の悪い親方とが出て来たが、金を握らせるとふたりとも態度をころりと変えて、ブロクサムがそこで働いていることを教えてくれた。そこで、私用で彼にいくつか訊《き》きたいことがあるので、面会を許可して貰《もら》えるならば彼の日当を負担しても構わないと持ちかけてみると、さっそく彼が呼び出されて来た。ブロクサムは、言葉遣いや態度こそ粗っぽいが、なかなかの切れ者だ。話を聞かせてくれたら礼をはずむからと約束してから手付け金を渡すと、カーファックス屋敷からピカデリーの屋敷へと、わざわざ借りてきた馬車で二回に分け、計九箱の「くそ重たい箱」を運んだことを話してくれた。そこでピカデリーの屋敷とやらの住所を訊ねてみた。

「いやあ、番地までは憶《おぼ》えてねえなあ。でも、割と新しい白くでかい教会みたいなやつの二、三軒隣の家だよ。古くて、やたら埃《ほこり》っぽい家だったなあ。まあ、あのくそ重たい箱を運び出した屋敷に比べりゃあ、綺麗《きれい》なもんでしたがね」

「どちらの屋敷も空き家だったのなら、中へはどうやって？」

「俺を雇った爺《じい》さんが、パーフリートの屋敷で待ってたんだよ。箱を荷馬車に運んで積むのまで手伝ってくれてね。だけどまあ、あんなに腕っぷしが強いのには会ったことがねえな。白い髭《ひげ》を生やした爺さんで、ろくに影もできないほど痩《や》せっぽちのくせしやがってよ」

この言葉を聞いて、僕の背中を寒いものが駆け抜けた。

「まるで茶箱でも運ぶみたいに、自分の分を片づけちまうんだもの。こっちは、すっかり死にそうになって、ぜえぜえ言いながらようやく運び終わったっていうのによ。言っておきますが、俺だってなかなか腕っぷしには自信があるほうなんですがね」

「ピカデリーの屋敷には、どうやって入ったんだい？」

「行ったら、もう爺さんがいるんだもの。向こうの家から、俺らより先に着いたんだろうな。呼び鈴を押したら爺さんが出てきて、箱を玄関ホールに運ぶのを手伝ってくれたよ」

「九箱ぜんぶかね？」

「ええ、まず五箱、次に四箱。それにしてもきつい仕事だったな。疲れ切っちまって、家までどう帰ったのかもろくに憶えてない有様だよ」

僕は、彼を遮って確認した。

「木箱はすべて、玄関ホールに置いて来たと言ったね？」

「ええ。馬鹿でかい玄関で、他には何にも置いてなかったなあ」

僕は、さらに突っ込んで訊《たず》ねてみた。

「鍵《かぎ》は持っていなかったわけだね？」

「ええ、鍵なんて使ってませんぜ。あの爺さんが自分で扉を開けて、俺らの帰り際にはまた自分で閉めてたから。二度めはどうだったか忘れちまったけど、そもそも気にしてなかったからね」

「番地は憶えてないんだね？」

「ええ。でも、探せば簡単に見つかりますぜ。やたら高くて、正面が石作りで、出窓があって、玄関までずっと石段がある家だからさ。あの石段を、三人の日雇いと一緒に木箱を抱えて上がるのはつらかったなあ。でも、その三人ときたら、爺さんがけっこうな額を弾んでくれたのをいいことに、もっとふっかけようとしてね。頭に来た爺さんがひとりの肩を掴み上げて、今にも石段から投げ落としそうな勢いだったよ。連中、捨て台詞《ぜりふ》残して逃げ出して行っちまったけどな」

それだけ聞けば屋敷は見つかるだろうと思うと、僕は彼に金を払い、ピカデリーへと馬車を走らせた。胸の中には新たな焦りが込み上げていた。明らかに伯爵は、自力であの木箱をどこかへ移し替えることができるのだ。それが間違っていないとすれば、一刻の猶予もない。すでにここまで拠点を広げているとすれば、いつでも好きなときに、誰にも気づかれることなく、目論《もくろ》み通りに縄張りを広げ終えてしまうだろう。ピカデリー・サーカスで馬車を降りて徒歩で西へと向かうと、ジュニア・コンスティテューショナル紳士倶楽部《クラブ》を過ぎたところで、ブロクサムの言っていた屋敷が見つかった。ドラキュラが手配した隠れ家の隣だったので、そこで間違いなかった。どうやら、ずっと長い間空き家になっていたようだ。窓には埃がつもり、鎧戸《よろいど》はすべて降ろされていた。窓枠はすべて古くなって黒ずみ、鉄の部分からは塗装がほとんど剝《は》がれ落ちてしまっていた。バルコニーの前部には、明らかに最近まで看板がかけられていたのだろう。乱暴に引き剝がされたのか、支柱に使われていた角材だけがまだ残されていた。バルコニーの手すりの奥にはばらばらにされた看板が放置されていたが、割られて間もないようで、縁がまだ白々としていた。もし無傷の看板を見て屋敷の持ち主についての手がかりを得られるのならば、僕はどんな対価も支払っただろう。カーファックス屋敷の調査と購入とをした経験上、元の持ち主さえ分かれば屋敷に入る方法が見つかる可能性が高いのは分かっている。

とはいえ、ピカデリー側から眺めているだけではどうしようもないので、もしかしたら何か分かるのではないかと、僕は裏手に回ってみることにした。裏通りは賑《にぎ》やかで、辺りの家々はほとんどに人が住んでいるようだった。何人かの馬丁や助手らに声をかけ、空き家のことを何か知らないかと訊ねてみたところ、ひとりの男が、最近買い手がついたのは知っているが売り主が誰なのかまでは分からないと教えてくれた。彼の言うことには、最近まで立っていた「売家」の看板にはミッチェル・サンズ&キャンディという不動産業者の名前が書いてあったような気がするので、そこに問い合わせれば何か分かるんじゃないかということらしい。あまりがっついて怪しまれるのも避けたかったし、あれこれ勘ぐられたりするのも得策ではないと思ったので、ごく普通に礼を伝えると、のんびりと歩き去った。夕暮れが近づき秋の夜がすぐそこまで迫っていた。時間がなかった。バークリー・ホテルに置いてあった商工名鑑で不動産業者の名前を調べ、すぐにサックヴィル街にある事務所へと向かった。

事務所にいた紳士は、とても人当たりが良かったが、それと同じくらい、とても口の堅い男だった。ピカデリーの屋敷――話の間、彼は「邸宅《マンション》」と呼んでいたが――は売却済みですと僕に伝え、それっきり話を取り合ってくれようとしないのだ。僕が買い手が誰なのか教えてくれと頼んでも、目を見開いて数秒ほどして「あの物件は売却済みです」としか答えてくれないのだ。

「大変申し訳ないのですが、購入者がどちらの方なのかをお教え頂きたい特別な理由が当方にもあるものですから」僕は、負けじと慇懃《いんぎん》に食い下がった。

男はさっきよりも長い間、さらに眉《まゆ》を吊《つ》り上げて黙り込んでから「あの物件は、売却済みです」と事務的に答えてよこした。

「ご心配なく」僕は言葉を返した。「お教え頂いたところで、ご不便はおかけしませんから」

「いいえ、お教えできません」男が答えた。「当ミッチェル・サンズ&キャンディでは、お客様に関する情報は厳重に取り扱っておりますので」

こう形式ばかりの返答をされたのでは、いくら話をしてみたところでらちがあかない。こうなったら相手の懐で勝負をするほうが得策だと思い、今度はこう切り出してみた。

「そこまで厳重に秘密を扱ってもらえるとは、御社のお客様はとても幸運です。実は、私も同業の者なんです」僕はそう言うと、彼に名刺を差し出した。「ですがこの件については、私の個人的興味で動いているわけではありません。ゴダルミング卿《きょう》の依頼で動いているのです。卿は、近ごろ売りに出された物件の情報を求めておいでなものですから」これを聞くと、男の表情に変化が現れた。

「そういうことでしたら、お役に立てればと思います。他ならぬゴダルミング卿のためということですからね。まだ卿がアーサー・ホルムウッド様でいらしたころ、お部屋をいくつか紹介するなどさせて頂いたことが、私どもにはございます。もし閣下のご住所をお教えいただけるならば、この件について本社に問い合わせを行い、明日の郵便にて閣下に詳細をお送りさせて頂きたく存じます。閣下のために内規を曲げることができればよいのですが」

わざわざ敵を作ることもないと考えると僕は彼に礼を述べ、セワード先生宅の住所を渡して事務所を後にした。もう暗く、僕も疲れてすっかり空腹だった。そこで、エアレイテッド・ブレッド・カンパニーでお茶を飲んでから、次の汽車でパーフリートへと戻ったのだった。

戻ってみると他の面々はもう家に揃っていた。ミーナはぐったりと疲れて顔色も悪かったが、気丈にも明るく元気に振る舞おうとしていた。すべてを秘密にしてミーナを悩ませてしまっていることを思うと、胸がひどく痛んだ。だが、何はともあれ彼女が僕たちの輪に加われずに、こうして胸を痛めるのも今夜で最後になる。彼女をはずすことこそ賢明な選択なのだと分かっていても、その決意を守り通すのは一筋縄ではいかないことだった。だが、彼女はどこか、それを受け入れているようにも見えるのだ。この話題自体への嫌悪感が勝ったのか、誰かが偶然この話に触れたりすると、見て分かるくらいに身を震わせたりするのである。早い段階で彼女に離れてもらう決断をして本当によかった。今の状態でもこの有様なのだから、今後どんどん情報が増えて行くようになると、ミーナが感じる苦痛はきっと堪え難いものになってしまうだろう。

彼女が部屋を出てゆくまでは、今日の発見についてみんなに話すわけにはいかなかった。そこで夕食が済むと、わざとらしくならないよう一応音楽を流してみんなでのんびりとくつろいでから、ミーナにそろそろ休むように言って部屋へと連れて行った。妻はいつになく愛《いと》おしげに僕にすがりついて引き留めようとしたが、僕には、みんなに話さなくてはいけないことが山ほどあった。こうして秘密があると分かっていても変わらず愛し合えるというのは、とてもありがたいことだと思う。

僕が階下へと戻ると、みんなはもう書斎の暖炉の周りに集まっていた。僕は汽車の中でつけた今日の日記を読み上げ、何があったかを彼らに伝えた。読み終えると、ヴァン・ヘルシング教授が言った。

「ジョナサン、たった一日でよくそこまでやってくれたね。間違いなく、それは消えた木箱の行き先を示す重要な手がかりだ。もしその屋敷で木箱がすべて見つかったなら、我々の仕事の終わりも近いというものさ。だが、ひとつでも見つからないとすれば、今後も捜索の手を緩めるわけにはいかん。すべてを見つけ出したそのときこそ、我々が奴にとどめを刺し、真の死へと追いやるときなのだからな」

しばらく誰も口を開こうとはしなかったが、やがてモリス氏が言った。

「さて！　しかしどうやってその屋敷に入る？」

「隣の屋敷に入ったみたいにさ」ゴダルミング卿が答えた。

「だがアート、今回は勝手が違うよ。ああしてカーファックス屋敷に忍び込むことができたのは、夜の闇と、高い塀に囲まれた広い庭が味方をしてくれたからじゃないか。昼間だろうと夜だろうと、ピカデリーであんなことをするのはとんでもなく難しい話だぞ。その不動産屋から鍵を借りでもできない限り、そうそう侵入なんてできたもんじゃない。まずは、明日の朝に受け取る手紙を見てから判断しようじゃないか」

ゴダルミング卿は険しい顔をして立ち上がると、部屋の中を歩き回りはじめた。そして、しばらくして立ち止まると、僕たちの顔をひとりひとり眺め回しながら言った。

「確かに、クインシーの言うとおりかもしれない。今回の押し込みは、前回のように簡単じゃない。伯爵の鍵箱を手に入れられない限り、相当難しいものになるはずだ」

いくら騒いだところで朝までは何もできないため、まずは例の不動産業者からの手紙を待つというのは合理的だった。だから、とりあえず朝食を食べるまでは焦らずに待とうということになった。僕たちはしばらくの間、椅子に腰掛けて煙草をくゆらせながら、この一件をあらゆる角度から話し合ってみた。その時間を使って、今この日記を書いているところだ。そろそろとても眠くなってきたので、僕も二階に上がることにする。

寝る前に。

ミーナはすやすやと寝息をたてて、よく眠っている。寝ながらも何か考えごとをしているのか、額には少し皺《しわ》が寄っている。相変わらず顔色はよくないが、それでも今朝ほどではない。明日になれば、すっかり良くなるだろう。そして、エクセターの我が家へ帰るのだ。さてさて、もう睡魔に勝てそうにない！

セワード医師の日記

十月一日

それにしても、レンフィールドは変わった患者だ。精神状態があまりにもくるくると変わりすぎるので、こちらとしては追いつくだけでもひと苦労というざまなのだが、どれひとつとっても彼自身と思えぬほどの変貌《へんぼう》ぶりなので、研究対象であることを忘れて見入ってしまうほどだ。今朝、ヴァン・ヘルシング教授が追い返された後に面会に行ってみると、彼はまるで、運命を司《つかさど》る賢者のような顔をしていた。実際彼は、運命を支配していたのだ――主観的に、ということだが。地上のできごとなどには一切煩わされることなく、嘆き求める哀れな我々の姿を雲間から見下ろしていた、というわけである。私は、そんな彼を利用して何か聞き出してやろうと思い、話しかけてみた。

「最近、ハエのほうはどうなんだね？」

レンフィールドは、まるでマルヴォリオ【訳注：シェイクスピアの喜劇『十二夜』に登場する執事】のように偉そうに笑いながら私の顔を見た。

「先生、ハエはある驚くべき特徴を持っているのだよ。あの羽根は、霊魂の持つ飛翔《ひしょう》力が形として現れているものなのだ。太古の人々は人の魂を蝶《ちょう》になぞらえたが、あれは実

私は、彼の持ち出す比喩《ひゆ》にとことん付き合ってやろうと思い、こう返した。

「なるほど、じゃあ君が今求めているのは人の霊魂だというわけだね？」

彼は、理性を追いやるほどの狂気に顔を歪《ゆが》めると、見たこともないほど必死に首を横に振りながら言った。

「違う違う違う！　人の霊魂なんて要るものか。私が欲しいのは生命だけだ」そして、今度はくるりと明るい表情を見せた。「だが、今はその生命もどうでもいい。生命など、欲しいだけ持っているのだからね。もし引き続き生体食狂を研究したいのなら、新たに患者を連れて来ないといかんよ！」

私は少々驚いて、かまをかけてみることにした。

「では君は、自分は生命を司る神だというわけか？」

レンフィールドは、深い温かみのある笑顔を浮かべてみせた。

「まさか！　自分が神性を宿しているだなどと、そんな傲慢《ごうまん》なことを言ったりするものかね。神の霊的な行いなどというものには、関心すらないとも。もし地上のものごとについての私の知的状態を説明するとすれば、それは、エノク【訳注：旧約聖書「創世記」に登場する人物。ノアの曽祖父】の持っていた霊性に近いだろうな！」

私は、即座にこれがどういうことなのか分からず、きょとんとした。そこで私は、この狂人に見下されるのを承知で訊《たず》ねてみた。

「なぜエノクなんだね？」

「それはエノクが神とともに歩んだからだ」

そう言われても何のことだか分からなかったのだが、無知に思われるのもいやだったため、さっきの彼の言葉に反論をしてみせた。

「君は、生命にも興味がなければ霊魂も要らんというが、なぜだか教えてくれないか？」彼の落ち着きを壊してやろうと思い、早口で、そして少し辛辣《しんらつ》な声でそう言うと、これには効果があった。彼は知らず知らず、すぐさま昔ながらの卑屈な彼へと戻ると、媚《こ》びるように言ってみせた。

「霊魂なんて要らないんだよ、本当だ、本当だ！　要らないんだよ。手に入れたって使い途《みち》もなければ、何の意味もありゃしないんだ。喰《く》うわけにもいかないし、それに——」彼はふと言葉を止めると、あの狡猾《こうかつ》な表情を、まるで波紋のように顔に広げてみせた。「だが先生、命の話が、いったい命とは何なのかね？　もし欲しいものがすべて手に入り、もうすっかり満ち足りてしまったのならば、それでいいではないかね。私には友人たちがいる。先生のように、いい友人たちがね、セワード先生」レンフィールドはそう言うと、ぞっとするような笑いを浮かべてみせた。「もう私は、生命などほしいままなのだからな！」

おそらくレンフィールドは狂気の雲に包まれながらも私の抱く敵意を見抜いたのだろう、そのまま黙り込むと、すっかり口を利かなくなってしまった。やがて私はいくら話しかけても無駄だと悟ると、不機嫌そうに押し黙る彼を残して部屋を出て来てしまった。

それからしばらく経ってから、レンフィールドは私と話したいと人を呼びによこした。普段ならば何の理由もなくそんな要求には応じたりはしないのだが、彼への強い興味に突き動かされると、私は喜んで応じることにした。それに、時間を潰《つぶ》すことができるのもありがたい。ハーカーは手がかりを追って外出中だし、ゴダルミング卿《きょう》とクインシーもそうだ。ヴァン・ヘルシング教授は、細部を綿密に調べあげれば手がかりに繋《つな》がるはずだと、私の書斎に閉じこもってハーカー夫妻が整理してくれた資料を読みふけっている。理由もなく邪魔をすれば煙たい顔をされるだろう。一緒にレンフィールドのところへ行こうかとも思ったのだが、先ほどあれほど邪険に追い返された後だったので、やはり思いとどまった。これには、他にも理由がある。レンフィールドは、私と彼のほかに第三者がいたのでは、ああして自由に話してはくれないだろうと思ったのだ。

部屋を訪れてみると、レンフィールドは部屋の中央に置かれた椅子に腰掛けていた。精神的なエネルギーが沸き立っていることを示す兆候だ。私の姿に気づくと、彼は待ってましたとばかりにこう訊ねてきた。

「霊魂がいったい何だというんだ？」

私は、自分の推測が間違っていなかったことを確信した。狂人に対しても、無意識の脳作用は確かに働くのである。私は決着をつけてやろうと思うと「君はどう思うんだね？」と訊ね返した。彼はしばらくそれに答えず、まるで答えがひらめくのを待つかのように周囲をきょろきょろと眺め回した。

「霊魂なんて要らん！」レンフィールドが、まるで弁解でもするかのように情けない声をあげた。どうやらこの話題で心を揺さぶられているらしいと思うと、私は畳みかけてみることにした。「ためを思えばこそ、冷酷に」というわけだ。

「生命が好きで、欲しいと思うわけだな？」

「そうだとも！　だが、今はいい。いちいち詮索《せんさく》しないでくれ！」

「だが、霊魂を得ずに生命だけを得ることなど可能なのかね？」

レンフィールドが困惑の表情を浮かべたのを見て、私はさらに言葉を続けた。

「いつか君が、数え切れないほどのハエや蜘蛛《くも》や鳥や猫たちの魂を従えて、ブンブンチュンチュンニャーニャーと賑《にぎ》やかに飛び立ってゆく日が来たら、さぞ壮観なことだろう。連中の生命を取ったということは、魂も一緒に取り込んだということなのだからな！」

私の言葉を聞いて何かを想像してしまったのか、レンフィールドはまるで石鹸《せっけん》で顔を洗う子供のように、両耳に指を突っ込んでぎゅっと目をつぶった。見ていると何だか可哀想になってしまったが、私は、なるほど、という気持ちになった。目の前にいるのは子供なのだ――皺だらけの顔をして、白い無精髭《ぶしょうひげ》を顎《あご》に生やしてはいても、こいつはただの子供なのだ。彼は明らかに心を掻《か》き乱されて苦しんでいたが、一見彼とは何も関係ないことが彼の様子から理解できることも過去にはあったので、私はさらに心の中を覗《のぞ》き込んでやろうと思った。まずは信頼関係を取り戻さなくてはならないので、耳をふさいでいる彼にも聞こえるよう、大声で話しかけることにした。

「またハエを集めるために、砂糖を持って来てやろうか！」

レンフィールドはこれを聞くとはっと我に返ったような顔をして、首を横に振ると、笑い出した。

「要らんよ！　ハエどもなんて、哀れな連中さ」彼はそう言うと、しばらく黙ってから先を続けた。「だが、あんなもんの魂にぶんぶん飛び回られたんじゃや、たまったもんじゃないね」

「じゃあ蜘蛛《くも》はどうかな？」私はさらに訊ねた。

「蜘蛛なんてどうでもいい！　いったい蜘蛛が何の役に立つ？　食うところもありゃしないし、飲む――」レンフィールドは、まるで禁忌に触れたかのようにそこで言葉を止めた。

「ほほう！」私は胸の中で言った。「こいつが『飲む』という言葉で詰まったのは、これが二度目だな。いったいどういうことなんだ？」

レンフィールドはしまったと思ったのか、私の注意をそらすように話を続けた。

「そんなことはどうでもいい。シェイクスピアの言うとおり『二十日ネズミにドブネズミ』か、そうでなけりゃ『食糧蔵の鶏の餌』ってところだな。そんな無意味なものなど、俺にはどうでもいいことさ。そんなつまらんことを言って俺が話に乗ると思ってるなら、箸《はし》で分子を食ってみろってのと同じくらいに無意味なことさ。自分のことは、自分でよく分かってるんだからな」

「なるほどな」私は言った。「じゃあ君は、がっぷりとかぶりつけるくらいの大物がいいということだな？　それじゃあ、朝食に象を一頭なんていかがだね？」

「馬鹿話もいいかげんにしてくれんかね！」彼が相当かっかしてきたようだったので、私はさらに追い打ちをかけてみることにした。

「さてさて、象の魂はいったいどんな味だろうねえ」じっくり考えるような顔を作って、そう言ってみせる。

　すると彼は私の狙い通りに傲慢な一面をさっと引っ込ませ、またしても子供に戻ってしまった。

「象の魂も、どんな動物の魂もいるもんか！」と言うと、そのまましばらく黙り込んでしまった。だが突然、目をぎらぎらと燃やし、脳細胞が燃え上がっているかのような顔をして、ぱっと立ち上がったのである。

「もう魂の話なんてよしてくれ！　なんで先生はこんなに魂の話ばかりして俺をつらい目に遭わせるんだ！　魂のことなんて考えて、ぐるぐる苦しみ続けるのなんて、もうごめんなんだよ！」

　敵意剝《む》き出しのレンフィールドを見て、また私は殺されかけるのではないかと焦り、呼び笛を吹き鳴らした。すると、レンフィールドはすぐさま元どおり大人しくなり、詫《わ》びるような声で言った。

「先生、すいません。許してください。人なんて呼ばんでくださいよ。悩みごとばかり多いものだから、ついいらいらしてしまうんですよ。きっと今俺がどんなことで思い悩み、苦しんでいるのかを知ってもらえば、先生も俺を哀れに思い、許してくださることでしょう。どうか、拘束服を着せようなんてしないでください。考えなくちゃいかんことがあるんですが、体の自由を奪われると、考えが働かなくなっちまうんです。どうか、どうか！」

私の見る限り、彼はよく落ち着いていた。看護師たちが駆け付けてきたが、心配はいらないと伝え、また帰らせた。レンフィールドは彼らが部屋を出て行ってドアを閉めると、今度は深く厳かな声で私に話しかけてきた。

「セワード先生、深くご配慮いただきいたみいります。言葉にできぬほど感謝いたします！」

私は、その状態のまま放っておくのがいいと考え、彼の部屋を出ることにした。レンフィールドの精神状態については、まだまだよく考えてみなくてはいけない。よく整理して考えることができたなら、あのアメリカのインタビュー記者が言う物語にすることもできるだろう。現在問題なのは……。

「飲む」という言葉を口にしたがらない。

何らかの魂に束縛を受けることへの恐怖を抱いている。

将来的に生命が衰えてゆくことを、まったく恐れていない。

卑しい生物を軽蔑《けいべつ》しているくせに、その魂に束縛されることを恐れている。

論理的に考えれば、こうしたことから導き出される答えはひとつしかない！　あの男は自分がいずれ、より高級な生命を授かるのだと確信している。そして、何らかの魂に束縛を受けることを恐れている。ということは、あの男が狙っているのは人間の生命ということになるではないか！

しかし、あの確信に満ちた態度はいったい――？

そういうことか！　伯爵が彼と接触したのだ。何か恐ろしい企《たくら》みが、新たに始まっているのに違いない！

その後

回診を終えるとヴァン・ヘルシング教授を訪ね、私の考えを話した。教授は深刻な顔をしてしばらく考え込むと、レンフィールドに会わせるよう私に言った。そして私たちはふたりで彼の部屋へと向かったのだが、ドアの中からはずっと前と同じように陽気に唄《うた》うレンフィールドの歌声が響いていた。部屋に入ってみて驚いたのは、彼がまた以前のように砂糖をばら撒《ま》いていたことだ。秋になり動きも衰えてはいたが、ハエたちがぶんぶんと部屋の中を飛び回っていた。私は、先ほどの面会のときと同じ話を続けようとしたのだが、彼はどうしても乗ってこようとはしなかった。まるで私たちなどその場にいないかのような顔で、歌を唄い続けているのである。何か折りたたんだ紙切れが一枚、ノートの間に挟まっているのが見えた。部屋を出て行くしか私たちにはなかったが、彼は相変わらず、見向きすらしようとはしなかった。
　まったく興味深い患者である。今夜は監視を付けなくてはなるまい。

ミッチェル・サンズ&キャンディからゴダルミング卿《きょう》への書簡

十月一日
ゴダルミング卿閣下
　閣下のご要望にお応《こた》えできますことは、私どもにとって常に幸甚であります。ハーカー殿より聞き及びました件についてですが、ピカデリー三四七番地の物件に関する売却について、下記のとおりお知らせいたします。当該物件の売り主は、故アーチボルド・ウィンター＝サフィールド氏の遺言執行人となっております。購入されたのは、さる外国貴族のド・ヴィーユ伯爵で、自ら直接のお取引をされ、現金の一括払いにてお支払いを済まされました。伯爵について、当方ではそれ以上のことは存じ上げておりません。
　今後とも変わらぬお付き合いのほど、よろしくお願い申し上げます。
ミッチェル・サンズ&キャンディ

セワード医師の日記

十月二日

昨夜は廊下に監視をひとりつけると、レンフィールドの部屋から何か物音が聞こえたならば正確に記録しておくこと、そして妙なことがあればすぐに私に報告するように申しつけた。夕食後、ベッドで休んでいるハーカー夫人を残し、全員で書斎の暖炉の前に集合し、その日一日の動向や収穫について話し合いを開いた。とはいえ収穫を持ち帰って来たのはハーカーだけであったが、彼の摑《つか》んだ手がかりは非常に重要なものに思え、全員が身を乗り出した。

就寝前にレンフィールドの部屋へと行き、監視窓から中を覗《のぞ》いてみた。彼はぐっすりと眠っており、胸を上下させながら規則正しい寝息を立てていた。

今朝になって監視につけておいた看護師から報告を受けたところでは、零時を回ったころにレンフィールドは落ち着きを失い、大きな声で祈りのようなものを捧《ささ》げているのが聞こえたという。それだけかと訊《たず》ねると、聞こえたのはそれだけであるとのこと。どうもその口ぶりが怪しいので、もしやうたた寝でもしていたのではないかと問い詰めてみた。すると、うたた寝はしていないが、しばらくうとうとしていたことは認めた。ちゃんと監督しなければ働いてくれないとは、情けない話である。

今日、ハーカーは手がかりを追って出かけており、アートとクインシーは馬の世話をしている。ゴダルミングは、何があってもすぐに行動できるよう、馬の世話をぬかりなくしておくのが得策だと考えているようだ。日の出から日没までの間に、運び込まれたすべての土を消毒してしまわなくてはならない。そうでないと伯爵を弱り切った状態で捕まえることができず、飛んで逃げられてしまうかもしれないからだ。ヴァン・ヘルシング教授は、古代薬学についての調べ物だとかで、大英博物館へと出向いている。古代の医者たちは、現代医学では否定されているようなこともあれこれ研究していたのだが、教授はもしかしたら後に役立つかもしれないと、魔女と悪魔の治療術を追っているのである。

ときどき、自分たちが狂人で、いつか拘束服にくるまれて正気に返るのではないかという気持ちになることがある。

その後

ふたたび会合。ついに尻尾《しっぽ》を摑んだようだ。明日になっていよいよ動き出せば、それが終わりの始まりになるのかもしれない。レンフィールドが大人しくしているのは、これと何か関係があるのだろうか。彼の精神状態が伯爵の動向と関連してきたことを思うと、何か不思議な力で、来るべき伯爵の破滅を彼が察知しているのではないかと思えてくるのだ。私と議論を交わしたあのときと、ふたたびハエの捕獲を始めるまでの間に何があったのか、それが少しでも分かりさえしたら、何か重要な手がかりになるかもしれないというのに。奴は今のところ、すっかり大人しくなってしまっている。……おや、あれはレンフィールドだろうか？　奴の部屋のほうからものすごい絶叫が聞こえたようだが……。

看護師が駆け込んでくると、事情は分からないがレンフィールドが怪我をしたことを伝えてきた。悲鳴が聞こえたので部屋に飛びこんでみると、全身血まみれのレンフィールドがうつぶせで倒れていたというのだ。すぐに様子を見に行かなくては……。

第二十一章

セワード医師の日記

十月三日

前回の記録をつけて以来のできごとを、思い出せるまま正確に記録しておく。憶《おぼ》えていることはひとつも漏らさず、冷静に記録しておかなくては。

レンフィールドの部屋に駆け付けてみると、彼は左側を下にして、血溜《ちだ》まりの中に倒れていた。動かそうとして近づいてみると、大けがをしているのがひと目で分かった。体の各部位は意志の力を感じないほどぐにゃりとばらばらの方向によじれており、彼が狂人であることを考慮しても、それでも異様なほどだった。顔を上に向けてみると、まるで床に叩《たた》き付けられたようにひどく腫《は》れ上がっていた。血溜まりを作っている血液は、そこの傷から流れ出したものだった。彼を仰向けにすると、ひざまずいていた看護師が言った。

「先生、背骨が折れているようです。見てください、右腕と右脚、そして右顔面がすべて麻痺《まひ》しています」

看護師は、なぜこんなことになってしまったのかと呆然《ぼうぜん》としていた。訳が分からず顔をしかめながら、彼が言った。

「これはまったく理解不能です。確かに、自分で床に顔をぶつければ、このくらいの傷はつくでしょう。以前エヴァースフィールド精神病院にいたころ、若い女性患者が制止を振り切って同じようにしたのを見たことがあります。それにベッドの上でおかしな具合に体をよじれば、床に落ちて背骨を折ることもあり得るでしょう。ですが、そのふたつが同時に起こるだなんて、私にはどうしても考えられません。背骨が折れていれば、顔を打ち付けることはできません。それに、ベッドから落ちる前にもう顔をやられていたとすれば、その痕跡《こんせき》が残っているはずです」

「ヴァン・ヘルシング教授のところに行って、今すぐ来るように伝えてくれ」私は彼に言った。「いいか、今すぐにだぞ」

彼が走り去って数分後には、ガウンとスリッパ姿の教授が現れた。教授は床に転がるレンフィールドを見ると、しばらくじっくりと調べてから私の顔を見つめた。私の目を見てこちらの考えを察したのだろう、教授はわざと看護師にも聞こえるように言った。

「これは大変なことになったぞ！　目を離さずにじっくりと看護しなくてはならん。私がついていることにするが、まずは着替えさせてくれ。待っててくれ、二、三分で戻ってくるから」

レンフィールドはぜいぜいと荒い息をしており、怪我がひどく深刻なのは見るまでもなかった。教授は、いつ着替えたのかと思うくらいすぐに、手術鞄《かばん》を持って戻って来た。走りながら手はずを考えていたのだろう、教授はレンフィールドのところに行く前に、私にそっと耳打ちをした。

「看護師を部屋から出してくれ。手術後に彼の意識が回復したとき、私たち以外の誰かに居られてはまずい」

私は、看護師のほうを見ると言った。

「シモンズ君、君はもういいよ。とりあえず、今打つことのできる手はすべて打っておいた。君は自分の巡回に出てくれ。あとはヴァン・ヘルシング教授がやってくれるから。何かおかしなことがあったら、すぐに報告してくれよ」

彼が部屋を出て行くと、私と教授はすぐにレンフィールドを入念に調べあげた。顔面の怪我は、思ったほどひどくはなかった。実際にひどいのは頭蓋骨《ずがいこつ》の陥没骨折であり、脳の運動野まで怪我は達していた。教授は、考え込んでから口を開いた。

「すぐに頭蓋内圧を下げ、可能な限り平常時に近づけてやらねばいかん。急速な頭蓋内圧の上昇からみるに、傷は相当深刻なようだ。どうやら運動野全体にまで、影響が及んでしまっているらしい。頭蓋内圧亢進《こうしん》は急激に進行することも考えられるから、すぐに開頭手術を行わなければ、手遅れになってしまうかもしれん」

ふと、静かにドアをノックする音が聞こえた。私が出て行ってドアを開けてみると、そこにはパジャマとスリッパ姿のアーサーとクインシーが立っていた。

「看護師が教授を呼びに来て、事故のことを伝えているのが聞こえたんだ」アーサーが言った。「だからクインシーを起こしたんだ。いや、起きていたんだから、声をかけたといったほうがいいか。なにせ最近は何もかも展開がやたら早いものだから、おちおちゆっくり眠ってもいられないよ。明日の夜にはもしかしたら、何もかもまるで違った状態になっているかもしれないんだからね。今までよりも、もっと前後のことを意識しておいたほうがいいだろうね。入ってもいいかい？」

私はうなずくと、ドアを押さえてふたりを中へと招き入れた。クインシーはレンフィールドの様子と床にできた血溜まりを見ると、小声で言った。

「これは！　いったい何があったんだ？　何と悲惨な！」

私はことの顚末《てんまつ》をかいつまんで話すと、手術をすれば短い間かもしれないが意識は回復するはずだと伝えた。彼はそれを聞くとベッドへと歩いて行って、ゴダルミングと並んで腰掛けた。みんな、ただじっと教授とレンフィールドの様子を見守っていた。

「さてと……」教授が口を開いた。「出血量が増えてきているようだから、できる限り迅速に血栓を除去しなくてはいけない。だが、どこを開けばいいのか見極められるまでは、しばらく待つしかないな」

じりじりと恐怖と戦い続けながら待つ時間は、ひどく長く感じられた。私は意気消沈するような気持ちで黙り込んでいた。ヴァン・ヘルシング教授の表情を見ていると、先行きは明るくないのだと、なおさら暗い気持ちにさせられた。レンフィールドがいったい何を言うのだろうかと思うと、恐ろしくてたまらなかった。考えたくもなかったが、死の番人の声を聞いたという男の話が胸に蘇《よみがえ》った。だから、これから何が起ころうとしているのか、はっきりと分かっていた。レンフィールドの呼吸が、不規則に乱れ始めた。見ていると、いつでも目を開いて話し出しそうに感じられた。だがレンフィールドはひどく呼吸を荒らげたかと思うと、また深い昏睡《こんすい》状態へ落ちてゆくのを繰り返すだけであった。人を看取《みと》ったことの経験の乏しい私に、迫り来る死の緊迫感がだんだんと重くのしかかってきた。自分の鼓動が、今にも聞こえてきそうなほどだった。こめかみの血管を流れてゆく音が、まるでハンマーを叩き付ける音のように響いていた。静寂が、苦痛なほどに感じられてきた。その場にいるひとりひとりの顔を順番に眺め回してみれば、誰もが険しく顔をしかめて汗を浮かべながら、同じ苦痛を堪え忍んでいるのだった。ぴりぴりと張り詰める緊張感に包まれながら、いつ頭上の鐘が鳴り響くかと、びくびくしながらじっと待っているのだった。

やがてレンフィールドの容態が急激な悪化を見せ、いつ絶命してもおかしくないような状態へと陥った。教授の顔を見ると、教授も私の目をじっと見つめていた。教授は、表情ひとつ変えずに口を開いた。

「さあ、もう一瞬も無駄にはできんぞ。この男の言葉ひとつで、いくつの命を救えるか分からんのだ。そう思って、ずっと待っていたんだ。今まさに危険に直面している魂も、あるかもしれんのだからな！　さあ、耳の直上を切開するぞ」

教授はそう言うと、さっそく手術へと取りかかった。レンフィールドの呼吸は、それでもしばらく荒いままだった。だがやがて、まるで胸部でも引き裂かれたかのように、彼は長い息をひとつ吐き出した。そしてかっと目を見開くと、絶望を浮かべた瞳《ひとみ》で宙を睨《にら》みつけた。まるでそのまま固まってしまったようだったが、しばらくすると彼は表情を和らげて瞳に喜びの色を浮かべ、安堵《あんど》のため息をひとつ漏らした。そして、痙攣《けいれん》するように体をぴくぴくさせながら、こう言ったのだ。

「先生、大人しくしてますよ。どうか拘束服を脱がせるよう連中に言ってやってください。あんまりひどい夢を見たせいで、具合が悪くて動けんのです。俺の顔はどうしちまったんだ？　腫れ上がってて、痛くてたまらん……」

レンフィールドは顔の向きを変えようとしたが、たったそれだけの動作でも、彼の目から生気が失われていくのが分かった。私がそっと頭を元の向きに治すと、ヴァン・ヘルシング教授が静かに、そしておごそかに声をかけた。

「レンフィールドさん、その夢の話をしてくれんかね」

教授の声を聞くと、レンフィールドは腫れ上がった顔をぱっと輝かせた。

「ヴァン・ヘルシング先生だね。いてくれたなんて、嬉《うれ》しいじゃないか。唇が乾いてかなわんから、水をもらえないかね。そうすれば話せる。夢というのはだ……」彼はそこまで言いかけると気を失いそうになった。私はクインシーをそっと呼び寄せた。「書斎からブランデーを持って来てくれ――早く！」

クインシーはすごい勢いで部屋を飛び出してゆくと、グラスとブランデーのデキャンタ、そして水差しを手にして戻って来た。乾いてかさかさになった唇を潤してやると、レンフィールドはすぐに目を開いた。損傷しているというのに、レンフィールドの脳は健気《けなげ》にも働き続けていた。彼は意識を取り戻すと刺すような目で私の顔を見つめ、苦悶《くもん》の表情を顔に浮かべた。あの顔を私は、一生忘れられないだろう。

「自分に嘘はつけん。あれは夢なんかじゃない。いまいましいが、現実だったんだ」彼はそう言うと、視線を部屋の中にさまよわせた。そして、ベッドの縁に腰掛けるふたりを見つけると、言葉を続けた。

「あのふたりの様子だと、俺はまだ正気のようだな」彼はそう言うと、しばらく目をつぶった。痛みや眠気のせいではなく、じっと力を振り絞っているかのような表情だった。それから目を開けると、先ほどよりも熱を帯びた声で早口に言った。

「さあ、先生、急いでください！　俺はもう死にそうです！　もう何分かしか残ってないと分かるんです。死の国へ――いや、もしかしたらもっとひどいところへ帰らなくちゃならんのです！　さあ、また唇をしめらせてブランデーを飲ませてください。死ぬ前に、言わなきゃならんことがあるんだ。死ぬ前に、脳みそのほうが駄目になっちまうかもしれんけどね。ああ、ありがとう！　俺がここから出してくれとお願いして、先生がたを帰らせちまった夜のことでした。まるで舌が結ばっちまったみたいで、俺は何も喋《しゃべ》れませんでした。でもそれ以外は、今みたいにまったく正気だったんです。先生方が出て行ったあと、俺はずっと苦しくて苦しくてたまらなかった。何時間にも思えたよ。そうしたら、突然心が軽くなったんだ。熱が冷めたみたいに、いきなり自分が今どこにいるのか気づいたんだ。病院の裏手で犬どもがうるさく吠《ほ》えていた。だが、あいつはそこにはいなかったんだ！」

ヴァン・ヘルシング教授は瞬きひとつせずそれを聞いていたが、静かに手を伸ばすとぎゅっと私の手を握りしめた。だが、表情を変えずにそっとうなずくと、小さな声で「続けてくれ」と言った。レンフィールドが、また口を開いた。

「あいつは、いつもと同じように、霧とともに窓辺まで上がって来た。だがそのときはいつものように亡霊じみた姿じゃなかった。まるで本物の人間みたいな姿で、激怒した人間のような燃える目をしていた。真っ赤な唇を開けて笑っていた。犬どもが吠えている庭のほうを振り向くと、月明かりを受けて鋭く尖《とが》った歯がぎらりと光った。入って来ようとしていたのは分かっていたが、俺はなかなか入れようという気にならなかった。そうしたらあいつは、いろんな約束を俺に伝え出したんだ――言葉ではなく、目に見せてくれるんだ」

教授が口を挟んだ。

「目に見せるとは、どんな意味だね？」

「ただ実現させてくれるんだよ。天気のいい日にハエを部屋の中によこしてくれたみたいにね。丸々太って、鋼鉄とサファイアでできたような羽根を持つ、見事なハエだった。

それから夜になれば、背中に交差した骨の模様があるでかい蛾をよこしてくれたものさ」

ヴァン・ヘルシング教授はうなずくと、ひとりごとのように僕に向けて囁《ささや》いた。

「スズメガ科のアケロンティア・アトロポスだ——有名な人面蛾だよ！」

レンフィールドは、言葉を続けた。

「すると、あいつは小声で言い始めたんだ。『ネズミ、ネズミ、ネズミだ！　何百匹、何千匹、何百万匹ものネズミだ。みんな命を持っておるぞ。ネズミを喰《く》う犬どもも、そして猫どももな！　すべての命だ！　すべての赤き血の中に何年分もの命がある。うるさく飛び回るハエだけではないのだ！』ってね。俺は、好きなようにやってみやがれと、笑い飛ばしてみせた。すると、木立の向こうのほうにあるあいつの屋敷で、犬が吠え始めた。あいつが、窓のほうへ来いと俺に手招きをした。俺が窓から外を覗《のぞ》くとあいつは何も言わず、何かを呼び寄せているみたいにすっと手を挙げた。すると芝生の上を、まるで黒い炎のように広がりながら、何かがもぞもぞとやってきた。あいつが霧を左右に払いのけると、数え切れないほどのネズミの目が……あいつの目のように真っ赤で小さな目が見えた。あいつが手を挙げると、ネズミどもは動きを止めた。まるで『さあ、この命をすべてお前にやろう。ここにひざまずき忠誠を誓うのなら、今後数え切れないほどの年月、いくらでも好きなだけやろう！』と言っているようだった。そうしたら、まるで血みたいに真っ赤な霧が俺の目の前に近づいて来るように感じた。すると俺は自分でも気づく前に窓を開けて『ご主人様、どうぞお入り下さい！』と口に出して言っていたんだ。ネズミどもは一匹残らず消えていたが、たった一インチくらいの窓の隙間から、あいつは中へと入って来た。細いひび割れから入り込んで来た月の女神が、俺の前ですっかり元の姿形に戻って見せるのと同じようにね」

レンフィールドの声がどんどん弱くなっていくので、私はまたブランデーで唇をしめらせてやった。彼は言葉を続けたが、その間にも話し続けていたつもりになっていたのか、ずいぶん先まで話は飛んでしまっていた。私は、少し話を戻せと言いかけたが、ヴァン・ヘルシング教授がそれを押し留《とど》めながら小さな声で言った。

「邪魔をせず、話させるんだ。戻って話などできんし、ひとたび思考の流れをさえぎってしまったら、もう先を続けることもできなくなってしまうだろう」

レンフィールドは、話し続けた。

「一日じゅうあいつからの報《しら》せを待っていたのだがそんなものは来ず、銀バエ一匹よこしてくれないものだから、俺はすっかり頭に来た。だから、ぴったり締め切った窓からあいつがノックもせずに入って来ると、俺は怒り狂ったんだ。あいつが、真っ白い顔で冷たく笑った。霧の中で赤い目をぎらぎら光らせながら、まるでここが自分の家で、俺などいてもいなくても同じだとでも言わんばかりに笑い続けた。そばを通っていくとき嗅《か》いだ臭いさえ、前のときとは違っていた。引き留めることはできなかった。そしてふと、今日ミセス・ハーカーがこの部屋に来たんだと思った」

ベッドに座っていたふたりが立ち上がると、レンフィールドの後ろにやって来た。おかげで彼からふたりの姿は見えなくなったが、話はよく聞こえるようになった。ふたりは何も言わなかったが、教授はぴくりと反応すると、険しい顔をしながら小さく震えた。

レンフィールドは、それに気づかず先を続けた。

「午後に俺に会いに来た奥さんは、いつもと違っていた。まるで、水で薄めた紅茶みたいだった」

私たちは狼狽《うろた》えたが、それでも誰も口を開かなかった。レンフィールドは話を続けた。

「奥さんが話しかけてきてようやく俺は、そこにいるのに気がついた。でも、前とはぜんぜん違っていた。俺は、血の気のない人間は好きじゃない。たっぷり血の詰まったのが好きなんだ。でも奥さんは、まるで体じゅうから血がなくなっちまったみたいだった。そのときは、特にそれ以上考えなかった。だが奥さんが部屋を出て行ってから、気が狂いそうになった。あれは、あいつが奥さんの命を吸い取っちまったのに違いないぞ、とね」

教授以外の全員も、それを聞くと震え上がった。だが、それでも言葉を口に出しはしなかった。

「だから今夜は、あいつがやって来るのを待ち構えていたんだ。霧が入り込んで来たのを見計らって、思いっきり摑《つか》んでやったんだ。狂人には並外れた力があると聞いていたし、俺は時どきとはいえ立派に狂人なのだから、その力を使ってやろうと思ったのさ。あいつにもそれが伝わったんだろうな、霧の中から出てくると俺と取っ組み合いになった。俺は必死にしがみついてた。もう奥さんの命を奪わせたりはせんぞという思いばかりで、勝てると思ってた。あいつの目を見てしまうまではね。あの燃える目が俺の中に入り込んできたら、力が水のように無くなってしまった。それでも必死にすがりつこうとする俺を、あいつは持ち上げて叩《たた》き付けた。目の前に赤い霧が広がって、雷みたいな音がして、霧はドアの下の隙間から抜けて行ったみたいだった」

レンフィールドの声はますます弱々しくなり、呼吸はますます荒くなっていった。ヴァン・ヘルシング教授は、思わずといった顔で立ち上がった。

「これは最悪の事態だぞ。今奴はここに来ている。目的は言うまでもない。だがまだ間に合うぞ。あの夜と同じく武装をせねばならんが、時間は無駄にするなよ。一瞬たりとも無駄にできんのだ」

胸の中で恐れていることも、考えていることも、口になど出す必要はなかった――全員が同じ気持ちだった。私たちは自分たちの部屋へと駆け戻ると、伯爵の屋敷に潜入したときの装備品を用意した。教授もすっかり準備を整えており、廊下で合流すると、ひとつひとつ指差しながら言った。

「いいか、この装備品の数々は決して裏切らん。我々の悲しき使命が終わるまでな。だが、それでも用心しなくてはいかん。我々の敵は、そんじょそこらの敵とはわけが違うのだ。しかしなんということか！　あのミーナさんがこんな目に遭ってしまうとは！」

教授は声を震わせるようにそう言うと、黙り込んだ。私は、怒りとも恐怖ともつかぬ感情の渦に飲み込まれていた。

ハーカーの部屋のドアまで来ると、私たちは立ち止まった。クインシーはアートとともに少し下がると「ミセス・ハーカーを起こしたほうがいいでしょうか？」と言った。「起こすべきだ」教授が重い口調で言った。「もし鍵《かぎ》がかかっているようなら、壊して入るしかない」

「そんなことをして、驚かせないでしょうか？　女性の部屋にドアを壊して押し入るだなんて！」

ヴァン・ヘルシング教授はそれを聞くと、じっと彼の目を見ながら答えた。

「まったく君の言うとおりだが、これは生きるか死ぬかの瀬戸際だ。誰の部屋であろうと、医者には関係ない。しかもそれが今夜であれば、なおのことだ。ジョン、もし今からノブをひねってもドアが開かんようなら、体当たりをしてくれ。諸君も頼むぞ。それ！」

教授は言いながらノブをひねったが、ドアは開かなかった。私たちが言われたとおりに体当たりをすると、ドアは派手な音を立てて勢いよく開いた。私たちは危うく頭から倒れそうになりながら、部屋に転がり込んだ。教授は本当に倒れてしまったのだが、起き上がろうとする彼の向こうの部屋を、私は眺め回した。そして、背筋が凍り着いた。首の後ろの髪が総毛立ち、心臓が止まってしまったのではないかと思うほどに。

分厚い黄色のブラインドの向こうから、やけに明るい月光が差し込んでいたので、部屋の中はよく見渡せた。窓辺に置かれたベッドにはジョナサン・ハーカーが横たわっていたが、その顔は紅潮し、まるで昏睡《こんすい》状態にいるかのように荒々しく呼吸をしていた。ベッドのこちら側には、白い服に身を包んで床に膝《ひざ》をついている、彼の妻の姿があった。そのそばに黒い服を着た、背が高く痩《や》せた男がひとり、立っていた。こちらを見てこそいなかったが、私たちにはそれがドラキュラ伯爵その人なのだとすぐに分かった。顔も、額の傷も、間違いない。伯爵は左手でハーカー夫人の両手を腕が伸びきるほどに摑み上げ、右手で彼女の首を抱き、自分の胸に押し当てていた。彼女の白い寝間着は血に染まり、引き裂かれたシャツから覗く伯爵の胸元にはひと筋の血が流れ落ちていた。ふたりの姿はまるで、無理やりミルクを飲ませようと、子供が子猫の顔をミルク皿に突っ込んでいるかのようだった。飛び込んだ我々に気づいてこちらを向いた伯爵の顔には、話に聞いていたあの残忍な表情が浮かんでいた。その目には、悪魔めいた真っ赤な炎が燃えていた。鷲鼻《わしばな》の先の鼻の穴は震えながら大きく広がり、血の滴る唇の合間から覗く鋭い歯は、まるで野獣のようにぎりぎりと嚙《か》み合わさっていた。伯爵は体を捻《ひね》りながらハーカー夫人の体を投げ飛ばすようにベッドに放り出すと、私たちのほうを向き、飛びかかってきた。だがそのとき教授が立ち上がると、聖餅の入った封筒を伯爵へと突き付けた。伯爵は、あの墓地でのルーシーのようにぱっと足を止め、じりじりと後ずさった。伯爵が後ずさり、十字架を掲げた私たちが詰め寄る。ふと分厚い黒雲が空をよぎって月明かりを遮った。そして、クインシーが急いでマッチを擦ってガス灯を点《とも》したが、伯爵はもうっすらと霧を残して姿をくらませてしまっていたのだった。そして霧は、開いた勢いで閉まっていたドアの隙間から、部屋の外へと続くようにして消えていたのである。ハーカー夫人が息を吹き返して耳をつんざく悲鳴をあげ、教授とアート、そして私は彼女のほうへと歩み寄った。あの恐ろしい悲鳴を、私は生涯忘れることができないだろう。彼女はしばらくの間、服も乱れたままぐったりと横たわっていた。その顔を見て、私はぞっとした。唇や頬、そして頬を汚す血液のせいでよりいっそう蒼白《あおじろ》く感じられ、顎《あご》の先からは、ぽとりぽとりと血が滴っていた。両目は、恐怖に澱《よど》んでいた。伯爵に握られていたせいで赤く変色した両手で、彼女が顔を覆った。その両手の奥から、小さなすすり泣きが漏れてきた。先ほどの悲鳴は、今後永遠に続く悲しみの、一瞬の発露だったのである。教授がそばに寄ると、彼女にそっと毛布をかけてやった。アートはしばらく彼女の顔を眺めてから、部屋を飛び出して行った。教授が、小声で私に言った。

「ジョナサンはあの吸血鬼の力で意識を失っている。ミーナさんのほうは落ち着くまで手の打ちようがないから、まずはジョナサンを起こさなくてはならん!」

教授はそう言うとタオルの端《うず》を水にひたし、それでジョナサンの顔を叩き始めた。夫人のほうはずっと両手に顔を埋めたまま、聞いているこちらがつらくなるような泣き声をあげ続けていた。私はブラインドを開け、外を覗《のぞ》いてみた。まるで昼間のように明るい月明かりの中、イチイの木陰に身を隠すようにして芝生を走ってゆく、クインシー・モリスの姿が見えた。なぜ彼がそんなことをしているのか理解に苦しんだが、なかば意識を取り戻したハーカーが突然悲鳴をあげたので、咄嗟《とっさ》にベッドのほうを振り向いた。無理もない話だが、彼の顔には驚愕《きょうがく》の表情が浮かんでいた。彼は数秒ほど呆然《ぼうぜん》としていたが、やがてはっきりと意識を取り戻したかのように、がばっと跳ね起きた。その衝撃に気づいた夫人が彼のほうを向き、抱きしめようと両腕を差し伸べた。だがとつぜんその手を引っ込めるとまた両手の中に顔を埋め、ベッドが震えるほどに激しくむせび泣きをはじめたのだった。

「これはいったいどういうことです？」ハーカーが悲鳴をあげた。「セワード先生、ヴァン・ヘルシング教授、いったい何なんです？　何が起こったんです？　ミーナ、どうしたんだ？　その血はどうしたんだ？　大変だ……奴が来たんだ！」ハーカーはベッドにひざまずくと、何度も何度も両手を叩いた。「神よ救いたまえ！　妻を救いたまえ！お願いです！」そして、さっとベッドから飛び降りると着替えだした――この緊急事態に、彼の中の男が目を覚ましたのだ。「いったい何があったんです？　教えてくださ い！」ハーカーは着替えを続けながら叫んだ。「ヴァン・ヘルシング教授、どうかミーナを助けてください。教授も大切に思って下さっているじゃないですか。あいつはまだ遠くに行っていないはず。僕は探しに行くので、ミーナをよろしくお願いします！」

だが夫人は、恐怖と絶望とに打ちひしがれながら彼の身を案じると、自分の苦しみをかなぐりすてて夫にすがりつき叫んだ。

「だめ！　だめよ、あなた！　ここから離れないで。これ以上恐ろしい思いをしたら、

「私どうにかなってしまいそうよ。お願いだから一緒にいて。ここで皆さんと一緒にいて！」

夫人は話しながらどんどん興奮し、ひたむきになっていった。やがてハーカーの体から力が抜けると、夫人は彼を引っ張るようにしてベッドに座らせ、力いっぱい抱きしめた。

教授は私とともにふたりを落ち着かせようとしながら、金の十字架を取り出すと、深く優しい声で言った。

「怖がることはない、ここにいるからね。それに、これさえあれば邪悪な者どもは近寄ることすらできんのだ。今夜はもう何ごとも起こらんよ。落ち着いて、話し合わなくてはいかん」

彼女はがたがたと震えながら、ものも言わずに夫の胸元に顔を埋めていた。やがて顔を上げると、ハーカーの身に着けた白いシャツには、血に濡《ぬ》れた彼女の唇がつけた染みがついていた。さらに彼女の首にあいた小さな傷口からは、血が滴り落ちていた。それに気づくと彼女は短い悲鳴をあげ、夫から体を離してむせび泣きをしながら、必死に声を絞り出した。

「穢《けが》れてしまった、穢れてしまった！　もう手を触れることも、キスをすることもできなくなってしまった。まさか自分がこの人のいちばんの敵になってしまうだなんて。いちばん根深い恐怖の元凶になってしまうだなんて」

ハーカーはこれを聞くと、力強く言った。

「ミーナ、何を言うんだ。そんなことを言われたら、僕のほうがむしろ恥ずかしいくらいだ。君からそんな言葉を聞きたくはない。これからもずっとね。もし僕の行いと意志とで夫婦が分かたれるようなことがあれば、神よ、どうか僕を今よりも重く罰してください！」

彼は両腕を差し伸べると、夫人を強く胸元に抱き寄せた。夫人はしばらくの間、そのまま肩を震わせながら泣いていた。その頭の上からハーカーは私たちのほうを見つめた。涙に濡れた目で何度も瞬きをし、口元をきゅっと結んでいた。少ししてから夫人のすすり泣きが弱まり始めると、ハーカーは必死に冷静な口調を作りながら言った。

「セワード先生、すべてを聞かせてください。だいたいのことは分かっています。何が起きたのか、すべて話してください」

私が一部始終を話して聞かせると、彼は一見、落ち着いて静かに聞いているようだった。だが、伯爵が夫人の両手を容赦なくひねりあげるようにして引きずり起こし、自分の胸の傷口にその唇を押し当てていたことを話して聞かせると、彼は鼻をひくつかせながら、両目に怒りの炎を燃やした。だが、怒りの余り顔が蒼《あお》ざめ、歪《ゆが》むようにしてひくついていたというのに、その両手は胸に抱いた妻の乱れた髪を優しく撫《な》でてやっているのだった。その様子に、私は胸を打たれずにはいられなかった。ちょうど私が話し終えると、クインシーとゴダルミングがドアをノックするのが聞こえた。声をかけるとふたりが部屋に入って来て、ヴァン・ヘルシング教授が何か言いたげに私の顔を見た。ふたりが入って来たことをきっかけに空気を変え、ハーカー夫妻の気を紛らわせようとしているのが分かった。私がうなずくと、教授はクインシーたちに、外の様子を訊《たず》ねた。ゴダルミング卿《きょう》が、これに答えた。

「廊下も部屋もくまなく探したんだが、あいつはどこにもいなかった。書斎にいた形跡があったが、もう立ち去った後でね。それが――」

彼はそう言うと、ベッドでしおれているハーカー夫人を気遣うように、ちらりと視線を送った。ヴァン・ヘルシング教授が静かに言った。

「大丈夫だ、アーサー。もう何も隠しごとをすることはない。すべてを知ることが、私たちの希望になる。さあ、話してくれ」

「書斎に行った奴は、ほんのわずかの間にひどいことをして行きやがったんだ。すべての書類が焼き払われ、白い灰の中に青い炎がちらちらと揺れていた。蓄音機のシリンダーもすべて暖炉にくべられていて、溶け出した蠟《ろう》のせいで炎が派手に燃えていた」

「助かった。金庫にもう一部、写しがあるんだ！」私が口を挟んだ。彼は一瞬顔を輝かせたが、またすぐに暗い顔をして言葉を続けた。

「階段を駆け下りて追いかけたんだが、どこにも姿は見えなかった。レンフィールドの部屋も覗いてみたんだが、何の痕跡《こんせき》も見当たらなかった。ただ――！」また彼は言葉を止めた。

「気にしないでいい」ハーカーがかすれ声で言った。ゴダルミング卿は首をうなだれると舌で唇を湿らせてから続けた。

「ただ、レンフィールドの死体があるばかりでね」

ハーカー夫人は顔を上げると、私たちの顔をひとりひとり見回してから、静かに言った。

「神のご加護を！」

アートが何か隠しごとをしているように思えてならなかったが、あいつのことだから何か狙いがあるのだろうと思い、黙っておいた。教授がモリスの顔を見て訊ねた。

「ではクインシー、君は何かあるかな？」

「大した話はないよ」彼が答えた。「後で重要になるかもしれないが、今のところは何とも言えないんだ。ここから出て行った伯爵の行方が突き止められたらいいんじゃないかと思ったんだが、姿が見当たらなかった。だが、レンフィールドの窓からコウモリが一匹飛び立って、西へと飛んでゆくのが見えた。姿を変えた奴がカーファックス屋敷に逃げて行くものだとばかり思っていたが、どうやら他の隠れ家へと向かったらしい。もう空も白みはじめているし、そろそろ夜明けだ。今夜はもう帰って来ないだろう。明日まで持ち越しだ！」

　彼は、腹立たしげに歯を食いしばりながら、そう言った。そして数分ほど、互いの心臓の音すらも聞こえそうなほどの沈黙に、部屋は包まれた。教授が、そっとハーカー夫人の頭に手を置きながら言った。

「さあ、それではミーナさん。いったい何があったのかを、ちゃんと話してはくれんかね。つらい思いなどさせたくはないが、我々はすべてを知らんといけないのだよ。今はいつもに増して、迅速に、そして的確にことを運ばなくてはいかん。決着の日は近づいている。今は、実際の経験から学ぶ絶好の機会なのだ」

可哀想にハーカー夫人はぶるぶると震えながら夫にすがりつき、その胸に深々と顔を埋めた。考えるまでもない。あまりの緊張に、神経が参ってしまいそうなのだ。だが、やがて自らを勇気づけるかのように胸を張ると、教授に向けて手を伸ばした。教授はその手を取ると、恭しく頭を下げてキスをしてから、しっかりと握りしめた。もう片方の手をハーカーが握り、余った片腕で彼女を護《まも》るかのように、強く抱きかかえていた。夫人はしばらく黙り込み、頭の中で考えを整理してから話しはじめた。

「あのとき頂いた睡眠薬を飲んだのですが、どうしてもなかなか効いてくれませんでした。むしろ目が冴《さ》えてしまったようで、死や、吸血鬼や、血や、苦痛や、苦しみや……とにかくなんだか怖い考えばかりが浮かんで恐ろしいほどでした」

ふとハーカーが苦しそうな声を出したので、彼女は彼を見上げると、愛《いと》しそうに言った。

「あなた、怖がらないで。勇気を出して、強くなって、私を助けてほしいの。これをすっかり話すのは本当に恐ろしいことだもの、あなたがついていてくれないと、とても無理だわ」そして、彼女はまた話を続けた。「だから、自分でも眠る努力をすれば薬が効くかもしれないと思って、目を閉じることにしたんです。するとしばらくして眠くなって、私は眠りに落ちたようでした。目を覚ますと隣にジョナサンが寝ていたので、きっと私を起こさないように入って来てくれたのでしょう。部屋の中には、この間と同じように白い霧が漂っていました。この霧のことを皆さんが憶《おぼ》えておいでか分からないのですが、後で私の日記をお見せしましょう。先日と同じようにぼんやりとした恐怖と、誰かがすぐそこにいるような感覚を覚えました。ジョナサンを起こそうと思って見てみると、私の代わりに睡眠薬を飲んだみたいに、ぐっすりと眠っていました。起こそうとしても、目を覚ましませんでした。私はとても怖くなって、慌てて部屋の中を見回しました。そして、血も凍るような恐怖に襲われたのです。ベッドのそばにはまるで霧の中から現れたかのように――いえ、霧はすっかり消えてしまっていたので、霧が人の形になったかのように、背が高く痩《や》せ細った、黒ずくめの男が立っていたのです。いろんな方のお話を聞いていましたから、それが誰なのかすぐに分かりました。蠟のように蒼白い顔。鼻筋がつやめく高い鷲鼻《わしばな》。開いた真紅の唇と、その間から覗《のぞ》く尖《とが》った白い歯。そして、ホイットビーの聖マリア教会の窓ガラスに映っていた、あの赤い瞳《ひとみ》。額にジョナサンがつけた赤い傷痕《きずあと》も、はっきりと見えました。心臓が止まるほど驚き、体が麻痺《まひ》してさえいなければ、きっと悲鳴をあげてしまっていたことでしょう。彼はしばらく何も言いませんでしたが、やがてジョナサンを指差しながら、鋭く囁《ささや》くような小声で言いました。

『静かにしろ！　声を出せば、目の前で夫を殺して、脳みそを引きずり出してやるぞ』

私はあまりの恐怖と狼狽《ろうばい》とで、体も口も動きませんでした。伯爵は嘲《あざけ》るような笑みを口元に浮かべると、片手で私の肩をぎゅっと摑《つか》み、もう片手で私の喉元《のどもと》を剝《む》き出しにして、こう言いました。『さて、少し疲れたので、まずはいくらかご馳走《ちそう》になるとしようか。大人しくしていろよ。お前の血で喉《のど》を潤すのも、もうこれで三度目になるのだからな！』私はどうしていいのか分かりませんでしたが、なぜか、彼を拒もうという気にはなりませんでした。おそらく吸血鬼の餌食《えじき》になると、あのような気持ちにさせられてしまうのでしょう。そして、ああ……思い出すのもおぞましい！　あの化け物は私の喉に、あの臭い唇を寄せてきたのです！」

ハーカーがまた、うめいた。彼女は夫の手をぎゅっと握りしめると、まるで彼のほうが犠牲者ででもあるかのように、悲しげな視線で見つめた。

「体から力が抜けて、意識が朦朧《もうろう》としてきました。いったいどのくらいそうしていたのかは分かりませんが、化け物があの穢《けが》れた唇を離すまでは、かなり時間があったと思います。私の血で真っ赤に塗れたあの唇……忘れることなどできません！」

思い出すにつれて彼女はつらくなってきたのか、ハーカーに支えられていないと倒れてしまいそうなほど、悲嘆に暮れていた。だが、それでも必死に力を振り絞るようにして体を起こすと、彼女は話を続けた。

「それから伯爵は、私を嘲るような声で言いました。『さて、お前も他の者どものように、余と知恵比べがしたいらしいな。連中の力となって、余の計画の邪魔立てをしようなどと！　そんなことをすればどのような目に遭うか、その目に焼き付けるがいい。他の連中にも、すぐに教えてやろう。お前らは、こんなことになど手を出すべきではなかったのだよ。連中が生まれる何百年も前からいくつもの部族を率い、策を弄《ろう》し、戦い抜いてきた余と渡り合おうなどとは笑止千万。裏を掻《か》くのなどたやすいことよ。奴らが掌中の珠とするお前はもう、もう余の肉であり、血であり、一門なのだからな。まあしばらくは、余のワイン樽《だる》代わりでおるがいい。いずれ、下僕《しもべ》として役立ててやるわ。お前もそうして、奴らのためではなく、自分の欲望を叶《かな》えるほうが幸せというものだぞ。だが、何はともあれこれまでのお前の所業には罰をくれてやらねばならん。さんざん邪魔立てをしたのだから、今度は余の言いなりになってもらうぞ。余が「来い」と念じれば、野を越え海を越え馳《は》せ参じるのだ。そのために、こうしてくれる！』化け物はそう言うと自分のシャツを引きちぎって胸元を晒《さら》し、長く鋭い爪でそこに大きな傷をつけました。血がどくどくと流れだすとあの化け物は私の両手を片手で思いきりねじ上げ、もう片手で首を摑み、この口を傷口に押しつけたのです。私は、そのまま窒息するか、飲み込むしか——ああ、どうか、どうかお許しください！　何ということをしてしまったのでしょう！　何で私がこんな目に……いつだって、清く正しく生きようとしてきただけだというのに！　神よ、死よりも残酷な運命を与えられた哀れな魂を、どうかお救い下さい！　そして、その魂を憐《あわ》れむ人々を、どうかお護り下さい！」彼女はそう叫ぶと、唇の穢れを振り払うように、唇を手で擦《こす》りだした。

彼女が話しているうちに東の空が明るくなり、辺りの光景がよりはっきりとしてきた。ハーカーは何も言わず、ただじっとしていた。だが、身の毛のよだつような夫人の話が続くうちにその顔は色を失い、だんだんと蒼《あお》ざめていった。そして、やがて最初の朝日が赤く部屋へと差し込んでくると、その暗い顔色にくっきり映えるように、真っ白く変わり果てた髪の毛が浮かび上がったのだった。

ハーカー夫妻のことを放ってはおけないので、私たちは次に会合を開くまでの間、誰かが必ずひとりはそばに付き添っていることにした。

私にはたったひとつ、はっきりと分かっていることがある。それは今日、太陽がどれだけ世界の頭上を回ろうとも、これほど不幸な家の上には昇ることがないということである。

第二十二章

ジョナサン・ハーカーの日記

十月三日

何かしていないと頭がどうにかしてしまいそうなので、この日記を書くことにする。今は朝の六時だ。ヴァン・ヘルシング教授とセワード先生が、何か食べないと出る力も出ないというので、三十分後にみんなで書斎に集まり、食事をすることになっている。今日は、力を出し切らなくては、すべて終わりなのだ。手を休めれば余計なことを考えてしまうので、今日は時間が空いたらとにかく書き続けることにする。大事なことも細々としたことも、何もかもだ。たぶんそういう細々としたことが、後々役に立ってくれるはずだ。だが、何がどう役に立とうと、今のミーナと僕はこれ以上ないほど最悪の苦境に立たされている。それでも、僕たちは信頼と希望とを捨ててはいけない。ついさっき、ミーナが涙に濡《ぬ》れながら、こんなときこそ僕らの気持ちが試されるのだ——信頼し合わなくてはいけないのだと言った。その気持ちを捨てさえしなければ、最後にはきっと神が助けて下さるのだと。最後！　ああ、いったいどんな最後が待ち受けているというのだろう！……今はとにかく、なすべきことをなすだけだ！

　ヴァン・ヘルシング教授とセワード先生がレンフィールドの部屋から戻ってくると、僕たちは今後の行動についてじっくりと話し合いを始めた。話し合いは、セワード先生の話から始まった。彼と教授が部屋に行ってみると、レンフィールドはぐったりと床に倒れていたのだという。顔はぐしゃぐしゃになって腫《は》れ上がり、首の骨が折れていたのだそうだ。

　セワード先生は、廊下で監視していた看護師に、何か物音を聞かなかったと訊《たず》ねた。看護師は床に座り込んでうとうとしていたらしいが、突然レンフィールドの部屋から「神よ！　神よ！　神よ！」と叫ぶ声が何度か聞こえたらしい。続いて派手な物音が聞こえたので慌てて部屋に飛びこんでみると、先生が言ったとおりの姿勢で、レンフィールドが床に倒れていたというわけだ。ヴァン・ヘルシング教授は、聞こえた声はひとりだったか、それともふたりだったか訊ねたが、看護師には分からなかった。ふたりの声が聞こえたような気がしたが、部屋にはレンフィールドの他に誰の姿も見えなかったので、ふたりのはずがないというのだ。「神よ」という声については、誓ってレンフィールドの声だったと、彼は言った。看護師を下がらせると、セワード先生は、もうこの話を続けるのはやめて、検死のことを考えようと言った。真実を話したところで、誰も信じたりはしないというのがその理由だ。死因については、看護師の証言を元にして、ベッドからの転落事故として処理することができるはずだと彼が言った。検死官の要求で正式に検死解剖が行われるかもしれないが、同じ結果になるはずだというのが、先生の見解だ。

それから話し合いは次に何をすべきかに移ったのだが、まず僕たちが決めたのは、ミーナにすべてを打ち明けるということだった。どんなに恐ろしいことだろうと、彼女にはひとつも隠しごとをしないということだ。ミーナもこの決定には同意したが、悲しみと深い恐怖とに打ち震えながら勇気を振り絞るミーナを見ていると、僕の胸までが痛んだ。

「すべてお聞きします」ミーナが言った。「悲しい話ですが、もう苦しみなどは味わい尽くしてしまいました。これまでの、そして今感じているこの苦しみを超えるものなど、この世にありはしません！　どんなことが起ころうとも、私はそれを新たな希望、新たな勇気へと変えていけますわ！」

ヴァン・ヘルシング教授はそう話す彼女の顔をじっと見つめると、ふと静かにこう切り出した。

「だがミーナさん、怖くはないのかね？　君自身の心配はともあれ、私たちのことがだよ。あんなことがあったのだからね」

それを聞くとミーナは表情を強《こわ》ばらせたが、やがて殉教者の光を瞳《ひとみ》に浮かべて答えた。

「まさか！　私の心はもう決まっております！」

「決まっているとは？」教授はそっと訊ねた。僕たちは彼女が何を言わんとしているのか漠然と理解しながら、じっと黙っていた。ミーナは、目の前の事実を淡々と述べるかのように、単刀直入に答えた。

「注意深く自分を見つめ、もし周囲の人々を傷つけるような兆しがあれば、死ぬつもりですわ！」

「自ら命を絶たれるつもりかね？」教授がしわがれ声で訊ねた。

「ええ、もし私を救うための苦しみと痛みとを背負い、愛してくださる方が誰もいないのでしたら、そうするでしょう！」彼女は、意味深な視線を教授へと向けながら言った。

教授は腰掛けていたが、立ち上がってミーナのそばに歩み寄り、彼女の頭にそっと手を置くと静かに言った。

「ミーナさん、君のためならば喜んで背負う者はおるよ。この私も神の名のもとに、君に安らかな死をもたらそう。今、この瞬間にそうすべきだとしても……いや、それで皆が救われるのならばね！　だが、いいかね――」教授はそこで言葉に詰まると、込み上げてくる涙を飲み込むようにして先を続けた。

「ここにいる我々は、君をやすやすと死に向かわせたりはせん。君は死んだりしてはならんのだ。誰にも殺させたりはせんし、ましてや自ら命を絶つなど、絶対にあってはならんことだ。君の貴い命を汚したあの化け物が真の死を迎えるまで、君は死んではならん。あれがアンデッドのまま跋扈《ばっこ》している限り、死んでしまえば君もアンデッドになってしまう。生きるんだ！　死こそが無上の恵みであるような気がしようと、君は何としても生きなくてはいかん。苦しいときも心晴れやかなるときも、昼も夜も、安全なときも危険なときも、君は忍び寄る死と闘わなくてはならん！　あの邪悪な怪物を葬り去ることができるまで死んでは――いや、決して死ぬことを考えてはいかん。私は君の生きるその魂に、そう刻もう」

ミーナはまるで死者と見まがうほどに顔を蒼ざめさせると、がたがたと震えだした。誰も何も言わなかった。何もできなかった。やがてミーナは徐々に落ち着きを取り戻してゆくと、情熱と深い悲しみとを瞳に浮かべながら教授に言った。

「教授、神様が私を生かして下さる限り、どんなことがあっても生きると誓いますわ。いつかこの悪夢が消え去るそのときまで」

健気《けなげ》で勇敢な彼女の姿を見ていると、彼女のために何としてもこの苦しい戦いを成し遂げるのだという勇気が僕たちにも湧き起こってきた。今後についての話し合いも、それにつれて熱を帯びていった。僕はミーナに、金庫にしまってある写しや、今後必要になるかもしれない書類や日記、シリンダーなどをちゃんと管理するように言うと、以前のようにしっかり日記をつけておいてくれるよう伝えた。彼女は自分にこの先も役割があるのだと、嬉《うれ》しそうな顔をした――どうせなら、もっと明るい話で喜ばせてやりたいものではあるが。

ヴァン・ヘルシング教授はいつもどおり僕たちよりもずっと先にまで思いを巡らせると、今後取りかかる仕事の手はずをあれこれと整理してくれた。

「カーファックス屋敷に侵入したとき、あそこにあった木箱に触れずにおいたのは正解だったな。もし手をつけていたなら伯爵はこちらの目的に気づき、他の木箱の行方を追う我々に先回りして、何か手を打ってしまっていたに違いない。だが、恐らく奴は私たちに自分の隠れ家を消毒し、使い物にならなくしてしまうことができるなどとは思っていないはずだ。現在までに消えた木箱の行方はかなり摑《つか》めているわけだし、ピカデリーの屋敷を調べあげれば、ひとつ残らず突き止めることができるだろう。それこそが我々の勝利であり、希望だ。悲しみの頭上に昇った太陽が、今朝は護《まも》ってくれている。この太陽が沈むまで、あの化け物は今のまま姿を変えることはできん。泥の詰まった隠れ家から出て来るわけにいかんのだからね。空中に溶けてしまうこともできなければ、ひび割れやちょっとした隙間を通りぬけたりすることもできん。どこかに出たいなら、人間と同じように自分でドアを開けなくてはいかんのだ。今日は残りの木箱もすべて見つけ出し、消毒してしまうぞ。そうすれば、たとえ今日中に奴を捕まえ滅ぼすことができなかったとしても、あとは時間の問題というところまで追い詰めることはできるだろう」

僕は話を聞きながら、ミーナの命と運命とがかかった一分一秒たりとも無駄にはできないという気持ちに駆られ、我慢できずに立ち上がった。こんなに話ばかりをしていても、時間は過ぎていくばかりではないか。だが、教授はさっと手を挙げて僕を制した。

「ジョナサン、落ち着け。君の国のことわざにもあるように『近道こそは回り道』ということもある。時が来たら、そのときに手際よく確実に、ことを運ぶのがいちばんなのだよ。考えてごらん、おそらくすべての鍵《かぎ》はピカデリーの屋敷の中に眠っている。伯爵はおそらく他にもたくさん家屋を購入していることだろう。そうした購入証明や鍵、自ら記入した書類や小切手帳も持っているはずだ。それに荷物だって少なからずあるだろうし、必ずどこかにしまってあるはずだ。閑静なロンドン中心部に位置し、玄関からも裏口からも自由に出入りすることができ、楽々人混みに紛れて行動できるあの屋敷ならば、まさにその場に打ってつけだとは思わんかね。まずはピカデリーに行って、あの屋敷を調べてみることだ。中に何があるのかが把握できれば、アーサーの狐狩り用語でいう『穴ふさぎ』をして、あの古狐を追い詰めることもできるというわけさ。どうかね？」

「では、今すぐに行きましょう」僕は叫んだ。「僕たちは、貴重な時間を無駄にしているんですよ！」

教授は微動だにせず、ひとことこう言った。

「それでは、どうやってあのピカデリーの屋敷に入ろうというのだね？」

「どうとでもなります！　何なら壊して入ってもいい」

「そんなことをすれば、警察が来てあっという間に捕まってしまうぞ」

僕は苦しくてたまらなかったが、教授がそう言う以上、遅らせたほうがいいだけの理由があるのだと感じた。そして、できるだけ声をおちつかせて言った。

「分かりました。ですが、できるだけ急いでください。こうして待っているだけなんて、僕にはまるで拷問です」

「もちろんだとも。君を苦しめたいなどとは、これっぽっちも思っておらんよ。だが、何はともあれことを起こすのであれば、まずは世間が目を覚ますのを待たなくてはいかん。そのときこそ、動き出すときだ。考えに考え抜いた結果、もっともシンプルにやるのがいちばんいいのだという結論に私は達した。今は家に入りたくとも鍵がないわけだ。そうだね？」

僕はうなずいた。

「もし君があの屋敷の持ち主で、しかし鍵を持っていないと考えてごらん。ドアをぶち壊して入ろうというのでなければ、君ならどうするかね？」

「それならば、身分のはっきりした錠前屋を呼んで、鍵を開けてくれるよう頼みます」

「そうしたら警察はどうするかね？　とがめ立てすると思うかね？」

「まさか！　ちゃんと雇った錠前屋であれば、警察も怪しんだりはしないでしょう」

「そういうことだ」教授は、身を乗り出して僕を見つめた。「つまり、疑われるとすれば雇い主の良心ということになる。警察がこれを疑わしいと感じるかどうかが、何よりも重要なのだ。警察官というものは非常に鋭く人の心を読んで、実に的確に見抜いてくる。たとえばジョナサン、このロンドンであれ世界のどこであれ、何百という家々の鍵を開けて回ったとしてごらん。もしちゃんとした時刻にちゃんとした手続きを踏みさえすれば、誰も怪しいなどとは思わんものなのだよ。以前、長い夏休みをスイスで過ごした、ロンドンに家を持つ金持ちの話を聞いたことがある。鍵をかけて家を空けたのだが、ある泥棒が裏手の窓を割って屋敷に忍び込んだのだ。この泥棒は表通りに面した鎧戸《よろいど》をすべて開け、警察の目の前で玄関から出入りしてみせたのだそうだよ。さらに家具を競売にかけるからと言って看板まで出し、入札当日に集まって来た大勢の人びとと相手に家財道具を片っ端から売り払ってしまったのだ。それだけではない。今度は建築業者のところに行くと、その業者に屋敷を売却し、いずれ解体、撤去する契約を取り付けた。だというのに警察も人びとも怪しむどころか、手を尽くしてこれを助けてくれたというじゃないか。スイスから金持ちが帰って来るころには、もう屋敷の跡地に大きな穴が空いているだけだったという話だよ。我々もこの泥棒にならい、秩序を大事にせねばならん。こんなに朝早くから動き出したのでは警察官にだって怪しまれてしまうに違いない。だが十時を過ぎて街が動き出してさえしまえば、我々だって本当に屋敷の持ち主のように見えるというものだろうさ」

教授の言葉どおりだと感心している僕の隣では、ミーナの顔に浮かんだ恐怖の色も少し和らぎ、落ち着いてきているようだった。頼もしい教授の説明を聞いているうちに、希望が胸に芽生えたのだ。ヴァン・ヘルシング教授が先を続けた。

「屋敷に入ってしまえば、さらなる手がかりが見つかるだろう。そこに何人かだけ残り、後は残りの木箱を探しに出るとしよう――バーモンジーとマイルエンドにね」

ゴダルミング卿《きょう》が立ち上がった。「よし、私の出番だな。家の者に一筆書いて、便利なところに馬と馬車を配置しておこう」

「まあ待てよ、アーサー」モリスが言った。「確かにいざというときのために馬車を用意しておくというのは名案だ。だが、君んとこの紋章が入った洒落《しゃれ》た馬車などがウォルワースやマイルエンドあたりを走っていたんじゃ目立ちすぎるし、僕たちには不都合になるんじゃないかな？　南部や西部に行くのであれば辻《つじ》馬車を使うとして、目的地のそばに待たせておいたほうが得策なのではないかな」

「クインシーの言うとおりだ！」教授が言った。「実によく冴《さ》えておる。この大きな山を越えるには、できるだけ人目につかんに越したことはない」

　ミーナは、どんどんこの話し合いに夢中になってきているようだった。そうしてあの恐ろしい夜のできごとが彼女の頭から離れてゆくのが、僕にはとても嬉しかった。彼女の顔色はこちらがぎくりとするほど蒼白《あおじろ》く、唇からも肉が落ちて、そこから覗《のぞ》く歯がいつもより目立っているような気がした。彼女に要らぬ苦しみを味わわせたくなかったから口にこそしなかったが、伯爵に血を吸われたルーシーの顔が思い出されてしまい、僕は背筋が凍るほど恐ろしくなった。まだ歯が尖《とが》っているような様子はなかったが、いかんせんあの夜からはまだ時間も経っていない。これからどうなるのかと思うと、震えが止まらなかった。

　今後の具体的な計画と人員の配置の打ち合わせが始まると、またいろいろと議論が起こったのだが、結局、ピカデリーへと出発する前に手近な伯爵の隠れ家を破壊してゆくということで、僕たちの意見は一致した。万が一こちらが思ったよりも早く伯爵に計画がばれてしまうこともあり得るので、先んじて破壊してしまったほうがいいだろうというわけだ。それに、伯爵が人間の姿になり、もっとも力の弱まっているときならば、何か新しい手がかりも摑めるかもしれない。

誰が誰と組んで行動するかについては、教授から提案があった。カーファックス屋敷を片づけたあとまずは全員でピカデリーへと向かい、そこに教授とセワード先生と僕が残り、ゴダルミング卿とクインシーがウォルワースやマイルエンドの隠れ家を探し出し、それを破壊するという作戦だ。昼間に伯爵がピカデリーに現れることは考えにくいし、もし現れたとしても、昼間であれば僕たちにも戦うことができるだろうというのが、教授の考えだった。いずれにせよ、結束して伯爵を追い詰めるにはこれがいちばんだというのである。僕も一緒に行くという案も出たのだが、とにかくミーナのそばにいて守ってやりたかったので、これには断固として反対した。これについては譲る気は一切なかったのだが、ミーナは僕の意見に反対した。伯爵の書類の中には、トランシルヴァニアで一緒に過ごした僕でないと理解できないようなことが書かれているかもしれないから、一緒にいったほうが何かと便利なはず。そして、人間離れしたあの伯爵に対抗するには、持てる力をすべて結集しなくてはだめだ、というのだ。僕は、全員で力を合わせることこそ彼女の最後の希望なのだというミーナの決意に、ついに降参した。

「私なら、怖くないわ」彼女が言った。「これ以上ひどいことなんて、起こりようがないもの。何が起こっても、そこには必ず希望が見えるはずだわ。さあ、ジョナサン！

私のことなら、ひとりきりでもきっと神様が護《まも》ってくださるはずよ」

僕はうなずくと、立ち上がって大声で言った。

「さあ、時間を無駄にはできません。神のもと、今すぐに出発しましょう。伯爵は、予想より早くピカデリーに来るかもしれない」

「それは考えられん！」ヴァン・ヘルシング教授が手を挙げた。

「なぜです？」僕は訊《たず》ねた。

「忘れてはおらんかね」教授は笑いながら言った。「昨日の夜あんなにたらふくご馳走《ちそう》を喰《く》らったんだ。今日はゆっくりとお休みさ」

まさか！　忘れるわけが――忘れられるわけがない！　あの恐ろしい光景を見て、忘れることができる人間などいるわけがない！　ミーナは気丈にも普段どおりに振る舞おうとがんばっていたが、強い苦しみに襲われると両手で顔を覆い、むせび泣きをしながら肩を震わせた。教授も、わざと彼女に思い出させようとしたわけではなかった。ついつい考えが先行して、彼女のことをうっかり忘れてしまっただけなのだ。自分が何を言ってしまったのかを理解すると、教授は慌てて彼女を慰めにかかった。

「ああ、ミーナさん！　本当にすまない。この私があんなことを口走ってしまうとは……。この老いぼれた頭と口ときたら本当に……。どうか許してくださらんか」教授はそういいながら、彼女の隣にひざまずいた。ミーナは教授の手を取ると、涙に濡《ぬ》れた目で教授を見つめながら、かすれた声で言った。

「いいえ、お言葉を胸に刻んでおきますわ。そのほうが、私のためですもの。私の中には、優しい教授の思い出もたくさんあります。ぜんぶ一緒に憶えておくことにしましょう。さあ、時間がないのでしょう？　朝食ができていますから、まずは食べて、力をつけなくては」

食卓は、何とも妙な空気に包まれた。互いに努めて明るく振る舞い、励まし合うのだが、中でもとりわけ明るくみんなに声をかけて励ましているのはミーナだった。朝食が済むと、教授が立ち上がった。

「さあ、いよいよ動き出すときが来たぞ。カーファックス屋敷に侵入した日同様、装備は済ませているな？」僕たちは、そろってうなずいた。「よろしい。ミーナさん、君はここにいれば日没まで、ほとんど安全だ。私たちは日没には戻ってくる――万が一――いや、必ず戻ってくる！　だが、もしその前に君が襲われないとも限らんから、君にも備えをさせておいてくれ。君が下にいる間に、部屋には伯爵が入ることができんよう準備を済ませておいた。今度は、君自身の番だ。額にこの聖餅をだね。父と子と聖霊の名において――」

その場の全員が凍り付くような悲鳴が響き渡った。教授が手にした聖餅が、まるで白熱した金属のようにミーナの額を焦がしながら、そこに食い込んだのだ。痛みと同時に、そのショックがミーナの脳にまで届き、堪え難い衝撃となってあの悲鳴を生み出したのだ。だが、ミーナはその悲鳴の余韻も消えないうちにすぐに我を取り戻すと、がっくりと床に膝《ひざ》をつき、苦しそうに顔を歪《ゆが》ませて言った。

「穢《けが》れてしまった！　穢れてしまった！　全能の神ですら、私の肉体を忌み嫌っておいでなのだわ！　審判の日まで、その印を額につけて生きなくてはいけないのだわ！」

誰も、何も言えなかった。僕も込み上げる悲しみをこらえきれずに彼女のかたわらにひざまずき、その体を強く抱きしめた。僕たちの心臓が、同じ悲しみのリズムを打っていた。みんなは涙を目にためながら、顔をそむけてくれていた。やがてヴァン・ヘルシング教授がこちらを向くと、言った。そのあまりに重く厳《いか》めしい声を聞いていると、何かが彼に降臨しひとりでに喋《しゃべ》っているのではないかという気持ちになった。

「審判の日に、神が地上の過ちも、子の過ちもすべて正されるその日まで、君はその印とともに生きねばならんだろう。神が我々の苦難を知っておられる印ともいえるその赤い傷痕《きずあと》が消え去り、元の純白の額となることを、心から祈っておるよ。この重荷がいつか消えるときは、その傷痕もまた消えるときだ。かつて神の御心のままに、子らが十字架を背負ったのと同じようにね。我々は神の意志によって選ばれ、苦難と恥辱の道を、涙と血の道を、疑念と恐怖の道をゆき、神と人との垣根も越えてその御意志に報いる役目を仰せつかったのかもしれん」

教授が僕たちを落ち着かせようと言葉に込めた、希望と安らぎ。ミーナも僕もそれを感じると、思わず教授の手を取り、そこに口づけていた。それから僕たちは全員何も言わずに床にひざまずき、手を取り合って、互いへの信頼を誓い合った。そして男たちはそれぞれミーナにかかる悲しみのヴェールを取り払うことを誓い、これから待ち受ける困難への加護と導きとを神に祈った。

ついに、そのときが来たのだ。僕はミーナに別れを告げると、出発した。この別れのことを、僕たちは生涯忘れたりしないだろう。

僕は、あることを心に決めた。それは、もしミーナがいつか吸血鬼になってしまうようなことがあっても、決してひとりきりで恐ろしい未知の世界へと旅立たせたりはしないということだ。僕の考えでは、太古、ひとりの吸血鬼が多くの吸血鬼たちを生み出した理由はここにある。あの邪悪な肉体が神聖なる土の中でのみ休むことができるのと同じように、神聖なる愛こそが徴兵係となり、吸血鬼の軍勢を増長させたのだ。

難なくカーファックス屋敷へと入り込むと、屋敷の中は最後に立ち去ったときのまま、何も変わってはいなかった。僕たちの味わっているこの恐怖の根源が、この打ち捨てられた、埃《ほこり》と腐臭とに満ちた空間に根ざしているなどとは、とても信じられなかった。固めた決意と過去の恐怖の記憶とがなかったら、あのまま仕事を進めるような気にはならなかったに違いない。探し回ってみても、書類の一枚も見つからなければ、誰かが立ち入ったような形跡ひとつ見当たらなかった。あの古い礼拝堂に行ってみても、最後と同じ状態のまま木箱が残っているだけだった。木箱を見つめながら、ヴァン・ヘルシング教授が重い声で言った。

「さて、では仕事に取りかかるとしよう。あの化け物が悪しき目的のために遥々《はるばる》かの地より運び込んできた聖なる記憶の土壌を、消毒しなくてはいかん。奴めがこの土をわざわざ選んだのは、神聖であるからこそだ。我々はそれをさらに神聖化し、奴を滅ぼす武器としようというわけだ。人のために神聖化されたこの土を、神のために神聖化するのだ」

教授はそう言いながら鞄《かばん》からドライバーとレンチを取り出し、最初の箱の蓋《ふた》をてきぱきと開いてしまった。近づくと黴《かび》と埃の臭いが鼻から入り込んできたが、教授に注目していた僕たちにはまるで気にならなかった。教授は聖餅《ホスチア》をひときれ取り出すと、それを恭しく土の上に置き、僕たちと一緒にまた蓋を元どおりに閉め直した。

僕たちはひとつ、またひとつと大きな木箱に同じ処置を施していった。木箱はどれも一見すっかり元どおりだったが、すべてに聖餅が入れられていた。

扉を閉めると、教授が厳粛な声で言った。

「さて、ここまでは上々だ。残りの箱も同じように消毒することができたなら、今宵《こよい》には、まるで象牙《ぞうげ》のように白く滑らかなミーナさんの額に会うことができるだろうさ！」

駅へと向かうために芝生を歩きながら、僕たちは精神病院の建物に目をやった。心配でたまらず見上げると、僕たちの部屋の窓辺にミーナがいるのが見えた。僕は彼女に向けて手を振ると、ここまでは順調だと伝えるため、うなずいてみせた。彼女は、それを受け止めると、うなずき返してきた。手を振って別れを告げる彼女の姿が、壁の陰へと消えていった。僕たちは重い気持ちを抱えて駅へと到着すると、ちょうど蒸気を上げて到着した汽車に乗り込んだ。

その汽車の中で、今これを書いている。

ピカデリー　十二時半
フェンチャーチ通りまであと少しのところで、ゴダルミング卿《きょう》が声をかけてきた。

「私とクインシーとで錠前屋を探してくる。面倒なことになってはまずいから、君は残っていたまえ。今のような状況ならば、空き家に押し入ったとしても大して問題にはなるまい。だが君は弁護士なのだし、連盟から咎《とが》められてしまうかもしれん」

僕は、いくらそうだからといっても自分だけ安全なところにいるわけにはいかないと言った。だが、卿は言葉を続けた。

「それに、あまり大勢でいかないほうが目立たなくて便利だ。私の肩書きがあれば錠前屋にも話が通しやすいし、警官に呼び止められてもうまく切り抜けられるだろう。君はジャックと教授とともにグリーン・パークに行って、屋敷が見える辺りで待機しておいてくれ。ドアが開いて錠前屋が帰ったのを見届けてから、みんなで来てくれればいい。私たちで見張りをして、見つからないように屋敷の中に招き入れよう」

「それは名案だ！」ヴァン・ヘルシング教授がそう言ったので、話はそこで終わりになった。ゴダルミング卿とモリスが一台の馬車に乗り込み、僕たちが別の馬車でそれを追った。僕たちはアーリントン通りの角で馬車を降りると、グリーン・パークへと歩いて行った。生活感と命とを感じさせる家並みの中、ひっそりと死んだように立つ目的の屋敷を見つけると、鼓動が速まった。僕たちは屋敷のよく見えるベンチに陣取ると、なるべく自然に見えるよう、葉巻をくゆらせた。ふたりが戻って来るのを待っている時間は、まるで鉛の足取りのように重く、長く感じられた。

どれくらい待っただろう、一台の四輪馬車が姿を現した。馬車が止まると、悠々とした足取りでゴダルミング卿とモリスがそこから出て来た。それに続いて、目の粗い道具カゴを手にしたがっしりとした労働者が降りて来る。モリスが金を払うと、馭者《ぎょしゃ》は帽子のつばに手を触れて会釈をし、去って行った。ゴダルミング卿は錠前屋と並んで階段を上りながら、こちらの注文を伝えていた。錠前屋はゆっくりとコートを脱ぐとそれを鉄《てっ》柵《さく》の上に引っかけ、ちょうど通りかかった警官に何か声をかけた。警官が、分かりましたといった顔でうなずくと、錠前屋は横の地面に道具鞄を置いて、口を開いた。そしてしばらくごそごそと中を探してから、いくつか道具を選び出し、丁寧に地面に並べていった。それから立ち上がって鍵穴《かぎあな》を覗《のぞ》き込むと息を吹き込み、ふたりのほうを振り向いて何か言った。ゴダルミング卿が笑顔を浮かべ、錠前屋が大きな鍵束を取り出す。そして一本の鍵を選びだすと、何ごともなかったように鍵を開けにかかった。二、三ほど違った鍵を試してから軽く押すとドアはすんなりと開き、三人は中へと入って行った。僕たちはじっと立っていた。僕は夢中になって葉巻をすぱすぱ吸っていたが、教授は落ち着いていた。すぐに駆け付けたい衝動を堪《こら》えながら待っていると、やがて錠前屋が出てくると、鞄を中へと運び込んだ。彼は両膝《りょうひざ》でドアを開いたままに押さえると、鍵を鍵穴に合わせてから、ゴダルミング卿に差し出した。卿はサイフを取り出すと、錠前屋に何かを取り出して鍵と交換した。錠前屋は帽子に手を触れてお辞儀をして鞄を持ち上げると、コートを着て立ち去った。誰ひとり、この様子に目を留める者はいなかった。

錠前屋の姿がすっかり見えなくなると、僕たち三人は通りを渡ってドアをノックした。すぐに開けてくれたクインシー・モリスの隣では、ゴダルミング卿が葉巻に火をつけているところだった。

「しかしひどい臭いの屋敷だな」ゴダルミング卿は、屋敷に足を踏み入れると顔をしかめた。実際、あのカーファックス屋敷の礼拝堂のようにひどい臭いが立ち込めていた。過去の経験からも、伯爵が自由に出入りしているのは明らかだった。僕たちは、もし襲われたりしても大丈夫なように、身を寄せ合うようにして屋敷を進んでいった。何しろ敵はかなり強力だし、万が一、屋敷の中に潜んでいないとも限らないのだ。玄関ホールの奥にあるダイニング・ルームで、木箱を八つ見つけた。だが、探している九箱にはひと箱足りない！　最後のひとつを見つけ出すまでは、この捜索をやめるわけにはいかない。まず僕たちは、窓を閉ざしている鎧戸《よろいど》を開け放った。せまい石敷きの庭の向こうに、まるでミニチュアの屋敷のように尖《とが》った屋根をした馬小屋が見えている。馬屋には窓がなく、誰かにこちらを見られるような心配はなかった。僕たちは、すぐさま消毒作業へと取りかかった。持ってきた道具でひとつずつ木箱の蓋を開け、あの礼拝堂でしたのと同じように、消毒を施していった。もう伯爵が屋敷にいないのははっきりしていたので、僕たちは続けて伯爵の所持品を探すことにした。

地下室から屋根裏部屋までくまなく捜索したところ、伯爵の所持品はすべてダイニング・ルームにまとめて置かれているようだった。僕たちは、それをじっくりと調べあげていった。所持品はすべてテーブルの上、雑にではあるものそれなりに整理して置かれていた。ピカデリーの屋敷に関する権利書類の束、マイルエンドとバーモンジーの屋敷の購入証書、ノートと封筒、それからペンとインクだ。埃がつかないよう、すべて薄い紙に包んであった。他には洋服用のブラシ、頭髪用のブラシと櫛《くし》、水差しと洗面器が置かれていた――洗面器には、まるで血に染まったかのように赤く汚れた水がはってあった。最後に、購入したあちらこちらの屋敷のものと思われる、大小様々な鍵の束があった。ゴダルミング卿とクインシー・モリスはこれを見つけるとロンドン東部と南部の隠れ家の正確な住所を書き写し、大きな鍵束を掴《つか》み上げて、そこに隠されているはずの木箱を見つけ出すために出かけて行った。残った僕たちは、ただじっと待ち続けた。ふたりか、それとも伯爵が戻ってくるのを――。

第二十三章

セワード医師の日記

十月三日

ゴダルミングとクインシー・モリスを待ち続ける時間は、本当に長く感じられた。教授は、私たちが待ちくたびれることがないよう、あれこれと頭を使わせようとしてくれていた。教授がちらちらとハーカーを横目で見ている様子から、わざとそうしているのが分かった。可哀想にハーカーはすっかり悲しみの底に沈んでおり、痛ましいほどだ。昨日の彼は、深い茶色の髪の毛を持つ、活発で力みなぎる若者だった。だが今日の彼はうつろな瞳《ひとみ》とそれによく似合う白髪で、まるで老人のように暗くやつれ衰えているのだ。だが、内に秘めた力は衰えてはおらず、まるで生ける炎のように燃え上がっている。もしかしたらこの事件が彼の救済になるかもしれない。すべてが上手《うま》く行けばこの絶望をハーカーは乗り越え、また生の現実を取り戻すことができるかもしれないのだ。可哀想に。私もどん底を味わったが、それでも彼に比べれば――！　教授もそのことをよく理解しており、ハーカーを奮い立たせようとがんばっている。その教授の話というのが、ものすごく面白いのだ。できるだけ正確に、ここに記録しておく。

「私はこの怪物について書かれた書類を手に入れてから、何度も何度も読み返してきたが、理解すればするほど、この世から葬り去らねばならないのだという決心は固くなるばかりだ。奴が進歩している形跡は、いたるところに見受けられる。力だけではなく、知識をつけているのだよ。ブダペストのアルミニウス君の研究から分かったのは、生前の奴は素晴らしい男だったということだ。武将にして政治家であり、そして錬金術師――錬金術というのは、当時の科学の最高峰ともいえる英知の結晶だよ。奴は素晴らしい頭脳と比類なき学識とを持つ、恐怖も後悔も知らぬ男だった。当時の知識という知識をすべて身に付け、なんとスコロマンス《悪魔学校》にまで入ったのだそうだ。その彼の脳が肉体の死を超越しているのだ。記憶のほうは不完全であるようだがね。精神の一部は、当時も今も子供のままだ。しかし成長を続けており、かつて子供だったのに成熟した部分もある。忘れてならんのは、奴が実験で上々の結果を収めていることだ。我々が邪魔立てさえしなかったなら、奴は新たな生物の父になっていたかもしれん。いや、我々が今度失敗したら、実験は成功するかもしれんな。その新たな生物とは、生ではなく死の道をゆく種なのだからね」

ハーカーは顔をしかめると言った。

「そのためにミーナが苦しむだなんて！　ですが、実験とはいったい何のことですか？　それが分かれば、奴を滅ぼす力になるかもしれない！」

「あの化け物はこちらに上陸してからというもの、ゆっくりと、しかし確実に自分の力を試しておる。あの頭の中で、大きな子供の脳みそを働かせているのだよ。あれがまだ子供の脳に過ぎんというのは、我々にとっては幸運だ。奴の過去の行い次第では、とっくの昔に我々など及ばぬ力を身に付けていたかもしれないのだからな。だが奴は、それをいずれ成功させるつもりでおる。向こう何世紀という命を持つのだから、のんびり時間をかけられるわけだしな。『ゆっくり急げ《フェスティーナ・レンテ》』という男なのかもしれん」

「分かりません」ハーカーが苦しげに言った。「悲しみと苦しみとで、頭がどうかしているのかもしれません。僕にも理解できるように言って下さいませんか?」

　教授はハーカーの肩にそっと手を置くと言った。

「そうか、では分かりやすく言おう。最近あの化け物が、実験的にあれこれと知識を試しているのに気づかないか? たとえば、ジョンのところへと忍び込むのに生体食性狂人《ゾアファガス》の患者を利用した一件だ。吸血鬼というものは望むまま望むところに入り込むことができるのだが、まず最初は、そこの住人から中に招き入れてもらわないことには、入ることができんのだ。だが、これがもっとも重要な実験だったというわけではない。ほら、当初は人手を頼んであの木箱を運ばせていたろう? あれは、そうしないと運べんと思っていたのだよ。だが子供の脳みそが成長し、もしかしたら自分で運ぶこともできるのではないかと考えだした。そこで自分も手伝い始めて、なるほど大丈夫だと思うと、今度はすべてひとりで運びだした。そうして成長して木箱を自らロンドン中に散らばらせ、自分以外誰にも行方が分からんようにしたというわけさ。もしかしたら、木箱を地中深くに埋めてしまう気でいたのかもしれん。そうすると姿を変えることのできる夜中にしか使えなくなるが、いずれにしろ役立つことには変わりがないし、誰にもそれが奴のねぐらだとは分からなくなってしまうからね！　だがジョナサン、絶望してはいかん。奴がそれに気づくのは、遅すぎたのだ。もうひと箱を残して、木箱はすべて消毒してしまった。最後のひとつも、日没までには済んでしまうだろう。そうなれば奴は、もうどこに逃げも隠れもできなくなる。今朝、我々は万全を期して出発を遅らせた。我々のほうが、奴よりもよほど危険が多い。だったら、奴よりもよほど慎重にことを運ばねばならんだろう？　私の時計ではあれから一時間が経ったし、もし万事順調ならば、アーサーとクインシーは今ごろこちらへ向かっているころだろう。今日は、何としても勝たなくてはならん。たとえ回り道をしようとも確実に進み、チャンスを逃したりしてはいかん。忘れてはいかんよ！　ふたりが帰ってくれれば、我々は五人になるのだということを」

教授が話している途中でだしぬけに玄関からノックの音が響き渡り、僕たちは飛び上がった。電報配達の少年の、ダブル・ノックだ。ぱっと全員で玄関ホールに飛び出すと、教授が声をたてないよう片手をあげながら扉に近寄り、開いた。少年が電報を手渡した。教授は扉を閉めると宛名《あてな》を確認し、電報を開いて読み上げた。

「Dに用心。現在十二時四十五分、カーファックス屋敷を出ると急いで南へと向かいました。そちらに向かうかもしれず。ミーナ」

しばらくの静寂の後、ジョナサン・ハーカーが口を開いた。

「願ったり叶《かな》ったりだ。来るなら来てみろ！」

ヴァン・ヘルシング教授が彼のほうを振り向いた。

「時と道とは、神が示してくださる。恐れてはいけないが、そう浮かれてもいかん。浮き足立っては、それが失敗の元となることもある」

「この地上からあの化け物を消し去ることができるなら、それ以上望みません。この魂を売っても構わない！」

「落ち着け、落ち着きなさい！」教授が言った。「神はそのために人と魂の取引をしたりはせんよ。悪魔なら買うかもしれんが、悪魔は契約など守らん。だが神は慈悲深く、君の胸の痛みも、ミーナさんへの深い愛情もご存じだ。考えてごらん、君がそんなに自暴自棄になれば、ミーナさんの苦しみは二倍だ。我々は誰も恐れたりせず伯爵に立ち向かい、今日ですべてを終わりにする。決着のときは近い。今日ばかりはあの吸血鬼も人並みの力に成り下がり、夜が来るまで姿を変えることもできんだろう。ごらん、もう一時二十一分になるが奴はまだ姿を現さんだろう。どんなに急いでも、まだまだ辿《たど》り着けないのだよ。我々は、アーサー卿《きょう》とクインシーが先に到着するよう祈ろうではないか」

ハーカー夫人からの電報が届いてから三十分ほどすると、玄関のドアを叩《たた》く、小さいが確かなノックの音がした。誰でもするようなごくありきたりのノックだったが、私も教授も色めき立った。互いに顔を見合わせると、何があってもいいように、左手を対吸血鬼用の、右手を対人間用の武器にかけながら玄関ホールに出た。教授は閂《かんぬき》を抜くと扉を半分ほど開けて少し下がり、いつでも武器を抜くことができるよう両手を構えた。扉の外の石段にゴダルミング卿とクインシー・モリスの姿が見えた瞬間、きっと私たちの顔には安堵《あんど》が浮かんでいたことだろう。ふたりはさっと中に入って来て扉を閉めた。ゴダルミング卿は、そのまま歩み出ながら言った。

「万事順調だ。両屋敷でそれぞれ六個ずつ木箱を見つけた。すべて台無しだ！」

「台無し？」教授が訊《たず》ねた。

「奴にとって、という意味ですよ」

しばらくの沈黙が流れてから、クインシーが言った。

「今はここで待つ以外にありません。もし五時までに奴が現れなければ、出発すべきでしょう。ミーナさんをひとりきりにしておくのは得策ではないですからね」

「なあに、間もなくやって来るさ」教授は自分の手帳に視線を落としながら言った。「いいかね。ミーナさんの電報によると、奴はカーファックス屋敷から南へと向かったとのことだが、となればテムズ川を渡るはずだ。だが、一時すこし前に流れが緩くなってからではないと、渡ることはできない。奴が南に向かったというのは、我々には見逃せんことだ。あの男は、まだ念には念を入れているのだ。だからカーファックスからまずは、もっとも妨害される恐れの少ない場所へと向かったのだよ。恐らく君たちは、奴がバーモンジーに着く直前までそこにいたのだろう。まだここに姿を見せんということは、その次にマイルエンドへと向かったのに違いない。こうなると川を渡らねばならなくなるから、次はちょっと時間がかかるだろうな。だが、そうは言ってももうじきのことだぞ。この期を逃したりはできんから、しっかりと攻撃の準備をしておこう。さあ、今のうちだ。武器を準備しておけ！　さあ！」教授はそう言うと、警告するようにさっと手を挙げた。玄関の鍵《かぎ》をゆっくりと回す音が聞こえたのだ。

こうしたときでも、決まった男が人を引っ張ってゆくのだと思うと、私は妙な感慨を覚えずにはいられなかった。これまでクインシー・モリスとは世界のあちこちで他の仲間たちとともに狩りをしたりしてきたのだが、計画を立てるのはいつでもクインシーで、アーサーと私はそれに従い、守る役目だった。かつてのその関係性が、また舞い戻って来たかのようだった。クインシーはさっと周囲を見回すと頭の中で計画を練り、言葉を口にすることなく身振りだけで私たちを配置につかせたのである。扉についたのは、ヴァン・ヘルシング教授、ハーカー、私の三人だ。開いた扉を教授が守り、私とハーカーが奴と扉との間に立ちふさがる手はずである。ゴダルミングとクインシーのふたりは姿を隠し、いつでも窓の前に飛び出して行けるように身構えた。ゆっくりと、警戒するような足音が玄関ホールに響き渡った。伯爵は明らかに警戒しているか、少なくとも怯《おび》えているようだった。

と、突然伯爵がひと息に飛び出した。咄嗟《とっさ》のことで、私たちには止めようとすることすらできなかった。人というよりもまるでパンサーのようなその動きに、私たちは伯爵を目の前にしていることすらも、一瞬忘れてしまうほどだった。最初に飛び出したのはハーカーだ。さっと飛び出すと、屋敷の表側の部屋へと続くドアの前に立ちふさがったのだ。私たちの姿に気づくと、伯爵は長く鋭い歯を剝《む》き出しにして、いまいましそうに顔に皺《しわ》を寄せたが、すぐにライオンのように冷徹な表情へと戻った。だが、我々が揃って彼のほうへと進み出すと、その表情がまた一変した。私は、もっとよく作戦を練ることができなかったことを悔やんでいた。前に進むのはいいが、それからどうすればいいのかが分からないのだ。武器を持ってこそいても、それが本当に使い物になるのかすらも分からない。だがハーカーはそれを確かめようと思い立ったのか、大きなククリ・ナイフを抜くと、それを振り上げながら伯爵へと飛びかかっていったのだ。強烈な一撃だったが、伯爵はぱっと飛びのいてそれをかわした。ほんの一瞬遅ければ、その鋭い刃に心臓を貫かれていたに違いない。ナイフに切り裂かれた伯爵の上着から、札束と金貨が床にこぼれ落ちた。伯爵は、もの凄《すご》い形相でハーカーを睨《にら》みつけた。ハーカーは次の一撃を振り上げていたのだが、彼のほうがむしろ心配になるほどだった。私は思わず、左手に十字架と聖餅とを握りしめて掲げながら、彼を守ろうと足を踏み出していた。その腕に、ものすごい力が湧いてくるのを感じた。私たちひとりひとりが同じようににじり寄って行ったのだから、あの怪物がたじろいだのも無理はない。伯爵の顔に浮かんだ憎悪と困惑、そして怒りと憤怒の表情とは、とても言葉で言い表せはしない。真っ赤に燃えるような瞳《ひとみ》とは裏腹に、蒼白《あおじろ》かったその顔は黄緑色に変わり、額の赤い傷痕《きずあと》はまるで血を流しているかのように鮮やかに際立った。次の瞬間、伯爵はハーカーの一撃をすり抜けると床に落ちていた金貨を摑《つか》み上げ、ホールを駆け抜けて窓めがけて飛び込んだ。降りそそぐガラス片を浴びるようにしながら、奴は外の敷石の上に倒れた。ガラスの音に紛れて、敷石の上にソブリン金貨の落ちる音が聞こえた。窓に駆け寄ると、無傷の伯爵が地面から起き上がっているところだった。伯爵は階段を駆け上がって石敷きの庭を突っ切ると馬小屋のドアを押し開け、こちらを振り向いた。

「肉屋の羊のように蒼っちろい顔を並べおって、余の邪魔立てができるとでも思っておるのか。ひとり残さず思い知らせてやるぞ！　余の隠れ家を根絶やしにしたつもりだろうが、まだ残っておる。余の復讐《ふくしゅう》はまだ始まったばかりなのだ！　こちらは時間などいくらでもあるのだから、何世紀かけても成し遂げてみせるぞ。貴様らの女どもなど、もうひとり残らず余のものだ。その女どもがおれば、貴様らもひとり残らず余のものになる。余のために働き餌をねだる、忠実な下僕となるのだ。思い知るがいい！」

伯爵は冷たい笑みを浮かべると、さっと馬小屋の中へと身を躍らせた。閉まったドアの向こうで、さびついた閂のかかる音がした。馬小屋の中から、さらに別のドアが開き、閉じる音が響いた。そこまで追いかけて行くのは難しかったので、私たちはふたたび玄関ホールへと歩き出した。教授が口を開いた。

「これは大収穫だぞ。ああ言って吠《ほ》えてはいても、奴は我々を恐れておるのだ。時間と、そして自分の弱点とをな！　そうでなければ、ああも慌てたりはすまい。あの声の様子を君たちも聴いたろう。しかし、なぜわざわざ金を拾って行ったのだろうな？　さあ、急げ。君らは野獣の狩猟家なのだから、分かるだろう。私は、奴が戻って来てもいいように、奴に役立つものが残っていないよう確かめてくるとしよう」

教授はそう言うと残されていた金貨を拾ってポケットにしまい込んだ。それからハーカーが持って来た権利証書もしまうと、残りのものはすべて暖炉へと放り込み、マッチで火をつけた。

ゴダルミングとモリスはもう中庭へと飛び出しており、それを追うようにハーカーも窓をくぐり抜けて出て行った。だが、ようやく伯爵が門をかけたドアを押し開けて中へと入ってみると、もう奴の姿はどこにも見当たらなかった。ヴァン・ヘルシング教授と私は屋敷の裏手へと出てみたが、伯爵の姿も、奴を目撃した者も、誰も見つからなかった。

もう午後も遅く、日没までそう時間がなかった。教授の言葉に気は重かったが、そろそろ潮時だった。

「さあ、ミーナさんのところへ帰るとしよう。今できることはすべてやったし、後は彼女のことを守らねばな。なに、がっかりすることはない。あとひとつ木箱を見つけ出して壊してしまえばいいのだからね。それさえ達成してしまえば、万事上手《うま》くいくのだ」

教授は、ハーカーを元気づけるよう、できる限り勇ましくそう言った。ハーカーはがっくりと肩を落とし、ときおり堪《こら》えきれぬうめき声を漏らしていた。妻のことが頭を離れないのだ。

　意気消沈して帰ると、ハーカー夫人は明るく出迎えてくれた。何と健気《けなげ》で、何と思いやりのある人なのだろう。彼女は私たちの様子に気づくと顔を蒼ざめさせ、まるで声に出さずに祈るかのように、少しの間目を閉じた。そして、元気そうな声で言った。

「皆さんにはお礼の言葉もありませんわ。ああ、あなた！」彼女はそう言うと夫の白髪頭を両手で抱え、キスをした。「さあ、もう気を楽にしていいのよ。何もかも無事に終わるんだもの。ご意志に背かなければ、神様はきっと守ってくださるわ」

　ハーカーがまたうめいた。あまりの苦しみに、言葉も出ないのだ。

　食事は適当なものだったが、皆、食べながら顔が明るくなってゆくのが分かった。朝食以来なにも食べていなかったので、単純に食事によって体が温まっただけなのかもしれないし、もしかしたら、連帯感のせいでそう感じたのかもしれない。ともあれ我々は先ほどよりも明るい気持ちになり、明日への希望の光も感じはじめていたのだった。私たちは約束通り、これまでのことをすべてハーカー夫人に打ち明けた。彼女は、ときには夫の危機に顔色を失い、ときには我々が見せる彼女への献身に頰を赤らめながら、何も言わずに気持ちを堪えてそれを聞いていた。やがて、果敢にもハーカーが伯爵に飛びかかった話になると、彼女は夫をすべての害悪から守ろうとでもいうかのように、きつくその腕にしがみついた。そして、すっかり話が終わってしまうまで、じっと黙って耳を傾けていたのだった。話が終わると、彼女は夫の手を取ったまま立ち上がった。あのときの、若さと力とに満ちた美しい彼女の姿を、どう言葉にすればいいのだろう。私たちもよく知るあの額の傷痕を受け入れた彼女の姿を。憎悪にたぎる我々の胸を照らす彼女の優しさ。我々の恐れと疑念とを清めてくれる彼女の信頼。だが、それほどまでに善良で、清純で、そして純真である彼女が神から見放されてしまった確かな印が、その額に刻まれてしまっているのだ。

「ジョナサン」彼女が口を開くと、愛情と優しさとを帯びた声が音楽のように唇の隙間から漏れ出した。「ジョナサン、そして信頼する皆さん。こんなときではありますが、お耳に入れたいことがあるのです。皆さんが戦わなくてはならないことは分かっております。変わり果てたルーシーを滅ぼし、真の彼女を取り戻して下さったあのときのように。ですが、それは憎しみの戦いではないのです。このすべての悲劇の源となった哀れな魂こそ、もっとも悲しい存在なのです。彼の邪悪な部分が同じように滅ぼされ、善なる心が永遠の命を授かったとしたならば、それが彼にとってどれほどの喜びとなるのか想像なさってください。たとえ討ち滅ぼす運命にあろうとも、憐《あわ》れみを忘れずにいて頂きたいのです」

彼女の話を聞きながらハーカーに目をやると、彼はまるで押し殺した感情とともに固まってしまったかのように、暗く顔を引きつらせていた。夫人は知らず知らず、彼の手が白くなるほど強く握りしめていた。きっとつらくてたまらなかったのだと思うがそんな顔はちらりとも見せず、かつてないほどに強く訴えるような眼差《まなざ》しをハーカーへと向けた。彼は乱暴に立ち上がると、振り払うように妻から手を離した。

「神よ、どうかこの地上からあの化け物を葬り去ることができるよう、我が手に力を与えたまえ。燃えさかる地獄の業火に永遠に突き落とせるのならば、喜んでそうしよう！」

「ジョナサン、どうかそんなことを言わないで。恐ろしくてどうにかなってしまいそうよ。今日ずっと考えていたの……もしかしたら……いつか……私も同じように憐れんでもらわなくてはいけなくなるのではないかと。なのに怒りに燃えれば、人は私にそんなことをしてくれないのではないかと！　ああ、ジョナサン……もし他に方法があるのなら、あなたにそんな思いをさせたりはしないのに。どうかあなたが口にした乱暴な言葉を、ただの悲しみに暮れた男の嘆きだと神様が受け止めてくださいますように。神様、どうか彼の白髪をご覧になり、苦しんでいるのをお分かりください。この人はずっと善良に暮らしてきたというのに、堪え難い悲しみにさいなまれているのです」

　その様子に、私たちは皆、涙を流していた。隠そうとすらせず、泣いていた。夫人もまた、自分の心の声が届いたのを知って目に涙を浮かべた。ハーカーはぱっと床にひざまずくと彼女の体に腕を回し、ドレスのひだの中に顔を埋《うず》めた。教授が、今はふたりだけにしておこうと、私たちにそっと声をかけた。

　教授はふたりの部屋に吸血鬼除《よ》けを施すと、今夜はこれでゆっくり眠れるさと、ハーカー夫人を慰めた。彼女もそう信じるそぶりを見せたが、安心したような顔をしていたのは、明らかに夫を気遣ってのことだと思う。彼女の勇敢さと健気さは、いずれきっと報われることだろう。教授は何かあったら鳴らすようにと、ふたりにベルを手渡した。ふたりが自室へと上がってゆくと、クインシー、ゴダルミング、そして私の三人は、彼女を守るために順番に寝ずの見張りをしようと決めた。最初はクインシーが立つことになったので、ゴダルミングと私はすぐに仮眠を取らなくてはならない。二番手のゴダルミングは、もうベッドに入っている。私もここまでにして、そろそろ寝るとしよう。

ジョナサン・ハーカーの日記

十月三日から四日、午前零時ごろ

昨日は、終わりなどもう来ないのではないかと思うほど長い一日だった。眠り、そして目が覚めれば何かが変わっているのではないか、何かよい方向へ変わっているのではないかと思い、眠ってしまいたくてたまらなかった。解散する前に次に何をすべきか話し合ったのだが、結論は何も出なかった。分かっているのは、残された木箱はあとひとつだということ、そして行き先を知っているのは伯爵ひとりだということだけだ。伯爵が隠してしまおうとすれば、何年でも僕たちの目をごまかすことができるだろう。その間に――！　その先は、恐ろしくて考えたくもない。確かなことは、もし世界中に完璧《かんぺき》な女性というものが存在するのだとすれば、それは僕の可哀想なミーナしかいないということだ。昨夜の彼女が見せたあの憐れみの心で僕の愛情は千倍にも膨れあがり、今は、伯爵を憎悪する自分の気持ちが卑劣なものに感じられる。そんな彼女を失い、世界を悲しき場所にしてしまうようなことを、神がお許しになるはずがない。それが僕の心の支えだ。今僕たちはみな暗礁へと流されており、信仰だけが碇《いかり》になっている。神よ！　ミーナは夢も見ず、ひたすらぐっすりと眠っている。あんな恐ろしい思いをし彼女が見る夢は、いったいどれほど恐ろしい夢だろうか。彼女は、日が落ち始めてからずっと落ち着きを失っていた。だが、ふと三月の嵐の後に春が訪れたかのように、しばらく穏やかな顔を見せた。そのときは、赤い夕陽が彼女の表情を和らげたのかと思っていたが、今にして思うと、それだけではなかったような気がしてならない。死にそうなほどに疲れ果てているが、どうしても眠くならない。だが、眠ろうとしなくては。僕には考えるべき明日があり、すべてが終わるそのときまで心が安まることなどありはしないのだ……。

その後

いつの間にかすっかり眠り込んでいたのか、ぱっと目を覚ましてみるとミーナは張り詰めた顔をしてベッドの上に体を起こしていた。明かりをつけたままにしていたので、彼女の姿はよく見えた。ミーナは僕の口元を手のひらで覆うと、耳元で囁《ささや》いた。

「しっ！　廊下に誰かいるわ！」

僕は音を立てないように起き上がると、そっとドアに歩み寄り、ゆっくりと開けた。廊下では、モリスがマットレスの上で横になっていた。眠ってはいなかった。彼は僕を止《とど》めるように手を挙げると、小声で言った。

「声を出すな！　心配ないから、部屋に戻るんだ。ここは常に誰かが見張っているから大丈夫だ。なに、ぬかりはないさ」

有無を言わさないその様子を見て、僕は部屋に戻ってこのことをミーナに伝えた。ミーナはため息をついて蒼白い顔に笑みを浮かべると、僕をそっと抱きしめて優しい声で言った。

「ああ、何て勇敢な方々なんでしょう！」彼女はそう言うともうひとつため息をつき、また眠りへと落ちていった。僕もまた眠らなくてはいけないが、眠くないのでこれを書いている。

十月四日　朝

朝が来る前にまた、ミーナに起こされた。今度はふたりともぐっすりと眠っていた。夜明けが近づき窓はくっきりと四角く浮かび上がり、赤い円盤のようだったガス灯の光も、小さな点へと変わっていた。ミーナが、張り詰めた声で言った。

「教授を呼んできて欲しい。今すぐ話がしたいのよ」

「どうしたんだい？」

「ひらめいたことがあるのよ。たぶん夜ぐらいから頭にあったんだと思うのだけど、今分かったの。朝が来るまえに、教授に催眠術をかけてほしいのよ。たぶんそうしたら、何もかも話すことができるようになるんじゃないかと思う。さあ、もう夜が明けてしまうわ。急いで」

僕が言われるままに廊下に出ると、マットレスの上で休んでいたセワード先生がぱっと飛び起きた。

「何かあったのか？」驚いたような顔で、彼が言った。

「いや、でもミーナが今すぐにヴァン・ヘルシング教授に会いたいと言ってるんだ」

「私が呼んで来よう」彼はそう言うと、教授の部屋のほうへと駆けて行った。

数分後にはガウン姿の教授が僕たちの部屋に来ており、モリス、ゴダルミング卿《きょう》はドアの外でセワード先生にあれこれと訊《たず》ねていた。教授はミーナの顔を見ると、それまで浮かべていた心配げな表情を消して笑顔を浮かべ、両手を擦り合わせた。

「おお、ミーナさん、すっかり見違えたな！　ごらん、ジョナサン。これぞ愛すべき、古き良きミーナさんの姿じゃないか！」教授はそう言って彼女のほうを向くと、嬉《うれ》しそうに言った。「さて、ご用は何かな？　こんな時間に、用もなく私を呼んだりはすまい」

「催眠術をかけて欲しいんです！」彼女が言った。「夜明け前にそうしていただけたら、何もかも自由にお話できると思うんです。さあ、早くしないと日が昇ってしまいます！」

教授は言葉を口にすることなく、ベッドの上に座るよう彼女に促した。そして、頭の先から下まで、彼女の前で手をゆらゆらと動かしはじめた。ミーナはじっと教授を見つめていた。僕は、何か大変なことが起こりそうな予感がして、心臓が早鐘のように打っていた。ゆっくりとミーナの瞳《ひとみ》が閉じ、座ったままじっと動かなくなってゆく。静かに上下する胸だけが、彼女が生きている印だった。教授は額に大粒の汗を浮かべながらまた何度か手を揺り動かしてから、動きを止めた。ミーナが目を開いた。だが、僕の知っているミーナとは思えなかった。瞳はどこか遠くでも見ているかのようだったし、僕には聞き覚えがないような、虚《うつ》ろで悲しげな声だった。教授は声を立てないよう手を挙げると、外の三人を呼んでくるよう身振りで伝えた。三人は足音を忍ばせて部屋に入って来るとそっとドアを閉め、ベッドの足下から様子を見守った。ミーナには、三人の姿も見えていないようだった。教授が、ミーナの意識を覚まさないよう低い声で静寂を破った。

「自分がどこにいるか分かるかね？」

「分かりません」ミーナがぼんやりとした無表情な声で答えた。「眠りとは、どこかの場所に存在するものではありませんから」

それから数分間、誰も、ひとことも口をきかなかった。身動きひとつせずミーナは座っており、教授がそれをじっと見つめていた。僕たちは、息をするのすら忘れてしまいそうだった。部屋が明るくなってきていた。教授はミーナの顔から目を離さないまま、ブラインドを開けるよう僕に手で合図をした。言われたとおりにすると、真っ赤な朝日が部屋の中に入り込み、周囲を薔薇色《ばらいろ》に染め上げた。教授が、また口を開いた。

「さあ、今はどこにいるか分かるかね？」

　またミーナがぼんやりとしたが、今度は声に表情があった。まるで、何かを理解しようとしている声なのだ。自分でつけた速記のノートを読むときに、彼女はいつもあんな声になる。

「分かりません。何だか訳が分からなくて！」

「何が見えているのか言ってごらん」

「何も見えません。真っ暗なんです」

「何か聞こえるかね？」静かな教授の声に、緊張が漂っていた。

「打ち寄せる水の音が聞こえます。ごぼごぼと言っていて、小さな波音もしています」

「それは船の上かな？」

　僕たちは、自分だけ意味が分かっていないのではないかと不安になり、互いに顔を見合わせた。とにかく不安だった。ミーナがすぐに答えた。

「ああ、そうですわ！」

「他に物音が聞こえるかね？」

「頭の上で、どすどすと人が走り回っている音がします。鎖がじゃらじゃらと鳴る音と、巻き上げ機の歯車が歯止めにはまる大きな音がします」

「君はそこで、何をしているのかね？」

「私はただじっと――じっとしています。死んでいるみたいに！」ミーナの声は徐々に小さくなり、まるで眠っているような深い呼吸へと変わっていった。彼女が目を閉じた。

いつの間にか太陽がすっかり昇り、部屋には朝日が満ちていた。ヴァン・ヘルシング教授はミーナの両肩にそっと手を置くと、ゆっくりと彼女の身を横たえ、枕に頭を乗せた。彼女はしばらく眠っている子供みたいにじっとしていたが、やがて長いため息をついてから目を覚ますと、周囲の僕たちを驚いたような顔で眺め回した。

「憶《おぼ》えていませんが、何か話したでしょうか？」彼女が言った。

だが、何を言ったかまでは憶えていなくても、彼女にはどんなことが起こったのか分かっているようだった。教授が会話の内容を伝えると、彼女が言った。

「では、一刻の猶予もなりませんわ。手遅れになってはいけない！」

モリスとゴダルミング卿がドアへと駆けだしたが、教授が背後からそれを呼び止めた。

「ふたりとも、落ち着くんだ。船がどこにあるかは分からんが、ミーナさんの話からすると、碇《いかり》を揚げておるようだ。ロンドンの巨大な港で今この瞬間、いったい何艘《そう》の船が碇を揚げていると思うかね？　その中から、たった一艘の船を見つけることなどできると思うかね？　先行きはどうあれ、新たな手がかりが見つかったことを今は感謝しようではないか。どうやら我々は何も見えていなかったようだ。ありがちな話ではあるが、人は後になって振り返り、そこで『なぜあのときは分からなかったのだ』と思うものなのだよ！　あのときは意味不明に聞こえたが、伯爵の言葉の意味を考えてごらん。ジョナサンのナイフをかいくぐるような危険をおかしてまで、なぜ奴めは金貨を拾ったのだと思うかね？　逃げるつもりだったのだ。そう、逃げるつもりなのだよ！　隠れ家をひとつ残して破壊され、なおも男どもに付け狙われているこのロンドンになど、もういられなかったのだ。その最後の木箱とともに奴は船に乗り、イギリスを離れようとしているのだ。だが、逃がしなどするものか！　追いかけるぞ。あのずる賢い古狐を、我々も抜け目なく追いかけてやるのだ。私もずる賢く、奴の考えを読んでやろうじゃないか。だが今はまず、休息を取るとしよう。奴と我々の間には海原が広がっておるが、奴には渡ろうにも渡ることなどできはせん――船が陸に寄せていて、しかも満潮か干潮かでなければな。ごらん、太陽はもうすっかり昇り、日没までは我々の時間だ。風呂《ふろ》を浴び、服を着替え、みんなで朝食を摂《と》って腹を満たそう。奴がいないイギリスで食べる朝食は、この上なく美味だぞ」

ミーナは訴えるような目で教授の顔を見つめた。

「ですが、逃げてゆくのをなぜわざわざ追いかけなくてはいけないのです？」

教授は彼女の手を取ると、優しく叩《たた》いた。

「質問は後にしよう。朝食が終わったら、どんな質問にも答えるよ」教授はそれだけ言うと話を切り上げ、僕たちは着替えるためにそれぞれの部屋に戻った。

朝食後、ミーナがまた同じ質問をした。教授は一分ほどじっとミーナの顔を見つめると、悲痛な声で言った。

「ミーナさん、我々は今だからこそ、奴を地獄の果てまでだろうと追いかけなくてはならんのです！」

ミーナは顔色を失い、消え入りそうな声で言った。

「なぜですの？」

「それはだな」教授が険しい顔で言った。「奴は何世紀でも生きることができるが、君がただの人間だからだよ。君の首にその傷痕《きずあと》が刻まれてしまった以上、我々は時間を無駄になどできないのだ」

意識を失って前のめりに倒れかけたミーナを、僕はすんでのところで受け止めた。

第二十四章

セワード医師の蓄音機により記録された、ヴァン・ヘルシング博士の日記

ジョナサンへ

　君は、ミーナさんと一緒に残ってくれ。捜索には我々だけで出かけよう。事実確認に行くだけだから、捜索というよりも調査というほうが適切かもしれんがね。ともあれ、今日はここに残ってミーナさんをよろしく頼む。君にとってはこれ以上に重要な仕事などないだろう。今日伯爵が現れるようなことは、まずあり得ない。他の三人にはもう話したことだが、君にも今話しておくとしよう。伯爵は、トランシルヴァニアの城へと逃げ帰って行ったのだ。大きな炎の手が壁にそう書いたのと同じくらい、これははっきりしている。奴はすっかり準備を整え、最後の木箱をいつでも船に積み込めるようにしておいたのだよ。だからこそ、あんなに必死に金貨を拾ったのだし、日没前に捕まらんようあんなにも急いでいたのだ。あの木箱こそ、伯爵にとっては最後の望みなのだからな。元はといえば、同類となった哀れなルーシーの墓に身を隠そうという狙いもあったのだろうが、それももう叶《かな》わん。そこで奴は、さっさと最後の砦《とりで》へと向かうことにしたわけ

だ。何とも何とも、賢い男ではないか！　ロンドン進出に失敗したと見るや、すぐさま引き返してゆくのだからな。やって来たときに乗り込んだ船を探し出すと、奴はそれに乗り込んだ。これから我々は、どこへ向かうどんな船に乗ったのかを調べに出かけるが、判明し次第ここに戻って来て、君にも伝えるとしよう。君たち夫婦も、きっとそれを聞けば心が安らぐだろう。少なくともすべてを失ってはいないのだということは、希望になり得るのだからね。奴はロンドン進出まで何百年とかけたが、我々は手際よく、たった一日で追い払うことができた。確かに伯爵は強大で、恐ろしい存在ではあるが、それでも完全無欠というわけではない。我々ひとりひとりの力も侮れんし、ひとつにまとまれば百人力だ。君は元気を出し、ミーナさんを支えてやりなさい。戦いはまだ始まったばかりだが、我々はきっと勝利する。神も高みから、子らの活躍を安心してご覧になっておられるだろうよ。だから心安らかに、私たちの帰りを待っていなさい。

ヴァン・ヘルシング

ジョナサン・ハーカーの日記

十月四日

蓄音機に残されていた教授からの伝言を伝えると、ミーナはぱっと顔を輝かせた。もうこの国に伯爵がいないのだという気持ちが彼女の安らぎとなり、その安らぎが力となってくれたのだ。僕はというと、目の前の危機が過ぎ去ったことで、まるですべてが幻だったかのような気持ちになっている。ドラキュラ城でのあの恐ろしい経験すら、遥《はる》か昔の夢だったのではないかという気がするのだ。こうして心地よい秋の空気を吸い込み、明るい陽の光を浴びていると――。

いや、だめだ！　夢であったりなどするものか！　ふと、妻の白い額についた真っ赤な傷痕が目に留まる。この傷痕がある限り、あれは夢などでは決してないのだ。この傷痕の記憶は、後々まではっきりと残り続けてゆくのだ。ミーナも僕ものんびりとしているような気持ちになれず、何度も何度も日記を読み返している。すると、現実味がぐいぐいと増してゆく一方、不思議と苦悩と恐怖とは薄らいでゆくのだった。一連のできごとを繋《つな》いでいる強い導きのようなものを感じ、心が鎮まるのだ。ミーナは、きっと僕たちは大いなる善の担い手なのだという。もしかしたら、そうなのかもしれない。僕も、そのように捉《とら》えてみるようにしよう。今後のことについては、ふたりとも何も話そうとはしない。まずは教授やみんなの報告を待たなくては。

一日は、こんなにも早いものかというくらい、あっという間に過ぎてゆく。もう午後三時だ。

ミーナ・ハーカーの日記

十月五日　午後五時

集合して報告会を行う。出席者：ヴァン・ヘルシング教授、ゴダルミング卿《きょう》、セワード先生、クインシー・モリス氏、ジョナサン・ハーカー氏、ミーナ・ハーカー氏。

ドラキュラ伯爵の搭乗した船舶およびその逃亡経路の調査について、ヴァン・ヘルシング教授が説明を行った。

「奴はトランシルヴァニアへと帰ろうとしているわけだから、ドナウ川河口か、イギリス上陸時に通過してきた黒海沿岸の港のどれかに立ち寄るはずだと私は思っていた。ともあれ、どこから手を着ければよいかも分からんような有様だ。だが『心惹きつけるは《オムニ・イグノフム・》未知なる物なり《プロ・マグニフィコ》』という言葉もある。我々は重い心を引きずりながらも、昨夜黒海を目指して出航した船から探してみることにした。ミーナさんの催眠術で分かったことからも、伯爵が帆船に乗り込んでいるのは明らかだ。その手の船はタイムズ紙の船舶リストに載るほどの重要船舶でもないので、我々はゴダルミング卿の提案に従いロイズ船舶協会へと出向くことにした。あそこならば、どんな小さな船だろうと出港したすべての船舶が記録されているからだ。調べてみると、黒海へと向けて出港した船はたったの一隻しかないということが判明した。ザリーナ・キャサリン号という船で、ドリトル埠頭《ふとう》からヴァルナへと向かい、さらに他の港へと寄港してからドナウ川を上ってゆくらしい。

『これだ！　伯爵はこの船に乗っているに違いない』思わずそう口に出た。そこでドリトル埠頭へと駆け付けてみたのだが、そこには小さな木造事務所が立っているばかりで、中に入ってみると、事務所よりも大きいのではないかというほどの大男がひとり座っていた。ザリーナ・キャサリン号の航路について訊《たず》ねてみた。すると彼は顔を真っ赤にしてぶつぶつ言い出した。だが、悪い男というわけではない。クインシーがポケットから何やら取り出して手渡すと、彼はそれをちゃらちゃらと鳴らして上着の内から取り出した小袋にしまい込み、すっかりにこやかで親切な男に変貌《へんぼう》したのだ。彼は我々について来ると、色んな人物に質問して回るのを手伝ってくれた。出会う連中は誰も彼も荒くれ者ばかりだったが、喉《のど》を潤してやるとひとり残らず好人物になった。やたらと口汚い罵《ののし》り言葉を使う男どもばかりではあったが、何はともあれ、こちらが知りたいことは何もかも教えてくれた。

特に注目したいのは、昨日午後五時頃に大急ぎでやって来たという、ひとりの男のことだ。背が高く、やせ形で顔色が悪く、高い鼻と真っ白い歯、そして燃えるような瞳《ひとみ》の持ち主であるとのこと。服装は全身黒ずくめで、流行遅れの麦わら帽をかぶっていたらしい。男は、金をばらまくようにしながら、黒海へ向かう船があるか、その船の行き先はどこかと訊《き》いて回った。ある労働者が彼を事務所へと連れて行き、それから船へと案内したのだが、男は甲板に上がろうとはせずに立ち止まると、船長に降りて来るよう言った。船長は、金ならたんまり払うと聞くと船から降りて来て、当初こそさんざんぶつくさ言っていたものの、最終的には男の出した条件を飲んだ。男はその場を立ち去ると誰かから馬と荷馬車とを借りられる場所を訊きだし、間もなく自ら手綱を握りしめ、大きな箱を積んだ馬車で戻って来た。そして自力でこれを馬車から降ろした後、数人がかりで船荷用のトロッコに積み込んだということだ。箱の置き場所については、保管法から置き場所まで船長に事細かな注文をつけた。船長はこれが気に喰《く》わず数ヵ国語であれこれと悪態をついた後、それでは自分の目で箱の積み場を確かめるといいと男に伝えた。だが男は、他にまだやらねばならないことがあれこれあるから、それはできないと言った。船長は、潮が変わる前に出港しなくてはならんからできるだけ急げと男に伝えた。痩《や》せた男は笑みを浮かべると、事情は分かるがそんなに急いで出港せねばならんのかね、と船長に言った。船長がまた外国語を交えてぶつくさ言うと、男は彼に頭を下げて礼を述べ、ご厚意に甘えて早めに搭乗させてもらいたいと言った。これを聞いた船長はさらに顔を真っ赤にすると、だからフランス人を乗せるのなどまっぴらごめんなんだと、さらに新たな外国語まで交えて悪態をついた。男は、近くで船伝票が買えるところはないかと訊ね、その場を立ち去った。

誰も男の行き先を知らなかったし、とにかく忙しかったので、気にも留めなかった。というのもその直後に、ザリーナ・キャサリン号が予定通りに出航できないことが判明してしまったからだ。川から霧がもうもうと湧き上がってきたかと思うと、それがどんどん濃くなって船の周囲をすっかり取り巻いてしまったのである。船長はあらゆる言語を使って言葉の限り呪いの言葉を吐いたが、霧はどうにもならなかった。水位はみるみる上がり、船長は潮を逃してしまうのではないかと焦りはじめた。そしてすっかり満潮になって機嫌を損ねたころに先ほどの痩せた男がタラップのところに戻ってきて、箱の保管場所を見せてもらえないかと訊ねた。船長は、箱と一緒にとっとと地獄へでも堕《お》ちまえと言い返した。だが男は腹も立てずに航海士とともに船倉へと降りると、箱の所在を確かめてから甲板に戻り、霧の中に立ち尽くした。いつの間にか姿を消していたところからすると、ひとりで船を下りたのに違いない。船員たちは気にも留めなかった。間もなく霧が晴れ始め、視界が澄んできたのだ。荒くれ者の労働者たちは大笑いをしながら、そのときの様子を語った。船長がなおさらいろんな言語を持ち出して呪いの言葉を吐いたことや、テムズ川を往来する他の船長たちの話から、波止場以外では霧が出ていなかったことを知ったときの呆気《あっけ》に取られた船長の様子などを、さもおかしそうに話してくれたのだ。ともあれ彼らが言うには、船は引き潮に乗って出航し、朝には河口辺りに差し掛かり、今ごろは海の上だろうということだ。

そんなわけで今ごろ我らが仇敵《きゅうてき》は海上におり、霧を操りながらドナウ川の河口を目指しているのだから、今はミーナさん、とにかくゆっくり休むのがいい。船というものはスピードも出ないし、とにかく海路は時間がかかる。陸路を使って追いかければ、我々も十分間に合うさ。理想を言えば、日がまだ出ており、伯爵が箱の中に閉じこもっているうちに追いつきたいものだな。それなら何の抵抗をされることもなく、こちらの思い通りに対峙《たいじ》することができる。まずは数日かけて、じっくりと計画を練ることだ。奴の行き先は、もう間違いない。船主に会って、請求書や関連書類をすべて見せて貰《もら》ってきたからね。我々が追い求めている木箱はヴァルナにて船から降ろされて、信任状を携えた代理人に受け渡される手はずになっている。そこで、ザリーナ・キャサリン号はお役御免というわけだ。船主は、何か問題があるのならば電報を打って、ヴァルナにて立ち入り検査を行わせると言ったが、そういうことではないと伝えておいた。この問題は、警察や税関の出る幕ではないからね。我々が、我々なりの方法で決着をつけねばならん」

教授が話し終わると私は、伯爵が船に残っているのは確かなのか訊ねてみました。教授は「それなら証拠がある。今朝、催眠状態にある君の口からそう聞いたからね」私はもう一度、どうしても伯爵を追って行かなくてはいけないのかと訊きました。皆さんが行けばジョナサンも付いて行ってしまうに違いありませんが、あの人が行ってしまうと思うと、怖くてたまらないのです。教授は静かな声でそれに答えだしましたが、話すにつれて徐々に声は熱を帯び、強まっていきました。その様子を見ているだけで、彼をこんなにも長くにわたり高名な教授たらしめているものが何なのか、分かるような気がしました。

「そう、何としても——何としても——何としても追わなくてはだめだ！　まず第一に君のため、そして次に全人類のために。この怪物は、ぱっとやって来たかと思うと、まだ手探りで右も左も怪しいくらいだというのに、わずかの間にとんでもない被害をもたらしていきおった。ミーナさん、他の連中にはもう話したが、君にも説明しておこう。ジョンの蓄音機の記録か、ジョナサンの日記を見れば分かるとは思うがね。あの伯爵は、不毛の地——人びとのいない不毛の地——を捨てて、豊作の麦畑のごとく人びとの命に溢《あふ》れた新たな国へ移ろうと、もう何世紀にもわたり策謀を巡らせてきた。奴のようなアンデッドがまた現れて同じことをしようと思ったところで、過去にも未来にも、やってのけることなどできないだろう。伯爵にはオカルト的な、深遠なる強い力が何か働いたのに違いない。奴がアンデッドとして数世紀の間生き長らえてきたあの土地は、地質学的な、そして科学的な謎めきに満ちておる。どこへ通じておるかも分からぬ洞窟《どうくつ》や裂け目が地表に口を開け、火山からは今もなお得体の知れぬ液体や、人を死に至らしめたり、逆に活性化させたりするガスが噴出している。そうした超自然的な力と磁力やら電気やらが合わさり、オカルト的な力となってそこに生きる生命体に何らかの不思議を起こしているのに違いない。遥《はる》か昔、激しい戦火に包まれた時代、伯爵は鋼鉄の神経と緻密《ちみつ》な頭脳、そして勇敢な心の持ち主として、抜きん出た名声を得ていた。人の持つ根本的な性質が、何か妙な形で発達していたのだ。肉体はより強靭《きょうじん》に逞《たくま》しくなり、脳も成長したのだ。これは、今の奴が持つ悪しき力とは無縁のものだ。悪しき力とは、善から生まれ出る力の前では無力なものだからね。だが、今の伯爵は別人だ。奴は君を穢《けが》しおった——おお、こんなことを口にして許してほしいが、言わねばならん。君のためを思えばこそ。奴は君のことを穢してしまった。それゆえ、これ以上奴が君に何の手出しをしなくとも、人が皆そうであるように、神の思し召《おぼ》しのままにやがて君が死を迎えれば、君は奴のようになってしまうのだよ。とても許せることではない！　だから我々は、絶対にそんなことはさせんと誓い合ったのだ。神は、子らが死に絶え怪物のはびこる世界など望んではおらん。その存在自体が神への冒瀆《ぼうとく》となる怪物どもの世界など。我々は神の名の下にすでにひとつの魂を救済し、今、いにしえの十字軍のようにさらなる魂を救いに行こうとしているのだ。彼らのように我らもまた日の出へと向かわねばならん。そして彼らのように、倒れるときには正しき使命の下に倒れるのだ」

教授が言葉を止めたので、私は言いました。

「ですが伯爵も馬鹿ではないでしょう。イギリスでしくじったのですから、もうイギリスには来るまいと思うのではないでしょうか。村から追い立てられた虎がもう戻らないように」

「なるほど、虎とは上手《うま》い喩《たと》えだね。私も虎になぞらえるとしよう。インドでは人の血をひとたび味わった虎は人喰《ひとく》い虎と呼ばれるが、そうなるともう他の獲物などには目もくれず、人間ばかりを付け狙うようになるのだそうだよ。我々が村から追い立てたあの人喰い虎も、人を付け狙うのをやめんだろう。いつまでも大人しく引っ込んでいるようなことは、ありえんのだ。奴は生前、まだ人間だったころ、トルコ国境にて敵を迎え撃ち、撃退されてしまった。だが、大人しくなどしておらん。そう、何度も、何度も、何度も出撃を繰り返したのだ。何とも粘り強く、忍耐強い男だよ。その子供の脳で、奴は遥か昔から大都市への進出を企て、やがてもっとも自分の狙いに適《かな》った街を見つけ出したのだ。そして、着々と上陸に向けての準備を進めた。自分の力とは何か、自分の能力とは何かをじっくりと見極め、新たな言語を学び、新たな社会生活の形を学び、新たな世界の風習を、政治を、法律を、金融を、科学を学んだ。そして、新たな国の生き方や人びとの姿を学んだ。そうして学んだことを実際に目にしてみると、奴は喰らいたくて喰らいたくてたまらなくなってきた。それだけじゃない、自分の思い描いていたこの国の姿と現実の姿とを見比べながら、脳みそが成長しおったのだ。奴はこれをたったひとりで成し遂げたのだ、たったひとりで！　忘れられし国の墓穴の中からね。自由に羽ばたける世界が目の前に広がっているというのに、奴がこれ以上何もせず、黙って大人しくなどしていると思うかね？　我々の知る限り、奴は死を目の前にして口元に笑みを浮かべ、万人を死に至らしめる病に囲まれてもまるで平然としておる。ああ、もしあの男が悪魔からではなく神からの申し子なのであったなら、どれだけの善をこの世界にもたらすことができたろう。だが、我々はこの世界に自由を取り戻すのだと誓った。人びとに悟られぬよう沈黙のうちに進み、秘密裏に力を尽くさねばならん。目の前のことすら信じようとしない今の世の文明社会では、人びとの疑念が奴にとっての大いなる力ともなりかねん。その疑念が奴の鞘《さや》となり、鎧《よろい》となり、自らの魂を危険に晒《さら》してでも愛する人を守ろうと、人のために、神の名誉のために戦おうとする我らのような敵を討ち滅ぼす武器になる」

ひととおり話し合いを終えると、ひとまず今夜のところは何も決めたりせずに休み、手元にある事実を頼りにそれぞれ考えをまとめることになりました。明日の朝食の席でふたたび顔を合わせてそれぞれの考えを話し合い、今後の行動を決めようというわけです。

今夜は心の底から穏やかで、安らいでいます。まるで、取り憑《つ》いていた何かが抜け落ちてしまったかのよう。もしかして……。

ですが、そんな考えはすぐに吹き飛んでしまいました。鏡を覗《のぞ》けば、私の額にはあの赤い刻印。これは、私がまだ穢れている証《あかし》なのです。

セワード医師の日記

十月五日

今朝は皆早起きをしたが、よく眠ってみんなすっかり疲れから解放されたようだ。早めの朝食に集まってみると、もう二度と味わうことはあるまいとすら思っていた活気にテーブルは包まれていた。

人の持つ回復力というものは、本当に素晴らしい。たとえ死によってだろうと障害物が取り除かれれば、人はすぐに希望と喜びの内へと戻って来ることができるのだ。テーブルに腰掛けながら、もしやここ数日のできごとはすべて夢だったのではないかと、私は何度も目をこすった。そして、ハーカー夫人の額についた赤い傷痕《きずあと》を見るたびに、現実へと引き戻された。あれこれと頭を巡らせてみてはいるものの、すべての元凶となったあの悪魔がまだ存在しているなどとは、今もまだ信じられない。ハーカー夫人ですら、自分の身に降りかかった不運を忘れてしまっているかのように思えた。ふと何かの拍子に思い出し、痛々しいあの傷痕のことを気に留めるくらいの様子なのである。三十分後にこの書斎に集まり、今後の行動についての会議を始めることになっている。ただ、特に理由があるわけではないのだが、ちょっと気がかりなことがある。今は全員が思ったことを素直に話すべきだというのに、どうもハーカー夫人は何か不思議な力で、思ったことが話せずにいるような顔をするのだ。もちろん彼女も何か結論には行き着いていることだろうし、今までの彼女から推察しても、きっと素晴らしい結論なのだろうが、それを口にしたがらないか、口にすることができないのではないかと思うのだ。教授にはもうこれを伝えてあり、後でふたりで話すことになっている。もしかしたら、彼女の血管に入り込んだ何らかの毒物が働き始めたのではないだろうか。教授が言う「吸血鬼の血の洗礼」には、伯爵なりの目的があったのだ。そう、健全なものから生まれ出る毒というものも、あるのかもしれない。たとえば枯れてゆく動植物から発生する、プトマインのような毒物も知られていなかった時代ならば、そんなことにも気づかなかったかもしれん！　もし、ハーカー夫人についての私の直感が間違っていないのだとしたら、我々の行く先には大きな困難が、未知の危険が立ちはだかっていることになる。彼女を黙らせている力が、逆に彼女に喋《しゃべ》らせるようなこともあるかもしれない。これ以上は考えないでおこう。気高いあの夫人の名誉のためにも。

ヴァン・ヘルシング教授だけは、他の者たちよりも早めに書斎にやって来ることになっている。そうしたら、この問題について話し合ってみよう。

その後

教授が来ると、私たちは例の一件について話し合った。教授は思うところがありこそすれ、どうも言い出しかねているような様子だった。そこでちょっとつついてみると、教授はこう切り出した。

「ジョン、まずふたりきりで話さねばならんことがある。みんなには、まだ内密に頼む」教授はそう言うと、しばらく考え込んだ。「ミーナさんに、あの可憐《かれん》なミーナさんに、変化が現れておる」

やはりそうだったかと思うと、私の背筋に冷たいものが走った。教授は言葉を続けた。

「ルーシーのときの教訓を活《い》かし、今度は手遅れにならんようしっかり気をつけていなくてはいかん。我々の使命はますます困難になってきているが、この新たな問題を考えると、一時間たりとももう無駄になどできん。ミーナさんの表情には、吸血鬼の人格が表れだしておる。今はまだ微々たる兆候に過ぎんが、先入観を捨ててみればはっきり分かるくらいには見えている。歯もわずかに尖《とが》ってきておるし、それに、ときおりひどく険しい目つきをする。だがそれだけではない。ルーシーのときと同じように、この頃よくじっと黙り込んでいることがある。後で話したいことを思いついても、実際には話してくれんのだよ。私は、ちょっと恐ろしいことを考えている。あのとき、ミーナさんに催眠術をかけて伯爵が今どこで何を見聞きしているのか、彼女から聞き出すことができたろう？　ならば、私より先に彼女に催眠術をかけて血を吸った伯爵であれば、彼女の知っていることをあらいざらい聞き出すこともできるのではないかとね」

私がうなずくのを見て、教授はさらに話し続けた。

「ということはだ、我々はこれを防がねばならんということになる。そこで大事なのが、彼女に知らさないでおくことだよ。彼女が知らんことは、あちらに漏れようがないということなのだからね。考えただけでも胸の痛むような話だが、これは避けて通れない道だ。今日彼女に会ったら、理由は説明できないがこれ以上話し合いに加えるわけにはいかないと伝えねばならん。必ず守り通すからと誓ってね」

教授は額に浮かんだ大粒の汗を拭《ぬぐ》った。苦しんでいる夫人をさらに苦しめるのだという気持ちから、苦悶《くもん》の表情を浮かべていた。きっと、私も同意見だと言えば教授の気も紛れるか、少なくとも迷う気持ちはなくなるだろう。だからそう伝えると、教授は思ったとおり、表情をいくぶんか和らげた。

定例集会の時間が迫っていた。ヴァン・ヘルシング教授は会議に備えるため、そしてつらい役回りに向けて気持ちを落ち着けるため、書斎を出て行った。きっと、祈りを捧《ささ》げに行ったのだろう。

その後

会議が始まると、教授も私も思わず胸を撫で下ろさずにはいられないようなできごとがあった。ハーカーが夫人からの伝言を預かって来たのだ。いわく、自分の存在に煩わされることがないよう、今後は自分抜きで会議を行ったほうがいいとのことである。教授と私は、どちらともなくほっとして顔を見合わせた。私は内心、これで危険が軽減しただけではなく、言い出しづらいことを言わなくて済んだと感じていた。教授と私は目配せを交わし、このことは当面の間自分たちだけの胸にしまっておくことにすると、さっさと今後の計画について話を始めた。まず、教授が現状をさっとおさらいした。

「ザリーナ・キャサリン号は昨日の朝にテムズ川を出た。最大船速で考えても、ヴァルナへの到着には最低三週間はかかるだろう。陸路を行けば、我々は三日で追いつくことができる。だが、伯爵が天候を操れることを考慮し船旅の日程を二日短縮し、陸路にも不測の事態があり得るわけだから、こちらは一昼夜の余裕を見るとしよう。すると、我々には二週間の余裕があるということになる。ということは、万全を期して出発は遅くとも十七日になる。そうすれば伯爵の一日前にはヴァルナに到着し、しっかりと準備を済ませることができるからな。物理的にも霊的にも、あらゆる攻撃に備えてしっかりと装備を固めておかなくてはならん」

そこで、クインシー・モリスが口を開いた。

「伯爵は狼の国から来たということだから、もしかしたらこちらの先回りをして狼の群れをけしかけてくるかもしれん。だから、ぜひとも装備の中にウィンチェスター銃を加えておきたい。こうした危険に立ち向かうときには、こんなに頼りになる相棒もいないよ。アート、トボリスクで狼の群れに追われたときのことを憶《おぼ》えてるかい？　あのときに、一丁ずつ連発銃があったならとよく思うよ」

「よろしい！」教授が言った。「ウィンチェスター銃も加えるとしよう。クインシーは、狩りの話になると、ことさら頭が切れる。とりあえず今ここでできることはない。そこで、我々にとっては未知の地であるヴァルナに、もう少し先んじて乗り込んでみるというのはどうかな？　ここで待っても向こうで待っても同じことだからね。今夜と明日で準備を済ませ、何も問題なければ四人とも出発するとしよう」

「四人？」ハーカーが首をひねりながら、我々の顔を眺め回した。

「四人だとも！」教授が答えた。「君はここに残って、奥さんのそばについていなさい」

ハーカーはしばらく黙り込んでいたが、やがて虚《うつ》ろな声で言った。

「明日の朝、その話をしましょう。僕はミーナと話があります」

今こそ、計画を夫人に打ち明けないよう彼に注意すべきだと思ったが、教授は何も言わずに黙っていた。私は彼のほうを見つめながら、教授に気づかせようと咳払《せきばら》いをした。だが教授は唇に人差し指を当て、目を逸《そ》らしただけだった。

ジョナサン・ハーカーの日記

十月五日午後

会議が終わってからしばらくは、何も考えられなかった。新しい展開を前に、あれこれ考えるだけの余裕が無くなってしまったのだ。いったいなぜ、ミーナは会議に加わるのをやめるなどと言い出したのだろう。問い詰めるわけにもいかないので、想像してみるしかない。だが、どんなに想像してみたところで、とても分かりそうにない。それに、この一件に対するみんなの反応にも、いささか理解に苦しむ。確か、もう何も秘密にしたりはしないとみんなで決めたはずではないか。ミーナは今、小さな子供のようにすやすやとよく眠っている。口元には笑みが浮かび、幸せそうだ。彼女にもまだこんな安らかな眠りが訪れてくれることを、神に感謝しよう。

その後

何もかも、とても奇妙だ。幸せそうに眠るミーナのそばに腰掛けていると、僕まで最高に幸せな気持ちになってきた。日が落ちて世界が影の底に沈んでゆくと、僕を取り巻く室内の静寂はどんどん深まっていった。と、ミーナが目を開いて愛情を込めた目で僕を見つめた。

「ジョナサン、あなたにどうか約束してほしいことがあるの。私ではなく神様に約束するつもりで聞いてちょうだい。そして私がどんなに泣きながらひざまずいて頼もうとも、決して破らないでほしいの。お願い、今すぐに」

「ミーナ、そんな約束をすぐにできるわけがないよ。そんな権利が僕にはないんだ」

「でも、お願いよ」彼女は込み上げる気持ちに、北極星のように瞳《ひとみ》を輝かせながら言った。「私がそうしてほしい。私以外の人たちのために。もし自分で決められなければ教授に相談して、それでも嫌だったら、思い通りにしてくれて構わないわ。それに、皆さんがいいとおっしゃるのであれば、後で無かったことにしてもいいのだから」

「分かったよ」僕がそう答えると、彼女はとても嬉《うれ》しそうに顔を明るくした。だが、額の赤い傷痕《きずあと》を見ている僕は、嬉しい気持ちになどなれなかった。

「約束というのは、伯爵と戦うための作戦について、今後一切私に漏らしたりしないでほしいということよ。言葉で言うのも、思わせぶりにするのも、ほのめかすのもだめです。これが残っている限りは！」彼女はそう言うと悲痛な顔をして、額の傷痕を指差した。とことん本気なのだと思うと、僕は言った。

「約束しよう」

　その瞬間、僕たちの間で扉が閉ざされたような、そんな気持ちになった。

同日深夜

夜、ミーナはとても明るく楽しそうにしていた。他のみんなもその明るさに感化され、元気を分けてもらったほどだ。この僕ですら、頭上を重く覆っていた黒雲がいくらか晴れたかのような気持ちになっている。みんな、あまり遅くならないうちに部屋に引き上げた。ミーナは今、幼い子供のように眠っている。こんな恐ろしい目に遭っているというのによく眠る彼女を見ていると、ほっとする。神に感謝しなくては。少なくとも眠っている間は忘れることができるだろうから。ああしてミーナの明るさに気持ちをほぐされたように、隣でならば僕も眠れるかもしれない。今日はもうペンを置くとしよう。

十月六日朝

また飛び起きるはめになった。早朝、昨日とほぼ同じ時間にミーナが僕を起こし、また教授を連れて来てほしいというのだ。また催眠術を頼むのだと思い、僕は何も訊《き》かずに教授の部屋に向かった。教授はそれを予期してでもいたのか、今日はしっかりと着替えを済ませ、僕らのドアが開くのが聞こえるよう、自室のドアを少し開けていた。教授はすぐにやって来ると、他のみんなも呼んでいいかと彼女に訊《たず》ねた。

「いけません」彼女はひとことそう答えた。「後で教授から皆さんにお話しになってください。私も、皆さんと一緒に旅に出ることにします」

教授も僕も、これを聞いて驚かずにはいられなかった。教授は、しばらく考えてから口を開いた。

「だが、どうしてかね？」

「その方が私も、皆さんも安全だからです」

「分からんね。君を守ることこそが我々にとってはもっとも大事なことだ。我々は危険の渦中に身を投じてゆくことになる。だがあなたはこれまでの成り行きからしても、もっとも危険なのではないか」教授はそう言うと、まごついたように口ごもった。

彼女は、額の傷痕を指差しながら答えた。

「ええ、だからこそ行かなくてはいけないのです。日の昇りはじめた今なら理由も話せますが、そんなことをお話しできるのも今日が最後かもしれません。伯爵が来いと言えば、私は行かなくてはいけません。誰にも気づかれずにそうしろと言われれば、私はジョナサンを利用してでも行かねばなりません。どんな手段を用いても、ジョナサンを欺いてでも……」

そう言って僕のほうを向いた彼女の顔を、神もきっとご覧になっていたことだろう。もし本当に記録天使【訳注：ユダヤ教、キリスト教、イスラム教における神の使者。人間の行為や祈りを記録するとされる】がいるのであれば、永遠の誉れとしてあの瞳を記録なさることだろう。僕は、言葉も出ずにただ彼女の手を握りしめた。感情が込み上げてきて、涙すら湧いて来なかった。彼女が話を続けた。

「皆さんは強く、そして勇敢です。ひとりひとりならば身を守ることしかできないような苦難でも、力を合わせて立ち向かってゆくこともできます。私もお役に立ちたいのです。私に催眠術をかければ、私自身すら知らないようなことを皆さんにお伝えできるかもしれません」

ヴァン・ヘルシング教授はこれを聞くと、深刻な声で言った。

「ミーナさん、あなたの聡明《そうめい》さには本当にいつも頭が下がる。そういうことならば共にかの地へと赴き、この身に与えられた役目を果たそうではないか」

ミーナはもう答えなかった。彼女のほうを見るともう枕に頭を埋《うず》めて眠りに落ちており、ブラインドを開けて朝日を部屋いっぱいに入れても、目を覚まそうとはしなかった。ヴァン・ヘルシング教授が僕に、ついて来るよう身振りで合図をした。教授の部屋に行くと、すぐにゴダルミング卿《きょう》とセワード先生、そしてモリスがやって来た。教授はミーナの言葉を彼らに伝えると、言葉を続けた。

「昼前にはヴァルナへと出発する。新たに、彼女のことも気にかけてやらねばならなくなった。だが、彼女の魂に偽りはない。あんなことを話すのは、彼女にとってきついことだったに違いない。だが彼女の言う通りにすれば、我々も遅れを取ることなどないだろう。とにかく時間を無駄にはできんし、ヴァルナでは、船が着いたらすぐに行動できるよう臨戦態勢を整えねばならんからな」

「実際には、どのような手順を踏むのですか？」モリスが訊ねた。教授は少し考えてから答えた。

「まずは到着した船に乗り込む。そうしたら箱を見つけ出し、蓋《ふた》の上に野薔薇《のばら》の枝を一本載せる。そうして封をしてしまえば、奴はもう箱から出ることができん。少なくとも、言い伝えによればね。まずは、脈々と息づいているこうした言い伝えを信頼してみるしかないだろう。次に、誰も周囲にいないときを見計らって蓋を開ける――これで万全だ」

「僕なら、そんな回りくどいことはしない」モリスが言った。「箱を見つけたら、周りにどれだけ人がいようともすぐに蓋を開け、化け物を殺してやる。たとえ次の瞬間にこの命が奪われようともね！」

　咄嗟《とっさ》に彼の手を握りしめると、その手はまるで鋼鉄のように固く握りしめられていた。僕の目を見て、何を言いたいのか気づいてくれたらよいのだが。

「何と勇敢な男だ」教授が言った。「まったく素晴らしい。クインシーこそ、男の中の男だ。だが間違えてくれるなよ、私は恐くて及び腰になっているわけではないぞ。我々に何ができ、何を為《な》すべきかは分かっている。だが、それを達成する方法はどうかと言われると、まだ分からんのだ。とにかくあらゆる事態が起こりえるし、その結果何が起こるかも分からんのだ。そのときになってみないと、何とも言えんのだよ。とにかくあらゆる場合に備えて装備をし、いよいよというときには、全力が出せるようにしよう。さあ、今は身辺をぬかりなく整えておこうではないか。我々の身はいつどうなるか分からんのだから、大切な人や友人知人のことでやり残したことがないよう、きちんと済ませておくんだぞ。私はもう万全だし、することもないから、旅の手配を済ませて来るとしよう。チケットも何もかも、任せておきなさい」

教授がそう言うと会議は終わり、僕たちは解散した。これからどんな運命を辿《たど》ることになるのかは分からないが、何があってもいいよう身辺をきちんと整理してしまわなくては……。

その後

すべて完了。遺言書も、完璧《かんぺき》に作り終えた。もしミーナが生き残ったなら、彼女が僕の相続人になる。万が一それが叶《かな》わなかった場合は、僕たちに親切にしてくれた人びとに分配されるよう記しておいた。

そろそろ日が暮れる。ミーナがそわそわし始めるので、日没が気になって仕方がない。日没とともに彼女の心に何かが起こるのは、確かなようだ。日が昇り、沈むたびに新たな恐怖、新たな痛みが訪れるので、僕たちは皆、やたらその時刻を気にするようになった。だが、これもまた、我々を導こうとなさる神の意志というものなのかもしれない。今はミーナにそうしたことを話せないので、日記に書き留めている。だが、いつか彼女の目に触れてもいいようにしておこう。

ミーナが呼んでいる。

第二十五章

セワード医師の日記

十月十一日夜

ジョナサン・ハーカーに頼まれ、これを記録している。自分の視点ではなく、客観的視点から正確に記録しておくべきだと、彼は考えているようだ。

日没前に夫人に会うよう頼まれたときも、誰も意外になど思わなかった。最近は、日の出と日没になると彼女にある種の自由がもたらされるのが分かってきたのだ。何らかの力の作用も受けず、束縛もされないかつての夫人の姿に、彼女はそのときだけ戻ることができるのだ。そんな状態は日の出と日没の三十分ほど前から始まり、太陽が昇りきるまでの間、そして夕陽が地平線の雲を染め上げている間、続く。まずは縛り付けていた紐《ひも》を緩められたかのように夫人はぐったりとし、やがてすっかり自由な彼女になる。そして、その自由が終わるとまたじっと黙り込み、元どおりの彼女へと戻ってしまうのだ。

今夜の夫人は、会いに行ってみるとまだ完全に自由ではなく、内面の葛藤《かっとう》がまだ続いているような状態だった。恐らく、そのような初期段階を経て、ようやく自由になることができるのだろう。ともあれものの数分で彼女はすっかり落ち着くとハーカーに、自分が半分横たわるようにしているソファで隣に腰掛けるよう促し、私たちにはそばに椅子を持って来て座るように言った。そして、夫の手を取ると話し始めた。

「こうして皆さんと自由にお話ができるのも、これで最後かもしれません。あなたは、最後まで私のそばについていてくれるわよね」ジョナサンはこれを聞くと、握りしめた手にぎゅっと力を込めた。「明日の朝になれば私たちは出発しますが、その先に何があるのかは、神様のみがご存じなのでしょう。連れて行って頂けることになって、本当に胸がいっぱいです。私のようにいつどうなるかも分からない状況に置かれた弱い女を守って頂けるなど、皆さんの勇気には感謝の言葉もありません。ですが、どうか私は皆さんとは違うのだということを、お忘れにならないでください。私の血の中には、魂には、毒が流れているのです。もしかしたら私を壊してしまうかもしれない、恐ろしい毒が。もう言わずもがなではありますが、私の魂は、崖《がけ》っぷちに立たされているのです。逃げ道は、たったひとつだけ。決して選んではいけない道があるだけなのです！」彼女はハーカーからひとりひとり我々の顔を眺め回すと、最後にまた夫の顔を見た。

「その道とは、どんな道だね？」ヴァン・ヘルシング教授が静かに訊《たず》ねた。「決して選んでは行けない逃げ道とは、どんなものなのかね？」

「この心がすっかり変わり果ててしまう前に、自らの手で、そうでなければ他の誰かの手で、命を絶ってしまうことです。皆さんもご存じのとおり、死にさえすればルーシーのように、この魂を解放することもできます。死が、いえ、死への恐怖以外に立ちはだかるものが何もないのだとしたら、私は大切な人びとに囲まれて逝くことを恐れなど致しません。ですが、死だけではないのです。行く末に希望と、そしてつらい使命があるというのに、私が死ぬことなど神様はきっとお望みではないはずです。だから私は永遠の眠りという逃げ道を選ぶよりも、何よりも深き暗闇の中へでも赴こうと心に決めたのです」

我々は黙っていた。まだこれは前置きに過ぎないと分かっていた。表情ひとつ変えず、ハーカーだけが顔を蒼《あお》ざめさせていた。たぶん次に続く言葉を、私たちの誰よりもよく分かっていたのだろう。夫人が話を続けた。

「これこそ、私が財産併合に差し出し、皆さんにお分けすることができるものです」真面目な顔でそんな法律用語を彼女が持ち出すのは、何だか妙な気持ちだった。「皆さんは、何を差し出して下さいますか？　ええ、そう、皆さんの命でしょう。命は神様のものであり、神様にお返しするものですから。ですが、私には何をお分け下さいますか？」彼女はそう言うと、今度はハーカーの顔を避けるように、我々の顔を眺め回した。クインシーは、夫人が何を言いたいのか察しがついたようにうなずいた。彼女が顔を上気させた。「互いに分からないことがあってはいけませんから、私のお願いを、率直に言わせてください。どうか夫を含めここにいる皆さんに、約束をして頂きたいのです。

そのときが訪れたならば、私を殺して下さることを」

「そのときとは、いつだい？」クインシーが、彼らしからぬ張り詰めた小声で言った。

「私がすっかり変わり果ててしまい、死こそ命の解放への道だと皆さんがお感じになったときですわ。この肉体が死を迎えたならば、すぐに杭《くい》を打ち込み、頭を落として欲しいのです。そして私に永遠の安らぎを与えるために必要なことがあれば、手を尽くして頂きたいのです！」

沈黙の中、クインシーが最初に立ち上がった。そして彼女の前にひざまずくとその手を取り、重たい声で言った。

「僕は、そのような言葉をかけてもらえるような人生など送ってこなかった、がさつな男だ。だが、もしそのような局面を迎えることになったなら、決して自分の義務から逃げ出したりしないと神に誓うよ。そして、もし迷ったとしても、そのときが来たのだと信じて君の信頼に応《こた》えることを約束しよう！」

「ありがとうございます」ミーナは込み上げる涙にむせびながらようやくそれだけ言うと、身をかがめて彼の手の甲にキスをした。

「ミーナさん、私も同じく誓わせてもらうよ」ヴァン・ヘルシング教授が言った。

「私もだ！」ゴダルミング卿《きょう》もそれに続くと、交互にひざまずいて誓いを立てた。私もそれに倣った。次に、白く染まった頭髪を忘れそうになるほど蒼ざめた顔をしたハーカーが、彼女の顔を見た。

「僕も、同じ誓いを立てなくてはならないのかい？」

「ええ、そうです。あなた」彼女は声と瞳《ひとみ》に溢《あふ》れんばかりの気持ちを浮かべて言った。「怖がらないで。あなたは私にとって、いちばん身近な人ですもの。いついかなるときも、死ぬまで私たちはひとつなのよ。過去を振り返っても、勇敢な男は悪の手から守るために、ときとして妻や娘の命を絶ってきたものでしょう？　女たちにそう乞《こ》われれば、男たちはたじろいだりしなかったのです。愛する女性がそんな窮地に追い込まれたときには、そうするのが男としての義務なのです！　ああ、もしそんなことになって死ぬしかないのだとしたら、私はいちばん愛してくれる人の手でそうして欲しいのよ。ヴァン・ヘルシング教授、私は決して忘れたりはしませんとも。ルーシーのことを最も愛する……」彼女はそう言うとさっと顔を上気させ、言葉を改めた。「安らぎを与えるのにもっとも相応《ふさわ》しい方に、委《ゆだ》ねられたことを。もしまたそのようなことがあれば、私を恐ろしい運命から救い出したのが自分の手なのだということが、ジョナサンの幸福な思い出となるようお導きください」

「それも約束しよう！」教授は力強い声で答えた。ハーカー夫人はそれを聞いてにっこりと微笑むと、安堵《あんど》のため息をつきながらソファに身を沈めた。

「もうひとつ、決してお忘れにならないよう、改めて言わせてください。このときは、いつ来るか分かりません。思ったより早く訪れてしまうかもしれません。ですが、絶対にためらったり、機を逃したりはしないでください。私はそのときもしかしたら……いえ、必ず、皆さんの仇敵《きゅうてき》と手を組んでいるはずです」

「それともうひとつ」彼女はそう言って、じっくりと私たちの顔を見つめた。「これはさっきのお願いにくらべれば、つまらないものかもしれません。ですが、私のためにひとつ、して頂きたいことがあるのです」私たちは、何も言わずにうなずいた。

「私のために今、葬送の辞を読んでいただきたいのです」それを聞くと、ハーカーはうめき声を漏らした。彼女は夫の手を取って自分の胸元に当てると、言葉を続けた。「あなたはいつか、私のために読み上げなくてはいけないのよ。この恐ろしい事件がどんな顚末《てんまつ》を迎えようとも、私たちにとっては、いつの日かいい思い出になるでしょう。あなたに読んでもらいたいのよ。そうすればあなたの声は、私の記憶に永遠に生き続けるのだから——何があろうとも！」

「それじゃあまるで、君がすぐに死んでしまうみたいじゃないか」ハーカーは涙を堪《こら》えながら言った。

「いいえ」彼女は彼を制するように手をかざしながら言った。「たとえいつの日か私の上を重く土が覆う日が来ようとも、今ほど深く死を感じることはありません」

「でもミーナ、本当に僕でなくてはいけないのかい？」彼はなかなか読み上げようとせず、そう訊ねた。

「それが私の安らぎになるのよ」彼女がそれだけ言って祈禱書《きとうしょ》を手渡すと、ハーカーは読み始めた。

あの奇妙な光景を、厳粛さを、陰鬱《いんうつ》さを、悲しみを、恐ろしさを、そして美しさを、誰がいったい言葉になどできるだろう。物事の持つ神聖なる一面などには目をくれず、上辺だけしか見ようとしない懐疑論者であろうとも、悲しみに打ちひしがれた女性の周りに身も心も捧《ささ》げる男たちがひざまずくあの光景を見たならば、心から打ち震えたに違いない。込み上げる感情にしばしば声を詰まらせながら、素朴で美しい葬送の辞を読み上げる愛情に満ちたハーカーの声を聞き、何も感じない者などひとりとしていはしない。私はもう……言葉が……声が……ああ、もうこれ以上続けられない！

ハーカー夫人の言うとおりだ。確かにあの光景はこの上なく奇妙で、後で振り返ればどこか不気味に感じられるのかもしれないが、それでも私たちは深く胸を打たれずにはいられなかった。やがてハーカー夫人がじっと黙り込み、彼女の自由がもうすぐ終わることを告げても、我々はもう以前ほどの絶望を感じなかったのである。

ジョナサン・ハーカーの日記

十月十五日　ヴァルナ

十二日の午前中にチャリング・クロス駅を出発し、夜にはパリに到着してオリエント急行に座席を確保した。それから一昼夜ほど列車に揺られ、今日の五時頃ヴァルナへと到着した。僕たちはそのままホテル『オデッサ』へと向かい、ゴダルミング卿は電報が来ていないかを確かめるため領事館へと出かけて行った。道中にはいろいろあったようにも思うが、僕はヴァルナに着くことで頭がいっぱいで、何も気にならなかった。とにかくザリーナ・キャサリン号の入港までは、他のことになど構っていられない。ありがたいことにミーナの具合はよく、体調も回復してきたようで顔色も悪くない。列車ではほとんど眠りっぱなしと言ってもいいぐらい、ぐっすりとよく眠っていた。だが日の出と日没の前になるとはっと目を覚まし、その度に教授が彼女に催眠術を施した。最初はなかなか効果が出ず、教授は延々と手を振り続けた。だが、今はほとんど何の苦労もないほど、彼女はぱっと催眠術にかかる。まるで教授の意のままだとでも言わんばかりに、簡単にかかるのである。そして教授が、何か見えないか、何か聞こえないかと彼女に訊ねる。

「何も見えません、真っ暗です」彼女はそう答え、言葉を続けた。「船に打ち寄せる波の音と、船が掻《か》き分けている水の音が聞こえます。帆と索具が張り詰める音と、マストが軋《きし》む音もします。強い風が船の帆柱に張られたロープを鳴らし、船首が波を切り裂いています」

どうやら、ザリーナ・キャサリン号はまだ大海原におり、ヴァルナへと急いでいると見て間違いない。ちょうど、ゴダルミング卿が帰って来た。電報は全部で四通、つまり一日に一通ずつ届いていたことになる。内容はすべて同じく、ザリーナ・キャサリン号に関する情報はどこからもロイズ船舶協会に寄せられてはいないとのことだった。卿はロンドンを経つ前に、もし何か報告があれば知らせるよう、毎日電報が届くよう手配していたのである。たとえ何の報告も無かったとしても、こうして電報を受け取れば、ちゃんと監視が続いていることが確認できるというわけだ。

僕たちは夕食を済ませると、早々と休むことにした。明日は副領事と面会し、できれば船の入港後すぐに乗船できるよう交渉することになっている。教授いわく、日の出から日没までの間に乗船することが狙いであるとのこと。伯爵はたとえコウモリの姿に変身していようと、自ら流れる水の上を渡ることはできないし、つまり、船から降りることができない。人間の姿に戻ることは絶対に避けたいはずだから、必然的に、箱の中に留《とど》まっているということになる。要するに、日の出後に乗船することができれば、伯爵はこちらの思いのままだ。ルーシーのときと同じように、目を覚ます前に木箱を開け、伯爵とご対面というわけだ。これならば、さほど苦労せず伯爵を滅ぼすことができるだろう。役人や船員とは、大したトラブルにもならないだろうと踏んでいる。幸い、ここは賄賂《わいろ》次第で何とでもなるような国だし、僕たちにはたっぷりと資金があるのだ。日没から日の出までの間に船が何の前触れもなく入港することが無いようにしっかりと気をつけてさえいれば、何の問題もない。後は、金の力でどうとでもなるだろう！

十月十六日

ミーナからは、ずっと同じ報告が続いている。波の音、水の音、暗闇、そして順風。

たっぷりと余裕を持ってヴァルナへと乗り込むことができた。ザリーナ・キャサリン号入港の一報が舞い込むまでには、ぬかりなく準備をしておくことができるだろう。船は必ずダーダネルス海峡を通過するので、そのときには報せ《しら》が届くはずだ。

十月十七日

長旅を終えた伯爵を迎え入れる手はずは、僕が見るかぎり万全だ。船主たちにはゴダルミング卿《きょう》が交渉し、友人が盗まれた品物が箱に入っている恐れがあるので自らの責任で開封するということで、だいたい話がついた。船主は卿に、乗船後の作業については便宜を図るよう船長に申しつける手書きの指示書を出し、さらに、ヴァルナの代理人も同様の権限を与えてくれた。僕たちも代理人に会って来たのだが、非常に丁寧な態度のゴダルミング卿に強い感銘を受けた彼は、自分にできることであれば何なりと力になりますと約束してくれた。手はず通りに木箱を開封できた後のことも、話し合った。もし伯爵がそこにいたら、ヴァン・ヘルシング教授とセワード先生が首を切断し、すぐに心臓に杭《くい》を打ち込む。モリスとゴダルミング卿と僕は、何らかの邪魔が入るような事態があれば、たとえ武器を用いてでもこれを阻止する。教授いわく、もし首を落として杭を打ち込むことができれば、伯爵はすぐに灰になってしまうだろうとのことだ。その通りになれば、仮に殺人の疑いをかけられたとしても、何の証拠も見つかりはしない。だが、灰になってくれなかった場合にはその罪を問われることになる可能性もある。そうなったら、この手記が頼みの綱となる証拠になってくれるかもしれない。だが僕は、たとえそうなろうともこのチャンスを喜んで活《い》かそうと思っている。計画を完遂するためなら、どんなことでもするつもりだ。ザリーナ・キャサリン号の船影が見えたらすぐに知らせてくれるよう、特別に人を雇い入れた。

十月二十四日

待ち続けて丸一週間が過ぎた。ゴダルミング卿には毎日電報が届くが、内容は変わらず「イマダ　ホウコクナシ」だ。朝夕にかけるミーナの催眠術も、相変わらずである。打ち寄せる波、水音、マストの軋む音。

ロンドン、ロイズ船舶協会、ルーファス・スミスより
ゴダルミング卿宛（ヴァルナ、イギリス副領事気付）
十月二十四日
ザリーナ・キャサリンゴウ、ケサ、ダーダネルス　ヲ　ツウカノホウコク　アリ。

セワード医師の日記

十月二十五日

ここに蓄音機が無いのがとても残念だ！　ペンで手書きなどじれったくてたまらないが、ヴァン・ヘルシング教授に、必ずつけるよう言われてしまった。昨日ロイズからゴダルミング宛の電報が届くと、私たちは興奮して大いに盛り上がった。戦場で号令をかけられた兵士の気持ちは、きっとあんなだろう。ただ、ハーカー夫人だけは我々と違い、感情を露《あら》わにしたりはしなかった。ともあれ、それも不思議ではない。彼女には何も知らせないよう我々は細心の注意を払っており、彼女の前では興奮した様子を見せないようにしていたからだ。以前ならば、私たちが隠そうとしても彼女はまず気づいただろう。だがそういう意味でいえば、ここ三週間ほど彼女は以前とかなり様子が違うのだ。日の出と日没前の沈黙状態がだんだんとひどくなっている。体調もよく、顔色も回復しているように見受けられるが、ヴァン・ヘルシング教授と私はどうも安心できずにいる。ふたりでよくその話をするのだが、他の者の前では今のところ伏せている。彼女の健康状態を懸念していると知れば、ハーカーはきっと心配でたまらずどうにかなってしまうだろう。教授は、催眠状態にある彼女の歯を細かく調べているらしい。いわく、歯が鋭くなりださない限り、当面は大した危険もないらしい。だが、もしその兆候が見られたら、手を打たなくてはならない！　教授も私も口にこそ出さないが、どんな手を打つことになるのかは、重々承知している。想像するだけでも恐ろしいが、決してひるんだりはするものか。「安楽死」とは、何とも素晴らしい、安らぐ言葉ではないか！　この言葉を作り出した人物に、感謝を捧《ささ》げなくてはいけない。

ロンドンからの旅程から算出すると、ザリーナ・キャサリン号の船速では、ヴァルナ到着まであと二十四時間ほどしかない。ということは、午前中の到着ということになる。それより早く到着する可能性は無いので、今夜は皆、早めに就寝することにした。午前一時に起き、それから準備だ。

十月二十五日正午

まだ、ザリーナ・キャサリン号到着の報せはない。ハーカー夫人の催眠術の結果も相変わらずで、いつ報せが届いてもおかしくないという状態だ。皆とても興奮しているが、ハーカーだけはひんやりと落ち着いている。両手が氷のように冷たく、一時間ほど前には、いつも持ち歩いているグルカ・ナイフ、ククリの刃を研いでいるのを見掛けた。あの冷え切った手が握りしめたククリに喉《のど》を掻《か》ききられたならば、伯爵だろうとひとたまりもあるまい。

今日は、ヴァン・ヘルシング教授も私も、ハーカー夫人のことで気を揉《も》んだ。昼ごろに昏睡《こんすい》状態に陥ったのだが、これがどうも気になったのだ。他の皆には黙っていたが、ふたりとも、ひどく引っかかっていた。夫人は午前中にほとんど休んでいなかったので、初めはようやく眠ったのかと思い安心していた。だが、ハーカーが何の気なしに、起こしても目が覚めないほどよく眠っていますよと言うので、自分たちの目で確かめてみようと、教授と一緒に様子を見に行ってみたのだった。すると、すやすやと寝息を立てながら実に気持ち良さそうに眠っていたので、私たちは、とにかく今は眠るのがいちばんだろうという意見で一致した。可哀想に、忘れたいようなことが山ほど彼女にはあるのだ。せめて眠っている間だけでも忘れようとしているのかもしれない。

その後

私たちの推測は、間違っていなかったらしい。数時間ほどして目を覚ました彼女は、ここ数日よりも元気で、具合もよさそうだった。日没に、例によって催眠術をかけ、質問をした。伯爵は黒海のどこかから、目的地へと急いでいる。その身の破滅へと！

十月二十六日

さらに一日が過ぎたが、未《いま》だにザリーナ・キャサリン号到着の報せは無し。もう、到着しているはずなのだが。日の出時にハーカー夫人に催眠術をかけて聞き出した内容が相変わらずだったことからも、船がまだどこかを航行しているのは間違いない。霧のために、どこかで立ち往生をしている可能性もある。昨夜到着した蒸気船の何隻かによると、港の北部と南部で霧が発生しているらしい。ともあれ、いつ入港して来てもおかしくはないので、気を抜かずにいなくてはならない。

十月二十七日

これは変だ。ザリーナ・キャサリン号到着の報せが、未だに来ないのである。ハーカー夫人は昨夜も今朝も、相変わらず「打ち寄せる波と水音」としか言わない。ただし、波音は小さくなりつつあるようだ。ヴァン・ヘルシング教授は、ロンドンからの電報も変わらず「ホウコクナシ」の一点張りだ。ロンドンから、もしや伯爵に気づかれ、逃げられてしまったのではないかと懸念している。

「先日ミーナさんが昏睡したのが気になっているんだ。魂や記憶というものは、トランス状態では妙な働きをしかねんからね」

もっと突っ込んだ話を聞こうとしたのだが、ちょうどハーカーが入って来たのを見て教授が手を挙げて私を制した。今夜、夫人に催眠術をかけ、もっと細かくあれこれ聞き出さなくては。

ロンドン、ロイズ船舶協会、ルーファス・スミスより
ゴダルミング卿宛（ヴァルナ、イギリス副領事気付）

十月二十八日

ザリーナ・キャサリンゴウ、ホンジツ　イチジ　ガラツ　ニ　トウチャクトノコト。

十月二十八日

船がガラツに入ったとの一報が届いても、思いのほか私たちは落ち着いていた。いつ何が起こるかは予想できていなかったが、どんなことが起こっても不思議ではないと腹をくくっていたからだ。ヴァルナ到着が遅れたことで全員、いつ何があってもいいよう予想外の事態への覚悟を決めていたのである。だが、それでも驚きは驚きだった。自然とは人の思い込みや理解を超え、その法則に従って動いてゆくものだ。超絶主義は人間にとっての鬼火であり、天使たちにとって導きの炎なのである。この不測の事態に、僕たちはひとりひとり違った反応を示した。ヴァン・ヘルシング教授は、まるで神に訴えるかのように両手を高々と挙げたが、何も言葉は口にせず、数秒ほどすると厳《いか》めしい表情をしてすっくと立ち上がった。ゴダルミング卿《きょう》は顔を蒼《あお》ざめさせ、息を荒らげた。私は呆然《ぼうぜん》としながら、ひとりひとりの顔を見回していた。クインシー・モリスはさっとベルトをきつく締め直した。昔狩りをしたころによく見せた、「行くぞ」の合図である。ハーカー夫人は、額の傷痕《きずあと》が燃え上がって見えるほどに顔を蒼ざめさせながら、両手を組んで静かに祈りを捧げていた。ハーカーは、希望を失ったかのように苦々しい笑みを口元に浮かべていたが、その手は裏腹に、大きなククリ・ナイフの柄《つか》に伸び、強く握りしめていたのだった。

「ガラッに向かう次の汽車はいつかね？」ヴァン・ヘルシング教授が、我々を見回した。

「明日の朝六時半です」ハーカー夫人がそう答えたのを聞いて、我々は驚いた。

「なぜそんなことを知ってるんだい？」アートが訊《たず》ねた。

「申し上げていませんでしたっけ。ジョナサンはもとより、教授もご存じだと思いますが、私は鉄道マニアなんです。エクセターの自宅では、夫の助けになればといつでも時刻表を作っていたほどなんですよ。おかげで助かることがずいぶんあったので、今ではいつでも時刻表を頭に入れておくようにしているんです。もしドラキュラ城に向かうのであればガラッ経由になるはずですし、いずれにしろブカレストは通ることになるでしょう。だからその方面の時刻表は、入念に調べあげておいたのです。残念なことに、列車の本数はそれほど多くありません。明日の汽車は、さっきの一本だけです」

「君は最高だ！」教授が声を張りあげた。

「特別列車をチャーターできないかな？」ゴダルミング卿は言ったが、教授が首を横に振った。

「おそらくできんよ。ここは君の国とも私の国とも違う。もしチャーターできたとしても、通常の列車より早く到着できるなんてことは無いだろうよ。それに、準備しなくちゃいかんものもある。アーサー、君は駅に行って汽車の切符を買い、明日の朝出発できるよう手配を整えてくれ。ジョナサン、君は船主の代理人のところへ行き、ガラッでも同様に船内を捜索できるよう、向こうの代理人への指示書を出してもらって来てくれ。

クインシー・モリスは副領事のところへ行き、ドナウ川を越えてから手間取ることがないよう、ガラツの領事館への口添えを頼んで来てもらいたい。ジョンは話があるから、ミーナさんと一緒にここに残ってくれたまえ。ことによっては時間のかかる用件もあるかもしれんが、日没は気にしなくても構わんよ。ミーナさんの報告は、私がちゃんと聞いておこう」

「私は何でもお役に立ちたいと思います」ハーカー夫人が元気な声でそう言った。まるで、昔の彼女にすっかり戻ったのではないかと思えるほどだった。「また以前のように、情報を整理したり記録したりしておきますわ。どういうわけか分かりませんけれど、すっかり元の自分に戻ったような気分なんです！」

ハーカー、クインシー、ゴダルミングの三人は、彼女の言葉を聞くと嬉《うれ》しそうに顔を輝かせた。私と教授はひとまず、その場では何も言わずにおいた。

三人が用事を済ませに出かけてゆくと、ヴァン・ヘルシング教授はハーカー夫人に、ドラキュラ城で書かれたハーカーの日記を探して来るように頼んだ。彼女が部屋を出て行ってドアが閉まると、教授が言った。

「どうやら君も同じことが言いたいようだな！　違うかね！」

「どうも私は、彼女の様子が変わったのが気に入りません。まやかしかもしれませんしね」

「まったくだ。なぜ日記を持って来るよう彼女に頼んだか分かるかね？」

「いいえ。私とふたりで話がしたかったから、とか？」

「それもあるが、それだけではないよ。言っておきたいことがあるのだ。こんなことは考えたくもないが、恐らくこれが真実に違いない。君も私もおや、と思ったあの言葉をミーナさんが口にした瞬間、ある考えが頭に閃《ひらめ》いたのだよ。三日前、トランス状態にある彼女に伯爵が自分の魂を送り込み、心を読んだのではないかと思うのだ。いや、もしかしたら、日の出と日没に自由になるミーナさんの魂を、波を掻《か》き分けて進む船内に積まれた木箱へと、伯爵が逆に連れ込んで心を読んだのかもしれん。このほうがあり得る。奴は木箱の中にいながらにして、そうやって彼女を通すことで外界にいる我々の動向を探り当てたのだよ。そして、全力で逃げ延びようとしておるのだ。今は、ミーナさんのことを必要としてはおらん。呼べばすぐに来ることなど、奴の深い智恵を持ってすれば考えるまでもないほどだろう。だが、呼んでもおらんのに来られたりしないよう、彼女のことを自分の力の外へと切り離してしまったのだ。我々と共に成長し続けてきたこの頭脳が、ずっと墓穴で眠っていた奴の子供の頭脳に勝ればよいのだがな。奴の頭脳はまだ幼稚なものだから、自己中心的で目先のことしか見えはせん。おっと、ミーナさんが帰って来たようだ。トランス状態のことは、彼女は何も知らんのだから、決して耳に入れるなよ！　彼女の希望と勇気とが必要なこんなときに、絶望され、取り乱されてしまったのではかなわんからね。今は、男と変わらず優秀な彼女の頭脳が、我々には必要なのだよ。だがか弱い女性である彼女の脳には、奴が残した特別な力が未だに脈々と働き続けておる。奴の思考と繋《つな》がる、あの妙な力のことだよ。いいかね、よく聞いておくれ。ジョン、我々は今、大変な苦境に立たされている。これほど恐ろしいと思ったことは、未だかつてないことだよ。今はただ、神を信じることだ。しっ！　彼女が戻って来た！」

私は、ルーシーを失ったときのように教授が我を忘れて泣き崩れてしまうのではないかと心配したが、教授はがんばって踏みとどまった。そして、自分の不幸など忘れたかのように仕事に熱中するハーカー夫人が活《い》き活きとした様子で部屋へと入ってくると、いつも通りの冷静な彼の顔に戻った。彼女が、タイプライターで打たれた書類の束を教授に手渡した。教授は額に皺《しわ》を寄せながらそれを読みふけっていたが、徐々にその表情が明るくなっていった。やがて、教授が書類から顔を上げた。

「ジョン、君はもう経験豊富な大人の男だ。そしてミーナさん、君はまだ若い。ふたりに私から、ひとつ教訓を授けるとしよう。それは、決して考えることを恐れてはならんということだ。実は、私の頭の中で半人前の考えがぶんぶん羽音を立てていたのだが、敢《あ》えて飛び立たせてみようとは思わずに、今まで来たのだよ。だが今、知識を携えてその考えの源へと立ち返ってみれば、半人前どころか、すっかりもう一人前になっておるじゃないか。まだ幼く自力で飛び立つこともできんがね。アンデルセンの『みにくいアヒルの子』はご存じだろうが、この考えは、もうアヒルではなくすっかり白鳥になっておったのだ。やがてときが来れば優雅に空に羽ばたかんとしている立派な白鳥にね。ほら、このジョナサンの日記をごらん」教授はそう言うと、日記を我々に見せながら読み上げてみせた。

『後の世の子孫たちは幾度となく大河を越えてトルコへと攻め入る力を授かったのだ。彼は何度も、何度も、何度も撃ち倒されたというのに、軍が全滅してもなお、血に濡《ぬ》れた戦場をひとりで這《は》い戻って来た。自分さえおれば、最後には勝利できると確信していたのだよ』

「これが何を意味しているか分かるかね？　大したことではないと？　馬鹿を言っちゃいかん。奴の子供の脳では何も見えんものだから、こうも気ままに語って聞かせたのだよ。君の大人の脳でも、私の大人の脳でも、何も見えはしなかった。つい今しがたまではな。だが、同じくこれが何を意味するのか知らない――何を意味し得るのかを知らない人物の言葉で、私は気づいたのだ。静止していた元素が、自然の摂理に従ってそれぞれ動き出し、触れ合えば、空に閃光《せんこう》がほとばしり、ある者は目を眩《くら》ませ、ある者は命すらも落とす。だが、その閃光は地表をくまなく隅々まで照らし出してもくれる。そうだね？　さて、説明しよう。まず訊《き》くが、君らは犯罪哲学を学んだことはあるかね？　ジョン、君は狂人を研究していたのだから、あるだろう。そしてミーナさんは、あの一度を除けば犯罪などとは無縁の暮らしを送られて来たのだから、ないだろうな。だが、それでもミーナさんは精神を失うことなく、ゆえに、個別と普遍とを混同することもない。これが、犯罪者特有の性質だ。経験主義的である、という性質だよ。この特殊性は時と場所とを違《たが》わず普遍的なもので、哲学などよく知らん警察官だろうと、経験からよく理解している。犯罪者は、常にひとつの犯罪に取り組み続ける——真の犯罪者は罪を犯すよう生まれつき定められており、他のことになど手を出さん。こうした犯罪者は、成熟した脳を持っていない。頭が切れ、狡猾《こうかつ》で、そして論理的ではあっても、脳が成熟することはないのだ。概《おおむ》ね子供の脳しか持っておらんのだよ。さて、我々が追い求めている奴もまた、生まれついての犯罪者だ。子供の脳を持ち、子供じみたことをする。小鳥も小魚も、そして小動物の類も、物事の原理からではなく、経験から学ぶ。ひとたび経験から学べば、それが次の行動への足場となるわけだ。アルキメデスは『足場さえあれば、私は地球すら動かしてみせよう！』と言った。一度やってみることで、子供の脳が大人の脳へと変わるための支点ができるのだよ。そして、次の目的が定まるまでは、それまでと同じことを何度も何度も繰り返すものなのだ！　おお、目が開いてきたようだね。どうやら稲光が照《た》らす地表が見えはじめたようじゃないか」

夫人は手を叩き、目を輝かせながら教授の話を聞いていた。教授は言葉を続けた。

「さあ、話してごらん。私やジョンのような乾いた科学者に、その瞳《ひとみ》で何を見て来たのか、話して聞かせてごらん」教授はそう言うと彼女の手を取り、親指と人差し指とで脈を取るように握った。おそらく自分でも知らず、無意識のうちにそうしたのではないかと私は感じた。

「伯爵は、もっとも典型的な姿の犯罪者です。ノルダウもロンブローゾも、きっとそのように彼を分類したでしょう。しかし伯爵の精神構造は、犯罪者としては不完全なものです。ですから、打つ手を失うようなことがあると過去の習慣の中に次の手を探すしかないのです。手がかりは、過去にあるのです。ジョナサンが書き記した伯爵のその言葉は、教えてくれているのです。伯爵がモリスさんのいう『のっぴきならない《タイト・プレイス》』ような状況に追い込まれて侵略を諦《あきら》めて自国へと引き返しても、決して諦めることなく次の一手に備えて準備を進めたのだということを。そして、より入念に装備を固めて再び侵攻し、今度は勝利を収めたのです。同じように伯爵は、今度はロンドンへと攻めて来ました。ですがそこで打ち負かされて敗色濃厚となり、身の危険を感じると、海を越えて自分の国へと逃亡を始めました。かつてトルコからドナウ川を渡ってそうしたのと同じように」

「素晴らしい！　ミーナさん、実にお見事だ！」ヴァン・ヘルシング教授は身を乗り出してそう叫ぶと、彼女の手を取ってキスをした。そして、まるで患者の診察でもしているかのように、「こんなに興奮しているのに、脈拍はたったの七十二だ」と私に言った。それからまた彼女のほうに向き直ると、期待を顔に浮かべながら言った。

「さあ、続けてくれたまえ。ほら！　まだまだ話すことはあるだろう。怖がることはない、ジョンと私が分かっているからね。少なくとも私は分かっているし、君の言うことが正しければ、ちゃんとそう言おう。ほら、怖がらないで！」

「分かりました。ですが、私が喋《しゃべ》りすぎるようなら、どうかおっしゃってください」

「なに、そんな心配は不要だよ。話しすぎてもらうくらいでないと、我々のほうが心配でならんからね」

「ではお言葉に甘えて。伯爵は犯罪者ですから、利己的な人物です。知性が低く行動も利己的で、たったひとつの、とても冷酷な目的に囚《とら》われています。自分の軍勢を見殺しにしてドナウ川を渡り逃げ帰ったのと同じように、今は自分の身の安全だけを考え、他のことは眼中に入っていないでしょう。だから、あの夜あんなに恐ろしいことをして手に入れたはずの私の魂を、今ではほったらかしにしているのです。確かにそう感じるのです！　神の慈悲に感謝せずにいられるでしょうか！　あの恐ろしい夜から初めて、これほどの自由を味わうことができているのですから。私は、とにかく怖くて怖くてたまらなかったのです。自分がトランス状態にあるとき、そして夢を見ているとき、伯爵が私の頭の中を覗《のぞ》いて利用しているのではないかと」

　教授が立ち上がった。

「そう、確かにそうやって奴は君を利用したのだ。我々をこのヴァルナに足止めし、自分を乗せた船を霧の中ガラッへとぐんぐん向かわせたのだよ。ガラッにはきっと、逃亡の手はずがきっちりと整えられているのだろう。だが、奴の子供の脳では、その程度の先読みが限界だ。だが、神の導きどおり、我が身かわいさに弄する策ほど、裏を返せば命取りよ。かの偉大なる賛美歌作者の言葉にも、狩人《かりゅうど》は自らの罠《わな》に落ちるとある。今ごろ奴の子供の脳みそは、私たちを出し抜き遠くに逃げおおせたと思い、すっかり油断しきっていることだろう。そして、ミーナさんを切り離したがゆえに、こちらにはもう何の手がかりもありはしないと高をくくっていることだろう。そこが大間違いよ！　日の出と日没の折に君がそうして見せたように、あの血の洗礼は、自由に奴の心を覗き込む力を君に与えたのだ。奴の手ではなく、私の手によってね。君が奴の手にかからんことには、我々の武器となるこの力は得られなかったろう。この力を奴が知らんというのは、まったくもって便利なことだ。奴は自分の身を守ろうと、我々の居場所すら分からぬようなざまになってしまったのだからな。だが私たちは、奴のように自分のことばかり考えるような輩《やから》ではない。どれほど長い道のりと時間とを暗闇に閉ざされようと、神は我らと共にあるのだ。たとえ奴と同類の化け物に身をやつす危険を冒そうとも、恐れず追い詰めてやろうではないか。ジョン、実に有意義な時間を過ごしたな。これで勝利もぐんと近づいたというものだぞ。しっかり何もかも書き留め、他の連中が用事を済ませて戻って来たら読ませておくようにな」

その教授の言葉に従い彼らを待ちながらこの記録を書き上げた。ハーカー夫人がタイプライターで打ち直し、全員に手渡すことになっている。

第二十六章

セワード医師の日記

十月二十九日

ヴァルナからガラッへの列車の中でこれを書いている。昨日は、日没のすこし前に皆で集合した。全員、自分に与えられた仕事をきっちり終わらせていた。計画も手回しも無事に終わり、機も熟したと見て取ると、我々はガラッへの旅と、そこで待ち受ける使命へと向けて準備を始めた。ハーカー夫人はいつも通りの時間に催眠術を受ける用意に入ったのだが、ヴァン・ヘルシング教授に普段より長めに施術をしてもらわないと、なかなかトランス状態に入れなかった。普段はちょっと訊《たず》ねれば話し出すというのに、今日は教授が何度も突っ込んで質問をしなければ、夫人は話してはくれなかった。ようやく話し出してくれたのは、術の開始からずいぶん経ってからのことだ。

「何も見えません。止まっているようです。波の音は聞こえませんが、ロープか綱のようなものに打ち寄せる水音が聞こえます。あちらこちらから男の人の声がしていて、オールを漕《こ》ぐ、軋《きし》むような音もしています。どこか分かりませんが銃声が聞こえました。

反響からすると、遠くのようです。ロープや鎖を引きずりながら走り回る、ばたばたという足音が頭上から聞こえて来ます。これは何でしょう？　かすかな明かりが見えます。空気が動いているようです」

ここで彼女は言葉を止めると、何かに突き動かされるようにソファで体を起こし、まるで重量挙げのように手のひらを上にして両手を挙げた。教授と私は目くばせをしてうなずいた。クインシーはわずかに眉《まゆ》を上げてじっと彼女を見つめ、ハーカーは無意識にその手をククリ・ナイフの柄《つか》にかけた。長い沈黙が流れた。彼女が話すことのできる限られた時間がそのまま過ぎて行ったが、私たちは、何を言っても無駄だろうと思っていた。とつぜん彼女が立ち上がって目を見開き、優しげな声で言った。

「そろそろお茶にしませんか？　きっとお疲れでしょう！」

彼女の言うとおりにしたほうがいいので、我々はうなずいた。彼女が急いでお茶を淹《い》れに行ってしまうと、教授が言った。

「諸君。伯爵は陸に近づき、木箱から外に出たようだ。だが、まだ岸までは距離がある。夜間はどこかに隠れているつもりだろうが、誰かに陸に運び出してもらうか、船がぴったり岸に寄せるかしない限り、奴は上陸できん。船が岸に寄せた場合、それが夜中ならばホイットビーのときと同じように、他の姿になって陸へと飛び降りることもできるはずだ。だがその前に日が昇ってしまえば、誰かに運び出してもらわない限りは、逃げることもできんだろう。しかもこの場合は、役人の目を避けて通ることなど不可能だ。つまり、今夜のうち、夜明けの訪れまでに上陸できなかった場合、奴は丸々一日を無駄にしなくてはならなくなるということだ。そうなれば、我々も追いついて、日中に伯爵と対面することができるぞ。箱に閉じ込められ、なすがままの状態でな。さしもの伯爵も、敢《あ》えて人の姿のまま人前に出て来ようなどとは思うまいよ」

話はそれだけだった。私たちは、もしかしたら夫人からさらに情報を引き出すことができるのではないかと、じっと夜明けを待ち続けた。

本日早朝。私たちは息を飲むようにして、トランス状態の彼女の言葉に耳を傾けた。前回よりもさらに長い間術を施さないと、彼女はトランス状態に入ってはくれなかった。ようやくかかったのは、私たちがほぼ諦めかけた、日の出直前のことだ。ヴァン・ヘルシング教授は、全身全霊でこの催眠術をかけているかのようだった。夫人がようやく、彼の意志に応《こた》えるよう口を開いた。

「真っ暗です。私と同じくらいの高さに打ち寄せる水音が聞こえます。木と木が擦れ合い、軋むような音がします」彼女の言葉が止まり、赤い朝日が顔を出した。残りは今夜まで待たなくてはいけない。

そんなことがあり、今はこうして期待に胸をはやらせながらガラッへと向かっている。到着は、午前二時から三時頃になる見通しだが、現在のところ、ブカレストですでに三時間遅れになっている。到着できるのは、太陽がたっぷり昇った後の話になるだろう。これはつまり、ハーカー夫人にあと二回催眠術をかけられるということだ。そこで何か、光明となるような話が聞き出せればいいのだが。

その後

日没が訪れ、そして過ぎて行った。何にも邪魔されずにその時を迎えられたのは幸いだった。もし駅に停車中だったりしたなら、騒がしいうえに人が多くて、催眠術どころではなかったかもしれない。ハーカー夫人に催眠術をかけるのには、今朝よりもさらに時間がかかった。このままではもしかすると、いちばん必要なときに伯爵の心を読むことができなくなってしまうのではないかと、私は心配している。それに、彼女自身の持つ想像力が働き出したようなのだ。今までのトランス状態では事実のみを端的に話していたのだが、もし今のような状態が今後も加速するようならば、いずれ私たちを混乱させることにもなりえるだろう。だが、その彼女の能力とともに、伯爵からの支配が彼女から消え失《う》せるのだとしたら、それはそれで喜ばしいことだ。だが、果たしてそう上手《うま》く行くものだろうか。催眠術にかかると、彼女は謎めいた話を始めた。

「何かが、まるで冷たい風のように私を通りぬけて出て行くのが分かります。遠くのほうで、いろんな音が聞こえています。外国の言葉を話す男の人たちの声と、怒濤《どとう》のような滝の音、そして狼の吠《ほ》える声が」

彼女はそこで言葉を止めるとぶるりと体を震わせ、徐々に激しく震えながら、やがてまるで痙攣《けいれん》でもしているかのような状態に陥った。教授が何を言わそうにも、もうがんとして話そうとはしなかった。トランス状態から冷めた彼女は体が冷え切っており、疲れ果て、ぐったりとしていた。だが、意識だけはまだ張り詰めていた。先ほどまでの自分の姿はまるで憶《おぼ》えておらず、自分はいったい何を言ったのかと訊ねてきた。を聞くと、長いこと何も言わず、じっくりと考え込んだのだった。

十月三十日　午前七時

もうすぐガラッに着くが、たぶん到着後は書いているような時間が無いだろう。今朝、我々は日の出が来るのを今か今かと待ちわびていた。ハーカー夫人の催眠術に要する時間はますます長引いてきているようで、教授はいつもよりも早めに施術を開始した。だが、結局はいつもの時間になるまで何の効果も現れず、ようやく彼女がトランス状態に陥ったのは、日の出まで残り一分を切ってからだった。教授が急いで質問をする、彼女もさっとそれに答えた。

「辺りは暗闇です。耳の高さで水音がしており、木と木がぶつかり軋む音がします。遠くで牛の低い鳴き声がしてしまう。別の音も聞こえます。ちょっと変な、まるで――」

彼女はそれ以上何も言わなかった。顔色はどんどん蒼白《そうはく》になっていった。

「続けて！　続けるんだ！　ほら、早く！」ヴァン・ヘルシング教授は必死にそう怒鳴った。だが、真っ赤な朝日が夫人の蒼白《あおじろ》い顔を染め上げてゆくのを見て、教授の目に失望の色が浮かんだ。夫人が目を開けた。そして、まるで何の興味もないとでも言いたげな顔で、次のように言った。

「ああ、教授。なぜ私には無理だとお分かりなのに、そんなことをおっしゃるんですか？　私は何も憶えていないんです」彼女は私たちが驚いた顔をしているのに気づくと、ひとりひとりの顔を眺め回しながら言った。

「私、何を言ったんでしょう？　何をしたんでしょう？　ここに横たわって半分眠りに落ちていたかと思ったら、とつぜん『続けて！　続けるんだ！　ほら、早く！』と聞こえたんです。まるでおしおきされる子供みたいな気持ちになって、おかしな感じがしましたわ！」

「ああ、ミーナさん」教授は悲しげに言った。「私がついそんな乱暴な言い方をして君をそんな気持ちにさせてしまうのは、私が君のことを誉れに思い、誇りをかけて守ると誓っているからこそなのだよ！」

　笛の音が響き渡り、いよいよガラッが近づいて来たことを私たちに知らせている。不安とはやる気持ちとで、私たちはすっかり興奮している。

ミーナ・ハーカーの日記

十月三十日
　モリスさんが、電報で予約しておいたホテルに連れて行ってくれました。彼がこの役目になったのは、外国語を話すことができないからです。他の方々はヴァルナのときと同じように手分けをして仕事にかかっていますが、ゴダルミング卿《きょう》だけは別に、副領事のところに面会に行きました。今は、とにかく急がなくてはいけないとき。彼の持つ爵位があれば、副領事に話を通すのも楽かもしれません。ジョナサンと教授、そしてセワード先生の三人は、ザリーナ・キャサリン号入港の詳細を調べるため、代理人のところへ行っています。

その後

ゴダルミング卿が戻って来ました。領事が留守で副領事が病気のため、通常業務は事務官が行っているのだとか。事務官はとても協力的で、自分の力が及ぶ限り、いかなる助力も惜しまないと約束してくれたとのことです。

ジョナサン・ハーカーの日記

十月三十日

教授とセワード先生と共に、午前九時にロンドンの船舶会社ハップグッドの代理人、マッケンジー氏とスタインコフ氏を訪ねた。ふたりは、ゴダルミング卿が以前に打った協力要請の電報に対し、可能な限り協力せよとの返答をロンドン本社から受け取っていた。実に懇切丁寧に僕たちを出迎えてくれると、河口の港に碇《いかり》を下ろしているザリーナ・キャサリン号へとすぐに乗り込ませてくれた。甲板では、ドネルソンという名の船長が、航海の話をあれこれと聞かせてくれた。いわく、こんなにも順風満帆の船旅は生涯初だとのことだ。

「いやはや、あまりに順調なもんだから、後で何かとんでもない不運に見舞われるんじゃないかと心配になるほどだったね！　ロンドンから黒海までずっと順風に恵まれ続けるだなんて、ほとんど奇跡みたいなものなんだ。まるで悪魔が自分のために風を吹かせてるみたいだったな。それに、とにかく邪魔の入らないこと。他の船や港や岬に近づくと、霧が立ちこめてきて船を包み込んでしまうんだ。で、やがて晴れたときにはもう周囲には何も見えないっていう案配さ。ジブラルタル海峡を通るときも信号なんて必要ないくらいだったし、ダーダネルス海峡に着いて通行許可を貰《もら》うまで、他の船から挨拶《あいさつ》されることとすらなかったほどなんだよ。最初は、霧が出たから帆を畳んで迂回《うかい》しようなんてことも考えたけど、でも悪魔がとにかく黒海に向かいたがってるんだとしたら、何をしたって無駄だろう。それに、早い分には船主の信用に傷もつかないし、積荷が壊れるわけでもないしね。迂回せずまっすぐ急いだんだから、悪魔の奴には感謝してもらわなくっちゃいけないいな」

何食わぬ顔をして、迷信も商業も一緒くたに語る船長の言葉に、ヴァン・ヘルシング教授は苛立《いらだ》って口を挟んだ。

「だがね、船長。この悪魔は君が思うよりずっと頭が切れる奴なんだ。君は、みすみすその悪魔を逃がす手伝いをしたんだぞ！」

だが船長は、その言葉を気にも留めずに言葉を続けた。

「ところが、ボスポラス海峡を通過したあたりで、水夫どもがぶつくさ言いはじめたのさ。何人かルーマニアから来た連中がいるんだが、そいつらが俺のところに来ては、ロンドンで妙な格好をした爺《じい》さんが載せていった大きな木箱を船から捨ててくれと言うんだ。確かにロンドンの港では連中が、爺さんをじっと見ながら指を二本立てて、邪悪な目から自分を守るまじないをしていたのを憶えてるよ。やれやれ！　何でまた異国人ってのは、ああも迷信深いのか分からんね！　俺はさっさと追い払ってしまったんだが、確かに霧にすっかり包み込まれてみると、連中と同じように怖くなって来るものなんだな。無論、それがあのでかい木箱のせいだなんて思ったりはせんよ。とにかく、霧は五日間も立ち込めっぱなしで、俺は風任せに船を進ませたんだ。悪魔がどこかに行きたいんだとしたら、勝手にそっちに船を向けるだろうと思ってね。向けないにしても、まあしっかり見張っていりゃあ間違いないしな。思ったとおり、船は岩礁にも乗り上げずにちゃんと航路を辿《たど》ってた。で、二日前に霧の向こうに朝日が見えたら、いつの間にか河口のガラッと反対側あたりに着いてたってわけさ。ルーマニア人の船員たちは必死になって、とにかく今すぐあの箱を川の中に捨てちまってくれと騒ぎ立てた。だから俺は、キャプスタン棒を振り上げて怒鳴りつけてやったのさ。で、邪悪な目だろうが何だろうが、船主の財産と信用を川底に捨てるなんてとんでもない、ちゃんと運び届けるんだ、ときっちり分からせてやると、連中は頭をさすりながら甲板から降りて行った。連中と来たら、もうすっかり川に放り込むつもりで、箱を甲板に運び上げてたんだが、それを見てみたら、ヴァルナ経由ガラッ行きって書いてあるじゃないか。だから、そのまま甲板に載せたまま入港して、降ろしてしまおうということにしたわけさ。その日は積荷を降ろしきらなかったもんだから、夜は碇を下ろして停泊しなくちゃいけなくなった。朝になるとすっかり晴れて、いい風が吹いてた。日の出の一時間前に、イギリスから届いたって書類を持った男がひとり、ドラキュラ伯爵だかに宛てた例の木箱を引き取りに、船にやって来た。見てみれば、確かに書類にはその通りに書いてあったものだから、これ幸いと厄介払いしてしまったってわけだ。俺もあの木箱があると、何だか嫌な気分になっちまうからね。もし悪魔が本当に何かを船に積んだんだとすれば、あの木箱以外には無いだろうなあ！」

「受け取りに来た男の名前が分かるかね？」ヴァン・ヘルシング教授が、身を乗り出すようにして訊《たず》ねた。

「ああ、それならすぐ分かるよ！」船長はそう言うとキャビンへと降りて行き「イマニュエル・ヒルデスハイム」という署名が入った受領証を手に戻って来た。住所には、「ブルゲンストラッセ十六番」と書いてある。どうやら船長はそれ以上何も知らないようだったので、僕たちは礼を言ってその場を後にした。

事務所に行ってみると、ヒルデスハイムはそこにいた。いかにも、といった感じのユダヤ人で、羊のような鼻をしてトルコ帽をかぶっていた。彼は、まるで句読点でも打つように随所で言葉を句切り、その都度金貨を要求しながら我々に話をした。手短だが、重要な話だった。どうやら、ロンドンのド・ヴィーユ氏から届いた書状に、「可能であれば、ザリーナ・キャサリン号に積載された木箱を、検閲をさけるため夜明け前に受け取って欲しい」という指示が書かれていたらしい。そして受け取った木箱は、ペトロフ・スキンスキーなる人物に預けることになっていた。スキンスキーは、川を下って港にやって来るスロバキア人たちと取引をしている男らしい。ヒルデスハイムは英国紙幣で報酬を受け取り、ドナウ国際銀行で金貨への両替を済ませていた。そして、運送費を節約するために、姿を現したスキンスキーを船に案内し、木箱を引き渡したのだという。彼が知っているのはそこまでだった。

僕たちは次にスキンスキーの捜索に乗り出したが、一向に見つからなかった。隣人のひとりは彼の名を聞くと眉《まゆ》をひそめるようにして、二日前にどこかに出かけて行ったが、行き先は誰も知らないのだと教えてくれた。大家からも同様の話を聞き出すことができた。鍵《かぎ》と一緒に、家賃がイギリス紙幣で届けられたというのである。これは、昨夜十時から十一時の間の話だ。僕たちはまた、行き止まりに突き当たった。

僕たちが人に話を聞いていると男がひとり走って来て、息を切らしながら、スキンスキーの死体が聖ペテロ教会の墓地で見つかったと言った。まるで凶暴な動物に襲われたかのように、喉《のど》が掻《か》き切られていたらしい。我々の話し相手も、この怪事件をひと目見ようと駆け出して行った。「スロバキア人の仕業に決まってるよ！」と叫ぶ女たちの声が聞こえた。事件に巻き込まれて足止めを喰《く》ったりするといけないので、僕たちはさっさと引き上げることにした。

結局、何もちゃんと結論が出ないまま、ホテルへと戻ることになってしまった。何はともあれ、あの木箱が水路でどこかへと運ばれているのは確かである。だが、目的地はこれから突き止めなくてはいけない。僕たちは肩を落としながら、ミーナの待つホテルへと向かった。

全員が揃うとまず、またミーナにも事情をすべて伝えて話し合いに加えることになった。事態はいよいよ絶望的になりつつある。だが、危ない橋とはいえ、ここにはチャンスがあるのだ。その予備段階として、まずはミーナとの約束から僕は解放された。

ミーナ・ハーカーの日記

十月三十日夜

皆さんはとにかく疲れ切ってぐったりしていたので、まずは休んでからでないと、何をどうしようもありませんでした。なので、まずは三十分ほど横になっている間に、私は現在までの記録をタイプライターで打ち直しておくことにしました。旅行用タイプライターを発明された方と、それを私のために用意してくださったモリスさんには、感謝の言葉もありません。もし手書きで写しを作るとしたらと思うと、ぞっとします……。

さっき、ようやくその作業が終わりました。可哀想にジョナサンは、今までも、今も、苦しみ続けているのに違いありません。息をするのも忘れたように、ぐったりとソファに身を横たえています。眉をしかめ、苦悶《くもん》に顔を歪《ゆが》めながら。何か考えているのでしょう、じっと集中するかのようにジョナサンは顔に皺《しわ》を寄せています。ああ！　私が彼の力になることができたなら……。今は、とにかく自分のできることをするしかないのでしょう……。

教授に頼むと、まだ私が見ていない書類をごっそり持って来てくれました。皆さんが休んでいる間に目を通しておけば、もしかしたら何か考えが浮かぶかもしれません。教授を見習って、何の先入観や偏見も持たずに事実だけを見つめてみるつもりです……。

この発見は、もしや神様の導きなのでしょうか。地図を持って来て調べてみなくては……。

これは絶対に、私の思った通りです。考えがまとまったので、皆さんを呼んできて聞かせ、判断を仰がなくては。とにかく、正確に。時間は限られているのだから。

ミーナ・ハーカーのメモ（日記帳に記載）

調査の根拠

ドラキュラ伯爵が城へと戻る際の問題点。

a. 誰かに運んで貰《もら》わなければならない。もし自力で好きなように戻ることができるのであれば、人でも、狼でも、コウモリでも、とにかく何でも好きな姿でそうしているはずである。発見されたり、邪魔立てされたりすることを恐れているのも明白だ。日の出から日没までの間は木箱の中で無力にしているのだから、これは当然だろう。

b. どのように運ばれるのだろう？　陸路だろうか。鉄道だろうか。水路だろうか。消去法で考えてみる。

1. 陸路――多くの困難があり、特に街を抜け出すのが大変だ。

（x）人びとの目。人びとは好奇心で詮索《せんさく》しようとする。彼らが箱の中身を知りたがってあれこれ嗅《か》ぎ回ろうものなら、伯爵にとっては命取りになる。

（y）税関や入市税徴収所などを通過しなくてはならない。

（z）追手の追跡。自分の居場所が漏れることがないよう、伯爵は、自ら手にかけた犠牲者――私である――をも切り捨てている。

2. 鉄道――木箱の受取人がおらず、また、遅延の危険もある。追手が迫っている場合、遅延が発生すれば致命的である。確かに夜間を選んで逃げることができたとしても、逃げ場もない見知らぬ場所に放り出されるのでは、どうしようもない。伯爵が、わざわざそんな危険を冒すとは考えがたい。

3．水路――もっとも安全な逃亡経路だが、一方、これには最大の危険が潜んでいるともいえる。水上では、夜中以外は完全に無力になってしまうことだ。夜にしても、霧、嵐、雪、狼などを呼び寄せる程度しかできないのだ。船が難破したりすれば、まったく無力のまま水上に取り残され、身の破滅を招くことになる。船を岸に着けることができたとしても、自由に動くこともできない状態で見知らぬ土地に放り出されるのであれば、状況は変わらず絶望的である。

記録から水上にいたことは分かっているが、どの水路かまでは、調べてみなくては分からない。

まずしなくてはならないのは、これまでの彼の行動を正確に把握することである。そうすれば、次の動向が見えて来るかもしれない。

第一に――ロンドンで窮地に追い込まれて必死になった伯爵が、逃げ延びるためにどんなことをしたのか、細かく把握すること。

第二に、すでに分かっている事実を元に、できるかぎりこちらに来てからの伯爵の行動を分析してみることだ。

第一の件については、伯爵が当初からガラッを目指していたのは明白だ。イギリスからの逃亡経路を突き止められないよう、ヴァルナへの送り状を送付して私たちの目をそちらに向けさせたのである。伯爵の当面の狙いはただひとつ、無事に逃げ延びることだけだ。日の出前に箱を運び出すようイマニュエル・ヒルデスハイムに指示した書状が、その証拠だといえる。また、ペトロフ・スキンスキーへの指示も同じだ。これは推測することしかできないが、スキンスキーがヒルデスハイムを訊《たず》ねたところから見て、彼にも指示が書面で届いたのは確かだと言っていいだろう。

見る限り、今のところ伯爵の逃亡計画は順調だ。ザリーナ・キャサリン号は異常な速さで航海を続け、これはドネルソン船長が疑念を抱くほどだったのだが、彼が迷信深く、そして計算高かったおかげで事なきを得ることができた。船長は順風に恵まれて霧の中に船を走らせ、姿を隠したままガラッへと碇《いかり》を下ろした。伯爵の計画は、実に周到だ。ヒルデスハイムが箱を受け取って運び出し、これをスキンスキーに手渡した。そしてスキンスキーが受け取り、そこで足取りが途絶えた。私たちに分かるのは、木箱がどこか水路を移動しているということだけだ。税関と入市税徴収所があったとしても、そこには引っかからなかったらしい。

次に、ガラッ到着後に伯爵が陸上で取った行動について考えてみる。

箱は日の出前に、スキンスキーの手に渡った。日の出であれば、伯爵は人の姿で現れたかもしれない。ここで疑問なのは、なぜこの仕事にスキンスキーが選ばれたのかということだ。夫の日記によると、スキンスキーは川を下って来るスロバキア人たちと取引があるようだ。あの殺人事件がスロバキア人の仕業だという噂は、一般市民が持つスロバキア人への差別意識の現れだと考えられる。そして、伯爵は人目を避けていた。

　私の推測は、下記のとおりだ。伯爵はロンドンにて、もっとも安全かつ人目に付かない水路を、逃亡経路として選んだ。伯爵はドラキュラ城からティガニー人らの手で運び出され、ティガニー人は木箱五十個をスロバキア人に引き渡し、彼らがそれをヴァルナへと輸送した。その経験から、伯爵は誰に頼めば輸送が成功するのかを知っていたということだ。日の出前か日没後になって木箱を陸に降ろすと、伯爵は箱から出てきてスキンスキーと会い、川の上流へと木箱を運搬する手はずを説明した。そして、すべて順調にことが運んでいるのを見て取ると、スキンスキーを殺害して足取りを消したのである。

　地図を調べてみたところ、スロバキア人たちにとって最もこの運搬作業を行いやすいのは、プルト川かシレト川のどちらかだと思われる。催眠状態で私が話した内容の写しを見ると、牛の低い鳴き声と、耳の高さの水音と、木の軋《きし》む音が聞こえるとのこと。つまり伯爵は木箱に入ったまま、甲板のない小型のボートで水上を運ばれているということだ——岸辺近くを、オールか棹《さお》かを使い流れに逆らいながら進んでいるのだろう。流れに任せて下っているとすれば、そんな物音が聞こえるはずがない。

　もちろん、プルト川とシレト川以外を選んだことも考えられるが、調べてみるだけの価値がある。この二本ならばプルト川のほうが楽に進むことができるが、シレト川はフンデュで、ボルゴ峠の周囲をぐるりと走っているビストリッツァ川と合流している。ドラキュラ城へと向かうのであれば、この経路を辿《たど》るのがいちばん手っ取り早いだろう。

ミーナ・ハーカーの日記（続き）

私が推測を読み上げると、ジョナサンが私の腕を取りキスをしてくれました。他の皆さんは私の両手を取り、離そうとしませんでした。教授が言いました。

「またしてもミーナさんに教えられてしまったな。我々が見えないことが、彼女にはよく見えるらしい。これでまた奴の背中が見えた。今度は逃したりはせんぞ。今の奴は無力。日中に水上にいる奴に追いつくことができれば、もう勝ったも同然だ。確かにまんまと出し抜かれたが、伯爵は急ぐわけにもいかん。箱から出れば、船上で人に見つかってしまうからな。怪しまれて箱ごと川に投げ込まれてしまえば一巻の終わりよ。奴はそれをよく分かっているから、急ごうとしていないのだ。さあ、作戦会議といこうではないか。それぞれが、そして全員が何をすべきか、話し合わなくてはな」

「私は蒸気船を手配してくる。それで後を追おう」ゴダルミング卿《きょう》が言いました。

「伯爵が陸に上がるかもしれない。僕は馬を手に入れて来よう」モリスさんが言いました。

「素晴らしい！」教授が言いました。「だがひとりで行ってはいかんぞ。もしかしたら力と力の勝負になるかもしれんし、スロバキア人は狂人で凶暴なうえ、手荒い武器を持っておるからな」

　皆さんは、自分の武器を確かめると笑みを浮かべました。

「僕はウィンチェスター銃を何丁か持って来ている」モリスさんが言いました。「これがあれば、相手が大勢だろうが狼の群れだろうが、かなり戦える。だが、伯爵には他の手下がいることも忘れてはいけない。ミーナさんには聞き取れなかったようだが、確かに奴はそんなことを口にしていたからな。とにかく、準備万端抜かりなく、ということさ」

「私はクインシーと行こう」セワード先生が言いました。「一緒に狩りをするのに慣れているし、しっかり武装さえしていれば、どんな敵が現れても問題はない。アート、君は絶対にひとりになるなよ。スロバキア人と戦わなくてはいけなくなるかもしれないし、不意の一撃を喰《く》らえば計画はすべて水の泡になってしまうんだからな。今回は、不測の事態などあってはいけない。伯爵の頭を切り落とし、もう絶対に生き返らないと確信できるまで、気を抜くことはできないぞ」

　セワード先生はそう言うと、ジョナサンの顔を見ました。ジョナサンは、私の顔を見ました。彼がふたつの思いで引き裂かれているのが分かりました。私についていたいのでしょうが、そうすると蒸気船に乗ることができないのです。あ……あの……あの……吸血鬼（なぜこの言葉を使うのが、こんなにためらわれるのでしょう？）を倒すのには、蒸気船に乗るのがいちばん確率が高いのです。ジョナサンがじっと黙り込むと、ヴァン・ヘルシング教授が口を開きました。

「ジョナサン、君は船に乗るんだ。理由はふたつある。まず、最後には総力戦になるだろうが、若く勇敢な君は戦力として非常に頼もしい。それに、君ら夫妻にこれほどの苦しみをもたらした奴を滅ぼすのは、君の権利でもある。ミーナさんのことは心配いらんよ。よかったら、この私がついているとしよう。私は老いぼれだ。もう全速力で走ることもできんし、長い間馬に乗って追跡することも、武器を手にして戦うことにもそう慣れておらん。だが私は違った方法で、違った戦いをすることができる。必要とあらば、若者と同じようにこの命も投げ出そう。さて、私の考えを聞かせるとしよう。ゴダルミング卿とジョナサンは、小型の蒸気船に乗って川を上る。ジョンとクインシーは、奴が上陸した場合に備えて馬で岸を守る。私はミーナさんを連れて、奴のテリトリーの心臓部へと突入する。あの古狐は箱に閉じ込められて川に浮かんでいるから逃げ出すことはできん。しかも、スロバキア人たちに見つかれば川に放り込まれるかもしれないから、蓋《ふた》を開けようとはせんはずだ。我々は以前のジョナサンと同じ区、ビストリッツからボルゴ峠を越えて、ドラキュラ城へと向かうことにする。そこまでくれば、トランス状態のミーナさんの出番だ。城の近くまで差し掛かりさえすれば、夜明けを迎えたばかりで辺りがまだ暗闇に包まれていようとも、彼女がどうすればよいか教えてくれるはずだ。城についたら、そこからは大忙しだ。城内のあちこちを浄化してしまわんと、毒蛇の巣を一掃することはできないのだからな」

いきなりジョナサンが、顔を真っ赤にして立ち上がった。

「教授、ミーナを……悪魔の病に蝕《むしば》まれた可哀想なミーナを、あの城へ連れてゆくおつもりなんですか？　絶対にいけません！　絶対に！」ジョナサンは言葉に詰まると、しばらくしてからまた口を開いた。

「教授は、あの場所をご存じないんです。あの、悪魔の巣窟《そうくつ》のような恐ろしい城を――月明かりの中を不気味な影が舞い、人喰いの化け物が粒子となって飛び回る、あの地獄を！　教授も、吸血鬼の唇を喉元《のどもと》に押し当てられてごらんなさい！」

ジョナサンはそう言って私のほうを向くと、額を見つめながら両腕を振り上げて「神よ、いったいなぜ僕たちをこんな目に！」と泣き叫ぶと、ソファに崩れ落ちて嗚咽《おえつ》を漏らしはじめました。教授が、深く優しい声で私たちを慰めるように、話しだしました。

「ああ、ジョナサン。私が連れてゆくのは、彼女をあの魔の城から救い出すためなんだよ。本当ならば、断じて連れてなど行きたいものか。彼女には見せられんような、恐ろしい仕事を私たちはあそこで成し遂げなくてはならんのだからね。ジョナサンは知らんだろうが、他の三人は皆、あの城を浄化するためには何をすべきか、その目で見て知っている。いいかね、我々が大変な窮地に立たされているのだということを、忘れてはいかん。今度逃してしまえば、あの狡猾《こうかつ》な伯爵は、百年の眠りに就こうとするかもしれん。だがそうなってしまえばミーナさんは……」教授はそう言うと、私の手を取りました。

「奴の仲間となって、ジョナサン、君が見た三人の女吸血鬼と同じ末路を辿ることになるのだ。君が書いていた、女吸血鬼どもの物欲しげな唇や、伯爵が投げ与えたあの袋を掴《つか》み上げるぞっとするような笑い声……。君が震え上がったのも無理はない。こんな苦しみを君に味わわせてしまうのは、本当に済まないことだ。だが、こうしなくてはならんのだ。私はこの命を賭《か》けてでも、何としてもこれを成し遂げなくてはならんのだ。あの城へと出向いて連中の相手をするとしたら、私を置いて他にはおらん」

「それでは、すべてお任せしますよ」ジョナサンは涙に肩を震わせながら言った。「僕たちは、神の手の中にいるのですから！」

その後

勇敢な男性たちの姿を見ていると、こちらまで元気が出てくるようです。あんなに愛情と真剣さ、そして誠実さと勇気とに溢《あふ》れる男性たちに、私たち女性ができることなど、いったい何があるでしょう！　それに、お金の持つ素晴らしい力にも、すっかり感動してしまいました。使い途《みち》さえ間違わなければ、できないことなど無いのではないでしょうか。こんなものを利己的に、好き勝手に使われたらと思うと、恐ろしくなってしまいます。裕福なゴダルミング卿と、同じく裕福なモリスさんが、気前よくお金を出してくださるのは本当にありがたいことです。その助けがなかったら、こんなに手早く、こんなにも装備をそろえて追跡を始めることは、きっとできなかったに違いありません。出発まで、あと一時間。それぞれ役割を決めてからまだ三時間と経っていないというのに、ゴダルミング卿とジョナサンはもう蒸気船を手に入れて来て、いつでも出発できるよう火を入れています。セワード先生とモリスさんは見事な馬を六頭見つけてきて馬具を取り付け、こちらも準備万端です。地図も装備も、思いつく限りすべて用意しました。私と教授は今夜十一時四十分発の列車でヴェレスティへと出発し、そこから馬車を探してボルゴ街道へと向かいます。馬車は購入しなくてはならないので、お金をたっぷりと持ってゆくことになります。誰を信用してよいものかも分からないので、自分たちの手で馬車を走らせなくてはいけません。教授は何カ国語も話すので、あまり心配はしておりません。武器も用意し、私も大きなリボルバーを一丁持っています。皆さんと同じように武装しないと、ジョナサンが決して安心してくれないからです。ですが私には額の傷《きず》痕《あと》があるため、他の皆さんのような武器を持つことはできません。教授は、狼相手ならそれでも十分に戦えると、私を元気づけてくれました。辺りは、刻一刻と冷え込んでおり、これから降るぞと言わんばかりに、雪を乗せた風がときおり吹いてきます。

その後

勇気を振り絞り、ジョナサンに別れを告げました。もう二度と、会うことはできないかもしれません。ミーナ、しっかりして！　教授がそばについていて、見張っていてくれるんだもの。もう、涙を流したりはしません――いずれ喜びの涙を流す、そのときまでは。

ジョナサン・ハーカーの日記

十月三十日　夜

蒸気船のかまどから漏れてくる炎の明かりを頼りに、これを書いている。ゴダルミング卿《きょう》が、ボイラーに火を立ててくれている。テムズ川に一隻、ノーフォーク湿地帯に一隻、自分の蒸気船を持ってもう何年にもなるのだとかで、さすがに手慣れたものだ。今後の計画については、最終的にミーナの推測どおりだろうということになった。城に逃げ込むために水路を選んだのだとすれば、まずはシレト川を上り、合流地点からビストリッツァ川へと入るのがいちばんいいはずだ。川からカルパティア山脈へと入るのは、恐らく北緯四十七度あたりの地点ではないかと踏んだ。夜になっても、僕たちは何も恐れずに船を走らせ続けた。水深もあり、川幅も広く、暗くはあるが蒸気機関を動かすのには何の支障もない。ゴダルミング卿は、さしあたってふたりで起きていてもしょうがないから僕は仮眠を取るようにと言ってくれた。だが、僕は眠れなかった。最愛のミーナがあんな危険にさらされているのに、とてもではないが眠ってなどいられない。ただひとつの慰めは、僕たちが神の手の中にいるということだけだ。それすらなかったら、すべてを投げ出してさっさと死んでしまったほうがましというものだ。モリス氏とセワード先生は、僕たちよりも早く、馬に乗って出発していった。曲がりくねる川が先までよく見渡せるよう、右手の土手の上高くを走ってゆくことになっている。まずは人に怪しまれぬよう男をふたり雇って馬に乗せ、最後の二頭を引っ張って街を出た。そして、街を出るとすぐに馬から降ろし、自分たちで馬を引率することになっていた。いずれ六人全員がみんなで戦うことになっても、これでひとり残らず馬に乗れるというわけだ。いざとなったらミーナの体格に合わせられるよう、一頭の馬具には可動式の補助器具がついている。

それにしても、こうして船に揺られていると妙に原始的な気持ちになってくる。暗闇の中を進みながら、川面から吹き上げてくる冷たい風に吹き付けられ、謎めいた夜の声に包まれて続けていると、深く深くそう感じずにはいられない。僕たちは見知らぬ道を辿《たど》り、見知らぬ場所へと足を踏み入れてゆく。暗闇と恐怖の支配する世界の奥へと。ゴダルミング卿が、かまどのドアを閉めた……。

十月三十一日

あれからずっと船を飛ばし続けている。今は日が高く、ゴダルミング卿が眠り、僕が見張りに立っている。朝の空気はとても冷たい。分厚い毛布にくるまっていても、かまどの火がなければ凍えてしまいそうだ。川をゆくボートを何艘《そう》か見掛けたが、木箱や、それらしき大きさのものを積んでいるものはひとつも見当たらなかった。ボートを漕《こ》ぐ人びとは僕たちの船の電気式のライトに怯《おび》え、照らされるとすぐにひざまずき、祈りを捧《ささ》げる。

十一月一日　夜

発見は無し。それらしきボートはまったく見当たらない。蒸気艇はもうビストリッツァ川に入っている。もし僕たちの予想と違うルートを伯爵が選んでいたら、これでもう一巻の終わりということになる。行き交う船は、小さいものも大きいものも、すべて入念に観察した。今日の朝早く、ひとりの船頭がこちらを政府の船と間違え、へこへこと頭を下げてきた。僕とゴダルミング卿は、こいつは好都合だとばかりに、ビストリッツァ川とシレト川の合流地点にあるフンデュの街でルーマニアの国旗を一本買い求め、これ見よがしに蒸気船に立てておいた。そのおかげで、それ以降は行き交う船のチェックも楽に済ませることができている。とにかく丁寧にこちらに接してくれ、何を訊《き》こうとも、何を頼もうとも、まず断られることがないのだ。何人かのスロバキア人たちが、普通の倍は船員を乗せた大きなボートが、考えられないような速度で追い越して行ったと話してくれた。まだフンデュ到着前の地点だったため、ビストリッツァ川に折れたか、そのままシレト川を上って行ったのかまでは分からないという。フンデュでは誰もそのボートの話をしていなかったので、通過したのは夜のことだったのだろう。すごく眠い。寒さがこたえてきたのだろうか、少し休んだほうがいいようだ。ゴダルミング卿は、自分が見張りに立つと言い張っている。僕とミーナのことを気遣ってくれているのだろう、ありがたいことだ。

十一月二日　朝

太陽がさんさんと降りそそいでいる。ゴダルミング卿は、僕を起こさずゆっくり休ませてくれた。僕が何もかも忘れたようによく眠っているのを見て、これを起こすのは罪業だと思ったのだそうだ。ひと晩じゅう見張りを任せてすっかり眠りこけていたなど自己嫌悪もいいところだが、何はともあれ彼の言うとおりだった。まるで今朝は、生まれ変わったみたいな気分だ。今は卿が交代して眠っているが、エンジンと舵《かじ》を操りながら見張りをしていても、まったく苦にならない。体力と活力とが、すべて戻って来たみたいだ。ミーナと教授は、今ごろどこでどうしているだろう？　水曜の正午にはヴェレスティに到着しているはずだ。馬車と馬を調達するには、少し時間がかかるだろう。準備を整え、出発して、きっと今はボルゴ街道を走っている頃ではないだろうか。神よ、どうか導きを！　何が起こるのか考えると、不安でたまらなくなる。もっと先を急ぐことができたなら！　だがエンジンはもう、唸《うな》りを上げてフル回転し続けている。セワード先生とモリスさんも大丈夫だろうか。山脈からは無数の細流がこの川へと流れ込んでいるが、今は真冬でも雪解け時でもないので、どれも大したものではない。馬だろうと、道を阻まれるようなことはないだろう。ストラスバに差し掛かる前にふたりと合流できるといいのだが。それまでに伯爵の乗ったボートを追い越していなければ、次の手をみんなで考えなくてはいけなくなる。

セワード医師の日記

十一月二日

出発して三日が過ぎた。新しい発見はない。もしあったとしても、一分一秒を無駄にできない今では、書いている時間はなかったろう。私たちは馬を休ませる以外は走り続けているが、驚くほどに元気だ。かつて、冒険にかまけていたのがようやく役に立っている。さて、追い続けるとしよう。蒸気船と合流を果たすまでは、気を抜いている暇などない。

十一月三日

フンデュにて、蒸気船がビストリッツァ川に入ったという情報を得る。寒くなければいいのだが。どうやら雪が降り出す兆候があるが、ひどい雪になったら進めなくなってしまう。雪が積もったらロシア人よろしく、ソリを用意して先を進まなくては。

十一月四日

今朝、蒸気船が急流を上ろうとして事故を起こしたという話を耳にした。スロバキア人たちが操るボートは、ロープと操舵《そうだ》の智恵のおかげで無事にそこを越えてゆく。数時間前にも、何艘か上って行った。ゴダルミングは、プロではないものの自分でも整備ができるから、彼が蒸気船を修理したのだろう。蒸気船は地元の人びとの手を借りて急流を上り、何とか追跡を再開したようだ。事故の影響で蒸気船に問題が起こっていなければいいのだが。ある農夫の話では、再び流れの緩やかなところへ出ても、蒸気船はたびたび停泊しているように見えたらしい。もっと先を急ぐとしよう。我々の力が役立つことになるかもしれない。

ミーナ・ハーカーの日記

十月三十一日

正午に、ヴェレスティに到着。教授の話では、今朝の私はほとんど催眠術にもかからず、せいぜい「暗くて静かです」くらいしか聞き出せなかったとのこと。今教授は、馬車と馬を調達しに出かけています。いわく、後々予備の馬も買い求めて、交代させながら先を急ごうということです。何せ道のりは、七十マイル以上あります。この国は、本当に美しく、興味深い国です。こんな状況でさえなければ、とても素敵な旅行になったことでしょうに。ジョナサンと一緒に馬車で旅をしたなら、どれほどの思い出になるでしょう。ふたりで馬車を止め、人びとを眺め、この国の生活を学び、自然溢《あふ》れる美しい国と昔ながらの人びとの姿を、一枚の絵画のように胸に焼き付けることができたなら。

そうならば、どんなにいいか……。

その後

ヴァン・ヘルシング教授が戻って来ました。馬車と馬は、無事に調達できた様子。これから夕食を摂《と》ったら、一時後に出発です。宿の奥さんは、バスケットいっぱいの食糧を用意してくれました。これなら、兵隊の一個小隊でも食べられそうなほどです。ですが教授は、もっと持って来るように奥さんに言うと、これから一週間は食糧なぞ手に入らないからな、と私に耳打ちしました。教授はさらに買い物に出かけると、毛皮のコートや膝《ひざ》掛《か》けをはじめ、いろんな防寒具をどっさり持ち帰って来ました。これなら、どれだけ寒くなってもまず大丈夫でしょう。

まもなく出発です。これから何が待ち受けているのかと思うと、怖くてたまりません。私たちは、神様の手の中にあります。この先起こることは、神様のみがご存じなのです。この穢《けが》れた魂にあらん限りの願いを込めて、神様がどうか夫を見守ってくださるよう祈りを捧げましょう。何が起ころうとも、私が言葉にできぬほど愛し、誇りに思っていることをジョナサンが分かっていてくれますように。心からの私の愛はいつでも彼のものなのだと、分かってくれますように。

第二十七章

ミーナ・ハーカーの日記

十一月一日

一日じゅう、かなりの速さで私たちは旅を続けています。馬たちも大切にしてもらっているのが分かるのか、鞭《むち》を打たなくてもどんどん駆けてくれるようです。何度馬を交代させてもスピードが落ちないものですから、きっとこのまま楽々旅が進むのだろうという気持ちになって来ています。ヴァン・ヘルシング教授は道中あまり話しません。馬がくたびれ果ててくると、どうしてもビストリッツへ急がなくてはいけないのだと農夫にお願いして、たっぷりお金を払って、彼らの馬と交換してもらいます。そして、温かいスープやコーヒー、紅茶などを頂いてから、また私たちは旅に戻るのでした。ここは本当に美しい国です。見渡すかぎりどこまでも眺望は美しく、人びとは勇気と力にみなぎり、素朴で人柄がとてもいいのです。そして、こちらが驚くほど迷信深いのです。最初に泊まった宿の女性は私の額についた傷を見ると胸で十字を切り、指を二本こちらに向けて、邪悪な目から自分をまもるおまじないをかけました。きっと、料理にはわざとニンニクをたくさん入れたのに違いありません。私は本当に気が遠くなってしまいそうでした。そんなことがあってからは、人に疑われることがないよう、帽子かヴェールを取らないよう気をつけました。とにかくどんどん進みますし、口の軽い馭者《ぎょしゃ》も私たちの馬車にはいません。噂が広まり、その渦中に飲まれるようなことは無いのです。ですが、私たちの後ろからは、邪悪な目の噂がぐいぐい追いかけてくることでしょう。教授は疲れ知らずで、私をずっと休ませてはくれても、自分は決して休んだりしようとはしません。夕暮れ時には私に催眠術をかけ、また「暗闇、水音と、木の軋《きし》む音」と話したことを教えてくれました。伯爵は、まだ水上を移動しているのです。ジョナサンのことは気がかりですが、彼のことも自分のことも、どういうわけか恐ろしいとはもう思いません。今は、農家で馬を休ませてもらいながら、これを書いています。ヴァン・ヘルシング教授はようやく眠っています。可哀想にぐったり疲れ果てて顔色も悪く、急に老いさらばえたかのようにも見えますが、その口元はぎゅっと力強く、征服者のように結ばれているのです。眠っていても消え去ることがないほどの、強い意志と決意とがあるのでしょう。また馬車を出したなら、私が手綱を取って教授を休ませてあげなくては。まだこの先何日も旅を続けなくてはいけないのですし、いちばん必要な教授に倒れられてしまえば、私たちの旅は終わりです……。どうやら馬車の準備が整った様子。そろそろ出発です。

十一月二日　朝

教授が私の申し出を受け入れてくれ、私たちは夜通し交代で馬車を走らせました。今は日も高いので、寒いものの視界は良好です。空気が妙に重苦しく感じます——もっと上手《うま》い言い方があるのかもしれませんが、馬車が圧迫感に包まれているのです。とても寒く、毛皮がなければ凍えてしまいそう。夜明けに教授が、催眠術をかけてくれました。「暗闇、木の軋む音、ごうごうという激しい水音」と私は答えたようなので、伯爵を乗せた船がさかのぼるにつれ、川の様子が変わってきているのでしょう。どうかジョナサンが危ない目に遭っていませんように——必要以上に危ない目に。どうか神様の手がお護《まも》りくださりますように。

十一月二日　夜

一日じゅう馬車を走らせ続けました。景色はどんどん野生味を増し、ヴェレスティでは遥《はる》か遠くの地平低くに連なっていたカルパティア山脈も、今や私たちの周りを取り囲むようにそびえ立っています。教授も私も元気です。互いに励まし合うことで、自分自身もまた励まされているのです。教授は、朝が来る頃にはボルゴ街道に入るはずだと言います。この辺りまで来るともう民家もまばらで、馬を取り替えてもらうこともできないので、教授いわく、この馬で最後まで行くしかないとのこと。交換してもらった二頭にさらに二頭を加え、今は即席の四頭立て馬車になっています。馬は辛抱強くよく走り、着々と進んでくれています。他の旅人たちの姿も見掛けないので、私でも安心して手綱を握れます。夜を避け、日が昇ってからボルゴ街道に入る予定なので、今は先を急がず交代にゆっくり休みながら進んでいます。ああ、明日はいったいどんな運命が待ち受けているのでしょう？　私たちが向かうのは、ジョナサンがあんなにも恐ろしい目に遭ったあの場所。神様、どうか私たちを導き、夫とふたりの大事な方々を、そして今恐ろしい危険に見舞われている人びとをお護りください。ですが、私は神様の庇護《ひご》の外。悲しいことですが、穢れてしまった私は神様の目に触れることも許されないのです。いつか、この穢れを許されて神様の前に歩み出ることを許されるその日まで。

エイブラハム・ヴァン・ヘルシングの手記

十一月四日
二度と会うことが叶《かな》わぬ場合に備え、旧友にして親友である、ロンドンはパーフリートの、ジョン・セワード医学博士にこれを残しておく。読んでもらえれば分かる。今は朝だ。私はミーナさんと共にひと晩じゅう燃やし続けた焚《た》き火のそばで、これを書いている。とにかく寒い。ひどい寒さのうえに空は今にも雪を降らせそうなほど、どんよりと灰色に曇っている。冬の間は地面が冷たく凍っているので、雪が降れば根雪になるだろう。ミーナさんは、どうもその影響を受けたらしい。一日じゅうひどく眠そうで、まるで別人のようだった。とにかく延々と、延々と、眠り続けたのだ！　あんなにも気の付く彼女がまったく何もせず、食事すら摂ろうとしなかったほどなのだ。馬車を止めるたびにあんなに正確にすべてを書き留め続けていたはずが、日記帳を開いてみようともしない。何かがおかしいと、直感の声がする。ともあれ、今夜はやや元気を取り戻したようだ。一日じゅう眠り続けて回復したのか、以前のように愛らしい、明るい顔をしている。日没に催眠術をかけてみたが、残念なことに収穫はまったく得られなかった。日に日に、催眠術の効果が無くなってゆくのが分かる。今夜はまったくかからなかった。とにかく、何が起ころうとも、どこへ行こうとも、神の意のままに！

さて、記録をつけなくては。ミーナさんが速記による記録をやめてしまったので、私が代わりにちまちまと、昔ながらの方法で日々の行動を記録しなくてはいけない。

昨日朝、日の出の直後にボルゴ峠に到着した。夜明けの訪れとともに、催眠術の準備に取りかかった。馬車を止め、落ち着いて術を施すことができるよう地面に降りた。ソファの代わりに毛皮を敷き詰めてミーナさんをそこに寝かせ、いつものように催眠術をかけようとしたのだが、いつもより時間がかかってしまい、ほとんど話を聞くことはできなかった。答えは以前と同じく「暗闇と、渦巻く水音」のみ。彼女はすっきりとした顔で元気そうに目を覚まし、我々はまた馬車を出すと、間もなくボルゴ峠に着いたのである。すると急に、彼女が熱に浮かされたかのように態度を変えた。何か新たな力が彼女を導いたのだろうか、ミーナさんは一本の道を指差した。

「この道です」

「なぜ分かるのかね？」私は訊《たず》ねた。

「間違えようがありませんわ」彼女はそう言うとすこし間を置いてから、言葉を続けた。

「だって、ジョナサンが日記に書いていたじゃないですか」

何だか妙な気がしたが、確かにそれらしい脇道は他に見当たらなかった。あまり使われてはおらず、ブコビナからビストリッツへと続く、踏み固められた、交通量の多い大きな馬車道とはひと目見ただけでも異質だった。

そこでこの道へと馬車を向けることにした。枝分かれする他の道は、打ち捨てられ、うっすらと雪が積もり、馬が気づかなければ見落としてしまうような道ばかりだった。私は、ゆっくりと進む馬に任せて馬車を走らせた。ジョナサンがあの日記帳に書き留めていた景色が、私たちの目の前にひとつひとつ現れだした。何時間も、何時間も、私たちの馬車は進んで行った。道に入ってすぐ、私はミーナさんに、今のうちに眠っておきなさいと言った。彼女はしばらく眠れなかったようだが、いつしか眠りに落ちていた。だが、あまりにもずっと眠りっぱなしなものだから私はどうもおかしく感じ、彼女を起こそうとしてみた。だが彼女は眠り続け、どう起こそうとしても目を覚ます気配はなかった。あまり激しく起こして、つらい思いはさせたくなかった。こんなにも苦しんでいる彼女には、眠れるときにしっかり眠ってもらうほうがいいのだ。私も、いつの間にかうたた寝をしてしまっていたのだろう、突然まるで何か悪いことでもしたかのように、ぎくりと目を覚ましました。私は手綱を握りしめたままで、馬は先ほどまでと同様、しっかりと走り続けていた。見下ろしてみれば、ミーナさんはまだ眠っていた。日没が近づき、広がる雪原を夕陽が黄色く染め上げていた。鋭くそびえる山の斜面に、馬車の影が長く落ちていた。私たちはどんどん登って行った。ごつごつとした岩だらけの景色は、さながら世界の終わりの様相であった。

私は、ミーナさんを揺り起こしてみた。今度はすぐに彼女が目を覚まし、私は催眠術をかけようと試みた。だが彼女は、まるで私などその場にいないかのような顔で、眠りに落ちようとはしなかった。私はなおも何度も頑張ってみたのだが、やがてふたりとも暗闇に深く包まれ、見渡してみればすっかり太陽は沈んでいたのだった。ミーナさんの笑い声が聞こえ、私は彼女の顔を見た。彼女はよく目を覚ましていた。あんなに元気そうな彼女の姿を見たのは、我々が初めてカーファックス屋敷に侵入したあの夜以来、初めてのことだった。私は驚くと同時に不安を感じたが、あまりに活《い》き活きとした表情で私を気遣ってくれる彼女を見ていると、そんな恐怖も掻《か》き消えてしまった。持ってきた薪を使って火を起こし、馬具を外した馬を雪のかからぬところに繋《つな》いで飼葉を与えている間に、彼女が食事の支度をした。やがて焚き火のところへと戻ると、私の分の食事がそこに並んでいた。私は、彼女の分の準備を手伝おうと申し出たのだが、彼女はただ微笑み、すっかり空腹だったので我慢ができず先に済ませてしまったのだと言った。これが気になり、どうも怪しいと感じたのだが、彼女に警戒されるといけないので、何も言わずにおいた。彼女に給仕してもらい食事を終えると、毛皮にくるまって焚き火のそばに横になり、私が起きているから君は休みなさいと彼女に伝えた。だが、私のほうがうとうとしてしまい、やがてはっとして目を覚ますと、彼女は静かに目を覚ましており、輝くような瞳《ひとみ》で私のほうをじっと見つめていたのだった。そんなことが一度、二度と続き、知らないうちに私は夜明け前までぐっすりと眠り込んでしまった。目を覚ましてから彼女に催眠術をかけようとしたのだが、なんと、彼女は私に言われるままに目を閉じるのに、催眠術にはかからないのだ。太陽は、ぐんぐん昇っていった。遅まきながらも彼女は深く深く、眠りの底へと落ちていった。私は馬を馬車につないで出発の準備を整えると、彼女を抱え上げて馬車に乗せた。ぐっすりと眠り続ける彼女の顔は、以前よりも活き活きとして、色つやもよく思えた。気に入らない。それに、何と嫌な予感のすることか！　考えるのも恐ろしいが、それでも進まなくてはならない。これは生きるか死ぬかの、いや、それ以上の使命なのだ。怯《おび》えてなどいられない。

十一月五日　朝

一部始終を正確に記録しておきたい。君と私は共に奇怪なできごとをいくつも目撃してきたが、君はもしかしたら、私が、ヴァン・ヘルシングが狂ったと思うかもしれない。恐怖と緊張との日々を長く送る間に、とうとう頭がおかしくなってしまったのだとね。

昨日は日がな一日馬を走らせ、さらに荒涼とした山奥へと馬車を進めた。そびえ立つ厳《いか》めしい断崖《だんがい》と、どうどうと落ちる巨大な滝。さながら、大自然の祭典の名残といった眺望だ。ミーナさんは、まだ深く眠り続けている。私はすっかり腹を空《す》かせて食事を摂《と》ったのだが、それでも彼女は目を覚まそうとしなかった。よもや、伯爵の血の洗礼で穢《けが》れた彼女は、この血を取り巻く死の呪いに侵され始めているのではないかと、私は不安になっている。「よし、彼女がずっと眠っているのなら、私は徹夜するとしよう」と、自分に言い聞かせた。ごつごつとした太古の荒れ道を進みながら、私は頭を下げてうたた寝をした。しばらくして、また「しまった」と目を覚ますと、彼女はまだ眠っており、日はだいぶ傾いていた。景色は、がらりと変わっていた。険しい山々は遥《はる》かに遠ざかり、馬車はそびえ立つ山肌のてっぺん目指して走っていた。ジョナサンの日記にあった通りの城がそびえる、山の頂を目指して。胸の中に、歓喜と恐怖とが湧き起こった。善かれ悪しかれ、終わりの時がすぐそこまで迫っているのだ。ミーナさんを起こしてまた催眠術を試してみたが、残念ながら、太陽のほうが先に沈んでしまった。太陽が沈んでも、辺りに積もった雪に染みこんだ夕陽でしばらくは薄明かりが漂っていた。私はすっかり闇に包まれてしまわないうちに馬を馬車からはずして、できるだけ風雪の届かぬ場所で飼葉を与えた。そして火を起こすと、そのそばにミーナさんを座らせ温かい毛皮でくるんでやった。彼女は、いつになく魅力的な顔をして、すっかり目を覚ましていた。食事を用意したが、彼女は空腹ではないからいらないと、手をつけようとしなかった。食べられないのだと知っていたので、無理に勧めたりはしなかった。体力をつけなくてはいけないので、自分だけ食べた。そして万が一の場合を恐れて彼女の座る周りに円を描くと、聖餅を数枚ほど取り出して砕き、それに沿ってぐるりと巡らせた。その間、彼女は雪よりも白いのではないかと思うほどに顔色を失い、まるで死者のようにただじっと座っていた。私がそばにゆくと、彼女がすがりついてきた。可哀想に、頭からつま先まで、恐ろしさに震えていたのだった。彼女がやや落ち着いてくると、私は声をかけた。

「もっと火に寄ったらどうかね？」彼女がどこまでできるのか、試してみようと思い、そう言ってみた。彼女は大人しく立ち上がると足を踏み出したが、何かに打たれたかのように、ぴたりと足を止めた。

「なぜ止まるんだね？」私は訊ねた。彼女は首を横に振ると、元いた場所に戻ってまた腰を下ろした。そして、まるで眠りから覚めたばかりのような目で私を見つめた。

「できません！」そうひとことだけ言って、彼女は口を閉ざしてしまったが、私は内心嬉《うれ》しくてたまらなかった。彼女が炎に近づけないのならば、吸血鬼もまた炎には近づけまい。ならば、彼女の身に危険が迫ったとしても、その魂を守ることはできるということだ！

　少しすると馬がいななき、手綱を引きちぎらんばかりの勢いで暴れだした。私が駆け寄ってなだめると、馬は嬉しそうに小さく鼻を鳴らして私の手を舐《な》めながらしばらくは大人しくなった。何度もそうして様子を見に行くたびに、馬たちは騒ぐのをやめて大人しくなった。いつしかすっかり夜も更けて冷え込み、世界は静まりかえっていた。そしてますます冷え込み出すと、火勢が今にも消え入りそうなほど弱まってきた。雪が渦を巻くように降りだし、冷たい靄《もや》が立ち込めはじめたので、私は薪をくべようと足を踏み出しかけた。暗闇の中、まるで雪に反射したかのように光のようなものが見えた。それを眺めているうちに、吹きすさぶ雪と渦を巻く靄とが、まるで長いドレスをまとった女性のような形に見えてきた。辺りはひたすら静かで、何かを恐れるような馬のいななきだけが聞こえていた。私も、強烈な恐怖を感じてきていたが、自分が輪の中に立っていることを思い出し、安堵《あんど》した。恐らくは、夜の陰鬱《いんうつ》な暗闇と、休まず旅を続けてきた疲労感、そして胸に抱く不安とのせいで幻を見ているのだろうと感じた。ジョナサンが味わった恐怖の体験を私も読んで、知っているからだろうか。雪と靄とがぐるぐると回りだし、彼に口づけをしたあの女たちの姿がそこに見えたような気がした。馬たちは、まるで苦痛に苛《さい な》まれる人間のように、低く低くうめくような声を漏らしていた。不気味な人影がこちらへと近づき周囲をぐるぐると回り出すと、私はミーナさんのことが心配になってきた。彼女のほうに目をやると、大人しく腰掛け、私に微笑んでいる姿が見えた。火を大きくしようと足を踏み出すと、彼女が私を摑《つか》んで引き留め、まるで夢に響くような小さな声で言った。

「いけません！　外に出てはいけません！　ここにいれば安全なんですから！」

私は彼女のほうを向くと、じっと目を見つめて言った。

「だが、君はどうなるのかね？　私が心配しているのは、君のことだよ！」

彼女はそれを聞くと、まるで現実とは思えないような低い笑い声を立てた。

「私を心配されているですって！　そんな必要はありません。あの者たちの前で私ほど安全な者など、他にいはしないのですから」

　いったい何が言いたいのだろうかといぶかっていると、風に煽《あお》られて炎が燃え上がり、彼女の額についた赤い傷痕《きずあと》を照らし出した。そういうことか！　ようやく私には分かった。だが、たとえそこで気づかなかったとしても、すぐに気づいていただろう。ぐるぐると回りながら雪と靄の人影はぐんぐん迫って来ていたが、聖なる輪の内側までは入ろうとしないのである。そしてどんどん形をはっきりとさせてゆくと、ドラキュラ城でジョナサンの首もとに口づけをした三人の女たちの姿へと変容していった。神が私の理性を取り上げられたのだろうか、私は確かにこの目で見たのである。ゆらゆらと揺れるたわわな体、燃えるような瞳、白い歯、艶《つや》やかな肌、そして官能的な唇。私にはそれが彼女たちなのだと、考えるまでもなくすぐに分かった。女たちはミーナさんに向けて微笑みかけると、互いの腕を絡ませ合うようにして彼女を指差しながら、夜の静寂に笑い声を響かせた。そして、ジョナサンの日記に「グラス・ハープの音色」とあった、あのうっとりするように甘い、鈴の鳴るような声で言った。

「妹よ、こちらにおいで。おいで。さあ！　さあ！」

　私は慌てて彼女のほうを振り向き、心に歓喜の炎を燃え上がらせた。その愛らしい瞳に浮かんだ恐怖と嫌悪とは、彼女はまだ化け物などではないのだという希望の証《あかし》だったのだ。私は神に感謝しながらそばに転がっていた火の点《つ》いた薪を一本摑み上げると、聖餅をかざしながら女たちに詰め寄り、焚《た》き火へと近づいて行った。女たちは、ぞっとするような低い笑い声をあげながら、じりじりと後ずさった。焚き火に薪をくべた。恐怖は感じなかった。備えさえしていれば、安全なのだ。装備を身に着けた私には近づくことができないし、聖なる輪に守られたミーナさんにも近づけない。連中が輪に入れないように、ミーナさんは輪から出ることができないのである。馬は鳴き声ひとつたてず、微動だにせず地面に横たわっていた。雪が静かに降り積もり、馬の体を白く、うっすらと覆いはじめていた。恐怖から解放されたのだと、私は感じた。

私たちは、やがてどんよりとした雪空から赤い朝日が降りそそいでくるまで、じっと動かなかった。わびしく、心細く、苦しく、そして恐ろしかった。だが美しき朝日が地平から昇り始めると、私の中にまた生気がみなぎってきた。夜明けの光が射してくると、女吸血鬼たちは靄と雪に戻ってぐるぐると宙を舞い、城のほうへと遠ざかりながら、やがて見えなくなっていった。

私は、催眠術をかけなければと、ミーナさんのほうを向いた。だが彼女はあっという間に深い眠りの底へと落ちており、どうしても目を覚ましてはくれなかった。眠ったままで術をかけられないかと試してみたが無理で、何もできないうちに太陽が昇った。私は、まだ移動するのをためらっていた。新たに火を起こし、馬のところへ行ってみると、馬はすべて死に絶えてしまっていた。今日は、やることが山積みだが、まずは日が高くなるまで待たなくてはいけない。これから向かおうとしているあの場所では、たとえ雪と靄とに囲まれていようと、太陽の光が私の救いになってくれるのだ。
まずは朝食で腹ごしらえをしてから、また仕事に取りかかるとしよう。ミーナさんはまだ眠っている。ありがたい。ずいぶんと安らかな寝顔をしている。

ジョナサン・ハーカーの日記

十一月四日 夜

蒸気船の事故は、最悪のできごとだった。あれさえなければ、とっくにあのボートに追いつき、今ごろはミーナをすっかり自由の身にすることができていたはずなのだ。あの忌まわしい城の近くの荒野に彼女がいるのだと思うと、恐ろしくてたまらない。馬を手に入れたので、それに乗って追跡を続ける。今は、ゴダルミング卿《きょう》が支度をしている間に、これを書いている。武器の準備も万端だ。ティガニー人どもめ、かかって来るなら痛い目を見せてやる。ああ、モリス氏とセワード先生が一緒にいてくれさえしたら。いや、希望を持たなくては！ ミーナ、書けたらまた書く。君に神のご加護を。

セワード医師の日記

十一月五日

夜明けごろ、荷馬車と共にティガニー人の一団が、急いで川から遠ざかってゆくのを目にした。連中は荷馬車を取り囲むようにして、何かに追い立てられているかのような急ぎぶりであった。雪がはらはらと舞っており、辺りの空気は妙に慌ただしい熱気を帯びていた。もしかしたら私たち自身の気持ちがはやっているのかもしれないが、だとしたら、こうも沈んだ気持ちを感じているのはなぜなのだろう。遠くで狼の吠《ほ》えるのが聞こえた。降り出した雪に追われて山を出てきたのだろうが、こうも四方から聞こえてくるのでは、私たちも危ないかもしれない。そろそろ馬もよく休んだので、出発しなくては。行く手には、死が待ち受けている。誰がいつ、どこで、どうやって死ぬのかは、神のみぞ知る。

ヴァン・ヘルシング教授の手記

十一月五日　午後

どうやら、私は正気のようだ。そう証明するのは本当に大変だったが、何はともあれ、神に感謝せねばなるまい。聖なる輪の中で眠っているミーナさんを残し、私は城へと向かった。ヴェレスティで手に入れておいた鍛冶屋《かじや》用のハンマーが実に役立ってくれた。扉は開いていたが、私たちをはめようとする誰かの手で城から出られなくなってはいけないので、まずはひとつひとつ鍵《かぎ》を壊して回った。幽閉されたジョナサンの経験が、このアイデアをもたらしてくれたわけだ。ジョナサンの日記に書かれていたことを頼りに、古い礼拝堂へと向かった。やらなければならないことは、そこにあるのだ。空気は気が遠くなるほどむんと立ち込めており、硫黄《いおう》ガスでも噴き出しているかのように、ときおりくらくらと目眩《めまい》を感じた。そのせいで耳鳴りが聞こえたのだろうか。それとも、彼方《かなた》の狼たちの咆哮《ほうこう》だったのだろうか。私はミーナさんのことを思い出し、ぐっと奥歯を噛《か》みしめた。ミーナさんを吸血鬼から守るためあの輪の中に残してきたのは、こんな恐ろしい城へと連れて来るわけにはいかないからだ。たとえ、狼たちがそこをうろついていたとしても、である。私は、この城で自分の役目を果たすのだと決めた。狼のことは、仕方がない。それは神がお決めになることだ。いずれにしろ、死の先には自由がある。この選択こそ、彼女のためなのだ。自分のことならば、もっと話は簡単だった。吸血鬼に殺されるより、狼の胃袋の中のほうがましに決まっているからだ。私は、ふたたび礼拝堂へと向けて歩きだした。

少なくとも三つの墓があるはずだった――あの女たちの墓である。あちこち探し回ると、ようやくそのひとつが見つかった。彼女はその中で吸血鬼の眠りについていた。まるで生きているかのように艶《なま》めかしく、美しいその姿を見て、あたかも自分が人殺しに来たような気持ちになり、私はぞっとした。ああ、きっと私と同じようにここに来て、心くじけてしまった男たちが、過去には何人も何人もいたのに違いない。決心がつかず、なかなか殺すことができず、この女吸血鬼の魅力にすっかり心を奪われてしまうのだ。

そして傍らに立ち尽くしたまま日没を迎え、女が目を覚ます。女の美しい瞳《ひとみ》が開き、愛を浮かべたその目で彼を見すえ、口づけをしようとその官能的な唇を寄せてくる——男はもう、抗《あらが》うことなどできはしない。そうして新たな犠牲者が出ると、残忍なるアンデッドの一団に、ひとり加わることになるのである。

　辺りには、伯爵の住処《すみか》に漂っていたようなひどい悪臭が立ち込めていたが、そうして何世紀にもわたって積もってきた埃《ほこり》にまみれ、年月に朽ちた墓の中に横たわる彼女を見ているだけで、私の心は確かに動き、魅入られた。固い決意と目的を持ち、憎悪するに足る十分な理由をも携えてきたはずのこの私、ヴァン・ヘルシングですら心を動かされたのだ。ただこうして見つめていたいという気持ちに抗えずに、体を麻痺《まひ》させ、魂の自由すら失ってしまったのだ。睡眠不足とその場の妙な圧迫感に、飲み込まれかけていたのかもしれない。私は眠りの中に——甘い誘惑に飲まれたものが引きずりこまれる、目覚めたままの眠りの中に引きずり込まれようとしていた。そのとき、雪の静寂の向こうから、低く長い、悲しみの嘆きの声が聞こえてきた。苦痛と悲哀とに満ちたその声に、私はクラリオンの音色に揺さぶられたかのようにはっと我に返った。響いてきたその声は、他ならぬミーナさんの声だったのだ。

　私は気を取り直してこの恐ろしい作業へと戻ると、墓の上蓋《うわぶた》を引き剝《は》がし、もうひとり、色黒の女が眠っているのを見つけた。また魅入られてしまっては敵《かな》わぬので、敢《あ》えてまじまじと見つめるのはやめておいた。そして捜索を続けると間もなく、いちばん大切にされているかのように高く大きな墓に眠る、金髪の女を見つけ出したのだった。ジョナサンの日記にあったように、私の目の前で靄《もや》の粒子から人の姿に変容した、あの女である。目もくらむほど美しく、優雅で官能的な女の姿は、私の中の男に訴えかけ、この女を愛せ、この女を守れと囁《ささや》きかけてきた。私は、新たに湧き出してきたこの感情に、呆然《ぼうぜん》となっていた。だが神の導きのように、私の耳にはまだ先ほど聞いたミーナさんの悲鳴が余韻となって残っていた。すっかり魅入られてしまう前に、私は自らを奮い立たせて仕事に取りかかったのである。もう、礼拝堂の墓はすべて調べ尽くしてしまっていた。夜中に現れたアンデッドの亡霊は三人だけだったのだから、他に生きている負死者はいないだろうと、私は考えた。ひとつだけ他の墓よりも荘厳で、巨大で、高貴さを漂わせた墓があった。そこにはひとこと、こう刻まれていた。

DRACULA

この墓こそが、多くの吸血鬼たちを生み出し続けてきた吸血王の、その住処なのだ。中がもぬけの殻であるのを確かめると、さらにその実感が強まった。女たちに本来の死、真の死を与える作業を始める前に、私はドラキュラ伯爵が永遠に戻ることができないよう、墓の中に聖餅を一片入れた。

それが済むと、作業に取りかかった。胸の悪くなるような作業を思い起こし、私はぞっとした。ひとりならまだ楽だが、今回は三人もいるのだ！　一度だけでも恐ろしいのに、それをさらに二回も繰り返さなくてはいけないのだ。あの、かわいらしいルーシーひとりだけでもあれほど大変だったのだ。だというのに今度は、何世紀をも生き抜き、年月とともに力を強め、穢《けが》れた魂と延々と戦い続けてきたあの三人の怪物たちが相手なのである……。

ジョン、私はまるで殺人者だ。彼女たちの手にかかってきた犠牲者や、これからその恐怖に震える生者たちのことを思って気持ちを奮い立たせなければ、とてもやり終えることなどできなかったろう。成し遂げた今でも、震えが止まらない。途中で心が折れなかったことが、せめてもの救いだ。最期の瞬間を、消滅の瞬間を迎える直前、女の顔にさっと歓喜が過《よ》ぎったのを見て、私は彼女の魂が解放されたのを知った。そうでなければ、最後までやり抜くことはできなかったろう。杭《くい》を打たれて身をよじり、唇から血の泡を吹いて悶《もだ》える彼女たちの姿を、見ていることなどできなかったろう。恐怖の前に心くじけ、何もかも途中で放り出して逃げ出してしまったことだろう。だが、終わったのだ！　女たちは崩れ去ってゆく寸前、ようやく真の死の眠りに就くことができたのだ。鋭いナイフの刃に頭を切り落とされると、彼女たちの体は溶けるように形を失い、元の塵《ちり》へと戻って行った。まるで、何世紀も前に訪れるはずだった死が、「私はここだ！」とついに姿を現しでもしたかのように。

城を立ち去り際、私はもう伯爵がアンデッドとして足を踏み入れることができないよう、玄関口を封印した。

　聖なる輪の中に足を踏み入れると、眠っていたミーナさんが目を覚ました。そして私の姿を見るや、悲痛な声で叫んだ。

「もうこんな恐ろしいところからは離れましょう！　こちらに向かっている夫たちと合流しましょう」

　彼女はすっかり瘦《や》せこけ、蒼白《あおじろ》く、弱々しい姿だった、その澄み渡る瞳には力がみなぎっていた。その衰えた姿を見ていると、妙に安心した。私の頭の中には、身を横たえて眠る女吸血鬼たちの、艶《あで》やかな姿がまだ焼き付いていたのである。

　私たちは信頼と希望、そしていっぱいの恐怖を胸に、友人たちと合流すべく東へと向かった。そして、奴を迎えるために。ミーナさんは、彼らが近づきつつあるのを感じているようだ。

ミーナ・ハーカーの日記

十一月六日
　夫たちがこちらに向かっているのを感じ、合流すべく教授とともに東へと向かいだしたのは、午後遅くになってからのことでした。道は下り坂でしたが、そう速くは進むことができません。万が一この雪原に取り残されでもしたらという考えを捨てられず、重い毛布や防寒具を運びながらの移動だったのです。周囲は見渡す限りの荒野で、どこを向いても人の住んでいるような気配など微塵《みじん》も感じられないほどだったので、食料も運ばなくてはなりませんでした。一マイルほど進むと、私はすっかり疲れ果てて座り込んでしまいました。振り向けば、くっきりとそびえるドラキュラ城は、まるで天を突くかのよう。眼下にカルパティア山脈が一望できたので、なおさらそう思えました。城の四方を取り囲む山々との間には深い渓谷が広がり、千フィートはあろうかという断崖《だんがい》絶壁のてっぺんにそびえるドラキュラ城は、実に雄大です。眺めていると、寒々としたような、異様であるような、何ともいえない気持ちになるのでした。遠くから、狼の遠吠《とおぼ》えが聞こえてきました。ずいぶん遠くから雪にくぐもって聞こえてきたのですが、それでも私は恐ろしくてたまりませんでした。ヴァン・ヘルシング教授は狼の襲来にそなえ、身を隠しながら攻撃できる場所を探しているようでした。見下ろせば、荒れ道は舞い踊る雪の中に消え入るようにしながら、まだ下へと続いているのでした。

しばらくして教授が合図をしたので、私は立ち上がって彼のところへと向かいました。教授は、打ってつけの場所を見つけ出していました。ふたつの大岩の間にぽっかりと口を開けた、岩穴のようなところです。教授は私の手を取って中に引っ張り込むと「ここなら大丈夫。もう安心しなさい。狼どもがやってきても、私が一匹ずつしらみつぶしにしてやろう」と言いました。教授は毛皮を地面に敷き詰めてそこに私を座らせると、食べ物を取り出して、今のうちに食べておくよう私に差し出しました。ですが、どうしても食べる気にはなれませんでした。教授を安心させるために食べようとはするのですが、どうしても、食べたいと思えないのです。教授は悲しげな顔をしましたが、無理に食べさせようとはしませんでした。

教授は鞄《かばん》から双眼鏡を取り出すと、岩のてっぺんから地平を覗《のぞ》きました。と、いきなり叫び声が聞こえました。

「ミーナさん、ごらん！　これをごらん！」

私が立ち上がって教授の隣へと急ぐと、教授は私に双眼鏡を手渡し、指差してみせました。いつしか強い風が吹いて雪も強まっており、雪は猛《たけ》り狂う渦のように舞い踊っていました。ですが、ときおり雪足がはたと弱まると、まだ遠くまで見渡すことができました。私たちのいる高みからだと、本当に遠くまでよく見えました。白い雪原の遥《はる》か向こうに、まるで黒い線のようになって曲がりくねりながら、川が延びているのが見えました。真正面、それほど遠くないところに――なぜそれまで気づかなかったのかと思うくらい、近くなのです――馬に乗って先を急ぐ、人びとの一団が見えました。長い荷馬車を取り囲むようにして、凸凹とした悪路を、犬の尻尾《しっぽ》のように揺れながら進んでいます。農夫か、それともジプシーか。雪に映えて、彼らの姿がよく見えました。

荷馬車には、大きな箱が載っていました。いよいよ終わりの時が近づいてきたのだと、私の心臓がどくりと脈打ちました。夕暮れは、もうすぐそこに迫っています。日没がくれば、あれはまた力を取り戻し、変幻自在の姿となって、私たちの手の届かぬところまで逃げ延びてしまうでしょう。恐ろしい気持ちになって教授のほうを向き、私は目を疑いました。教授がいないのです。慌てて視線を辺りに走らせると、教授は下に降りており、昨夜と同じように岩の周囲に円を描いているところでした。それが終わると教授はまた私の隣に戻って来て、言いました。

「ここにいれば、奴が来てもひとまずは安全だ！」そして私から双眼鏡を受け取り、雪が途切れるのを待って眼下の雪原を見回しました。「ごらん、連中の急ぎっぷりを。馬に鞭《むち》をくれて、全速力で走らせているぞ」教授はそこまで言って言葉を止めると、虚《うつ》ろな声で言いました。

「日没が来るのを恐れているのだ。手遅れかもしれん。神のご加護を！」

またひどく吹雪いてきて、周囲の景色をすっかり隠してしまいました。すると突然、悲鳴が響き渡ったのです。

「なんと！　なんと！　馬に乗って、南からふたり追いかけてくるのが見える。クインシーとジョンに違いない。双眼鏡をごらん。ほら、また雪が吹き付けてくる前に！」

双眼鏡を覗き込んでみると、セワード先生とモリスさんらしい人影が見えました。どちらもジョナサンでないのは分かります。ですが、ジョナサンもそう遠くないところにいるのを、私は感じていました。北のほうへ視線を向けると、そこからさらにふたり、馬を飛ばしてくる人影が見えました。ひとりはジョナサン、そしてもうひとりはゴダルミング卿《きょう》です。ふたりとも同じく、荷馬車に追いつこうとしているのでした。教授は私からそれを聞くとまるで子供のように歓声をあげ、また雪に隠れてしまうまでじっと双眼鏡を覗いてから、岩穴の外の岩の上にウィンチェスター銃を用意しました。

「もう袋の鼠だ。ここで三方からジプシーどもを取り囲むぞ」

話している間にも狼の咆哮《ほうこう》が迫って来たので、私はリボルバーを取り出して握りしめました。また吹雪が弱まり、私たちは辺りを見回しました。不思議なことに、すぐ周辺には激しく雪が舞っているというのに、遠くの山頂へと沈みつつある太陽はますます明るく輝きを放っています。双眼鏡で眺めてみると、あちらこちらに黒い点が蠢《うごめ》いているのが見えました。ひとつ、ふたつ三つ。いや、もっとたくさん……。狼たちが獲物を求めて集まって来たのです。

もう、永遠とも思えるほどの間、待ち続けているような気持ちでした。風は今や荒れ狂いながら、雪を頭上まで巻き上げ嵐のように躍らせています。ときおり、腕の先すら見えなくなるほど、雪は激しさを増していました。しかし、折に触れて風が雪を吹き飛ばすと、ずっと先まで視界が開けるのでした。ずっと日の出と日没とを待ち続けて日々を過ごしてきた私たちです。もう太陽が沈もうとしているのは、はっきりと分かっていました。

時計に目をやって、私は目を疑いました。こうして岩穴に隠れて待ち始め、こちらに向かってくる彼らの影を見つけてから、まだ一時間も経っていないのです。風はもう、先ほどまでよりも強く激しい北風に変わっています。ときおり北風が雪を吹き飛ばし、その向こうに景色を見渡すことができました。追う者、そして追われる者。もうはっきりと姿が見えます。不思議なことに、ジプシーたちは自分たちが追われていることに気づいていないようでした。気づいていたのかもしれませんが、それでもまったく気に留めてなどいないのです。沈み行く太陽を受けながら、ただひたすらに馬を急がせ、山頂目指してひた走ってゆくのです。

荷馬車が、ぐんぐんと近づいて来ました。教授と私は岩陰に身を潜めると、銃を握りしめました。教授は、絶対にここは通すものかと待ち構えています。私たちの姿には、誰も気づいてはいませんでした。

突然、ふたつの声が響き渡りました。

「止まれ！」片方は、興奮したジョナサンのうわずった声。そしてもうひとつは無表情に命令するかのような、モリスさんの声です。

英語が分からないジプシーたちにも、声の様子ではっきりと伝わったはずでしょう。彼らがびくりとして荷馬車を止めると、片側にゴダルミング卿とジョナサンが、そしてもう片側にセワード先生とモリスさんが、駆け付けて来ました。ケンタウロスのように雄々しく馬に跨《またが》った親方が歩み出て来て、四人に下がるよう手で合図をすると、ジプシーたちに先を急ぐよう怒鳴りました。ジプシーたちが馬に鞭を入れて走らせかけたのですが、四人はウィンチェスター銃を構え、有無を言わせぬ態度で立ちはだかりました。教授と私は岩陰から立ち上がると、彼らに銃を向けました。自分たちがすっかり包囲されているのに気づき、ジプシーたちが手綱を引き、馬を止めます。親方が、手下たちに何か号令をかけました。ジプシーたちはナイフや、拳銃《けんじゅう》など、それぞれ武器を取り出して、じっと敵を睨《にら》みつけました。いよいよ始まったのです。

親方はさっと手綱を振ると私たちの前へと馬を進ませ、山頂に沈みかけている太陽を指差しながら、私たちには分からない言葉で何かを訴えました。四人は答える代わりに馬から飛び降りると、荷馬車へと駆け出しました。そんなに恐ろしいことをするジョナサンの姿を見ても、私は不思議と不安になりませんでした。たぶん私も皆さんと同じように、戦いの匂いに駆り立てられていたのだと思います。恐れは感じず、私も何かしなくてはという気持ちばかりが胸に湧き起こっていたのです。駆け出す四人を見て親方が何かを号令すると、ジプシーたちが手早く荷馬車を取り囲もうと集まって来ました。ですが、どうやら訓練されたのではないでしょう。必死になるあまり、互いにぶつかり合うようにしてよろめいているのです。

その隙に、片方からジョナサンが、そしてもう片方からモリスさんが、彼らを押しのけるようにして荷馬車へと近づいていきました。ふたりとも、沈みかけた太陽を見て、気持ちを焦らせていたのです。ふたりを止めることも、立ちはだかることも、誰にもできはしません。ナイフや銃を手にしたジプシーたちの姿も、背後から響く狼たちの咆哮も、ふたりはまったく意に介していませんでした。その決死のジョナサンの迫力に、前方のジプシーたちがひるんで咄嗟《とっさ》に道を空けました。ジョナサンはさっと荷馬車に飛び乗ると、目を疑うほどの力で木箱を持ち上げ、ひと息に投げ降ろしてしまいました。私の視線の端ではモリスさんが、取り巻くティガニー人たちを押しのけながら、必死に木箱まで辿《たど》り着こうとしていました。と、モリスさんの近くで光が閃《ひらめ》きました。ジプシーが、彼に向けてナイフで斬りつけてきたのです。モリスさんが大きな猟刀でこれを払いのけたのを見て、私は無事に木箱に辿り着いたのだと胸を撫《な》で下ろしました。ですが、荷馬車から飛び降りてきたジョナサンのそばに駆け寄って来たモリスさんは片手で脇腹を押さえており、その指の隙間から血がしたたり落ちているではありませんか。ですが、モリスさんは止まろうとはしませんでした。ジョナサンが大きなククリ・ナイフを取り出して、片側から木箱の蓋《ふた》を引き剝《は》がそうとしはじめると、もう片側を猟刀でこじ開けだしたのです。軋《きし》むような音を立てて釘《くぎ》が抜け、蓋が開いてゆきます。

ジプシーたちは、ゴダルミング卿とセワード先生にウィンチェスター銃の銃口を向けられ、抵抗する気力も無くしたように大人しくしていました。ほとんど沈みきった太陽の光が、彼らの長い影を雪原に落としていました。箱の中に横たわる伯爵の姿が見えました。荒々しく投げ落とされたせいで、少し土をかぶって汚れていました。まるで蠟《ろう》人形のように蒼白《あおじろ》く、その瞳《ひとみ》は、忘れようもないあの復讐《ふくしゅう》の炎に輝いていました。その両目が沈みゆく太陽を捉《とら》えると、憎悪の炎が掻《か》き消え、勝利の輝きがそこに溢《あふ》れてきました。

ですがその瞬間、ジョナサンの振りかざした大きな刃が閃きました。その刃が伯爵の首を切り落とすのを見て、私は思わず悲鳴をあげました。同時にモリスさんが猟刀を、伯爵の心臓へと突き立てました。

息をつく間もなく、私たちの目の前で伯爵の体が崩れ去り、塵《ちり》となって風に消えていきました。まるで、奇跡を目にしたかのようでした。

崩れ去るその瞬間、思いもよらなかった安らぎの表情が伯爵の顔をよぎったのを、私は生涯忘れることなく、よき思い出とするでしょう。

ドラキュラ城は赤く染まった空にそびえ、朽ち果てた銃眼のひとつひとつまでもが、沈みゆく太陽を受けてくっきりと見えていました。

ジプシーたちは、私たちが何らかの力を使い男をひとり消し去ったのだと思い込み、何も言わずに命からがら逃げ出して行きました。馬を持たないジプシーたちは荷馬車に飛び乗り、自分たちも連れて行ってくれと、その背中に叫んでいました。離れたところにいた狼たちも、ジプシーたちを追うように姿を消し、後には私たちだけが残りました。

モリスさんは肘《ひじ》で体を支え、傷口を片手で押さえながら、地面にうずくまっていました。指の間からは、まだ血がどくどくと流れていました。聖なる輪から解放された私は、彼のもとへと駆け寄りました。教授と先生もやって来ました。ジョナサンは地面に膝《ひざ》をつくとモリスさんを後ろから抱きかかえ、彼の頭を自分の肩にもたせかけました。モリスさんはため息をつくとかすかな力を振り絞り、血で汚れていないもう片手で私の手を取りました。きっと私の顔に、この苦しみを見て取ったのでしょう。彼は微笑み、私にこう言いました。

「あなたの力になれて、本当によかった！　神よ！」モリスさんはそう言って、何とか体を起こそうとしながら私を指差しました。「命をかけた甲斐《かい》もあるというものさ。ほら、ごらん！」

山頂に太陽がかかり、赤い夕陽が私の顔を赤く染め上げていました。皆さんはひざまずき、モリスさんの指差す先を見つめました。誰の口からともなく「アーメン」という言葉が漏れ、深く、厳かに響きました。モリスさんが言いました。

「無駄ではなかったんだ。神に感謝しなくてはね。ほら！　君の額はこの雪原よりも透きとおっているじゃないか！　呪いは消え去ったんだ！」

モリスさんはそう言うと私たちの胸に悲しみを置き去りにし、静かに微笑みを浮かべ、亡くなったのでした。勇敢な紳士として。

付記

僕たちが地獄の業火をくぐり抜けたのは、今から七年前のこと。あの苦しみが報われ、今のこの幸せな暮らしを、僕たちは送ることができている。息子の誕生日がクインシー・モリスの命日と同じであることは、僕とミーナにとって新たな喜びになった。ミーナは密《ひそ》かに、勇敢なる友人の精神が彼に引き継がれたのだと思っているらしい。息子には、セワード先生やゴダルミング卿《きょう》、そしてヴァン・ヘルシング教授にあやかり長い名前を付けたが、僕たちは彼のことをクインシーと呼んでいる。

今年の夏、僕たちは再びトランシルヴァニアへと旅行し、恐ろしくも忘れがたい思い出溢れるあの場所を訪れた。この目で見て、この耳で聞いたあの出来事は、どこか絵空事ででもあったかのように僕には感じられた。もう、当時の名残は綺麗《きれい》に消え去ってしまっていた。ただドラキュラ城だけがかつてと同じ姿で、荒涼とした原野を見下ろすようにそびえ立っていた。

イギリスに戻った僕たちは、当時の思い出を語り合った。ゴダルミングもセワードも今や結婚して幸福に暮らしている。あの頃を振り返っても、もう僕たちは悲しみに沈むようなことはなかった。あの冒険が終わってから、ずっと金庫に保管しておいた書類を持ち出してみた。驚いたのは、これだけ膨大な量の記録や書類があるというのに、ひとつとして事実認証を受けた文書が無いということである。あの旅の終盤に書かれたミーナとセワード先生と僕、そして教授の手記の他に残る膨大な書類の山は、すべてタイプされたものばかりなのだ。これだけのものを、実際に起きた物語の証拠として認証しろなどとは、誰に頼みようもない。ヴァン・ヘルシング教授は息子を膝に乗せながら、こう締めくくった。

「証拠なんて要るものかね。疑われたところで、どうということもない！　いつかこの子も、母親がどれほど勇敢で、どれほど立派な女性か分かるときが来るとも。もうすでに、その優しさと愛情とは身をもって知っているだろうからね。いずれ、なぜ自分の母親を男たちが寵愛《ちょうあい》し、なぜ命まで賭《か》けたのか、この坊やにも分かるときが来るとも」

ジョナサン・ハーカー

訳者あとがき

本書は、一八九七年に刊行されたブラム・ストーカー作『DRACULA』の新訳である。翻訳には、Reider Booksという出版社がウェブで配布しているPDF版を使用した。また、平井呈一氏訳の創元推理文庫版、新妻昭彦氏・丹治愛氏共訳の水声社版を非常に参考にさせて頂いたことへの感謝を、ここに記しておきたい。

ドラキュラと聞けば、耳に憶《おぼ》えのある方がほとんどだろう。海外では幾度となく映画がリメイクされ、日本国内でもコミックやテレビゲームなど様々な作品にドラキュラという名が登場し続けてきた。だが、意外とこの原作小説をお読みになったことがある方は少ないのではないかと思う。本書の翻訳中もあちこちで人にドラキュラのことを訊《たず》ねてみたのだが、おおむね人びとが抱いているドラキュラ像は、一九三一年に公開されたユニバーサル映画『魔人ドラキュラ』でベラ・ルゴシが演じたダンディでスマートな、オールバックとマント姿のドラキュラ伯爵のものだった。本書の読者にも、冒頭で語られるドラキュラ伯爵の容姿を読み、想像していたイメージと違うと感じられた方は多かったのではないだろうか？　だが元祖はアイルランド出身の作家ブラム・ストーカーが作り上げた、この『DRACULA』である。

ブラム・ストーカーが本作の着想を得たのは、意外にも遅く、彼が四十三歳のころのことだった。舞台俳優のヘンリー・アーヴィング宅でブダペスト大学のアルミニウス・ヴァーンベーリ教授と出会い、彼からトランシルヴァニアの吸血鬼伝承を耳にしたことがきっかけだったらしい。一八九七年に『DRACULA』が出版されると、アーヴィングがすぐにそれを舞台化。おかげで本作は飛ぶように売れて、イギリスの読者たちを恐怖の底に突き落とした。執筆に際しては、ストーカーと同じくアイルランド人作家のシェリダン・レ・ファニュが書いた『吸血鬼カーミラ』（創元推理文庫　平井呈一訳）からの影響を色濃く受けたようだが、よりホラー色とエンターテインメント色の濃い『DRACULA』のほうが大衆にはうけ、こちらが吸血鬼小説の代名詞となった。

さて、ドラキュラがあまりに有名になりすぎたせいで、他の作品がすっかり忘れ去られてしまった感のあるブラム・ストーカーだが、本作を読むかぎり、やはりただものではないと痛感させられる。冒頭、ドラキュラ城に到着するまでの情景描写も見事で、特にカルパティア山脈へと向かって山間《やまあい》の馬車道を走ってゆくシーンなどは、あまりの美しさに思わずため息が漏れた。そして、ドラキュラ城に入ってからのおどろおどろしい、ずっと得体の知れない不安が流れているかのような描写も秀逸である。場面が変わると空気が丸のまま入れ替わってしまったかに感じられ、翻訳しながら一読者として興奮してしまった。

それに本作の大きな特徴である、書簡体による展開が本当に素晴らしい（もっともこの形式は、当時の流行だったという話だが)。それぞれの日記の端々にちらりちらりと見え隠れする伯爵の姿が、徐々にイギリスへと、そしてロンドンへと近づいてくる様子は、とても恐ろしく、このうえなく不気味である。

しかし、僕がなにより面白いと感じたのは、本当にドラキュラ伯爵が凶悪な化け物なのかが最後までぼかされたまま物語が幕を閉じるところである。たとえば、夜中にろくに灯《あか》りもない裏路地で人とすれ違えば、誰もが「危ない、これは襲われるぞ」という気持ちと「大丈夫、すれ違って終わりだ」という気持ちとの間で、緊張感に身を強《こわ》ばらせるだろう。本当に悪なのかそうでないのかが今ひとつ判然としないドラキュラ伯爵の姿にも、延々とそういう緊張感や恐ろしい予感が付きまとうのだ。

だがその予感とは裏腹に、読み進めれば読み進めるほど、ドラキュラ伯爵が思ったよりも大人しく無力であることを意外に感じられた方は多いのではないかと思う。本作に登場する伯爵は、ジョナサンの食事を自ら作ったり、ベッドメイキングをしたりと甲斐《かい》甲斐《がい》しく世話をして回る所帯じみたところを見せたかと思えば、はたまたロンドンでは、逃亡資金の金貨を拾い集めながら逃げ去り遠くから捨て台詞《ぜりふ》を吐く情けない姿を臆面《おくめん》もなく見せたりする。ひとりでは、水の上も渡れない。正直、手も足も出ないままイギリスから駆逐され、あっけなく敗北してしまうのである。本当に、言うほど恐ろしい化け物だとは思えないどころか、すこし応援したいような気持ちすら湧いてくる。

実際、伯爵はロンドンでどれほどの悪事を働いたのだろう? 唯一の被害者となったルーシー・ウェステンラも、実際に伯爵に殺されたのかと問われれば、そこははっきりとしない。血液型というものがまだ発見されていなかった当時、頻繁に起きていた輸血事故で死亡したのではないかという見方もできるからだ。

さて、日本には「幽霊の正体見たり枯れ尾花」という川柳があるが、確かに「幽霊だ」と思って見れば、風に揺れるカーテンや木立も幽霊のように見えてしまうものである。伯爵を追い詰めるヴァン・ヘルシング教授らの手記の数々を読んでいると、どうも彼らにもまた、同じような心理が働いているのではないかと思えてならないところがある。彼らはとにかく「事実をありのままに記録しなくてはいけない」と何度も何度も繰り返しているが、裏を返せばこれは、それだけギリギリの精神状態であったのを自覚しているのだといえる。いったい、なにが彼らをそれほどまでに怯《おび》えさせたのだろう？その鍵《かぎ》は、冒頭で「何本もかかった見事な橋の中でもいちばん西洋風の一本を渡りきると、その先に広がるトルコ支配の伝統の中へと足を踏み入れることになる」と綴《つづ》られたジョナサンの言葉にあるように思えてならない。

ヨーロッパ史によると、トルコ（正確にはボスポラス海峡）を境に東洋と西洋とが分かれているという。つまりジョナサンは、今まさに西洋から東洋の世界へと足を踏み入れていくところなわけだが、情報ツールも交通手段も未発達であった当時、これは今の海外旅行以上の冒険だったといえるだろう。自分にとって未知の文化圏へと入るとジョナサンは、行き交う人びとの一挙手一投足から料理のひとつまで珍しがり、ときに不安がっているのが見て取れる。人びとの服装までもを実に細かく描写してみせているあたりからも、彼がどれほど珍しがり、あらゆるものをじろじろ眺めていたのかが分かる。意味の分からないまじないをする見送り人たちの姿や、理由の分からない贈り物をよこす馬車の乗客たちの姿に、ジョナサンはいったいどれほど不安に、そして不気味な心持ちになったことだろう。彼がドラキュラ城や伯爵本人に対して抱く不安にも、得体の知れない国に対する漠然とした恐怖が大きく作用していたことは、想像に難くない。

結局は、その「異文化圏の得体の知れなさ」が、ジョナサンたちの恐怖を増幅させているのだと考えると、物語そのものを非常に想像しやすくなる。つまり彼らは、自らも自覚するようなギリギリの緊張の中、「幽霊の正体見たり枯れ尾花」が起こりやすいような精神状態で、伯爵と対峙《たいじ》していたのだろう。本書にはつまり、吸血鬼という怪物への恐れとともに、異文化への畏怖《いふ》もまた描かれているといえる。ヴァン・ヘルシング教授たちの記録した書簡の数々は、確かに「事実をありのまま」書いたものかもしれないが、結局は個人の主観的な記録なのだということを踏まえて読むのが、本書に描かれたふたつの闇――伯爵の持つ闇と、人の畏怖心が持つ闇――の深みを味わうこつではないかと思う。

ドラキュラ伯爵のモデルとなっているのは一五世紀を生きたワラキア公、ヴラド三世という人物である。反逆者を情け容赦なく串刺《くしざ》しの刑に処したことから「串刺し公」の異名を取った彼の、もうひとつの異名が「ドラキュラ公」だった。これは「竜の息子」「悪魔の息子」という意味だが、本来は十字軍竜騎士団に所属していた彼の父が「ドラクル（竜）」と呼ばれたことに起因しているらしい。本書でも祖国を守るため勇敢に戦った祖先（というよりも、アンデッドとなる前の自分自身のことだろう）の活躍を熱く語るドラキュラ伯爵の姿が描かれているが、実際のドラキュラ公もまた優れた軍人であり、オスマン帝国に長年にわたる抵抗を繰り広げた人物だったという。

ただし、ブラム・ストーカーがモデルとしたのはあくまでもヴラド公のプロフィールであり、人物像についてはヘンリー・アーヴィング卿《きょう》を参考にして作り上げたとされている。自己中心的で傍若無人なアーヴィングにストーカーも悩まされたことがあったようだが、そう思って読んでみると、大したこともできずに駆逐されてゆく伯爵の姿に、ストーカーの胸中が込められているようで、なかなか面白い。

さて、二〇一四年秋、アメリカで『Dracula Untold』という映画が公開される。情報を見てみるかぎり、世代交代の起こりつつあるハリウッドにて新たなドラキュラを作ることを目的とした映画のようだが、どうやらドラキュラになる前のヴラド公を主人公とした物語らしい。事実を再現する伝記映画の類《たぐい》ではないようだが、内容が今から気になるところである。

最後になったが、本書の翻訳を任せて下さったKADOKAWAの菅原哲也さん、そして根気強く最後までお付き合い下さった編集者の榊原大祐さんに、格段の感謝を。

田内　志文

本書は角川文庫のための訳し下ろしです。

角川文庫発刊に際して

角川源義

第二次世界大戦の敗北は、軍事力の敗北であった以上に、私たちの若い文化力の敗退であった。私たちの文化が戦争に対して如何に無力であり、単なるあだ花に過ぎなかったかを、私たちは身を以て体験し痛感した。西洋近代文化の摂取にとって、明治以後八十年の歳月は決して短かすぎたとは言えない。にもかかわらず、近代文化の伝統を確立し、自由な批判と柔軟な良識に富む文化層として自らを形成することに私たちは失敗して来た。そしてこれは、各層への文化の普及滲透を任務とする出版人の責任でもあった。

一九四五年以来、私たちは再び振出しに戻り、第一歩から踏み出すことを余儀なくされた。これは大きな不幸ではあるが、反面、これまでの混沌・未熟・歪曲の中にあった我が国の文化に秩序と確たる基礎を齎らすためには絶好の機会でもある。角川書店は、このような祖国の文化的危機にあたり、微力をも顧みず再建の礎石たるべき抱負と決意とをもって出発したが、ここに創立以来の念願を果すべく角川文庫を発刊する。これまで刊行されたあらゆる全集叢書文庫類の長所と短所とを検討し、古今東西の不朽の典籍を、良心的編集のもとに、廉価に、そして書架にふさわしい美本として、多くのひとびとに提供しようとする。しかし私たちは徒らに百科全書的な知識のジレッタントを作ることを目的とせず、あくまで祖国の文化に秩序と再建への道を示し、この文庫を角川書店の栄ある事業として、今後永久に継続発展せしめ、学芸と教養との殿堂として大成せんことを期したい。多くの読書子の愛情ある忠言と支持とによって、この希望と抱負とを完遂せしめられんことを願う。

一九四九年五月三日

吸《きゅう》血《けつ》鬼《き》ドラキュラ

ブラム・ストーカー　田《た》内《うち》志《し》文《もん》＝訳

平成26年 5月25日　初版発行
令和7年 10月30日　17版発行

発行者●山下直久

発行●株式会社KADOKAWA
〒102-8177　東京都千代田区富士見2-13-3
電話　0570-002-301（ナビダイヤル）

角川文庫 18568

印刷所●株式会社KADOKAWA
製本所●株式会社KADOKAWA

表紙画●和田三造

●お問い合わせ
https://www.kadokawa.co.jp/（「お問い合わせ」へお進みください）
※内容によっては、お答えできない場合があります。
※サポートは日本国内のみとさせていただきます。
※Japanese text only

ISBN978-4-04-101442-4　C0197

◆◇◇